CHONGWENGUAN

读古人书　友天下士

百余年前，崇文书局于武昌正觉寺开馆刻书，成晚清四大书局之一。所刻经籍，镌工精雅，数量众多，流布甚广，影响巨大。为赓续前贤，昌明国学，弘扬文化，本局现致力于传统典籍的出版。既专事文献整理，效力学术；亦重文化普及，面向大众。或经学，或史论，或诸子，或诗词，各成系列，统一标识，名之为"崇文馆"。

崇文馆

中国古典诗词校注评丛书

高适诗全集 【汇校汇注汇评】

李 丹 编著

长江出版传媒 崇文书局

前　言

　　高适是盛唐诗歌史上一位重要而特殊的诗人。他是盛唐著名的边塞诗人，与另一位边塞诗人岑参一起，创作了一批描写边塞壮阔图景、反映边塞军中生活、记录边塞残酷战争、表达马上立功之志的诗歌。他们以诗歌诠释了雄壮的盛唐之音，而且在他们的影响下，形成了一个颇有力量的盛唐边塞诗派。高适是唐代诗人中绝无仅有的"达者"。他出身平常，潦倒困顿五十年，终于得到封丘尉一职，却因不堪"拜迎官长""鞭挞黎庶"愤而辞官，于五十三岁时入河西节度使哥舒翰幕府，从此开始了他飞黄腾达的为官生涯。安史之乱爆发后，高适因上书论政与平定李璘之乱显示出非凡的政治眼光和军事才能，从此受到统治者青睐，先后出任淮南节度使、彭州刺史、蜀州刺史、剑南节度使，成为雄踞一方的封疆大吏，长达七八年之久。这种经历在唐代诗人中并不多见，然而好友杜甫还在诗中说他"总戎楚蜀应全未"（《奉寄高常侍》），出任地方军政要员并未完全发挥他的才能。直到去世前一年，高适还应召回京，任刑部侍郎、散骑常侍，加封渤海县侯。以诗人而封侯，十分罕见。高适年轻时客居宋中三十年，在耕读自给的底层生活中，对百姓的疾苦有深刻的体验；他曾送兵清夷军，又入幕河西若干年，对东北、西北边塞的形势有深入的观察和思考；在安史之乱爆发后，他跻身于唐王朝的最高决策层，并深受统治者信任，成为镇守一方的戎帅，为平定叛乱、安定王朝做出了很大贡献。这些特殊的经历，使得高适成为一名富有政治远见和军事谋略的诗人，从而有别于唐代其他诗人。然而长期以来，我们对这位特殊诗人的

1

研究实在有限,关于他的生年和家世一直没有定论,封丘为尉和入幕河西的情况还很模糊,对其政治与军事能力的评价也远远不够。更重要的是,对其诗文作品的研究还很缺乏深度和广度,研究的论文只集中在分析单篇的作品或者与岑参边塞诗的对照方面。所以,依据近年来的研究资料,重新笺注和审视这位诗人的作品与思想,很有必要而且意义重大。

高适的家世与生平

高适的家世,两《唐书》本传皆语焉不详。据周勋初《高适年谱》考证,高适的曾祖为高佑,隋时曾任左散骑常侍,唐时官至宕州别驾;祖父高偘,曾为陇右道持节大总管,卒赠左卫大将军,陪葬昭陵;父亲高崇文,位终韶州长史。韶州地处岭南,常为京官外放之地,高崇文很可能被贬岭南后死于任上,所以高适在诗文中自称"田野贱品"(《谢封丘县尉表》)。

高适,字达夫,行三十五。关于籍贯,《旧唐书·高适传》说他是"渤海蓨(tiáo)人",《新唐书·高适传》说他是"沧州渤海人",《唐才子传》《唐诗纪事》又说是"沧州人"。彭兰认为高适是唐代德州蓨人;孙钦善认为渤海是高适的郡望,其籍贯为洛阳;还有其他种种说法,不一而足。但唐时已无渤海郡,蓨县属德州,在今河北景县;《新唐书·地理志》又说:"沧州景城郡,上,本渤海郡,治清池。"则唐时的沧州,相当于汉代的渤海郡,诗人的籍贯很可能就在今河北景县。

高适的生年,有公元696年、700年、701年、702年、704年、706年等多种说法。周勋初《高适年谱》从高适与李颀的诗歌入手,推论诗人生于公元700年,较为合理。

二十岁之前,高适的行状基本没有资料可考,但从其诗中可找到一些蛛丝马迹。其《送郑侍御谪闽中》有"谪去君无恨,闽中我旧过"之语,但没有资料表明他二十岁之后到过闽中,则很有可能在少年时代随韶州任上的父亲去过。

二十岁之后的高适，在天宝八载(749)出任封丘尉之前，曾两次到长安求仕。第一次是在二十岁的时候，他自谓学业有成，于是像唐代其他读书人一样，怀着"他日云霄万里人"(《送桂阳孝廉》)的热望来到长安，寻求入仕的机会："二十解书剑，西游长安城。举头望君门，屈指取公卿。"(《别韦参军》)然而现实给他沉重一击："白璧皆言赐近臣，布衣不得干明主。"(《别韦参军》)求官失败了。唐代科举分常科和制科两种，定期举行的常科考试，恃才自负的高适是不屑参加的，殷璠说他"耻预常科"(《河岳英灵集》)；他想走特别推荐的制科捷径，然而"天子垂衣方晏如，庙堂拱手无餘议"(《古歌行》)，无人援引是最大的问题。于是勃勃雄心在猛遭打击后发出了不平的呼声："黄金如斗不敢惜，片言如山莫捐弃。安知憔悴读书者，暮宿灵台私自怜。""东邻少年安所知，席门穷巷出无车。有才不肯学干谒，何用年年空读书。"两首《行路难》真实地抒发了青年高适的失路之悲，也反映了当时求仕无门的寒窗文士的共同遭遇。

开元九年(721)，求仕失败后的高适失意东归，像当年的苏秦一样"许国不成名，还家有惭色"(《酬庞十兵曹》)，并从此开始了客居宋城(今河南商丘)三十年的耕读生活。宋州并非高适的家乡，"归来洛阳无负郭，东过梁宋非吾土"(《别韦参军》)，不知道是什么原因让他留在了这里，或许是因为此处离长安和洛阳不远，生存下来也比较容易。没有经济来源，只有自己耕种来维持温饱，但客居初期的高适显然并不熟悉农业生产："兔苑为农岁不登，雁池垂钓心长苦。"(《别韦参军》)然而坚持一段时间后，"雨泽感天时，耕耘忘帝力"(《酬庞十兵曹》)，高适逐渐适应了农耕生活。

开元十八年(730)，困居宋中十年之久的高适深知君门缅邈，报国无门。于是，他北上燕赵，凭吊魏徵、郭元振和狄仁杰三位对安定大唐社稷有突出贡献的历史人物；他还深入东北边陲，观察军中形势，忧心忡忡："转斗岂长策，和亲非远图。"(《塞上》)虽然自己"常怀感激心，愿效纵横谟"(《塞上》)，终归人微言轻，有志难骋。开元二十年(732)初，信安王李祎奉诏率领裴耀卿、赵含章等出击奚、契丹，东北边塞的鼙鼓对高适来说是一次很好的入幕出仕机会。高适以《信安王幕府诗》投赠李祎幕下诸公，却没有得到回应，他欲效班超投笔从戎的想法失败了。此后，他在蓟门一带活动，深入体察东北军中生活，为自己日后出色的军政才能打下了很好的基础；同时与王之涣、郭密之等老友往来酬赠，稍稍排遣心中的苦闷。开元二十一年(733)冬，高适终于失望南归，归途中的心情十分沉重："拂衣去燕赵，驱马怅不乐。"(《淇上酬薛三据兼寄郭少府微》)

开元二十三年(735)正月，唐玄宗下诏："其或才有王霸之略，学究天人之际，智勇堪将帅之选，政能当牧宰之举者，五品以下清官及军将、都督、刺史各举一人；孝悌力田、乡间推挽者，本州刺史、长官各以名闻。是年举王霸科、智谋将帅科。"(《册府元龟》卷六四五)从作于天宝九载(750)的《酬秘书弟兼寄幕下诸公》序言中"乙亥岁，适征诣长安"的叙述来看，高适或因宋州刺史的举荐，来到长安参加制科考试，但应何科、因何未第，均不可考。此后三年，高适留居长安，广泛结交张旭、王之涣、王昌龄等名流。此时高适的诗作已在梨园传唱，但入仕的机会始终渺茫。

开元二十六年(738)，高适的一个曾经跟随张守珪征讨奚、契丹的朋友，以边塞战争为题材写了一首《燕歌行》。高适有感于边防之事，结合此前北上燕赵、往来东北边陲的见闻，写下了他生平的"第一大篇"，也是盛唐边塞诗的杰出代表——《燕歌行》。《河岳英灵集》评曰："适诗多胸臆语，兼有气骨，故朝野通赏其文。至于《燕歌行》等篇，甚有奇句。"可见此诗一出，即为世人所重，这是诗人的创作中一个可喜的收获。

开元二十七年(739)秋，高适从宋州至汶上，结识了杜甫，杜甫在晚年的《奉寄高常侍》诗中曾回忆当年与高适初逢的情景："汶上相逢年颇多。"天宝三载(744)六月，高适与被玄宗赐金放还的李白相遇；八月，又与杜甫重逢，三人一见如故，携手同游宋中名胜。"他们呼鹰逐兔于孟诸，饮酒赋诗于琴台，倾吐怀才不遇之苦，抒发相见恨晚之情，心性互相影响，诗艺共同切磋"(左云霖《高适传论》)。对于这段同游的美好时光，杜甫、李白均有诗作追忆："忆与高李辈，论交入酒垆。"(杜甫《遣怀》)"闲过信陵饮，脱剑膝前横。将炙啖朱亥，持觞劝侯嬴。"(李白《侠客行》)这也许是高适寓居宋中期间最为舒心快意的时光，然而诗人的心思显然并不在此处，他此时的诗歌中没有明确提到李、杜二人，只以"群公"代之；李少府、邓司仓、李景参等人却在诗中屡屡出现。在《同群公秋登琴台》诗中，他似乎忘机于渔樵，很享受目前的生活："物性各自得，我心在渔樵。兀然还复醉，尚握樽中瓢。"知交在侧却全无喜悦，故作洒脱反见入世热情。天宝五载(746)秋，他们又在济南相遇。北海太守李邕与高适是旧相识，写书邀高适至临淄郡(天宝五载十月改为济南郡)相聚，此时李白、杜甫也在济南，众人一起游宴亭台，出猎海上，并于是年冬随李邕至北海，与贺兰进明同游渤海。高适于天宝五载的诗歌中，对李、杜依然只字不提，反而是李太守、郑太守、贺兰判官在诗中反复出现。杜甫一生写给高适的诗有十几首之多，每多赞美、仰慕之语，在高适去世六年后，还洒泪怀念高适并作《追酬故高蜀州人日见寄》诗，而高适只在去世前一两年间寄过两首诗给杜甫，且并无热烈的感情可言。生性豪放的李白还有《侠客行》这样的作品反映三人同游的经历，高适于李白却无只字片语提及。其中原因不得而知，但总可看出高适世俗、功利的一面。

从开元九年(721)到天宝八载(749)，高适客居宋中近三十年，过着以梁宋为中心的耕读、漫游生活。他常在周边漫游、交友，期间曾到过蓟北、洛阳、汶上、相州、淇上、滑台、陈留、单父、临淄、北海、东平等地，并于天宝三载(744)秋从汴州(今河南开封)出发，进行了为期一年的长途东征，最后到达襄贲(今江苏涟水)。他的漫游与交际，既有排遣愁闷的目的，无疑也是在寻找一切机会传播诗名、跻身官场。初居宋中时，政治失意加上年景不佳，他心情十分苦闷。但随着时间的推移，他逐渐适应了客居生活，心情也变得闲适起来："托身从畎亩，浪迹初自得。"(《酬庞十兵曹》)"余亦悰所从，渔樵十二年。"(《途中酬李少府赠别之作》)躬耕陇亩，使得他能深入了解农民的疾苦；"十年守章句"(《淇上酬薛三据兼寄郭少府微》)，潜心典籍，又增加了学识，使他更为成熟冷静。在高适现存的近三百首诗歌中，作于这一时期的就有一百多首。他的思想日渐成熟，才名也逐渐远播。

天宝八载(749),睢阳太守张九皋向唐玄宗进呈高适诗集,并举荐其试有道科。与高适早有文字往来的颜真卿也伸出友善之手:"颜公又作四言诗数百字并序,序张公吹嘘之美,兼述小人狂简之盛,遍呈当代群英。"(《奉寄平原颜太守》序)这年六月,皇帝的诏书到达宋城,高适冒着三伏的酷热天气来到长安:"诏书下柴门,天命敢逡巡。赫赫三伏时,十日到咸秦。"(《答侯少府》)然而,此时正值"无学术,发言鄙陋"的李林甫当政,晚年的玄宗沉湎声色,不理政事,高适此次虽然考中有道科,却没有见到唐玄宗,只是被授了一个从九品下的封丘县尉之职。他在离京前,给玄宗皇帝上了一封《谢封丘县尉表》,又给右相李林甫、左相陈希烈各献诗一首:"幸沐千年圣,何辞一尉休。"(《古乐府飞龙曲留上陈左相》)"倚伏悲还笑,栖迟醉复醒。"(《留上李右相》)虽不得不受命上任,失望之情却溢于言表。傲岸自负的诗人从未想过要做一个"分判众曹,收率课调"(《新唐书·百官志》)的佐杂官,心理的预期与眼前的现实相差太远,繁杂的公务使得他难以适应,同僚瞒上欺下的做派也让他难以忍受,他开始怀念从前无拘无束的耕读生活,觉得自己应该效仿陶渊明归隐:"我本渔樵孟诸野,一生自是悠悠者。乍可狂歌草泽中,宁堪作吏风尘下。只言小邑无所为,公门百事皆有期。拜迎官长心欲碎,鞭挞黎庶令人悲!归来向家问妻子,举家尽笑今如此。生事应须南亩田,世情付与东流水。梦想旧山安在哉?为衔君命日迟回。乃知梅福徒为尔,转忆陶潜归去来。"(《封丘县》)

然而,此时的诗人还在犹豫徘徊,促使他下定决心的,是天宝九载(750)的一趟远行。这一年秋天,他接受了送新兵到范阳节度的清夷军的任务。清夷军在妫川郡城内,即今河北省怀来县。他目睹了安禄山治下的军中"边兵若刍狗,战骨成埃尘"(《答侯少府》)的残酷现实,更令人忧心的是唐玄宗还一味宠信安禄山:"归旌告东捷,斗骑传西败。遥飞绝漠书,已筑长安第。"(《赠别王十七管记》)送兵归来后,高适经过深思熟虑,终于在天宝十一载(752)秋辞去封丘尉之职。高适是一个不甘寂寞、不言放弃的人,辞官之后,他再次来到繁华的长安寻找机会。在这里,他认识了唐玄宗的妹妹玉真公主,与王维、崔颢等人交游;并又一次与杜甫、岑参、薛据等人相逢,众人共登慈恩寺浮图,并皆有佳作传世,这一次盛会又大大提高了他的知名度。

终于,此年秋末,他得到哥舒翰幕府判官田梁丘的推荐,去投奔哥舒翰。此时的哥舒翰正任陇右节度使,可能还兼知河西节度事。他越过陇山,至武威,经昌松,到临洮,终于在陇右节度使驻地西平见到了哥舒翰。此次从长安到河西的过程,在《自武威赴临洮谒大夫不及因书即事寄河西陇右幕下诸公》一诗中有详细的叙述。哥舒翰很重视高适,留他在幕府作掌书记。掌书记在幕府的地位仅次于判官,"掌朝觐、聘问、慰荐、祭祀、祈祝之文与号令升绌之事,行军参谋,关预军中机密"(《新唐书·百官志》)。同年冬,他跟随哥舒翰入朝,直到天宝十二载(753)四五月之交才返回河西。返回之前,率兵进击南诏的李宓班师回朝,高适怀着极大的热情赞美此次战争,写下了《李云南征蛮诗》。回河西之后,高适随哥舒翰进击吐蕃,先后拔洪济城、大漠门,收复九曲部落。此时的高适对军中生活的了解,比开元二十年(732)前后在蓟门对东北军中生活的体察更加深入,对大唐边境军事形势的认识更加高屋建瓴。王维在高适赴河西之前的盛赞:"慷慨谋议,析天口之是非;指划山川,知地形之要害。"(《送高判官从军赴河西序》)在此时才算不为虚美,而这也为他以后出任淮南、剑南节度使作了很好的铺垫。高适此后的诗歌也一扫客居宋中和封丘为尉时的苦闷,开始洋溢起明朗的格调。

出任幕府掌书记,不过是高适政治上通达的起点,真正使他成为"诗人之达者"的事件,是安史之乱。天宝十四载(755)冬十一月,安禄山以奉密旨讨伐杨国忠为名,从范阳起兵发动叛乱。封常清、高仙芝奉命抵御,先后被谗害。十二月,病废在家的哥舒翰出任皇太子先锋兵马副元帅,高适被任命为左拾遗,转监察御史,佐哥舒翰守潼关。由于大唐内部的不团结,潼关失守,高适驰马长安,建议竭尽内库财物召募士兵坚守,却不被玄宗采纳。随后玄宗仓皇逃往四川,高适与房琯等人抄近道在河池(今陕西凤县)追上玄宗,并随行到达成都。次年八月,高适擢谏议大夫,赐绯鱼袋。十二月,高适被任命为淮南节度使兼采访使、扬州大都督长史,率兵讨伐妄图割据江表的永王李璘。于是,高适在一个月内从八品的左拾遗一跃而成为"寄重方面"(《谢上淮南节度使表》)的三品要员。李璘的军队不战而败,他本人也被杀,永王之乱即告平息。

高适的青云直上和敢于直言引起了李辅国的嫉恨,他数次进谗言于肃宗。乾元元年(758)五月,高适除太子少詹事,而当时的太子李豫并不在东都。从广陵赴洛阳途中,高适凭吊了睢阳保卫战中壮烈牺牲的张巡和许远,并撰《罢职还京次睢阳祭张巡许远文》致祭。在东都度过了近一年的悠闲时光后,乾元二年(759)三月,郭子仪等九节度使合力与安庆绪叛军会战于相州城下,东都的人以为洛阳要失守,全城百姓四散逃命。高适也随众南奔襄、邓,"一夕潭洛空,生灵悲曝腮。衣冠投草莽,予欲驰江淮。登顿宛叶下,栖迟襄邓隈"(《酬裴员外以诗代书》)。五月,高适自襄州到长安,被肃宗任命为彭州刺史。六月到达任所后,他给肃宗上了《谢上彭州刺史表》,委婉说明自己此前被除太子少詹事是肃宗听信了小人的谗言。期间,他曾上《请罢东川节度使疏》,主张合东西二川为一,但未被采纳。

上元元年(760)秋,高适调任蜀州刺史。此时,剑南境内时有叛乱发生。上元二年(761)四月,梓州刺史段子璋举兵造反,占据绵州,自称梁王。高适与东川节度使崔光远合力攻下绵州,平定叛乱。宝应元年(762)七月,剑南兵马使徐知道乘严武离职回京之机发动叛乱,占据成都。高适一举大败徐知道,仅用一个月就平定了叛乱,并向朝廷上《贺斩逆贼徐知道表》,报告平叛的经过。宝应二年(763),高适奉诏就任剑南西川节度使兼成都尹,并节制东川军事。他在《谢上剑南节度使表》中,感激朝廷寄重方面,委以腹心,同时请求朝廷"更征英彦,俾付西南,许臣暮年,归侍丹阙",六十四岁的高适确实感到力不从心了。剑南地处西南,西接吐蕃,负有"镇抚蕃蛮,翦除夷獠"之责。这年冬天,高适率军进攻吐蕃,旋即战败,西山松、维、保三州及云山新筑二城陷落。广德二年(764)正月,代宗终于决定将剑南西川和剑南东川合为剑南道,并以严武取代高适为剑南节度使。

广德二年(764)正月,高适还京后,被任命为刑部侍郎,转左散骑常侍,进封渤海县侯,食邑七百户。永泰元年(765)正月,高适走完了他传奇的一生,卒赠礼部尚书,谥号为"忠"。从至德元载(756)出任淮南节度使,到永泰元年(765)赠礼部尚书,高适度过了为人艳羡的十年显宦生涯。十年中,高适在肃清李唐内部叛乱势力和抵御外族入侵的斗争中作出了重要贡献,终于实现了年轻时"举头望君门,屈指取公卿"(《别韦参军》)的人生理想,实践了王霸大略、建功立业的人生价值。

高适的诗文

高适的诗文,在唐代已经结集,北宋时流传于世,明清时期流传较广,版本众多。我们现在能看到的,主要有《四部丛刊》集部影印上海涵芬楼藏的明代铜活字本《高常侍集》八卷和《全唐诗》中收的高适诗四卷,二者诗歌数量相近,但篇目有出入。当代通行的版本,主要有中华书局1981年出版的刘开扬的《高适诗集编年笺注》,以明铜活字本为底本,收诗244首,文赋19篇;以及上海古籍出版社1984年出版的孙钦善的《高适集校注》,以明覆宋刊本为底本,收诗249首,文赋19篇。本书收录诗歌258首(其中12首为误收之诗),文赋21篇,下面选取主要类别作简要介绍。

一、边塞诗

高适的诗歌中,最负盛名的是边塞诗。盛唐边塞诗几成绝响(林庚《略谈唐诗高潮中的一些标志》,见氏著《唐诗综论》),主要是因为有高适和岑参这两位边塞诗人。在高适现存的近250首诗歌中,边塞诗约占五分之一。唐代国力的强盛,全社会自上而下的尚武风气,都是激发诗人从军边塞、马上立功的重要原因;而高适本人磊落豪侠、不甘寂寞的个性,是促成他写作边塞诗的根本内因。高适一生中,两次到东北边塞,一次是开元十八年(730)至开元二十二年(734),另一次在天宝九载(750);一次到西北边塞,天宝十一载(752)秋,受田梁丘推荐,前往河西节度使哥舒翰幕府任职。高适的边塞诗,基本都写于这三个时期。

从内容上来讲,他的边塞诗主要是抒发自己从军边塞、杀敌报国的雄心。开元十八年(730),大唐与奚、契丹的战争爆发,高适怀着"永愿拯刍荛,孰云干鼎镬"的报国热忱"单车入燕赵"(《酬裴员外以诗代书》),希望参加保家卫国的战争。在《塞上》中,他表明了自己的决心:"常怀感激心,愿效纵横谟。"然而大唐在征战中连续失利。开元二十年(732),朝廷以信安王李祎为河东、河北行军副大总管,率兵与奚、契丹作战。于是高适献诗给李祎,希望得到重用:"直道常兼济,微才独弃捐。曳裾诚已矣,投笔尚凄然。作赋同元叔,能诗匪仲宣。云霄不可望,空欲仰神仙。"(《信安王幕府诗》)然而却没有结果。于是,他只好失落而归:"谁怜不得意,长剑独归来。"(《自蓟北归》)"未知肝胆向谁是,令人却忆平原君。"(《邯郸少年行》)。但是,高适从军的热情并没有被浇灭,作于天宝十二载(753)的《塞下曲》:"结束浮云骏,翩翩出从戎。且凭天子怒,复倚将军雄……万里不惜死,一朝得成功。画图麒麟阁,入朝明光宫。"形神兼备地刻画出诗人投笔从戎、有志于立功边塞、终将图画麒麟阁的形象,具有很强的感染力。

三次出塞,使高适亲眼见到边塞的形势,亲身体会到戍卒的生活,于是他在边塞诗中对边疆政策和边塞形势也有思考和议论。作于开元十九年(731)的《塞上》最具有代表性,诗曰:"东出卢龙塞,浩然客思孤。亭堠列万里,汉兵犹备胡。边尘满北溟,虏骑正南驱。转斗岂长策,和亲非远图。惟昔李将军,按节临此都。总戎扫大漠,一战擒单于。倚剑欲谁语,关河空郁纡。"诗人满怀报效国家的平戎之策,看到的却是边患重重。开元二十年(732)前后,唐王朝与奚、契丹连年征战。和亲本是中央王朝调和与少数民族关系的一种重要手段,但在此之前,唐王朝曾先后派出永乐公主、燕郡公主、东华公主、固安公主、东光公主与契丹、奚和亲,但并没有从根本上解决边疆问题,反而因此埋下种种隐患,诗人隐约感到持久战与和亲均非良策。他的理想是找到像李将军那样的猛将,速战速决:"总戎扫大漠,一战擒单于。"据《旧唐书·契丹传》记载,开元二十一年(733),唐军与奚、契丹之间发生了一场战争,由于唐军将领指挥不当导致战败,结果是"官军大败,知义、守忠率麾下遁归,英杰、克勤没于阵,其下六千馀人,尽为贼所杀。"高适在东北亲历了这场战争,并用诗歌记录下来:"五将已深入,前军止半回。"(《自蓟北归》)随后他带着遗憾从蓟北南归了。高适此次到东北边塞,看到的是种种乱象,从军的志向也没有实现,归来之后,他曾深刻反思。在晚年的《酬裴员外以诗代书》中,他写道:"临边无策略,览古空徘徊。乐毅吾所怜,拔齐翻见猜。荆卿吾所悲,适秦不复回。然诺多死地,公忠成祸胎。"不仅总结了自己献诗信安王却得不到回应的原因,也反映了可悲的政治事实:信安王李祎在开元二十年(732)大破契丹可突于之后,却受到执政者的猜忌,于是他被迫班师回朝,此后再未得到重用,而且一再被贬。所以诗中以忠而招祸的乐毅代指无端受猜忌的李祎,表达了对执政者的不满。正是这次北上燕赵的种种见闻,直接促成了他的"第一大篇"《燕歌行》的诞生。在《燕歌行》中,诗人把他第一次出塞的见闻和感慨做了一次全面的总结。"汉家烟尘在东北,汉将辞家破残贼。男儿本自重横行,天子非常赐颜色",点明了战争的性质,谴责了边将为个人功名而轻开边衅之举;"战士军前半死生,美人帐下犹歌舞",通过鲜明的对比沉痛地揭示了战争失败的原因;"铁衣远戍辛勤久,玉箸应啼别离后"八句则铺写了战争给人民带来的灾难和痛苦;结尾四句"相看白刃血纷纷,死节从来岂顾勋。君不见沙场征战苦,至今犹忆李将军",则直接谴责不恤士卒的边将。这首诗全面而集中地表现了高适对边疆形势和边塞政策的思考,他超出常人的政治和军事眼光,也在此时得以显现。

高适边塞诗的另一个重要内容,是歌颂戍边士卒的战斗精神和战争的胜利。早在第一次"单车入燕赵"时,高适就写了一组反映军中士卒生活的诗《蓟门五首》,对戍卒奋勇保卫国家的精神致以热烈的礼赞:"幽州多骑射,结发重横行。一朝事将军,出入有声名……胡骑虽凭陵,汉兵不顾身。"稍后的《信安王幕府诗》中,他又铺写了将士们英勇的战斗精神:"夜壁冲高斗,寒空驻彩斿。倚弓玄兔月,饮马白狼川。"对信安王此次大败契丹的战争有着热情洋溢的赞美:"关塞鸿勋著,京华甲第全。落梅横吹后,春色凯歌前。"入幕河西后,高适写了《同李员外贺哥舒大夫破九曲之作》及《九曲词三首》,以极大的热情歌颂哥舒翰收复九曲的胜利:"长策一言决,高踪百代存。威稜慑沙漠,忠义感乾坤。""万骑争歌杨柳春,千场对舞绣骐驎。到处尽逢欢洽事,相看总是太平人。"然而,高适并非主张发动战争,他只是支持正义的对外御侮、对内平乱的战争,他对战争的态度是以战争求和平。早在开元二十年(732),他就认为战争的目的是使"庶物随交泰,苍生解倒悬。四郊增气象,万里绝风烟",在天宝十二载(753)的《九曲词》中,他又说:"青海只今将饮马,黄河不用更防秋。"对于滥用武力、穷兵黩武的统治者,他始终持批评的态度,在《自淇涉黄河途中作十三首》组诗中,他毫不客气地指出:"兵革徒自勤,山河孰云固。""缅怀多杀戮,顾此生惨怆。""力争固难恃,骄战曷能久。"他的理想依然是"圣代休甲兵"。

他还有些边塞诗,主要描绘边塞图景与风情。比如《部落曲》:"蕃军傍塞游,代马喷风秋。老将垂金甲,阏支著锦裘。雕戈蒙豹尾,红斾插狼头。日暮天山下,鸣筝汉使愁。""蕃军""代马"是典型的边塞风物;"金甲""锦裘"分别体现塞外战事繁多和环境恶劣的特点;"雕戈""豹尾""红斾""狼头"都是军中旌旗之属,用以渲染战争的频繁,诗歌在这样的描写中表达了高适对大唐西北边境面临蕃军进犯紧张局势的担忧。《营州歌》:"营州少年厌原野,狐裘蒙茸猎城下。虏酒千钟不醉人,胡儿十岁能骑马。"生动反映了东北边境居民豪侠尚武的风习,也有诗人理想的寄托。第一次到蓟北期间,在《信安王幕府诗》中,他细致地描绘了边地的奇特风光:"大漠风沙里,长城雨雪边。云端临碣石,波际隐朝鲜。"《酬李少府》又描绘了东北艰苦的环境:"一登蓟丘上,四顾何惨烈。来雁无尽时,边风正骚屑。"第二次到蓟北,他又这样描绘沿途景象:"溪冷泉声苦,山空木叶干。莫言关塞极,云雪尚漫漫。""古镇青山口,寒风落日时。岩

峦鸟不过,冰雪马堪迟。"(《使青夷军入居庸三首》)

二、送别诗

开明的政治,开放的思想,使得盛唐的文人形成一种漫游之风,他们在游历中观览名山大川,寻求进取机会,也结交志同道合的朋友。唐承隋制,实行科举取士,所以唐代的读书人在二十岁前后大都来到京城长安,参加科考,交朋结友。唐代社会极其重视军功,边塞是文人实现英雄梦的好地方,赴边入幕也是文人们成功的一条捷径。在这样的社会背景下,加上本人豪爽积极的性格,高适一生四处游历,交游众多,送别成为他生活的重要内容。高适的送别诗有八十首左右,占其全部诗作的近三分之一。他的性格、思想和情感在送别诗中有最真实的显现。

高适的送别诗,既有与初、盛唐送别诗相似的地方:淡化伤感,重在豪情;也有他自己鲜明的个人风格:在送别中寄托政治理想,塑造个人形象。唐代的东北、西北边境是中央王朝与少数民族之间战争频发之地,盛唐的统治者们又热衷于开疆拓土,这样的现实使得盛唐诗人们充满自信和斗志,送别对于他们来说,意味着广阔的新天地、无穷的新机会,所以盛唐之音在送别诗中的表现就是充满豪情壮志而淡化离别的忧伤。高适的送别诗大多具有这个特点。天宝十一载(752)秋,高适辞去封丘县尉之职,前往长安,接受了田梁丘的推荐。在入幕河西之前,诗人对前途有着美好的憧憬和无限的想象,这一时期他写了十二首送别诗,格调基本是昂扬向上的。《送蹇秀才赴临洮》:"倚马见雄笔,随身唯宝刀。料君终自致,勋业在临洮。"赞美蹇秀才的文才武略,勉励对方马上封侯,其中洋溢着即将出塞入幕的诗人自己的理想。"离魂莫惆怅,看取宝刀雄。"(《送李侍御赴安西》)"少年无不可,行矣莫凄凄。"(《送裴别将之安西》)"长策须当用,男儿莫顾身。"(《送董判官》)"谁断单于臂,今年太白高。"(《送白少府送兵之陇右》)这些诗基调高昂,毫无伤感意绪。《送浑将军出塞》,用大半的篇幅刻画了浑将军一代名将的形象,结尾四句"从军借问所从谁,击剑酣歌当此时。远别无轻绕朝策,平戎早寄仲宣诗",

毫无送别的悲感，只有建功立业的豪情，写出了英雄相惜的豪迈。对于此诗，《唐贤三昧集笺注》评曰："气格嶒峻。"《唐百家诗选》中赵熙批曰："浑将军得此一诗，胜于史传一篇。"（陈伯海《唐诗汇评》）

高适的一生，大部分时间都在穷途潦倒的辗转漂泊之中，直到五十岁才得到一个县尉之职，然而很快又辞职而去，直到晚年才成为镇守一方的封疆大吏。他每每怀抱经世济民之志，却屡屡遭受现实的残酷打击，这种压抑、愤懑往往表现在送别诗中。高适的送别诗，最擅长通过对朋友怀才不遇的同情来影射自己的壮志难酬，或者直接抒发报国无门的苦闷，所谓"借他人酒杯，浇自己块垒"，有浓厚的主观色彩，体现出鲜明的个人风格。作于天宝三载（744）的《宋中别周梁李三子》，开篇即抒发强烈的身世之悲和离别之感："曾是不得意，适来兼别离。如何一樽酒，翻作满堂悲。"中间分言周、梁、李三子的才情与遭遇，后半写离别，结尾又归到自身："我心不可问，君去定何之。京洛多知己，谁能忆左思。"以左思自比，回应了开头的"不得意"，虽是离别，实为咏怀。《别韦参军》："二十解书剑，西游长安城。举头望君门，屈指取公卿。国风冲融迈三五，朝廷欢乐弥寰宇。白璧皆言赐近臣，布衣不得干明主。归来洛阳无负郭，东过梁宋非吾土。兔苑为农岁不登，雁池垂钓心长苦。世人向我同众人，唯君于我最相亲。且喜百年有交态，未尝一日辞家贫。弹棋击筑白日晚，纵酒高歌杨柳春。欢娱未尽分散去，使我惆怅惊心神。丈夫不作儿女别，临歧涕泪沾衣巾。"题为送别，实则只有结尾四句真正写到离别，前面大半的篇幅都在回顾自己的身世遭遇，充满愤激不平，这正是诗人长期压抑的真实体现。《唐风定》评此诗曰："高、岑豪壮感激，人所共知，其清疏瘦劲处，罕有知者，如此种是也。"（陈伯海《唐诗汇评》）所谓"清疏瘦劲"，正与其借送别抒曲衷的写法有关。天宝八载（749），高适前往封丘，途经洛阳时写下了《留别郑三韦九兼洛下诸公》："忆昨相逢论久要，顾君哂我轻常调。羁旅虽同白社游，诗书已作青云料。蹇踬蹉跎竟不成，年过四十尚躬耕。长歌达者杯中物，大笑前人身后名。幸逢明盛多招隐，高山大泽征求尽。此时亦得辞渔樵，青袍裹身荷圣朝。犁牛钓竿不复见,县人邑吏来相邀。远路鸣蝉秋兴发,华堂美酒离忧销。不知何时更携手,应念兹晨去折腰。"全诗只有结尾四句落到言别,前面超过三分之二的篇幅都在叙述自己长期隐居宋中,终于谋得一尉的经过。其实诗人是在借留别抒写自己复杂的心情:高适三十年来一心寻求入仕机会,现在终于得以入仕,他是得意的:"此时亦得辞渔樵,青袍裹身荷圣朝。"他的理想是"举头望君门,屈指取公卿"(《别韦参军》),却只得到一个从九品下的县尉之职,这是无法让他满意的。虽然他在《谢封丘县尉表》中说:"臣艺业无取,谬当推荐,自天有命,追赴上京,曾未浃旬,又拜臣职。顾惭虚受,实惧旷官,捧日无阶,戴天何报?"但实在是言不由衷,倒是在《留上李右相》中说了真话:"倚伏悲还笑,栖迟醉复醒……壮心瞻落景,生事感流萍。"李白、王维等盛唐诗人虽然也善于借送别、留别感伤身世遭遇,然而他们的感伤往往是"人生在世不称意,明朝散发弄扁舟""迢递嵩高下,归来且闭关"式的指向佛道的虚无、归隐;高适感伤不遇却与激昂奋进的入世情怀相结合,他的送别诗多半是"知君不得意,他日会鹏抟"(《东平留赠狄司马》)式的,虽然充满愤懑不平之气,却从未放弃过对凌云壮志的追求。

三、咏怀诗

高适的一生,怀抱着"永愿拯刍荛,孰云干鼎镬"(《淇上酬薛三据兼寄郭少府微》)的理想和精神,以极大的热情投入到盛唐社会中,希望找到实现其立功报国远大志向的机会。然而直到五十岁,他才进入仕途;真正成为可以实现平生志向的地方重臣,则要到天宝十五载(756)以后,此时他已是年近六十的老人了。于是,激昂向上的进取精神与处处碰壁的现实打击之间形成了一种张力,在诗人的内心激荡,时时迸发为感激怀抱的诗歌。

高适的咏怀诗,约有三十余首。虽然数量不多,但很能体现他的个人风格和盛唐的时代精神。这类诗有些是直接吟咏怀抱的,另一些则借想象中的形象来咏怀。高适二十岁初次入长安求仕无果,怀着悲愤不平的心情写作了《行路难二首》："君不见富家翁，旧时贫贱谁比数。一朝金多结豪贵，万事胜人健如虎。子孙成行满眼前，妻能管弦妾能舞。自矜一身忽如此，却笑傍人独愁苦。东邻少年安所如，席门穷巷出无车。有才不肯学干谒，何用年年空读书。""长安少年不少钱，能骑骏马鸣金鞭。五侯相逢大道边，美人弦管争留连。黄金如斗不敢惜，片言如山莫弃捐。安知憔悴读书者，暮宿灵台私自怜。"把一朝发迹的富家老翁和席门穷巷的东邻少年、声色犬马的长安少年和憔悴自怜的读书人进行对比，揭示了社会的不公，充满愤懑不平之气。诗中想象出来的东邻少年和读书人正是初入长安、穷愁潦倒的高适的自我写照，他满腹经纶却报国无门，于是发出了"有才不肯学干谒，何用年年空读书"的愤慨呼声。《邯郸少年行》写于开元二十二年（734）自蓟北归来途中，虚构了邯郸少年纵酒赌博、任侠报仇的游侠形象，反映了宾客攀附权势、献媚取宠的社会现实，抒发了人心不古、世态炎凉、知音难觅的痛苦心情，有强烈的抑郁不平之气，颇类鲍照《拟行路难》组诗。殷璠《河岳英灵集》谓高适"性拓落，不拘小节，隐迹博徒"，于此诗可见其刚直耿介、睥睨当世的性格。这几首诗均用乐府旧题，以虚构的人物形象真实地表达了诗人在长安和蓟北的失意情怀。

他还有一些咏怀诗，是有具体时间、地点的，所咏直接而鲜明。如《秋日作》："端居值秋节，此日更愁辛。寂寞无一事，蒿莱通四邻。闭门生白发，回首忆青春。岁月不相待，交游随众人。云霄何处托，愚直有谁亲。举酒聊自劝，穷通信尔身。"岁月虚度无所成的感慨是高适寓居宋中三十年长期的心理状态。《除夜作》："旅馆寒灯独不眠，客心何事转凄然？故乡今夜思千里，霜鬓明朝又一年。"诗作于天宝九载（750），诗人以封丘尉送兵清夷军，南归途中在蓟北过年时，孤身客于千里之外，倍感凄凉，是长期流浪奔波的诗人真实情感的反映。另有《闲居》《苦雪四首》《淇上别业》《田家春望》《初至封丘作》《封丘作》《蓟中作》等，都是他各个时期生活、情感、心理的真实写照。在这些直抒其怀的诗作中，《封丘县》是特别突出的："我本渔樵孟诸野，一生自是悠悠者。乍可狂歌草泽中，宁堪作吏风尘下。只言小邑无所为，公门百事皆有期。拜迎官长心欲碎，鞭挞黎庶令人悲！归来向家问妻子，举家尽笑今如此。生事应须南亩田，世情付与东流水。梦想旧山安在哉？为衔君命日迟回。乃知梅福徒为尔，转忆陶潜归去来。"求官三十年终得一尉，然而一个从九品的佐杂官与"拯刍荛"的理想相差太远；不堪"拜迎长官""鞭挞黎庶"，欲要仿效陶潜归去，又舍不得放弃政治理想，整首诗围绕着理想与现实的矛盾反复抒写，勾画出一个忧愤满怀的人物形象。殷璠在《河岳英灵集》里评高适诗"多胸臆语，兼有气骨"，就是说他的诗情意真挚且直抒胸臆，造语挺拔而气骨鲜明，这首诗就很有代表性。

四、咏史诗

咏史诗是以历史事件和历史人物为吟咏对象的诗歌。咏史的目的，是通过反思历史，总结历史经验教训，以作为当代统治的借鉴，表达对现实的讽刺，或者寄托个人情志。高适的咏史诗约有二十余首，大多是入幕河西之前所作。

这些作品，一部分极力称颂历史上功业显赫、德行高尚的辅弼贤臣，表达了诗人对功业的强烈向往之情。比如《题尉迟将军新庙》，歌颂能征善战、爱护士卒的北周大将军尉迟迥，用饱含感情的笔墨回顾了他的一生："周室既板荡，贼臣立婴儿。将军独激昂，誓欲酬恩私。孤城日无援，高节终可悲。家国共沦亡，精魂空在斯。沉沉积冤气，寂寂无人知。"从北周宣帝崩，宇文衍继位，杨坚辅政，写到尉迟迥受杨坚猜忌，进而起兵反杨，最后兵败自杀，歌颂了尉迟迥的高节，也表达了对其悲剧结局的深沉感慨。这首诗既是对尉迟迥理想人格的向往，也体现了诗人对历史的反思。开元年间，高适北上燕赵，过魏州，寻访魏徵旧馆、郭元振故居和狄仁杰生祠，写下了《三君咏》组诗。咏魏徵的一首赞颂了魏郑公在"隋氏风尘昏"的乱局之中"济代取高位，逢时敢直言。道光先帝业，义激旧君恩"，直言其光帝业、报君恩的高尚品格和不世功业；对于郭元振，则高度评价了其"拥兵抗矫征，仗节归有德。纵横负才智，顾眄安社稷"的雄才大略;《狄梁公》一首,赞美狄仁杰"昌言太后朝,潜运储君策。待贤开相府,共理登方伯",对其直言敢谏、选贤任能的做法十分推崇。这一组诗虽咏古人古迹,然而意在借古感今,表达了诗人欲要效仿此三人,以建立不世功业的理想。刘开扬笺曰:"要亦感慨怀古,见贤思齐之意也。"周勋初《高适年谱》也说:"高适对此三人极为仰慕,其出处行事每仿效焉。"左云霖则在《高适传论》中这样分析:"从这一组诗里,我们可以发现,高适对'三君'的歌颂有共同的特点:既誉美其乱世中斡旋乾坤的功业,又钦羡其'高位''勋烈',这正是高适汲汲追求的目标。"高适对功业的这种态度,固然有功利的一面,却也使得他区别于封建时代的其他知识分子。正是这种对功名的强烈向往,支撑着他在政治道路上百折不挠,终于成为唐代诗人中少有的"达者"。

在历史上善于以德政治理地方的官员中,高适特别推崇宓子贱。他有好几首诗专咏宓子贱鸣琴而治的功绩。宓子贱是孔子的学生,《孔子家语》卷九载:"宓不齐,鲁人,字子贱,少孔子四十九岁,仕为单父宰,有才智仁爱,百姓不忍欺,孔子大之。"据《吕氏春秋·察贤》载:"宓子贱治单父,弹鸣琴,身不下堂而单父治。"高适有《登子贱琴堂赋诗三首》,序言中说"首章怀宓公之德千祀不朽",诗曰:"宓子昔为政,鸣琴登此台。琴和人亦闲,千载称其才。临眺忽凄怆,人琴安在哉?悠悠此天壤,唯有颂声来。"高度赞扬了宓子贱以德政治理单父的功绩。《同群公秋登琴台》曰:"德与形神高,孰知天地遥。"《宋中十首》其九曰:"常爱宓子贱,鸣琴能自亲。"悠然神往,仰慕之情溢于言表。《观李九少府翥树宓子贱神祠碑》中又说"作者无愧色,行人感遗风",盛赞李九少府梦中有感于宓子贱之德政,故而于单父林中为其立碑的行为,认为李氏把地方治理得很好,无愧于宓子贱;而行经宓子贱碑的人也能受到其遗风的感化。由此可见,高适不仅是把宓子贱作为一个高悬的理想去仰慕,而是希望在现实中仿效他的德政。在《登子贱琴堂赋诗三首》中,他称赞当代睢阳太守李少康为宓子贱重建琴堂的做法,又赞扬当代单父县令崔某,能像宓子贱一样把单父县治理得太平安康。在一些并非专咏宓子贱的诗中,高适也屡屡提到他,并以之为榜样。比如《同房侍御山园新亭与邢判官同游》曰:"灌坛有遗风,单父多鸣琴。谁为久州县,苍生怀德音。"以梁宋历史上行德政之太公望与宓子贱来代指久为州县官员的房琯,赞美他以德政感化百姓、深得民心的功绩。《同鲜于洛阳于毕员外宅观画马歌》:"知君爱鸣琴,仍好千里马。"既称赞鲜于氏善弹琴,也有称颂其作为洛阳令简政清刑、无为而治之意。后来高适上任彭州的时候,写了一首《酬裴员外以诗代书》,其中有几句讲到彭州地方的情况和自己的打算:"罢人纷争讼,赋税如山崖。所思在畿甸,曾是鲁宓侪。"彭州地方治安混乱,赋税沉重,诗人惟愿仿效宓子贱鸣琴而治,治理好彭州,为朝廷效力。不仅在彭州刺史任上,后来出任蜀州刺史和剑南西川节度使的时候,他也是"政存宽简,吏民便之"(《旧唐书·高适传》),这正是他推崇宓子贱的思想在现实中的实践。

另一部分咏史诗则是借怀古抒发怀才不遇的苦闷。《咏史》:"尚有绨袍赠,应怜范叔寒。不知天下士,犹作布衣看。"作于天宝八载(749)诗人出仕之前,此时高适困窘至极,多年求官未得,不免心中悲愤。此诗名为咏古人古事,实则借古讽今,以范雎自况,讽刺当权者不识人才,只以普通布衣看待自己,愤懑与自信兼而有之。《唐诗解》评此诗曰:"达夫少尝落魄,晚年始贵。疑当时必有轻之者,故借古人以咏之。"《唐诗笺注》也说此诗:"大意总言天下士不可轻视,隐然自负。"《古歌行》以汉代"高皇旧臣多富贵"的事实讽刺重门第而轻才干的用人制度,又以追忆汉文帝垂拱而治、野无遗贤的历史表达自己有才而不得用的悲愤。作于天宝三载(744)的《古大梁行》也抒发了这种苦闷的情绪:"古城莽苍饶荆榛,驱马荒城愁杀人。魏王宫观尽禾黍,信陵宾客随灰尘。忆昨雄都旧朝市,轩车照耀歌钟起。军容带甲三十万,国步连营一千里。全盛须臾那可论,高台曲池无复存。遗墟但见狐狸迹,古地空馀草木根。暮天摇落伤怀抱,抚剑悲歌对秋草。侠客犹传朱亥名,行人尚识夷门道。白璧黄金万户侯,宝刀骏马填山丘。年代凄凉不可问,往来唯有水东流。"由古大梁城的遗迹追怀魏国昔日的强盛繁华和礼贤下士的信陵君,通过今昔对比表达世事无常而人生短暂、功业未建却报国无门之感。另有《自淇涉黄河途中作十三首》其十二，因遥见黎阳李密墓，回顾其叱咤风云而终于失败，为人假手而不知学萧曹建功立业的一生，既悲且叹，也有借他人酒杯浇自己块垒的意思。

高适还有一部分咏史诗，是以史为鉴，通过怀古表达对时局的忧心，体现出诗人为民请命的政治情怀。《自淇涉黄河途中作十三首》其七，写诗人泛舟河中，遥见广武城，追怀楚汉"屠钓称侯王，龙蛇争霸王"的故事，表达了"缅怀多杀戮，顾此生惨怆"的忧心；组诗其十"茫茫浊河注"也是怀古伤今之作，诗人因见河水浑浊，而思大禹治水之功和汉代数位帝王治理黄河的功绩，转而忧心当代若遇黄河决堤该如何处理的问题。写此诗时高适尚未入仕，但是诗中透露出的以天下为己任的责任感，很有盛唐的时代气息，也体现出诗人胸怀天下、心系百姓的情怀。高适于天宝九载(750)送兵清夷军时，已见安禄山治下的边塞形势危急；于天宝十载(751)春自蓟北归梁宋，途经河淇时因听说杨贵妃与安禄山苟且之传闻，写下了《辟阳城》一诗，诗中以汉代唐，隐晦地表达对朝中乱象的批判和忧虑。作于天宝十一载(752)秋的《登百丈峰二首》则表达了诗人对边塞形势的担忧，第一首怀古伤今，因登高见汉垒引起思古之幽情，借汉武帝派霍去病连年征讨匈奴却终于难灭的史实，表达对吐蕃侵扰大唐国土的忧虑，认为对吐蕃的行为要坚决反击，但一味使用武力却不是长久之计。第二首借古鉴今，因远望白亭路而想起西晋由于两代君主的昏庸导致内乱外患的史实，意在提醒本朝统治者要处理好内政和外交，不要步西晋后尘。这些诗歌是高适对大唐政治、军事危局的思考，体现了诗人不同凡响的政治眼光。

五、文赋疏表

高适的文和赋散佚严重，且历来不为文论家所重视。《新唐书·高适传》载："其诒书贺兰进明，使救梁、宋，以亲诸军；与许叔冀书，令释憾；未度淮，移檄将校，绝永王，俾各自白，君子以为义而知变。"他任淮南节度使时所作的《与贺兰进明书》《与许叔冀书》以及《与永王将校书》,今皆不传,殊为可惜。今可见者,有《全唐文》所刊文赋共21篇,20世纪80年代刘开扬先生的《高适诗集编年笺注》和孙钦善先生的《高适集校注》均收录文赋19篇,但互有出入。这个数目,应该是当年高适文章的很小一部分,然而管中窥豹亦可见一斑。论者多以高适边塞诗为高,因而忽视其文的成就。实际上高适本人对自己的文赋颇为自负,他在《信安王幕府诗》中自诩"作赋同元叔,能诗匪仲宣",把自己和西汉著名的辞赋家赵壹相提并论。当时名流,对高适也深为推许,《旧唐书·高适传》载:"天宝中,海内事干进者注意文词。……宋州刺史张九皋深奇之,荐举有道科。"则张九皋所奇者,不只是他的诗,还有文。安史之乱中,高适曾向玄宗上《陈潼关败亡形势疏》,玄宗读后,"嘉之,寻迁侍御史",并在次月擢其为谏议大夫,赐绯鱼袋,可见这篇疏文很有感染力。

高适的文,成就最高的是抒情性极强的《罢职还京次睢阳祭张巡许远文》。睢阳保卫战是安史之乱中最惨烈、意义也最重大的一场战役。宋祁在《新唐书》中这样评价张、许二人:"大小数百战,虽力尽乃死,而唐全得江、淮财用,以济中兴,引利偿害,以百易万可矣。巡先死不为遽,远后死不国屈。"韩愈则在《张中丞传后叙》里高度评价了这场战役的意义:"守一城,捍天下,以千百就尽之卒,战百万日滋之师,蔽遮江淮,沮遏其势,天下之不亡,其谁之功也?"当年睢阳告急之时,高适曾发兵救援,并写信给贺兰进明、许叔冀,请他们出兵救援睢阳。可见,他对于睢阳保卫战是有深刻感触的,这是此文动人的情感基础。在文中,高适高度评价了张巡、许远二人"体质贞正,才掩贤豪""惆怅雄笔,辛勤宝刀"的品格与才能,同时感慨其"诗书自负,州县徒劳""时平位下,世乱节高"的遭遇,这种才能与遭遇之间的反差也是高适自己感触最深的地方,所以写起来感情充沛,富有气势,不平之气溢于言表。虽然沉沦下僚,但当国家危难之际,张、许二人毅然挺身而出守卫睢阳,将生死置之度外。守卫睢阳的十个月,形势的艰苦卓绝是不可想象的,高适用沉痛凄婉的笔墨描绘了这一悲壮的历程:"坚守半岁,绝粮数旬,枋椽秣马,煮纸均人。病不暇拯，殁无全身，煎熬甲胄，啄啮胶筋。"可是睢阳还是失守了，张、许二人也"抗节以埋魂"，悲壮地牺牲了。孙钦善说高诗的一个重要特点是"夹叙夹议而又饱含着强烈的感情"（《高适集校注·前言》），其实这不仅是高诗的特点，也是高文的特点。高适不仅以旁观者的眼光评价这场战争和其中的人物，而且常常把自己代入战争之中，营造一种身临其境的氛围，加强了文章的抒情性。当睢阳保卫战打响之时，高适正任淮南节度使，并曾致书贺兰进明、许叔冀等人，望其发兵救援，然而并没有回音，沉痛之情见于言外。高适写这篇文章的时候已是战争结束后的第二年，当他"途出兹邦，悲缠旧郭"，看到"邑里灰烬，城池墟落"的残破景象时，忍不住再次发抒对张、许二人的热烈礼赞："声盖天壤，气横辽廓，让死争先，临危靡却。"高适此次途经睢阳，是因遭谗害被排挤，由扬州归东京，写作此文也有借祭奠张、许二人来排遣胸中愁闷之意。正是因为高适与张、许二人有相似的身世遭遇和共同的爱国理想，所以文中充满深沉悲愤的激情，读来十分感人。

　　高适的文赋，大多写于安史之乱以后，多半是上呈统治者的应制之作，其中数量最多的是谢表与贺表。这些虽是应制文章，却也能体现高适的政治理想、军事见解，因其热衷于建功立业，所以文中往往充满热情。安禄山死后，高适上《贺安禄山死表》，其中有"臣恨不得血贼于万戟，肉贼于三军，空随率土之欢，远奉九霄之庆"之句，咬牙切齿之状跃然纸上。《谢上淮南节度使表》亦可为此类代表："岂意圣私超等，荣宠荐臻；拔自周行，寄重方面。以时危而注意，窃愧非才；因国难以捐躯，顾为定分。"临危受命，受宠若惊；"即当训练将卒，缉绥黎甿，外以平贼为心，内以安人为务。庶使殄灭凶丑，舞咏时邕，报明主知臣之恩，成微臣许国之节。"为报君恩，立志建功。对于功业心极强的高适而言，这些并非完全是套话，应该也有一定的真情实感。

　　高适有三篇咏物赋赞，也值得注意。其中《樊少府厅狮猛赞》，主要赞美画中狮子的威仪："顾犀象则百队山跧，看熊罴则千群野死。""昆仑却粹，而屋壁欲动；虎豹胆慑，而讼庭已空。稜稜兮隔帘飞霜，飒飒兮满院生风。"然而结尾点题:"于是乎狮子为百兽之长,遂识樊公为百夫之雄。"表面赞颂图画和主人,实则借咏物表达自己愿为"百夫之雄"的人生理想。《苍鹰赋》和《奉和鹘赋》则是借咏凶猛锐利的鹰和鹘寄托自己高远的理想。鹘志向高远,本领超凡:"忿顾兔之狡伏,耻高鸟之成群。始灭没以略地,忽升腾而参云;翻决烈以电掣,皆披靡而星分。奔走者折胁而绝胣,鸣噪者血洒而毛纷",然而其理想却在于"虽百中之自我,终一呼而在君",希望自己为君所用,建立功业。鹰有着"排空汉,飞绝岛;奋之鼓之,载击载讨。凌紫气而蔽日,下平皋而覆草"的迅猛气势,令人惊叹,然而结尾作者说"幸免射于高埔,愿抟风而上击",志存高远的理想寄托十分明显。杜甫在《奉简高三十五使君》诗中高度赞扬高适的才能:"当代论才子,如公复几人。骅骝开道路,鹰隼出风尘。"以骏马和鹰隼比喻高适,正与他的这几篇赋赞暗暗相合。

高适诗文的评价与传播

　　高适是盛唐著名的诗人,他的诗文在当时就得到了很高的评价,并广泛传播。杜甫曾在《奉寄高常侍》诗中这样评价他的好友:"总戎楚蜀应全未,方驾曹刘不为过。"从政治和文学两方面肯定他的成就和地位:前一句指出他出任淮南节度使和剑南西川节度使并未完全发挥其才能,后一句说他在文学上可与曹植、刘桢并驾齐驱。同时代的殷璠在《河岳英灵集》中说:"适诗多胸臆语,兼有气骨,故朝野通赏其文。"既点明了高诗的主要特点是有"气骨",与杜甫的评价不谋而合;同时也简要说明了其诗歌广受欢迎的情况。集中收录高适诗十三首,在严格的选诗标准下,这个数量是比较多的。在敦煌石室发现的《唐写本唐人选唐诗》中,高适有不少作品入选。其他如芮挺章的《国秀集》、韦庄的《又玄集》等选本中,也有高适的诗。据谭优学《唐诗人行年考》,薛用弱《集异记》中所载"旗亭画壁"的故事发生在开元二十五年(737),当时高适还不到四十岁,然而他的诗歌已经在民间广为传唱了。高适自己在《奉寄平原颜太守》诗序中说:"初,颜公任兰台郎,与余有周旋之分,而于词赋,特为深知。……今南海太守张公之牧梁也,亦谬以仆为才,遂奏所制诗集于明主。而颜公又作四言诗数百字并序,序张公吹嘘之美,兼述小人狂简之盛,遍呈当代群英。"这说明他在出仕之前就已声名远播,颇为当时名彦所推许了。

宋元时期,人们对高适的评价有了一些变化。辛文房《唐才子传·高适传》说他:"年五十始学为诗,即工,以气质自高,多胸臆间语。每一篇已,好事者辄传播吟玩。"这与《新唐书·高适传》中的说法如出一辙:"年五十始为诗,即工,以气质自高。每一篇已,好事者辄传布。"认为他专心于诗的时间是从五十岁开始,其诗歌在当时就很受欢迎。从今天的研究成果来看,高适天宝八载(749)出任封丘尉,当年虚岁正好五十,此后直到安史之乱爆发之前,将近七年间,他一共创作了六十多首诗歌,占他诗歌总数的四分之一,其中尤以天宝九载、十一载、十二载为多。然而从天宝十五载(756)佐哥舒翰镇守潼关以后,直到诗人去世,十年间才有十余篇诗歌。这样看来,高适五十岁以后的诗作约有八十篇,只占他诗歌总数的三分之一,所以《唐才子传》和《旧唐书》中的说法并不符合实际情况。至于其诗歌很受欢迎,大约与盛唐诗人与歌者来往密切、边塞诗歌特别能引起民众兴趣的社会风气有很大关系。

高、岑二人均以边塞诗闻名,早在唐代,杜甫就在诗中把他们放在一起评价:"高岑殊缓步,沈鲍得同行。意惬关飞动,篇终接混茫。"所谓"缓步"是收放自如,"意惬"谓诗思妙,"篇终"谓诗力厚,杜甫认为二人风格相近。在这个基础上,严羽在《沧浪诗话》中以"高、岑之诗悲壮,读之使人感慨"评价二人相似之处。明代高棅在《唐诗品汇》中把"高适、岑参之悲壮"看成是"盛唐之盛者"的表现之一,胡应麟也在《诗薮》中说"高、岑悲壮为宗",钟惺则干脆说"高、岑心手,如出一人"。以"悲壮"概括高、岑二人的特点,可以说是抓住了二人诗歌的根本特征,然而这并不意味着二人完全没有区别,更不能说是"如出一人"。

这种只论高、岑共性而不言个性的做法遭到了明代一些诗论家的反对,他们更注重细致区分二人的不同之处。此种评价趋向以王世贞最有代表性,他在《艺苑卮言》中说:"高、岑一时不易上下,岑气骨不如达夫遒上,而婉缛过之。选体时时入古,岑尤陟健。歌行磊落奇俊,高一起一伏,取是而已,尤为正宗。五言近体,高、岑俱不能佳,七言,岑稍浓厚。"王世贞认为高适以气骨胜,岑参以细腻胜;高适长于歌行,而岑参七言近体占上风。明代对高、岑二人的对比评价,尤以胡应麟为最。他在《诗薮》中多次提到二人,有时肯定其相同之处:"高适、岑参、王昌龄、李颀、孟云卿,本子昂之古雅,而加以气骨者也。""高、岑、王、李,音节鲜明,情致委折,浓纤修短,得衷合度,畅乎,然而未大也。""高、岑明净整齐,所乏远韵。""高、岑之悲壮。""高、岑、王、孟以韵胜。"胡应麟认为高、岑之诗源自于陈子昂,既古雅又有气骨;二人之诗内在均有悲壮的风格,外在明净整齐、浓纤得衷、修短合度,均是很优秀的。然而前面说"所乏远韵",后面又说"以韵胜",自相矛盾。胡氏更多的论述则是着眼于二人的不同之处:一、从音节音调上看,岑古高近:"古诗自有音节。……唐人李、杜外,惟嘉州最合。襄阳、常侍虽音调高远,至音节时人近体矣。"二、从内在气骨看,高不如岑:"高气骨不逮嘉州。"三、外在字面上,高不如岑;内在意蕴上,岑不如高:"嘉州词胜意,句格壮丽而神韵未扬;常侍意胜词,情致缠绵而筋骨不逮。"四、岑诗秾丽,高诗雄浑:"岑参之秾丽,高适之浑雄。"总体看来,胡氏认为:岑诗外在更细腻婉丽,高诗胜在内在气骨意蕴的充沛雄浑。许学夷《诗源辨体》谓:"五言律,高语多苍莽,岑语多藻丽,然高入录者气格似胜,岑则句意多同。"看法与王、胡二人相近。

明人对于高、岑所擅长的诗体看法比较混乱。比如胡应麟,一时说高适擅长五古:"常侍五言古,深婉有致。"一时说长于七言歌行和五律:"达夫歌行、五言律,极有气骨。"一时又说他长于七言绝句:"长七言绝,不长五言绝者,高达夫也。"可谓莫衷一是。到了清代,对高、岑二人的评价就比较统一了。一是大部分诗论家均认为高适最擅长七言古诗,贺裳、叶燮、方南堂、施补华、沈德潜均持此种观点,其中以贺裳《载酒园诗话又编》的论述最有代表性:"高七言古最有气力,李、杜之下,即当首推;

岑自肤立，然如崔季珪代魏王，虽雅望非常，真英雄尚属捉刀人也。唯短律相匹，长律亦岑不如高。"贺裳认为高适的七古是李、杜以下首屈一指的。从高适作品的情况来看，清人的观点基本符合事实。现存的高适七古虽只有三四十首，但多为杰作，如《燕歌行》《古大梁行》《行路难》《封丘县》《邯郸少年行》等，为历代选家所青睐，也最能代表高适的个人风格。

清代的诗论家对高、岑二人的比较也比明人更加细致深入。郎廷槐《师友诗传续录》说"高悲壮而厚，岑奇逸而峭"，非常简明地指出高壮岑奇的特点。胡震亨在《唐音癸签》中引陈绎的话说"高适诗尚质主理，岑参诗尚巧主景"，从风格和内容两方面区分二人。管世铭《读雪山房唐诗抄》数次论及二人的区别："岑嘉州独尚警拔，比于孤鹤出群，陶员外、高常侍沉着高骞，亦不与诸君一律。""高常侍豪宕感激，岑嘉州创辟经奇。""高常侍律法稍疏，而弥见古意，岑嘉州始为沉着，凝练稍异于王、李，而将入杜矣。"大意还是说高诗壮、厚而古，岑诗奇、巧而近。这些论点，基本奠定了现当代研究者对高、岑诗歌的认识基础。

另外，清人还进一步指出了高适诗歌的源流。宋育仁《三唐诗品》曰："其源出于左太冲，才力纵横，意态雄杰，妙于造语，每以俊古取致。……七古与岑一骨，苍放音多，排奡骋妍，自然沉郁。骈语之中，独能顿宕，启后人无限法门，当为七言不祧之祖。"宋育仁认为高适诗源出于左思。西晋诗人左思出身寒微，用世之志十分强烈，然而仕途蹭蹬，他又是一个富于反抗精神的人，这就导致他的诗歌感情浓烈、笔力雄健、气势充沛而音调高亢。钟嵘将这种富有力量的特点称为"左思风力"。高适的生平遭遇与性格追求均与左思相似，其诗歌的风格神韵遥接左思，所以宋育仁这么说可谓独具慧眼。翁方纲《石洲诗话》则曰："高常侍与岑嘉州不同……然高之浑朴老成，亦杜陵之先鞭也。直至杜陵，遂合诸公为一手耳。"翁方纲认为杜甫学到了高适诗歌浑朴老成的特点，并且在广泛学习前人的基础上形成了自己沉郁顿挫的风格。杜甫比高适小十二岁，他们天宝三载(744)在宋中同游时，高适已经是著名的诗人了，初出茅庐的杜甫对于以诗结缘的前辈非常仰慕，并在他的影响下走上现实主义的创作之路是很正常的。当代学者卞孝萱也持这种观点,他说:"如果把高适《燕歌行》中含有的沉郁深至的风格与杜甫此后逐步建立的沉郁顿挫的诗风联系起来看,如果将《燕歌行》等篇中对唐的边塞战争的揭露、批评的内容与杜甫《兵车行》等联系起来看,可以说,他们之间是有着承前启后的关系的。"(《杜甫与高适、岑参》,《草堂》1981年第2期)

从盛唐至晚清,关于高适诗文的评价散见于历代诗话之中,杂乱无章不成体系,用语玄虚且互相矛盾。到了二十世纪上半叶,人们开始用现代的眼光和理论观照高适诗,关于高适的评论首先散见于各种文学史中。胡适的《白话文学史》认为高适的乐府诗是脱胎于乐府的新体诗,高度肯定其价值。郑宾于《中国文学流变史》认为高适在风格上与岑参同出一派,而高诗成就不如岑诗,高体气狭小,而岑高歌激昂;高诗长篇不如绝句,岑则不同。稍后的陆侃如与冯沅君的《中国诗史》与苏雪林的《唐诗概论》也持"高不如岑"的观点。

二十世纪五十年代以后,高适的地位有了很大改观。六十到八十年代出现了高适研究的高潮,涌现出了一批高质量的研究成果,主要有王达津的《诗人高适生平系诗》、徐无闻的《高适诗文系年稿》、彭兰的《高适系年考证》、周勋初的《高适年谱》、谭优学的《唐诗人行年考·高适行年考》、刘开扬的《高适诗集编年笺注》、孙钦善的《高适集校注》、左云霖的《高适传论》等。这一时期高适研究的特点,一是重点关注其家世生平和作品编年,二是很多研究学者把目光转向高适诗歌的现实主义倾向。左云霖《高适传论》认为高适的诗歌有很强的人民性,主要体现在关心人民疾苦、反对苛政、主张轻徭薄赋,以及同情守边士卒、鞭挞不恤士卒的将领两个方面。在这个意义上,左云霖说高适是"一个和人民休戚相关的诗人"。关于其艺术成就,左氏认为高适以自己现实主义的方法和浑朴沉实的笔调,推动了初、盛唐的诗歌革新,使得唐诗呈现出时代风貌;并且认为高适是第一个"把描述边塞军旅生活作为诗歌创作的重要内容,并在思想和艺术上取得足以代表其本人诗歌创作最高水平的成就"的人,从这个意义上讲,"完全可以说,高适是一个现实主义的诗人"。刘开扬在《论高适的诗》一文中说:"他的诗中最可贵的部分,是他反映人民生活的诗,他能注意到人民的疾苦,提出改善人民生活的主张,通过对良吏的称道,和对历史上的暴君贼臣的指责来表达他的关怀人民的思想。"并且说他由于亲身参加过劳动,所以他对农民生活的理解远比孟浩然、岑参等人深刻。高文在《试论高适》一文中指出他的主要创作方法是现实主义的,"由于高适的长期潦倒失意,受过贫困的折磨,又参加过劳动,这就使他在思想感情上能够接近人民,看到人民的疾苦,写了许多反映人民疾苦的诗歌,标志着我国诗歌发展的新方向,这是高适的重要贡献"。

八十年代的高适研究,还体现出以下特点:对高适的评价能够从作品出发,重在分析其艺术特色,对高、岑的对比也更趋客观具体。孙钦善《高适集》前言中特别指出高适诗歌浓烈的抒情性和写景的主观性。左云霖《高适传论》认为用"悲壮"来概括高诗的风格不如用"沉实雄健"贴切。刘开扬也在《论高适的诗》一文中强调高适诗感情真挚深厚的一面,并说他的边塞诗没有岑参那么瑰丽多彩,但是气骨却远超岑参。

佘正松的《高适研究》于1992年出版,该书虽然没有新的突破,但是对高适各个时期的思想、各类诗歌的特色以及他的交游都作了细致深入的考察。其中专列一章论述高、岑诗风之异同,在论及二人不同时,他指出:高诗反映的社会面比岑诗要深广得多,所以高诗中的悲慨之情也深厚得多;高适多直抒胸臆,显得壮而真实,且善于创造"有我之境",而岑诗注重用想象和夸张的手法描绘自然景物,诗风奇峭,常常营造"无我之境"。这种细致的分析比较和八十年代的高适研究是一脉相承的。

进入二十一世纪,对于高适的研究以单篇论文居多,讨论的重点集中在其边塞诗上,并无有分量的专著出版。但此时人们的眼光越来越开阔,能够从不同的角度观照高适诗歌的成就及影响。刘梅兰的《高适入幕河西考》,对高适入哥舒翰幕府始末进行了详细的考证。顾农《关于高适"南出江汉"的一点推测》一文推测高适在《谢上彭州刺史表》中所谓"南出江汉"是在永王李璘反叛之前,肃宗曾派高适到永王手下任职。梁丽雪《盛世英雄的柔情与豪情——高适送别诗研究》对高适的送别诗作了全面深入的研究，她将高适的送别诗分为壮志豪情的送别和真挚柔情的送别两类，又把送别的原因归纳为送友初出塞、赴任，送友贬谪、下第和送友归山、隐居三种，并归纳了高适送别诗的思想内涵。王彦明的《高适宋中三十年研究》，把高适出仕之前耕读宋中三十年的生活与创作分为寓居宋中、漫游求仕和交游入仕三个阶段，把三十年中高适的出塞、交游、求仕与他的创作结合起来讨论，使我们对他隐居宋中的情况有了全面深入的了解。

综上所述，关于高适的研究已经取得了很多成果，但仍有一些方面缺乏深入系统的研究。就作品的研究来看，论文多而著作少；大多数论文集中在对其边塞诗的研究上，其他作品却未得到充分的关注，对其文赋的重视尤为不够；对他的家世、思想和作品也缺乏全面系统的研究。这些，都有待后来的研究者去发掘。

李丹

2017 年 8 月 8 日

于江门职业技术学院

凡　例

一、本书以《全唐诗》本《高适诗》四卷为底本，参照刘开扬《高适诗集编年笺注》（中华书局1981年）和孙钦善《高适集校注》（上海古籍出版社1984年）编撰而成。

二、本书收录高适诗歌204题共246首，误收之诗12首，文赋疏表21篇。

三、全唐诗本无《自武威赴临洮谒大夫不及因书即事寄河西陇右幕下诸公》《赠任华》《无题》《奉寄平原颜太守》《送萧判官赋得黄花戍》《奉和储光羲》《感五溪荠菜》《在哥舒大夫幕下请辞托兴奉诗》《闺情》（两题五首）等十三首，根据刘本和孙本补齐，其中后八首为误收之诗。

四、文赋疏表部分，刘本无《苍鹰赋》《陈潼关败亡形势疏》二篇，孙本无《陈潼关败亡形势疏》《西山三城置戍疏》二篇，均补上，其中《陈潼关败亡形势疏》从《旧唐书·高适传》中析出。

五、本书的体例，每篇作品分为原文、题解、校注、汇评四个部分。其中题解主要介绍创作年份、写作背景、思想内容和艺术特色，这是以前的注本没有的；校注把校勘和注释相结合，注释先解释词语在文中的意思，再引用历代名作中的例证帮助理解，其中难认的字均有注音，难理解的句意也在词语解释后面有串讲说明；汇评的内容主要来自于陈伯海主编的《唐诗汇评》。

六、《全唐诗》本未编年；刘本、孙本虽有编年，却互有出入，且有相当一部分诗文未能推定写作年份。本书比对刘本、孙本，并参照周勋初《高适年谱》等资料,尤其是近年来的相关考证材料,对所有的作品重新编年。可以肯定年月的,在题解中明确标出;大致可推测的,也按照年份排列;不清楚具体月份的,随机排列于当年作品的后面。

　　七、在本书之后,附有笔者整理的《高适年谱》,将诗人的行踪和作品的编年相结合,有利于读者查考。这也是以前的注本所没有的。

目　录

编年诗歌

送桂阳孝廉 ……………………………………………………… 3

古歌行 …………………………………………………………… 4

行路难二首 ……………………………………………………… 5

别韦参军 ………………………………………………………… 7

酬庞十兵曹 …………………………………………………… 10

过卢明府有赠 ………………………………………………… 12

酬马八效古见赠 ……………………………………………… 14

秋日作 ………………………………………………………… 16

闲居 …………………………………………………………… 17

苦雪四首 ……………………………………………………… 17

苦雨寄房四昆季 ……………………………………………… 19

赠别晋三处士 ………………………………………………… 22

三君咏 并序 …………………………………………………… 24

　　魏郑公 …………………………………………………… 24

　　郭代公 …………………………………………………… 24

　　狄梁公 …………………………………………………… 24

钜鹿赠李少府 ………………………………………………… 28

1

酬司空璲 …………………………………………… 29

塞上 …………………………………………………… 30

营州歌 ………………………………………………… 32

别冯判官 ……………………………………………… 33

信安王幕府诗 并序 ………………………………… 35

蓟门五首 ……………………………………………… 42

酬李少府 ……………………………………………… 45

送李少府时在客舍作 ………………………………… 46

蓟门不遇王之涣郭密之因以留赠 ………………… 47

自蓟北归 ……………………………………………… 48

同朱五题卢使君义井 ………………………………… 51

真定即事奉赠韦使君二十八韵 …………………… 52

邯郸少年行 …………………………………………… 56

别韦五 ………………………………………………… 59

酬别薛三蔡大留简韩十四主簿 …………………… 59

寄宿田家 ……………………………………………… 61

哭单父梁九少府 ……………………………………… 63

题李别驾壁 …………………………………………… 65

送刘评事充朔方判官赋得征马嘶 ………………… 66

醉后赠张九旭 ………………………………………… 68

宴韦司户山亭院 ……………………………………… 69

送韩九 ………………………………………………… 70

和王七玉门关听吹笛 ………………………………… 71

独孤判官部送兵 ……………………………………… 73

燕歌行 并序 ………………………………………… 74

同熊少府题卢主簿茅斋 …………………………… 80

送崔录事赴宣城 ……………………………………… 81

酬岑二十主簿秋夜见赠之作 ·················· 82

遇冲和先生 ································· 84

别孙诉 ··································· 86

同房侍御山园新亭与邢判官同游 ·············· 86

送萧十八与房侍御回还 ····················· 88

寄孟五少府 ······························ 89

宋中别司功叔各赋一物得商丘 ··············· 91

宋中送族侄式颜时张大夫贬括州使人召式颜遂有此作 ·· 92

又送族侄式颜 ···························· 94

东平路作三首 ···························· 95

别耿都尉 ································· 97

题尉迟将军新庙 ·························· 98

淇上酬薛三据兼寄郭少府微 ················· 100

淇上别业 ································ 103

淇上别刘少府子英 ························ 104

送蔡十二之海上时在卫中 ················· 106

送魏八 ·································· 107

淇上送韦司仓往滑台 ····················· 107

同卫八题陆少府书斋 ····················· 108

酬卫八雪中见寄 ·························· 109

哭裴少府 ································ 110

别韦兵曹 ································ 111

别从甥万盈 ····························· 112

田家春望 ································ 113

别张少府 ································ 114

酬陆少府 ································ 115

自淇涉黄河途中作十三首 ················· 116

渔父歌 ……………………………… 125

同群公题郑少府田家 ……………… 126

夜别韦司士 ………………………… 127

酬鸿胪裴主簿雨后睢阳北楼见赠之作 …… 130

送柴司户充刘卿判官之岭外 ……… 132

同韩四薛三东亭玩月 ……………… 134

同群公十月朝宴李太守宅 ………… 136

宋中遇林虑杨十七山人因而有别 …… 137

奉酬睢阳李太守 …………………… 139

画马篇 同诸公宴睢阳李太守各赋一物 …… 145

咏马鞭 ……………………………… 146

同李司仓早春宴睢阳东亭 ………… 148

送田少府贬苍梧 …………………… 149

送杨山人归嵩阳 …………………… 150

送蔡山人 …………………………… 152

送虞城刘明府谒魏郡苗太守 ……… 153

古大梁行 …………………………… 156

单父逢邓司仓覆仓库因而有赠 …… 158

登子贱琴堂赋诗三首 并序 ……… 160

观李九少府翥树宓子贱神祠碑 …… 162

同群公秋登琴台 …………………… 164

同群公题张处士菜园 ……………… 165

平台夜遇李景参有别 ……………… 166

宋中十首 …………………………… 168

宋中别周梁李三子 ………………… 173

途中酬李少府赠别之作 …………… 175

涟上题樊氏水亭 …………………… 177

涟上别王秀才 …………………… 179

鲁西至东平 …………………… 180

东平留赠狄司马 …………………… 181

饯宋八充彭中丞判官之岭外 …………………… 184

东平路中遇大水 …………………… 187

鲁郡途中遇徐十八录事 时此公学王书嗟别 …………………… 188

秋胡行 …………………… 190

送蔡少府赴登州推事 …………………… 193

送郭处士往莱芜兼寄苟山人 …………………… 194

同群公题中山寺 …………………… 196

奉酬北海李太守丈人夏日平阴亭 …………………… 197

同李太守北池泛舟宴高平郑太守 …………………… 200

同群公出猎海上 …………………… 201

途中寄徐录事 比以王书见赠 …………………… 203

和贺兰判官望北海作 …………………… 204

别崔少府 …………………… 207

东平别前卫县李寀少府 …………………… 208

东平旅游奉赠薛太守二十四韵 …………………… 211

和崔二少府登楚丘城作 …………………… 215

别王彻 …………………… 217

效古赠崔二 …………………… 218

过崔二有别 …………………… 220

宋中遇刘书记有别 …………………… 221

宋中别李八 …………………… 222

别董大二首 …………………… 223

宋中遇陈二 …………………… 225

宴郭校书因之有别 …………………… 227

酬裴秀才 ······················· 228

咏史 ·························· 229

别刘大校书 ···················· 231

睢阳酬别畅大判官 ·············· 232

古乐府飞龙曲留上陈左相 ········ 235

留上李右相 ···················· 239

留别郑三韦九兼洛下诸公 ········ 243

初至封丘作 ···················· 245

同陈留崔司户早春宴蓬池 ········ 246

封丘作 ························ 247

封丘作 ························ 250

赠别沈四逸人 ·················· 251

赋得还山吟送沈四山人 ·········· 253

同群公登濮阳圣佛寺阁 ·········· 255

酬秘书弟兼寄幕下诸公 并序 ······ 256

送兵到蓟北 ···················· 262

使青夷军入居庸三首 ············ 263

蓟中作 ························ 266

赠别王十七管记 ················ 268

除夜作 ························ 272

答侯少府 ······················ 274

同敬八卢五泛河间清河 ·········· 278

辟阳城 ························ 279

同颜少府旅宦秋中之作 ·········· 281

九日酬颜少府 ·················· 282

奉酬睢阳路太守见赠之作 ········ 283

崔司录宅燕大理李卿 ············ 286

同诸公登慈恩寺浮图 ················· 287

同薛司直诸公秋霁曲江俯见南山作 ····· 290

同李九士曹观壁画云作 ··············· 292

同崔员外綦毋拾遗九日宴京兆府李士曹 ··· 293

玉真公主歌 ························· 295

送李少府贬峡中王少府贬长沙 ········· 296

送张瑶贬五溪尉 ····················· 299

赠任华 ····························· 300

送别 ······························· 302

别王八 ····························· 303

送蹇秀才赴临洮 ····················· 304

送李侍御赴安西 ····················· 305

送裴别将之安西 ····················· 308

送郑侍御谪闽中 ····················· 309

送董判官 ··························· 310

送浑将军出塞 ······················· 311

送白少府送兵之陇右 ················· 314

登垄 ······························· 316

登百丈峰二首 ······················· 317

入昌松东界山行 ····················· 320

自武威赴临洮谒大夫不及因书即事寄河西陇右幕下诸公 ··· 321

李云南征蛮诗 并序 ················· 324

金城北楼 ··························· 328

同李员外贺哥舒大夫破九曲之作 ······· 330

塞下曲 ····························· 332

无题 ······························· 334

同吕员外酬田著作幕门军西宿盘山秋夜作 ··· 335

同吕判官从哥舒大夫破洪济城回登积石军多福七级浮图 ……… 337

河西送李十七 ……………………………………………… 339

陪窦侍御灵云南亭宴诗得雷字 并序 …………………………… 340

陪窦侍御泛灵云池 ………………………………………… 343

和窦侍御登凉州七级浮图之作 ……………………………… 344

九曲词三首 ………………………………………………… 345

武威同诸公过杨七山人得藤字 ……………………………… 347

部落曲 ……………………………………………………… 348

奉寄平原颜太守 并序 ………………………………………… 349

同马太守听九思法师讲《金刚经》 ………………………… 353

送萧判官赋得黄花戍 ……………………………………… 356

酬河南节度使贺兰大夫见赠之作 …………………………… 357

见薛大臂鹰作 ……………………………………………… 361

登广陵栖灵寺塔 …………………………………………… 362

广陵别郑处士 ……………………………………………… 364

同群公宿开善寺赠陈十六所居 ……………………………… 365

同观陈十六《史兴碑》 并序 ………………………………… 366

送崔功曹赴越 ……………………………………………… 369

赠别褚山人 ………………………………………………… 370

秦中送李九赴越 …………………………………………… 371

赴彭州山行之作 …………………………………………… 373

酬裴员外以诗代书 ………………………………………… 374

同河南李少尹毕员外宅夜饮时洛阳告捷遂作春酒歌 ……… 382

同鲜于洛阳于毕员外宅观画马歌 …………………………… 385

赠杜二拾遗 ………………………………………………… 387

人日寄杜二拾遗 …………………………………………… 388

逢谢偃 ……………………………………………………… 391

同郭十题杨主簿新厅 ·············· 392

误收之诗

铜雀妓 ·· 397

塞下曲 ·· 398

重阳 ··· 399

听张立本女吟 ································· 400

奉和储光羲 ···································· 401

感五溪荠菜 ···································· 403

在哥舒大夫幕下请辞托兴奉诗 ······ 404

闺情 为落殊蕃陈上相知人 ············· 404

闺情 ·· 405

附　录

文赋疏表 ··· 409
罢职还京次睢阳祭张巡许远文 ········ 409
双六头赋送李参军 ························· 410
奉和鹘赋 并序 ······························· 410
苍鹰赋 ·· 411
东征赋 ·· 412
陈潼关败亡形势疏 ························· 414
西山三城置戍疏 ····························· 414
为东平薛太守进王氏瑞诗表 ············ 415
谢封丘县尉表 ································· 416
谢上淮南节度使表 ························· 417
贺安禄山死表 ································· 417
谢上彭州刺史表 ····························· 418

请入奏表 ································· 419

贺斩逆贼徐知道表 ················· 419

贺收城表 ···························· 420

谢上剑南节度使表 ················· 420

陈留郡上源新驿记 ················· 421

送窦侍御知河西和籴还京序 ······ 422

后汉贼臣董卓庙议 ·················· 423

樊少府厅狮猛赞 ···················· 424

绣阿育王像赞 并序 ················· 424

高适年谱 ························ 425

高适传记资料 ·················· 456

诸家评论 ························ 460

高适集版本 ···················· 466

后记 ······························· 467

编年诗歌

送桂阳孝廉①

桂阳少年西入秦,数经甲科犹白身②。即今江海一归客,他日云霄万里人③。

【题解】

此诗写桂阳少年入长安落第而归,有高适自己的影子,从其遭遇及诗中乐观情绪来看,当为开元七年(719)初入长安之作。诗前两句叙写桂阳少年的科场遭遇,数次参考仍未获得功名,有怜惜意味;后两句鼓励对方莫以今日失意为念,以君之才华,他日定当高中,腾身青云指日可待。整首诗洋溢着年轻人的磊落不平之气和豪迈乐观情绪,高适本人初入长安的遭遇与桂阳少年颇为相似,是以鼓舞对方也是激励自己"穷且益坚,不坠青云之志"。

【校注】

①桂阳:《新唐书·地理志》:"郴州桂阳郡治郴。"在今湖南省郴州市。唐武德七年(624),郴州改桂阳郡,平阳县并入郴县,次年复置。开元二十二年(734),桂阳郡改为郴州,属江南西道。孝廉:本为汉代选官的科目。孝指孝子,廉指廉洁之士。汉武帝元光元年(前134),初令郡国举孝、廉各一人。汉以后隋以前,孝、廉合为一科,州举秀才,郡举孝廉。唐代科举曾设孝廉科,但时置时罢,后成为明经科之别称。《全唐文纪事》卷十四玄宗《条制考试明经进士》:"且今之明经进士,则古之孝廉秀才。"

②秦:此处代指长安,因秦代都城在长安。甲科:按杜佑《通典·选举》,唐时科举按试题难易程度,明经有甲、乙、丙、丁四科,进士有甲、乙两科,甲科本指最难之科,此处泛指科举考试。白身:旧指平民。亦指无功名、无官职的士人或已仕而未通朝籍的官员。

③江海一归客：失意而归隐江海之人，此指桂阳少年。云霄：《唐人万首绝句》作"云山"，《全唐诗》作"云霄"，下注："一作云山。"此处意为桂阳少年今虽落第，终将高中，故应为"云霄"。

古歌行

君不见汉家三叶从代至，高皇旧臣多富贵①。天子垂衣方晏如，庙堂拱手无馀议②。苍生偃卧休征战，露台百金以为费③。田舍老翁不出门，洛阳少年莫论事④。

【题解】

孙钦善《高适集校注》认为此诗"或作于北游燕赵之时"。周勋初《高适年谱》认为："高适首次入长安，谋高位无成，每于诗中吐露怀抱，或用古乐府形式抒发不平。"并说《古歌行》可定为此一时期之作。刘开扬《高适诗集编年笺注》也认为"此亦似适初入长安所作"。从作品的风格和内容来看，基本可以定为初入长安之作，姑系于开元七年(719)。

诗歌大半篇幅赞颂汉文帝无为而治的功绩，只在"高皇旧臣多富贵"和"洛阳少年莫论事"中微露不平之气。大约高适是以文帝之治比开元之治，唐玄宗以临淄郡王的身份平定韦后之乱，继睿宗即皇帝位，情况与汉文帝相类，而开元之治亦为时人称赞，但高适满怀报国之志入长安，却无人援引，报国无门，于是有感而作。

【校注】

①汉家三叶从代至：指汉文帝继高祖、惠帝之后，以代王而立为帝，是西汉第三个皇帝。高皇旧臣：据《史记·孝文本纪》记载，汉文帝即位后，"右丞相(陈)平徙为左丞相，太尉(周)勃为右丞相，大将军灌婴为太尉。……益封太尉勃万户侯，赐金五千斤。丞相陈平、灌将军婴邑各三千户，金二千斤。"高皇旧臣应指周勃、灌婴这些迎立代王的高祖旧臣。

周勃、灌婴二人出身布衣,鄙陋无文,嫉妒心又强,却得富贵封侯,此处隐含讽刺之意。

②垂衣:即"垂衣裳",指帝王无为而治。王充《论衡·自然》:"垂衣裳者,垂拱无为也。"晏如:安定,太平。拱手:无为而治,与"垂衣"相连。"垂衣"与"拱手"合称"垂拱",用以称颂帝王无为而治。

③偃卧:仰卧。此处意为天下太平,百姓安居。露台:帝王节俭之典。《史记·孝文本纪》:"孝文帝从代来,即位二十三年,宫室苑囿狗马服御无所增益,有不便,辄弛以利民。尝欲作露台,召匠计之,直百金。上曰:'百金,中民十家之产,吾奉先帝宫室,常恐羞之,何以台为!'"

④田舍老翁不出门:赞美开元之治,人民安居乐业。《史记·律书》:"文帝时……自年六七十翁,亦未尝至市井,游敖嬉戏,如小儿状。"洛阳少年:指贾谊。《史记·屈原贾生列传》:"文帝召以为博士。是时贾生年二十馀,最为少。每诏令议下,诸老先生不能言,贾生尽为之对……于是天子议以为贾生任公卿之位。绛、灌、东阳侯、冯敬之属尽害之,乃短贾生曰:'雒阳之人,年少初学,专欲擅权,纷乱诸事。'于是天子后亦疏之,不用其议。"此处以贾谊年少才高而不得志自比。

行路难二首①

君不见富家翁,旧时贫贱谁比数②?一朝金多结豪贵,百事胜人健如虎。子孙成行满眼前,妻能管弦妾歌舞③。自矜一身忽如此,却笑傍人独愁苦。东邻少年安所如,席门穷巷出无车④。有才不肯学干谒,何用年年空读书⑤?

长安少年不少钱,能骑骏马鸣金鞭。五侯相逢大道边,美人弦管争留连⑥。黄金如斗不敢惜,片言如山莫弃捐⑦。安知憔悴读书者,暮宿灵台私自怜⑧!

　　高适有《别韦参军》诗曰:"二十解书剑,西游长安城。"诗中有"安知
憔悴读书者,暮宿灵台私自怜"之句,灵台在长安西,可知这两首诗大约
是他西游长安时所作,约在开元八年(720)。第一首以曾经穷困至极却
一朝发迹的富家翁与年年苦读不肯干谒的东邻少年相对照,第二首以纵
色使财、交游贵宦的长安少年与孤寒落魄、憔悴夜读的灵台书生相对照。
由《别韦参军》诗意可知,其西游长安的目的在于"举头望君门,屈指取公
卿",可实际的遭遇却是"白璧皆言赐近臣,布衣不得干明主",可见这两
首诗中的书生都是高适自指。周勋初《高适年谱》:"初游长安,不遇,甚
失意。"此二首即其失意之作,把意气风发的少年遭遇现实残酷打击的不
平之气抒发得淋漓尽致,反映了世道艰难,照应了诗题。

【校注】

　　①行路难:乐府古题,属杂曲歌词。《乐府古题要解》:"《行路难》,备
言世路艰难及离别伤悲之意,多以'君不见'为首。"

　　②比数(shù):相与并列,相提并论。《汉书·司马迁传》:"刑馀之
人,无所比数,非一世也。所从来远矣。"

　　③成行:敦煌集本、《乐府诗集》均作"成长",《文苑英华》作"生长",
明活字本作"成行"。

　　④东邻:明活字本作"东陵",敦煌集本作"东邻"。席门穷巷:《史
记·陈丞相世家》载,陈平"家乃负郭穷巷,以弊席为门"。出无车:《战国
策·齐策》载,冯谖客孟尝君,"复弹其铗,歌曰:'长铗归来乎,出无车。'"
此句是回答上句,感叹东邻少年如陈平、冯谖一样有才能却生活困窘。

　　⑤干谒(gān yè):拜见有权势有地位的人以求其援引。《北史·郦
道元传》:"(弟道约)好以荣利干谒,乞丐不已,多为人所笑弄。"

　　⑥五侯:《汉书·元后传》:"河平二年,上悉封舅(王)谭为平阿侯,商
成都侯,立红阳侯,根曲阳侯,逢时高平侯。五人同日封,故世谓之五
侯。"东汉光武帝、桓帝时亦有受封五侯者,后世以"五侯"泛指权贵。此
二句谓长安少年与权贵相逢,相与流连声色。

⑦黄金如斗:《晋书·周𫖳传》:"今年杀诸贼奴,取金印如斗大系肘。"片言如山:《论语·颜渊》:"片言可以折狱者,其由也与!"此二句谓长安少年轻财而重言,富贵威风,以其烈火烹油之浮华反衬灵台书生清冷寂寥之夜读,似褒实贬。

⑧灵台:相传为周武王所筑,用以观察天文星象、妖祥灾异,故址在今西安市长安区以西。

【汇评】

《唐风绪笺》:此诗意多讽刺,语自平和,故佳。

《古诗镜》:绝有气格。

《唐音评注》:("何须年年空读书"句)嘲调过正,至不可读。

《唐诗广选》:不稳("黄金如斗"句下)。

别韦参军①

二十解书剑,西游长安城②。举头望君门,屈指取公卿③。国风冲融迈三五,朝廷欢乐弥寰宇④。白璧皆言赐近臣,布衣不得干明主⑤。归来洛阳无负郭,东过梁宋非吾土⑥。兔苑为农岁不登,雁池垂钓心长苦⑦。世人向我同众人,唯君于我最相亲⑧。且喜百年有交态,未尝一日辞家贫⑨。弹棋击筑白日晚,纵酒高歌杨柳春⑩。欢娱未尽分散去,使我惆怅惊心神。丈夫不作儿女别,临歧涕泪沾衣巾⑪。

【题解】

高适于开元七年(719)初游长安,失意不遇,南返宋州后作此诗,时间应在开元九年(721)。《旧唐书·高适传》:"适少濩落,不事生业,家贫,客于梁、宋,以求丐自给。"前八句回忆了在长安求仕却遭受冷遇的经历,太平盛世,而近臣得宠,布衣难进,有李白"大道如青天,我独不得出"之意。次四句写东归宋州后隐居山野的困苦生活,开辟荒地,聊以糊口,却岁恶不入,心忧长苦。"世人"以下六句写友人韦氏对自己慷慨相助的深情厚谊。末四句叙别,而以大丈夫作别勿效小儿女情态相勉励。诗以赠别为题,实为高适自述之作,以自己的亲身经历揭露了豪贵的专权、世态的炎凉,表达了理想受挫的愤慨。此诗写苦不见颓靡之态,惜别仍发豪放之情,快人快语,表现出诗人鲜明的个性特征,因而能以情动人,具有很强的感染力。《新唐书·高适传》说高适诗"以气质自高",于此诗可见。

【校注】

①参军:唐制,于州刺史(郡太守)下设参军数人,协理政务。此诗敦煌选本题作《送韦参军》,《文苑英华》作《赠别韦参军》。

②解书剑:知书会剑。解:学会,通晓。《全唐诗》注云:"一作辞。"《史记·项羽本纪》:"项籍少时,学书不成,去;学剑,又不成。"古代士人书剑皆学。

③君门:指帝阙。宋玉《九辩》:"君之门以九重。"屈指:估计。此句意谓心里估计公卿之位得来容易。公卿:三公九卿,泛指高官。

④国风冲融:国家的风教深广敦厚。三五:刘向《九叹·思古》:"背三五之典刑兮,绝《洪范》之辟纪。"王逸注:"言君施行,背三皇五帝之常典。"此处以三皇五帝代指民风质朴、社会和谐的太平盛世。欢:《全唐诗》注云:"一作礼。"

⑤布衣:平民,古代平民不能衣锦绣。《荀子·大略》:"古之贤人,贱为布衣,贫为匹夫。"干(gān):干谒。

⑥负郭:指负郭之田,城郭近郊之肥田。《史记·苏秦列传》载,苏秦少贫而发愤读书,游说合纵抗秦,衣锦还乡时说:"使我有雒阳负郭田二顷,吾岂能佩六国相印乎?"梁宋:旧称,指唐宋州宋城县,在今河南商丘。《元和郡县志》:"宋城县,汉睢阳县,属宋国(周),后属梁国(汉)。"非吾土:不是我的家乡。王粲《登楼赋》:"虽信美而非吾土兮,曾何足以

少留。"

⑦兔苑、雁池：兔苑，也称兔园、梁园，汉梁孝王刘武所筑，为游宴之所。《西京杂记》："梁孝王好营宫室苑囿之乐，作曜华之宫，筑兔园。"园中有雁池。唐时兔苑已成废墟，高适得以耕种于此。

⑧向：对待。最：《全唐诗》下注："一作情。"敦煌选本、《唐百家诗选》作"翻"。

⑨交态：世态人情。《史记·汲郑列传》："一死一生，乃知交情。一贫一富，乃知交态。一贵一贱，交情乃见。"

⑩弹(tán)棋：古代博戏之一。《后汉书·梁冀传》："(梁冀)性嗜酒，能挽满、弹棋、格五、六博、蹴踘、意钱之戏。"李贤注引《艺经》曰："弹棋，两人对局，白黑棋各六枚，先列棋相当，更先弹之。其局以石为之。"击筑：《史记·刺客列传》："高渐离击筑。"筑，一种弦乐器，似瑟而大，以竹尺击之而发声。白日晚：时间流逝。陈子昂《感遇》："迟迟白日晚，袅袅秋风生。"

⑪沾衣巾：泪水沾湿衣巾，形容流泪之多。王勃《送杜少府之任蜀州》："无为在歧路，儿女共沾巾。"

【汇评】

《韵语阳秋》：意在退处者，虽饥寒而不辞；意在进为者，虽昏贪而不顾：皆一曲之士也。高适尝云："吾谋适可用，天路岂寥廓。不然买山田，一身与耕凿。"可仕则仕，可止则止，何常之有哉？适有《赠别李少府》云："余亦惬所从，渔樵十二年。种瓜漆园里，凿井卢门边。"《赠韦参军》云："布衣不得干明主，东过梁宋无寸土。兔苑为农岁不登，雁池垂钓心长苦。"其生理可谓窄矣。及宋州刺史张九皋奇其人，举有道科中第，调封邱尉，则曰："此时也得辞渔樵，青袍裹身荷圣朝。牛犁钓竿不复见，县人邑吏来相邀。"则是不堪渔樵之艰窘，而喜末官之微禄也。一不得志则舍之而去何邪？《封邱》诗云："我本渔樵孟潴野，一生自是悠悠者。乍可狂歌草泽中，宁堪作吏风尘下。"其末句云："乃知梅福徒为尔，转忆陶潜归去来。"则不堪作吏之卑辱，而复思孟潴之渔樵也。韩退之云："居闲食不

9

足,从仕力难任。"其此之谓乎!

《删补唐诗选脉笺释会通评林》吴山民评:骨力遒劲。首四句,自负不浅。"白璧""布衣"二句,不遇之因,"归来洛阳"四句,顶上联说来。"唯君于我"句与"未尝一日"句,如此人真难与别。"弹棋击筑"二句,情昵气侠,别必惊心。周明辅评:淡语,情款自深,结处与王勃《送杜少府》一格。

《昭昧詹言》:收四句入别。

《唐音评注》:("雁池垂钓心长苦"句)绝悲。("纵酒高歌杨柳春"句)莫逆之语动人。

《唐诗别裁集》:天下无事,朝廷自谓登三咸五,但宠锡近臣,而布衣之士无由进身也("布衣不得干明主"句下)。分承梁、宋("兔苑为农岁不登"两句下)。言虽非儿女别,亦不得不垂泪也("临岐涕泪沾衣巾"句下)。

《增订评注唐诗正声》:周云:淡语情款自深,结处与王勃《送杜少府》一格。

《唐风定》:高、岑豪壮感慨,人所共知,其清疏瘦劲处,罕有知者,如此种是也。

酬庞十兵曹①

忆昔游京华,自言生羽翼②。怀书访知己,末路空相识③。许国不成名,还家有惭色④。托身从畎亩,浪迹初自得。雨泽感天时,耕耘忘帝力⑤。同人洛阳至,问我睢水北⑥。遂尔款津涯,净然见胸臆⑦。高谈悬物象,逸韵投翰墨⑧。别岸迥无垠,海鹤鸣不息。梁城多古意,携手共凄恻⑨。怀贤想邹枚,登高思荆棘⑩。世情恶疵贱,之子怜孤直⑪。酬赠感并深,离忧岂终极⑫。

此诗作于客居梁宋前期,从"许国不成名,还家有惭色。托身从畎亩,浪迹初自得"来看,当为由长安归梁宋初期,在《别韦参军》后,诗意亦与之相近,姑系于开元十年(722)。前十句回顾二十岁西游长安铩羽而归,后于宋州开荒自立、浪迹自得的经过。《别韦参军》曰:"兔苑为农岁不登",此诗则云"雨泽感天时",可见已逐渐适应农耕生活。中间八句写庞十兵曹过访赠诗,二人相得之乐。后八句由携手同游梁城古迹,引出怀古伤今之悲——邹、枚得梁孝王赏识,君臣相得,而自己荆棘满途,惟有庞十为知音,却又离别在即,不胜感伤。

【校注】

①庞十,名未详。王昌龄有《山中别庞十》,疑即此人。兵曹:兵曹参军事,为七品官,"掌五官选、兵甲器仗、门禁管钥、军防烽候、传驿畋猎"(《新唐书·百官志》)。

②羽翼:骆宾王《帝京篇》:"倏忽抟风生羽翼。"

③怀书:本指游说之士如苏秦等怀带书策进行干谒,此处指高适怀抱治国之策西游长安。王勃《春思赋》:"怀书去洛,抱剑入秦。"

④还家:《战国策·秦策一》:"(苏秦)说秦王书十上而说不行。……形容枯槁,面目黎黑,状有归色。归至家,妻不下纴,嫂不为炊,父母不与言。"

⑤忘帝力:隐居不问世事。皇甫谧《帝王世纪·第二》:"帝尧登位,天下大和,百姓无事,有八十老人击壤于道,观者叹曰:'大哉帝之德也!'老人歌曰:'日出而作,日入而息,凿井而饮,耕田而食,帝力于我何有哉?'"

⑥睢水:古代鸿沟支流,故道自今河南开封东从鸿沟分出,东流至宿迁南注入古泗水。高适客居之宋城在睢水以北。《水经注》云:"睢水又左合白沟水,水上承梧桐陂,陂侧有梧桐山,陂水西南流,迳相城而南流

注入睢。睢盛则北流入于陂，陂溢则西北注入睢。"

⑦津涯：《书·微子》："若涉大水，其无津涯。"此指睢水边。

⑧悬物象：指日月星辰垂象于天。《周易·系辞上》："悬象著明，莫大乎日月。"《周礼·天官·大宰》："乃县（悬）治象之法于象魏，使万民观治象。"

⑨梁城：即宋城。参见《别韦参军》注释⑥。

⑩邹枚：邹阳、枚乘，二人以文学受知于梁孝王刘武。

⑪疵（cǐ）贱：有缺陷的卑贱之人。范云《赠张徐州谡》诗："物情弃疵贱，何独顾衡闱。"此处为高适以不平之反语自指。

⑫离忧：忧伤。《楚辞·九歌·山鬼》："风飒飒兮木萧萧，思公子兮徒离忧。"马茂元注："离忧，就是忧愁的意思。楚地方言。"

【汇评】

《古诗镜》："许国不成名，还家有惭色。托身从畎亩，浪迹初自得。"摅写得佳。"怀贤"一段，觉此衷未畅。

过卢明府有赠①

良吏不易得，古人今可传②。静然本诸己，以此知其贤③。我行挹高风，羡尔兼少年④。胸怀豁清夜，史汉如流泉⑤。明日复行春，逶迤出郊坛⑥。登高见百里，桑野郁芊芊⑦。时平俯鹊巢，岁熟多人烟⑧。奸猾唯闭户，逃亡归种田⑨。回轩自郭南，老幼满马前。皆贺蚕农至，而无徭役牵⑩。君观黎庶心，抚之诚万全⑪。何幸逢大道，愿言烹小鲜⑫。谁能奏明主，一试武城弦⑬。

【题解】

此诗写作时间不详，从诗意来看，反映了高适重视农业生产、关心人

12

民疾苦的思想,充满了理想主义色彩,应在客居梁宋前期。姑系于开元十年(722)。前四句赞美卢氏,以古之贤人比其善于修养自身,以高洁的品行为民垂范。"我行"以下十八句具体写卢氏之贤:"我行"四句写卢氏高风亮节,年少有为,饱读诗书,胸怀豁达;"明日"八句以诗人亲眼所见劝农实景,赞美卢氏治理业绩——关心农桑,政简刑宽,治内百姓安居乐业,豪猾之徒无所立足;"回轩"以下六句,又以卢氏行春归来备受百姓爱戴的情景,与上一层形成映衬:无论在乡间还是在县城内,百姓皆能生活富足,治民如此,真乃万全之策。"何幸"以下四句总结,复回头照应首四句,赞美卢明府善于治县,若得明主垂青,当为治国之才。

【校注】

①明府:县令的别称。《后汉书·吴祐传》:"国家制法,囚身犯之。明府虽加哀矜,恩无所施。"王先谦集解引沈钦韩曰:"县令为明府,始见于此。"卢明府,名未详。此诗各本作《遇卢明府有赠》,从《全唐诗》、敦煌集本。

②良吏:贤能的官吏。《汉书·晁错传》:"虽有材力,不得良吏,犹亡功也。"

③本诸己:休养自身,以身作则。《论语·卫灵公》:"君子求诸己,小人求诸人。"

④挹:通"揖",崇敬景仰之举。

⑤清夜:清净的夜晚,此处比喻卢明府的胸怀豁达清净。司马相如《长门赋》:"悬明月以自照兮,徂清夜于洞房。"史汉:《史记》和《汉书》的并称。刘义庆《世说新语·言语》:"张茂先论史汉,靡靡可听。"流泉:流动的泉水。陆机《文赋》:"言泉流于唇齿。"李善注:"《论衡》曰:'吾言濆溢而泉出。'吕向注:'言之出也,如泉之涌动于唇齿矣。'"此处形容卢明府饱读诗书,说话旁征博引,滔滔不绝。

⑥行春:谓官吏春日出巡。《后汉书·郑弘传》:"弘少为乡啬夫,太守第五伦行春,见而深奇之,召署督邮,与孝廉。"李贤注:"太守常以春行所主县,劝人农桑,振救乏绝。"郊坛:古时为祭祀所设的土坛,设在南

郊。《长安志》："唐南郊坛在万年县南十五里,启夏门外。"

⑦百里:古时一县之地约百里,因以为县的代称。《汉书·百官公卿表上》:"县大率方百里。"敦煌集本作"千里"。郁芊芊:《列子·力命》:"美哉国乎,郁郁芊芊。"张湛注:"《广雅》云:'芊芊,茂盛之貌。'"

⑧时平:时令平和,风调雨顺。《淮南子·氾论训》:"阴阳和平,风雨时节,万物蕃息,乌鹊之巢可俯而探也,禽兽可羁而从也。"

⑨奸猾:指豪强兼并之家。《史记·魏其武安侯列传》:"丞相亦言灌夫通奸猾,侵细民,家累巨万。"

⑩贺:敦煌集本作"荷"。至:《全唐诗》注曰:"一作事"。

⑪君:敦煌集本作"吾"。诚:敦煌集本作"可"。

⑫大道:清明的世道。《礼记·礼运》:"大道之行也,天下为公。"敦煌集本作"大路"。烹小鲜:《老子》:"治大国若烹小鲜。"意谓治理大国要像烹制小鱼一样,顺其自然,不要经常去打搅它。老子主张"无为而治",此处用以称道卢明府善于安民而不扰民。

⑬武城弦:指用礼乐教化导民向善。《论语·雍也》:"子游为武城宰。"《论语·阳货》:"子之武城,闻弦歌之声。夫子莞尔而笑曰:'割鸡焉用牛刀?'子游对曰:'昔者偃也闻诸夫子之言曰:君子学道则爱人,小人学道则易使也。'子曰:'二三子! 偃之言是也。前言戏之耳。'"此处以子游比卢氏善于治理。

【汇评】

《唐诗归》:"本诸己",深矣,加"静然"二字,尤妙,学问实得之言。高爽在目("胸怀"句下)。婉而厚("抚之"句下)。

酬马八效古见赠①

深崖生绿竹,秀色徒氛氲②。时代种桃李,无人顾此君③。
奈何冰雪操,尚与蒿莱群④。愿托灵仙子,一声吹入云⑤。

此诗写作时间不详,从诗意来看,磊落不平之气十分鲜明;其《宋中十首》之四咏梁苑有"君王不可见,修竹令人悲"之句,与此诗所咏之绿竹及情绪相似,则此诗应为年轻时客居宋中之作,在开元十年(722)至十五年(727)之间。此时诗人从长安失落而归,正有"贤者处蒿莱"之心境。此诗虽为咏竹,实则以竹比马八,同时寄托了自己有志不获骋的郁闷心情。绿竹生于深山悬崖边上,徒自繁茂却无人欣赏。桃李媚俗而招人喜欢,绿竹有冰雪之操却与野草为伍,世俗风气如此,教人叹息而无奈。结尾二句希望仙人裁竹为箫,一吹之下响遏行云,一骋不屈之志,实则劝慰马八坚持理想,这也是高适坚持不懈、追求理想的心灵写照。

【校注】

①马八:名未详。效古:仿效古体。岑仲勉《唐人行第录》:"效古者,效古体也。"

②氛氲:《文选·谢惠连〈雪赋〉》:"霰淅沥而先集,雪纷糅而遂多,其为状也,散漫交错,氛氲萧索。"李善注引王逸《楚辞注》:"氛氲,盛貌。"

③时代:时世。当时的风气。此君:指竹。用拟人化的手法把竹子比作气质高雅的人。《世说新语·任诞篇》:"王子猷尝寄人空宅住,便令种竹。或问:'暂住何烦尔?'王啸咏良久,直指竹曰:'何可一日无此君!'"

④冰雪操:如冰雪般清正贞洁的操守。蒿莱:野草,杂草。

⑤灵仙子:神仙。孙绰《游天台山赋》:"涉海则有方丈、蓬莱,登陆则有四明、天台,皆玄圣之所游化,灵仙之所窟宅。"此指善吹竹制笙箫的仙人。吹入云:形容吹奏竹制笙箫之音响遏行云,以此赞美竹的品格。《列仙传》:"萧史者,秦穆公时人也,善吹箫,能致孔雀、白鹤于庭。穆公有女字弄玉,好之,公遂以为妻焉。日教弄玉作凤鸣。居数年,吹似凤声,凤凰来止其屋。公为作凤台,夫妇止其上。不下数年,一旦皆随凤凰飞去。"

秋日作①

　　端居值秋节,此日更愁辛②。寂寞无一事,蒿莱通四邻③。闭门生白发,回首忆青春。岁月不相待,交游随众人。云霄何处托,愚直有谁亲④?举酒聊自劝,穷通信尔身⑤。

【题解】

　　此诗写长期闲居寂寞之愁,当为客居宋中时作,在开元十年(722)至十七年(729)之间。前四句写闲居愁闷,有"端居耻圣明"之意,"蒿莱"与高诗中屡次提及之"穷巷"均应指宋中住处。中间四句感慨时光流逝,功业无成。后四句叹世无知音,生性愚直,难以入仕,只得借酒浇愁。

【校注】

①敦煌集本题作《秋日言怀》。

②端居:谓平常常处,无所事事。孟浩然《临洞庭赠张丞相》:"欲济无舟楫,端居耻圣明。"更愁辛:敦煌集本作"益愁新"。

③蒿莱:杂草,草野。阮籍《咏怀》之三一:"战士食糟糠,贤者处蒿莱。"

④云霄:《南史·何敬容传》:"云霄之翼,岂顾樊笼之粮,何者?所托已盛也。"愚直:愚笨而直率。《论语·阳货》:"古之愚也直,今之愚也诈而已矣。"有:敦煌集本作"与"。

⑤穷通:困厄与显达。《庄子·让王》:"古之得道者,穷亦乐,通亦乐,所乐非穷通也;道德于此,则穷通为寒暑风雨之序矣。"

闲　居

柳色惊心事，春风厌索居①。方知一杯酒，犹胜百家书②。

【题解】

此诗格调与《田家春望》相似，当为客居宋中前期所作，在开元十年(722)至十七年(729)之间。"柳色惊心事"即"春色满平芜"，感慨冬去春来，自己仍然功业未就。"春风厌索居"即"可叹无知己"，长期离群索居而厌倦此种无所作为之生活。后两句即"高阳一酒徒"，寄情于酒，聊以度日。此二诗写尽闲居滋味。

【校注】

①索居：孤独地散处一方。《礼记·檀弓上》："吾离群而索居，亦已久矣。"郑玄注："群，谓同门朋友也；索，犹散也。"

②一杯酒：《晋书·张翰传》："翰曰：'使我有身后名，不如即时一杯酒。'时人贵其旷达。"百家书：诸子百家之作。

苦雪四首

二月犹北风，天阴雪冥冥。寥落一室中，怅然惭百龄①。苦愁正如此，门柳复青青。

惠连发清兴，袁安念高卧②。余故非斯人，为性兼懒惰。赖兹樽中酒，终日聊自过。

濛濛洒平陆，淅沥至幽居③。且喜润群物，焉能悲斗储④。故交久不见，鸟雀投吾庐⑤。

孰云久闲旷，本自保知寡⑥。穷巷独无成，春条只盈把⑦。安能羡鹏举，且欲歌牛下⑧。乃知古时人，亦有如我者。

【题解】

　　诗中有"穷巷独无成"句，"穷巷"屡见于宋中诗作；"孰云久闲旷"，可见寓居宋中已久，当在客居宋中后期、北上游相州前，姑系于开元十七年（729）。第一首苦雪阴冷，静室独坐，惭愧半生无成，门柳青青无情。第二首遥念与雪相关之古人，小谢有才，邵公有德，自己无才无德，只得饮酒度日。第三首喜雪润物，鸟雀来投，欣欣有生意。第四首因苦雪闲居，功业无成，以甯戚自况，希冀有人知遇于隐逸之中。前三首各六句，第四首八句，"乃知古时人，亦有如我者"通用于四首。四首诗从四个角度写"苦雪"，然失意中有生气，对自己的前程仍满怀憧憬，也可见高适性格落拓不拘。

【校注】

　　①百龄：犹百年。指长久的岁月，亦指人的一生。刘勰《文心雕龙·征圣》："百龄影徂，千载心在。"明活字本作"百灵"。

　　②惠连：南朝宋谢灵运族弟谢惠连。钟嵘《诗品·宋法曹参军谢惠连》："小谢才思富捷，恨其兰玉凤凋，故长辔未骋。《秋怀》《捣衣》之作，虽复灵运锐思，亦何以加焉。"发清兴：指谢惠连的《雪赋》。《南史·谢惠连传》："（惠连）为《雪赋》，以高丽见奇。"袁安：《后汉书》卷四十五："袁安字邵公，汝南汝阳人也。祖父良，习孟氏《易》，平帝时举明经，为太子舍人；建武初，至成武令。安少传良学。为人严重有威，见敬于州里。"唐李贤注引《汝南先贤传》曰："时大雪，积地丈馀，洛阳令身出案行，见人家皆除雪出，有乞食者。至袁安门，无有行路。谓安已死，令人除雪，入户，见安僵卧。问何以不出。安曰：'大雪人皆饿，不宜干人。'令以为贤，举为孝廉也。"

　　③淅沥：下雪的声音。谢惠连《雪赋》："霰淅沥而先集，雪纷糅而遂多。"

④斗储:斗米之储,形容积粮甚少。汉乐府《东门行》:"盎中无斗米储,还视架上无悬衣。"

⑤吾庐:我的屋舍。陶潜《读山海经》:"众鸟欣有托,吾亦爱吾庐。"

⑥知寡:谓隐名不为人知。

⑦春条:春天花木的枝条。盈把:满把。把,一手握取的数量。《韩诗外传》卷五:"故盈把之木,无合拱之枝。"

⑧鹏举:如大鹏高举,谓奋发有为。歌牛下:《楚辞·离骚》:"甯戚之讴歌兮,齐桓闻以该辅。"王逸注:"甯戚修德不用,退而商贾,宿齐东门外。桓公夜出,甯戚方饭牛,叩角而商歌。桓公闻之,知其贤,举用为客卿,备辅佐也。"

【汇评】

《对床夜语》卷四范希文评第一首曰:"皇甫冉云:'岸有经霜草,林有故年枝。俱应带春色,独使客心悲。'不如适气长而有生意。渊明《归去词》云:'木欣欣以向荣,泉涓涓而始流,善万物之得时,感吾生之行休。'冉述之也。"

苦雨寄房四昆季①

独坐见多雨,况兹兼索居。茫茫十月交,穷阴千里馀②。弥望无端倪,北风击林箊③。白日眇难睹,黄云争卷舒。安得造化功,旷然一扫除④。滴沥檐宇愁,寥寥谈笑疏⑤。泥涂拥城郭,水潦盘丘墟⑥。惆怅悯田农,徘徊伤里闾⑦。曾是力井税,曷为无斗储⑧?万事切中怀,十年思上书⑨。君门嗟缅邈,身计念居诸⑩。沉吟顾草茅,郁怏任盈虚⑪。黄鹄不可羡,鸣鸡时起予⑫。故人平台侧,高馆临通衢⑬。兄弟方荀陈,才华冠应徐⑭。弹棋自多暇,饮酒更何如⑮?知人想林宗,直道惭史鱼⑯。携手流风在，开襟鄙吝袪^⑰。宁能访穷巷，相与对园蔬^⑱！

【题解】

诗云"故人平台侧""宁能访穷巷"，必为客居宋中时作；又曰"十年思上书"，与《淇上酬薛三据兼寄郭少府微》"十年守章句"相合，皆指高适宋中十年耕读生活，可推知此诗作于开元十八年(730)，在高适北上幽蓟之前。前十四句写自己久雨之苦：天上则"穷阴""北风""黄云"，地下则"滴沥""泥涂""水潦"，人在其中索居弥望，恨不能一扫阴霾苦雨。"惆怅"以下十二句，推己及人，悯伤田农久雨之苦，"曾是力井税，曷为无斗储"是尖锐的发问。诗人想要为民请命却进言无路，尽管如此，闻鸡起舞之心仍在。"故人"以下十二句紧扣诗题中"寄房四昆季"之意，赞美房四兄弟才比应、徐，德方荀、陈，知人如郭泰，骨鲠类史鱼，与之交往，能时时受熏陶，去除贪鄙狭隘之心。于是结尾两句切望对方能下访"穷巷"，自己当以"园蔬"招待。全诗以苦雨不耐索居而寄诗房四兄弟，表现出诗人忧心百姓的赤子情怀。

【校注】

①苦雨：久雨不止。《初学记》："雨久曰苦雨。"房四：《文苑英华》作"房休"，《全唐诗》"四"字下注："一作休。"

②十月交：交，日月交会，指晦朔之间。《诗经·小雅·十月之交》："十月之交，朔月辛卯。"交，明活字本、明许自昌刻本及清抄本皆作"郊"。

③弥望：充满视野，满眼。《汉书·元后传》："大治第室，起土山渐台，洞门高廊阁道，连属弥望。"端倪：边际。《文选·谢灵运〈游赤石进帆海〉》："溟涨无端倪，虚舟有超越。"李周翰注："端倪，犹涯际也。"林箊：亦作"林於"。泛指竹。庾信《奉和永丰殿下言志》之六："含风摇古度，防露动林於。"倪璠注："林於，竹名。"

④造化：自然界的创造者，亦指自然。《庄子·大宗师》："今一以天地为大炉，以造化为大冶，恶乎往而不可哉？"

⑤寥寥：《文苑英华》作"寂寥"。

⑥水潦(lǎo):因雨水过多而积在田地里的水或流于地面的水。《荀子·王制》:"修堤梁,通沟浍,行水潦,安水藏。"

⑦里闾(lú):里巷,乡里。《诗经·郑风·将仲子》:"将仲子兮,无逾我里。"《毛传》:"里,居也。二十五家为里。里有门,故称里闾。亦谓在乡为闾,在遂为里。"

⑧井税:依井田制而纳的税。《孟子·滕文公》:"清野九一而助,国中什一使自赋。……方里而井,井九百亩。其中为公田,八家皆私百亩。同养公田,公事毕,然后敢治私事。"此处借指田租,唐代实行租庸调制,但遭豪强土地兼并而被破坏。井:《文苑英华》作"耕"。斗储:斗米之储。

⑨十年:高适开元九年(721)自长安返宋中,开元十八年(730)北上幽蓟,其间在宋中寓居十年。

⑩缅邈:久远,遥远。《文选·潘岳〈寡妇赋〉》:"遥逝兮逾远,缅邈兮长乖。"吕延济注:"缅邈,长远貌。"居诸:岁月流逝。《诗经·邶风·日月》:"日居月诸,照临下土。"《毛传》:"日乎月乎。"

⑪草茅:草野,民间。与"朝廷"相对。《仪礼·士相见礼》:"凡自称于君,士大夫则曰下臣,宅者在邦则曰市井之臣,在野则曰草茅之臣。"盈虚:盈满或虚空。谓发展变化。《庄子·秋水》:"察乎盈虚,故得而不喜,失而不忧。"

⑫黄鹄(hú):一种大鸟,能高飞远举,常用以比喻高才贤士。《文选·屈原〈卜居〉》:"宁与黄鹄比翼乎?将与鸡鹜争食乎?"刘良注:"黄鹄,喻逸士也。"鸣鸡:即闻鸡起舞。《晋书·祖逖传》:"(祖逖)与司空刘琨俱为司州主簿,情好绸缪,共被同寝。中夜闻荒鸡鸣,蹴琨觉曰:'此非恶声也。'因起舞。"后为志士仁人及时奋发之典。

⑬平台:《水经注·睢水》:"晋灼曰:'或说平台在城中东北角,亦或言兔苑在平台侧。'如淳曰:'平台,离宫所在,今城东二十里有台,宽广而不甚极高,俗谓之平台。'余按《汉书·梁孝王传》称:王以功亲为大国,筑东苑,方三百里,广睢阳城七十里,大治宫室,为复道,自宫连属于平台三十馀里。复道自宫东出杨之门,左阳门,即睢阳东门也。连属于平台则

近矣,属之城隅则不能,是知平台不在城中也。梁王与邹、枚、司马相如之徒,极游其上,故齐随郡王《山居序》所谓西园多士,平台盛宾,邹、马之客咸在,《伐木》之歌屡陈,是用追芳昔娱,神游千古,故亦一时之盛事。"通衢:四通八达的道路。《文苑英华》作"东渠",清抄本作"通渠"。

⑭荀陈:泛指贤士。《世说新语·品藻》:"正始中,人士比论,以五荀方五陈:荀淑方陈寔,荀靖方陈谌,荀爽方陈纪,荀彧方陈群,荀颉方陈泰。"应徐:汉代应场、徐干的并称。二人以诗文著名,为曹丕、曹植所礼遇。后亦用以泛称有才华的宾客。

⑮弹(tán)棋:古代的一种棋戏。二人对局,白黑棋各若干枚,先放一棋子在棋盘一角,用指弹击对方的棋子,先被击中取尽者输。参见《别韦参军》注释⑩。

⑯林宗:指郭泰(或作"太"),字林宗,东汉太原介休人。《后汉书·郭泰传》载,其人"性明知人,好奖训士类"。史鱼:名鱼酋,字子鱼,春秋时卫国大夫,卫灵公时任祝史。据《韩诗外传》记载,史鱼临死前谓其子曰:"我数言蘧伯玉之贤,而不能进;弥子瑕不肖,而不能退。为人臣生不能进贤而退不肖,死不当治丧正室,殡我于室足矣。"卫君闻之,招蘧伯玉而退弥子瑕,史称"尸谏"。孔子赞曰:"直哉史鱼,邦有道如矢,邦无道如矢。"此处以史鱼比房四兄弟。

⑰鄙吝祛:去除狭窄贪鄙之心。《后汉书·黄宪传》:"同郡陈蕃、周举常相谓曰:'时月之间,不见黄生,则鄙吝之萌复存乎心。'"

⑱穷巷、园蔬:化用陶渊明《读山海经十三首》其一:"穷巷隔深辙,颇回故人车。欢言酌春酒,摘我园中蔬。"

赠别晋三处士①

有人家住清河源,渡河问我游梁园②。手持道经注已毕,心知内篇口不言③。卢门十年见秋草,此心惆怅谁能道④。知己从来不易知,慕君为人与君好。别时九月桑叶疏,出门千里无行车⑤。爱君且欲君先达,今上求贤早上书⑥。

【题解】

诗云"卢门十年见秋草",知在宋州时作,高适于开元九年(721)从长安返回宋州,十年后为开元十八年(730);又云"别时九月桑叶疏",可知在当年秋季北上幽蓟之前。前六句以有人问路表达自己的趣尚和失意。路人欲游昔日繁华之梁园,诗人知路却不言,有深谙道家自然无为之理而得意忘言之意,追逐繁华与体悟清静无为之道不同,故不言。后六句言己寓居宋中十年,心怀天下却只见秋草,不得志之愁情只有晋三处士能知。尽管自己不得意,但仍以"早上书"相勉励,祝愿知己"先达",结尾点出题中"赠别"二字。

【校注】

①此诗敦煌选本题作《赠别晋处士》。晋三:名未详。处士:有才德而隐居不仕之人。

②清河源:即清水的发源地。清水原为黄河北岸的一条支流,《水经注》卷九:"清水出河内修武县之北黑山。黑山在县北白鹿山东,清水所出也。"黑山在今河南省浚县西北,白鹿山在今河南省辉县市西北。梁园:西汉梁孝王所建的东苑,故址在今河南省商丘市睢阳区。园林规模宏大,梁孝王在此广纳宾客,当时的名士司马相如、枚乘、邹阳等均为座上客。也称兔园。事见《史记·梁孝王世家》。梁园在唐宋州宋城县东南十里处,故云有客问路。

③道经:即老子《道德经》,为道家的主要经典之一。汉代河上公作《老子章句》,分为八十一章,以前三十七章为《道经》,后四十四章为《德经》,故有《道德经》之名。内篇:古代指论著中的主要部分,对"外篇"而言。此处指《庄子》。成玄英《〈庄子〉序》:"内篇明于理本,外篇语其事迹,杂篇杂明于理事。"后以内篇指神仙家言。

④卢门:宋国城门名。《水经注·睢水》:"(睢阳城)南门曰卢门也。

《春秋》：华氏居卢门里叛。杜预曰：卢门，宋城南门也。司马彪《郡国志》曰：睢阳县有卢门亭，城内有高台。”十年：指宋中十年，高适于开元九年自长安返宋中，至开元十八年刚好十年。

⑤无行车：敦煌选本作“一行车”。用冯谖之典，《战国策·齐策四》："齐人有冯谖者，贫乏不能自存，使人属孟尝君，愿寄食门下。……居有顷，复弹其铗，歌曰：‘长铗归来乎！出无车。’左右皆笑之，以告。孟尝君曰：‘为之驾，比门下之车客。’"

⑥且：敦煌选本作“又”。今上：称当代的皇帝。

三君咏 并序

开元中，适游于魏①，郡北有故太师郑公旧馆②，里中有故尚书郭公遗业③，邑外又有故太守狄公生祠焉④。睹物增怀，遂为《三君咏》。

魏郑公⑤

郑公经纶日，隋氏风尘昏⑥。济代取高位，逢时敢直言⑦。道光先帝业，义激旧君恩⑧。寂寞卧龙处，英灵千载魂⑨。

郭代公⑩

代公实英迈，津涯浩难识。拥兵抗矫征，仗节归有德⑪。纵横负才智，顾眄安社稷⑫。流落勿重陈，怀哉为凄恻⑬。

狄梁公⑭

梁公乃贞固，勋烈垂竹帛⑮。昌言太后朝，潜运储君策⑯。

待贤开相府，共理登方伯⑰。至今青云人，犹是门下客⑱。

【题解】

序中说此诗作于开元中，周勋初定为开元十八年(730)，刘开扬定为开元十九年(731)，孙钦善则认为作于开元二十七年(739)。高适有《酬裴员外以诗代书》诗回忆早年经历说："单车入燕赵，独立心悠哉。宁知戎马间，忽展平生怀？且欣清论高，岂顾夕阳颓！题诗碣石馆，纵酒燕王台。北望沙漠垂，漫天雪皑皑。临边无策略，览古空徘徊！"其在燕赵之地只在开元十八年之后二三年间，姑系于开元十八年。

南朝宋颜延之好酒疏诞，言辞激扬，每犯权要，因得罪刘湛等人而出为永嘉太守。延之深以为恨，乃作《五君咏》以述阮籍、嵇康、刘伶、阮咸和向秀五人。咏嵇康曰："鸾翮有时铩，龙性谁能驯。"咏阮籍曰："物故可不论，途穷能无恸。"咏阮咸曰："屡荐不入官，一麾乃出守。"咏刘伶曰："韬精日沉饮，谁知非荒宴。"借他人酒杯，浇自己块垒。高适因游魏州，见魏徵、郭元振、狄仁杰三人古迹而作《三君咏》，亦是借古感今。刘开扬笺曰："要亦感慨怀古，见贤思齐之意也。"周勋初《高适年谱》："高适对此三人极为仰慕，其出处行事每仿效焉。"诗中所咏分别肯定了三人光帝业、安社稷、举贤才的功绩，而魏徵"寂寞卧龙处"，郭元振则"流落勿重陈"，可见不仅有仰慕仿效之意，还有不平之愤。

【校注】

①魏：《新唐书·地理志》："魏州魏郡治贵乡。"在今河北省大名县东。

②郑公：即魏徵，字玄成，魏州曲城人。唐太宗即位，授谏议大夫，辅佐太宗，政绩卓著。贞观七年(633)为侍中，封郑国公。详见《新唐书·魏徵传》。

③郭公：即郭元振。《新唐书·郭震传》："郭震，字元振，魏州贵乡人，以字显。……景云二年，进同中书门下三品，迁吏部尚书。"唐玄宗先天二年(713)追封为代国公。

④狄公:即狄仁杰。《新唐书·狄仁杰传》:"狄仁杰字怀英,并州太原人。……万岁通天中,契丹陷冀州,河北震动,擢仁杰为魏州刺史。前刺史惧贼至,驱民保城,修守具。仁杰至曰:'贼在远,何自疲民?万一虏来,吾自办之,何预若辈?'悉纵就田。虏闻亦引去,民爱仰之,复为立祠。"

⑤魏郑公:《文苑英华》《全唐诗》题下注一"徵"字,敦煌选本作"郑公魏"。

⑥经纶:整理丝缕、理出丝绪和编丝成绳,统称经纶。引申为筹划治理国家大事。风尘:尘世,纷扰的现实生活。

⑦济代:即济世。救助天下。避唐太宗讳,改"世"为"代"。敢直言:魏徵以直言敢谏著称。《新唐书·魏徵传》:"徵状貌不逾中人,有志胆,每犯颜进谏,虽逢帝甚怒,神色不徙,而天子亦为霁威,议者谓贲育不能过。"

⑧先帝:指唐太宗。旧君:指太子建成。《新唐书·魏徵传》:"隐太子引为洗马。徵见秦王功高,阴劝太子早为计。太子败,王责谓曰:'尔阋吾兄弟,奈何?'答曰:'太子蚤从徵言,不死今日之祸。'王器其直,无恨意。即位,拜谏议大夫,封钜鹿县男。"

⑨卧龙:隐伏未露的奇异之才。此处以诸葛亮比魏徵。《新唐书·魏徵传》:"帝尝问群臣:'徵与诸葛亮孰贤?'岑文本曰:'亮才兼将相,非徵可比。'帝曰:'徵蹈履仁义,以弼朕躬,欲致之尧、舜,虽亮无以抗。'"卧龙处:指魏公旧宅。

⑩郭代公:《文苑英华》《全唐诗》题下注:"元振"二字,敦煌选本作"代公郭"。《新唐书·郭元振传》:"进封代国公,实封四百户。"

⑪矫征:宗楚客伪造的诏书。郭元振为金山道行军大总管时,利用突骑施部落内讧,奏请追突骑施部将阙啜忠节入朝宿卫,徙部落置瓜洲、沙洲间,诏许之。经略使周以悌破坏此谋,教忠节以重宝贿赂丞相宗楚客等人,请不入朝,并请发安西兵导吐蕃以击娑葛,借此保存部落。"娑葛遗元振书,且言:'无仇于唐,而楚客等受阙啜金,欲加兵击灭我,故惧

26

死而斗。且请斩楚客。'元振奏其状。楚客大怒,诬元振有异图,召将罪之。元振使子鸿间道奏乞留定西土,不敢归京师。以悌乃得罪,流白州,而赦娑葛。"事见《新唐书·郭元振传》。仗节:持节,此处代指军权。有德:此指有德之君唐睿宗和唐玄宗。睿宗立,召郭元振为太仆卿。将行,安西酋长有劙面哭送者,旌节下玉门关,去凉州犹八百里,城中争具壶浆欢迎,都督嗟叹以闻。景云二年(711),进同中书门下三品,迁吏部尚书,封馆陶县男。先天元年(712),为朔方军大总管,筑丰安、定远城,兵得保顿。明年,以兵部尚书复同中书门下三品。

⑫顾眄(miǎn):左顾右盼。此处形容郭代公富有才能,安定社稷很容易。安社稷:郭元振曾治甘、凉二州,安定西部边塞,后又帮助玄宗平定太平公主之乱,功劳卓著。

⑬流落:敦煌选本作"流荡"。开元元年(713),唐玄宗讲武于骊山之下,因军容不整,归罪兵部尚书郭元振,将斩之,宰相刘幽求等人为之求情,乃流放新州。不久玄宗思其旧功,起为饶州司马,郭元振自恃功勋,怏怏不得志,道病卒。

⑭狄梁公:《文苑英华》《全唐诗》下均注"仁杰"二字。敦煌选本作"梁公狄"。《新唐书·狄仁杰传》:"睿宗又封梁国公。"

⑮贞固:谓梁公德行之美。

⑯昌言:直言敢谏。储君:此指太子李显。《旧唐书·狄仁杰传》:"初,中宗在房陵,而吉顼、李昭德皆有匡复谠言,则天无复辟意。唯仁杰每从容奏对,无不以子母恩情为言,则天亦渐省悟,竟召还中宗,复为储贰。初,中宗自房陵还宫,则天匿之帐中,召仁杰以庐陵为言。仁杰慷慨敷奏,言发涕流,遽出中宗谓仁杰曰:'还卿储君。'仁杰降阶泣贺,既已,奏曰:'太子还宫,人无知者,物议安审是非?'则天以为然,乃复置中宗于龙门,具礼迎归,人情感悦。"

⑰待贤:谓狄仁杰做宰相时,能招贤纳士,延揽人才。《旧唐书·狄仁杰传》:"仁杰常以举贤为意,其所引拔桓彦范、敬晖、窦怀贞、姚崇等,至公卿者数十人。"方伯:一方诸侯之长。狄仁杰曾任宁州、魏州刺史,

故云。《礼记·王制》:"千里之外设方伯。"

⑱青云:喻高官显爵。《史记·范雎蔡泽列传》:"须贾顿首言死罪,曰:'贾不意君能自致于青云之上。'"《文苑英华》作"青宵"。门下客:指很多名宦都是狄仁杰一手提拔的。《新唐书·狄仁杰传》:"仁杰所谏进若张柬之、桓彦范、敬晖、姚崇等,皆为中兴名臣。"

钜鹿赠李少府①

李侯虽薄宦,时誉何籍籍②。骏马常借人,黄金每留客。投壶华馆静,纵酒凉风夕③。即此遇神仙,吾欣知损益④。

【题解】

此诗作于钜鹿,当在高适北游燕赵期间,据"纵酒凉风夕",系于开元十八年(730)秋。前两句总括李少府的声名籍籍;中间四句从慷慨好客和爱好风雅两方面具体写李少府的能力和格调,以证其并非徒有虚名;最后两句表明自己仰慕其名声,愿与之为友,致赞美之意,收束全诗。

【校注】

①钜鹿:县名,唐时属河北道邢州,在今河北省巨鹿县。李少府:名未详。《容斋随笔》卷一:"唐人呼县令为明府,丞为赞府,尉为少府。"

②薄宦:卑微的官职。籍籍:声名盛大。

③投壶:古时宴饮的一种游戏,设投壶一个,宾主依次投矢壶中,胜者斟酒负者饮。

④神仙:《汉书·梅福传》载,梅福曾为南昌尉,"福一朝弃妻子,去九江,至今传以为仙"。唐人每称县尉为仙尉,此指李少府。损益:《论语·季氏》:"益者三友,损者三友。友直,友谅,友多闻,益矣。友便辟,友善柔,友便佞,损矣。"此指李少府高尚诚挚,可谓益友。

酬司空璨①

飘飖未得意,感激与谁论②!昨日遇夫子,乃欣吾道存③。江山满词赋,札翰起凉温④。吾见风雅作,人知德业尊⑤。惊飙荡万木,秋气屯高原⑥。燕赵何苍茫,鸿雁来翩翩。此时与君别,握手欲无言。

【题解】

诗中有"燕赵何苍茫"之句,亦当为初次北游燕赵之作,系于开元十八年(730)秋季。首四句叙与司空璨相遇背景,自己四处漂泊、求仕不进,在低落失望之时得遇对方,精神振奋。中间四句称颂对方文章之美和德行之高。后六句绘离别之景,述离别之情。全篇秋气弥漫,借离别抒发贫穷失意的苦闷。

【校注】

①司空璨,事迹未详。

②飘飖:流落,漂泊。

③遇:清抄本作"偶"。吾道:我的学说或主张,此处指儒家传统读书人的追求和操守。《论语·里仁》:"吾道一以贯之。曾子曰:'夫子之道,忠恕而已矣。'"

④凉温:冷暖,寒暑。代指四时。

⑤风雅:本指《诗经》的国风和大雅、小雅,后用以指称纯美的文章。

⑥惊飙(biāo):突发的暴风,狂风。

【汇评】

《唐百家诗选》:赵熙批:次第井然。未谐("吾见风雅作"句下)。

塞　上①

东出卢龙塞,浩然客思孤②。亭堠列万里,汉兵犹备胡③。
边尘满北溟,虏骑正南驱④。转斗岂长策? 和亲非远图⑤。惟
昔李将军,按节临此都⑥。总戎扫大漠,一战擒单于⑦。常怀感
激心,愿效纵横谟⑧。倚剑欲谁语? 关河空郁纡⑨。

【题解】

此诗当作于开元十九年(731)前后高适第一次出塞到蓟北之时。开
元十八年(730),契丹将领可突于杀其王李邵固,率其国人并胁迫奚众投
降东突厥,唐遣师讨之。从此,东北边塞连年征战。开元二十二年
(734),可突于为唐将张守珪所斩,之后契丹仍叛乱不已,但屡为张守珪
所破。和亲本是中央王朝调和与少数民族关系的一种重要手段,但唐代
屡用和亲之策,仅玄宗朝就有七次与奚、契丹的和亲,这种宽松的和亲
策,导致契丹对唐朝的隶属关系很不牢固,时叛时离,反复无常。高适在
这种背景下来到幽蓟,想要为国效力,但事实上边患严重,自己虽有长策
却不被采用,只好借诗抒发愤懑之情和忧患之意。诗的前八句写出塞所
见边患之严重,"转斗"不能平息边患,"和亲"也无法实现边境安宁,从当
时和后来的事实看,这两种方式确实都不是长策良图,可见高适对安边
定塞确有高于常人的认识。中间四句提出自己的对策:希望有李广这样
的良将出现,以战止战,速战速决,"总戎扫大漠,一战擒单于"。最后四
句表达了自己虽有平戎之策却不被采用的愤懑之情。尾句的"郁纡"既
是关河迂回的眼前景,也是忧愁幽思的心中情,情景妙合无间,有言有尽
而意无穷之感。

【校注】

①塞上:此诗题《唐诗所》作《塞上曲》。《塞上曲》《塞下曲》皆由乐府

30

横吹曲辞汉横吹曲《出塞》《入塞》旧题衍化而来,内容多描写边塞风光和军中生活。

②卢龙塞:古代东北边防要塞,即今河北喜峰口,在今河北省迁安市西。《新唐书·地理志》:"怀戎县东南九十里有居庸塞,东连卢龙碣石,西属太行,实天下之险。"塞,敦煌选本作"间"。

③亭堠(hòu):亦作"亭候"。古代边境上用以瞭望和监视敌情的岗亭、土堡。《文苑英华》作"亭侯"。

④满:《文苑英华》作"涨"。北溟:古代传说中北方的大海。《庄子·逍遥游》:"北冥有鱼,其名为鲲,鲲之大,不知其几千里也。"陆德明释文:"北冥,本亦作'溟',北海也。"虏骑:敦煌选本作"塞马"。

⑤转斗(dòu):转战。长策:良计,效用长久的方策。和亲:指封建王朝利用婚姻关系与边疆各族统治者结case和好。

⑥李将军:敦煌选本作"先将军"。此处指汉代"飞将军"李广,文帝时因从军击匈奴有功为中郎;景帝时先后任北部边域七郡太守;武帝时曾领万余骑出雁门击匈奴,后任右北平郡太守,匈奴畏服,称之为"飞将军"。按节:停挥马鞭,表示从容徐行。临此都:《文苑英华》作"出皇都",敦煌选本作"临兹都"。

⑦一战擒单于:《史记·李将军列传》:"(元狩四年)大将军、骠骑将军大出击匈奴,广数自请行……广不谢大将军而起行,意甚愠怒而就部,引兵与右将军食其合军出东道。军亡导,或失道,后大将军。大将军与单于接战,单于遁走,弗能得而还。……至莫府,广谓其麾下曰:'广结发与匈奴大小七十余战,今幸从大将军出接单于兵,而大将军又徙广部行回远,而又迷失道,岂非天哉!且广年六十余矣,终不能复对刀笔之吏。'遂引刀自刭。"此处言"一战擒单于"与史实不合,旨在渲染李广之神勇,高适欲仿效之以靖边塞。

⑧纵横谟(mó):合纵连横之术。谟,计策,策略。

⑨倚剑:手握长剑,随时准备战斗的样子。关河:敦煌选本作"关阿",《文苑英华》作"关山"。郁纡(yū):盘曲迂回貌,引申为忧思萦绕的

样子。

【汇评】

《乐府诗集》:《晋书·乐志》曰:"《出塞》《入塞》曲,李延年造。曹嘉之《晋书》曰:'刘畴尝避乱坞壁,贾胡百数欲害之,畴无惧色,援笳而吹之,为《出塞》《入塞》之声,以动其游客之思,于是群胡皆垂泣而去。'按《西京杂记》曰:'戚夫人善歌《出塞》《入塞》《忘归》之曲。'则高帝时已有之,疑不起于延年也。唐又有《塞上》《塞下》曲,盖出于此。"

营州歌①

营州少年厌原野,狐裘蒙茸猎城下②。虏酒千钟不醉人,胡儿十岁能骑马③。

【题解】

此诗作于开元十九年(731)前后高适第一次出塞游历蓟北之时。"营州""原野""狐裘""虏酒""胡儿"等词富有边地异族色彩,前两句写营州少年善骑好武,后两句言营州胡人豪爽善饮,抓住典型的生活细节描绘出东北边塞少数民族的风情特色,表达了自己的欣赏和赞美。高适此次出塞,欲投信安王李祎幕府,实现报国理想。此诗用活泼豪放的语言塑造了东北边塞"营州少年"的英武形象,既真实地体现了营州当地人民豪侠尚武的风气,又寄托了自己的从军理想。此诗风格豪迈,笔墨闲适,用白描手法准确而简练地表现了胡地风尚,有似风情速写,富有浓郁的边塞生活情趣,在高适诗作乃至整个唐代边塞诗中都不多见,可与王维《少年行》、王翰《凉州词》互相参看。

【校注】

①《文苑英华》题作《营州》。此为高适自创新题乐府。

②营州:在今辽宁省朝阳县。《新唐书·地理志》:"营州柳城郡有柳

城县,西北接奚,北接契丹,东有碣石山。"此处居民豪侠尚武。厌:满足。此处可理解为喜欢、惯于。《文苑英华》"厌"作"满",《全唐诗》"厌"下注:"一作满,一作歇,一作爱。"狐裘蒙茸:狐裘的皮毛凌乱。亦作"狐裘龙茸""狐裘蒙戎"。《诗·邶风·旄丘》:"狐裘蒙戎,匪车不东,叔兮伯兮,靡所与同。"朱熹《诗集传》:"大夫狐苍裘。蒙戎,乱貌,言弊也。"狐裘,明仿宋刻本作"皮裘"。

③虏:《全唐诗》注:"一作鲁。"钟:《全唐诗》注:"一作杯。"清抄本亦作"杯"。

【汇评】

《唐诗品汇》刘云:高古。

《批点唐音》:盛唐侧韵之可法者。

《诗薮》:王翰《凉州词》、王维《少年行》、高适《营州歌》……皆乐府也。然音响自是唐人,与五言绝稍异。

《唐诗解》:此排斥少年之词。猎必于野,今彼厌原野而猎城下者何?乘醉以夸善骑耳。我想虏人饮千钟而不醉,胡儿十岁既能骑马,则又胜汝矣。深贱之,故以胡虏取譬。"虏酒""胡儿"倒装作对,益见奇绝。

《唐风定》:古调。

《诗境浅说续编》:高达夫《营州歌》……写塞外情状。诗用仄韵,音节亦殊抗健。

别冯判官①

碣石辽西地,渔阳蓟北天②。关山唯一道,雨雪尽三边③。才子方为客,将军正渴贤④。遥知幕府下,书记日翩翩⑤。

【题解】

开元十八年(730),契丹权臣可突于杀其王李邵固,率契丹并胁迫奚众投降东突厥,导致东北边衅不断,直到二十二年(734)才为唐将张守珪平息。高适在此期间奔赴幽蓟,意欲从军边疆,杀敌报国。此诗即作于开元十九年(731)至开元二十二年(734)高适第一次出塞期间。前四句绘景,点出冯判官将远赴塞外。"碣石""辽西""渔阳""蓟北"都是塞外地名,通过列举,足以说明塞外之雄阔辽远;"关山""雨雪""一道""三边"极言此去道路艰险、天气恶劣,表达对友人的担忧之意。后四句写人,表达对冯氏的赞许肯定之意,"才子"得到"将军"赏识而入幕,主客相得,实在可贵,可以推知冯判官此去将大展宏图。最后两句既是对友人的肯定和祝愿,也可见高适对边塞军中生活的向往。

【校注】

①冯判官:名未详。《新唐书·百官志》:"节度、观察、团练、防御诸使各有判官一人。"诗题《文苑英华》、敦煌选本作《送冯判官》。

②碣石:山名。在今河北省昌黎县北。碣石山余脉的柱状石亦称碣石,该石自汉末起已逐渐沉没海中。辽西:指辽河以西的地区,即今辽宁省的西部。战国、秦、汉至南北朝设郡。地:敦煌选本作"海"。渔阳:地名。唐玄宗天宝元年(742)改蓟州为渔阳郡,治所在渔阳(今天津市蓟州区)。蓟北:蓟州之北。按,唐开元十八年(730)析幽州置蓟州,治所在渔阳。

③一道:即古卢龙塞道,在今河北喜峰口一带。自今天津市蓟州区东北经遵化、循滦河河谷出塞,是唐代河北至东北的交通要道。三边:泛指边境,边疆。

④将军:当指信安王李祎。开元二十年(732),李祎受命为河东、河北行军副大总管,将兵击奚、契丹。渴贤:渴慕贤才。《文苑英华》、敦煌选本作"爱贤",明活字本作"慕贤",今从《全唐诗》。

⑤书记:唐节度使、观察使等幕府中均有掌书记一职,掌管表奏书檄。大约此次冯判官出塞入信安王幕府任掌书记。翩翩:形容风度或文采的优美。《史记·平原君虞卿列传论》:"平原君,翩翩浊世之佳公子也。"

《删补唐诗选脉笺释会通评林》徐中行评：不作奇险语。谢榛评：气脉联络，好机局。蒋一梅评：明爽，出人一头地。周珽评：前半叙边地险要与远道寒苦，后半美冯才，适当幕府需贤之急，必翩翩得展所抱也。

信安王幕府诗 并序①

开元二十年，国家有事林胡②，诏礼部尚书信安王总戎大举③，时考功郎中王公、司勋郎中刘公、主客郎中魏公、侍御史李公、监察御史崔公④，咸在幕府，诗以颂美诸公，见于词凡三十韵⑤。

云纪轩皇代，星高太白年⑥。庙堂咨上策，幕府制中权⑦。盘石藩维固，升坛礼乐先⑧。国章荣印绶，公服贵貂蝉⑨。乐善旌深德，输忠格上玄⑩。剪桐光宠锡，题剑美贞坚⑪。圣祚雄图广，师贞武德虔⑫。雷霆七校发，旌旆五营连⑬。华省征群乂，霜台举二贤⑭。岂伊公望远，曾是茂才迁⑮。并秉韬钤术，兼该翰墨筵⑯。帝思麟阁像，臣献柏梁篇⑰。振玉登辽甸，拟金历蓟墙⑱。度河飞羽檄，横海泛楼船⑲。北伐声逾迈，东征务以专⑳。讲戎喧涿野，料敌静居延㉑。军势持三略，兵戎自九天㉒。朝瞻授钺去，时听偃戈旋㉓。大漠风沙里，长城雨雪边。云端临碣石，波际隐朝鲜㉔。夜壁冲高斗，寒空驻彩斿㉕。倚弓玄兔月，饮马白狼川㉖。庶物随交泰，苍生解倒悬㉗。四郊增气象，万里绝风烟。关塞鸿勋著，京华甲第全㉘。落梅横吹后，春色凯歌前㉙。直道常兼济，微才独弃捐㉚。曳裾诚已矣，投笔尚凄然㉛。作赋同元叔，能诗匪仲宣㉜。云霄不可望，空欲仰神仙㉝。

　　这是高适于开元二十年(732)投刺信安王李祎的一首五言排律。平定奚、契丹的叛乱是正义的战争,高适以极大的热情赞美了信安王李祎此次东征的重大意义,并表达了希望被援引的意愿。此诗前十六句从谋略、地位、忠勇、威势等方面赞美信安王李祎的尊贵和声威,意境雄浑,极有气势。"华省"以下八句照应序言,"颂美诸公"生逢其时,人尽其才。"振玉"以下十八句铺写李祎此次东征的场面,表达必胜的美好祝愿。"振玉""扻金""羽檄""楼船",写唐军出征的声势;"讲戎""料敌""三略""九天",赞美信安王的谋略神勇;"大漠风沙""长城雨雪""云端""波际""夜壁""寒空"渲染作战环境的艰苦;"解倒悬""绝风烟"肯定此次平叛的功劳,也体现了高适对战争的态度。"直道"以下八句,以赵壹、王粲自比,虽有才华壮志,但从戎无路,独遭捐弃,致意李祎,以求援引。全诗三十韵,气势恢宏阔大,语言精工典雅,明代胡应麟赞曰:"典重整齐,精工赡逸。"

【校注】

　　①诗题,敦煌选本作《信安王出塞》。《资治通鉴》开元二十年:"春,正月,乙卯,以朔方节度副大使信安王祎为河东、河北行军副大总管,将兵击奚、契丹。……六月,丁丑,加信安王祎开府仪同三司。"李祎:唐太宗之子吴王恪之孙,玄宗之从兄。重孝悌,有武略。开元十二年(724),封信安郡王。开元十五年(727),官拜左金吾卫大将军,任朔方节度副大使、知节度事,兼摄御史大夫,迁礼部尚书。开元十七年(729),于石堡城一役大破吐蕃。开元二十年,抱白山之战大破奚、契丹。卒于天宝二年(743),终年八十余岁。事迹详见《旧唐书·吴王恪传》。

　　②有事林胡:指征讨奚、契丹。林胡:古族名。战国时分布在今山西朔州市北及内蒙古自治区内。从事畜牧,精骑射。战国末为赵将李牧击败,遂归附于赵。《史记·匈奴列传》:"晋北有林胡、楼烦之戎。"司马贞索隐引如淳曰:"林胡即儋林,为李牧所灭也。"唐代借指奚、契丹等族。奚为东胡别种,大致生活在今内蒙古赤峰市以南,辽宁省朝阳市以西。

唐贞观三年(629)来朝,此后数度入贡。契丹于唐高宗武德初年屡犯唐境,此后或战或和。开元十八年(730),契丹将领可突于弑其主李邵固,率国人并胁迫奚众投降东突厥。唐遣师征讨,征战连年,直至开元二十二年(734),可突于为张守珪所斩,才结束了这场叛乱。开元二十年李祎率军东征正是这次平叛中的一场战斗。

③总戎大举:率兵出征。开元二十年正月十一日,唐玄宗以李祎为河东、河北行军副大总管,率兵进击奚、契丹。

④王公:名未详。敦煌选本作"刘公",无"司勋郎中刘公"六字。御史:敦煌选本无此二字。刘公、魏公、李公、崔公,皆名未详。

⑤凡三十韵:明覆宋刻本无此四字,清抄本此四字作题下注。

⑥云纪:传说黄帝受命有云瑞,故以云纪事。简文帝《七励》:"鸟变龙工,凤书云纪。"轩皇:即黄帝轩辕氏。此处以黄帝清明时代指称大唐盛世。太白:星名,即金星,又名启明、长庚。古代星象家以为太白星主杀伐,故多以喻兵戎。此处比喻李祎将星高照,出征必将告捷。

⑦咨:《尔雅·释诂》:"咨,谋也。"敦煌选本作"资"。中权:谓中军制定谋略。《左传·宣公十二年》:"前茅虑无,中权,后劲。"杜预注:"中军制谋,后以精兵为殿。"

⑧盘石:指封藩宗室。曹冏《六代论》:"汉鉴秦之失,封植子弟,及诸吕擅权,图危刘氏,而天下所以不能倾动,百姓所以不易心者,徒以诸侯强大,盘石胶固。"藩维:《诗经·大雅·板》:"价人维藩。"郑笺:"王当用公卿诸侯及宗室之贵者为藩屏。"后以"藩维"指藩国。此处指李祎封王,可为朝廷藩屏。升坛:指拜将。《汉书·高帝纪》:"汉王斋戒,设坛场,拜韩信为大将军。"注:"筑土而高为坛,除地为场。"礼乐先:古时命将,以知诗明礼为首要条件。《左传·僖公二十七年》载:晋文公欲选三军元帅,赵衰曰:"郤縠可。臣亟闻其言矣,说礼乐而敦《诗》《书》。《诗》《书》,义之府也。礼乐,德之则也。德义,利之本也。《夏书》曰:'赋纳以言,明试以功,车服以庸。'君其试之。"于是晋文公以郤縠将中军。此处赞美信安王兼有文韬武略。

⑨国章:国之礼仪典章。印绶:印信和系印信的丝带。公服:官吏的制服。貂蝉:貂尾和附蝉,古代为侍中、常侍等贵近之臣的冠饰。《后汉书·舆服志下》:"侍中、中常侍加黄金珰,附蝉为文,貂尾为饰,谓之'赵惠文冠'。"以上两句赞信安王地位显贵。

⑩格上玄:感通上天。《尚书·说命》:"格于皇天。"此二句赞信安王乐善好施,忠义感天。

⑪剪桐:分封之意。《吕氏春秋·重言》:"成王与唐叔虞燕居,援梧叶以为珪,而授唐叔虞曰:'余以此封女。'叔虞喜,以告周公。周公以请曰:'天子其封虞邪?'成王曰:'余一人与虞戏也。'周公对曰:'臣闻之,天子无戏言。天子言则史书之,工诵之,士称之。'于是遂封叔虞于晋。"题剑:谓题剑表德。《后汉书·韩棱传》:"(韩棱)为尚书令,与仆射郅寿、尚书陈宠,同时俱以才能称。肃宗尝赐诸尚书剑,唯此三人特以宝剑,自手署其名曰:'韩棱楚龙渊,郅寿蜀汉文,陈宠济南椎成。'时论者为之说:以棱渊深有谋,故得龙渊;寿明达有文章,故得汉文;宠敦朴,善不见外,故得椎成。"后遂以"题剑"表示君主对臣子的特殊恩宠。

⑫圣祚(zuò):指皇帝。敦煌选本作"圣作",误。师贞:谓用兵之道,利于得正。《周易·师卦》:"师贞,丈人,吉,无咎。"孔颖达疏:"师,众也。贞,正也。丈人,谓严庄尊重之人。言为师之正,唯得严庄丈人监临主领,乃得吉无咎。若不得丈人监临之,众不畏惧,不能齐众,必有咎害。"

⑬七校:指汉代中垒、屯骑、步兵、越骑、长水、射声、虎贲七校尉。《汉书·刑法志》:"至武帝平百粤,内增七校。"颜师古注引晋灼曰:"《百官表》中垒、屯骑、步兵、越骑、长水、胡骑、射声、虎贲,凡八校尉。胡骑不常置,故此言七也。"一说中垒校尉掌北军垒门,不领兵,不在七校之列。见沈钦韩《汉书疏证》。后泛称各军将领。五营:指屯骑、越骑、步兵、长水、射声五校尉所领部队。《后汉书·顺帝纪》:"调五营弩师,郡举五人,令教习战射。"李贤注:"五营,五校也。谓长水、步兵、射声、屯骑、越骑等五校尉也。"此处泛指诸军营。

⑭华省:指清贵者的官署。唐代官署有尚书、门下、中书、秘书、殿

中、内侍六省。群乂(yì):指王、刘、魏、李、崔等能够安邦定国之士。霜台:御史台的别称。御史职司弹劾,为风霜之任,故称。二贤:指在御史台任职的李公和崔公。

⑮岂伊:犹岂,难道。伊,语中助词,无实义。《诗经·小雅·頍弁(kuǐ biàn)》:"岂伊异人,兄弟匪他。"公望:可与三公的职位相称的名望。《南史·谢举传》:"上曰:'举非止历官已多,亦人伦仪表,久著公望,怅恨未授之。'"茂才:即秀才。因避汉光武帝刘秀名讳,改"秀"为"茂"。《后汉书·黄琬传》:"旧制,光禄举三署郎,以高功久次才德尤异者为茂才四行。"此处指序中所言诸公均凭个人才能而升迁。

⑯韬钤(qián):古代兵书《六韬》《玉钤篇》的合称。后因以泛指兵书。术:敦煌选本作"述"。翰墨筵:犹文席。谓诗文书画的聚会。此二句赞美幕府诸公兼有文韬武略。

⑰麟阁:即麒麟阁,汉代阁名,在未央宫中。汉宣帝时曾图画霍光等十一人之像于阁上,以表扬其功绩。后世遂以画像于麒麟阁表示功勋卓越。《汉书·苏武传》:"甘露三年,单于始入朝。上思股肱之美,乃图画其人于麒麟阁,法其形貌,署其官爵姓名……凡十一人。"柏(bǎi)梁篇:相传汉武帝在柏梁台上和群臣共赋七言诗,人各一句,每句用韵,后人谓此体为柏梁体。《三辅黄图·台榭》:"柏梁台,武帝元鼎二年春起此台,在长安城中北门内。"后泛指应制之作。

⑱振玉:美玉受撞击震动的声音。《后汉书·樊准传》:"朝多蟠蟠之良,华首之老。每宴会,则论难衍衍,共求政化。详览群言,响如振玉。"辽甸:辽地的郊野,为唐与奚、契丹交战之地。扰(chuāng)金:撞击金属乐器。蓟壖(ruán):指蓟州的原野。壖,古同"堧",城郭旁、宫殿庙宇外或河边的空地。

⑲羽檄:古代军事文书,插鸟羽以示紧急,必须迅速传递。楼船:有楼的大船,古代多用作战船。亦代指水军。

⑳逾迈:超越。以:敦煌选本作"已"。

㉑讲戎:演武练兵。涿野:《史记·五帝本纪》:"黄帝乃征师诸侯,与

39

蚩尤战于涿鹿之野。"涿，唐代范阳郡，治所在蓟县(今北京西南)。料敌：估量、判断敌情。居延：故边塞名，西汉太初三年(前102)强弩将军路博德筑居延塞，称"遮虏障"。后沿弱水岸筑长城接酒泉塞，遂成为历代屯兵设防重镇。后置居延县，为张掖郡都尉治所。故址在今内蒙古自治区额济纳旗东南。此处泛指信安王出塞所到北部边地。

㉒三略：古兵书名。相传为汉初黄石公所著，全书分上略、中略、下略。《隋书·经籍志三》有《黄石公三略》三卷，已佚。今存者为后人依托成书，收入《武经七书》中。亦以泛指兵书及作战的谋略。兵戎：敦煌选本作"兵威"。九天：天的最高处，传说古代天有九重。也作"九重天""九霄"。

㉓授钺：古代大将出征，君主授以斧钺，表示授以兵权。偃戈：放倒戈矛，以示休兵。

㉔碣石：即碣石山，在今河北省昌黎县。隐：敦煌选本作"指"。朝鲜：《史记·朝鲜列传》："(汉武帝)定朝鲜为四郡。"后出现了高句丽、新罗、百济并存的"三国时代"。唐时新罗与大唐结盟，灭百济，唐高宗于668年灭高句丽，在朝鲜半岛建五都护府。后新罗亦为大唐属国。

㉕冲：敦煌选本作"衔"。高斗：北斗。北斗居天中最高处，故称高斗。彩旃(zhān)：彩色的曲柄旗帜。

㉖玄兔：指月亮。《文选·谢庄〈月赋〉》："引玄兔于帝台，集素娥于后庭。"李周翰注："玄兔，月也。月中有兔象，故以名焉。"一说通"玄菟(tú)"，为汉武帝于朝鲜半岛所置四郡之一。后亦泛指边塞要地。白狼川：《水经注》卷十四："辽水右会白狼水，水出右北平白狼县东南。"杨守敬以为即大凌河，由今辽宁省凌源市经朝阳、锦州入辽东湾。

㉗庶物：万物。交泰：《周易·泰卦》："天地交，泰。"王弼注："泰者，物大通之时也。"言天地之气融通，则万物各遂其生，故谓之泰。后以"交泰"指天地之气和祥，万物通泰。解倒悬：比喻把受苦难的人民解救出来。倒悬，头朝下倒挂着。语出《孟子·公孙丑上》："当今之时，万乘之国行仁政，民之悦之，犹解倒悬也。"敦煌选本乙"庶物"以下四句与"关

40

塞"以下四句互倒。

㉘甲第:旧时豪门贵族的宅第。《史记·孝武本纪》:"赐列侯甲第,僮千人。"裴骃集解引《汉书音义》:"有甲乙第次,故曰第。"

㉙落梅:即《梅花落》,汉横吹曲名。《乐府诗集》卷二四:"《梅花落》,本笛中曲也。"

㉚兼济:谓使天下民众、万物咸受惠益。

㉛曳裾(yè jū):即"曳裾王门"。《汉书·邹阳传》:"饰固陋之心,则何王之门不可曳长裾乎?"后以"曳裾王门"比喻在王侯权贵门下做食客。投笔:即投笔从戎。《后汉书·班超传》:"(班超)家贫,常为官佣书以供养。久劳苦,尝辍业投笔叹曰:'大丈夫无它志略,犹当效傅介子、张骞立功异域,以取封侯,安能久事笔研间乎?'"后立功西域,封定远侯。因以"投笔从戎"为弃文就武之典。

㉜元叔:指东汉辞赋家赵壹,字元叔。善为赋,有《刺世疾邪赋》《穷鸟赋》等传世。明活字本作"元淑",误。仲宣:指"建安七子"之一王粲,字仲宣。善诗赋,《三国志·王粲传》记王粲著诗、赋、论、议近60篇。有《七哀诗》《登楼赋》等传世。

㉝云霄:喻高位。仰:敦煌选本作"慕"。神仙:此处喻指高官,称赞幕府诸公。

【汇评】

《诗薮》:盛唐排律,杜外,右丞为冠,太白次之。常侍篇什空淡,不及王、李之秀丽豪爽,而《信安王幕府》三十韵,典重整齐,精工赡逸,特为高作,王、李所无也。又:凡排律起句,极宜冠裳雄浑,不得作小家语。唐人可法者……李白"独坐清天下,专征出海隅"、高适"云纪轩皇代,星高太平年",此类最为得体。

《唐诗镜》:语语整策。

蓟门五首①

蓟门逢古老,独立思氛氲②。一身既零丁,头鬓白纷纷。勋庸今已矣,不识霍将军③。

汉家能用武,开拓穷异域。戍卒厌糟糠,降胡饱衣食④。关亭试一望,吾欲涕沾臆⑤。

边城十一月,雨雪乱霏霏。元戎号令严,人马亦轻肥⑥。羌胡无尽日,征战几时归⑦。

幽州多骑射,结发重横行⑧。一朝事将军,出入有声名。纷纷猎秋草,相向角弓鸣⑨。

黯黯长城外,日没更烟尘⑩。胡骑虽凭陵,汉兵不顾身⑪。古树满空塞,黄云愁杀人!

【题解】

这组诗作于开元二十年(732)前后高适第一次出塞游历蓟北之时。从"边城十一月"和"纷纷猎秋草"可知,五诗非一时所作,大约是对某年秋冬所见边塞情景的高度概括。第一首借一位边关老兵的典型遭遇揭示了将军不恤士兵的事实,从根本上道出了唐军难胜的原因。第二首直斥统治者好大喜功、轻开边衅的罪恶,以唐军与降胡待遇的差异揭露边将只顾邀功不管士卒死活的残酷现实。第三首写胡兵法纪严明、装备精良,唐军征战无期。第四首写幽燕健儿骁勇善战。第五首写唐军奋勇杀敌,保家卫国。五首小诗均短小精致,从各个侧面点染出东北边塞生活的画卷,对广大士卒的悲惨遭遇寄寓深沉的同情,对他们的英勇献身精神予以热情的礼赞,对统治者和边将轻启战端、优待降胡、不恤士卒等做法深表不满。此组诗可与高适作于开元二十六年(738)的《燕歌行》互相参看，"勋庸今已矣，不识霍将军"，即"君不见沙场征战苦，至今犹忆李将军"之意；"戍卒厌糟糠，降胡饱衣食"，与"战士军前半死生，美人帐下犹歌舞"相类；"羌胡无尽日，征战几时归"，犹"身当恩遇恒轻敌，力尽关山未解围"；"胡骑虽凭陵，汉兵不顾身"，即"相看白刃血纷纷，死节从来岂顾勋"。

此诗在艺术上的特点，一是善于通过典型的形象表达爱憎情感，比如以孤苦无依的"古老"个人形象和奋不顾身的"汉兵"群体形象写出军中生活的艰苦和士兵献身精神的可贵；二是善于以景写情，情景交融，如"雨雪乱霏霏""黯黯长城外，日没更烟尘""古树满空塞"，以浑灏之笔勾勒出边塞的苍茫景象，表现出诗人对唐军艰苦生活的深切同情；其三，善用对比，如"戍卒厌糟糠，降胡饱衣食""胡骑虽凭陵，汉兵不顾身"，在鲜明的对比中体现自己的立场和态度；第四，夹叙夹议，直率深刻，如"汉家能用武，开拓穷异域"，直接道出战争的不义性质。

【校注】

①此诗《乐府诗集》收入杂曲歌辞中，题为《蓟门行五首》，《全唐诗》题亦同。五首顺序各本不同，今依《全唐诗》。

②蓟门：在北京近郊。蒋一葵《长安客话》卷一："今都城德胜门外有土城关，相传是古蓟门遗址，亦曰蓟丘。"参见《蓟门不遇王之涣郭密之因以留赠》注释①。古老：老年人，"古"通"故"。《全唐诗》注："一作故。"此处指一位久戍边疆的老兵。氤氲（fēn yūn）：本指阴阳二气汇合之状，引申为心绪缭乱。

③勋庸：勋业功劳。矣：敦煌选本作"久"，误。霍将军：指西汉名将霍去病。汉武帝时曾屡破匈奴，平定边患，功勋卓著。后借指功大位高的武将。

④厌：同"餍"，此指充饥果腹。糟糠：《乐府诗集》作"糠核"。降胡饱衣食：《旧唐书·北狄列传》："可突于率其麾下远遁，奚众尽降。……奚酋长李诗、琐高等以其部落五千帐来降，诏封李诗为归义王、兼特进、左御林军大将军同正，仍充归义州都督，赐物十万段，移其部落于幽州界安

置。"《资治通鉴》系其事于开元二十年三月。《旧唐书·裴耀卿传》:"二十年,礼部尚书、信安王祎受诏讨契丹,诏以耀卿为副。俄又令耀卿赍绢二十万匹分赐立功奚官,就部落以给之。"所谓"降胡饱衣食"即指此类事,高适对此很不满。

⑤关亭:边关上的戍楼。关,《全唐诗》注:"一作开。"

⑥元戎:军中主帅。此处当指胡军主帅。轻肥:轻暖和肥壮。此处指敌军装备精良。

⑦羌胡:指我国古代的羌族和匈奴族,亦用以泛称我国古代的少数民族。此处当指唐代东北边境的奚、契丹等。无尽日:开元二十年前后,唐军与奚、契丹连年交战。

⑧幽州:唐州名,治所在今北京市大兴区附近。开元二年(714)于此地置幽州节度使,领幽、易等六州。结发:束发。古代男子自成年开始束发,因以指初成年。横行:犹言纵横驰骋。多指在征战中所向无敌。《吴子·治兵》:"宁劳于人,慎无劳马,常令有馀,备敌覆战。能明此者,横行天下。"

⑨角弓:以兽角为饰的硬弓。《诗经·小雅·角弓》:"骍骍角弓,翩其反矣。"朱熹《诗集传》:"角弓,以角饰弓也。"

⑩黯黯:敦煌选本作"茫茫"。烟尘:烽烟和战场上扬起的尘土。指战乱。

⑪凭陵:亦作"凭凌"。侵犯,欺侮。《左传·襄公二十五年》:"今陈忘周之大德,蔑我大惠,弃我姻亲,介恃楚众,以凭陵我敝邑。"

【汇评】

《唐百家诗选》赵熙批:此处能仿魏人气局。

《唐诗评选》:摧折默运,殆摩明远之垒。达夫善使气,唯于短章能养其威。一往欲尽,则卷起黄河自身泻,为梁家弄意而已。

《删补唐诗选脉笺释会通评林》吴山民评:意已尽。王世贞评:"不顾身"三字,直而壮。

酬李少府^①

出塞魂犹惊,怀质意难说^②。谁知吾道间,乃在客中别。日夕捧琼瑶,相思无休歇^③。伊人虽薄宦,举代推高节。述作凌江山,声华满冰雪^④。一登蓟丘上,四顾何惨烈!来雁无尽时,边风正骚屑^⑤。将从崖谷遁,且与沉浮绝^⑥。君若登青云,余当投魏阙^⑦。

【题解】

诗中有"出塞""一登蓟丘上"等词句,可以推断为高适北游燕赵在蓟门所作,姑系于开元二十一年(733)秋。整首诗围绕"相思"来写,开篇两句直抒胸臆,以自己之苦闷抑郁引出三、四句,抒发对李少府的相思。"日夕"以下六句述相思之由:一是"高节"为世人所重,一是"述作"为自己所赏,故"日夕捧琼瑶"而"相思无休歇"。"一登"四句,宕开一笔,写登上蓟丘所见阔大苍凉之景象。诗人四顾茫茫,雁来无尽,边风萧瑟,思绪万端。最后四句写由眼前景与思友情而引起的矛盾心理,在出世与入世之间徘徊,最终设想李少府青云直上,自己也愿意放弃山林之想而为国效力,体现了高适一以贯之的积极用世精神。

【校注】

①李少府:名未详。与《钜鹿赠李少府》中李少府应为同一人,两诗俱为高适北游燕赵时所作,前诗中亦有"薄宦"之说。

②怀质:即怀质抱真,指人格和品德纯洁高尚,质朴无华。

③琼瑶:本指美玉,此处比喻美好的诗文。

④声华:美好的名声,声誉。冰雪:形容心地纯净洁白或操守清正贞洁。此处形容李少府的名声清净洁白。

⑤骚屑：犹萧瑟。刘向《九叹·思古》："风骚屑以摇木兮，云吸吸以湫戾。"

⑥崖谷遁：指归隐山林。沉浮：即与世浮沉。指随波逐流，附和世俗。《史记·游侠列传》："今拘学或抱咫尺之义，久孤于世，岂若卑论侪俗，与世沉浮而取荣名哉！"

⑦青云：喻高官显爵。《史记·范雎蔡泽列传》："须贾顿首言死罪，曰：'贾不意君能自致于青云之上。'"魏阙：古代宫门外两边高耸的楼观，楼观下常为悬布法令之所。亦借指朝廷。《庄子·让王》："身在江海之上，心居乎魏阙之下。"此处指放弃归隐之志而进入官场。

送李少府时在客舍作①

相逢旅馆意多违，暮雪初晴候雁飞②。主人酒尽君未醉，薄暮途遥归不归？

【题解】

此诗当为开元二十年（732）前后高适第一次出塞游历蓟北时作，姑系于开元二十一年（733）。知己之交，客舍相逢，才一相见，便要离别，故曰"意多违"。从"暮雪""候雁"看，当为初春，正好饮酒驱寒，畅叙离情。不料酒浆将尽，客尚未醉，足见酒逢知己，畅饮之乐，乃至以"途遥归不归"之谑问敦促李少府离开。语言真率自然，感情深厚豪迈，结尾两句尤为轻快。

【校注】

①李少府：当与《酬李少府》之李少府为同一人。诗题明活字本作《送李少府时在客舍》。

②意多违：多离别之忧。候雁：雁属候鸟，每年春分后飞往北方，秋分后飞回南方，往来有定时，故称雁鸟为候雁。

《唐诗归》卷十二:钟惺云:与客调笑得妙,宾主相忘,意在言外矣。较"我醉欲眠君且去"更直更婉。

蓟门不遇王之涣郭密之因以留赠^①

适远登蓟丘,兹晨独搔屑^②。贤交不可见,吾愿终难说。迢递千里游,羁离十年别^③。才华仰清兴,功业嗟芳节^④。旷荡阻云海,萧条带风雪。逢时事多谬,失路心弥折^⑤。行矣勿重陈,怀君但愁绝。

【题解】

高适自长安失意后,客居梁宋十年,于开元十八(730)年北游燕赵,开元二十一年(733)寓居蓟门,访王之涣等老友,诗即作于此时。高适此次出塞,亲见边患严重,却请缨无路,此种心情唯有与知己贤交一叙,本欲蓟北一晤,却失之交臂,其愁可知。前四句扣题,诗人独登蓟丘,景物萧瑟,知交零落,心事难说。中间八句抒发对友人的思念之情,赞美二人的才华和志向,同时表达境遇相同的感慨。十年前,千里外的相识,因仰慕二人的才华和志向而定交,一别之后,各自羁于宦途,难以相见,"阻云海""带风雪"比喻三人均仕途蹭蹬,功业不遂,更增添了"同是天涯沦落人"的知己之感。最后两句感慨自身行路艰难,欲说还休,唯有怀君,再致思念友人之意。全诗语言质朴,情感真挚,从眼前景写到心中情,把过去与当下对比起来,把对友人的思念和自己的境遇糅合在一起,层层渲染功业未就的悲愁。

【校注】

①蓟门:原指古蓟门关。唐代以关名置蓟州,后亦泛指蓟州(今天津市蓟州区)一带。另,北京城西德胜门外西北隅的蓟丘在古代也称蓟门。

《史记·乐毅列传》："蓟丘之植，植于汶篁。"张守节正义："幽州蓟地西北隅，有蓟丘。"宋代《太平寰宇记》记载：唐朝开元十八年析幽州的渔阳、三河、玉田三县置蓟州，以境内的古蓟门关为州命名。古蓟门关在（蓟）州东南六十里。蒋一葵《长安客话·古蓟门》云："京师古蓟地，以蓟草多得名……今都城德胜门外有土城关，相传是古蓟门遗址，亦曰蓟邱。"王之涣（688—742）：盛唐著名诗人，字季凌，绛州（今山西新绛县）人。性豪放不羁，常击剑悲歌，其诗多被当时乐工制曲歌唱。名动一时，他常与高适、王昌龄等相唱和，以善于描写边塞风光著称。其代表作有《登鹳雀楼》《凉州词》等。曾任冀州衡水主簿，因被人诬谤，乃拂衣去官，"遂化游青山，灭裂黄绶。夹河数千里，籍其高风；在家十五年，食其旧德。雅谈圭爵，酷嗜闲放"。后复出担任文安县尉，在任内去世。郭密之：盛唐诗人，天宝八载（749）任诸暨令，建义津桥，筑放生湖，溉田两千余顷，便利百姓。事迹见阮元《两浙金石志》卷二。《全唐诗》存诗 1 首，《全唐诗外编》补收诗 1 首。郭诗刻在浙江青田县石门洞磨崖上，风格"古淡近选体"（钱大昕《十驾斋养新录》卷一五）。

②蓟丘：即蓟门。搔屑：犹萧瑟。搔，同"骚"。

③十年别：指高适与王之涣、郭密之二人于十年前在长安相识。三人相识在开元十年（722）前后，到此次高适北游燕赵（开元十九年）时已有十年左右。据唐人薛用弱《集异记》卷二载："开元中，诗人王昌龄、高适、王之涣齐名。时风尘未偶，而游处略同。"

④芳节：阳春时节，亦泛指佳节、良时。

⑤心弥折：心中摧折，形容伤感到极点。

自蓟北归①

驱马蓟门北，北风边马哀②。苍茫远山口，豁达胡天开③。五将已深入，前军止半回④。谁怜不得意，长剑独归来⑤。

【题解】

此诗作于开元二十一年(733)冬。起手二句用顶针和重叠手法,用两个"马"字和两个"北"字营造出边塞多战事的苍凉氛围。三、四句承"驱马"而来,胡天一望,苍茫远山,空旷渺远,征途苦寒。五、六句由自然环境之哀、个人心情之哀转到唐军战败之哀,对于当年春天与奚、契丹之战中唐军将领指挥不当导致战败表示遗憾。最后两句又回到个人之哀,看到边疆战事不利的局面,联系自己驱马边塞的目的是要马上封侯,而今却报国无门,只能效仿冯谖弹铗归来。全诗把国家、士卒和个人的命运相结合,"哀"字贯穿全篇。

【校注】

①关于此诗的写作时间,孙钦善《高适集校注》认为是天宝十载(751)高适北使青夷军返回之时。刘开扬《高适诗集编年笺注》认为是开元二十年(732)冬天,但在此诗注释之后笺曰:"此诗'五将已深入,前军止半回'必有所指,惜未知何事耳。"据余正松《高适研究》考证:"五将"二句实写开元二十一年(733)闰三月,唐与奚、契丹的一场大战,唐军大败。所以此诗可定为作于开元二十一年冬天自蓟北南归时。

②蓟门:泛指蓟州一带。参见《蓟门不遇王之涣郭密之因以留赠》注释①。边马:边地的马。

③胡天:指胡地的天空,亦泛指胡人居住的地方。此处指蓟北。

④五将已深入:《汉书·匈奴传》载,汉宣帝本始二年(前72),遣田广明、范明友、韩增、赵充国、田顺凡五将军,兵十余万骑,出塞各二千馀里。匈奴闻风遁逃,是以五将少所得。"祁连将军(田广明)出塞千六百里,至鸡秩山,斩首捕虏十九级,获牛马羊百馀。逢汉使匈奴还者冉弘等,言鸡秩山西有虏众,祁连即戒弘,使言无虏,欲还兵。御史属公孙益寿谏,以为不可。祁连不听,遂引兵还。虎牙将军(田顺)出塞八百馀里,至丹余吾水上,即止兵不进,斩首捕虏千九百馀级,卤马牛羊七万馀,引兵还。上以虎牙将军不至期,诈增卤获,而祁连知虏在前,逗遛不进,皆下吏自杀。"此处高适似借汉代史实影射当代战事,表达对唐将无能的不

49

满。据《旧唐书·契丹传》："明年（开元二十一年），可突于又来抄掠，幽州长史薛楚玉遣副将郭英杰、吴克勤、邬知义、罗守忠率精骑万人，并领降奚之众追击之。军至渝关都山之下，可突于领突厥兵以拒官军。奚众遂持两端，散走保险。官军大败，知义、守忠率麾下遁归，英杰、克勤没于阵，其下六千馀人，尽为贼所杀。"止：敦煌选本作"无"。

　⑤长剑独归来：《战国策·齐策四》："齐人有冯谖者，贫乏不能自存，使人属孟尝君，愿寄食门下。……居有顷，倚柱弹其剑，歌曰：'长铗归来乎！食无鱼。'左右以告。孟尝君曰：'食之，比门下之客。'居有顷，复弹其铗，歌曰：'长铗归来乎！出无车。'左右皆笑之，以告。孟尝君曰：'为之驾，比门下之车客。'于是乘其车，揭其剑，过其友曰：'孟尝君客我。'后有顷，复弹其剑铗，歌曰：'长铗归来乎！无以为家。'左右皆恶之，以为贪而不知足。'孟尝君问：'冯公有亲乎？'对曰：'有老母。'孟尝君使人给其食用，无使乏。于是冯谖不复歌。"

【汇评】

　《增订评注唐诗正声》郭云：却似古诗，却自慷慨。

　《唐诗评选》：此军衄空归之作，悲凉有体。高、岑自非五言好手，亢爽自命，谓之气格，止是铺排骨血，粗豪笼罩。文章之道，自各有宜。典册檄命，故不得不以爽厉动人于俄顷，若夫絜音使圆、引声为永者，自藉和远幽微，动人欣戚之性。况在五言，尤以密节送数叠之思；矧于近体，益以简篇约无穷之致。而如建瓴泄水，迅雷破山，则一径无馀，迫人于口耳，其馀波回嶂，岂复有可观哉！聊存一二，以取材于二格，实非所好，不能从时世蹑音响也。

　《唐诗成法》：三、四写得旷达，足生英雄壮心，意言初出时本欲立功异域，以取封侯。五、六忽然写得败兴之极，起七、八。若非三、四，则"不得意"三字全无来脉。

　《唐贤三昧集笺注》：叠"北""马"二字。起手颇奇。

　《历代诗发》：苍劲悲凉。

　《删订唐诗解》：苍莽凄厉，如听悲笳之奏。

同朱五题卢使君义井①

高义唯良牧，深仁自下车②。宁知凿井处，还是饮冰馀③。地即泉源久，人当汲引初④。体清能鉴物，色洞每含虚⑤。上善滋来往，中和浃里闾⑥。济时应未竭，怀惠复何如⑦？

【题解】

若卢使君即易州刺史卢晖，则此诗当为开元二十二年(734)高适从燕赵南返宋中途经易州时作。前四句赞颂卢使君素有高义深仁，如今在勤谨从政、清苦廉洁之余又兴建义井，实在是难能可贵。中间四句写井，地下泉源存已久，但人们于此汲水却始于卢使君凿成义井，井水清澈如镜，涵映天空。后四句借井喻人，以水德赞美卢使君的品格，谓卢氏有水一般的利物不争、中正平和之德，心怀济时之志，使得百姓感恩。

【校注】

①卢使君：当指开元二十二年(734)至二十四年(736)任易州刺史的卢晖。汉代称刺史为使君，后用"使君"指地方长官。《全唐文》卷三六二王端《唐铁像颂》："瞻彼朔易，有大像焉……则我前太守卢君之所立。卢君讳晖字子晃，自尚书郎保厘我郡……使臣以君政尤异闻于帝……君迁于瀛田……戊寅岁，易人思邵父美杜母……是用托颂于端。"敦煌选本题作"卢太守"。义井：供公众汲水之井。

②唯：敦煌选本作"称"。良牧：贤能的州郡长官。下车：《礼记·乐记》："武王克殷反商，未及下车，而封黄帝之后于蓟。"后称初即位或到任为"下车"。

③凿井处：《易州铁像颂》末附卢氏所建重要工程，内有造水碾等，义井或为其中之一。饮冰：谓受命从政，为国忧心。或释为清苦廉洁。此指卢使君勤于政事，爱护百姓。

④泉源:水的源头。《诗经·卫风·竹竿》:"泉源在左,淇水在右。"毛传:"泉源,小水之源,淇水,大水也。"

⑤体清:指井水清澈可以照见他物。色洞:《全唐诗》下注:"一作色淡。"水色深沉的样子。含虚:敦煌选本作"涵虚"。指水映天空。

⑥上善:至善。《老子》:"上善若水,水善利万物而不争。"中和:中庸之道的主要内涵。儒家认为能"致中和",则天地万物均能各得其所,达于和谐境界。《礼记·中庸》:"喜怒哀乐之未发谓之中,发而皆中节谓之和;中也者,天下之大本也;和也者,天下之达道也。致中和,天地位焉,万物育焉。"浃里间:使乡里融洽。

⑦济时:犹济世,救时。怀惠:谓感念长上的恩惠。《论语·里仁》:"君子怀刑,小人怀惠。"

【汇评】

《唐百家诗选》赵熙批:捐廉为之("宁知"二句下)。旧基("泉源"句下)。新汲("汲引"句下)。行者("来往"旁批)。居者("里间"旁批)。望其百废俱兴("济时"句下)。

真定即事奉赠韦使君二十八韵①

飘泊怀书客,迟回此路隅。问津惊弃置,投刺忽踟蹰②。方伯恩弥重,苍生咏已苏③。郡称廉叔度,朝议管夷吾④。乃继三台侧,仍将四岳俱⑤。江山澄气象,崖谷倚冰壶⑥。诏宠金门策,官荣叶县凫⑦。擢才登粉署,飞步蹑云衢⑧。起草征调墨,焚香即宴娱。光华扬盛矣,霄汉在兹乎?隐轸推公望,逶迤协帝俞⑨。轩车辞魏阙,旌节副幽都⑩。始佩仙郎印,俄兼太守符⑪。尤多蜀郡理,更得颍川谟⑫。城邑推雄镇,山川列简图。旧燕当绝漠,全赵对平芜。旷野何弥漫,长亭复郁纡。始泉遗俗近,活水战场无⑬。月换思乡陌,星回记斗枢⑭。岁容归万象,和气发鸿炉⑮。沦落而谁遇,栖遑有是夫⑯。不才羞拥肿,干禄谢侏儒⑰。契阔惭行迈,羁离忆友于⑱。田园同季子,储蓄异陶朱⑲。方欲呈高义,吹嘘揖大巫⑳。永怀吐肝胆,犹惮阻荣枯。解榻情何限,忘言道未殊㉑。从来贵缝掖,应是念穷途㉒。

【题解】

　　这是高适北游燕赵期间投赠给时任恒州刺史的韦济以求援引的诗,也是高适五言长律的代表作。从诗中内容来看,此时高适既无产业,又无官职,处境甚是落魄,暂系于开元二十二年(734)。首四句说明自己投刺韦使君的原因;"方伯"以下二十四句称颂韦济之政绩和历官;"城邑"以下十二句描绘真定山川及岁时;"沦落"以下十六句言己之贫穷失志,致希望援引之意。韦济早年以文辞扬名,与高适、杜甫均有交往,杜甫于天宝年间有《奉寄河南韦尹丈人》《赠韦左丞丈》两诗,中有"尊荣瞻地绝,疏放忆途穷""不谓矜馀力,还来谒大巫。岁寒仍顾遇,日暮且踟蹰"之句,可与本篇互相参看。

【校注】

　　①真定:县名,为恒州治所,在今河北省正定县。韦使君:汉时称刺史为使君,后来把奉命出使的人和州郡长官也称使君,此处指恒州刺史韦济。韦济,祖籍郑州阳武,韦思谦孙,宰相韦嗣立第三子,历任恒州刺史、户部侍郎、河南尹、尚书左丞、冯翊太守等职。史书评其"从容雅度,以简易为政",颇为当世称道。

　　②问津:打听渡口所在。《论语·微子》:"使子路问津焉。"此处借指求仕。投刺:投递名帖以求进谒。

　　③方伯:一方诸侯之长。已苏:已经得到拯救。《尚书·仲虺之诰》:"攸徂之民,室家相庆曰:'徯予后,后来其苏。'民之待商,厥惟旧哉!"孔传:"汤所往之民皆喜曰:待我君来,其可苏息。"

④廉叔度：廉范，字叔度，东汉京兆杜陵人，为赵将廉颇之后。《后汉书·廉范传》："举茂才，数月，再迁为云中太守，会匈奴大入塞……自率士卒拒之……后频历武威、武都二郡太守，随俗化导，各得治宜。建初中，迁蜀郡太守。……百姓为便，乃歌之曰：廉叔度，来何暮，不禁火，民安作，平生无襦今五绔。"管夷吾：管仲，字夷吾。春秋时齐国政治家，主张通货积财、富国强兵，曾相齐桓公，使齐国称霸诸侯。

⑤三台：星名。《晋书·天文志》："三台六星，两两而居，起文昌列抵太微，一曰天柱，三公之位也，在人曰三公，在天曰三台，主开德宣符也。"此指朝廷高位。四岳：见于《尚书·尧典》，本指四方诸侯之长，此指韦使君州刺史之职。

⑥冰壶：盛冰的玉壶，用以比喻品德清白廉洁。

⑦金门：金马门。《三辅黄图》："金马门，宦者署，在未央宫，武帝得大宛马，以铜铸像，立于署门，因以为名。东方朔、主父偃、严安、徐乐皆待诏金马门。"叶县凫：指得到皇帝眷顾的县令。应劭《风俗通·正失》："俗说孝明帝时，尚书郎河东王乔，迁为叶令，乔有神术，每月朔常诣台朝，帝怪其来数而无车骑，密令太史候望，言其临至时，常有双凫从南飞来，因伏伺，见凫举罗，但得一双舄耳。"

⑧粉署：指尚书省。蔡质《汉官仪》："尚书郎奏事明光殿，省中皆胡粉涂壁，故曰粉署。"《白氏六帖》："诸曹郎曰粉署，亦称仙署。"此处登粉署指韦使君曾为员外郎。云衢：云中的道路，喻指朝廷高位。

⑨隐轸(zhěn)：亦作"殷赈"或"隐赈"。众盛、富饶的样子。左思《蜀都赋》："邑居隐赈，夹江傍山。"刘逵注："隐，盛也。赈，富也。"公望：公辅之名望。《世说新语·品藻》："孔愉有公才而无公望；丁潭有公望而无公才，兼之者其在卿乎？"逶迤(wēi yí)：同"委蛇"，雍容自得的样子。《诗经·召南·羔羊》："退食自公，委蛇委蛇。"孔颖达疏："言大夫减退膳食，顺从于事，心志自得委蛇然。"帝俞：皇帝应允的事情。《尚书·尧典》："帝曰：俞。"伪孔传："俞，然也，然其所举。"

⑩轩车：古代大夫以上官员所乘有屏障的车。旌节：使者所持用作

54

凭信的旌与节。《新唐书·百官志》:"节度使辞日,赐双旌双节。"幽都:《新唐书·地理志》:"幽州范阳郡治幽都。"在今北京市丰台区。韦使君曾为幽州别驾,故云。

⑪仙郎:尚书省郎官之称。太守符:《汉官仪》:"若郎处曹二年,即迁二千石刺史。"此指韦使君以郎官兼任恒州刺史。

⑫蜀郡理:汉景帝时蜀郡太守文翁,崇教化,兴学校,文风大振。此处以文翁治蜀喻韦氏治恒州。颍川谟(mó):汉宣帝时黄霸为颍川太守,外宽内简,得吏民心,户口岁增,治为天下第一。谟,谋划,谋议。

⑬始泉:源泉。活水:流水。《诗经·卫风·硕人》:"河水洋洋,北流活活。"传:"活活,流也。"

⑭斗枢:北斗七星第一星,亦称天枢。古人以北斗节时,以斗柄所指分一年为十二辰。参见《汉书·律历志》。此指时节变换。

⑮鸿炉:大炉,指天地。《庄子·大宗师》:"以天地为大炉,以造化为大冶。"

⑯栖遑(qī huáng):匆忙奔走,无暇安居的样子。

⑰拥肿:同"臃肿"。隆起而不平直。《庄子·逍遥游》:"吾有大树,人谓之樗,其大本臃肿而不中绳墨。"此处喻指人不成材,为自谦之辞。干(gān)禄:求仕进,求禄位。《论语·为政》:"子张学干禄。"集解:"干,求也;禄,位也。"

⑱契阔:久别。曹操《短歌行》:"契阔谈宴。"友于:代指兄弟。《尚书·君陈》:"惟孝友于兄弟。"

⑲季子:苏秦。《战国策·秦策一》:"苏秦曰:'嫂何前倨而后卑也?'嫂曰:'以季子之位尊而多金。'"此句意谓像苏秦一样四处奔波,没有田园产业。陶朱:陶朱公,即范蠡。《史记·货殖列传》:"范蠡既雪会稽之耻,乃喟然而叹曰:'计然之策七,越用其五而得意。既已施于国,吾欲用之家。'乃乘扁舟浮于江湖,变名易姓,适齐为鸱夷子皮,之陶为朱公。朱公以为陶天下之中,诸侯四通,货物所交易也。乃治产积居……子孙修业而息之,遂至巨万。故言富者皆称陶朱公。"

⑳吹嘘：奖掖，揄扬。大巫：比喻学问技艺高超的人。此处以大巫比韦氏，自谦为小巫。

㉑解榻：热情接待。《后汉书·徐穉传》："徐穉字孺子，豫章南昌人也。家贫，常自耕稼，非其力不食。恭俭义让，所居服其德。屡辟公府，不起。时陈蕃为太守，以礼请署功曹，穉不免之，既谒而退。蕃在郡不接宾客，唯穉来特设一榻，去则县之。"忘言：谓心中领会其意，不须用言语来说明。《庄子·外物》："言者所以在意，得意而忘言。"此处意谓自己同韦氏的交情深厚。

㉒缝掖：又作"逢掖"，衣袖宽大的儒生之服。《礼记·儒行》："丘少居鲁，衣逢掖之衣。"郑玄注："逢，犹大也。大掖之衣，大袂单衣也。此君子有道艺者所衣也。"穷途：路的尽头，比喻无路可走的境地。《晋书·阮籍传》："（籍）时率意独驾，不由径路。车迹所穷，辄恸哭而反。"

邯郸少年行①

邯郸城南游侠子，自矜生长邯郸里②。千场纵博家仍富，几度报仇身不死③。宅中歌笑日纷纷，门外车马常如云④。未知肝胆向谁是，令人却忆平原君⑤。君不见即今交态薄，黄金用尽还疏索⑥。以兹感叹辞旧游，更于时事无所求⑦。且与少年饮美酒，往来射猎西山头⑧。

【题解】

这是高适极负盛名的诗作之一。高适有《淇上酬薛三据兼寄郭少府微》诗曰："北上登蓟门，茫茫见沙漠。……拂衣去燕赵，驱马怅不乐。天长沧洲路，日暮邯郸郭。"据此可知，此诗作于开元二十二年(734)高适自蓟北归宋中途经邯郸之时。此诗以乐府旧题写时事。前六句叙事，写邯郸少年纵酒赌博、任侠报仇的游侠行径,以及宾客攀附权势、献媚取宠的社会现实,突出邯郸少年豪迈的意气和放纵的生活。后八句议论,抒发人心不古、世态炎凉、知音难觅的痛苦心情,有强烈的抑郁不平之气,颇类鲍照《拟行路难》组诗之四、六。殷璠《河岳英灵集》谓高适"性拓落,不拘小节,隐迹博徒",于此诗可见其刚直耿介、睥睨当世的性格。艺术上,全诗整散相间,平仄交替,感情充沛,气势雄壮,为七古佳作。

【校注】

①邯郸:战国时赵之都城。秦王政十九年(前228)置邯郸郡,魏晋时为广平郡,隋开皇中改置县,唐因之,故城在今河北省邯郸南。少年行:乐府旧题,宋郭茂倩《乐府诗集·杂曲歌辞》收此诗。

②游侠:古称豪爽好结交,轻生重义,勇于排难解纷的人。《史记·游侠列传》:"今游侠,其行虽不轨于正义,然其言必信,其行必果,已诺必成,不爱其躯,赴士之厄困,既已存亡死生矣,而不矜其能,羞伐其德。"自矜:战国时赵国多轻生尚义之士,故邯郸少年以此自矜。《文苑英华》作"自言",注"一作矜"。

③几度:敦煌选本作"几处"。

④常如云:形容车马众多的样子。敦煌选本、《唐百家诗选》《唐诗纪事》作"长如云",《河岳英灵集》作"屯如云",明活字本作"如云屯"。

⑤平原君:即赵胜。战国四公子之一,赵武灵王之子。《史记·平原君列传》:"平原君赵胜者,赵之诸公子也。……喜宾客,宾客盖至者数千人。"邯郸为赵都城,故云。

⑥君不见:诸本多无"君"字,敦煌选本于"平原君"下作重字符。即今:明活字本作"今人",今从敦煌选本、《文苑英华》《唐百家诗选》。交态:世态人情。《史记·汲郑列传》:"一死一生,乃知交情。一贫一富,乃知交态。"疏索:疏远冷淡。

⑦感叹:《文苑英华》作"感激"。

⑧西山头:《史记·廉颇蔺相如列传》:"赵惠文王赐奢号为马服君。"集解注:"赵奢冢在邯郸界西山上,谓之马服山。"《括地志》:"马服山(在)

邯郸县西北十里。"

【汇评】

《唐诗广选》:慨绝古今("未知肝胆"二句下)。

《唐诗直解》:气骨高凝。丽归少年,不失故涉。

《批选唐诗》:情至无可复加。

《唐诗选脉会通评林》:周敬曰:须看其起伏结构。读此等诗,令人巧丽纤浓之语何处着华?周珽曰:写尽侠肠侠气,造语多奇。

《此木轩论诗汇编》:风流豪迈,是达夫面目。

《古唐诗合解》王尧衢曰:"邯郸是赵之旧都,其生长人士多轻生尚义,而多游侠之少年,故少年亦以自夸。"邯郸少年即游侠子,得其解矣。唐说误。又曰:"此篇上下两段局。上半篇一转韵,气缓;下半篇'君不见'后转韵,气促,格调宜然。"

《唐贤三昧集笺注》:画出一个轻侠少年("千场纵博"二句下)。句有远神,最为宕逸("未知肝胆"二句下)。

《网师园唐诗笺》:英气棱棱,溢出眉宇("未知肝胆"二句下)。

《唐百家诗选》赵熙批:兀敖奇横(眉批)。李白"淮南小山白毫子,乃在淮南小山里",与此起同妙("邯郸城南"句下)。突断("君不见"句下)。大力收束,何其健举!

《石园诗话》:殷(璠)独爱其"未知肝胆向谁是,令人却忆平原君",语虽妙,然非集中极致之句。

《唐诗解》:此叹交道之薄,因少年以发之也。意谓世之交者,孰非势利耶?观此邦游侠之子,贪嗜于财,幸免于法,非能豪举也。然而门庭若市,故我之肝胆未知所向,以世无平原君也。交态即日薄矣,吾岂待金尽而疏索哉?惟辞彼旧游而于时事无求耳。今少年不尚游侠,不趋势利,但与饮酒射猎以相娱乐,则其交也庶几哉!

《河岳英灵集》:余所最深爱者:"未知肝胆向谁是,令人却忆平原君。"

《唐音评注》:感慨之语自别("黄金用尽还疏索"句)。

《唐诗别裁集》:不忆信陵而忆平原,以邯郸为赵地之故。

别韦五①

徒然酌杯酒，不觉散人愁。相识仍远别，欲归翻旅游。夏云满郊甸，明月照河洲②。莫恨征途远，东看漳水流③。

【题解】

从"东看漳水流"一句看，此诗当为开元二十二年(734)夏天，高适自蓟门南返宋州途经漳水时作。前两句抒发离别愁情；三、四句关合诗题，既有送别不舍之情，又有抒发羁旅情怀之意；五、六句描绘别时景物，有唐诗气象，"夏云""明月"与离情之间隐约有关联；七、八句仍回到送别，勉励友人和自己。

【校注】

①韦五：名未详。

②郊甸：城邑外百里及二百里之内。泛指郊畿。河洲：河中可居的陆地。

③漳水：古漳水有南北两道，此处当指北漳水，源出山西，流经河北、河南之间，有清漳河与浊漳河两源，在河北西南合漳村汇合后称漳河。

【汇评】

《唐百家诗选》赵熙批：二句(指"夏云"二句)风格高入晋宋。

酬别薛三蔡大留简韩十四主簿①

迢递辞京华，辛勤异乡县②。登高俯沧海，回首泪如霰③。同人久离别，失路还相见④。薛侯怀直道，德业应时选⑤。蔡子

59

负清才,当年擢宾荐⑥。韩公有奇节,词赋凌群彦。读书嵩岑间,作吏沧海甸。伊余寡栖托,感激多愠见⑦。纵诞非尔情,飘沦任疵贱⑧。忽枉琼瑶作,乃深平生眷⑨。始谓吾道存,终嗟客游倦。归心无昼夜,别事除言宴⑩。复值凉风时,苍茫夏云变。

【题解】

诗曰:"迢递辞京华,辛勤异乡县。登高俯沧海,回首泪如霰。"盖为高适曾登碣石之地,追忆昔游京华,怀念薛据等人。"同人久离别,失路还相见",则是诗人自蓟北归来,途经涉县时与薛据等人重逢。刘长卿《送薛据宰涉县》诗曰:"县前漳水绿,郭外晋山翠。"所言地理与此诗相合,可知在涉县。此诗作于开元二十二年(734)夏秋之交,可与《淇上酬薛三据兼寄郭少府微》诗相互参看。前六句回顾昔年京华之别,今又相逢,悲喜交集。"薛侯"以下八句分言薛三、蔡大、韩十四三人德行、才学、仕途得意。"伊余"以下六句写自身不得意境况,与前三人形成对比,而此时得到三人赠诗,深感慰藉。"始谓"以下六句,继续言志,因不得意而欲归,却正值风云变幻,不免生悲。此诗虽为朋友酬别之作,其实大半篇幅在说自己不得志,即使赞美薛、蔡、韩三人的八句,也是为自身仕途困顿作反衬。高适送别之作多类此。

【校注】

①薛三:即薛据,河中宝鼎人。薛氏为河东望族,薛据在兄弟中排行第三,历任涉县令、司议郎、水部郎中,晚年于终南山下置别业终老。高适有《淇上酬薛三据兼寄郭少府微》诗,可参看。蔡大:名未详。高适有《送蔡少府赴登州推事》诗,蔡少府与蔡大或为同一人。韩十四:名未详。杜甫有《送韩十四江东省觐》诗,独孤及有《喜辱韩十四郎中书兼封近诗示代书题赠》诗,岑仲勉在《唐人行第录》中推断为韩滉,崔国辅亦有《送韩十四被鲁王推递往济南府》诗。主簿:官名。汉代中央及郡县官署多设此职,其职责为主管文书,办理事务。魏晋时渐为将帅重臣的主要僚

属,参与机要,总领府事。隋、唐以后中央部分官署及州县虽仍置主簿,但职权渐轻。

②辞京华:指诗人二十岁时西游长安,失意东归之事。异乡县:指诗人长期客居梁宋。

③霰(xiàn):介于雨和雪之间的小冰粒。

④失路:不得志。

⑤直道:犹正道。指确当的道理、准则。时选:当时的选拔。据《唐才子传》卷二:"薛据开元十九年王维榜进士。天宝六载又中风雅古调科。"

⑥当年:壮年。指身强力壮的时期。《墨子·非乐上》:"将必使当年,因其耳目之聪明,股肱之毕强,声之和调,眉之转朴。"孙诒让《墨子间诂》:"王云:'当年,壮年也。'当有盛壮之义。"宾荐:举荐。引申为科举。

⑦栖托:寄托,安身。愠见:见到让人愤愤不平的事。《论语·卫灵公》:"在陈绝粮,从者病,莫能兴。子路愠见曰:'君子亦有穷乎?'子曰:'君子固穷,小人穷斯滥矣。'"

⑧纵诞:恣肆放诞。飘沦:飘泊沦落。疵(cī)贱:卑贱。

⑨琼瑶:美玉。比喻美好的诗文。

⑩言宴:言谈说笑,谈笑欢乐。语出《诗经·卫风·氓》:"总角之宴,言笑晏晏。"

寄宿田家

田家老翁住东陂,说道平生隐在兹①。鬓白未曾记日月,山青每到识春时②。门前种柳深成巷,野谷流泉添入池。牛壮日耕十亩地,人闲常扫一茅茨③。客来满酌清樽酒,感兴平吟才子诗④。岩际窟中藏鼷鼠,潭边竹里隐鸬鹚。村墟日落行人少,醉后无心怯路歧⑤。今夜只应还寄宿,明朝拂曙与君辞。

【题解】

高适在《淇上酬薛三据兼寄郭少府微》中回顾开元二十二年(734)自燕赵南返宋中的艰难历程,有"酒肆或淹留,渔潭屡栖泊"之句,故系于开元二十二年。此为高适诗集中少见的田园诗,以自然纯朴之笔,描绘出一派祥和安宁的田园风光。首句叙事,交代田家老翁居住之地,以下十一句通过老翁自述,概括他的生活状态:心无挂碍,不记日月,每到山色变青,而知冬去春来;门前种柳,绕屋凿泉;壮牛耕地,人闲扫屋;客来有酒,感兴吟诗;窟藏鼹鼠,竹隐鸬鹚,自然天成,一派和谐,有如隐居世外桃源。结尾四句写自己的感受,原来前面皆为老翁席间所言,诗人听后无心前行,只想寄宿田家,暂享安宁。诗人在多年漂泊之中得见农夫安居自足之生活,不禁神往,然而高适绝非甘心隐居之人,其志向到底还在仕进。

【校注】

①东陂(bēi):东边的山坡上。

②识春:知春。识,知。

③茅茨(máo cí):茅屋。

④平:《全唐诗》注:"一作频。"

⑤怵路歧:因有岔路而伤心害怕,比喻前途迷茫。《吕氏春秋·疑似》:"墨子见歧道而哭之。"《淮南子·说林》:"杨子见逵路而哭之,为其可以南可以北也。"

【汇评】

《唐诗品汇》:七言排律唐人不多见。如太白《别山僧》、高适《宿田家》等作,虽联对精密,而律调未纯,终是古诗体段。

《唐诗广选》:即"寒尽不知年"之意,此却浑古("鬓白未曾"句下)。俗语自可("牛壮日耕"句下)。蒋仲舒曰:浅浅说胜浑浑说,百尔所思,不如一言。

《唐诗选脉会通评林》:周珽曰:好幅田家乐图。

《唐风定》:顾云:语带烟霞,此足当之矣。

《唐百家诗选》：赵熙批：精炼（"山青每到"句下）。千钧之力，而从容自在（末句下）。

《唐音癸签》：虽联对精密，而律调未纯，终是古诗手段。

哭单父梁九少府①

开箧泪沾臆，见君前日书。夜台今寂寞，犹是子云居②。畴昔贪灵奇，登临赋山水③。同舟南浦下，望月西江里④。契阔多别离，绸缪到生死⑤。九原即何处，万事皆如此⑥。晋山徒嵯峨，斯人已冥冥⑦。常时禄且薄，殁后家复贫。妻子在远道，弟兄无一人。十上多苦辛，一官常自哂⑧。青云将可致，白日忽先尽⑨。唯有身后名，空留无远近⑩。

【题解】

《集异记》中载有"旗亭画壁"故事，言此诗作于开元中，长安梨园伶官能唱。考高适行踪，诗人于开元二十二年（734）冬返回宋州，此前几年在东北边陲，此后第二年又征诣长安，印证诗中"契阔多别离"之句。另有"青云将可致，白日忽先尽"句，大约梁洽拜官不久便去世了。据谭优学《王昌龄行年考》，"旗亭画壁"故事发生于开元二十四（736）或二十五（737）年。则此诗可定为开元二十二年冬作。

诗以"哭"为诗眼。首句即点题，以"哭"领起全篇。诗人睹物思人，见书信而痛哭，进而想到友人岑寂山阿，好比"寂寂寥寥扬子居，年年岁岁一床书"的扬雄一般寂寞。"畴昔"四句回忆二人同游情谊。"契阔"二句过渡，从上四句生离写到下四句死别，以自然永恒不变反衬人生短暂无常，依然体现二人深情厚谊。"常时"以下十句，概括梁洽一生不幸，生前禄薄、苦辛、远离亲人，死后家贫、寂寞、空传身后名，委婉揭示出贤能之士遭到排斥压制的不公待遇，也是自己身世遭遇的寄托。整首诗愁肠九转，声泪俱下，"一唱再三叹，慷慨有馀哀"，有极强的感染力。

【校注】

①单父(shàn fǔ)：春秋鲁国邑名，故址在今山东省单县南，唐时属宋州。梁九：即梁洽。清抄本题下注："洽"，《全唐诗》"九"字下注："一作洽。"《文苑英华》题作《哭单父梁洽少府》。《全唐诗》有梁洽诗，小传称："梁洽，开、宝间进士。"徐松《登科记考》卷八载：开元二十二年进士二十九人，有梁洽，下注："见《文苑英华》。"因《文苑英华》载梁洽有《梓材赋》，而留元刚《颜鲁公年谱》谓，颜真卿于开元二十二年登进士第，试《梓材赋》《武库赋》。唐代进士及第后一般先任县尉之类小官，盖梁洽登第后即授单父尉。《集异记》载有"旗亭画壁"故事，以此诗首四句为绝句，误。《唐诗别裁集》亦收入五言绝句中，非。

②夜台：坟墓。亦借指阴间。子云：汉代辞赋家扬雄，字子云。

③贪：《文苑英华》作"探"。

④南浦：古水名，一名新开港，在今武汉市南。王琦注引《太平寰宇记》："南浦，在鄂州江夏县南三里……以其在郭之南，故曰南浦。"南浦下，《文苑英华》作"南楚夜"。西江：唐人多称长江中下游为西江。另，湖北的天门河也称"西江"。赵璘《因话录·商下》："千羡万羡西江水，曾向竟陵城下来。"竟陵今名天门，天门河流经城西。

⑤契阔：相交，相约。绸缪(chóu móu)：情意殷切。

⑥九原：本为山名，在今山西新绛县北。相传春秋时晋国卿大夫的墓地在此，后世因称墓地、九泉为九原。即何处：《全唐诗》于"即"下注："一作知。"于"处"下注："一作在。"

⑦嵯峨(cuó é)：山势高峻。

⑧十上：多次上书，"十"言其多。哂(shěn)：微笑。

⑨青云：高空的云，喻高官显爵。

⑩唯有：《文苑英华》作"推独"。身后名：《晋书·张翰传》："张翰，字季鹰，吴郡吴人也。……或谓之曰：'卿乃可纵适一时，独不为身后名

邪?'答曰:'使我有身后名,不如即时一杯酒。'时人贵其旷达。"留:《文苑英华》作"流"。

【汇评】

《唐诗归》钟云:"夜台无李白,沽酒与何人?"是为自家死后占地步;"夜台犹寂寞,疑是子云居",是为他人死后占地步。然太白语谑浪,达夫语凄感。

《唐诗选脉会通评林》:周珽曰:语语泪珠,字字泪血。

《载酒园诗话》:诗中佳句,有宜于作绝句者,有宜于作律诗者。如高适《哭单父梁少府》,本系古诗长篇,《集异记》载旗亭伶官所讴,乃截首四句为短章:"开箧泪沾臆,见君前日书。夜台今寂寞,独是子云居。"以原诗并观,绝句果言短意长,凄凉万状。

《围炉诗话》:五古、五绝亦可相收放。高适《哭梁少府》诗,只取前四句,即成一绝,下文皆铺叙也。

题李别驾壁①

去乡不远逢知己,握手相欢得如此。礼乐遥传鲁伯禽,宾客争过魏公子②。酒筵暮散明月上,枥马常鸣春风起③。一生称意能几人,今日从君问终始④。

【题解】

祖咏有《酬汴州李别驾赠》诗云:"自洛非才子,游梁得主人。文章参末议,荣贱岂同伦?"与高适所写者应为同一人。诗中有"枥马常鸣春风起"之句,则此诗应作于开元二十三年(735)春高适自宋州到长安参加制科考试途经大梁时。"去乡不远"则是以宋州为乡,宋州离大梁很近,"知己"自然指李别驾。前二句叙述与李别驾重逢之喜。次二句赞美李别驾精通礼乐、礼贤下士,有战国公子之风。五、六句写重逢酒筵上宾主相得,美景相佐。七、八句感慨人生际遇,既是写李别驾,又表达自己二人长安前途未卜的担忧。

【校注】

①此诗敦煌选本作《酬李别驾》。别驾:《新唐书·百官志》:"诸郡置别驾一人,天宝八载废。"李别驾:祖咏有《酬汴州李别驾赠》,当为同一人。

②鲁伯禽:周公旦长子,周朝诸侯国鲁国第一任国君。当时周公旦受封鲁国,但因其在镐京辅佐周成王,故派伯禽代其受封鲁国。伯禽在位时期,平定徐戎叛乱,坚持以周礼治国,使鲁国政治经济出现新局面。魏公子:即战国时魏国信陵君,以善于养士而著称。《史记·信陵君列传》:"魏公子无忌者……仁而下士,士无贤不肖,皆谦而礼交之。不敢以其富贵骄士,士以此方数千里争往归之,致食客三千人。"

③暮散:敦煌选本作"莫散"。常鸣:敦煌选本作"长鸣"。

④从君:敦煌选本作"于君"。终始:从开头到结局,事物发生演变的全过程。《礼记·大学》:"物有本末,事有终始,知所先后,则近道矣。"问终始,相当于问道。

送刘评事充朔方判官赋得征马嘶^①

征马向边州,萧萧嘶不休^②。思深应带别,声断为兼秋^③。歧路风将远,关山月共愁^④。赠君从此去,何日大刀头^⑤?

【题解】

此诗为送别刘评事时作,地点应在长安。参照岑参《函谷关歌送刘评事使关西》,则送别直至函谷关。高适一生四次入京,首次年纪尚轻,第三次十分仓促,第四次事务繁忙,故系于第二次入京时,即开元二十三年(735),此时朔方节度使为牛仙客。前四句以马鸣渲染别离气氛,征马似乎知道要远别,所以不停嘶鸣,鸣声悲切,因为它要随主人出塞;马嘶声断是因为这次出塞要在朔方过好几个秋天。五、六句写别时和别后情景,以景寄情,仿佛风与月都为别离而愁苦。七、八句写别后,希望刘氏早日归来。

【校注】

①敦煌选本题作《送刘评事充朔方判官得征马嘶》。刘评事:名未详。岑参有《函谷关歌送刘评事使关西》,应为同一人。《新唐书·百官志》:"大理寺有评事,掌出使推按。"大理寺有评事八人,从八品下。朔方:即朔方节度使,是唐时十个节度使之一,治所在今宁夏灵武市西南。《旧唐书·地理志》:"朔方节度使,捍御北狄,统经略、丰安、定远、西受降城、东受降城、安北都护、振武等七军府。朔方节度使,治灵州,管兵六万四千七百人,马四千三百匹,衣赐二百万匹段。"

②边州:边地的州郡。此指朔方节度使所在地灵州。萧萧:马鸣声。《诗经·小雅·车攻》:"萧萧马鸣。"疏:"惟闻萧萧然马鸣之声。"嘶:敦煌选本作"听"。

③兼秋:两个或两个以上的秋天。此处"兼"用为动词,与"带"相对。

④将:伴随。《诗经·召南·鹊巢》:"之子于归,百两将之。"

⑤大刀头:《乐府解题》:"大刀头者,刀头有环也。何当大刀头者,何日当还也。"是以"大刀头"为还乡的隐语。

【汇评】

《唐诗广选》:从题目上做造出来。

《唐诗直解》:用意沉渺。马有何意?此语(按指"思深"二语)甚奇。"带""将""兼""共"犯重。

《唐诗归》:恨结得粗。

《唐诗解》:唐人送别,各赋一物以为赠,故以"征马嘶"为题。言马向朔方哀嘶不息,其思幽深,以"带别"为然;声更凄绝,为"兼秋"而甚。于是涉歧路之风,对关山之月,行渐远而愁日深,从此而去,何日当还也?

《唐诗选脉会通评林》:周敬曰:旧谓高适诗多胸臆语,兼有气骨。今读此诗,机锋迥出常调。

《唐诗归折衷》:敬夫云:非不典故,却不中用。

《闻鹤轩初盛唐近体读本》:起较生快,三、四故是作意语,下半乃其本色。"风将远"亦自生。

醉后赠张九旭①

世上谩相识,此翁殊不然②。兴来书自圣,醉后语尤颠③。白发老闲事,青云在目前④。床头一壶酒,能更几回眠⑤?

【题解】

张旭为唐代著名书法家,开元后期至天宝前期在长安,其时高适亦在长安,姑系此诗于开元二十四年(736)。首二句以世俗之人作反衬:世人广交,泛称知己,此翁却为人真率,独处自然。三、四句写其日常行事与众不同:兴致一来,作书自然称圣;酷爱喝酒,醉后言语疯癫。五、六句言其内在志趣与众不同:一任白发老去,只与青云为友。七、八句以疑问结尾:年年岁岁一壶酒,能得几回醉时眠?极言其任性洒脱、真率自由的生活状态。整首诗充满了赞美意味,刻画出一代书法家不同世俗的超然形象。

【校注】

①张九旭:即张旭。以草书著名,被后世尊称为"草圣"。其书法与李白诗歌、裴旻剑舞合称为"三绝";诗以七绝见长,与贺知章、张若虚、包融号称"吴中四士"。《新唐书·张旭传》:"旭,苏州吴人。嗜酒,每大醉,呼叫狂走,乃下笔,或以头濡墨而书,既醒自视,以为神,不可复得也。世呼张颠。"与贺知章等人并称为"酒中八仙",杜甫有《饮中八仙歌》,其中有三句描绘张旭的醉态:"张旭三杯草圣传,脱帽露顶王公前,挥毫落纸如云烟。"

②谩相识:意谓世间之人相交,多欺诈而少真率,却泛云相识。

③书自圣:随笔挥洒,自然成圣。尤:明活字本作"犹"。

④青云:谓隐居。《南史·齐衡阳王钧传》:"身处朱门,而情游江海;形入紫闼,而意在青云。"

⑤床头酒:《世说新语·言语》:"孔文举有二子……昼日父眠,小者床头盗酒饮之。"

【汇评】

《唐诗广选》:蒋春甫曰:起语老,又不犯,难乎!

《唐诗直解》:起二句已托出张颠,举止性情真颠人,胸中异常斟酌。

《唐诗选脉会通评林》:周珽曰:达夫率口生韵,其赠寄、送别等篇,不事钩棘为奇,皆一气呵成,丰态有美女舞竿之致。

《唐诗矩》:全篇直叙格。高、岑二子,古体、歌行工力悉敌,不愧齐名。独五、七言律,高似稍劣。盖嘉州精警,常侍疏朴,彼为正声,此则外调也。

《古唐诗合解》:通篇俱写赠意,而用意尤在起结。一任白发满头,那顾青云在目?年岁功名都非意中事也("白发"二句下)。

《唐诗成法》:起句后平列六句,格奇。

《唐诗别裁集》:世俗交谊不亲,而泛云知己,所谓"谩相识"也。

宴韦司户山亭院①

人幽想灵山,意惬怜远水。习静务为适,所居还复尔②。汲流涨华池,开酌宴君子③。苔径试窥践,石屏可攀倚。入门见中峰,携手如万里④。横琴了无事,垂钓应有以⑤。高馆何沉沉,飒然凉风起⑥。

【题解】

据王维《洛阳郑少府与两省遗补宴韦司户南亭序》所言，韦司户亭院在长安，此诗当作于开元后期高适应试不第滞留长安期间，系于开元二十四年(736)，时王维为右拾遗。前四句写亭院主人韦司户不同凡俗的情趣修养，因喜欢幽静、热爱自然而选择于此处建立亭院。中间六句正面写园中开宴，青苔幽径，山石屏风，假山林立，池沼佳丽，于此亭院中携手同游，有咫尺万里之势。后四句回头赞美主人志趣高雅，弹琴垂钓，悠然自得，有隐居之乐。

【校注】

①韦司户：名未详。王维有《洛阳郑少府与两省遗补宴韦司户南亭序》，似是同一人。司户，《新唐书·百官志》："州郡有司户参军事。"为州郡佐吏，掌管户口、账簿、婚嫁、杂役等事。山亭院：即王维诗中之"南亭"。王维序描绘亭院风景曰："灞陵南望，曲江左转，登一级而樗、杜如近，尽三休而天地始大。"

②习静：谓习养静寂的心性。亦指过幽静的生活。王维《积雨辋川庄作》："山中习静观朝槿，松下清斋折露葵。"

③华池：景色佳丽的池沼。

④中峰：园中假山。

⑤横琴：谓抚琴，弹琴。应有以：应该有原因。

⑥沉沉：屋宇深邃的样子。

【汇评】

《唐诗归》：谭云：奇情奇想（"入门"二句下）。

送韩九①

惆怅别离日，徘徊歧路前。归人望独树，匹马随秋蝉。常与天下士，许君兄弟贤②。良时正可用，行矣莫徒然③。

高适有《同韩四薛三东亭玩月》诗,作于天宝二年(743),另有《酬别薛三蔡大留简韩十四主簿》诗,作于开元二十二年(734),若此诗送别之韩九与韩四、韩十四为兄弟,则此诗很可能作于开元后期或天宝初期。从诗中高昂的进取精神来看,当时诗人比较年轻,姑系于开元二十四年(736),当时诗人在长安,结交名流,心境积极开阔,与此诗的情绪格调相符。前二句直接叙事抒情,三、四句以景、物烘托离情,独树、匹马、秋蝉均是萧飒景象,与归人形成照应,一种离愁别绪自在其中。后四句勉励韩九放心归去,以其才德早晚有出头之日。高适每于送别诗中借勉励他人抒自己胸臆,此诗亦不例外。

【校注】

①韩九:名未详。据"许君兄弟贤",或与《同韩四薛三东亭玩月》之韩四、《酬别薛三蔡大留简韩十四主簿》之韩十四为兄弟。

②天下士:才德非凡之士。《史记·鲁仲连邹阳列传》:"始以先生为庸人,吾乃今日知先生为天下之士也。"许:赞许,称许。

③良时:好的时代,政治清明人才得尽其用的时代。指大唐盛世。

【汇评】

《唐诗镜》:三、四老气横绝,下句欠胜。

《唐诗归》:钟云:亦只说所送之人,不著自己身上("归人"二句下)。又云:眉睫唇吻间,有一副肝肠("常与"一联下)。谭云:无论其情事之绝,只此二语,何其清辣而香洁("常与"一联下)!

《汇编唐诗十集》:唐云:高诗以气胜,此作可想。

和王七玉门关听吹笛①

　　胡人吹笛戍楼间,楼上萧条海月闲②。借问落梅凡几曲,从风一夜满关山③。

【题解】

《国秀集》中有王之涣《凉州词》,与高适此诗韵脚相同,高诗当为和作,大约在旗亭画壁后不久,姑系于开元二十五年(737)。前两句描绘了一幅幽静凄冷的明月关山图景,为下文抒情蓄势。后二句写声成形,把戍楼将士所吹《梅花落》比作片片梅花飘落关山,营造出一种美妙深远的意境,且间接抒发了将士们的思乡情绪,因梅花开在江南,塞外罕有,江南即是家乡所在。此二句奇思妙想,与李白"黄鹤楼中吹玉笛,江城五月落梅花"有同工之妙,但更显苍凉悲壮。

【校注】

①此诗异文较多,此处据《全唐诗》。《国秀集》题作《和王七玉门关上吹笛》。《河岳英灵集》题作《塞上闻笛》,诗曰:"胡人羌笛戍楼间,楼上萧条明月闲。借问梅花何处落?风吹一夜满关山。"敦煌选本、明活字本均题作《塞上听吹笛》,诗云:"雪净胡天牧马还,月明羌笛戍楼间。借问梅花何处落,风吹一夜满关山。"玉门关:汉武帝时置。因西域输入玉石时取道于此而得名,汉时为通往西域各地的门户。故址在今甘肃敦煌西北小方盘城。

②海月:沙漠中不得见海,此处当指沙海。

③落梅:即《梅花落》笛曲,汉乐府横吹曲名。《乐府诗集·横吹曲辞四·梅花落》郭茂倩题解:"《梅花落》本笛中曲也。按唐大角曲,亦有《大单于》《小单于》《大梅花》《小梅花》等曲,今其声犹有存者。"关山:即玉门关。

【汇评】

《唐诗正声》:吴逸一评:因"牧马还"而有此笛声,摹写得妙。

《唐诗训解》:此篇却似中唐。

《唐诗解》:落梅足起游客之思,故闻笛者每兴味。

《唐诗摘钞》:"间"读作"闲"始妙。因大雪胡马远去,故戍楼得闲,二语始唤应有情。同用落梅事,太白"黄鹤楼中吹玉笛,江城五月落梅花"是直说硬说,此二句是婉说巧说,彼老此趣。

《历代诗发》：闻笛用落梅，如《子夜歌》之喻莲子已成习套，而供奉、常侍诗至今犹新脆，固其气厚，亦洗发不同也。

《诗式》：题为"听吹笛"，首句从吹笛者起，则"听"字方有根。二句楼上自萧条，海月自闲，故听得吹笛之声。而"听"字又有春落。（按，此诗首联作"胡人吹笛戍楼间，楼上萧条海月闲"）三句从"听"字转，四句发之，纯写"听"字之神。凡下字最要斟酌，如末句下"关山"二字，并上"借问落梅凡几曲"句，亦切题矣，若易以"江城"二字，便是黄鹤楼听吹笛诗。

独孤判官部送兵①

钱君嗟远别，为客念周旋②。征路今如此，前军犹眇然③。出关逢汉壁，登陇望胡天④。亦是封侯地，期君早着鞭⑤。

【题解】

据诗中"钱君嗟远别，为客念周旋"句可知，高适正作客他乡，因其早年送客赴任多在长安，开元末他曾滞留长安，故系于开元二十五年（737）。首联应题，"钱君"就独孤而言，"为客"则说自己客居京城，客中之别，比寻常离别更添几分惆怅。颔联表达对独孤判官的担心，"今如此"是出发之地，"犹眇然"是将去之处，出发之地已是艰苦萧条，极为遥远的安西更是不可想象的苦寒。颈联想象独孤氏此去景象，意境雄廓，烘托出诗人博大的胸襟，也为尾联蓄势。尾联致以美好的祝愿和期待，希望其此去边塞能大显身手，早日建功立业。此诗以送别为题，却能突破眼前别离的狭小空间和愁苦气氛，在想象中以边塞的辽阔图景为友人壮行，同时抒发自己欲要建立功业的豪情壮志。

【校注】

①独孤判官：《旧唐书·封常清传》："开元末，会达奚部落背叛……（安西四镇节度使夫蒙灵詧幕下）判官刘眺、独孤峻等逆问之。"李白于天

宝初年在长安作有《送陈刘二侍御兼独孤判官赴安西幕府》诗,独孤判官与高适诗中所言当为同一人。

②周旋:展转,反复。

③眇(miǎo)然:高远貌,遥远貌。

④汉壁:代指唐军的营垒。陇:指陇山,在今陕西省陇县西北。《三秦记》:"陇坻,其坂九回,不知高几许,欲上者七日乃越。"

⑤早着鞭:及早进取之意。《晋书·刘琨传》:"(琨)与范阳祖逖为友,闻逖被用,与亲故书曰:'吾枕戈待旦,志枭逆虏,常恐祖生先吾着鞭。'"

燕歌行 并序①

开元二十六年②,客有从元戎出塞而还者③,作《燕歌行》以示,适感征戍之事,因而和焉。

汉家烟尘在东北,汉将辞家破残贼④。男儿本自重横行,天子非常赐颜色⑤。摐金伐鼓下榆关,旌旆逶迤碣石间⑥。校尉羽书飞瀚海,单于猎火照狼山⑦。山川萧条极边土,胡骑凭陵杂风雨⑧。战士军前半死生,美人帐下犹歌舞!大漠穷秋塞草腓,孤城落日斗兵稀⑨。身当恩遇恒轻敌,力尽关山未解围⑩。铁衣远戍辛勤久,玉箸应啼别离后⑪。少妇城南欲断肠,征人蓟北空回首⑫。边庭飘飖那可度,绝域苍茫更何有⑬。杀气三时作阵云,寒声一夜传刁斗⑭。相看白刃血纷纷,死节从来岂顾勋⑮?君不见沙场征战苦,至今犹忆李将军⑯。

【题解】

此诗作于开元二十六年(738)。关于此诗所刺对象,传统说法认为是张守珪,因其部将矫命攻打奚、契丹,战败后张守珪谎报战功。但高适写于开元二十七年(739)的《宋中送族侄式颜时张大夫贬括州使人召式颜遂有此作》,对张守珪推崇备至。又有不少人认为所讽对象是安禄山、赵堪与白真陁罗等人。从文本来看,此诗并非仅据出塞之客见闻而写的普通唱和诗,也不仅限于写张守珪之事。此前高适曾于开元十八(730)年至开元二十一年(733)之间北上幽蓟,对东北边塞军中生活十分了解。故而此诗应为高适对边塞军中生活的高度艺术概括,集中反映了民族矛盾、军中矛盾、边策弊端和人民苦难。全诗悲壮沉雄,气势磅礴,不愧是高适的"第一大篇",也是盛唐边塞诗的杰出代表。

诗歌完整地描写了一次战役的全过程:前八句是出师,"汉家烟尘"四句交代战争的方位和性质,"在东北""重横行""赐颜色"微露讽刺之意。"摐金伐鼓"四句述出师之快、军威之盛,为下面兵败埋下伏笔。"山川萧条"以下八句描写战斗之惨烈,敌军凶悍,唐将无能轻敌且贪图享乐,导致士卒无谓送死。"铁衣远戍"以下八句写士兵的痛苦,前六句从征夫和思妇两方面入手,虚实结合,反复渲染战争给士兵及其家人带来的灾难;"杀气"是士兵白天所见,"寒声"是士兵夜里所闻,极言其陷入绝境后的景况。"相看白刃"四句是战后的思考,对视死如归的士兵表示同情和礼赞,同时有力地讥刺了轻开边衅、冒进贪功的边将。此诗的思想内容极为丰富,既有对边塞风光和战争场面的描绘,又有对征夫疾苦、思妇心理的体察,于悲壮的诗风中,呈现出慷慨之音。全诗最突出的特点是对比手法的运用。唐军和胡骑、唐将和士兵、征人与思妇、李将军和唐将、以及唐军出师时的迅猛雄壮与战场上的不堪一击,都是在鲜明的对比中刻画人物、展示场景,从而表达诗人的赞美与谴责。另外,四句一转韵的写法,造成跳跃奔放的气势,也很有创造性。

【校注】

①燕(yān)歌行:乐府《平调曲》名。现存最早的是三国魏曹丕所作的二首,反映的是行役之事。《乐府诗集·相和歌辞七·燕歌行题解》:"晋乐奏魏文帝《秋风》《别日》二曲,言时序迁换,行役不归,妇人怨旷无

所诉也。"燕是古代北方边地，故后人所作《燕歌行》多写边塞征戍之事。敦煌集本并无"并序"二字，只在题下注："客有从元戎出塞还者，作《燕歌行》示，适感征戍之事，作此《燕歌行》。"

②开元二十六年：《又玄集》《唐文粹》作"开元十年"，《河岳英灵集》《文苑英华》《才调集》作"开元十六年"，明覆宋刻本及诸本多作"开元三十六年"，皆误。今从明活字本及清抄本。

③元戎：主将，统帅。《又玄集》《才调集》《文苑英华》《唐诗所》将"元戎"作"御史大夫张公"。

④汉家：此处以汉代唐，"汉将"亦代指唐将。唐诗中多有此类用法。东北：指奚、契丹。奚为东胡别种，大致居于今内蒙古赤峰市以南、辽宁省朝阳市以西地区。唐玄宗开元年间，屡次与张守珪、安禄山鏖战，后为安禄山击败。契丹于唐高宗时屡犯边境，于玄宗开元二年（714）降唐。开元十八年（730），可突于率众并奚人投降东突厥，其后屡次叛乱，为张守珪所破。天宝年间又屡为安禄山所破。残贼：指凶残暴虐的人。

⑤横行：犹言纵横驰骋。多指在征战中所向无敌。赐颜色：指褒奖宠赏。

⑥枞（chuāng）金伐鼓：敲钲打鼓。榆关：即山海关。在今河北省秦皇岛市。旌旆（jīng pèi）：军队中的旗帜。逶迤（wēi yí）：曲折行进。碣石：山名。在今河北省昌黎县北。《尚书·禹贡》："导岍及岐……太行、恒山，至于碣石，入于海。"

⑦校尉：军职名。据《史记》，秦末农民起义军中已有此职。汉代始建为常职，其地位略次于将军。隋唐以后迄清为武散官，地位逐渐降低。羽书：犹羽檄。瀚海：地名。其含义随时代而变。唐代是对蒙古高原大沙漠以北及以西广大地区的泛称。《史记·卫将军骠骑列传》："（霍去病）封狼居胥山，禅于姑衍，登临瀚海。"单于：汉时匈奴君长的称号。《史记·匈奴列传》："匈奴单于曰头曼。"裴骃集解："单于者，广大之貌，言其象天单于然。"狼山：《新唐书·地理志》："幽州范阳郡昌平县，有纳款关，即居庸故关，亦谓之军都关，其北有防御军，古夏阳川也。有狼

山。"一说为狼居胥山,汉元狩四年(前119)霍去病出塞击败匈奴,封狼居胥山。后世诗文叙与异族战争常引用之,多非实指。

⑧凭陵:侵犯,欺侮。

⑨腓(féi):草木枯萎。《文苑英华》作"衰"。

⑩恒:敦煌集本作"常",《文苑英华》作"恒"。

⑪玉箸(zhù):玉制的筷子。此处用以比喻眼泪。

⑫城南:长安城南。

⑬边庭:边地。《河岳英灵集》《文苑英华》作"边风",敦煌集本作"边亭"。飘飖:各本多作"飘飘",从明活字本。那可度:《文苑英华》作"难可越"。更何有:无所有。《河岳英灵集》作"何所有"。

⑭三时:一天中的早中晚。阵云:浓重厚积形似战阵的云。古人以为战争之兆。寒声:《文苑英华》作"寒风",下注:"一作声。"刁斗:古代行军用具。斗形有柄,铜质;白天用作炊具,晚上击以巡更。

⑮血:明活字本作"雪",《文苑英华》作"徒"。死节:为保全节操而死。

⑯李将军:指汉代名将李广。《史记·李将军列传》:"广居右北平,匈奴闻之,号曰'汉之飞将军',避之数岁,不敢入右北平。……广廉,得赏赐辄分其麾下,饮食与士共之。……广之将兵,乏绝之处,见水,士卒不尽饮,广不近水;士卒不尽食,广不尝食。宽缓不苛,士以此爱乐为用。"或云李牧。《史记·廉颇蔺相如列传》:"李牧者,赵之北边良将也。常居代雁门,备匈奴。以便宜置吏,市租皆输入莫府,为士卒费。日击数牛飨士,习射骑,谨烽火,多间谍,厚遇战士。为约曰:'匈奴即入盗,急入收保,有敢捕虏者斩。'匈奴每入,烽火谨,辄入收保,不敢战。如是数岁,亦不亡失。……李牧多为奇阵,张左右翼击之,大破杀匈奴十馀万骑。灭襜褴,破东胡,降林胡,单于奔走。其后十馀岁,匈奴不敢近赵边城。"

【汇评】

《批点唐诗正声》:长篇滚滚,句虽佳,然皆有序,若得虚字斡旋影响,方得入妙。

《唐诗广选》：蒋仲舒曰："少妇"以后，又是一番断肠情况。

《唐风定》卷九：邢昉批曰：金戈铁马之声，有玉磬鸣球之节，非一意抒写以为悲壮也。

《唐诗评选》：词浅意深，铺排中即为诽刺，此道自三百篇来，至唐而微，至宋而绝。"少妇""征人"一联，倒一语乃是征人想他如此，联上"应"字神理不爽。结句亦苦平淡，然如一匹衣着，宁令稍薄，不容有颣。

《唐诗快》：此是歌行本色。

《围炉诗话》：诗之繁于词者，七古、五排也。五排有间架，意易见；七古之顺叙者亦然。达夫此篇，纵横出没如云中龙，不以古文四宾主法制之，意难见也。四宾主法者，一主中主，如一家惟一主翁也；二主中宾，如主翁之妻妾儿孙奴婢，即主翁之分身以主内事者也；三宾中主，如主翁之朋友亲戚，任主翁之外事者也；四宾中宾，如朋友之朋友，与主翁无涉者也。于四者中除却宾中宾，而主中主亦只一见，惟以宾中主勾动主中宾而成文章，八大家无不然也。《燕歌行》之主中主，在忆将军李牧善养士而能破敌。于达夫时，必有不恤士卒之边将，故作此诗。而主中宾，则"壮士军前半死生，美人帐下犹歌舞""相看白刃血纷纷，死节从来岂顾勋"四语是也。其馀皆是宾中主。自"汉家烟尘"至"未解围"，言出师遇敌也。此下理当接以"边庭"云云，但径直无味，故横间以"少妇""征人"四语。"君不见"云云，乃出正意以结之也。文章出正面，若以此意行文，须叙李牧善养士、能破敌之功烈，以激励此边将；诗用兴比出侧面，故止举"李将军"，使人深求而得，故曰"言之者无罪，而闻之者足以戒"也。

《唐诗三百首注疏》卷三：沈德潜云：刺边将佚乐，不恤士卒。通首叙关塞之苦，只以"战士"二句、"君不见"二句点睛。运意绝高。

《唐贤三昧集笺注》卷下：黄培芳曰：句中含双单字，此七古造句之要诀，盖如此则顿跌多姿，而不伤于虚弱，杜工部《渼陂行》多用此句法。转韵亦用对法。

《唐诗别裁集》：悲壮。言主将不惜士卒（"美人帐下犹歌舞"句下）。李广爱惜士卒，故云。或云李牧，亦可（"至今犹忆李将军"句下）。七言

78

古中时带整句，局势方不散漫。若李、杜风雨分飞，鱼龙百变，又不可以一格论。

《网师园唐诗笺》：沉痛语不堪多读。

《唐百家诗选》：赵熙批：此段事外远致（"铁衣远戍"句下）。常侍第一大篇，与东川"白日登山望烽火"一首非但声情高壮，其于守珪有微词，盖于国史相表里也。

《昭昧詹言》："汉家"四句起，"拟金"句接，"山川"句换，"大漠"句换，"铁衣"句转，收指李牧以讽。

《唐宋诗举要》：（《旧唐书·张守珪传》）曰："二十六年，守珪裨将赵堪、白真陁罗等假以守珪之命，逼平卢军使乌知义邀叛奚馀众于湟水之北，初胜后败。守珪隐其败状而妄奏克捷之功，事颇泄"云云。达夫此诗，盖隐刺之也。吴曰：二句最为沉至（"战士军前"一联下）。此殆刺妄奏克捷之事（"死节从来"句下）。

《古诗镜》："战士军前半死生，美人帐下犹歌舞。"语意警觉。高适七言古多句调琅琅，振响欲绝。

《唐音评注》：语意兼至（"力尽关山未解围"句下）。工（"寒声一夜传刁斗"句下）。结得佳（"至今犹忆李将军"句下）。

《唐诗归》卷十二：谭元春曰：豪壮中写出暇整气象（"战士军前"二句下）。真志士。"顾勋"二字笑尽妻子身家中人（"死节从来"句下）。

《钝吟杂录》：七言歌行，盛于梁末，梁元帝为《燕歌行》，群下和之，今书目有《燕歌行集》。何焯评：常侍有《燕歌行》一首，亦是梁陈格调。

《唐诗解》卷十六：此述征戍之苦也，言烟尘在东北，原非犯我内地，汉将所破特徐寇耳。盖此辈本重横行，天子乃厚加礼貌，能不生边衅乎？于是鸣金鼓，建旌旆，以临瀚海，适值单于之猎，凭陵我军。我军死者过半，主将方且拥美姬歌舞帐下，其不惜士卒乃尔。是以当防秋之际，斗兵日稀，然主将不以为意者，以其恃恩而轻敌也。何为使士卒力尽关山未得罢归乎？戍既久，室家相望之情极矣，则又述士卒之意曰：吾岂欲树勋于白刃间耶？既苦征战，则思古之李牧为将，守备为本，亦庶几哉！

《才调集补注》卷三：宋邦绥曰：此言主将不恤士卒，如骠骑在塞外，卒乏粮或不能自振，而骠骑尚穿域蹋鞠之类。

《诗比兴笺》卷三：陈沆曰：张守珪为瓜州刺史，完修故城，版筑方立，虏奄至，众失色，守珪置酒城上，会饮作乐，虏疑有备，引去。守珪因纵兵击败之，故有"战士军前半死生，美人帐下犹歌舞"之句，然其时守珪尚未建节，此诗作于开元二十六年建节之时，或追咏其事，抑或刺其末年富贵骄逸，不恤士卒之词，均未可定。要之观其题序，断非无病之呻也。

《读全唐诗札记》岑仲勉曰：此刺张守珪也。……二十六年，击奚，讳败为胜，诗所由云"孤城落日斗兵稀。身当恩遇恒轻敌，力尽关山未解围"也。

同熊少府题卢主簿茅斋①

虚院野情在，茅斋秋兴存②。孝廉趋下位，才子出高门③。乃继幽人静，能令学者尊。江山归谢客，神鬼下刘根④。阶树时攀折，窗书任讨论。自堪成独往，何必武陵源⑤！

【题解】

此诗写作时间不详。但李颀有《望鸣皋山白云寄洛阳卢主簿》诗云："饮马伊水中，白云鸣皋上。"又有《送卢逸人》诗云："洛阳为此别，携手更何时。"若李颀与高适所言卢氏为同一人，则开元二十三年（735）前后李颀在东都洛阳附近漫游，此诗也应作于开元末，姑系于开元二十六年（738）秋，诗人离开长安返回梁宋途经洛阳时。

前两句写卢氏山野茅斋的情趣。"孝廉"以下八句赞美卢氏才学、品行、情趣和能力，把主人与茅斋结合起来，以主人的淡泊品味和悠闲情韵表现茅斋的幽深，又以茅斋的环境之美衬托主人的文才修养。最后两句再次赞美卢氏隐居之地，有如世外桃源，令人羡慕。

【校注】

①熊少府:名未详。刘开扬推测为曾做过临清县尉、贝州参军的南昌人熊曜;孙钦善疑为安阳县尉熊九。卢主簿:名未详。清抄本、《全唐诗》题下注:"卢兼有人伦。"刘开扬推为曾任任城主簿的卢潜,孙钦善认为是曾任洛阳东宫主簿的卢某。

②野情:山野情趣,比喻不受世事人情拘束的闲散心情。秋兴:潘岳《秋兴赋》序:"仆野人也,偃息不过茅屋茂林之下,谈话不过农夫田父之客……于时秋也,故以秋兴名篇。"

③孝廉:指孝悌者和清廉之士,分别为统治阶级选拔人才的科目,始于汉代,在东汉尤为求仕者必由之途,后往往合为一科。常用以指被推选的士人。《汉书·武帝纪》:"元光元年冬十一月,初令郡国举孝、廉各一人。"颜师古注:"孝谓善事父母者,廉谓清洁有廉隅者。"

④谢客:指南朝宋谢灵运。谢灵运幼名客儿,故称。钟嵘《诗品》:"谢客为元嘉之雄。"刘根:汉代术士,传说能驱鬼、辟谷。《后汉书·刘根传》:"刘根者,颍川人也,隐居嵩山中。诸好事者,自远而至,就根学道。太守史祈以根为妖妄,乃收执诣郡……根于是左顾而啸,有顷,祈之亡父祖近亲数十人,皆反缚在前,向根叩头曰:'小儿无状,分当万坐。'"此处以刘根比卢氏,谓其深于方术。

⑤武陵源:即桃花源。见陶渊明《桃花源记》。后以"武陵源"借指避世隐居之地。

送崔录事赴宣城①

大国非不理,小官皆用才②。欲行宣城印,住饮洛阳杯③。晚景为人别,长天无鸟回。举帆风波渺,倚棹江山来。羡尔兼乘兴,芜湖千里开④。

从"欲行宣城印,住饮洛阳杯"一联看,送别之地在洛阳。宣城郡,唐初置宣州,中间一度改称宣城郡,后复称宣州。高适于天宝八载(749)初秋从长安至封丘上任途经洛阳,而此诗云"羡尔兼乘兴",似是未入仕时作,高适曾于开元二十六年(738)由长安回梁宋途中暂住洛阳,姑系于此时。

前四句交代饯别原由,称赞崔录事才能可治大国,却只被征为判官,于是在洛阳为其送行。"晚景"以下四句用别时景物烘托别离之情。结尾二句想象崔氏此去前途无量,而自己徒有羡鱼之情。于一判官尚且钦羡,可见此时高适尚未出任封丘尉。

【校注】

①崔录事:名未详。《新唐书·百官志》:"州郡有录事参军事。"宣城:《新唐书·地理志》:"宣州宣城郡,治宣城。"在今安徽省宣城市宣州区。

②大国:《道德经》:"治大国若烹小鲜。"

③印:《四库》本作"郡"。

④乘兴:用《世说新语》"王子猷雪夜访戴"典故。乘兴而往,兴尽而返。芜湖:《汉书·地理志》:"丹阳郡有芜湖县。"芜湖在县之西南,源出丹阳湖。宣城在其东南。

酬岑二十主簿秋夜见赠之作①

舍下蛩乱鸣,居然自萧索②。缅怀高秋兴,忽枉清夜作③。感物我心劳,凉风惊二毛④。池枯菡萏死,月出梧桐高。如何异乡县,复得交才彦⑤。汩没嗟后时,蹉跎耻相见⑥。箕山别来久,魏阙谁不恋⑦?独有江海心,悠然未尝倦⑧。

【题解】

从诗中"凉风惊二毛"来看,此诗应作于高适三十余岁时。考其行踪,诗人于开元十八年(730)北游燕赵,当年高适三十一岁。此后在东北边陲淹留,中途曾短期返回宋中。又于开元二十三年(735)征诣长安,应制科考试,与当时名流宴饮交游,直至开元二十六年(738)秋离长安返梁宋,时年三十九岁。据"箕山别来久,魏阙谁不恋"可知,诗人离开长期生活的宋中时间较长,且"魏阙"常指朝廷,此诗当为开元二十六年秋返梁宋途中作。

诗前四句交代诗题"酬赠"之意。"感物"四句写秋夜景色,"气变悟时易"也。"池枯菡萏死,月出梧桐高",炼句尤奇,俊朗高爽。"如何"四句感慨岑氏有才而高举,自身"汩没"复"蹉跎"。"箕山"四句写仕隐矛盾,至"魏阙"为建立功业,虽久别"箕山",但"江海"之心始终不渝。

【校注】

①岑二十:名未详。从"如何异乡县,复得交才彦"看,此岑二十或任县主簿之职。主簿:《新唐书·百官志》:"御史台及大理、太常等寺有主簿,诸县亦置,掌簿书。"

②蛩(qióng):蟋蟀。

③清夜作:指岑二十赠己之作。

④二毛:斑白的头发。《左传·僖公二十二年》:"君子不重伤,不禽二毛。"杜预注:"二毛,头白有二色。"后因以"二毛"指三十余岁。

⑤乡:《全唐诗》下注:"一作州。"

⑥汩(gǔ)没:埋没,湮灭。

⑦箕(jī)山:在河南省登封市东南,又名许由山。相传尧时巢父、许由隐居于此。《史记·伯夷列传》:"尧让天下于许由,许由不受,耻之,逃隐。……太史公曰:'余登箕山,其上盖有许由冢云。'"后以"箕山之志""箕山之节"称隐居不仕之人。来:《文苑英华》作"未"。

⑧江海心:退隐之心。

遇冲和先生^①

　　冲和生何代,或谓游东溟^②。三命谒金殿,一言拜银青^③。自云多方术,往往通神灵^④。万乘亲问道,六宫无敢听^⑤。昔去限霄汉,今来睹仪形^⑥。头戴鹖鸟冠,手摇白鹤翎^⑦。终日饮醇酒,不醉复不醒。犹忆鸡鸣山,每诵西升经^⑧。拊背念离别,依然出户庭^⑨。莫见今如此,曾为一客星^⑩。

【题解】

　　据《新唐书·方伎传》的记载,参以高适行踪,此诗当作于开元二十六(738)、二十七年(739)间,即姜抚讹言东往牢山求药过宋州时。此时高适尚不知其因行骗之术败露而逃。

　　诗前八句叙述姜抚过去得志的经历,"三命"而谒帝、"一言"而拜官,极言其得志之快;"万乘"亲自问道、"六宫"不敢出听,极言其尊荣富贵。"昔去"以下八句,写今日相遇情状,"昔去"二句转折过渡,从过去说到眼前,"头戴"二句是世外仙人装扮,"终日"二句写其不同凡俗的行为,"犹忆"二句是路遇诗人所言。"拊背"以下四句写短暂相逢旋即离别,今昔对比,微露讽刺之意。

【校注】

　　①诗题明活字本作《遇冲和先王》。冲和:唐代著名术士姜抚之号,抚为宋州人。《新唐书·方伎传》:"姜抚,宋州人,自言通仙人不死术,隐居不出。开元末,太常卿韦绦祭名山,因访隐民,还白抚已数百岁。召至东都,舍集贤院。因言:'服长春藤,使白发还鬒,则长生可致。藤生太湖最良,终南往往有之,不及也。'帝遣使者至太湖,多取以赐中朝老臣。因诏天下,使自求之。宰相裴耀卿奉觞上千万岁寿,帝悦,御花萼楼宴群

臣,出藤百硌,遍赐之。擢抚银青光禄大夫,号冲和先生。抚又言:'终南山有旱藕,饵之延年。'状类葛粉,帝作汤饼赐大臣。右骁卫将军甘守诚能铭药石,曰:'常春者,千岁蘽也。旱藕,杜蒙也。方家久不用,抚易名以神之。民间以酒渍藤,饮者多暴死。'乃止。抚内惭悸,请求药牢山,遂逃去。"

②东溟:东海。古代方士谣传东海上有仙山,上有仙人及不死之药。《史记·秦始皇本纪》:"齐人徐市等上书,言海中有三神山,名曰蓬莱、方丈、瀛洲,仙人居之,请得斋戒与童男女求之。于是遣徐市发童男女数人入海求仙人。"

③三命:多次受命。银青:银印青绶,即银青光禄大夫。汉代官制,秩比二千石以上,皆银印青绶;魏晋以后有银青光禄大夫之称。

④自云:敦煌选本作"白云",误。神灵:《文苑英华》作"精灵"。

⑤万乘:周制,天子地方千里,能出兵车万乘,因以"万乘"指天子。《孟子·梁惠王上》:"万乘之国,弑其君者,必千乘之家。"赵岐注:"万乘,兵车万乘,谓天子也。"

⑥昔去:明活字本作"昔云",《文苑英华》作"昔者"。

⑦鹖(hé)鸟冠(guān):即鹖冠,以鹖羽为饰之冠,本为武官之冠,与道家隐士之冠相类而不用尾羽。鹖鸟,《文苑英华》作"雏凤"。

⑧鸡鸣山:鸡鸣山有多处,不知具体所指。从诗意看,应为道家名山。犹:《文苑英华》作"常"。西升经:《新唐书·艺文志》:"韦处玄集解《老子西升经》二卷。"

⑨拊:义同"抚"。《文苑英华》作"抚"。

⑩客星:指东汉隐士严光。《后汉书·严光传》:"(光武帝)复引光入,论道旧故……因共偃卧,光以足加帝腹上,明日太史奏,客星犯御座甚急。帝笑曰:'朕故人严子陵共卧耳。'"此指姜抚与严光一样接近帝王,得宠一时。

别孙诉①

离人去复留,白马黑貂裘②。屈指论前事,停鞭惜旧游。帝乡那可忘,旅馆日堪愁③。谁念无知己,年年睢水流④。

【题解】

此诗清抄本题下注:"时俱客宋中。"再从"年年睢水流"亦可断定此诗作于高适客居梁宋未入仕时,姑系于开元二十七年(739),此时诗人郁郁寡欢,与诗中情绪相符。

前两句直写离别,"白马""貂裘"应为孙诉别时装扮,有侠客风范。"屈指""停鞭"写惜别时的行动言语。"帝乡"二句谓不忘进身致用。七、八句谓自己滞留宋中多年而无人援引,由送别友人而感伤身世。

【校注】

①孙诉(xīn):名未详。《全唐诗》录孙欣诗一首,传云欣为"开、宝间人"。或是同一人。

②黑貂裘:《战国策·秦策》:"说秦王,书十上而说不行,黑貂之裘弊,黄金百斤尽。"白马貂裘是任侠少年的装扮,此处应是孙诉的典型装扮。

③帝乡:京城,皇帝居住的地方。

④睢水:古代鸿沟支流,故道自今河南开封东从鸿沟分出。高适客居之宋城在睢水以北。参见《酬庞十兵曹》注释⑥。

同房侍御山园新亭与邢判官同游①

隐隐春城外,蒙笼陈迹深。君子顾榛莽,与言伤古今。决河导新流,疏径踪旧林。开亭俯川陆,时景宜招寻。肃穆逢使轩,夤缘事登临②。吞游芝兰室,还对桃李阴③。岸远白波来,气喧黄鸟吟④。因睹歌颂作,始知经济心⑤。灌坛有遗风,单父多鸣琴⑥。谁为久州县,苍生怀德音⑦。

【题解】

据《旧唐书·房琯传》,房琯任宋城令在开元二十三年(735)至二十九年(741)之间。按周勋初《高适年谱》,高适于开元二十六年(738)秋离开长安回梁宋,二十八年(740)北上相州,次年又南下淇上,只有二十七年(739)在宋城。诗中以宋城古事称颂房琯,可以确定是开元二十七年高适在宋城时作。此诗写与邢判官同游房琯山园新亭,可见房琯善治园亭,喜好登山临水,也印证了《旧唐书》本传中"所在为政,多兴利除害,缮理廨宇,颇著能名"的记载。

前八句交代房琯决河疏径、兴利除弊的功绩。"肃穆"两句交代诗题,诗人与房侍御游园而巧遇邢判官,因而同游。"吞游"以下十句写游园所见,兼颂房琯德政。"芝兰室""桃李阴"既是实写景物,也比喻房琯以德政感化百姓,深得民心。"灌坛""单父"分别指梁宋历史上行德政之太公望与宓子贱,将房琯比作此二人,说明房琯有古人之遗风。

【校注】

①房侍御:即房琯。《旧唐书·房琯传》:"(开元)二十二年,拜监察御史。其年坐鞫狱不当,贬睦州司户。历慈溪、宋城、济源县令,所在为政,多兴利除害,缮理廨宇,颇著能名。天宝元年,拜主客员外郎。"侍御,唐人通称殿中侍御史、监察御史为侍御,此时房琯任宋城令,称侍御当指旧职。邢判官:名未详。

②使轩:指冯判官的车马。夤(yín)缘:攀援,攀附。

③芝兰室:《孔子家语·六本》:"与善人居,如入芝兰之室,久闻而不知其香,即与之化矣。"后以喻贤士之所居。亦指助人从善的环境。桃李

阴:《韩诗外传》卷七:"夫春树桃李,夏得阴其下,秋得食其实。"后遂以"桃李"比喻培育的后辈和所教的门生。又,《汉书·李广传》:"桃李不言,下自成蹊。"注:"蹊,谓径道也。言桃李以其花实之故,非有所招呼而人事归趋,来往不绝,其下自然成径,以喻人怀诚信之心,故能潜有所感也。"此处两种喻意皆有。

④白波:白色波浪。《庄子·外物》:"白波若山,海水震荡。"

⑤歌颂:《礼记·乐记》:"天下大定,然后正六律,和五声,弦歌诗颂,此谓之德音。"此指百姓对房琯德政的歌颂。

⑥灌坛:张华《博物志》卷七:"太公为灌坛令,武王梦妇人当道夜哭,问之,曰:'吾是东海神女,嫁于西海神童。今灌坛令当道,废我行。我行必有大风雨,而太公有德,吾不敢以暴风雨过,是毁君德。'武王明日召太公,三日三夜,果有疾风暴雨从太公邑外过。"原为地名,后用以代指有德行的地方官吏。

⑦德音:好名声。《诗经·豳风·狼跋》:"公孙硕肤,德音不瑕。"

送萧十八与房侍御回还①

常苦古人远,今见斯人古②。澹泊遗声华,周旋必邹鲁③。故交在梁宋,游方出庭户④。匹马鸣朔风,一身济河浒。辛勤采兰咏,款曲翰林主⑤。岁月催别离,庭闱远风土⑥。寥寥寒烟静,莽莽夕云吐⑦。明发不在兹,青天眇难睹⑧。

【题解】

此诗当作于开元二十七年(739)。时房琯任宋城令,与高适交游。

前四句赞美萧十八有古风,为人淡泊而守礼。"故交在梁宋"以下十句叙写萧十八来宋城过访之事,"匹马鸣朔风,一身济河浒"描绘了萧氏潇洒飘逸的风度,"辛勤"二句写萧氏因孝行和才思而受到房琯的热情款待。结尾两句想象明日离别,别后将难以相见,不禁悲从中来。

【校注】

①萧十八:名未详。诗题明仿宋刻本作《宋萧十八》,《文苑英华》《全唐诗》作《送萧十八》,题下注:"与房侍御回还。"

②苦:《文苑英华》注:"一作悲。"

③遗:《文苑英华》《全唐诗》作"遗",明覆宋刻本及清抄本作"遣"。周旋:交往,交际应酬。邹鲁:邹,孟子故乡;鲁,孔子故乡。后因以"邹鲁"指文化昌盛之地,礼义之邦。此处指有修养、守古礼之人。

④游方:外出远游。《论语·里仁》:"父母在,不远游,游必有方。"

⑤采兰咏:《文选·束皙〈补亡诗·南陔〉》:"循彼南陔,言采其兰。眷恋庭闱,心不遑安。"李善注:"采兰,以自芬香也。循陔以采香草者,将以供养其父母,喻人求珍异以归。"后因以"采兰"谓供养父母之事。翰林主:指房琯。唐代设翰林院,开元中,选文学之士为翰林学士,专掌制诰。后称文学侍从之官为翰林。房琯曾任秘书省校书郎,故称。

⑥庭闱:内舍。多指父母居住处。《文选·束皙〈补亡诗·南陔〉》:"眷恋庭闱,心不遑安。"李善注:"庭闱,亲之所居。"

⑦吐:《文苑英华》、许自昌本作"苦"。

⑧明发:黎明,平明。《诗经·小雅·小宛》:"明发不寐,有怀二人。"朱熹集传:"明发,谓将旦而光明开发也。"

寄孟五少府①

秋风落穷巷,离忧兼暮蝉②。后时已如此,高兴亦徒然③。知君念淹泊,忆我屡周旋④。征路见来雁,归人悲远天。平生感千里,相望在贞坚⑤。

头两句化用王维《渭川田家》"斜阳照墟落,穷巷牛羊归"和《辋川闲居赠裴秀才迪》"倚杖柴门外,临风听暮蝉"诗意,有躬耕田园和隐居山林之意,应是对宋中耕读生活的真实写照;诗中失意之感甚浓,当为客居宋中后期,即开元末年作,姑系于开元二十七年(739)。此时诗人自长安失意归来,寂寞寡欢。

前四句"秋风""穷巷""离忧""暮蝉",一片衰飒,失路之悲更令人不堪。后六句点诗题,引孟五为知音,知我"淹泊""周旋"。两人虽隔千里,但心意相通,至交之情坚贞不渝,令人倍感欣慰。

【校注】

①诗题明活字本作《寄孟五》,《文苑英华》作《寄孟五少府》。孟五,名未详。

②秋风:清抄本、《文苑英华》作"秋气"。离忧:忧伤。《楚辞·九歌·山鬼》:"风飒飒兮木萧萧,思公子兮徒离忧。"马茂元注:"离忧,就是忧愁的意思。楚地方言。"

③后时:失时,不及时。高兴:高雅的兴致。

④淹泊:漂泊。周旋:交往,周济。

⑤贞坚:明活字本作"贞贤",今从《文苑英华》《全唐诗》。

【汇评】

《唐贤三昧集笺注》黄培芳评:后四句因景生情,情深于文。

《唐诗归》:谭云:来得飒然(首句下)。钟云:唐人每妙于用"兼"字,奇变百出("离忧"句下)。谭云:真情语("忆我"句下)。又云:五字深秘("相望"句下)。钟云:排律化境。细读沈、宋诗,始知其妙。

《历代诗发》:起有别趣。

《批唐贤三昧集》:起五字,岂凡手胸中所有?对亦生造。高、岑并称,高之道俊似不逮岑,而其苍莽处更过之。诗格自以苍莽为最贵,道俊其次也。

宋中别司功叔各赋一物得商丘^①

商丘试一望，隐隐带秋天。地与辰星在，时将火正迁^②。干戈悲昔事，墟落对穷年^③。即此伤离绪，凄凄赋酒筵^④。

【题解】

此诗作于宋中。从"墟落对穷年"来看，则诗人在宋中闲居的时间已经很长了，姑系于开元二十七年(739)秋。

一、二句写景，从宋中遥望商丘，只见秋意弥漫。三、四句吊古，叙阏伯因兄弟不和被迁商丘之事。五、六句伤今，言自己在墟落穷巷中虚耗光阴，一事无成。七、八句言别，渲染伤离意绪，交代题中离别之意。

【校注】

①诗题诸本皆无"得商丘"三字。司功：即司功参军事，掌管祭祀、礼乐、学校、选举、表疏、丧葬、医筮等事。《新唐书·百官志》："州郡有司功参军事。"商丘：宋地。

②地与：敦煌集本作"与地"。辰星：二十八宿中的心宿。也称"大辰""大火"。时将火正迁：此句《全唐诗》作"城将大路迁"，今从敦煌集本。因此句与上句相对，"辰星"与"火正"对举，且都与阏伯和商丘有关。《左传·襄公九年》："陶唐氏之火正阏伯居商丘，祀大火，而火纪时焉。相土因之，故商主大火。"

③干戈：《左传·昭公元年》："昔高辛氏有二子，伯曰阏伯，季曰实沈，居于旷林，不相能也，日寻干戈，以相征讨。后帝不臧，迁阏伯于商丘，主辰。商人是因，故辰为商星。"墟落：敦煌集本作"摇落"。墟落，村落。穷年：全年，一年到头。

④凄凄：敦煌集本作"悽其"，各本多作"凄凄"。赋酒筵：诸本多作"赋酒筵"，敦煌集本作"酒赋筵"。

宋中送族侄式颜时张大夫
贬括州使人召式颜遂有此作^①

　　大夫击东胡,胡尘不敢起^②。胡人山下哭,胡马海边死。部曲尽公侯,舆台亦朱紫^③。当时有勋业,末路遭谗毁^④。转旆燕赵间,剖符括苍里^⑤。弟兄莫相见,亲族远枌梓^⑥。不改青云心,仍招布衣士^⑦。平生怀感激,本欲候知己。去矣难重陈,飘然自兹始。游梁且未遇,适越今可以^⑧。乡山西北愁,竹箭东南美^⑨。峥嵘缙云外,苍莽几千里^⑩。旅雁悲啾啾,朝昏孰云已。登临多瘴疠,动息在风水^⑪。虽有贤主人,终为客行子。我携一尊酒,满酌聊劝尔。劝尔惟一言,家声勿沦滓^⑫。

【题解】

　　据《旧唐书·张守珪传》记载,张守珪被贬括州刺史在开元二十七年(739)六月,次年五月卒于括州官舍,诗中所写为秋天景象,可推断此诗作于开元二十七年秋,当时张守珪招高适族侄高式颜赴括州,遂有此作。

　　诗前十四句概括张守珪生平,前六句言其功绩,其中前四句连用四个"胡"字,表明其战功主要是在镇守边塞时屡破吐蕃和平定契丹;"当时有勋业"二句转折,"勋业"承上,"谗毁"启下;"转旆燕赵间"六句叙其遭贬后的凄苦和坚守,其中"不改青云心"二句又是转折,"青云心"承上,指张守珪;"布衣士"启下,指高式颜。"平生怀感激"以下十六句专写高式颜,前六句言此去适逢其志,次六句言此行路远艰苦,故虽有张守珪召唤提携,终因高式颜是"客行子"而多有担忧,"虽有贤主人"两句又绾合前二十八句。"我携一尊酒"四句紧扣题中送别之意,殷勤珍重,力重万钧,担忧与期望并有。此诗语言平易,感情真挚,结构紧密,绾合巧妙,足见诗人之精心结撰。

【校注】

①《全唐诗》题作《宋中送族侄式颜》,题下注:"时张大夫贬括州,使人召式颜,遂有此作。"《唐百家诗选》作全题。张大夫:指张守珪。《旧唐书·张守珪传》:"二十六年,守珪裨将赵堪、白真陁罗等假以守珪之命,逼平卢军使乌知义令率骑邀叛奚馀众于湟水之北,将践其禾稼。知义初犹固辞,真陁罗又诈称诏命以迫之,知义不得已而行。及逢贼,初胜后败,守珪隐其败状而妄奏克获之功。事颇泄,上令谒者牛仙童往按之。守珪厚赂仙童,遂附会其事,但归罪于白真陁罗,逼令自缢而死。二十七年,仙童事露伏法,守珪以旧功减罪,左迁括州刺史,到官无几,疽发背而卒。"括州:即处州。唐时属江南东道,相当于今浙江丽水一带。《新唐书·地理志》:"处州缙云郡本括州,治丽水。"

②东胡:我国古代少数民族,因居于匈奴之东,故名。此处指奚、契丹。

③部曲:古代军队编制单位。《后汉书·百官志》:"其领军皆有部曲。大将军营五部,部校尉一人比二千石;军司马一人,比千石。部下有曲,曲有军候一人,比六百石。"此处借指部属。舆台:古代十等人中两个低微等级的名称。舆为第六等,台为第十等。泛指操贱役者或奴仆。朱紫:古代高级官员的服色或服饰。谓朱衣紫绶,即红色官服,紫色绶带。唐制,五品以上始服朱紫。《新唐书·马周传》:"三品服紫,四品五品朱。"

④勋业:据《旧唐书·张守珪传》和《资治通鉴》,张守珪曾在河西任瓜州都督,抗击吐蕃有功,后任幽州节度使,多次率师击败奚、契丹。《旧唐书·张守珪传》:"二十一年,转幽州长史、兼御史中丞、营州都督、河北节度副大使,俄又加河北采访处置使。先是,契丹及奚连年为边患,契丹衙官可突干骁勇有谋略,颇为夷人所伏。赵含章、薛楚玉等前后为幽州长史,竟不能拒。及守珪到官,频出击之,每战皆捷。……会契丹别帅李过折与可突干争权不叶,悔潜诱之,斩屈剌、可突干,尽诛其党,率馀众以

降。守珪因出师次于紫蒙川,大阅军实,宴赏将士,传屈剌、可突干等首于东都,枭于天津桥之南。"遭谗毁:《资治通鉴》卷二一四:"(牛)仙童有宠于上,众宦官疾之,共发其事。……守珪坐贬括州刺史。"此处谓因众宦官谗毁牛仙童,导致张守珪被贬。

⑤转旆:调转军旗,意谓班师回朝。指张守珪罢幽州节度使,自燕赵回朝。剖符:犹剖竹。古代帝王分封诸侯、功臣时,以竹符为信证,剖分为二,君臣各执其一,后因以"剖符""剖竹"为分封、授官之称。括苍:即今浙江省临海市括苍山脉,唐时横亘括州、台州。《新唐书·地理志》:"丽水县有括苍山。"

⑥枌梓(fén zǐ):二木名。《汉书·郊祀志》:"高祖祷丰枌榆社。"注:"枌榆,乡名也。"《诗经·小雅·小弁》:"维桑与梓,必恭敬止。"朱熹集传:"桑、梓二木,古者五亩之宅,树之墙下,以遗子孙,给蚕食、具器用者也。"故以桑梓为乡里之称,此处枌梓亦同。

⑦青云心:比喻远大的志向。此指张守珪。布衣士:穿麻布衣服的平民。

⑧适越:到越地去。因括州为古越国之地,故称。

⑨竹箭:即篠。细竹。《尔雅·释地》:"东南之美者,有会稽之竹箭焉。"

⑩缙云:山名。在浙江省缙云县内。又名仙都山,相传为黄帝时缙云氏封地。因括州在其南,故称"缙云外"。

⑪瘴疠(zhàng lì):指瘴气。风水:风寒与湿气。

⑫沦滓:败坏,玷污。

又送族侄式颜

惜君才未遇,爱君才若此。世上五百年,吾家一千里①。俱游帝城下,忽在梁园里②。我今行山东,离忧不能已③。

此诗当于开元二十七年(739)秋作于宋州,在前诗后不久。

前两句直接赞美高式颜,称其才华,惜其不遇。三、四句言其生逢盛世,又有此高才,当有所建树。五、六句回忆与式颜同游长安,又共回梁宋的经历,足见叔侄二人感情深厚。七、八句扣题中送别之意,担忧之情与前诗相类。此诗依然以感情的真挚朴实见长。

【校注】

①五百年:《孟子·公孙丑》:"五百年必有王者兴,其间必有名世者。"朱熹集注:"自尧至汤,自汤至文武,皆五百馀年,而圣人出。名世,谓其人德业闻望可名于一世者,为之辅佐,若皋陶、稷、契、伊尹、莱朱、太公望、散宜生之属。"一千里:《楚辞·卜居》:"宁昂昂若千里之驹乎?"洪兴祖补注:"千里驹,展才力也。颜师古云:言若骏马可致千里也。"

②帝城:指长安。梁园:西汉梁孝王所建的东苑,也称兔园。故址在今河南省商丘市。园林规模宏大,方三百余里,宫室相连。梁孝王在其中广纳宾客,当时名士司马相如、枚乘、邹阳等均为座上客。高适长期客居梁宋,曾在此处耕钓自给。

③山东:高适于开元二十七年秋至汶上,当在与式颜别后不久。离忧:离别的忧伤。

东平路作三首①

南图适不就,东走岂吾心②?索索凉风动,行行秋水深③。蝉鸣木叶落,兹夕更秋霖④。

明时好画策,动欲干王公⑤。今日无成事,依依亲老农。扁舟向何处?吾爱汶阳中⑥。

清旷凉夜月,徘徊孤客舟。渺然风波上,独梦前山秋⑦。秋至复摇落,空令行者愁⑧。

【题解】

其一曰"南图适不就,东走岂吾心",则原计划南行,不得已而向东走;其二曰"扁舟向何处,吾爱汶阳中",则东行将赴汶阳。杜甫有《奉寄高常侍》诗曰"汶上相逢年颇多",交代初次相逢之地在汶上。杜甫于开元二十七年(739)漫游齐鲁,则高适此诗当作于是年。

第一首说自己有志难伸,东行亦非本愿,一路所见,皆为萧瑟凄凉之景象。因此,内心感到无限悲伤。第二首说自己本欲干谒王侯以实现抱负,无奈事竟不成,只得暂时依栖农圃。自身有如一叶漂泊之舟,不知向何处去,只好暂住汶阳寻求机会。第三首写行进途中的见闻感受,所见为凉月孤舟,所感为摇落悲愁,只因前路渺茫,壮志难酬。结尾借景抒情,有如宋玉悲秋,不仅悲自然之秋,也是悲人生之秋。

【校注】

①东平:郡名,原郓州,属河南采访使,治所在须昌(今山东省东平县)。此诗敦煌集本题无"作"字。

②南图:即"图南",谓南飞,南征。比喻抱负远大。语出《庄子·逍遥游》:"(鹏)背负青天……而后乃今将图南。"就:敦煌集本作"尽"。东走:此指诗人东鲁之游。

③索索:形容风吹草木之声。行行:不停地前行。《古诗十九首·行行重行行》:"行行重行行,与君生别离。"

④秋:敦煌集本作"愁"。

⑤明时:指政治清明的时代,古时常用以称颂本朝。画策:谋画策略,筹划计策。敦煌集本作"书策"。干(gān):干谒,对人有所求而请见。

⑥扁舟:小船。此处指自己孤身驾着一叶小舟于汶水上东行。汶阳:春秋时鲁国地名,因在汶水之阳,故名。汉置汶阳县,故城在今山东省肥城、泰安、宁阳交界处,今有汶阳镇。此处借指东平郡,因东平郡治所须昌亦在汶水之北。

⑦渺然:敦煌集本作"眇然"。

⑧摇落:凋残,零落。

【汇评】

《唐诗归》:说得秋有着落,益觉幻妙("渺然"二句下)。

《唐百家诗选》:赵熙批:连章之作,此极严谨。统摄四首(包括前作《鲁西至东平》),而本篇自有起结("南图"句下)。杜子(赠适诗)云:"佳句法如何?"知诗所重在句,句自有法也("吾爱"句下)。拍入行程("徘徊"句下)。

《删定唐诗解》:言客梦已愁,若果为秋则更愁,谓非明月未妥。

别耿都尉①

四十能学剑,时人无此心。如何耿夫子,感激投知音②。翩翩白马来,二月青草深③。别易小千里,兴酣倾百金④。

【题解】

此诗写作时间未详。当为任封丘尉之前所作,或在开元后期。二十六年(738)秋,诗人从长安失意归来,一直郁郁寡欢,直到次年秋至汝上,心情才好转。从此诗情绪来看,诗人又鼓起了对功名前途的热望,故系于开元二十八年(740)春。

前四句赞美耿氏特立独行,世俗之人皆于年少时学剑,耿氏则于不惑之年开始学,很有个性;且学成之后即投奔能赏识重用他的人,既写出了耿氏与众不同的识见和魄力,也交代了离别的缘由。后四句写离别的情景,耿氏在青青的春草中骑着轻快的白马,越发丰神俊朗;在离别的酒筵上豪气干云,酒酣耳热之际欲倾尽百金买得一醉,可见其豪爽豁达,此种人一旦投奔前程,很快就可崭露头角、建功立业。

①都尉:唐代有轻车都尉、骑都尉等,皆勋官。《新唐书·职官志》:"诸府有折冲都尉、左右果毅都尉、别将等。"耿都尉:名未详。

②感激:感奋激发。

③翩翩:行动轻疾,动作轻快。

④小千里:以千里为小。即不以别离为意。兴酣:酒筵上喝酒喝到兴致高时。

题尉迟将军新庙①

周室既板荡,贼臣立婴儿②。将军独激昂,誓欲酬恩私。孤城日无援,高节终可悲③。家国共沦亡,精魂空在斯④。沉沉积冤气,寂寂无人知。良牧怀深仁,与君建明祠⑤。父子俱血食,轩车每逶迤⑥。我来荐蘋蘩,感叹兴此词⑦。晨光上阶闼,杀气翻旌旗⑧。明明幽冥理,至诚信莫欺⑨。唯夫二千石,多庆方自兹⑩。

【题解】

据《周太师蜀国公尉迟迥庙碑》,新庙于开元二十六年(738)立于相州,而诗人曾于开元二十八年(740)游相州,诗当作于是年。

诗前八句回顾尉迟迥将军生平:北周宣帝驾崩,宇文衍继位,杨坚辅政,尉迟迥不满杨坚擅权,遂起兵反杨,最后兵败自杀。通过对尉迟迥生前事迹的叙述,歌颂了尉迟迥的高节。"沉沉"以下六句,叙相州刺史张嘉祐为尉迟迥立庙建碑事,以及庙成后参拜之人络绎不绝的情状。"我来"以下八句,写诗人于庙成后来游,"晨光""杀气"让人肃然起敬,"明明""至诚"不禁令人遥想将军风范,"唯夫"二句赞颂张嘉祐建庙之举。

【校注】

①尉迟将军:指尉迟迥,字薄居罗,鲜卑族,西魏、北周将领。他能征善战,好施爱士,位望崇重。初为宇文泰帐内都督,从泰复弘农,战沙苑,累有军功,任尚书右仆射、大将军。西魏废帝二年(553)入蜀平萧纪,以功为大都督,益、潼等十八州诸军事,镇蜀。北周初,拜柱国大将军。宣帝即位,为相州总管。帝死,杨坚独揽天下兵马事,他起兵讨坚,兵败自杀。《周书·尉迟迥传》:"武德中,迥从孙库部员外郎耆福上表请改葬。朝议以迥忠于周室,有诏许焉,仍赠绢百匹。"《旧唐书·张嘉祐传》:"(开元)二十五年,为相州刺史。相州自开元已来,刺史死贬者十数人,嘉祐访知尉迟迥周末为相州总管,身死国难,乃立其神祠以邀福。"

②板荡:《板》《荡》都是《诗经·大雅》中讥刺周厉王无道的诗篇。后因以指政局混乱或社会动荡。贼臣:指杨坚。北周宣帝死时,其子宇文衍年仅八岁,继位后为静帝,由左大丞相杨坚辅政。

③高节:杨坚辅政后,忌惮尉迟迥位高望重,遂以韦孝宽代尉迟迥为相州总管。尉迟迥以为杨坚将篡权夺位,遂举兵反之。杨坚以韦孝宽为元帅率兵征讨。相州治所邺城失陷,尉迟迥自杀。

④家国共沦亡:指尉迟迥兵败自杀,而杨坚辅政二年后即代北周建立隋朝。

⑤良牧:贤能的州郡长官。此处指相州刺史张嘉祐。

⑥血食:谓受享祭品。古代杀牲取血以祭,故称。轩车:有屏障的车。古代大夫以上所乘。此处指来祭祀尉迟迥的人大多是有身份的。

⑦蘋蘩(pín fán):蘋和蘩。两种可供食用的水草,古代常用于祭祀。此处代指祭祀。

⑧阶闼(tà):陛阶和宫门。借指宫闱。此指尉迟将军庙前台阶。杀气:秋天的肃杀之气,犹阴气、寒气。

⑨明明:明智,明察。多用于歌颂帝王或神灵。幽冥:地府,阴间。

⑩二千石(dàn):汉制,郡守俸禄为二千石,即月俸百二十斛。世因称郡守为"二千石"。此指相州刺史张嘉祐。多庆:多福。

淇上酬薛三据兼寄郭少府微①

　　自从别京华，我心乃萧索②。十年守章句，万事空寥落③。北上登蓟门，茫茫见沙漠。倚剑对风尘，慨然思卫霍④。拂衣去燕赵，驱马怅不乐⑤。天长沧洲路，日暮邯郸郭⑥。酒肆或淹留，渔潭屡栖泊⑦。独行备艰险，所见穷善恶⑧。永愿拯刍荛，孰云干鼎镬⑨？皇情念淳古，时俗何浮薄。理道资任贤，安人在求瘼⑩。故交负灵奇，逸气抱謇谔⑪。隐轸经济具，纵横建安作⑫。才望忽先鸣，风期无宿诺⑬。飘飘劳州县，迢递限言谑。东驰眇贝丘，西顾弥虢略⑭。淇水徒自流，浮云不堪托。吾谋适可用，天路岂寥廓⑮！不然买山田，一身与耕凿⑯。且欲同鹪鹩，焉能志鸿鹄⑰？

【题解】

　　此诗为高适从蓟门归来后作，但"拂衣去燕赵"以下对归来后生活的描写颇为曲折沧桑，周勋初《高适年谱》系于开元二十九年(741)寓居淇上时。这是了解高适人生经历和政治思想的重要诗作。

　　前十六句追述自开元九年(721)离开长安以后的经历：先是客居宋中十年，生活艰苦但勤学不辍；然后于开元十八年(730)北游燕赵，登蓟门；开元二十二年(734)南返宋中，辗转漂泊，历尽艰辛。"永愿"以下六句表明高适本有经世济民之志，宋中耕读、北游燕赵以及回宋中沿途的经历加深了他对政局民情的认识，更坚定了他的志向。"故交"以下十句赞薛据、郭微之才德、辛劳，略致思友之意。"淇水"以下八句再申志向，言仕进既难，无奈只得以农耕为生。

　　此诗题为怀友，实则言志，主观理想和客观现实的反差，构成浓烈的悲怆氛围。"永愿拯刍荛,孰云干鼎镬",是高适的政治理想,这种理想与杜甫的"致君尧舜上,再使风俗淳"相类,是诗人人民性的鲜明体现,也是他们成为有唐一代大诗人的重要原因。

【校注】

①淇上:淇水之上。淇水在今河南省淇县,为卫河支流。薛据:据《旧唐书·薛据传》载,据为河中宝鼎(今山西省万荣县西南)人。薛氏为河东望族,《旧唐书·薛播传》云薛播、薛据兄弟七人于开元、天宝间"并举进士,连中科名。衣冠荣之"。薛据排行第三,时称薛三。历任涉县令、司议郎、水部郎中。《唐才子传》称:"据为人骨鲠,有气魄,文章亦然。尝自伤不得早达,造句往往追凌鲍、谢。初好栖遁,居高山炼药。晚岁置别业终南山下老焉。"郭少府:名微,事未详。各本皆作"郭少府",《唐百家诗选》作"郭主簿",《唐诗所》《全唐诗》于"郭少府"下有"微"字,今从。此诗《文苑英华》作王昌龄诗,误。按,王昌龄无淇上诗,而高适集中多有淇上之作;又此诗"北上登蓟门"云云,与高适行踪相符,故知为高适作。

②京华:京城之美称。因京城是文物、人才汇集之地,故称。

③十年:高适于开元九年(721)自长安归宋州,到开元十八年(730)北游燕赵,刚好十年。章句:剖章析句,经学家解说经义的一种方式。西汉儒生读经专以分析章节句读为务。此指读书。

④风尘:比喻战乱。《后汉书·班固传》:"设后北房稍强,能为风尘,方复求为交通,将何所及?"此指开元二十年(732)前后幽蓟边境唐与奚、契丹的战争。卫霍:汉武帝时名将卫青和霍去病,皆以武功著称,屡败匈奴,解除了长期困扰西汉的边患。详见《史记·卫将军骠骑列传》。

⑤拂衣:挥动衣服,形容激动或愤激。燕赵:指战国时燕、赵二国,唐时为幽蓟之地。此句意谓从军未遂,于是离开蓟北。

⑥沧洲:滨水的地方,古时常用以称隐士的居处。邯郸:战国时赵国都城,在今河北省邯郸市。

⑦渔潭:《文苑英华》作"渔泽"。

⑧穷善恶：《周易·系辞》："君子居则观其象而玩其辞。"疏："君子自居处其身，观看其象，以知身之善恶，而习玩其辞，以晓事之吉凶。"

⑨刍荛(chú ráo)：割草采薪之人。《诗经·大雅·板》："先民有言，询于刍荛。"毛传："刍荛，薪采者。"此处代指百姓。云：《全唐诗》"云"字下注："一作辞。"干：《说文》："干，犯也。"鼎镬：古代的酷刑，用鼎镬烹人。《汉书·郦食其传》："郦生自匿监门，待主然后出，犹不免鼎镬。"以上两句意谓：永远愿意拯救割草打柴的老百姓，就算为此得罪被处以烹煮的极刑也在所不辞。

⑩理道：即治道。为避唐高宗李治之讳，改"治"为"理"。安人：即安民。为避唐太宗李世民之讳，改"民"为"人"。求瘼(mò)：访求民间疾苦。瘼，通"莫"。《诗经·大雅·皇矣》："皇皇上帝，临下有赫。监观四方，求民之莫。"

⑪故交：指薛据和郭微。灵奇：卓异不凡的才气。謇谔(jiǎn è)：亦作"謇鄂"。正直敢言。《后汉书·陈蕃传》："忠孝之美，德冠本朝；謇愕之操，华首弥固。"

⑫隐轸(zhěn)：犹"隐赈"。众盛，富饶。具：《文苑英华》作"策"。建安作：具有建安风骨的诗文作品。建安，汉献帝年号。当时的文坛风气称为"建安风骨"，代表作家有"三曹七子"。钟嵘《诗品》："降及建安，曹公父子笃好斯文；平原兄弟郁为文栋，刘桢、王粲为其羽翼。次有攀龙托凤，自致于属车者，盖将百计。"《文心雕龙·明诗》认为建安文学："慷慨以任气，磊落以使才。造怀指事，不求纤密之巧；驱辞逐貌，唯取昭晰之能。"唐自陈子昂起，在反对六朝浮靡文风时，均以"建安风骨"相标榜。据《唐才子传》记载，薛据"为人骨鲠，有气魄，文章亦然。"

⑬才望：才能声望。先鸣：首先显露。《文心雕龙》："子桓虑详而力缓，故不竞于先鸣。"风期：风度品格。《晋书·习凿齿传》："其风期俊迈如此。"宿(sù)诺：未及时兑现的诺言。《论语·颜渊》："子路无宿诺。"朱熹集注："宿，留也，犹宿留之宿。急于践言不留其诺也。"

⑭贝丘：古地名。在今山东省博兴县东南。虢(guó)略：《左传·僖

公十五年》："虢略,虢之境界也。"《后汉书·郡国志》："弘农郡陆浑西有虢略地。"按,陆浑在今河南省嵩县。贝丘、虢略,当指薛据、郭微所在地。

⑮天路:比喻致高官之路。《文苑英华》作"天道"。

⑯耕凿:耕田凿井。语出古诗《击壤歌》："日出而作,日入而息,凿井而饮,耕田而食,帝力于我何有哉?"此指隐居不仕。

⑰鹪鹩(jiāo liáo):一种小鸟,因形微处卑,常用以比喻弱小者或易于自足者。《庄子·逍遥游》："鹪鹩巢于深林,不过一枝。"张华《鹪鹩赋》序:"鹪鹩,小鸟也,生于蒿莱之间,长于藩篱之下,翔集寻常之内,而生生之理足矣。"鸿鹄(hú):即鹄,俗称天鹅。《汉书·张良传》："鸿鹄高飞,一举千里。"因鸿鹄善高飞,常用来比喻志向远大的人。鹄,《全唐诗》下注:"一作鹤。"

【汇评】

《韵语阳秋》:意在退处者,虽饥寒而不辞;意在进为者,虽耆贪而不顾:皆一曲之士也。高适尝云:"吾谋适可用,天路岂寥廓。不然买山田,一身与耕凿。"可仕则仕,可止则止,何常之有哉!

淇上别业①

依依西山下,别业桑林边②。庭鸭喜多雨,邻鸡知暮天。野人种秋菜,古老开原田③。且向世情远,吾今聊自然④。

【题解】

此诗作于开元二十九年(741)寓居淇上之时。

前两句写静景,三、四句是动景,勾勒出淇上别业所在的环境,优美悠闲又富有生活气息。五、六句写村居老农的活动,写出了农村生活的恬静。七、八句由前面所描绘的情景生发出感慨,希望自己远离世俗,暂时忘却功名,过一段闲适的村居生活。

全诗纯用白描手法,平淡自然的语言与优美恬静的乡村风光、恬淡闲适的心境契合无间。中间两联"喜""知""种""开"四个动词,清新自然,十分贴切。于此可见高适另一种诗风。

【校注】

①此诗明覆宋刻本、张黄本、许本皆无,唯《文苑英华》《全唐诗》收录。淇上:淇河之上,实指淇河之滨。淇水,发源于太行山,古时为黄河支流,在今河南省北部。《水经注》引《山海经》曰:"淇水出沮洳山。"沮洳山在今河南省辉县市。别业:别墅。

②西山:《淇上酬薛三据兼寄郭少府微》:"不然买山田,一身与耕凿。"此西山即别业附近之"山田"。

③古老:老年人。古,通"故"。开:《文苑英华》作"看"。

④世情:世俗之情。

【汇评】

《唐诗归》:钟云:"喜"字、"知"字,妙于体物。

《唐律消夏录》:与摩诘《终南别业》等诗一样清旷,然口气却足不同,如"喜"字、"知"字,摩诘便不耐烦如此体贴。盖摩诘实与世情远,是真自然,而达夫"且向世情远",是"聊自然"也。达夫表里洞彻,此诗可见。以视宋之问"无能愧此生"句,真龌龊心肠矣。

《古唐诗合解》卷八:此即从别业地名起,"依依"犹言依恋也。("依依"二句下) 前解是别业实事,后解是住此别业者之闲情。

淇上别刘少府子英①

近来住淇上,萧条惟空林。又非耕种时,闲散多自任②。伊君独知我,驱马欲招寻③。千里忽携手,十年同苦心④。求仁见交态,于道喜甘临⑤。逸思乃天纵,微才应陆沉⑥。飘然归故乡,不复问离襟⑦。南登黎阳渡,莽苍寒云阴⑧。桑叶原上起,河凌山下深⑨。途穷更远别，相对益悲吟⑩。

【题解】

此诗为高适寓居淇上时与县尉刘子英赠别之作，因诗中有"又非耕种时，闲散多自任"之句，当是寓居淇上已有一段时间，姑且定于开元二十九年(741)。

首四句叙自己闲居淇上情状，为下面相逢作铺垫。"伊君"八句写重逢，前四句感念刘氏策马相招之情谊，后四句惋惜刘氏才德甚高却仕途蹭蹬，也有自伤身世之意。"飘然"以下八句正面写淇上相别，寒云苍莽，岁暮途穷，挚友相别，离襟益悲。

【校注】

①此诗敦煌集本作《别刘子英》。刘子英：事迹未详。《旧唐书·刑法志》载，西京收复后，陷贼官刘子英等"二十一人于京兆府门决重杖死"，或即此人。

②自任：王粲《登楼赋》："孰忧思之可任。"李善注："任，当也。"

③伊君：敦煌集本作"唯君"。欲：敦煌集本作"来"。

④同：敦煌集本作"仍"。

⑤求仁：即求仁得仁。语本《论语·述而》："求仁而得仁，又何怨？"伯夷、叔齐让国远去，耻食周粟，终于饿死，孔子谓其求仁而得仁，无所怨。交态：犹言世态人情。甘临：指以仁政治民。

⑥天纵：天所放任，意谓上天赋予。后常用以谀美帝王。《论语·子罕》："固天纵之将圣，又多能也。"陆沉：比喻埋没，不为人知。

⑦飘然：敦煌集本作"飙然"。离襟：借指离人的思绪或离别的情怀。

⑧黎阳渡：古津渡，故址在今河南省浚县东南。《汉书·地理志》："魏郡有黎阳。"注："晋灼曰：'黎山在其南，河水经其东。……县取山之名，取水在其阳以为名。"莽苍：敦煌集本作"莽莽"。

⑨河凌：敦煌集本作"河流"。

⑩途穷：敦煌集本作"穷途"。

送蔡十二之海上时在卫中^①

黯然何所为,相对益悲酸^②。季弟念离别,贤兄救急难^③。
河流冰处尽,海路雪中寒^④。尚有南飞雁,知君不忍看。

【题解】

因卫中在河南淇县,则此诗应作于高适寓居淇上之时,故系于开元
二十九年(741)。

诗为蔡十二送别,前半抒情,既抒诗人与蔡十二之别情,又赞蔡氏兄
弟友爱之情;后半写景,实则借景抒情,以想象中此去海上凄冷风光烘托
眼前别情,境界开阔而情深意重。

【校注】

①此诗敦煌集本题作《卫中送蔡十二之海上》,《全唐诗》题下注:"时
在卫中。"卫中,即古卫国之地。周公平定武庚叛乱后,把原来商都周围
地区与殷民七族分封给周武王弟康叔,是为卫国,建都朝歌,即今河南省
淇县。

②黯然:感伤沮丧貌。江淹《别赋》:"黯然销魂者,惟别而已矣。"
益:更加。

③季弟:最小的弟弟。此指蔡十二。念:敦煌集本作"今"。救:敦煌
集本作"旧"。急难(nàn):《诗经·小雅·常棣》:"脊令在原,兄弟急难。"
毛传:"脊令,雍渠也。"郑玄笺:"雍渠,三鸟,而今在原,失其常处,则飞则
鸣,求其类,天性也,犹兄弟之于急难。"

④海路雪中寒:敦煌集本作"海日望中寒"。

送魏八①

更沽淇上酒,还泛驿前舟。为惜故人去,复怜嘶马愁。云山行处合,风雨兴中秋②。此路无知己,明珠莫暗投③。

【题解】

诗曰"更沽淇上酒",则为寓居淇上时送别之作,暂系于开元二十九年(741)秋。

首二句言置酒送别,三、四句写依依惜别,五、六句以秋景衬别情,七、八句言别时祝愿。

【校注】

①魏八:名未详。

②兴:起。此句谓因风雨而起秋兴。

③此路:诸本作"北路"。暗投:即明珠暗投。语出《史记·鲁仲连邹阳列传》:"臣闻明月之珠,夜光之璧,以暗投人于道路,人无不按剑相眄者。何则? 无因而至前也。"比喻有才能的人得不到赏识和重用,或好人误入歧途。

【汇评】

《唐诗解》:君之往也,盖欲求售于时,然前路无知己,岂可以明珠暗投耶? 当自重其才,勿轻视也。

《唐诗选脉会通评林》:周珽曰:字字入情,不属爱深,脱不得此意。

淇上送韦司仓往滑台①

饮酒莫辞醉,醉多适不愁。孰知非远别,终念对穷秋②。滑台门外见,淇水眼前流。君去应回首,风波满渡头。

【题解】

此诗为淇上送别而作,诗曰"终念对穷秋",暂定为开元二十九年(741)秋季作。从"滑台门外见,淇水眼前流"两句可知,淇上别业离滑台不远。

前两句以劝对方多饮酒来抒别情;三、四句言从淇上至滑台虽非远别,亦难排遣别愁;五、六句写送别渡头之景,别愁有如眼前流水;七、八句情景相生,余意不尽。整首诗语言生动流畅,感情真实自然,后四句以景写情,情景之间的关联若有若无、似断实续,韵味独特。

【校注】

①韦司仓:名未详。司仓,官名。汉有仓曹史,主管仓库,为州郡的属官。北齐称仓曹参军。唐制,在府的称仓曹参军,在州的称司仓参军,在县的称司仓。参阅《通典·州郡下》。滑台:据《元和郡县志》,河南道滑州,"其城在古滑台",又云:"滑州,治白马城,即古滑台城。昔滑氏于此为垒,后人增以为城。"

②穷秋:晚秋,深秋。指农历九月。《文苑英华》作"新秋"。

同卫八题陆少府书斋①

知君薄州县,好静无冬春②。散帙至栖鸟,明灯留故人③。
深房腊酒熟,高院梅花新④。若是周旋地,当令风义亲⑤。

【题解】

此诗题中所谓"卫八"与"陆少府"与《酬卫八雪中见寄》和《酬陆少府》中之卫八与陆少府相同,三诗互相参看,可知此诗作于淇上。暂系于

108

开元二十九年(741)冬,高适与卫八同游陆少府之宅,卫八有诗,此为和作。

一、二句言卫八闲居好静,不轻易与人来往,进而表明三人交情非常。三、四句别有风韵,有"雨中黄叶树,灯下白头人"意味,既扣住题中"书斋",又体现友情雅厚。五、六句写三人对酒赏花,文人雅事,十分脱俗。七、八句写依依不舍之情,若能常来游玩聚会,情谊当会更加深厚。此诗中间两联写景清新自然,有如两幅小景,写出了文人雅士交往的闲情逸趣,令人神往。

【校注】

①明活字本"卫八"作"魏八",据《唐百家诗选》改。杜甫有《赠卫八处士》诗,未知是否为同一人。《唐史拾遗》载:"杜甫与李白、高适、卫宾相友善,时宾年最少,号小友。"陆少府:即《酬陆少府》之陆氏。

②薄州县:薄于州县之职。

③散帙(sàn zhì):打开书帙。亦借指读书。《文选·谢灵运〈酬从弟惠连〉》:"凌涧寻我室,散帙问所知。"刘良注:"散帙,谓开书帙也。"栖鸟:指鸟雀栖息之时。明灯:点灯。"明"字名词用作动词。

④腊酒:腊月酿制的酒。岑参《送张献心充副使归河西杂句》:"玉瓶素蚁腊酒香,金鞍白马紫游缰。"

⑤周旋:交往,交际应酬。曹操《与荀彧追伤郭嘉书》:"郭奉孝年不满四十,相与周旋十一年。"风义:对师友的情感道义。

【汇评】

《全唐诗话续编》赵熙批:有卫八。("明灯"句下)

《高适诗集编年笺注》:此诗甚有风致,"散帙"二句尤佳。

酬卫八雪中见寄①

季冬忆淇上,落日归山樊②。旧宅带流水,平田临古村。雪中望来信,醉里开衡门③。果得希代宝,缄之那可论④。

【题解】

此诗与前诗写于同一年,为开元二十九年(741)冬天。

首句"忆"与第五句"望"、第六句"开"、第七句"得"是贯穿全诗的线索。三、四句插写望中景物,是盼望来信时所见,依然为抒情生色。

【校注】

①卫八:参见前诗《同卫八题陆少府书斋》注释①。

②季冬:冬季的最后一个月,农历十二月。《礼记·月令》:"季冬之月,日在婺女,昏娄中,旦氐中。"山樊:山旁。亦指山中茂林。《庄子·则阳》:"冬则擉鳖于江,夏则休乎山樊。"成玄英疏:"樊,傍也;亦茂林也。"陈鼓应今注:"山樊,山傍。"

③衡门:横木为门。指简陋的房屋。《诗经·陈风·衡门》:"衡门之下,可以栖迟。"朱熹集传:"衡门,横木为门也。门之深者,有阿塾堂宇,此惟横木为之。"

④希代宝:稀世之宝。唐讳"世"为"代"。此指卫八赠诗。缄(jiān)之:把书信束起来(珍藏)。《说文》:"缄,束箧也。"

【汇评】

《唐诗归》:"果得"二字仍是一气。

哭裴少府①

世人谁不死,嗟君非生虑②。扶病适到官,田园在何处③?
公才群吏感,葬事他人助④。余亦未识君,深悲哭君去⑤。

【题解】

此诗为哭裴少府而作,亦有借他人酒杯浇自己块垒之意,当在任封丘尉之前的开元末年。

前四句写裴氏生前,同时交代其死因:人固有一死,然裴君因不顾惜生命而早早离开人世,实在可悲;生前因家贫而生病,又带病上任,导致一病不起,终于离世。后四句写裴氏死后,同时照应诗题:裴氏之才能为众人所钦服,而与之形成对比的是,因生前过于清贫,死后的丧事需同僚聚资办理,实在让人感慨;我虽与之素未谋面,却为之深深悲伤,故而痛哭哀悼。

【校注】

①此诗敦煌集本题作《哭裴明府》。裴少府:名未详。

②世人:敦煌集本作"世上"。生虑:谓生计之虑,顾惜生命之虑。谢灵运《邻里相送至方山诗》:"积痾谢生虑,寡欲罕所阙。"刘良注:"言积病是惭摄生之虑。"

③扶病:有病却强支撑。此句《文苑英华》《全唐诗》谓"一作无病适到官",非,与上下语义不合。田园:陶潜《归去来兮辞》:"归去来兮,田园将芜,胡不归?"此指裴氏家贫无产业。

④公才:谓可与三公相当的才能。葬事:各本作"弃事",从《文苑英华》、敦煌集本。谓丧葬之事。

⑤深悲:《文苑英华》、明活字本缺"深"字,据四库本等补。敦煌集本作"悲君"。

别韦兵曹①

离别长千里,相逢数十年②。此心应不变,他事已徒然③。惆怅春光里,蹉跎柳色前④。逢时当自取,看尔欲先鞭⑤。

【题解】

此诗约作于客居梁宋后期,当在开元末年。

前两句以"千里"和"十年"从时空两个维度写离别之情。中间四句感慨自身遭遇，虽然世事变幻，但自己的上进之心不改。结尾两句勉励韦氏抓住机会，及时进取，立登要路津。既是对朋友的祝愿，也是对自己的期许。

【校注】

①兵曹：古代管兵事的官员。汉代为公府、司隶的属官。唐代为府、州设立的"六曹"（或"六司"）之一，在府称"兵曹参军"，在州称"司兵参军"。高适有《别韦参军》诗，王昌龄有《送韦十二兵曹》诗，不知二者与此诗中韦兵曹是否为同一人。

②数：敦煌选本作"每"。数十年意谓计数有十年或十多年之意。

③已：敦煌选本作"已"，明活字本作"亦"。高适《送杨山人归嵩阳》诗曰："旧时心事已徒然。"

④春光：敦煌选本作"春风"。

⑤逢时当自取：敦煌选本作"盛时看自致"。看：明覆宋刻本作"有"，从敦煌选本。先鞭：比喻比别人领先。《晋书·刘琨传》："吾枕戈待旦，常恐祖生先吾着鞭。"

别从甥万盈①

诸生曰万盈，四十乃知名。宅相予偏重，家丘人莫轻②。美才应自料，苦节岂无成。莫以山田薄，今春又不耕。

【题解】

关于此诗的写作时间，孙钦善认为在天宝十二载（753）。从"莫以山田薄"两句来看，当是在宋中有丰富躬耕经验后所写，应在开元后期。

前两句写万盈大器晚成，三、四句以魏舒和孔子相鼓励，五、六句似是对方曾遭遇挫折，七、八句写挫败后暂时归耕。此诗通篇以长辈口吻勉励从甥努力奋进,可见高适一贯积极奋发的人生态度。

【校注】

①从甥:堂姐妹的儿子。孙钦善认为此万盈与郎士元《赠万生下第还吴》诗中万生为同一人,郎诗有"灞陵春欲暮"句,可断定送别地为长安,亦定此诗为天宝十二载作于长安。

②宅相:谓住宅风水之相。此处代指外甥。《晋书·魏舒传》:"(舒)少孤,为外家宁氏所养。宁氏起宅,相宅者云:'当出贵甥。'外祖母以魏氏小而慧,意谓应之。舒曰:'当为外氏成此宅相。'"家丘:亦作"家邱"。"东家丘"的省称,即孔丘。代指尚未为人所知的博识君子。《文选·陈琳〈为曹洪与魏文帝书〉》:"怪乃轻其家丘,谓为倩人。"张铣注:"鲁人不识孔丘圣人,乃云:'我东家丘者,吾知之矣。'言轻孔丘也。"

【汇评】

《唐诗归》卷十二钟惺评:前辈骨肉语。("莫以"二句下)

田家春望

出门何所见,春色满平芜①。可叹无知己,高阳一酒徒②。

【题解】

此诗的写作时间,彭兰《高适系年考证》定于天宝三载(744)漫游至雍丘(高阳故城)时作,太过拘泥,高适除闲居宋中以耕读垂钓为生以外,还曾于开元二十九年(741)至天宝元年(742)寓居淇上农村,姑且系于天宝元年春。

前两句写自己避居穷巷、环堵蒿莱的凄凉景况。虽然冬去春来,但自己依然一事无成。后两句感慨自己有郦食其之才而无人援引,满腹愁苦,以混迹酒肆打发时日,颓废潦倒。

【校注】

①平芜：草木丛生的平旷原野。

②高阳一酒徒：《史记·郦生陆贾列传》载：沛公(刘邦)引兵过陈留，高阳儒生郦食其求见。使者入通，沛公曰："为我谢之，言我方以天下为事，未暇见儒人也。"使者出以告。郦食其瞋目案剑叱使者曰："走！复入言沛公，吾高阳酒徒也，非儒人也。"遂延入。终受重用。后以"高阳酒徒"指嗜酒而放荡不羁之人。

【汇评】

《唐诗直解》：肮脏在言外。

《唐诗训解》：蔓草得春，群小用事之象。

《唐诗解》：所见唯草间存色，不复有知己，安得不混迹于酒徒？

《唐风定》：豪壮(末句下)。

别张少府①

归客留不住，朝云纵复横。马头向春草，斗柄临高城②。嗟我久离别，羡君看弟兄。归心更难道，回首一伤情③。

【题解】

从诗的内容和情绪看，此时高适尚未入仕；诗曰"嗟我久离别"，则不在宋中。此时诗人心绪萧索，故而一友离去，万般不舍，应不在长安，很可能为寓居淇上期间，姑系于天宝元年(742)。此前三年诗人曾离开宋中至汶上，又旅游相州，然后寓居淇上，至此已是第四个年头，可谓"久离别"。

首句直接叙事，二、三、四句以景喻情："朝云"既点明送别时间为早晨，又以纵横交错的云彩比喻离别的心绪；"春草"指向张氏将去之地，点明季节，同时关合离别；"斗柄"以清晓凄凉之景烘托别情。后四句抒情，既有对朋友别离的不舍,也有对自己久客不归、前途迷茫的感慨。

【校注】

①此诗《文苑英华》题作《送张少府》。张少府:名未详。

②春草:淮南小山《招隐士》:"王孙游兮不归,春草生兮萋萋。"此处反用其意,写张氏远游而归。斗柄:北斗之柄。指北斗的第五至第七星,即玉衡、开阳、摇光,其形象柄。斗柄春天指东,夏天指南,秋天指西,冬天指北。

③一伤情:《文苑英华》作"益伤情"。

酬陆少府①

朝临淇水岸,还望卫人邑②。别意在山阿,征途背原隰③。稍稍前村口,唯见转蓬入④。水渚人去迟,霜天雁飞急⑤。固应不远别,所与路未及⑥。欲济川上舟,相思空伫立。

【题解】

此诗应为天宝元年(742)秋诗人离淇上至滑台时所作。

前四句写离开淇县前往滑台时的情景,"朝临"前瞻,"还望"回顾,"别意"不舍,"征途"展望,回环往复,表明了诗人既留恋淇上,又对前途充满希望的复杂心情;且"淇水"对"山阿","卫邑"对"原隰",山水城野,分布平衡,词语选择上亦颇用心。"稍稍"四句专写"征途",转蓬、飞雁既是实景,也是征人漂泊的象征;"人去迟"既有留恋,又有后悔晚行之意,依然体现诗人内心的复杂情绪。"固应"四句写别情,本不应远别挚友,无奈前路茫茫,一事无成,想要乘舟远去实现自己的理想,却又不舍岸上伫立的知己,内心的痛苦可想而知。

【校注】

①陆少府:名未详。

②淇水：郦道元《水经注》：“《山海经》曰：淇水出沮洳山。”沮洳山在今河南辉县市，淇水即今淇河，在河南省北部。古为黄河支流，南流至今卫辉市东北淇门镇南入黄河。东汉建安中，曹操于淇口作堰，遏使东北流，注入白沟（今卫河），以通漕运，此后遂成为卫河支流。卫人邑：《史记·卫康叔世家》：“周公旦以成王命，兴师伐殷……以武庚殷馀民封康叔，为卫君。居河淇间故商墟。”即今河南淇县。按《元和郡县志》，淇水至卫县流入黄河。

③别意在山阿：此句《文苑英华》作“别思在山河”。原隰（xí）：广平与低湿之地。泛指原野。《国语·周语上》：“犹其原隰之有衍沃也。”韦昭注：“广平曰原，下湿曰隰。”

④稍稍：《文苑英华》作“萧萧”。

⑤霜：《文花英华》作“雪”。

⑥固应不远别：此句《文苑英华》作“我行应不远”。所与路未及：此句《文苑英华》作“所兴终未及”。

自淇涉黄河途中作十三首①

川上常极目，世情今已闲②。去帆带落日，征路随长山。亲友若云霄，可望不可攀。于兹任所惬，浩荡风波间。

清晨泛中流，羽族满汀渚③。黄鹄何处来，昂藏寡俦侣④。飞鸣无人见，饮啄岂得所？云汉尔固知，胡为不轻举？

野人头尽白，与我忽相访⑤。手持青竹竿，日暮淇水上⑥。虽老美容色，虽贫亦闲放。钓鱼三十年，中心无所向⑦。

南登滑台上，却望河淇间⑧。行树夹流水，孤城对远山⑨。念兹川路阔，羡尔沙鸥闲。长想别离处，犹无音信还⑩。

东入黄河水，茫茫泛纡直⑪。北望太行山，峨峨半天色⑫。

116

山河相映带，深浅未可测。自昔有贤才，相逢不相识⑬。

秋日登滑台，台高秋已暮。独行既未惬，怀土怅无趣⑭。晋宋何萧条，羌胡散驰骛⑮。当时无战略，此地即边戍⑯。兵革徒自勤，山河孰云固？乘闲喜临眺，感物伤游寓⑰。惆怅落日前，飘飘远帆处。北风吹万里，南雁不知数。归意方浩然，云沙更回互⑱。

乱流自兹远，倚楫时一望⑲。遥见楚汉城，崔嵬高山上⑳。天道昔未测，人心无所向㉑。屠钓称侯王，龙蛇争霸王㉒。缅怀多杀戮，顾此生惨怆㉓。圣代休甲兵，吾其得闲放㉔。

兹川方悠邈，云沙无前后㉕。古堰对河壖，长林出淇口㉖。独行非吾意，东向日已久㉗。忧来谁得知，且酌樽中酒。

朝从北岸来，泊船南河浒㉘。试共野人言，深觉农夫苦。去秋虽薄熟，今夏犹未雨。耕耘日勤劳，租税兼乌卤㉙。园蔬空寥落，产业不足数㉚。尚有献芹心，无因见明主。

茫茫浊河注，怀古临河滨㉛。禹功本豁达，汉迹方因循㉜。坎德昔滂沱，冯夷胡不仁㉝。渤澥陵堤防，东郡多悲辛㉞。天子忽惊悼，从官皆负薪㉟。畚筑岂无谋，祈祷如有神㊱。宣房今安在？高岸空嶙峋㊲。我行倦风湍，辍棹将问津㊳。空传歌瓠子，感慨独愁人㊴。

孟夏桑叶肥，秾阴夹长津㊵。蚕农有时节，田野无闲人。临水狎渔樵，望山怀隐沦㊶。谁能去京洛？憔悴对风尘！

朝景入平川，川长复垂柳㊷。遥看魏公墓，突兀前山后㊸。忆昔大业时，群雄角奔走㊹。伊人何电迈，独立风尘首㊺。传檄举敖仓，拥兵屯洛口㊻。连营一百万，六合如可有㊼。方项终比肩，乱隋将假手㊽。力争固难恃，骄战曷能久㊾？若使学萧曹，功名当不朽㊿。

117

幡幡河滨叟，相遇似有耻^㊶。辍榜聊问之，答言尽终始^㊷。一生虽贫贱，九十年未死。且喜对儿孙，弥惭远城市。结庐黄河曲，垂钓长河里。漫漫望云沙，萧条听风水^㊸。所思强饭食，永愿在乡里^㊹。万事吾不知，其心只如此。

【题解】

据周勋初《高适年谱》，高适于天宝元年（742）秋离淇上，登滑台，且于滑台过冬，则这一组诗当作于此时。其六曰"秋日登滑台，台高秋已暮"，其九曰"去秋虽薄熟，今夏犹未雨"，其十一曰"孟夏桑叶肥，秾阴夹长津"，因黄河古道在唐代流经滑州，诗人是在天宝元年夏秋之交自淇上前往滑台，途中经过黄河，这组诗写的是沿途所见所感。

第一首写舟行淇水之上，诗人极目远眺，只见去帆、征路、落日、长山、风波，视野极为开阔，心情闲适之际，不免有淡淡的思亲怀友之愁。第二首写诗人清晨泛舟，见众鸟聚于洲渚，唯有一只黄鹄展翅高飞，不禁问其何不高飞远举，实则以黄鹄比自己：志向高远而独自漂泊，何时才能奋翅高飞？第三首写在淇上偶遇一渔翁，隐居淇水三十年，因参透人生而悟道，鹤发童颜，全无机心，令人羡慕，反观自身，为功名奔走，忙碌无着。第四首写登上滑台，见远树、孤城、河淇、青山，想到前路茫茫，道阻且长，反羡沙鸥闲适无忧。第五首写登滑台之观感，东望黄河，北见太行，山河相映，深不可测，此地应有贤才，只是相逢不识，颇多感慨。第六首依然是登滑台观感，所见景物略同，只是感慨有异：既有思乡怀土之情，又有忧心国家之意，今日登高怀古，睹景而悲，方欲归去。第七首河中怀古，泛舟中流，遥见广武，思楚汉相争故事，当时士卒多战死，而今幸为太平盛世，故我亦得闲放。第八首写独行之忧，无人能解。第九首写诗人渡过黄河，与野老话言，得知去秋薄熟，今夏天旱，租税既重，土地又坏，田园寥落，产业不足，深感农民之苦，乃生献芹之心，只是无由得见圣明君主，徒增伤悲。第十首因见河水浑浊，而想到大禹治水、汉武帝治理黄河，如果黄河泛滥，今则孰能继之以治水？不禁忧心。第十一首写舟行水上,满怀忧愁,亲渔樵而怀隐者,倦风尘而思归乡。第十二首咏史怀古,写遥见黎阳李密墓,回顾其叱咤一生而终于失败,为人假手而不知学萧曹建功立业,实在可悲可叹。第十三首写河滨遇一老叟,结庐垂钓,远离尘世,与世无争,虽贫犹寿,令人羡慕。

这一组诗内容十分丰富,有怀古伤今的感慨,有生不逢时的叹息,有为民请命的呼喊,有回首故园的归思,还有仕与隐的矛盾,全面反映了诗人多年来对社会人生的观察思考和个人的思想状况。这组诗的艺术特点:一是感情真实自然,几次写到农民的生活,既羡慕其与世无争的恬淡,又可怜其田园寥落的悲苦,"试共野人言,深觉农夫苦"两句更是发自肺腑,十分感人。游国恩《中国文学史》说:"在开元时代诗坛上,高适是首先接触到农民疾苦的诗人。"其中第九首最能体现高适的人民性,可与杜甫相媲美。二是景物的描写十分平淡,"去帆带落日,征路随长山""手持青竹竿,日暮淇水上""孟夏桑叶肥,秋阴夹长津"等诗句,写中原河淇之景,淡雅自然,近乎白描,别有风味。

【校注】

①诗题诸本多作《自淇涉黄河途中十二首》,此处从《全唐诗》及《唐诗所》。敦煌集本仅存第一首,题作《自淇涉河途中作》。

②常极目:敦煌集本作"恒独立"。已:敦煌集本作"似"。

③羽族:指鸟类。《文选·左思〈蜀都赋〉》:"毛群陆离,羽族纷泊。"

④黄鹄(hú):鸟名。《商君书·画策》:"黄鹄之飞,一举千里。"常用以比喻高才贤士。昂藏:气度轩昂。

⑤野人:借指隐逸者。《左传·定公十四年》:"大子蒯聩献盂于齐,过宋野,野人歌之曰:'既定尔娄猪,盍归吾艾豭。'"

⑥青竹竿:《庄子·秋水》:"庄子钓于濮水之上,楚王使大夫二人往先焉,曰:'愿以境内累矣。'庄子持竿不顾。"

⑦向:向往,追求。

⑧滑台:古地名。即今之河南省滑县。相传古有滑氏,于此筑垒,后人筑以为城,高峻坚固。

⑨孤城：《文苑英华》作"孤村"。

⑩长想：《文苑英华》作"遥想"。犹无：《文苑英华》作"独无"。

⑪纡(yū)直：曲直。

⑫太行山：《太平寰宇记》："登滑台城西北望太行山白鹿岩，王莽岭冠于众山表也。"峨峨：高貌。《文选·〈楚辞·招魂〉》："增冰峨峨，飞雪千里些。"

⑬不相识：王绩《野望》："相顾无相识，长歌怀采薇。"

⑭怀土：怀恋故土。陆机《〈怀土赋〉序》："余去家渐久，怀土弥笃。"

⑮晋宋：两晋和南朝宋。因五胡乱华，东晋偏安江左，至刘宋犹然，故称。羌胡：指我国古代的羌族和匈奴族，亦用以泛称我国古代西北部的少数民族。驰骛(wù)：疾驰，奔腾。《楚辞·东方朔〈七谏·自悲〉》："驾青龙以驰骛兮，班衍衍之冥冥。"王逸注："言极疾也。"

⑯此地即边戍：指滑台当时已成为边戍之地。因滑台为战略重地，历史上曾几次沦陷：东晋安帝隆安二年(398)鲜卑族慕容德建立南燕，都滑台；义熙六年(410)为刘裕的北伐军所灭；宋文帝元嘉八年(431)，檀道济北伐失利，滑台又陷入北魏的统治之下。

⑰游寓：寓居他乡。杜审言《春日京中有怀》："今年游寓独游秦，愁思看春不当春。"

⑱回互：回环交错。《文选·木华〈海赋〉》："乖蛮隔夷，回互万里。"李周翰注："回互，回转也。"

⑲远：《全唐诗》下注："一作始。"楫：泛指船桨。

⑳楚汉城：指东广武城和西广武城，故址在今河南省荥阳市东北广武山上。据《元和郡县志》，二城在荥泽县西二十里，分别建在两个山头，楚汉相争时，刘邦和项羽曾各占一城，相互对峙。崔嵬(cuī wéi)：本指有石的土山。后泛指高山。《诗经·周南·卷耳》："陟彼崔嵬，我马虺隤。"毛传："崔嵬，土山之戴石者。"

㉑天道：犹天理，天意。陶潜《怨诗楚调示庞主簿邓治中》："天道幽且远，鬼神茫昧然。"

㉒屠钓：屠，指屠狗之辈，此处特指樊哙。据《史记·樊郦滕灌列传》，樊哙为沛人，以屠狗为业，后从刘邦起兵，屡建战功，封舞阳侯。钓，指钓鱼的隐者，此处特指韩信。据《史记·淮阴侯列传》，韩信为淮阴人，始为布衣时，家贫，不事生业，寄食于人，常垂钓于淮水。后经萧何推荐，为刘邦所用，战功卓著，被封为楚王。龙蛇：《周易·系辞下》："龙蛇之蛰，以存身也。"此处指刘邦和项羽。因刘邦起义时曾于泽中斩大蛇，有老妪哭曰："吾子，白帝子也，化为蛇，当道，今为赤帝子斩之。"见《史记·高祖本纪》。

㉓惨怆（chuàng）：凄楚忧伤。

㉔圣代：旧时对于当代的谀称。

㉕悠邈：《文苑英华》作"悠悠"。

㉖古堰：据《水经注》《元和郡县志》，建安九年（204），曹操在淇水口下枋木为堰，遏淇水东入白渠，号其处为枋头。《文苑英华》作"河塔"。河壖（ruán）：河边地。《史记·河渠书》："五千顷故尽河壖弃地，民茭牧其中耳。"裴骃集解引韦昭曰："谓缘河边地也。"淇口：《水经注》："淇水又南历枋堰旧淇水口，东流迳黎阳县界，南入河。"

㉗东向：《文苑英华》作"东南"。

㉘南河浒：指黄河南岸。浒，水边地。《文苑英华》作"河南浒"。

㉙日勤劳：《文苑英华》作"自劭劳"。舄卤（xì lǔ）：含有过多盐碱成分不适于耕种的土地。

㉚空：《文苑英华》作"定"。产业：指私人财产，如田地、房屋、作坊等。《全唐诗》下注："一作薄产。"

㉛献芹：谦词。意为自己的建议很浅陋。典出《列子·杨朱》："宋国有田夫……谓其妻曰：'负日之暄，人莫知者，以献吾君，将有重赏。'里之富告之曰：'昔人有美戎菽、甘枲、茎芹、萍子者，对乡豪称之。乡豪取而尝之，蜇于口，惨于腹，众哂而怨之，其人大惭。'"

㉜禹功：据《史记·河渠书》，大禹治洪水十三年，过家不入门。他治水主要是治理黄河，故云。豁达：本指通敞开阔，此处引申为显赫卓著。

121

《史记·高祖本纪》:"意豁如也。"集解:"服虔曰:'豁达。'"《汉书·高帝纪》注:"豁然开大之貌。"汉迹:汉代的水利工程因袭大禹治水的旧法及工程遗迹。

㉝坎德:《周易·说卦》:"坎为水。"又《谦》:"谦谦君子,卑以自牧也。"坎德,指水就下的性质。昔:《全唐诗》下注:"一作竟。"冯夷:传说中的黄河之神,即河伯。《庄子·大宗师》:"冯夷得之,以游大川。"成玄英疏:"姓冯名夷,弘农华阴潼乡堤首里人也。服八石,得山仙。大川,黄河也。天帝锡冯夷为河伯,故游处盟津大川之中也。"胡不仁:汉武帝《瓠子歌》:"为我谓河伯兮何不仁?"

㉞渤潏(bó jué):水沸涌貌。李白《万愤词投魏郎中》:"海水渤潏,人罹鲸鲵。"东郡:汉郡名,相当于今河北省南部、河南省北部及山东省西北部一带,治所在今河南濮阳。多悲辛:指汉文帝时黄河的一次大水灾。《史记·河渠书》:"汉兴三十九年,孝文时,河决酸枣(今河南延津附近),东溃金堤(今河南滑县附近),于是东郡大举卒塞之。"

㉟负薪:指汉武帝时治黄河之事。《史记·河渠书》:"自河决瓠子后二十馀岁,岁因以数不登,而梁楚之地尤甚。天子既封禅巡祭山川,其明年,旱,干封少雨。天子乃使汲仁、郭昌发卒数万人塞瓠子决。于是天子已用事万里沙,则还自临决河,沈白马玉璧于河,令群臣从官自将军已下皆负薪窴决河。是时东郡烧草,以故薪柴少,而下淇园之竹以为楗。"

㊱畚(běn)筑:盛土和捣土的工具。《左传·宣公十一年》:"令尹蒍艾猎城沂,使封人虑事,以授司徒。量功命日,分财用,平板干,称畚筑。"杨伯峻注:"畚,盛土之器。筑,筑土之杵。"如有神:指虔诚。《论语·八佾》:"祭神如神在。"

㊲宣房:宫名。亦作"宣防"。西汉元光中,黄河决口于瓠子,二十余年不能堵塞,汉武帝亲临决口处,发卒数万人,并命群臣负薪以填,功成之后,筑宫其上,名为宣房宫。见《史记·河渠书》。故址在今河南濮阳县境内。

㊳风湍(tuān):漂泊风尘。棹(zhào):划船的一种工具,形状和桨差

122

不多。

㊴歌瓠(hù)子:乐府歌辞名。汉武帝作。汉元封二年(前 109),武帝令汲仁、郭昌发卒数万人,堵黄河瓠子决口,并亲临工地。初堵口不成,武帝作《瓠子歌》二章悼之,卒塞瓠子。事见《史记·河渠书》。

㊵孟夏:初夏。据明覆宋刻本,前诗尾四句属此诗,《文苑英华》以"我行"四句为前诗,从诗意上看,应从《文苑英华》。秋阴:《文苑英华》作"濛濛"。

㊶狎(xiá):本指亲近而态度不庄重,此处为亲近、接近之意。渔樵:渔人和樵夫。隐沦:指隐者。杜甫《奉赠韦左丞丈二十二韵》:"此意竟萧条,行歌非隐沦。"

㊷朝景:指太阳的光影。平川:此指黄河。

㊸魏公墓:指李密墓。据《新唐书·李密传》,李密出身贵族,于隋炀帝大业九年(613)参加反隋军队,曾被翟让等推为起义军领袖,号魏公,改元永年。义军攻下洛阳后,各路反隋军队多归附之。随后败于隋将王世充,归降李渊父子。继而复叛,遭唐将杀害。其部将徐世绩等人将他葬于黎阳山(今河南省浚县)西南五里,坟高七仞。

㊹群雄:指各路反隋势力。当时主要的反隋农民起义军有翟让、李密领导的瓦岗军、窦建德领导的河北起义军、杜伏威领导的江淮起义军等;反隋的贵族势力有宗室杨玄感、上层官僚李渊父子等。角:《全唐诗》下注:"一作各。"

㊺电迈:形容快速奔赴。《文选·孙楚〈为石仲容与孙皓书〉》:"然主上眷眷,未便电迈者,以为爱民治国,道家所尚。"张铣注:"迈,行也。电迈,言急也。"

㊻敖仓:秦代所建仓名。在河南省郑州市西北邙山上。山上有城,秦于其中置谷仓,故曰"敖仓"。《史记·项羽本纪》:"汉军荥阳,筑甬道属之河,以取敖仓粟。"裴骃集解引臣瓒曰:"敖,地名,在荥阳西北山,临河有大仓。"洛口:即洛水入黄河之口。隋炀帝筑兴河仓于此,号洛口仓城。后李密攻克其地,自号魏公,大筑洛口城居之。

㊼六合：天地四方。代指天下。《庄子·齐物论》："六合之外，圣人存而不论；六合之内，圣人论而不议。"成玄英疏："六合者，谓天地四方也。"

㊽方项终比肩：《旧唐书·李密传》："（密）尝欲寻包恺……一手捉牛靷，一手翻卷书读之，尚书令、越国公杨素见于道……又问所读书，答曰：'《项羽传》。'"比肩，指李密和项羽一样都以失败告终。假手：《旧唐书·李密传》："（密）乃致书呼高祖（李渊）为兄，请合从以灭隋……高祖览书笑曰：'……密今适所以为吾拒东都之兵，守成皋之扼，更求韩、彭，莫如用密。宜卑辞推奖，以骄其志，使其不虞于我。我得入关……大事济矣。'"此指李密反隋，天下却为李渊所得。

㊾骄战：《史记·项羽本纪》："自矜功伐，奋其私智而不师古，谓霸王之业，欲以力征经营天下，五年卒亡其国。"李密与项羽相类。

㊿萧曹：萧何和曹参。刘邦为汉王时，萧何为丞相，善于谋划指挥，治理政事，举荐人才，助刘邦得天下后，封为酂侯；曹参助刘邦打天下，军功卓著，在萧何死后代为汉相国。

(51)皤皤（pó pó）：满头白发。形容年老。《汉书·叙传下》："营平皤皤，立功立论。"颜师古注："皤皤，白发貌也。"有耻：有知耻之心。《论语·子路》："子曰：'行己有耻，使于四方，不辱君命，可谓士矣。'"

(52)榜（bàng）：船桨，亦可指船。

(53)漫漫：《文苑英华》作"溟漫"。

(54)强饭食：勉强进食。《史记·外戚世家》："行矣，强饭，勉之！即贵，无相忘。"

【汇评】

其三

《唐诗归》：钟云：二语写出高士（末二句下）。

《唐风定》：高浑，绝去炉锤。胜嘉州《渔父》之作。

其六

《唐诗镜》：末四语感物，语致落落，婴怀殊深。

其九

《汇编唐诗十集》：信手拈出，诚不厌浅。

渔父歌①

曲岸深潭一山叟，驻眼看钩不移手。世人欲得知姓名，良
久问他不开口。笋皮笠子荷叶衣，心无所营守钓矶②。料得孤
舟无定止，日暮持竿何处归③。

【题解】

高适在诗中多次言及自己长期渔樵耕读的生活：《封丘县》曰"我本
渔樵孟诸野"，《途中逢李少府赠别之作》曰"余亦惬所从，渔樵十二年"，
《自淇涉黄河途中作十三首》曰"钓鱼三十年，中心无所向"。另，《答侯少
府》有"晚年学垂纶"之句，《淇上酬薛三据兼寄郭少府微》又有"酒肆或淹
留，渔潭屡栖泊"之句，从诗中"无定止""何处归"来看，约为出任封丘尉
之前所作，具体时间难定。但诗中所写渔翁隐者与前《自淇涉黄河途中
作十三首》之三、九、十三之渔翁相似，故系于天宝元年(742)。

此诗精心刻画了一位超然物外的渔父形象，"曲岸深潭"表明环境清
幽，"笋笠荷衣"是渔父典型的装扮，"驻眼看钩""不开口""守钓矶"是渔
父的行为，"心无所营""何处归"揭示其内心世界。虽然渔父寄情山水、
借垂钓躲避世俗红尘，但是又胸怀大志、心忧天下，而这正是高适自己的
写照。

【校注】

①渔父：钓鱼的老人，多为隐士，见《楚辞·渔父》。岑参亦有《渔父》
诗，命意略同；其后张志和有《渔歌子》，柳宗元有《渔翁》，皆从此脱胎。

②笋皮笠子：形如笋皮的斗笠。荷叶衣：形如荷叶的蓑衣。

③料得：《唐诗归》作"料理"，明活字本及《全唐诗》作"料得"。

《唐诗归》:钟惺曰:"当知'驻眼看钩不移手''心无所营守钓矶',与意不在鱼(《自淇涉黄河途中作十三首》云:钓鱼三十年,中心无所向)同一机局,皆出世人心眼。"又云:"从心无所营来,有味("料得孤舟"句下)。"谭元春曰:"'钓鱼三十年,中心无所向',比心无所营更微,此处是描他模样,别有一好处耳。"

同群公题郑少府田家①

郑侯应凄惶,五十头尽白②。昔为南昌尉,今作东郡客③。与语多远情,论心知所益④。秋林既清旷,穷巷空淅沥。蝶舞园更闲,鸡鸣日云夕。男儿未称意,其道固无适⑤。劝君且杜门,勿叹人事隔。

【题解】

根据《全唐诗》等题下注,郑少府此时寓居滑台,即今河南省滑县。诗云"昔为南昌尉,今作东郡客",东郡即滑州,在今河南省濮阳市一带。考高适行踪,此诗应为天宝元年(742)秋诗人离淇上至滑台时作,当时同游群公均有同题诗。

前四句概括郑少府生平,仕途蹭蹬,今不得意,故而闲居滑台。"与语"叙今日交游。"秋林"四句为前二句交谈的背景和环境,清幽闲适,既有羡慕之意,又为后四句的安慰语作铺垫。"男儿"四句劝慰郑氏,虽暂时不得志,然坚持理想总有出头之日,目前宜待时而动,切莫消沉颓废。

【校注】

①郑少府:名未详。此诗《全唐诗》《唐百家诗选》题下注:"此公昔任白马尉,今寄住滑台。"

②尽白：《文镜秘府论·地卷》引作"垂白"。

③东郡：《新唐书·地理志》："滑州灵昌郡，望，本东郡。《西征记》云：'白马城者，古卫之曹邑。'戴公东渡河处。曹邑，卫文公自曹邑迁于楚丘，今卫南县也。至成公，又迁于帝丘，今濮阳县也。战国时属魏。秦拔魏二十城，置东郡，是为东郡地，二汉亦然。……唐武德四年，平王世充，复立滑州。领白马、卫南、韦城、匡城、灵昌、长垣、胙城、黎阳八县。八年，废长垣县入匡城，以废梁州之酸枣县来属。天宝元年，改为灵昌郡。乾元元年，复为滑州。"

④所益：《论语·季氏》："益者三友……友直，友谅，友多闻。"

⑤无适：即无适无莫。谓没规定该如何，也没规定不该如何。多指在坚持一定目标的前提下，善用灵活的手段。语本《论语·里仁》："子曰：'君子之于天下也，无适也，无莫也，义之与比。'"朱熹集注："适，专主也。《春秋传》曰'吾谁适从'是也。莫，不肯也。比，从也。谢氏曰：'适，可也。莫，不可也。无可无不可，苟无道以主之，不几于猖狂自恣乎？此佛老之学……圣人之学不然。于无可无不可之间，有义存焉。'"

夜别韦司士①

高馆张灯酒复清，夜钟残月雁归声②。只言啼鸟堪求侣，无那春风欲送行③。黄河曲里沙为岸，白马津边柳向城④。莫怨他乡暂离别，知君到处有逢迎⑤。

【题解】

诗中"白马津"为滑州治所白马县的古渡口，位于黄河南岸。此诗所写地名与《自淇涉黄河途中作十三首》相符，当为天宝二年（742）春于滑台附近送友时作。

首二句扣题中"夜别"二字，因夜而张灯，因别而置酒，夜别时见残月、听夜钟雁声，无论见闻，皆是凄清，为别情渲染气氛；从时间上看，残月将晓，雁尚知归，韦则远去，可知人不如鸟，使人悲伤。三、四句继续以鸟比人，啼鸟尚知求侣，人而独不知乎？春风送君远行，实在无可奈何。五、六句状别时景物，黄河沙岸，白马柳色，苍茫凄清，动人离情。七、八句振起，此虽远别，后会有期，何况以君之才名，所到之处不乏迎接招待之人。结尾二句与《别董大》"莫愁前路无知己，天下谁人不识君"相似，然气象稍逊。

【校注】

①《全唐诗》此诗题下有"得城字"。韦司士：名未详。《新唐书·百官志》："州有司士参军事。"为州郡佐吏，掌津梁、舟车、舍宅、工艺等。

②高馆：高大的馆舍。《晋书·华谭传》："虚高馆以俟贤，设重爵以待士。"

③啼鸟：《诗经·小雅·伐木》："伐木丁丁，鸟鸣嘤嘤，……嘤其鸣矣，求其友声。相彼鸟矣，犹求友声，矧伊人矣，不求友生。"郑玄笺："鸟尚知居高木呼其友，况是人乎？可不求之？"无那：无奈，无可奈何。王昌龄《从军行》："更吹羌笛关山月，无那金闺万里愁。"

④曲里：《公羊传·文公十二年》："河千里而一曲也。"《尔雅·释水》："河百里一小曲，千里一曲一直。"白马津：渡口名。在今河南省滑县北，位于古黄河南岸，与北岸的黎阳津相对。《史记·荆燕世家》："（汉王）使刘贾将二万人，骑数百，渡白马津入楚地。"城：指滑州治所白马县。《元和郡县志·滑州白马县》："黄河去外城二十步。"

⑤他乡：古诗《饮马长城窟行》："梦见在我旁，忽觉在他乡。他乡各异县，辗转不相见。"逢迎：迎接，接待。

【汇评】

《唐诗广选》：蒋仲舒曰：适绝句"莫愁前路无知己，天下谁人不识君"，即此诗结意。

《唐诗直解》：只将"啼鸟""春风""柳城""沙岸"写出别意，自觉黯然。

《唐诗镜》：语致流利，三、四托情亦佳。

《唐诗选脉会通评林》：周敬曰：活如生龙，工如列纹，情款备至。

《唐风定》：三诗（按，指本诗与《东平别前卫县李寀少府》《送李少府贬峡中王少府贬长沙》）结法相似，跌荡开爽，不为法度所局。

《贯华堂选批唐才子诗》：此是唐人四句分承法。（前四句下）

《唐诗摘钞》：行者与己分深，自当为留连惜别之语；若与己分浅，只是送其就道便歇。如前李少府是分深者，此韦司士是分浅者，二诗下语分数自是不同。今人送行诗大都溷溷而已。

《增订唐诗摘钞》：起联用事太多，故次联以淡语间之，其气方不滞。

《山满楼笺注唐诗七言律》：首句七字，字字快心；次句七字，字字败兴。三承一，四承二，一顿一宕，多少风致！五、六指其所往之处，七、八聊以慰之，玩此诗语意，先生与司士当是初次相识，而司士之为人足以动人爱慕，又可知也。

《唐律偶评》：三、四正怨其轻同调而急干谒。落句却反嘱以"莫怨"，所谓绞而婉也。

《唐诗笺要》：起手捉定"夜别"，情景都到。中联卓然名句，不亚云卿。

《唐贤三昧集笺注》：起手不平，亦不生。盛唐高调（中四句下）。收亦尽熟，尚不至滑。

《唐诗别裁集》：以上（按，指本诗与《东平别前卫县李寀少府》）皆近酬应诗，因神韵使人不觉，知近体责神韵也。

《唐诗笺注》："残月雁归"有此意。

《唐诗选胜直解》：首二句将送别之事虚虚笼起，张灯置酒何事，残月雁声何情？二联用"只言""无那"二虚字相接，求侣难为别矣。

《昭昧詹言》：起二句叙"夜"，为"别"字传神，亦用攒字设色。三句垫，四句点"别"，五、六别后情事，收世情而已。

《批唐贤三昧集》：音韵铿然。

酬鸿胪裴主簿雨后睢阳北楼见赠之作①

暮霞照新晴,归云犹相逐。有怀晨昏暇,相见登眺目②。问礼侍彤襜,题诗访茅屋③。高楼多古今,陈事满陵谷④。地久微子封,台馀孝王筑⑤。徘徊顾霄汉,豁达俯川陆。远水对秋城,长天向乔木⑥。公门何清净,列戟森已肃⑦。不叹携手稀,恒思着鞭速⑧。终当拂羽翰,轻举随鸿鹄⑨。

【题解】

据《新唐书·地理志》所载睢阳郡地名沿革,复考高适行踪,此诗当作于天宝二年(743)秋,前一年高适在淇上、滑台,后一年秋天又离开梁宋东去。

前六句写裴主簿雨后登睢阳城楼远眺及写诗见赠,交代作诗缘由,以"彤襜""题诗"言对方身份高贵、诗才出众,以"问礼""茅屋"言自己恭谨有加、居处简陋,态度十分谦虚。"高楼"以下八句写睢阳城内古迹及山川之美,以应前面登楼眺望之意,流露出对古今历史变迁的无限感慨。"公门"以下六句祝愿裴氏早日高升,自己也可拂羽相随而飞,交代题中酬赠之意。

【校注】

①此诗《全唐诗》题下注"一作王昌龄诗",考王昌龄并无睢阳诗作,故属之高适。鸿胪裴主簿:《新唐书·百官志》:"鸿胪寺有主簿一人。"睢阳:《新唐书·地理志》:"天宝元年改宋州为睢阳郡。"

②晨昏:早晚,旦暮。晨昏暇,指公事之余的闲暇时间。

③问礼:《史记·孔子世家》:"俱适周问礼,盖见老子云。"此以孔子问礼于老子来表明自己对裴氏恭敬有礼。侍:《文苑英华》作"待"。彤

襜（tóng chān）：亦作"彤襜"。赤色车帷。此处以裴氏所乘之车代指其人。题诗：即题中裴氏《雨后睢阳北楼》之作。茅屋：指高适住处。

④古今：古代和当下。陵谷：丘陵和山谷，可以互相变迁，比喻自然界或世事巨变。

⑤微子：周代宋国的始祖。名启，殷纣王的庶兄，封于微。因见纣淫乱将亡，数谏，纣不听，遂出走。周武王灭商，复其官。周公承成王命诛武庚，乃命微子统率殷族，奉其先祀，封于宋。孝王：指西汉梁孝王刘武，汉文帝第二子，汉景帝同母弟，母窦太后。公元前168年继嗣梁王，公元前161年就国，都睢阳（今河南商丘）。《史记·梁孝王世家》："于是孝王筑东苑，方三百馀里。广睢阳城七十里。大治宫室，为复道，自宫连属于平台三十馀里。得赐天子旌旗，出从千乘万骑。东西驰猎，拟于天子。"此句中的"台"即"平台"。

⑥远水：即睢水，是古代鸿沟支派之一。乔木：《孟子·梁惠王下》："所谓故国者，非谓有乔木之谓也，有世臣之谓也。"赵岐注："所谓是旧国也者，非但见其有高大树木也，当有累世修德之臣，常能辅其君以道，乃为旧国可法则也。"后因以"乔木"为故国或故里。此指古睢阳城及其与梁孝王有关的史实遗迹。

⑦清净：《后汉书·鲍昱传》："昱为汝阳长，政化仁爱，境内清净。"列戟：宫庙、官府及显贵之府第陈戟于门前，以为仪仗。《旧唐书·德宗纪下》："壬戌，诏以太尉、中书令，西平郡王李晟长子愿为银青光禄大夫、太子宾客，赐勋上柱国，与晟门并列戟。"

⑧着鞭：拿到鞭子，此处为积极进取之意。《晋书·刘琨传》："吾枕戈待旦，志枭逆虏，常恐祖生先吾着鞭耳。"

⑨鸿鹄：即鹄，俗称天鹅。《管子·戒》："今夫鸿鹄，春北而秋南，而不失其时。"因鸿鹄善高飞，常比喻志向远大的人。

送柴司户充刘卿判官之岭外①

岭外资雄镇,朝端宠节旄②。月卿临幕府,星使出词曹③。海对羊城阔,山连象郡高④。风霜驱瘴疠,忠信涉波涛⑤。别恨随流水,交情脱宝刀⑥。有才无不适,行矣莫徒劳⑦。

【题解】

从高诗内容看,柴司户赴岭南,似在刘巨鳞首次出任南海太守时。又因诗中有"风霜驱瘴疠"之句,故此诗系于天宝二年(743)秋。

前四句写柴司户赴岭外之缘由,极力赞颂刘、柴二人,刘氏出身寺卿,而被朝廷委以重任;柴氏出身文士,今被天子遣为使者出任岭南判官。"海对"四句想象柴氏此去途中景象,海阔山高,经瘴疠涉波涛,前路茫茫,道阻且长。"别恨"四句叙别情,别恨如流水不尽,离别时惟有解刀相赠,并勉励柴司户有才终将为用,不必悲伤相向。此诗炼字炼句颇见功力,"月卿"一联对仗工巧,"海对"两句景象阔大而用语朴素,足见高适写景功夫。

【校注】

①柴司户:名未详。司户,唐制,府称户曹参军,州称司户参军,县称司户。刘卿:即刘巨鳞。《旧唐书·玄宗纪下》载:天宝三载(744)夏四月"南海太守刘巨鳞击破海贼吴令光,永嘉郡平"。天宝六载(747)三月戊戌"南海太守彭果坐赃,决杖,长流溱溪郡,死于路"。天宝八载(749)五月"南海太守刘巨鳞坐赃,决死之"。又《新唐书·卢怀慎传》载,卢怀慎之子卢奂:"天宝初,为南海太守。南海兼水陆都会,物产瑰怪,前守刘巨鳞、彭果皆以赃败,故以奂代之。"《旧唐书·卢奂传》:"天宝初,为晋陵太守。时南海郡利兼水陆,珍宝山积,刘巨鳞、彭果相替为太守、五府节度,皆坐赃巨万而死。"综上可知,刘巨鳞曾有两次出任南海太守充岭南五府

经略采访处置使。岭外:岭南,即五岭以南地区,大庾岭、越城岭、骑田岭、萌渚岭、都庞岭总称五岭,位于今江西、湖南、广东、广西四省之间,是长江流域与珠江流域的分水岭。

②雄镇:重镇。此处指南海。朝端:朝廷。节旄(máo):指旌节。此二句意谓刘巨鳞深得朝廷信任而镇守南海。

③月卿:朝廷的高官。语本《尚书·洪范》:"王省惟岁,卿士惟月,师尹惟日。"孙星衍疏:"案,马义以王所眚职如岁兼四时,则卿士惟月,当谓统于王如月统于岁,师尹统于卿士如日统于月。"星使:古时认为天节八星主使臣事,因称帝王的使者为星使。词曹:指文学侍从之官。此指柴司户是文人出身。

④羊城:广州的别名。相传古代有五仙人乘五色羊执六穗秬而至此,故称。钱易《南部新书·庚》:"吴修为广州刺史,未至州,有五仙人骑五色羊,负五穀而来。今州厅梁上,画五仙人骑五色羊为瑞,故广南谓之五羊城。"象郡:秦始皇在岭南地区设置的三郡之一,辖境相当于今广东省西南部、广西省南部和西部以及越南等地。《史记·秦始皇本纪》载:"三十三年,发诸尝逋亡人、赘婿、贾人略取陆梁地,为桂林、象郡、南海,以适遣戍。"

⑤瘴疠:指南方的瘴气。周去非《岭外代答》卷四:"岭外毒瘴……盖天气郁蒸,阳多宣泄,冬不闭藏,草木水泉,皆禀恶气,人生其间,日受其毒,元气不固,发为瘴疾。"忠信:忠诚信实。《周易·乾卦》:"君子进德修业,忠信所以进德也。"

⑥交情:人们在相互交往中建立起来的感情。《史记·汲郑列传》:"一死一生,乃知交情。一贫一富,乃知交态。一贵一贱,交情乃见。"

⑦不适:不得,不招致。《韩非子·说林下》:"崇侯、恶来知不适纣之诛也,而不见武王之灭之也。"王先慎集解:"《书大传》一注:'适,得也。'"此句意谓有才能不怕朝廷不招致。

【汇评】

《唐诗别裁集》:"卿士惟月",指刘("月卿临幕府"句下)。司户("星

133

使出词曹"句下)。用吕虔赠王祥佩刀事("交情脱宝刀"句下)。

《唐诗广选》：蒋春甫曰：宋人用"忠信"字便酸，那复得此？

《唐诗直解》：刘卿代使，止"星使"一语着题。

《唐诗训解》："月卿"二句是鸳鸯对体。

《唐诗镜》："忠信涉波涛"，语最简炼。

《唐诗选脉会通评林》：周敬曰：壮浑警策之章。通篇真切隽永，盛唐高品。

《古唐诗合解》：前解柴司户充刘判官之岭外，四句已足，留送之意在后解显出。中解布景描情，字字精湛。

《唐诗解》：岭外之使，刘卿当往。时有所避，则以司户充判官而往。故言镇为岭外所重，节为朝廷所宠，今月卿宜临幕府，乃遣词曹之星使乎？吾想羊城象郡，错杂山海，卑湿之地也，惟愿风霜驱除此瘴疠，君以忠信临之，波涛庶几可涉。然别恨无已，交情莫申，惟有解佩刀以相赠耳。已后勉之曰：君既有才，何往不可，岭外虽远，亦应树勋，毋虚此行也。

同韩四薛三东亭玩月①

远游怅不乐，兹赏吾道存②。款曲故人意，辛勤清夜言③。东亭何寥寥，佳境无朝昏。阶墀近洲渚，户牖当郊原④。矧乃穷周旋，游时怡讨论⑤。树阴荡瑶瑟，月气延清樽⑥。明河带飞雁，野火连荒村。对此更愁予，悠哉怀故园⑦。

【题解】

高适另有《淇上酬薛三据兼寄郭少府微》诗曰："自从别京华，我心乃萧索。……拂衣去燕赵，驱马怅不乐。"又有《效古赠崔二》诗曰："十月河洲时，一看有归思。……周旋多燕乐，门馆列车骑。"分别作于开元二十九年(741)和天宝六载(747)，前者有"薛三""京华""怅不乐"，后者有"归思""周旋",二诗均与此诗失落情绪相类,当是对开元十八年(730)北游燕赵不得志之事耿耿于怀。刘开扬认为此诗题中"东亭"即《同李司仓早春宴睢阳东亭》之"东亭",定为天宝二年(743)作于睢阳。结合以上三首作品及高适行踪进行分析,再加上诗中有"明河带飞雁,野火连荒村"之句,姑系此诗于天宝二年秋。

前四句交代题目,叙自己北上燕赵归来后心情不佳,朋友殷勤诚恳之情使人感动。"东亭何寥寥"以下十句写"东亭玩月",抒发对佳景与良朋游玩之观感。结尾两句抒情,依然对远游之事怅然于心。

【校注】

①韩四:名未详。薛三:即薛据。见《淇上酬薛三据兼寄郭少府微》。东亭:当为《同李司仓早春宴睢阳东亭》之东亭。

②远游:到远方游历。此指开元十八年(730)至开元二十二年(734)北上燕赵之事。吾道:我的学说或主张。《论语·里仁》:"子曰:'参乎!吾道一以贯之。'"

③款曲:诚挚殷勤的心意。此指韩四、薛三对自己诚挚的友情。

④阶墀(chí):台阶,阶面。户牖(yǒu):门窗,代指家。《老子》:"凿户牖以为室,当其无,有室之用。"

⑤矧(shěn):况且,何况。《诗经·小雅·伐木》:"矧伊人矣,不求友生。"讨论:研究整理。《书序》:"讨论坟典,断自唐虞以下讫于周。"孔颖达疏:"又讨整论理此三坟五典并三代之书也。"

⑥瑶瑟:用玉装饰的琴瑟。陈子昂《春台引》:"挟宝书与瑶瑟,芳蕙华而兰靡。"

⑦愁予:使我发愁。《楚辞·九歌·湘夫人》:"帝子降兮北渚,目眇眇兮愁予。"王逸注:"予,屈原自谓也。"

同群公十月朝宴李太守宅①

良牧征高赏，褰帷问考槃②。岁时当正月，甲子入初寒③。
已听甘棠颂，欣陪旨酒欢④。仍怜门下客，不作布衣看⑤。

【题解】

根据注释中的分析，李太守应为李少康，此诗当作于天宝二年(743)秋冬之际。

诗前两句叙述太守李少康宴请群公，众人欣然赴会。三、四句交代节令，是在农历十月微寒时。五、六句承一、二句，继续在颂扬中写宴饮之乐，以"甘棠遗爱"赞颂李少康治理睢阳的政绩。七、八句感慨主人好客，结交布衣，全无身份、等级观念。

【校注】

①李太守：有李邕和李少康两说。《新唐书·李邕传》："开元二十三年，起为括州刺史……后历淄、滑二州刺史。……以谗媚不得留，出为汲郡、北海太守。天宝中……宰相李林甫素忌邕，因传以罪。诏刑部员外郎祁顺之、监察御史罗希奭就郡杖杀之，时年七十。"李少康为唐宗室，太祖李虎之五代孙，独孤及《毗陵集》卷八《唐故睢阳郡太守赠秘书监李公神道碑铭》曰："玄宗后元年，改宋州为睢阳郡。命公为太守。……天不惠于宋，乃崇降疠疾。三年春，赐告归洛阳，是岁十二月丙午薨。春秋六十有四。"据周勋初《高适年谱》，天宝二年夏，高适自滑台回睢阳后，"与地方官吏名流李邕、李少康等屡有文字往还"。"朝宴"本指朝廷的宴会，此处切合李少康皇族的身份。另外从"太守"之称和地理位置上看，此李太守为李少康的可能性也更大。

②良牧：贤能的州郡长官。高赏：犹高会，宴赏。指盛大的宴会。褰帷(qiān wéi)：《后汉书·贾琮传》："乃以琮为冀州刺史。旧典，传车骖

136

驾,垂赤帷裳,迎于州界。及琼之部,升车言曰:'刺史当远视广听,纠察美恶,何有反垂帷裳以自掩塞乎?'乃命御者褰之。"后因以"褰帷"为官吏接近百姓,实施廉政之典。考槃:指《诗经·卫风·考槃》,是一首隐士的赞歌。毛传:"考,成;槃,乐。"朱熹《诗集传》引陈傅良曰:"考,扣也;槃,器名。盖扣之以节歌,如鼓盆拊缶之为乐也。"黄熏《诗解》说:"考槃者,犹考击其乐以自乐也。"此指宴饮之乐。

③正月:《史记·历书》:"(秦)正以十月。"秦代以十月为岁首,此从秦汉旧俗而言。

④甘棠:指循吏的美政和遗爱。《史记·燕召公世家》:"周武王之灭纣,封召公于北燕······召公巡行乡邑,有棠树,决狱政事其下,自侯伯至庶人各得其所,无失职者。召公卒,而民人思召公之政,怀棠树不敢伐,哥咏之,作《甘棠》之诗。"旨酒:美酒。《诗经·小雅·鹿鸣》:"我有旨酒,以燕乐嘉宾之心。"

⑤门下客:门客,食客。李白《少年行》:"府县尽为门下客,王侯皆是平交人。"

宋中遇林虑杨十七山人因而有别①

昔余涉漳水,驱车行邺西②。遥见林虑山,苍苍夏天倪③。邂逅逢尔曹,说君彼岩栖。萝径垂野蔓,石房倚云梯④。秋韭何青青,药苗数百畦。栗林隘谷口,栝树森回溪⑤。耕耘有山田,纺绩有山妻。人生苟如此,何必组与珪⑥?谁谓远相访,曩情殊不迷。檐前举醇醪,灶下烹只鸡。朔风忽振荡,昨夜寒螀啼⑦。游子益思归,罢琴伤解携⑧。出门尽原野,白日黯已低。始惊道路难,终念言笑暌⑨。因声谢岑壑,岁暮一攀跻⑩。

　　林虑山在邺郡,高适于开元二十八年(740)游相州,开元二十九年(741)至天宝元年(742)在淇上、滑台,直到天宝二年(743)夏天才回睢阳,从诗中"朔风忽振荡,昨夜寒螿啼"二句看,高适与杨山人在宋中相见已是秋冬之际,诗当作于此时。

　　前十六句回忆往日至林虑山访杨山人经过。前六句叙事,写路遇杨十七等人的惊喜;"萝径"六句写山中所见,以极清幽的景色烘托杨山人隐居之高致;"耕耘"四句称赞杨山人弃轩冕而卧松云的选择。"谁谓"以下十四句写今日宋中相遇,故人热情依旧,斗酒只鸡相款待,而北风忽起,又将分别,但告山蹊,当再登攀,实则与山人再约相见之期。

【校注】

　　①林虑:《新唐书·地理志》:"相州邺郡林虑县,有林虑山。"因汉时隆虑公主嫁到此地,而封地隆虑,后因避讳,改称林虑。在今河南安阳林州市。

　　②漳水:源出山西,流经河北、河南的一条河。参见《别韦五》注释③。邺:相州属县,在今中国河北省临漳县西。

　　③戛(jiá):长矛,此处作动词,刺。天倪:天边,天际。

　　④云梯:传说中仙人登天之路,引申为高耸入云的山道。《文选·郭璞〈游仙诗〉之一》:"灵溪可潜盘,安事登云梯。"李善注:"云梯,言仙人升天,因云而上,故曰云梯。"

　　⑤栝(guā)树:古代指桧树,刺柏。

　　⑥组与珪:即"组珪",亦作"组圭"。组带及玉制符信。古代贵族的佩饰。

　　⑦寒螿(jiāng):即寒蝉,代指深秋的鸣虫。

　　⑧解携:分手,离别。

　　⑨暌(kuí):分离。

　　⑩岑崟:高峰深谷。

奉酬睢阳李太守①

公族称王佐,朝经允帝求②。本枝强我李,盘石冠诸刘③。礼乐光辉盛,山河气象幽。系高周柱史,名重晋阳秋④。华省膺推择,青云宠宴游⑤。握兰多具美,前席有嘉谋⑥。赋得黄金赐,言皆白璧酬⑦。著鞭驱驷马,操刃解全牛⑧。出镇兼方伯,承家复列侯⑨。朝瞻孔北海,时用杜荆州⑩。广固才登陟,毗陵忽阻修⑪。三台冀入梦,四岳尚分忧⑫。郡邑连京口,山川望石头⑬。海门当建节,江路引鸣驺⑭。俗见中兴理,人逢至道休⑮。先移白额横,更息赭衣偷⑯。梁国歌来晚,徐方怨不留⑰。岂伊齐政术,将以变浇浮⑱。讼简知能吏,刑宽察要囚。坐堂风偃草,行县雨随辀⑲。地是蒙庄宅,城遗阏伯丘⑳。孝王馀井径,微子故田畴㉑。冬至招摇转,天寒蟏蛛收㉒。猿岩飞雨雪,兔苑落梧楸㉓。列戟霜侵户,褰帏月在钩㉔。好贤常解榻,乘兴每登楼㉕。逸足横千里,高谈注九流。诗题青玉案,衣赠黑貂裘㉖。应接来何幸,栖迟庶寮尤㉗。扬雄词为讷,王粲体偏柔㉘。穷巷轩车静,闲斋耳目愁㉚。未能方管乐,翻欲慕巢由㉛。讲德良难敌,观风岂易俦㉜。寸心仍有适,江海一扁舟㉝。

【题解】

李少康任睢阳太守在天宝元年(742)至天宝三载(744)春天之间;据周勋初《高适年谱》,高适于天宝二年(743)自滑台至睢阳,与李少康交往;诗曰"冬至招摇转",可判定此诗作于天宝二年冬。

这是高适酬和诗的力作,与《信安王幕府诗》同为其五言长律名篇。

诗首八句交待李少康家世及出身。"华省膺推择"以下八句叙其在朝为官,得君宠遇之况。"出镇兼方伯"以下二十四句叙其出镇地方的功绩,李少康曾前后出任青、常、徐、宋四州刺史,所到之处,任贤使能,革除弊政,讼简刑宽,以德化民,深受爱戴。"地是蒙庄宅"以下十六句叙写睢阳古人古迹、冬日景象及李太守重贤好施。"应接来何幸"以下十二句,由李太守重贤引出自己,自谦才力薄弱,难以为官,志在隐居江海,不能为太守所用,实则为牢骚语,依然希望得到提拔。

【校注】

①诗题敦煌选本作《宋中即事赠李太守》。李太守:即李少康,天宝元年至天宝三载任睢阳太守。参见《同群公十月朝宴李太守宅》注释①。《新唐书·百官志》:"天宝元年,改刺史曰太守。"

②公族:诸侯或君王的同族。《诗经·魏风·汾沮洳》:"殊异乎公族。"毛传:"公族,公属。"郑玄笺:"公族,主君同姓昭穆也。"王佐:王者的辅佐,佐君成王业的人。朝经:朝廷的典章制度。帝求:《尚书·太甲》:"旁求俊彦。"孔传:"旁非一方,美士曰彦。"此句谓经纶朝纲恰合皇帝求才俊之旨意。

③本枝:同一家族的嫡系和庶出子孙。《汉书·韦玄成传》:"子孙本支,陈锡无疆。"我李:我李氏朝廷。此句谓朝廷为本宗,宗室李少康为支子,本枝相护,共强李唐。强:诸本皆作"疆",从敦煌选本。盘石:指封藩宗室。曹冏《六代论》:"汉鉴秦之失,封植子弟,及诸吕擅权,图危刘氏,而天下所以不能倾动,百姓所以不易心者,徒以诸侯强大,盘石胶固。"诸刘:指汉代刘邦所封同姓诸王。

④周柱史:周朝的柱下史官,指李耳。《史记·老庄申韩列传》:"老子者,楚苦县厉乡曲仁里人也。姓李氏,名耳,字伯阳,谥曰聃。周守藏室之史也。"索隐:"按藏室史乃周藏书室之史也。又《张汤传》'老子为柱下史',即藏室之柱下,因以为官名。"此句谓唐朝李氏宗谱一直可上溯到李耳。晋阳秋:晋代史书名。《晋书·孙盛传》:"盛笃学不倦……著《魏氏春秋》《晋阳秋》……《晋阳秋》词直而理正,咸称良史焉。"按,李少康曾

140

任潞州(今山西长治)司马,此处借代称颂其在潞州的功绩。

⑤华省:指清贵者的官署。此指李氏曾任尚书祠部郎中。膺:诸本多作"应"。

⑥握兰:指在皇帝身边处理政务的大臣。应劭《汉官仪》卷上:"(尚书郎)握兰含香,趋走丹墀奏事。"前席:(因听得入迷)欲更接近而移坐向前。《史记·商君列传》:"卫鞅复见孝公。公与语,不自知膝之前于席也。"按《名义考》云:"古者坐于地,以莞蒲为席。天子诸侯则有黼黻纯饰,坐则居中。逊避不敢当,则却就后席;喜悦不自觉,则促近前席。"

⑦黄金赐:《战国策·秦策一》:"(苏秦)于是乃摩燕乌集阙,见说赵王于华屋之下,抵掌而谈。赵王大悦,封为武安君,受相印。革车百乘,锦绣千纯,白璧百双,黄金万镒。"白璧酬:古代谋臣策士受赏常得黄金、白璧。《史记·虞卿列传》:"蹑屩担簦,说赵孝成王,一见赐黄金百镒,白璧一双。"

⑧驷马:指显贵者所乘的驾四匹马的高车。表示地位显赫。解全牛:即庖丁解牛,指技艺高超。据《庄子·养生主》:"始臣之解牛之时,所见无非牛者;三年之后,未尝见全牛也。"

⑨方伯:殷周时代一方诸侯之长。后泛称地方长官。汉以来之刺史、唐之采访使、观察使,均称"方伯"。《礼记·王制》:"天子百里之内以共官,千里之内以为御,千里之外设方伯。"此指李氏曾任青州、常州、徐州刺史,后又出任睢阳太守。承家:《唐故睢阳郡太守李公神道碑》曰:"太祖生雍王绘,雍王绘生东平王绍,东平王绍生高平王道立,高平王生毕公景淑,毕公(生少康)。"

⑩孔北海:即孔融。汉末文学家,"建安七子"之一。因其曾为北海相,故称。杜荆州:指西晋杜预。杜预曾官镇南大将军,都督荆州诸军事,故称。杜预博学多识,著有《春秋左传集解》及《春秋长历》。

⑪广固:城名,故址在今山东省青州市西北尧王山附近。《晋书·地理志》:"永嘉乱,青州沦没,东莱人曹嶷为刺史,始造广固城。"此处意谓李氏曾为青州刺史。毗(pí)陵:古地名。本春秋时吴公子季札封地延陵

141

邑。西汉置县,治所在今江苏省常州市。历代废置无常,天宝元年改为毗陵郡。此处意谓李氏曾为常州刺史。

⑫三台:星名,此处喻三公。《后汉书·杨震传》:"蛇鳝者,卿大夫服之象也。数三者,法三台也。"四岳:尧臣羲、和四子,分掌四方之诸侯。《尚书·尧典》:"帝曰:'咨,四岳。'"孔传:"四岳,即上羲、和之四子,分掌四岳之诸侯,故称焉。"

⑬京口:古城名。在今江苏省镇江市。公元 209 年,孙权将治所自吴郡(苏州)迁此,称为京城。公元 211 年迁治建业后,改称京口镇,是古代长江下游的军事重镇。石头:古城名。故址在今江苏省南京市清凉山一带。本为楚金陵城,汉建安十七年(212)孙权重筑改名。城负山面江,南临秦淮河口,当交通要冲,六朝时为建康军事重镇。唐以后,城废。

⑭当:明活字本作"尚",从《全唐诗》。建节:执持符节。古代使臣受命,必建节以为凭信。唐时,节度使或经略使受任,皆赐旌节。鸣驺(zōu):古代随从显贵出行并传呼喝道的骑卒。有时借指显贵。孔稚珪《北山移文》:"及其鸣驺入谷,鹤书起陇,形驰魄散,志变神动。"

⑮中兴:敦煌选本作"中和"。中途振兴,转衰为盛。至道:指最好的学说、道德或政治制度。《礼记·学记》:"虽有嘉肴,弗食,不知其旨也;虽有至道,弗学,不知其善也。"

⑯白额横:指白额猛虎。更:敦煌选本作"再"。赭衣:古代囚犯所穿赭色囚衣,此指囚犯、罪人。

⑰梁国:此指睢阳郡。歌来晚:东汉贾琮任交阯刺史前,其地吏民不堪暴政,怨恨而叛。贾琮到任后,革除弊政,安抚百姓,一年而致太平。巷路为之歌曰:"贾父来晚,使我先反;今见清平,吏不敢饭。"事见《后汉书·贾琮传》。此处意谓李氏任睢阳太守时亦有贾琮一般的政绩。徐方:指徐州。怨不留:《晋书·邓攸传》载:晋元帝时,邓攸为吴郡太守,为官清廉,"刑政清明,百姓欢悦,为中兴良将。后称疾去职……百姓数千人留牵攸船,不得进,攸乃小停,夜中发去。吴人歌之曰:'纻如打五鼓,鸡鸣天欲曙。邓侯挽不留,谢令推不去。'"此处意谓李氏任徐州刺史亦

有德政。按，独孤及所撰《碑铭》谓李少康刺徐州："先是岁比大歉，人流者什五六。公条奏逋逃之名，削去其版，然后节用务本，博征缓刑，以来之岁则大穰，人不患寡，浮游自占者至数千万。"

⑱齐政：《礼记·王制》："齐其政不易其宜。"郑注："政谓刑禁。"孔疏："谓齐其政令之事，当逐物之所宜。"《论语·为政》："道之以政，齐之以刑，民免而无耻；道之以德，齐之以礼，有耻且格。"浇浮：犹浇薄。指社会风气浮薄。齐武帝《吉凶条制诏》："三季浇浮，旧章陵替。"

⑲风偃草：《论语·颜渊》："季康子问政于孔子曰：'如杀无道以就有道，何如？'孔子对曰：'子为政，焉用杀？子欲善而民善也。君子之德风，小人之德草，草上之风必偃。'"集解："孔曰：'加草以风，无不仆者，犹民之化于上。'"行县：谓巡行所主之县。《后汉书·崔骃传》："（崔篆）乃遂单车到官，称疾不视事，三年不行县。"李贤注引《续汉志》："郡国常以春行县，劝人农桑，振救乏绝。"雨随辀（zhōu）：辀，《说文》："辀，辕也。"朱骏声通训："大车左右两木直而平者谓之辕；小车居中一木曲而上者谓之辀，故亦曰轩辕，谓其穹隆而高也。"此处代指车。《后汉书·郑弘传》谓郑弘"政有仁惠，民称苏息，迁淮阴太守"。李贤注引谢承书曰："弘消息繇赋，政不烦苛，行春大旱，随车致雨。"此处借指李氏仁政之效。

⑳蒙庄：指庄子。因其居于宋国蒙地，故称。《史记·庄周列传》："庄子者，蒙人也。"集解："骃案《地理志》：蒙县属梁国。"阏（è）伯：高辛氏长子，居于商丘，死后有阏伯台。见《宋中十首》注释㉔。

㉑孝王：西汉梁孝王刘武。见《宋中十首》注释②。微子：周代宋国的始祖。名启，殷纣王的庶兄，封于微（今山东梁山西北）。因见纣淫乱将亡，数谏，纣不听，遂出走。周武王灭商，复其官。周公承成王命诛武庚，乃命微子统率殷族，奉其先祀，封于宋。《论语·微子》："微子去之，箕子为之奴，比干谏而死。孔子曰：'殷有三仁焉。'"

㉒招摇：星名。即北斗第七星摇光。亦借指北斗。《礼记·曲礼上》："行，前朱雀而后玄武，左青龙而右白虎，招摇在上，急缮其怒。"郑玄注："招摇星在北斗杓端主指者。"孔颖达疏："招摇，北斗七星也。"按，古

代以北斗节时,分一年中斗柄所指为十二辰,冬至则北斗指子,为一岁循环之始,故云招摇转。蝃蝀(dì dōng):彩虹的别名。又作"蝃蝀"。《诗经·鄘风·蝃蝀》:"蝃蝀在东,莫之敢指。"毛传:"蝃蝀,虹也。"

㉓猿岩:非常险要的山崖,猿猴都难以攀援。兔苑:梁孝王刘武所筑东苑。见《宋中十首》注释⑨。梧楸(qiū):梧桐与楸树。二木皆逢秋而早凋。《楚辞·九辩》:"白露既下百草兮,奄离披此梧楸。"朱熹集注:"梧桐、楸梓,皆早凋。"

㉔列戟(jǐ):宫庙、官府及显贵之府第陈戟于门前,以为仪仗。褰帏(qiān wéi):撩起帷幔。敦煌选本"帏"作"帷"。

㉕解榻:东汉陈蕃任豫章太守时,不接待宾客,只有南州高士徐穉来时特设一榻,徐穉走后即悬挂起来。又任乐安太守时,亦曾为郡人周璆特置一榻,去则县之。事见《后汉书·徐穉传》及《陈蕃传》。后以"解榻"为热情接待宾客或礼贤下士之典。登楼:《世说新语·容止》:"庾太尉在武昌,秋夜气佳景清,使吏殷浩、王胡之之徒登南楼理咏。音调始遒,闻函道中有屐声甚厉,定是庾公。俄而率左右十许人步来,诸贤欲起避之。公徐云:'诸君少住,老子于此处兴复不浅!'因便据胡床,与诸人咏谑,竟坐甚得任乐。后王逸少下,与丞相言及此事。丞相曰:'元规尔时风范,不得不小颓。'右军答曰:'唯丘壑独存。'"此处借指李太守平易近人,能与属下同乐。

㉖逸足:骏马疾行,比喻出众的才能或人才。九流:泛指各学术流派。

㉗青玉案:《文选·张衡〈四愁诗〉》:"美人赠我锦绣段,何以报之青玉案。"刘良注:"玉案,美器,可以致食。"又泛指古诗。杜甫《又示宗武》:"试吟青玉案,莫羡紫罗囊。"仇兆鳌注:"青玉案,谓古诗。"衣赠:敦煌选本作"酒助"。黑貂裘:见《别孙诉》注释②。

㉘应接来何幸:以下四句诸本皆无,据敦煌选本(伯二五五二)补。栖迟:游息。《诗经·陈风·衡门》:"衡门之下,可以栖迟。"朱熹集传:"栖迟,游息也。"庶寮:亦作"庶僚"。指百官。《尔雅·释诂》注:"同官为寮。"

㉙扬雄词为讷(nè):《汉书·扬雄传》:"(扬雄)口吃不能剧谈,默而好深湛之思。"王粲体偏柔:《三国志·魏志·王粲传》:"(刘)表以粲貌寝而体弱通悦,不甚重也。"曹丕《与吴质书》亦云:"仲宣(王粲字)独自善于辞赋,惜其体弱,不足起其文。"

㉚穷巷:冷僻简陋的小巷。

㉛管乐:管仲与乐毅的合称。两人分别为春秋时齐国名相和战国时燕国名将。巢由:巢父和许由的合称。相传皆为尧时隐士,尧让位于二人,皆不受。后因用以指隐居不仕者。

㉜讲德:讨论、讲求仁德。汉宣帝循武帝旧事,征召高才讲论六艺群书,刘向、王褒等人皆待诏金马门。敌:敦煌选本作"尽"。此句谓讲颂德政之任诚难匹敌。观风:谓观察民情,了解施政得失。语出《礼记·王制》:"命大师陈诗,以观民风。"此句谓体察民情之职亦难胜任。

㉝江海:犹云江湖,与朝廷相对,旧时指隐士的居处。《庄子·刻意》:"就薮泽,处闲旷,钓鱼闲处,无为而已矣。此江海之士,避世之人。"

画马篇 同诸公宴睢阳李太守各赋一物①

君侯枥上骢,貌在丹青中②。马毛连钱蹄铁色,图画光辉骄玉勒③。马行不动势若来,权奇蹴踏无尘埃④。感兹绝代称妙手,遂令谈者不容口⑤。麒麟独步自可珍,驽骀万匹知何有⑥。终未如他枥上骢,载华毂,骋飞鸿⑦。荷君剪拂与君用,一日千里如旋风⑧。

【题解】

此诗亦作于天宝元年(742)至天宝三载(744)春李少康任睢阳太守期间,参照《奉酬睢阳李太守》,定于天宝二年(743)。

此是咏画诗,开头两句交代所画对象为李太守枥上之青骢马。"马毛连钱"以下八句赞画,侧重写其动态、气势。画中之马毛色鲜明、栩栩如生,令人赞不绝口;此马独步天下,普通驽马岂能望其项背?"终未如他"以下照应开头,以太守之马驰骋千里,寄托诗人希望为李太守所用之意。

【校注】

①此处李太守指李少康。

②骢(cōng):毛色青白相交的马。丹青:丹砂和青䤥,可作颜料。代指画像、图画。

③连钱:此指马身上皮毛的花纹、形状似相连的铜钱。光辉:敦煌集本作"金羁"。骄:敦煌集本作"娇"。玉勒:玉饰的马衔。

④权奇:奇谲非凡。多形容良马善行。《汉书·礼乐志》:"太一况,天马下,沾赤汗,沫流赭。志俶傥,精权奇。"王先谦补注:"权奇者,奇谲非常之意。"蹴(cù)踏:踩踏,奔跑。

⑤不容口:犹言不绝口。

⑥麒麟:古代传说中的一种神兽。此处借指良马。敦煌集本作"骐骥"。独步:谓独一无二;无与伦比。驽骀(nú tái):指劣马。《楚辞·九辩》:"却骐骥而不乘兮,策驽骀而取路。"

⑦终未如他枥上骢:敦煌集本作"终有君,枥上骢"。华毂(gǔ):饰有文采的车轮。常用以指华美的车。

⑧剪拂:修整擦拭。比喻推崇,赞誉。《文选·刘孝标〈广绝交论〉》:"顾盼增其倍价,剪拂使其长鸣。"用:敦煌集本作"同"。

咏马鞭①

　　龙竹养根凡几年②,工人截之为长鞭,一节一目皆天然③。珠重重,星连连④。绕指柔,纯金坚⑤。绳不直,规不圆⑥。把向空中捎一声⑦,良马有心日驰千。

【题解】

此诗刘开扬、孙钦善均未编年,然周勋初《高适年谱》曰:"诗曰:'把向空中捎一声,良马有心日驰千。'上诗(指《画马篇》)有句曰:'荷君剪拂与君用,一日千里如旋风。'语意全同。高适作古诗,或五言,或七言,变化不大,唯此二诗之中均杂有三字句,此亦同时所作之一证。"姑且系于天宝二年(743)。

首三句叙马鞭之材质遒劲自然,以龙须竹老根截成,每一节均出自天然。"珠重重"二句写竹根制成马鞭后的人工装饰。此五句即屈原之"纷吾既有此内美兮,又重之以修能"。"绕指柔"二句言竹鞭内刚外柔,很有韧性。"绳不直"四句言:鞭之于马有鞭策使之快跑之用,有如不直者绳之使直,不圆者规之使圆;然良马机敏不堕,是为"有心",则无须鞭策,稍有启示,即竭力奔跑,日行千里。

咏物诗历来有寄托传统,此诗咏马鞭,赞其天然、遒劲、美好、实用,至结尾日驰千里之想象,乃是诗人对自身能力、品格和理想之肯定。

【校注】

①此为咏物诗,可与前诗《画马篇》相互参看。

②龙竹:龙须竹。劈为篾,平细柔韧,宜作马鞭。孙钦善校注:"龙竹,即龙须竹。李衎《竹谱详录》卷五'龙须竹'云:'生两浙山谷间,与猫头竹无异,根下节不甚密,析为篾,平细柔韧。'"

③一节一目:节目本指树木枝干交接处坚硬而纹理纠结不顺的部分。此指竹节。

④珠:指马鞭上的装饰物。下句"星"亦然。

⑤绕指柔:《文选·刘琨〈重赠卢谌〉诗》:"何意百炼刚,化为绕指柔。"吕延济注:"百炼之铁坚刚,而今可绕指。自喻经破败而至柔弱也。"此处形容马鞭之柔软。

⑥绳:即绳墨,木工画直线用的工具。此处用作动词,句意谓不直者

绳之使直。规：即圆规，《诗经·小雅·沔水》序笺："规者，正圆之器也。"
此处用作动词，同上，句意为不圆者规之使圆。

⑦捎(shào)：《汉书·扬雄传》："曳捎星之旃。"注："捎犹拂也。"此指
拿着马鞭向空中用力刷。

同李司仓早春宴睢阳东亭①

春皋宜晚景，芳树杂流霞②。莺燕知二月，池台称百花。竹
根初带笋，槐色正开牙③。且莫催行骑，归时有月华④。

【题解】

此诗格调清新流丽，与诗人宋中之作忧郁悲伤风格不类。按周勋初
《高适年谱》，高适天宝二年(743)夏自滑台"回睢阳后，与地方名流李邕、
李少康等人屡有文字往还。……(天宝三载)春，往来于睢阳、陈留间"。
高适春天在睢阳的时候不多，且此时因交游之故，心情有转好可能。故
此诗最有可能作于天宝三载(744)春。

诗前六句写景，叙睢阳东亭春景清新可喜，突出"早春"之"早"。"芳
树杂流霞"一句用艳丽的词眼形象地写出春景之美；"初带笋""正开牙"
正是早春嫩绿之感。结尾两句抒情，因美景而流连忘返，交代题中"同李
司仓"宴游之意。

【校注】

①此诗不见原集，据敦煌选本(伯二五五二)补。《补全唐诗》题下有
"得花"二字。李司仓：名未详。《新唐书·百官志》："州郡有司仓参军。"
刘长卿有《睢阳赠李司仓》诗，当为同一人。睢阳：此指睢阳郡治所宋城县。

②晚景：傍晚时的景色。流霞：浮动的彩云。

③笋：赵万里《芸庵群书题记》称原缺一字。据《补全唐诗》作"笋"。

④月华：月光，月色。

送田少府贬苍梧^①

沉吟对迁客,惆怅西南天^②。昔为一官未得意,今向万里令人怜。念兹斗酒成暌间,停舟劝君日将晏^③。远树应连北地春,行人却羡南归雁。丈夫穷达未可知,看君不合长数奇^④。江山到处堪乘兴,杨柳青青那足悲^⑤?

【题解】

由"惆怅西南天"句,则送客之地似在梁宋;"停舟劝君日将晏",则田氏走水路前往苍梧,暂定于天宝三载(744)春。

首二句"沉吟""惆怅"均为挚友送别时真实情状,面对被贬西南的朋友,远望其将去之地,不禁心生担忧而无从言说。"昔为"二句回顾田氏宦途经历:本已不得志,今更遭远贬,实在可怜。"念兹"四句正面写离别,斗酒相送,暂留行舟,苍梧之树怜惜送别之地的春景明媚宜人,江行之人却羡慕南归的大雁可以自南归北。"丈夫"四句安慰友人,仕途穷通变化乃人之常情,以君之才德不会长期沉沦下僚,此去应乘兴游览所到之处,不应再生离别之悲。

此诗慰藉被贬友人,用语恰当。"远树"二句以苍梧与梁宋交错言之,借望中虚景抒眼前情事,最为妙绝,有李白"燕草如碧丝,秦桑低绿枝"韵味。结尾四句以远大前景来勉励友人,这是高适送别诗常用的结尾方式。无论如何皆不轻言放弃,也可见盛唐气象。

【校注】

①田少府:名未详。苍梧:《新唐书·地理志》:"梧州苍梧郡治苍梧。"在今广西壮族自治区苍梧县。

②迁客:指遭贬斥放逐之人。西南天:送别之地在梁宋,将去之处是

苍梧,在梁宋西南方向。

③暌(kuí):通"睽"。分离,隔开。间(jiàn):间离,间隔。劝君:明活字本作"叹君",从敦煌集本。

④穷达:困顿与显达。数奇(shù jī):指命运不好,遇事多不利。《汉书·李广传》:"大将军阴受上指,以为李广数奇,毋令当单于,恐不得所欲。"颜师古注:"言广命只不耦合也。"

⑤杨柳:指送别之曲《折杨柳》歌词。

【汇评】

《增订评注唐诗正声》:郭云:气调微弱,大非常侍本色。

《唐诗广选》:王元美曰:"行人"句诗家能道,"远树"句无人能道。

《唐诗选脉会通评林》:周珽曰:常侍送别诗悉从实情真意写出,布景抒辞不粘不泛,如《送田少府》《沈四》《蔡山人》《别韦参军》《晋三》等篇,俱有啼烟叫月、千秋鸣咽之响。

《载酒园诗话又编》:唐人称"有唐以来,诗人之达者,唯适而已"。今读其诗,豁达磊落,寒涩琐媚之态去之略尽。如《送田少府贬苍梧》曰:"丈夫穷达未可知,看君不合长数奇。"《赠别晋三处士》曰:"爱君且欲君先达,今上求贤早上书。"《九日酬颜少府》曰:"纵使登高只断肠,不如独坐空搔首。"《崔司录宅燕大理李卿》曰:"饮醉欲言归剡溪,门前驷马光照衣。路旁观者徒唧唧,我公不以为是非。"眉宇如此,岂久处坞壁!

《高适诗集编年笺注》:适诗每以慰藉语作结,如"丈夫不作儿女别,临路涕泪沾衣巾""圣代即今多雨露,暂时分手莫踟蹰"之类。

送杨山人归嵩阳①

不到嵩阳动十年,旧时心事已徒然②。一二故人不复见,三十六峰犹眼前③。夷门二月柳条色,流莺数声泪沾臆④。凿井耕田不我招,知君以此忘帝力⑤。山人好去嵩阳路,惟余眷眷长相忆。

【题解】

李白有《送杨山人归嵩山》诗,詹锳谓白诗与高适此诗"疑俱为本年(指天宝四载五月后)游梁宋时作"(《李太白诗文系年》),然此诗明言"夷门二月柳条色",时为初春,考周勋初《高适年谱》,高适于天宝三载(744)春"往来于睢阳、陈留间",陈留在今河南省开封市陈留镇,战国时魏惠王都大梁,即其地。高适曾于开元二十三年(735)春自宋州至长安,或曾道经嵩阳,与此诗"不到嵩阳动十年"吻合,故系此诗于天宝三载春。

诗前四句表明自己久有归隐之志却不得实现,引出送别,并羡慕杨山人来去自由,得偿夙愿。次四句先写送别时大梁城早春景色,"泪沾臆"由景入情,再勾画杨山人隐居自得之貌。结尾两句惜别,致以美好祝愿。

【校注】

①此诗各本题作《别杨山人》,今从《文苑英华》及《全唐诗》。杨山人:非前林虑山之杨十七山人。李白有《送杨山人归嵩山》诗,当为同一人。

②嵩阳:嵩山之南,代指嵩山。李白《送杨山人归嵩山》:"我有万古宅,嵩阳玉女峰。"此指杨山人将归之地。旧时:《文苑英华》作"旧家"。

③三十六峰:戴延之《西征记》:"嵩山三十六峰。"

④夷门:战国魏都城的东门。故址在今河南开封城内东北隅。因在夷山之上,故名。《史记·魏公子列传》:"魏有隐士曰侯嬴,年七十,家贫,为大梁夷门监者。"

⑤忘帝力:相传帝尧时,有老者唱《击壤歌》曰:"日出而作,日入而息,凿井而饮,耕田而食,帝力于我何有哉?"后用为歌颂太平之典。

送蔡山人①

东山布衣明古今,自言独未逢知音②。识者阅见一生事,到处豁然千里心③。看书学剑长辛苦,近日方思谒明主④。斗酒相留醉复醒,悲歌数年泪如雨⑤。丈夫遭遇不可知,买臣主父皆如斯⑥。我今蹭蹬无所似,看尔崩腾何若为⑦!

【题解】

李白亦有《送蔡山人》诗曰:"我本不弃世,世人自弃我。一乘无倪舟,八极纵远舵。燕客期跃马,唐生安敢讥。采珠勿惊龙,大道可暗归。故山有松月,迟尔玩清晖。"大约为同一人。高适与李白同游时间不长,当为天宝三载(744)春夏同在梁宋时作。

诗前四句言二人相识即为知音,山人有如高卧东山之谢安,其"一生事""千里心",我一见便知。"看书"以下四句谓山人突然有转隐为仕之想,只是仕途艰难。后四句以朱买臣、主父偃两位晚来得志的古人勉励山人,我虽仕途蹭蹬,尔则奔波有望也未可知。

诗中以谢安比蔡山人,因谢安曾经长期隐居东山,后出山从政,在淝水之战中作为东晋一方的总指挥,以八万兵力打败了号称百万的前秦军队,为东晋赢得几十年的和平之后,一度打算再次归隐。谢安式的高卧是与从政相结合的"用之则行,舍之则藏"的隐居,是古代很多文人向往的楷模,此诗中的蔡山人也有出山从政的打算,高适本人在长期耕读宋中期间,也时时寻找机会进入仕途,便是以谢安为榜样。

【校注】

①蔡山人:名未详。山人:隐居在山中的士人。

②东山:指隐居于东山的谢安。《晋书·谢安传》:"高崧戏之曰:'卿

累违朝旨,高卧东山。'"敦煌选本作"山东"。明古今:通古今变化之理,所以能高卧东山。逢知音:刘开扬《高适诗集编年笺注》作"遇知音",未注明为其底本(明活字本)所作。

③识者阅见:敦煌选本作"识来闷见",误。

④看书:敦煌选本作"著书"。看书学剑:《史记·项羽本纪》:"项籍少时,学书不成,去学剑,又不成。项梁怒之。籍曰:'书足以记名姓而已。剑一人敌,不足学,学万人敌。'于是项梁乃教籍兵法,籍大喜,略知其意,又不肯竟学。"

⑤数年:敦煌选本作"数声"。

⑥买臣:朱买臣,西汉人。《汉书·朱买臣传》:"朱买臣字翁子,吴人也。家贫,好读书,不治产业,常艾薪樵,卖以给食,担束薪,行且诵书。其妻亦负戴相随,数止买臣毋歌呕道中。……会邑子严助贵幸,荐买臣,召见,说《春秋》,言《楚词》,帝甚说之,拜买臣为中大夫,与严助俱侍中。"主父:主父偃,西汉人。《汉书·主父偃传》:"主父偃者,齐临菑人也。学长短纵横之术,晚乃学《易》《春秋》、百家言。游于诸生间,莫能厚遇也。齐诸儒生相与排摈,不容于齐。家贫,假贷无所得,乃北游燕、赵、中山,皆莫能厚遇,为客甚困。……乃上书阙下。朝奏,暮召入见。……于是上乃拜主父偃、徐乐、严安为郎中。偃数见,上疏言事,诏拜偃为谒者,迁为中大夫。一岁中四迁偃。"

⑦蹭蹬(cèng dèng):困顿,失意。崩腾:奔走,奔波。敦煌选本作"骞腾"。何:敦煌选本作"更"。

送虞城刘明府谒魏郡苗太守①

天官苍生望,出入承明庐②。肃肃领旧藩,皇皇降玺书③。茂宰多感激,良将复吹嘘④。永怀一言合,谁谓千里疏⑤。对酒忽命驾,兹情何起予⑥。炎天昼如火,极目无行车。长路出雷泽,浮云归孟诸⑦。魏郡十万家,歌钟喧里闬。传道贤君至,闭关常晏如⑧。君将抱高论,定是问樵渔⑨。今日逢明圣,吾为陶隐居⑩。

【题解】

据李白《虞城令李公去思颂碑》和《旧唐书·苗晋卿传》的相关记载,李锡拜虞城令在天宝四载(745),刘氏拜虞城令应在此之前,而苗晋卿任魏郡太守在天宝三载(744)至五载(746)之间;又诗中有"炎天昼如火"之句,故可推知此诗当作于天宝三载夏。当时高适在宋中,虞城令刘某往谒魏郡太守苗晋卿,诗人为之送行而作。

诗前八句赞苗太守深得天子器重,又得下属爱戴。"对酒"以下六句照应诗题中送行之意,刘氏炎夏出行,自己仍归宋州。"魏郡"以下八句悬想刘氏至魏郡后情景:魏郡歌钟喧阗,闻君之至,将城关晏如,并嘱咐刘氏抱取高论,垂问渔樵,而今逢圣明君主,我将仿效陶弘景隐居以待咨询。

【校注】

①虞城:唐时为睢阳郡属县,在今河南省虞城县,位于商丘市区以东。刘明府:名未详。唐以后多以明府称县令。王志坚《表异录·职官》:"唐人称县曰明府,汉人谓之明廷。"据李白《虞城令李公去思颂碑》,李锡拜虞城令在天宝四载。魏郡:原魏州,天宝元年(742)改魏郡,治所在贵乡县(今河北省大名县东北)。苗太守:即苗晋卿,据《旧唐书·苗晋卿传》:"开元二十九年,拜礼部侍郎,前后点选五年。……天宝三载闰二月,转魏郡太守,充河北采访处置使。……晋卿宽厚廉谨,为政举大纲,不问小过,所到有惠化,魏人思之,为立碑颂德。"

②天官:《新唐书·百官志》:"武后光宅元年,改吏部曰天官。"中宗神龙元年(705)复旧制。据《旧唐书·苗晋卿传》记载,苗氏曾任侍御史、度支、兵、吏部三员外郎。开元二十三年(735)任吏部郎中,二十四年(736)任中书舍人,二十九年(741)任礼部侍郎。承明庐:汉承明殿旁屋,

侍臣值宿所居,称承明庐。三国时魏文帝以建始殿朝群臣,门曰承明,其朝臣止息之所亦称承明庐。《文选·应璩〈百一诗〉》:"问我何功德? 三入承明庐。"张铣注:"承明,谒天子待制处也。"后以入承明庐为入朝或在朝为官的典故。

③旧藩:指魏郡。唐代的郡与藩国的地位相当,故称。皇皇:昭著,光明。《诗经·小雅·皇皇者华》:"皇皇者华,于彼原隰。"毛传:"皇皇,犹煌煌也。"玺(xǐ)书:指皇帝的诏书。《汉书·循吏传》谓汉宣帝以太守为"吏民之本",凡郡太守有治绩者,辄以玺书勉励。

④茂宰:旧时对县官的敬称。厉荃《事物异名录·爵位·知县》:"茂宰:《山堂肆考》:'汉卓茂为密令有声,故用以比宰邑者。'"此指刘明府。吹嘘:比喻奖掖,汲引。

⑤一言合:一言相合而成深交。

⑥起予:启发自己。《论语·八佾》:"子曰:'起予者,商也,始可与言《诗》已矣。'"何晏集解引包咸曰:"孔子言子夏能发明我意,可与共言《诗》。"

⑦雷泽:古泽名。本名雷夏泽。在今河南省范县东南和山东省菏泽市境内。传说舜帝曾在此捕鱼。《史记·五帝本纪》:"舜耕历山,渔雷泽。"张守节正义引《括地志》:"雷夏泽在濮州雷泽县郭外西北。"孟诸:亦作"孟猪""孟潴"。古泽薮名。在今河南商丘东北、虞城西北。《左传·僖公二十八年》:"余赐女孟诸之麋。"杜预注:"孟诸,宋泽薮。"

⑧晏如:安定,安宁。

⑨挹:汲取。樵渔:樵夫和渔夫。亦泛指村舍中人。

⑩陶隐居:指南朝梁人陶弘景。《南史·陶弘景传》:"自号华阳陶隐居,人间书札,即以隐居代名。……国家每有吉凶征讨大事,无不前以咨询。"

古大梁行①

古城莽苍饶荆榛，驱马荒城愁杀人②。魏王宫观尽禾黍，信陵宾客随灰尘③。忆昨雄都旧朝市，轩车照耀歌钟起④。军容带甲三十万，国步连营一千里⑤。全盛须臾那可论，高台曲池无复存⑥。遗墟但见狐狸迹，古地空馀草木根。暮天摇落伤怀抱，抚剑悲歌对秋草⑦。侠客犹传朱亥名，行人尚识夷门道⑧。白璧黄金万户侯，宝刀骏马填山丘⑨。年代凄凉不可问，往来唯有水东流⑩。

【题解】

《新唐书·杜甫传》："尝从(李)白及高适过汴州，酒酣登吹台，慷慨怀古，人莫测也。"杜甫有《遣怀》诗曰："昔我游宋中，惟梁孝王都。"又曰："忆与高李辈，论交入酒垆。两公壮藻思，得我色敷腴。气酣登吹台，怀古视平芜。"李白《侠客行》："闲过信陵饮，脱剑膝前横。将炙啖朱亥，持觞劝侯嬴……千秋二壮士，烜赫大梁城。"白诗作于天宝三载(744)夏游齐州时，高适此诗当作于同时。

此诗咏怀古迹，由古大梁城的遗迹追怀昔日魏国的强盛繁华和礼贤下士的信陵君，表达世事沧桑、功业未建的感慨。"古城"四句由驱马荒城引起怀古感慨，前两句写景，后两句转入怀古。"忆昨"八句抚今追昔，前半写魏国昔日全盛，后半写今日荒颓；"暮天"以下八句写信陵君礼遇侯嬴、朱亥之事，前后四句伤今，中间四句今中有昔，此十六句均通过今昔对比表达世事无常而人生短暂、功业未建却报国无门之感。

【校注】

①此诗《乐府诗集》题作《大梁行》，归于新乐府辞。大梁：在今河南

156

省开封市西北,公元前361年,魏国都城由安邑(今山西夏县)迁到大梁,此后魏国又称梁国,开封又称大梁。隋唐以后,称今开封市为大梁。

②莽苍:形容景色迷茫。《全唐诗》下注:"一作苍茫。"荆榛:泛指丛生灌木,多用以形容荒芜景象。愁杀:谓使人极为忧愁。敦煌选本作"思煞"。

③观:《全唐诗》下注:"一作馆,一作殿。"尽禾黍:悲悯故国破败之意。《诗经·王风·黍离》序:"《黍离》,闵宗周也。周大夫行役,至于宗周,过故宗庙宫室,尽为禾黍。闵宗周之颠覆,彷徨不忍去而作是诗也。"信陵宾客:指战国时魏国公子信陵君善于养士。《史记·魏公子列传》:"信陵君食客三千人。"随:敦煌选本作"无"。

④雄都:雄伟的都城,指大梁。敦煌选本作"雄图"。朝市:朝廷和市集。古代都城布局,前为朝廷,后为集市。轩车:有屏障的车。古代大夫以上所乘。《庄子·让王》:"子贡乘大马,中绀而表素,轩车不容巷,往见原宪。"歌钟:伴唱的编钟。《左传·襄公十一年》:"郑人赂晋侯……歌钟二肆。"孔颖达疏:"言歌钟者,歌必先金奏,故钟以歌名之。"此指歌乐之声。

⑤军容:指军队和军人的礼仪法度、风纪阵威和武器装备。《文选·左思〈吴都赋〉》:"军容蓄用,器械兼储。"刘逵注:"军容,军之容表,言矛剑等也。"带甲:披甲的武士。国步:国土。连营:扎营相连。敦煌选本作"连衡"。《全唐诗》"营"字下注:"一作衡。"一千:明活字本作"五千"。《全唐诗》"一"字下注:"一作五。"从《全唐诗》、敦煌选本。按《战国策·魏策》及《史记·苏秦列传》,苏秦说魏惠王时,称魏"地方千里"。

⑥高台曲池:刘向《说苑·善说篇》:"高台既已坏,曲池既已渐。"赵熙批:"《芜城赋》。"按,《芜城赋》有"通池既已夷,峻隅又已颓"之句,写黍离兴亡之感。

⑦摇落:凋残,零落。抚剑:敦煌选本作"倚剑"。

⑧朱亥:战国时侠客,魏国大梁人。有勇力,隐于屠肆。秦兵围赵,信陵君用计窃出兵符后,担心魏将晋鄙不肯交出兵权,朱亥以铁椎击杀

晋鄙,信陵君遂夺晋鄙军以救赵。事见《史记·魏公子列传》。夷门:战国时魏国都城的东门。故址在今河南开封城内东北隅。因在夷山之上,故名。此指侯嬴。《史记·魏公子列传》:"魏有隐士曰侯嬴,年七十,家贫,为大梁夷门监者。"

⑨白璧黄金:指虞卿。《史记·虞卿列传》:"……说赵孝成王。一见,赐黄金百镒,白璧一双;再见,为赵上卿,故号为虞卿。……虞卿既以魏齐之故,不重万户侯卿相之印,与魏齐间行,卒去赵,困于梁。"索引:"魏齐,魏相,与应侯有仇,秦求之急,乃抵虞卿,卿弃相印,乃与齐间行,亡归梁,以托信陵君,信陵君疑未决,齐自杀。"

⑩水:指开封城南的汴水。

【汇评】

《唐诗选脉会通评林》:周珽曰:游心千古,似佃似渔,精华所萃,结为奇调,凭吊诗之绝唱者。

《唐风定》:按节安歌,步武严整,无一往奔轶之习。

《唐贤三昧集笺注》:开后人故迹凭吊诗之法门。隔联间以对仗,壁垒森严,一结多少感慨!

《昭昧詹言》:起二句伉爽,"魏王"二句衍,"忆昨"四句推开,"全盛"句折入,"暮天"句入己。以下重复感叹,自有浅深,而气益厚,韵益长,反复吟咏,久之自见。

单父逢邓司仓覆仓库因而有赠①

邦牧今坐啸,群贤趋纪纲②。四人忽不扰,耕者遥相望③。粲粲府中妙,授词如履霜④。炎炎伏热时,草木无晶光⑤。匹马度睢水,清风何激扬⑥。校缗阅帑藏,发廪忻斯箱⑦。邂逅得相逢,欢言至夕阳⑧。开襟自公馀,载酒登琴堂⑨。举杯挹山川,寓目穷毫芒⑩。白鸟向田尽,青蝉归路长。醉中不惜别,况乃正

158

游梁。

【题解】
诗中有"炎炎伏热时""载酒登琴堂"等句,则与前诗作于同时,在天宝三载(744)秋。此诗为高适在单父赠邓司仓之作。

诗前六句赞美宋州刺史知人善任,任用邓司仓等群贤,故而清闲自得,而宋中大治。"炎炎"以下八句写诗人度水游单父,邂逅邓司仓,一见如故,其中"校缗"二句关合对方司仓参军之职事。"开襟"以下八句写在单父游历所见,结尾两句致赠别之意。

【校注】
①此诗敦煌集本题作《单父逢邓司仓覆库因而有别》。单父:《新唐书·地理志》:"宋州睢阳郡有单父县。"故址在今山东省单县南。邓司仓:名未详。《新唐书·百官志》:"州郡有司仓参军。"为州郡佐吏,掌仓廪、庖厨、财物、廛市之事。覆仓库:检校仓库,以防私隐。

②邦牧:州牧,刺史。此指宋州刺史。坐啸:闲坐吟啸。东汉成瑨少修仁义,以清名见称,任南阳太守,用岑晊(字公孝)为功曹,公事悉委岑办理,民间为谣曰:"南阳太守岑公孝,弘农成瑨但坐啸。"见《后汉书·党锢传》序。后因以"坐啸"指为官清闲或不理政事。纪纲:起纪纲作用之人物。此指宋州刺史。

③四人:指士、农、工、商四民,唐代避太宗讳,称为"四人"。

④粲粲:鲜明的样子。《诗经·小雅·大东》:"西人之子,粲粲衣服。"朱熹集传:"粲粲,鲜盛貌。"履霜:即履霜坚冰,比喻事态逐渐发展,将有严重后果。《周易·坤卦》:"初六,履霜坚冰至。象曰:履霜坚冰,阴始凝也;驯致其道,至坚冰也。"

⑤皛(xiǎo)光:光亮,明亮。

⑥睢水:古代鸿沟支派之一,故道自今河南开封东从鸿沟分出,东流经杞县、睢县北、宁陵、商丘南,最后至宿迁市南注入古代泗水。

⑦校缗(mín):核计费用。帑藏(tǎng cáng):国库。《汉书·王莽传

下》："长乐御府、中御府及都内、平准帑藏钱帛珠玉财物甚众。"斯箱：指载粮的车子。亦借指极多的粮食。语出《诗经·小雅·甫田》："曾孙之稼，如茨如梁。曾孙之庾，如坻如京。乃求千斯仓，乃求万斯箱。"郑玄笺："成王见禾穀之税委积之多，于是求千仓以处之，万车以载之。"

⑧邂逅：偶然。王充《论衡·逢遇》："且夫遇也，能不预设，说不宿具，邂逅逢喜，遭合上意，故谓之遇。"

⑨开襟：敞开衣襟，悠闲自得的样子。公馀：各本多作"公馀"，敦煌集本作"公馆"。琴堂：即宓子贱琴堂，在单父县。《吕氏春秋·察贤》："宓子贱治单父，弹鸣琴，身不下堂而单父治。"

⑩毫芒：毫毛的细尖，比喻极细微。

登子贱琴堂赋诗三首 并序①

甲申岁②，适登子贱琴堂，赋诗三首③。首章怀宓公之德千祀不朽④；次章美太守李公能嗣子贱之政再造琴台⑤；末章多邑宰崔公能思子贱之理⑥。

宓子昔为政，鸣琴登此台。琴和人亦闲，千载称其才。临眺忽凄怆，人琴安在哉？悠悠此天壤，唯有颂声来⑦。

邦伯感遗事，慨然建琴堂⑧。乃知静者心，千载犹相望⑨。入室想其人，出门何茫茫⑩。唯见白云合，东临邹鲁乡⑪。

皤皤邑中老，自夸邑中理⑫。何必升君堂，然后知君美？开门无犬吠，早卧常晏起⑬。昔人不忍欺，今我还复尔⑭。

【题解】

此组诗为高适天宝三载(744)秋在单父作。第一首怀念春秋时的单父宰宓子贱，前四句赞美其德行、才能和功绩；后四句感慨昔人已殁，唯留颂声。第二首赞美当代睢阳太守李少康，前四句赞其重建琴堂，与宓子贱为异代知音；后四句赞其继承子贱的德政，把睢阳治理成礼仪之邦。第三首感慨当代单父县令崔某，能像宓子贱一样把单父县治理得太平安康，前四句直接称赞，后四句以治理的效果来表达赞美之意。

　　这一组诗以宓子贱琴堂为线索，把历史上的宓子贱和唐代天宝年间的李少康、崔某这三个与单父相关的地方官吏联系起来，他们虽相隔千年，却一以贯之地以德政治理地方，使得百姓安居乐业，以此表达高适对理想政治的向往。

【校注】

　　①此诗敦煌集本作《琴台三首并序》。子贱琴堂：指宓子贱弹琴之所，在单父。《寰宇志》：“琴台在单父县北一里，高三丈，即子贱弹琴之所。”宓子贱，春秋时鲁国人。名不齐，字子贱，孔子弟子。曾为单父宰，弹琴而治，为后世所称道。详见《吕氏春秋·察贤》。

　　②甲申岁：即天宝三载。

　　③琴堂：敦煌集本作“琴台”。三首：敦煌集本作“三章”。

　　④千祀：千年。不朽：不磨灭，永存。《左传·襄公二十四年》：“太上有立德，其次有立功，其次有立言，虽久不废，此之谓不朽。”此句敦煌集本作“其首章歌子贱之德千祀不朽”。

　　⑤太守李公：指睢阳郡太守李少康。此句敦煌集本作“其次章美太守李公能思子贱之政而再造琴台”。

　　⑥多：赞美。邑宰崔公：即单父县令崔公，名未详。与前《效古赠崔二》《和崔二少府登楚丘城作》之“崔二”或为同一人。理：治。此句敦煌集本作“末章感邑宰崔公而继子贱之理”。

　　⑦天壤：天地，比喻相隔悬殊。此指宓子贱已逝去千年。

　　⑧邦伯：州牧。古代用以称一方诸侯之长。《尚书·召诰》：“命庶殷侯甸男邦伯。”孔传：“邦伯，方伯，即州牧也。”后因称刺史、知州等地方官员长官。此指睢阳太守李少康。

　　⑨静者：深得清静之道、超然恬静的人。此指宓子贱和李少康。

⑩想其人：《史记·孔子世家》："高山仰止，景行行止，虽不能至，然心向往之。余读孔氏书，想见其为人。"

⑪唯见：敦煌集本作"遥见"。邹鲁乡：邹，孟子故乡；鲁，孔子故乡。后因以"邹鲁"指文化昌盛之地，礼义之邦。

⑫皤皤(pó pó)：满头白发。形容年老。《汉书·叙传下》："营平皤皤，立功立论。"颜师古注："皤皤，白发貌也。"

⑬开门：谓夜不闭户。犬吠：狗叫。喻小的惊扰。敦煌集本作"吠犬"。晏起：很晚才起床。此处指崔县令治理得当，县中太平无事。

⑭不忍欺：《史记·滑稽列传》："子产治郑，民不能欺；子贱治单父，民不忍欺；西门豹治邺，民不敢欺。"

观李九少府翥树宓子贱神祠碑①

吾友吏兹邑，亦尝怀宓公②。安知梦寐间，忽与精灵通③。一见兴永叹，再来激深衷。宾从何逶迤，二十四老翁④。于焉建层碑，突兀长林东⑤。作者无愧色，行人感遗风。坐令高岸尽，独对秋山空⑥。片石勿谓轻，斯言固难穷⑦。龙盘色丝外，鹊顾偃波中⑧。形胜驻群目，坚贞指苍穹。我非王仲宣，去矣徒发蒙⑨。

【题解】

据《金石录》卷七："唐宓子贱碑，李少康撰，李景参正书，天宝三载七月。"此诗与前首作于同时，在天宝三载(744)秋。

诗前十句叙建碑缘由，李少府梦中有感于宓子贱之德政，故而于单父林中立碑。"作者"以下十二句写立碑所在之地和碑文书法词采之美，其中"龙盘"二句极尽赞誉之辞。

【校注】

①此诗诸本皆作《观李九少府翥树宓子贱神祠碑》，敦煌选本题作《观彭少府树宓子贱祠碑作》。李九少府翥：高适有《贺安禄山死表》云"谨遣摄判官李翥奉表陈贺以闻"。又有《平台夜遇李景参有别》诗，李景参，一作李翥。高适诗中李九凡四见，除本诗之外，尚有《同李九士曹观壁画云作》《秦中送李九赴越》和《同崔员外綦毋拾遗九日宴京兆府李士曹》，此李九为同一人，即京兆府士曹李翥。岑参有《送李翥游江外》诗云："相识应十载，见君只一官。"此人当为梁宋地方县尉，是高适的至交好友。据《金石录》，宓子贱碑为彭少府所立，碑文为李少康所撰，碑字为李景参所书。宓子贱：参见《登子贱琴堂赋诗三首》注释①。

②兹邑：指睢阳郡单父县，在今山东省单县南。

③精灵：神仙，精怪。

④二十四老翁：《孔子家语》卷三："孔子谓宓子贱曰：'子治单父，众悦，子何施而得之也？子语某所以为之者？'对曰：'……不齐所父事者三人，所兄事者五人，所友事者十一人……此地有贤于不齐者五人，不齐事之。'"合为二十四人。

⑤建层碑：敦煌集本作"树丰碑"。

⑥高岸：敦煌集本作"高峰"。

⑦片石：一片石头，此指石碑。斯言：指碑文。

⑧龙盘：亦作"龙蟠"。形容书法飞动而苍劲有力。《晋书·王羲之传论》："烟霏露结，状若断而还连；凤翥龙蟠，势如斜而反直。"色丝：刘义庆《世说新语·捷悟》："魏武尝过曹娥碑下，杨修从。碑背上见题作'黄绢幼妇外孙齑臼'八字。魏武谓修曰：'解不？'……修曰：'黄绢，色丝也，于字为绝；幼妇，少女也，于字为妙；外孙，女子也，于字为好；齑臼，受辛也，于字为辞：所谓绝妙好辞也。'"后因以"色丝"指绝妙好辞，犹言妙文。鹊顾：形容书法精美。庾信《谢赵王示新诗启》："琉璃雕管，鹊顾鸾回。婉转绿沉，猿惊雁落。"偃波：书体名。即版书，状如连文，故称。为颁发诏命所用。《初学记》卷二一引挚虞《决疑要注》："尚书台召人用虎

爪书,告下用偃波书,皆不可卒学,以防矫诈。"

⑨王仲宣:东汉王粲字仲宣,"建安七子"之一。发蒙:启发蒙昧。

同群公秋登琴台①

古迹使人感,琴台空寂寥。静然顾遗尘,千载如昨朝②。临眺自兹始,群贤久相邀。德与形神高,孰知天地遥③? 四时何倏忽,六月鸣秋蜩④。万象归白帝,平川横赤霄⑤。犹是对夏伏,几时有凉飙?燕雀满檐楹,鸿鹄抟扶摇⑥。物性各自得,我心在渔樵⑦。兀然还复醉,尚握樽中瓢⑧。

【题解】

天宝三载(744)四月,四处漫游的杜甫在洛阳与被唐玄宗赐金放还的李白相遇,两人相约同游梁宋,当年秋天与高适相遇,此诗为天宝三载秋作于单父县。

前八句交代题意,写与李、杜初次同游,共登琴台,一想到宓子贱治理单父的德政,顿觉形神高超。"四时"以下八句,写登台的闻见和感受,其中"燕雀"二句承上启下,既是实写见闻,又有"燕雀安知鸿鹄之志"的象征意义,引起下面的感叹。"物性"以下四句抒发登台感慨,檐前燕雀自适,一如鸿鹄高飞,万物各适其性,我亦志在渔樵。

【校注】

①群公:指李白、杜甫等人。李白有《梁园吟》:"我浮黄河去京阙,挂席欲进波连山。天长水阔厌远涉,访古始及平台间。"杜甫有《赠李白》:"李侯金闺彦,脱身事幽讨。亦有梁宋游,方期拾瑶草。"另有《昔游》曰:"昔者与高李,同登单父台。"高适此诗曰:"临眺自兹始,群贤久相邀。"可知高适与李白、杜甫同游梁宋与单父琴台始自于此。琴台:即宓

子贱琴台。参见《登子贱琴堂赋诗三首》注释①。

②遗尘：指前人行动所留的痕迹。

③德：指宓子贱的美德。

④秋蜩（tiáo）：秋蝉。

⑤白帝：古代神话中五天帝之一，主西方之神。《周礼·天官·大宰》"祀五帝"唐贾公彦疏："五帝者，东方青帝灵威仰，南方赤帝赤熛怒，中央黄帝含枢纽，西方白帝白招拒，北方黑帝汁光纪。"赤霄：极高的天空。或谓古代神话中赤帝主管的南方天域，《晋书·天文志》："南方赤帝。"赤帝主夏。此言虽已入秋，炎暑未减。

⑥燕雀：燕和雀。泛指小鸟。《礼记·三年问》："小者至于燕雀，犹有啁噍之顷焉，然后乃能去之。"陆德明释文："雀，本又作'爵'。"常用以比喻庸俗浅薄、胸无大志之人，与"鸿鹄"对举。檐楹（yíng）：屋檐下厅堂前部的梁柱。鸿鹄（hú）：即鹄，俗称天鹅。《管子·戒》："今夫鸿鹄，春北而秋南，而不失其时。"因鸿鹄善高飞，常比喻志向远大的人。抟（tuán）扶摇：借着大风（高飞远举）。《庄子·逍遥游》："抟扶摇而上者九万里。"成玄英疏："扶摇，旋风也。"

⑦物性：事物的本性。

⑧兀然：无知的样子。

同群公题张处士菜园①

耕地桑柘间，地肥菜常熟②。为问葵藿资，何如庙堂肉③？

【题解】

高适有《同群公十月朝宴李太守宅》《同群公秋登琴台》《同群公出猎海上》《同群公题中山寺》等诗，均作于天宝二年（743）至天宝五载（746）之间，此诗或亦同时而作，姑系于天宝三载（744）。

前二句写张处士菜园的环境和种菜情形,后二句以调侃的口吻戏问主人:是隐居的葵藿野菜好吃呢,还是出仕以鸡鸭鱼肉为食更好? 这一问,既体现出诗人与张处士关系密切,也写出了自己内心的矛盾。

【校注】

①张处士:名未详。处士,隐居不仕之人。

②桑柘(zhè):桑木与柘木。柘,一种落叶乔木或灌木,叶子可以喂蚕。

③葵藿资:以葵与藿两种菜维持生计。指张氏清贫淡泊的隐居生活。庙堂肉:指做官的人吃的肉,与葵藿资相对。刘向《说苑·善说》:"晋献公之时……祖朝对曰:'设使食肉者一旦失计于庙堂之上,若臣等之藿食者,岂得无肝胆涂地于中原之野与?'"

【汇评】

《韵语阳秋》:自古工诗者,未尝无兴也,观物有感焉则有兴。今之作诗者,以兴近乎讪也,故不敢作,而诗之义衰矣。老杜《莴苣》诗云:"两旬不甲坼,空惜埋泥滓。野苋迷汝来,宗生实于此。"皆兴小人盛而掩君子也。至高适《题张处士菜园》则云:"耕地桑柘间,地肥菜常熟。为问葵藿资,何如庙堂肉。"则近乎讪矣。作诗者苟知兴之与讪异,始可以言诗矣。

《唐诗品汇》:古今诗话曰:睹物有感则有兴义,盖兴近乎讪,高适此诗则近乎讪矣。作者知兴讪之异始可言诗。

平台夜遇李景参有别①

离心忽怅然,策马对秋天②。孟诸薄暮凉风起,归客相逢渡睢水③。昨时携手已十年,今日分途各千里④。岁物萧条满路歧,此行浩荡令人悲⑤。家贫羡尔有微禄,欲往从之何所之⑥?

【题解】

据《金石录》,李景参为宓子贱碑正书在天宝三载(744)。周勋初《高适年谱》:"是年夏,与李白、杜甫登吹台。漫游梁宋。……夏秋间,至单父,与李白、杜甫登琴台赏玩,且于孟诸泽纵猎。……秋末,离梁宋东征。"诗中有"平台""孟诸"等地名,当为天宝三载秋在孟诸纵猎时作。

诗前六句交代自己在出发途中夜遇李景参,十年相别,才一相逢,转眼便各行千里,令人感伤。后四句写相逢复相别的感慨,时当肃秋,歧路相别,前途未卜,是两重悲伤;加以朋友有官职,而自己家贫无以自给,欲出行以求仕,却不知往何处去,两相对比之下,心有不甘,又前途迷茫。

【校注】

①此诗题敦煌集本、明活字本作《别李景参》。平台:在今河南省商丘市梁园区。参见《宋中十首》注释③。李景参:《金石录》卷七:"唐宓子贱碑,李少康撰,李景参正书,天宝三载七月。"

②离心忽怅然:《文苑英华》作"离忧何浩然"。

③孟诸:古泽名,在今河南商丘东北。参见《宋中十首》注释④。睢水:古代鸿沟支派之一,故道自今河南开封东从鸿沟分出,向东流经安徽、江苏各县,至宿迁市南注入古代泗水。自隋开通济渠,开封附近一段即淤废无水;金元以后黄河南灌,故道日湮。高适客居之宋城在睢水以北。

④昨时:《文苑英华》作"忆昨",《全唐诗》"昨时"下注:"一作忆昨。"已:敦煌集本作"向",《全唐诗》"已"下注:"一作向。"今日:《文苑英华》作"明日",《全唐诗》"今"字下注:"一作明。"今从敦煌集本。

⑤浩荡:无常不定。

⑥欲往从之:张衡《四愁诗》:"我所思兮在太山,欲往从之梁父艰。"《文选》此诗小序谓此诗乃因作者郁郁不得志,"效屈原以美人为君子,以珍宝为仁义,以水深雪雾为小人,思以道术相报,贻于时君,而惧谗邪不得以通"。

《唐百家诗选》赵熙批："接处过人，一篇警策。"（"孟诸"句下）

宋中十首①

　　梁王昔全盛，宾客复多才②。悠悠一千年，陈迹唯高台③。寂寞向秋草，悲风千里来。

　　朝临孟诸上，忽见芒砀间④。赤帝终已矣，白云长不还⑤。时清更何有？禾黍遍空山⑥。

　　景公德何广，临变莫能欺。三请皆不忍，妖星终自移⑦。君心本如此，天道岂无知⑧？

　　梁苑白日暮，梁山秋草时⑨。君王不可见，修竹令人悲⑩。九月桑叶尽，寒风鸣树枝。

　　登高临旧国，怀古对穷秋⑪。落日鸿雁度，寒城砧杵愁⑫。昔贤不复有，行矣莫淹留⑬。

　　出门望终古，独立悲且歌。忆昔鲁仲尼，栖栖此经过⑭。众人不可向，伐树将如何⑮？

　　逍遥漆园吏，冥没不知年⑯。世事浮云外，闲居大道边。古来同一马，今我亦忘筌⑰。

　　五霸递征伐，宋人无战功⑱。解围幸奇说，易子伤吾衷⑲。唯见卢门外，萧条多转蓬⑳。

　　常爱宓子贱，鸣琴能自亲㉑。邑中静无事，岂不由其身㉒？何意千年后，寂寞无此人㉓。

　　阏伯去已久，高丘临道傍㉔。人皆有兄弟，尔独为参商㉕。终古犹如此，而今安可量㉖？

【题解】

高适二十岁西游长安,满以为"书剑"学成,可以大有作为,却在长安碰壁而归,客居宋州宋城县,在友人的资助下过着穷困的耕读生活。这一组诗即为高适初探仕途饱受打击后自长安东归宋州期间所作。诗之四曰"九月桑叶尽,寒风鸣树枝",其五曰"登高临旧国,怀古对穷秋""昔贤不复有,行矣莫淹留",可知是天宝三载(744)秋末离开宋中远征东南前作。

这十首诗都是追忆和宋州有关的历史人物,梁孝王、汉高祖、齐景公是明君的代表,孔子、庄子是有学问有德行的人,华元、宓子贱、阏伯是贤臣的代表,而阏伯治理商地深受百姓爱戴,却与兄弟实沈不睦,令人惋惜。诗人怀念这些人物,尤其两首写到梁孝王,有浓烈的怀古伤今意绪。明君不再,昔贤已矣,而自己的失意之悲无人能知,只有寄怀于古人,可谓"怅望千秋一洒泪,萧条异代不同时",咏史实为咏怀。"昔贤不复有,行矣莫淹留",是他怀古后对自己去向的决定,是牢骚语。

【校注】

①宋中:《新唐书·地理志》:"宋州睢阳郡治宋城。"是汉代梁王被封之地,在今河南商丘。

②梁王:指梁孝王刘武,汉文帝刘恒次子。《史记·梁孝王世家》:"其后梁最亲,有功,又为大国,居天下膏腴地。地北界泰山,西至高阳,四十馀城,皆多大县。孝王,窦太后少子也,爱之,赏赐不可胜道。于是孝王筑东苑,方三百馀里。广睢阳城七十里。大治宫室,为复道,自宫连属于平台三十馀里。得赐天子旌旗,出从千乘万骑。东西驰猎,拟于天子。出言跸,入言警。招延四方豪桀,自山以东游说之士莫不毕至。"宾客:刘武爱养士,此指游说之士及邹阳、枚乘、司马相如等人。

③高台:《元和郡县志》:"平台,县西四十里,《左传》:宋皇国父为宋平公所筑。汉梁孝王大治宫室,为复道,自宫连属于平台三十馀里,与邹、枚、相如之徒并游其上。"故址在今河南省商丘市梁园区。一说为蠡台,《后汉书·郡国志》:"睢阳县有卢门亭,城内有高台,甚秀广,巍然介

169

立,超焉独上,谓之蠡台,亦曰升台焉,当昔全盛之时,故与云霞竞远矣。"

④孟诸:亦作"孟猪""孟潴"。古泽名,在今河南商丘东北。芒砀(dàng):芒山和砀山,二山在今河南永城东北,汉高祖刘邦曾隐于芒砀山中。《史记·高祖本纪》:"秦始皇帝常曰'东南有天子气',于是因东游以厌之。高祖即自疑,亡匿,隐于芒砀山泽岩石之间。"

⑤赤帝:指汉高祖刘邦。《史记·高祖本纪》:"高祖被酒,夜径泽中,令一人行前。行前者还报曰:'前有大蛇当径,愿还。'高祖醉,曰:'壮士行,何畏!'乃前,拔剑击斩蛇。……姬曰:'吾子,白帝子也,化为蛇,当道,今为赤帝子斩之,故哭。'"终:敦煌集本作"今"。

⑥时清:时事清平。遍:敦煌集本作"满",明活字本作"偏"。

⑦三请皆不忍:《史记·宋微子世家》载:宋景公三十七年,"荧惑守心。心,宋之分野也。景公忧之。司星子韦曰:'可移于相。'景公曰:'相,吾之股肱。'曰:'可移于民。'曰:'君者待民。'曰:'可移于岁。'景公曰:'岁饥民困,吾谁为君!'子韦曰:'天高听卑。君有君人之言三,荧惑宜有动。'于是候之,果徙三度。"

⑧天道:《尚书·汤诰》:"天道福善祸淫。"

⑨梁苑:梁孝王所筑,又名梁园、东苑、兔苑,故址在唐宋州宋城县东南十里。据《西京杂记》载,梁孝王好营室苑囿之乐,筑兔苑,日与宫人宾客弋钓其中。

⑩君王:指梁孝王。修竹:据《西京杂记》:梁苑,"俗人言梁孝王竹园也"。《史记·梁孝王世家》司马贞索隐:"又一名修竹院"。

⑪旧国:统指周代宋国、汉代梁国。《史记·宋微子世家》:"(周公)乃命微子开代殷后,奉其先祀,作《微子之命》以申之,国于宋。"《史记·梁孝王世家》引《括地志》:"宋州宋城县,在州南二里外城中,本汉之睢阳县也。汉文帝封子武于大梁,以其卑湿,徙睢阳,故改曰梁也。"

⑫城:敦煌集本作"声"。砧杵:捣衣石与棒槌,为捣衣之具,亦代指捣衣。

⑬淹留:屈原《离骚》:"时缤纷其变易兮,又何可以淹留。"王逸注.

170

"淹,久也。"

⑭栖栖:《唐十二家诗集》本作"棲棲"。《论语·宪问》:"微生亩谓孔子曰:'丘何为是栖栖者与? 无乃为佞乎?'"邢疏:"栖栖犹皇皇也。"

⑮伐树:《史记·孔子世家》:"孔子去曹适宋,与弟子习礼大树下。宋司马桓魋欲杀孔子,拔其树。孔子去,弟子曰:'可以速矣。'孔子曰:'天生德于予,桓魋其如予何!'"

⑯漆园吏:指庄子。《史记·老庄申韩列传》:"庄子者,蒙人也,名周。周尝为蒙漆园吏,与梁惠王、齐宣王同时。"

⑰同一马:万物如同一马。《庄子·齐物论》:"天地一指也,万物一马也。"王先谦注:"近取诸身,则指是;远取诸物,则马是。……故天地虽大,特一指耳;万物虽纷,特一马耳。"忘筌:《庄子·外物》:"筌(同'筌',鱼饵)者所以在鱼,得鱼而忘筌;蹄(捕兔之具)者所以在兔,得兔而忘蹄;言者所以在意,得意而忘言。"这里借筌蹄之喻表明"得意忘言"之意,是说万物同一马的哲理自古不变,现在我也懂得了这妙理深意了。

⑱五霸:一般指春秋时期的齐桓公、晋文公、秦穆公、宋襄公和楚庄王,其中以宋襄公最弱,所以下句说"宋人无战功"。征伐:春秋五霸都是以武力称霸。

⑲解围:《左传·宣公十五年》载,楚围宋,五月不解,"宋人惧,使华元夜入楚师,登子反之床,曰:'寡君使元以病告,曰:敝邑易子而食,析骸而爨。虽然,城下之盟,有以国毙,不能从也。去我三十里,唯命是听。'子反惧,与之盟,而告王。退三十里,宋及楚平。华元为质。"

⑳卢门:宋国城门名。《左传·昭公二十一年》:"华氏居卢门,以南里叛。"杜预注:"宋东城南门。"转蓬:随风飘转的蓬草,比喻行踪不定、漂泊无依的游子。

㉑宓(fú)子贱:名不齐,字子贱,孔子学生,春秋鲁国人,弹琴而治单父。孔子谓:"子贱君子哉! 鲁无君子,斯焉取斯?"能自亲:能,敦煌集本作"然";自亲,自相亲近。

㉒由其身:《论语·子路》:"苟正其身矣,于从政乎何有? 不能正其

身,如正人何?"

㉓寂寞:《全唐诗》下注:"一作寥。"

㉔阏(è)伯:帝喾之子。《左传·昭公元年》:"昔高辛氏有二子,伯曰阏伯,季曰实沈,居于旷林,不相能也,日寻干戈,以相征讨。后帝不臧,迁阏伯于商丘,主辰(星,即大火),商人是因,故辰为商星;迁实沈于大夏,主参,唐人是因……及成王灭唐,而封大叔焉,故参为晋星。"高丘:《河南通志》卷五十一:"阏伯台,在府城西南三里。"阏伯在他的封地商做火正,呕心沥血,深受人民的爱戴,死后葬于封地,建有阏伯台,他的墓冢也被称为"商丘"。

㉕参(shēn)商:参星在西,商星在东,此出彼没,永不相见。后人根据阏伯、实沈的故事,称兄弟不睦为参商。

㉖犹:敦煌集本作"独"。今:明活字本作"人"。量:度。意为古来如此,今更难料度。

【汇评】

其一

《唐诗训解》:草枯风惨,无限伤怀。

《唐诗选》:末二句无限关情。

《唐诗评选》:"惟"字直贯到末十五字。两韵为一句,大奇。

其四

《唐诗归》:钟云:写得难堪,只在秋草、修竹、桑叶,然安顿得妙。又云:《宋中十首》此下二作("出门望终古""常爱宓子贱")独高简,人不能知,止称"悲风千里来"等句。

《唐诗归折衷》:唐云:语直且带议论,是咏史体;若论飞骨,终逊"悲风"。

其五

《唐诗直解》:悲慨,有体行理。

《唐诗快》:其诗高妙如此。

其六

《唐诗归》:谭元春:"望终古"奇矣,出门即望,奇不可解。("出门望

终古"句下)严甚!恨甚!("众人不可向"句下)替古人悲恨,是何等心想!("伐树将如何"句下)

其九

《批点唐诗正声》:诸小作多慷慨疏放,不拘常态;长篇自一机轴,颇涉轶荡。

《唐诗归》:谭云:"能自亲"三字深妙。又云:"邑中"二句澹语妙绝。钟云:此首才是真澹。

宋中别周梁李三子①

曾是不得意,适来兼别离②。如何一樽酒,翻作满堂悲?周子负高价,梁生多逸词③。周旋梁宋间,感激建安时④。白雪正如此,青云无自疑⑤。李侯怀英雄,骯髒乃天资⑥。方寸且无间,衣冠当在斯⑦。俱为千里游,忽念两乡辞⑧。且见壮心在,莫嗟携手迟⑨。凉风吹北原,落日满西陂⑩。露下草初白,天长云屡滋。我心不可问,君去定何之⑪?京洛多知己,谁能忆左思⑫!

【题解】

诗中所言"李侯"为李白,此诗当作于李白从长安被赐金放还,漫游梁宋之时,即天宝三载(744)暮秋。另,高适《东征赋》曰:"岁在甲申,秋穷季月,高子游梁既久,方适楚以超忽。"即点明离别宋中前往东南是在天宝三载(甲申年)秋末。

"曾是"四句直抒悲情,一则以"不得意",一则以"兼别离",身世之感与离别之悲相叠,使得本应欢乐之酒席翻为满堂悲伤。"周子"以下十句,分言周、梁、李三子才情遭遇,前六句周、梁并说,后四句单说李侯,颇多赞誉,并致美好祝愿。"俱为"以下十二句正面言别,前四句言别,有鼓舞意味;中四句写景,渲染离愁别绪;后四句言己,以左思自比,有不得志之感,回应开头"不得意""兼别离"。通篇把个人遭遇与离别愁绪相结合,结构圆转完整。

【校注】

①题中周、梁二人名未详。李,闻一多《少陵先生年谱会笺》认为是李白,此说可成立。因诗中称其为"李侯",杜甫《与李十二白同寻范十隐居》诗曰"李侯有佳句,往往似阴铿",亦称李白为"李侯";另诗中"骯髒乃天资""方寸且无间"二句与李白天宝元年(742)至天宝三载(744)在长安的遭遇亦相符。别:《文苑英华》作"赠别"。

②适来:犹近来。与上句"曾是"相对。

③高价:谓声价高。逸词:亦作"逸辞"。美丽的词藻。

④周旋:交往,交际应酬。曹操《与荀彧追伤郭嘉书》:"郭奉孝年不满四十,相与周旋十一年,险阻艰难,皆共罹之。"建安时:指东汉末年建安诗坛上慷慨悲凉的文风。《文心雕龙·明诗》:"暨建安之初,五言腾踊。文帝陈思,纵辔以骋节;王徐应刘,望路而争驱。并怜风月,狎池苑,述恩荣,叙酣宴;慷慨以任气,磊落以使才;造怀指事,不求纤密之巧;驱辞逐貌,唯取昭晰之能:此其所同也。"

⑤白雪:战国时期楚国的高雅歌曲。《文选·宋玉对楚王问》:"客有歌于郢中者,其始曰《下里》《巴人》,国中属而和者数千人。其为《阳阿》《薤露》,国中属而和者数百人。其为《阳春》《白雪》,国中属而和者不过数十人。引商刻羽,杂以流徵,国中属而和者不过数人而已。是其曲弥高,其和弥寡。"后常用以泛指高雅艺术。此处比喻周、梁二人文采风流。雪,《全唐诗》下注:"一作云。"青云:喻高官显爵。云,《全唐诗》下注:"一作天。"

⑥英雄:《文苑英华》作"清英"。骯髒:高亢刚直的样子。

⑦方寸:指内心。衣冠:衣和冠。古代士以上戴冠,因以代指缙绅、士大夫。

⑧忽：明覆宋刻本作"勿"，从《文苑英华》《全唐诗》。

⑨迟：《文苑英华》作"期"。

⑩满：《全唐诗》下注："一作照。"西陂(bēi)：西边的池塘。

⑪可：明活字本作"得"。去：明活字本作"兮"。

⑫左思：西晋太康年间诗人，貌丑口讷，不好交游，但辞藻壮丽，曾用一年时间写成《齐都赋》，又用十年精思傅会而成《三都赋》，豪奢之家竞相传抄，洛阳为之纸贵。事见《晋书·文苑传》。此处高适以左思自比。

途中酬李少府赠别之作①

西上逢节换，东征私自怜②。故人今卧疾，欲别还留连。举酒临南轩，夕阳满中筵。宁知江上兴，乃在河梁偏③。行李多光辉，札翰忽相鲜④。谁谓岁月晚，交情尚贞坚。终嗟州县劳，官谤复迍邅⑤。虽负忠信美，其如方寸悬⑥。连帅扇清风，千里犹眼前⑦。曾是趋藻镜，不应翻弃捐⑧。日来知自强，风气殊未痊⑨。可以加药物，胡为辄忧煎？驱马出大梁，原野一悠然⑩。柳色感行客，云阴愁远天。皇明烛幽遐，德泽普照宣⑪。鹓鸿列霄汉，燕雀何翩翩⑫。余亦惬所从，渔樵十二年。种瓜漆园里，凿井卢门边⑬。去去勿重陈，生涯难勉旃⑭。或期遇春事，与尔复周旋⑮。投报空回首，狂歌谢比肩⑯。

【题解】

据周勋初《高适年谱》：天宝二年(743)，高适在睢阳，次年春"往来于睢阳、陈留间。……夏，与李白、杜甫登吹台。漫游梁宋。……秋末，离梁宋东征"。即此诗所谓"西上逢节换，东征私自怜"，梁宋在睢阳西北方向，且值夏秋换季之时；秋末，独自东征，所以"私自怜"。刘开扬谓作于开元二十二年(734)，孙钦善谓作于天宝九载(750)，皆误。故此诗系于天宝三载(744)秋。

高适诗中屡言宋中耕读为十年，如《淇上酬薛三据兼寄郭少府微》曰"十年守章句"、《苦雨寄房四昆季》曰"十年思上书"、《赠别晋三处士》曰"卢门十年见秋草"，"十年"当指开元九年(721)至开元十八年(730)。此处"渔樵十二年"，具体时间难定。诗人曾于开元二十二年冬天回过梁宋，第二年春天即征诣长安，为期很短；又于开元二十六年(738)秋返回宋中，到二十八年(740)旅游相州，期间有二年，加上此前十年，为十二年。

"西上"以下十二句交代诗题，诗人东征途中于江上河桥边酒店中饮酒，收到故交李少府赠别札翰，为友情坚贞而感动。"终嗟"以下十二句，叙李少府身世遭遇，故人虽有忠信之美德，清风之仁政，却一度在铨选中遭遇捐弃，后虽进入仕途，却只得县尉之类的州县小官，还遭到诬谤，如今又身染风疾，令人忧心。"驱马"以下十二句，前四句叙东征途中所见，"皇明"四句写东征原因，"余亦"四句回顾自己近年来经历，颇有不平之意。"去去"以下六句致意李少府，互相勉励，期待再次相逢，感谢友人赠别之作。此为和友人赠别诗，其实诗人自身经历与李少府相似，有同病相怜之感，可谓借他人酒杯浇自己胸中块垒。

【校注】

①此诗各本俱无，据《唐百家诗选》补。葛立方《韵语阳秋》卷十一录有"余亦惬所从"四句。李少府：唐代称县尉、县丞为少府，集中另有《钜鹿赠李少府》《酬李少府》《送李少府贬峡中王少府贬长沙》，不知是否为同一人。

②西上：指天宝三载高适从睢阳出发漫游梁宋。东征：同年九月，高适离开梁宋东征。《东征赋》："岁在甲申，秋穷季月，高子游梁既久，方适楚以超忽。"

③河梁：桥梁，借指送别之地。

④行李：指行旅之人。札翰：书信。相鲜：郭璞《游仙诗》："翡翠戏兰

苔,容色更相鲜。"李善注:"言珍禽芳草递相辉映,可悦之甚也。"

⑤州县劳:指李少府任县尉、县丞之职。官谤:因居官不称职而受到的责难和非议。迍邅(zhūn zhān):处境不利,困顿。

⑥忠信:忠诚信实。《论语·公冶长》:"十室之邑,必有忠信如丘者。"方寸:指内心。方寸悬,意为提心吊胆。

⑦连帅:泛称地方高级长官。唐代多指观察使、按察使。扇清风:《晋书·袁宏传》:"宏出为东阳郡,(谢)安取一扇授之,宏应声答曰:'辄当奉扬仁风,慰彼黎庶。'"

⑧藻镜:同"藻鉴"。品藻和鉴别。此处指李少府曾经赴考,选拔人才的官员竟弃捐不用。

⑨风气:风湿病。《史记·扁鹊仓公列传》:"所以知齐王太后病者,臣意诊其脉,切其太阴之口,湿然风气也。"

⑩大梁:战国魏都,在今河南省开封市西北。隋唐以后,称今开封市为大梁。

⑪皇明:皇帝的圣明。古代臣下对皇帝的谀辞。幽遐:僻远,深幽。

⑫鹓(yuān)鸿:鹓雏、鸿雁飞行有序,比喻朝官班行。燕雀:燕和雀,比喻地位卑微的人。

⑬漆园:古地名,战国时庄周为吏之处。其地在今河南省商丘市北。卢门:宋国城门名。见《宋中十首》注释⑳。

⑭勉旃(zhān):劝勉对方努力。

⑮春事:春耕之事。此处指高适曾在宋中归耕隐居。

⑯投报:报答。比肩:并肩。此指好友李少府。

涟上题樊氏水亭①

涟上非所趣,偶为世务牵②。经时驻归棹,日夕对平川③。莫论行子愁,且得主人贤。亭上酒初熟,厨中鱼每鲜。自说宦游来,因之居住偏④。煮盐沧海曲,种稻长淮边⑤。四时长晏如,百口无饥年⑥。菱芋藩篱下,渔樵耳目前。异县少朋从,我行复迍邅⑦。向不逢此君,孤舟已言旋。明日又分首,风涛还眇然⑧。

【题解】

高适有《东征赋》曰:"岁在甲申,秋穷季月,高子游梁既久,方适楚以超忽。"甲申年为天宝三载(744),据赋中所写,此次东游,诗人最后到过山阳(今淮安),"历山阳之村墅,挹襄鄙之邑居。人多嗜艾,俗喜观渔。连葭苇于郊甸,杂汀洲于里闾。""襄"即涟水县。此诗有"亭上酒初熟""菱芋藩篱下"之句,应作于天宝四载(745)秋。

诗前四句交代涟上过樊氏水亭的缘由。"莫论"以下十二句写樊氏水亭的情况,主人热情好客、情趣淡泊,居住环境优美宜人,令人流连。"异县"以下六句回视自身行迹遭遇,感慨相聚之难别离之易,于聚散中有身世之感。

【校注】

①涟上:《新唐书·地理志》:"泗州临淮郡有涟水县。"在今江苏省淮安市涟水县北。樊氏:名未详。

②趣:《畿辅丛书》作"趋"。

③经时:历经很久。

④宦游:旧谓外出求官或做官。

⑤沧海:我国古代对东海的别称。长淮:指淮河。

⑥晏如:安定,安宁。

⑦迍邅:难行。引申为处境不顺。

⑧分首:离别。明活字本作"分手"。眇然:《畿辅丛书》作"渺然"。

涟上别王秀才①

　　飘飘经远道,客思满穷秋②。浩荡对长涟,君行殊未休。崎岖山海侧,想像无前俦③。何意照乘珠,忽然欲暗投④?东路方萧条,楚歌复悲愁⑤。暮帆使人感,去鸟兼离忧⑥。行矣当自爱,壮年莫悠悠⑦。余亦从此辞,异乡难久留。赠言岂终极,慎勿滞沧洲⑧。

【题解】

　　此篇与前篇同时作于天宝四载(745)秋,当时高适游历东南,逗留于楚州涟上一带。

　　前四句从自己远游说到与王秀才相别,引起离思;"崎岖"以下十句正面写送别,担心对方前途无伴,感叹其有才不得展、有志不获骋,前途渺茫,然而依然勉励对方自尊自爱,珍惜时光;"余亦"四句又回到自身,飘荡既久,又不得意,思归心切,照应开头的"远道""客思"。整首诗把对朋友的担心、赞美、不舍、鼓励和对自己前途、志向的忧心结合起来写,情感真挚,语言质朴。

【校注】

　　①诗题《文苑英华》作《涟上酬王秀才》。涟上:即泗州涟水县(今江苏省淮安市涟水县)。王秀才:名未详。

　　②经远道:据《东征赋》,高适天宝三载秋至天宝四载东游,自宋中梁园出发,沿通济渠往东南,至鄢县,经洛城,下符离,次灵璧,临彭城,登夏丘,经泗上,过盱眙,遵淮阴,历山阳,挹襄贲而归,可谓远道。

　　③前俦:走在前头的同路人。

　　④照乘珠:能照亮车辆的宝珠,比喻杰出的人才。《史记·田敬仲完

世家》："(齐威王)与魏王会田于郊。魏王问曰：'王亦有宝乎？'威王曰：'无有。'梁王曰：'若寡人国小也，尚有径寸之珠照车前后各十二乘者十枚，奈何以万乘之国而无宝乎？'威王曰：'寡人之所以为宝与王异。吾臣有檀子者，使守南城，则楚人不敢为寇东取，泗上十二诸侯皆来朝。吾臣有肦子者，使守高唐，则赵人不敢东渔于河。吾吏有黔夫者，使守徐州，则燕人祭北门，赵人祭西门，徙而从者七千馀家。吾臣有种首者，使备盗贼，则道不拾遗。将以照千里，岂特十二乘哉！'"暗投：即明珠暗投。比喻怀才不遇或好人误入歧途。

⑤楚歌：楚人之歌，引申为悲歌。

⑥离忧：离别的忧思。

⑦壮年：《文苑英华》作"壮心"。悠悠：懒散不尽心的样子。《诗经·小雅·车攻》："悠悠旆旌。"朱熹集传："萧萧、悠悠，皆闲暇之貌。"

⑧赠言：《文苑英华》作"言宴"。沧洲：滨水的地方。古时常用以称隐士的居处。

鲁西至东平①

沙岸泊不定，石桥水横流。问津见鲁谷，怀古伤家丘②。寥落千载后，空传褒圣侯③。

【题解】

此诗作于天宝四载(745)秋自泗水西北行至东平途中。

前两句写景，为自鲁西至东平途中所见，此行经由水路。三、四句怀古，因途中所见而感伤孔子之道不得推行，彭兰谓"伤家丘"即适自伤，是也。五、六句以感慨作结，"空传"谓孔子一生奔走传道，却只为后人博得一个"褒圣侯"的封号，其理想依然落空。整首诗以"伤家丘"为表，实则寄托自己仕进坎坷不得遂志之悲。

【校注】

①东平:《旧唐书·地理志》:"天宝元年改郓州为东平郡。"

②问津:询问渡口。《论语·微子》:"长沮、桀溺耦而耕,孔子过之,使子路问津焉。"鲁谷:司马贞《史记正义》引《括地志》:"干宝《三日纪》云:'徵在生孔子空桑之地,今名空窦,在鲁南山之空窦中。'"鲁谷或即为空窦。家丘:东家丘,即孔丘。亦作"家邱"。常用来称尚未为人所知的博识君子。《文选·陈琳〈为曹洪与魏文帝书〉》:"怪乃轻其家丘,谓为倩人。"张铣注:"鲁人不识孔丘圣人,乃云:我东家丘者,吾知之矣。言轻孔丘也。"

③褒圣侯:《玉海》卷一一三:"武德九年(原注:一云贞观十年)封孔子之后德伦为褒圣侯。"

【汇评】

《唐百家诗选》:赵熙批:情事如接,二句一事而不薄。(第二句下)对法好。(第四句下)大结而寄慨无尽。(第六句下)

东平留赠狄司马①

古人无宿诺,兹道未为难②。万里赴知己,一言诚可叹③。马蹄经月窟,剑术指楼兰④。地出北庭尽,城临西海寒⑤。森然瞻武库,则是弄儒翰⑥。入幕绾银绶,乘轺兼铁冠⑦。练兵日精锐,杀敌无遗残。献捷见天子,论功俘可汗⑧。激昂丹墀下,顾盼青云端⑨。谁谓纵横策,翻为权势干⑩。将军既坎壈,使者亦辛酸⑪。耿介挹三事,羁离从一官⑫。知君不得意,他日会鹏抟⑬。

【题解】

此诗作于诗人旅居东平之时,应在天宝四载(755)秋冬之际。本为留别狄司马,实则为边塞诗。

前四句写狄氏重然诺,为报知己,不远万里到田仁琬幕府充任判官,语气间有浓厚的赞颂意味。"马蹄"以下四句想象狄氏赴西域途中的情景,以恶劣的环境烘托行者昂扬的斗志。"森然"以下十句,铺写狄氏入幕安西后杀敌立功、深受重用,体现了狄氏杰出的才能。"谁谓"以下八句写狄氏失志之悲,纵横长策为权贵阻挠,赖以依托的将军田公失势,狄氏亦受牵连,只得揖别三公,独赴微官;结尾两句为诗人勉励之语:今日暂时不得意,他日定当如大鹏飞举。此诗为朋友狄氏仕途坎壈叹息,实为诗人自况。

【校注】

①此诗敦煌选本重出,其一题作《东平留赠狄司户》。《唐百家诗选》《文苑英华》《全唐诗》题下注云:"曾与田安西充判官。"田安西即安西都护田仁琬。据徐安贞《易州田公德政碑》:"公名琬,字正勤……除易州刺史。(开元)二十八年春二月,制摄御史中丞,迁安西都护。"《册府元龟》卷四百五十《将帅部》载天宝元年《贬田仁琬刺史制》曰:"田仁琬忝居节度,镇守西陲,不能振举师旅,缉宁夷夏,而乃公行暴政,不务恤人,扰乱要荒,略无承禀,边官之责,职尔之由,宜黜远藩,用诫边使。可舒州刺史,即驰驿赴任。"狄氏充田仁琬判官在开元二十八年(740)至天宝元年(742)之间,后迁司马。安西都护府是唐朝为加强对西域地区的控制,于公元640年在高昌设立的军政机构,后移至龟兹(今新疆库车)。管辖天山以南至葱岭以西、阿姆河流域的广大地区,还统辖安西四镇龟兹、于阗、疏勒和碎叶的重兵。

②宿诺:未及时兑现的诺言。《论语·颜渊》:"子路无宿诺。"朱熹集注:"宿,留也,犹宿留之宿。急于践言不留其诺也。"兹道:此道,狄氏所行之道。未:敦煌选本作"以",一作"已"。

③一言:一句话,一番话。

④月窟:传说月的归宿处,泛指边远之地。楼兰:古西域国名,遗址在今新疆维吾尔自治区若羌县境,罗布泊西,处汉代通西域南道上。元

凤四年(前 77),汉遣傅介子斩其王安归,另立尉屠耆为王,更名为鄯善。傅介子以立功封侯。事见《汉书·西域传上》及《傅介子传》。后亦借用为杀敌立功的事典。

⑤北庭:唐方镇名,属陇右道。以其治所在北庭都护府,节度使例兼北庭都护,故通称北庭。辖西北伊、西、庭三州及北庭都护府境内诸军镇、守捉。其地后入回纥,继入吐蕃。西海:郡名。西汉末于今青海附近置西海郡。后因以为青海的别名。《汉书·张骞传》:"赖天之灵,从泝河山,涉流沙,通西海,山雪不积,士大夫径度,获王首虏,珍怪之物毕陈于阙。"

⑥武库:本指储藏兵器的仓库,后用以称誉人的学识渊博,干练多能。《晋书·杜预传》:"预在内七年,损益万机,不可胜数,朝野称美,号曰杜武库,言其无所不有也。"则是:《文苑英华》作"刚若"。弄:敦煌选本作"弃"。儒翰:毛笔。

⑦银绶:犹银青。银印青绶。《汉书·百官公卿表》:"御史大夫,秦官,位上卿,银印青绶。"此句敦煌选本一首同此,一首作"入绾配银印"。乘轺(yáo):出使。轺,一种轻便的马车。铁冠(guān):古代御史所戴的法冠,以铁为柱卷,故名。代指御史。

⑧可汗(kè hán):亦作"可罕",古代鲜卑、柔然、突厥、回纥、蒙古等民族中最高统治者的称号。

⑨丹墀(chí):指宫殿的赤色台阶或赤色地面。多代指朝廷。

⑩谓:诸本作"为"。纵横策:合纵连横的谋略。《淮南子·览冥训》:"纵横间之,举兵而相角。"高诱注:"苏秦约纵,张仪连横。南与北合为纵,西与东合为横,故曰纵成则楚王,横成则秦帝也。"干(gān):干犯,阻挠。

⑪坎壈(lǎn):困顿,不顺利。《楚辞·九辩》:"坎廪(同"壈")兮贫士,失职而志不平。"使者:指狄氏。与上句将军指田仁琬相对。

⑫挹:《全唐诗》下注:"一作揖。"三事:指三公。《诗经·小雅·雨无正》:"三事大夫,莫肯夙夜。"孔颖达疏:"三事大夫为三公耳。"唐宋沿

东汉之制,以太尉、司徒、司空为三公。一官:此指司马。

⑬鹏抟(tuán):鹏展翅盘旋而上。比喻人之奋发有为。语本《庄子·逍遥游》:"鹏之徙于南冥也,水击三千里,抟扶摇而上者九万里。"

【汇评】

刘开扬《高适诗集编年笺注》:此为五言古诗而多用偶句,又异于《燕歌行》《古大梁行》。

饯宋八充彭中丞判官之岭外①

睹君济时略,使我气填膺。长策竟不用,高才徒见称②。一朝知己达,累日诏书征。羽翮忽然就,风飚谁敢凌③?举鞭趋岭峤,屈指冒炎蒸④。北雁送驰驿,南人思饮冰⑤。彼邦本倔强,习俗多骄矜。翠羽干平法,黄金挠直绳⑥。若将除害马,慎勿信苍蝇⑦。魑魅宁无患,忠贞适有凭。猿啼山不断,鸢跕路难登⑧。海岸出交趾,江城连始兴⑨。绣衣当节制,幕府盛威棱⑩。勿惮九疑险,须令百越澄⑪。立谈多感激,行李即严凝⑫。离别胡为者?云霄迟尔升⑬。

【题解】

由彭果仕宦经历和诗中所写节令,可推知此诗作于天宝四载(745)秋。当时高适在东平,此诗为宋八充任南海太守、岭南经略使彭果幕府判官而作。

前八句从正反两面写宋八充任判官之事,前四句反言其长期被埋没之可惜,后四句正言其一朝被征用之可喜。"举鞭"以下二十句,是对宋八出仕生活的展望,既有对岭南气候恶劣、习俗野蛮、道路艰险的担心,又有对朋友为民除害、忠贞不渝、不怕困难的勉励与期许,表达了依依惜别之情。"立谈"以下四句,在分携之际再次以高举仕进相勉励。此诗虽为朋友送别,但"气填膺"中有对自己怀才不遇的愤慨,"迟尔升"中也有对自己终将得志的期许。

【校注】

①此诗敦煌选本题作《饯宋判官之岭外》。宋八:名未详。彭中丞:即彭果。岑仲勉《唐人行第录》:"彭中丞即牛仙客引进之彭果。"《资治通鉴》卷二一五:"天宝四载三月,以刑部尚书裴敦复充岭南五府经略等使。五月壬申,敦复坐逗留不之官,贬淄川太守,以光禄少卿彭果代之。"据《全唐文》卷三十二《流彭果诏》,当时彭果为岭南五府经略采访使、光禄少卿、兼南海郡太守、摄御史中丞。《旧唐书·玄宗纪》:"天宝六载三月戊戌,南海太守彭果坐赃,决杖,长流溱溪郡,死于路。"岭外:《文苑英华》作"岭南"。

②长策:效用长久的方策,犹良计。见称:受人称誉。《史记·屈原贾生列传》:"屈原既死之后,楚有宋玉、唐勒、景差之徒者,皆好辞而以赋见称。"

③羽翮(hé):鸟羽,比喻人的力量或才能。就:敦煌选本、《文苑英华》作"动"。风飙(biāo):大风,暴风。凌:《文苑英华》作"陵"。

④岭峤(qiáo):泛指五岭地区。《南史·陈本纪》:"长驱岭峤,梦想京畿。"敦煌选本、《文苑英华》作"岭障"。炎蒸:暑热熏蒸。

⑤驿:《文苑英华》作"驲"。古代驿站专用的车,后亦指驿马。此处指宋八所骑驿马。饮冰:形容十分惶恐焦灼,忧惧如焚。语本《庄子·人间世》:"今吾朝受命而夕饮冰,我其内热与?"成玄英疏:"诸梁晨朝受诏,暮夕饮冰,足明怖惧忧愁,内心熏灼。"

⑥翠羽:绿色的羽毛,借指珍宝。此处指代权贵。平法:指公平之法。直绳:喻法制。《北史·李彪传论》:"逮于直绳在手,厉气明目,持坚无路,末路蹉跎。"

⑦害马:原意为有害于马的天性的事情,比喻有危害性的事物。《庄子·徐无鬼》:"小童曰:'夫为天下者,亦奚以异乎牧马者哉?亦去其害

马者而已矣!'"成玄英疏:"害马者,谓分外之事也。"苍蝇:即青蝇,比喻谗佞小人。《楚辞·刘向〈九叹·怨思〉》:"若青蝇之伪质兮,晋骊姬之反情。"王逸注:"青蝇变白使黑,变黑使白,以喻谗佞。"

⑧跌(diē):下坠,坠落。《后汉书·马援传》:"仰视飞鸢,跕跕堕水中。卧念少游平生时语,何可得也!"

⑨交趾:原为古地区名,汉武帝时为所置十三部刺史之一,辖境相当于今广东、广西大部和越南的北部、中部。东汉末改为交州。始兴:《新唐书·地理志》:"韶州始兴郡治始兴。"即今广东省始兴县。

⑩绣衣:官名,即"绣衣直指"。绣衣,表示地位尊贵;直指,谓处事无私。汉武帝天汉年间,民间起事者众,地方官员督捕不力,因派直指使者衣绣衣,持斧仗节,兴兵镇压,刺史、郡守以下督捕不力者亦皆伏诛。后因称此等特派官员为"绣衣直指"。见《汉书·百官公卿表上》。节制:节度法制。亦指严整有规律。威棱(léng):亦作"威稜"。威力,威势。《汉书·李广传》:"是以名声暴于夷貉,威稜憺乎邻国。"王先谦补注:"《广韵》:'稜,俗棱字。'《说文》:'棱,柧也。'《一切经音义》十八引《通俗文》:'木四方为棱。'人有威,如有棱者然,故曰威稜。"

⑪九疑:山名。在今湖南省宁远县南。《山海经·海内经》:"南方苍梧之丘,苍梧之渊,其中有九嶷山,舜之所葬。在长沙零陵界中。"郭璞注:"其山九溪皆相似,故云九疑。"百越:亦作"百粤",我国古代南方越人的总称。分布在今闽、粤、桂等地,因部落众多,故总称百越。亦指百越居住的地方。《史记·李斯列传》:"地非不广,又北逐胡貉,南定百越,以见秦之强。

⑫感激:感奋激发。行李:唐时称官府导从人员。《旧唐书·温造传》:"臣闻元和、长庆中,中丞行李,不过半坊,今乃远至两坊,谓之'笼街喝道',但以崇高自大,不思僭拟之嫌,若不纠绳,实亏彝典。"严凝:严肃凝重。

⑬迟:敦煌选本作"途",误。

东平路中遇大水^①

天灾自古有,昏垫弥今秋^②。霖霪溢川原,澒洞涵田畴^③。指涂适汶阳,挂席经芦洲^④。永望齐鲁郊,白云何悠悠^⑤。傍沿钜野泽,大水纵横流^⑥。虫蛇拥独树,麋鹿奔行舟。稼穑随波澜,西成不可求^⑦。室居相枕藉,蛙黾声啾啾^⑧。乃怜穴蚁漂,益羡云禽游^⑨。农夫无倚着,野老生殷忧。圣主当深仁,庙堂运良筹。仓廪终尔给,田租应罢收。我心胡郁陶,征旅亦悲愁^⑩。纵怀济时策,谁肯论吾谋^⑪?

【题解】

此诗作于天宝四载(745)秋自东平至汶阳途中,诗中所述灾后惨象,皆为诗人亲眼所见。

前二十句铺写自东平往汶阳途中所见因水灾造成的农村残破景象,大水肆虐,禽兽无依,收成无望,生计无着,令人生忧。"圣主"以下四句希望当朝统治者开仓赈灾,罢收租税。"我心"以下四句,表达了诗人目睹百姓苦难后的沉重心情,同时表达了自己怀才不遇的悲愤。此诗与杜甫关心民生疾苦的诗作相类,足见高适悲天悯人的情怀。

【校注】

①东平:郡名,治所在须昌(今山东省东平县),见《东平路作三首》注释①。大水:《新唐书·玄宗纪》:"天宝四载秋八月,河南、睢阳、淮阳、谯等八郡大水。"东平郡属河南道,与以上四郡相近,当亦有水灾。

②有:明覆宋刻本作"昔"。从《全唐诗》。昏垫:陷溺,指困于水灾。《尚书·益稷》:"洪水滔天,浩浩怀山襄陵,下民昏垫。"孔颖达疏:"言天下之人,遭此大水,精神昏瞀迷惑,无有所知,又若沉溺,皆困此水灾也。

郑云：'昏，没也；垫，陷也。禹言洪水之时，人有没陷之害。'"

③霖霪：久雨。澒（hòng）洞：绵延，弥漫。

④指涂：亦作"指途"，谓就道上路。陆机《赠弟士龙》："指途悲有馀，临觞欢不足。"汶阳：汶水之阳，在山东。见《东平路作三首》注释⑥。挂席：犹挂帆。《文选·谢灵运〈游赤石进帆海〉》："扬帆采石华，挂席拾海月。"李善注："扬帆、挂席，其义一也。"芦洲：孙钦善《高适集校注》注为安徽亳州东涡河北岸。按，东平至汶阳很近，不经过安徽，应为途中一芦苇小洲。

⑤齐鲁：春秋时国名，都城分别在今山东淄博和曲阜，此处殆指东平、汶阳之间所经之地。

⑥钜野泽：古湖泽名，在今山东省巨野县北五里。此处或指途中所经野外湖泽。

⑦西成：谓秋天的收成。《尚书·尧典》："平秩西成。"孔颖达疏："秋位在西，于时万物成熟。"

⑧枕藉：指物体纵横相枕而卧，言其多而杂乱。班固《西都赋》："禽相镇压，兽相枕藉。"蛙黾：蛙为两栖动物，古时在陆称蛙，在水称黾。此处指蛙声。《周礼·秋官》："蝈氏掌去蛙黾。"啾啾（jiū jiū）：象声词。鸟兽虫的鸣叫声。《楚辞·九歌》："雷填填兮雨冥冥，猿啾啾兮狖夜鸣。"

⑨乃：《唐诗所》作"仍"。

⑩郁陶：忧思积聚。《尚书·五子之歌》："郁陶乎予心，颜厚有忸怩。"孔传："郁陶，言哀思也。"陆德明释文："郁陶，忧思也。"

⑪济时策：济世救时的方策。

鲁郡途中遇徐十八录事 时此公学王书嗟别①

谁谓嵩颍客，遂经邹鲁乡②。前临少昊墟，始觉东蒙长③。独行岂吾心，怀古激中肠。圣人久已矣，游夏遥相望④。徘徊野

188

泽间,左右多悲伤。日出见阙里,川平知汶阳⑤。弱冠负高节,十年思自强⑥。终然不得意,去去任行藏⑦。

【题解】

此诗作于天宝四载(745)秋,诗人前往鲁郡途中偶遇书法家徐氏,二人志趣相投,此为与徐氏赠别所作。

前六句交代自己行程,我本嵩颍山居之客,途经邹鲁礼仪之邦,观少昊之遗墟,觉蒙山之路长,独行非吾愿,触目生感慨。"圣人"以下六句切题,独行途中遇徐氏,二人有如子游、子夏缅怀圣人,徘徊泽畔,益增悲伤,日出见孔子旧里,川平知为故城汶阳,此段发思古之幽情。"弱冠"以下四句言别,赞美徐氏年少才高,锐意进取,即使此去不得意,也应用舍行藏,淡然处之。

【校注】

①此诗各本题下无注,据《全唐诗》《文苑英华》补。《文苑英华》作王昌龄诗,误。鲁郡:《旧唐书·地理志》:"天宝元年,改兖州为鲁郡。"徐十八:名未详。刘开扬推为徐浩,引《旧唐书·徐浩传》:"(徐浩)字季海,越州人……工草隶……幽州节度使张守珪奏在幕府,改监察御史,丁父忧,服除,授京兆司录,以母忧去职,数年,调授河南司录。"据此认为徐浩生活的年代、经历、官职和善书均与此诗中徐十八相近。录事:《新唐书·百官志》:"州郡有录事参军,府有司录参军。"王书:指王羲之的书法。

②嵩颍:嵩山和颍水。《元和郡县志》卷五:"嵩高山在(登封)县北八里……东曰太室,西曰少室,嵩高总名,即中岳也。"又:"颍水有三源,右水出阳乾山之颍谷。"此处嵩颍客为高适自指。邹鲁:邹国、鲁国的并称。"邹鲁乡"即题中所谓"鲁郡"。

③少昊(shào hào):少昊,也称"少皞",名挚(一作"质"),号金天氏。传说为古代东夷集团首领,都曲阜,死后为西方之神。《左传·昭公十七年》:"郯子曰:'我高祖少皞挚之立也,凤鸟适至,故纪于鸟,为鸟师而鸟名。'"杜预注:"少皞,金天氏,黄帝之子,己姓之祖也。"东蒙:山东省蒙

山的别称。因在鲁东，故名。《论语·季氏》："夫颛臾，昔者先王以为东蒙主。"杨伯峻注："东蒙，即蒙山。"

④圣人：指孔子。游夏：子游与子夏。两人均为孔子学生，长于文学。见《论语·先进》。曹植《与杨德祖书》："昔尼父之文辞，与人通流。至于制《春秋》，游夏之徒乃不能措一辞。"此处以游夏指代自己与徐氏。

⑤阙里：孔子故里。在今山东曲阜城内阙里街。因有两石阙，故名。孔子曾在此讲学，后建有孔庙，几占全城之半。《孔子家语·七十二弟子解》："颜由，颜回父，字季路，孔子始教学于阙里，而受学。"知：明活字本作"如"，从《唐百家诗选》。汶阳：汶水之阳。《隋书·地理志》："开皇三年，(任城)郡废，四年改县，曰汶阳。十六年，改名曲阜。"

⑥弱冠(guàn)：指男子二十岁。《礼记·曲礼上》："二十曰弱，冠。"孔颖达疏："二十成人，初加冠，体犹未壮，故曰弱也。"

⑦终然：明活字本作"终年"，《唐百家诗选》作"终当"。行藏：指出处或行止。语本《论语·述而》："用之则行，舍之则藏。"

秋胡行①

妾本邯郸未嫁时，容华倚翠人未知②。一朝结发从君子，将妾迢迢东路陲③。时逢大道无艰阻，君方游宦从陈汝④。蕙楼独卧频度春，彩落辞君几徂暑⑤。三月垂杨蚕未眠，携笼结侣南陌边。道逢行子不相识，赠妾黄金买少年⑥。妾家夫婿经离久，寸心誓与长相守。愿言行路莫多情，道妾贞心在人口⑦。日暮蚕饥相命归，携笼端饰来庭闱⑧。劳心苦力终无恨，所冀君恩那可依？闻说行人已归止，乃是向来赠金子。相看颜色不复言，相顾怀惭有何已？从来自隐无疑背，直为君情也相会⑨。如何咫尺仍有情，况复迢迢千里外？誓将顾恩不顾身，念君此日赴河津⑩。莫道向来不得意,故欲留规诫后人⑪。

【题解】

此诗写作时间不详。但因秋胡戏妻故事发生在鲁地,姑且系于天宝四载(745)秋冬,高适经过东平、鲁郡、曲阜等地时作。

诗歌模拟秋胡妻口吻叙述整个事件。前四句回顾婚配前后:我本为赵国邯郸女子,远嫁东鲁秋胡为妻,语气中有追悔之意。"时逢"以下四句专写婚后情况,君游宦陈汝,妾蕙楼独卧,婚后独守却于德行无亏。"三月"以下八句,正面写秋胡戏妻场景,刻画出秋胡妻勤劳、忠贞、善良的形象和秋胡轻薄、好色、可笑的形象。"日暮"以下八句是余波,写归家后二人相认的戏剧化场景,重点突出秋胡妻勤劳、有礼的特点和秋胡惭愧、尴尬的样子。"从来"以下八句是秋胡妻的反思和毅然的选择,之所以要投河自尽,一是对秋胡完全绝望,二是要为后世留下规诫的成例。这是一首完整的叙事诗,有初唐七言歌行的风格。

【校注】

①秋胡:《列女传》卷五《节义传·鲁秋洁妇》:"洁妇者,鲁秋胡子妻也。既纳之五日,去而宦于陈,五年乃归。未至家,见路旁妇人采桑,秋胡子悦之,下车谓曰:'若曝采桑,吾行道远,愿托桑荫下飡,下赍休焉。'妇人采桑不辍,秋胡子谓曰:'力田不如逢丰年,力桑不如见国卿。吾有金,愿以与夫人。'妇人曰:'嘻!夫采桑力作,纺绩织纴,以供衣食,奉二亲,养夫子。吾不愿金,所愿卿无有外意,妾亦无淫泆之志,收子之赍与笥金。'秋胡子遂去。至家,奉金遗母,使人唤妇至,乃向采桑者也,秋胡子惭。妇曰:'子束发修身,辞亲往仕,五年乃还,当所悦驰骤,扬尘疾至。今也乃悦路傍妇人,下子之装,以金予之,是忘母也。忘母不孝,好色淫泆,是污行也,污行不义。夫事亲不孝,则事君不忠。处家不义,则治官不理。孝义并亡,必不遂矣。妾不忍见,子改娶矣,妾亦不嫁。'遂去而东走,投河而死。君子曰:'洁妇精于善。夫不孝莫大于不爱其亲而爱其人,秋胡子有之矣。'君子曰:'见善如不及,见不善如探汤。秋胡子妇之

谓也。'《诗》云:'惟是褊心,是以为刺。'此之谓也。"《古今图书集成·神异典·神庙部》引《山东通志》:"秋胡庙,在嘉祥县南五十里平山上,其来已久。"嘉祥在唐代属鲁郡任城县。秋胡行:乐府旧题,属清调曲,汉魏以来历代有人以"秋胡戏妻"之事为题材创作诗歌、戏曲。《乐府解题》:"后人哀而赋之(指秋胡戏妻之事),为秋胡行。"

②邯郸:古地名,今河北省邯郸市。春秋为卫地,后属晋。公元前386年赵敬侯自晋阳徙都邯郸。公元前228年秦王政置邯郸郡。三国两晋时为广平郡,隋开皇中改置县,唐因之。《汉书·地理志下》:"邯郸北通燕涿,南自郑卫,漳河之间一都会也。"倚翠:女子美好的眉色。

③结发:束发。古代男子二十、女子十五,取冠、笄束发,因以指初成年。将:《诗经·召南·雀巢》:"百两将之。"传:"将,送也。"东路陲:指鲁地边陲。

④陈汝:陈地、汝水一带。因唐代陈州淮阳郡和蔡州汝南郡相近,故称。

⑤蕙楼:楼房的美称,此处指女子居室。彩落:《四库》本作"彩阁"。徂(cú)暑:《诗经·小雅·四月》:"四月维夏,六月徂暑。"郑玄笺:"徂,犹始也,四月立夏矣,而六月乃始盛暑。"后因以称盛暑。

⑥少年:青春年少。可指女子。刘向《列女传·陈寡孝妇》:"母曰:'吾怜汝少年早寡也。'"

⑦行路:在路上行走的人,路人。《后汉书·党锢列传》:"行路闻之,莫不流涕。"

⑧庭闱(wéi):内舍。多指父母居住处。《文选·束皙〈补亡诗〉》:"眷恋庭闱,心不遑安。"李善注:"庭闱,亲之所居。"

⑨自隐:自行隐藏。《庄子·缮性》:"虽圣人不在山林之中,其德隐矣,隐故不自隐。"此指守妇道。疑背:犹二心。刘开扬笺注:"疑背,犹二心也。"相会:两情相合,俱无二心。

⑩河津:河边的渡口。

⑪规:成例,先例。

送蔡少府赴登州推事^①

胶东连即墨,莱水入沧溟^②。国小常多事,人讹屡抵刑。公才征郡邑,诏使出郊坰^③。标格谁当犯,风谣信可听^④。峥嵘大岘口,逦迤汶阳亭^⑤。地迥云偏白,天秋山更青。祖筵方卜昼,王事急侵星^⑥。劝尔将为德,斯言盖有听^⑦。

【题解】

诗中有胶东、即墨、大岘口、汶阳亭及登州等地名,均在东平、汶阳以东,当为天宝四载(745)秋过鲁郡、曲阜等地时作。

前四句写登州的地理位置与民情风俗,表达了对朋友的关心。"公才"以下四句写蔡氏因才德被征召为官,表达了对朋友的肯定。"峥嵘"以下四句想象蔡氏此去路途艰险,天高地迥,道阻且长,令人担忧。"祖筵"以下四句对来不及置酒送别表示歉意,勉励对方到任后推行德政,有所成就。

整首诗层次井然,第一和第三层写登州的方位,侧重于写景;第二和第四层写蔡氏本人,重在称颂其德;又以朋友之情贯串全篇,依依惜别,语短情长。

【校注】

①蔡少府:名未详。或即《送蔡十二之海上》之蔡氏。登州:《新唐书·地理志》:"登州东牟郡治蓬莱,领蓬莱、牟平、文登、黄四县。"推事:勘断案件的官员。张鷟《朝野金载》卷五:"敕令能推事人勘当取实。"

②胶东:秦朝时有胶东郡,治即墨;西汉时有胶东国,东汉及三国时有胶东城。在今山东平度东南。《新唐书·地理志》:"莱州东莱郡有胶水县,汉胶东国地。"即墨:古地名。在今山东平度东南即墨市。莱水:即

北胶莱河,古称胶水,发源于平度市万家镇,沿平度市与昌邑市边界往北流入莱州湾。《水经注》:"胶水又北过夷安县东。……又北过当利县西,北入于海。"沧溟:大海。《汉武帝内传》:"诸仙玉女,聚居沧溟。"此指渤海。

③公才:谓可与三公相当的才能。郊坰(jiōng):泛指郊外。葛洪《抱朴子·崇教》:"或建翠翳之青葱,或射勇禽于郊坰。"

④标格:风范,楷模。《艺文类聚》卷七七引北魏温子昇《寒陵山寺碑序》:"大丞相渤海王,命世作宰,惟机成务。标格千刃,崖岸万里。"风谣:未经证实的消息;反映风土民情的歌谣。《后汉书·方术传上》:"和帝即位,分遣使者,皆微服单行,各至州县,观采风谣。"

⑤大岘(xiàn):山名。在山东省临朐县东南,即穆陵关,旧称齐地天险。逦迤(lǐ yǐ):亦作"逦迆"。曲折连绵。

⑥祖筵:送行的酒席。卜昼:语出《左传·庄公二十二年》:"臣卜其昼,未卜其夜,不敢。"原指卜得吉,于昼宴乐,此处指打算白日备办酒席为蔡氏送别。王事:王命差遣的公事。《诗经·小雅·北山》:"四牡彭彭,王事傍傍。"侵星:星辰未落之时,即拂晓。鲍照《上浔阳还都道中》:"侵星赴早路,毕景逐前俦。"闻人倓注:"侵星,犹戴星也。"

⑦为德:施行德政。《论语·为政》:"为政以德,譬如北辰,居其所而众星共之。"

送郭处士往莱芜兼寄苟山人①

君为东蒙客,往来东蒙畔②。云卧临峄阳,山行穷日观③。少年词赋皆可听,秀眉白面风清泠④。身上未曾染名利,口中犹未知膻腥⑤。今日还山意无极,岂辞世路多相识⑥。归见莱芜九十翁,为论别后长相忆。

诗中有东蒙、峄阳、日观、莱芜等地名,则当作于漫游东鲁期间,姑系于天宝四载(745)秋冬。

前四句言郭处士行踪,往来于鲁地蒙山、峄山、泰山之间,云卧山行,来去潇洒。"少年"以下四句赞郭处士才德,长于词赋,风神隽秀,淡泊名利,与世无争。"今日"四句交代诗题中"往莱芜兼寄苟山人"之意,郭处士归隐莱芜山中,将与年已九旬的苟山人相聚,二人志趣相投,别后欢聚,羡煞旁人。此为送别诗,亦有诗人对仕与隐矛盾的思考。

【校注】

①郭处士:名未详。处士,有才德而隐居不仕的人。莱芜:《新唐书·地理志》:"兖州鲁郡有莱芜县。"苟山人:名未详。山人,隐居在山中的士人,或指道士、仙家者流。

②东蒙:山东省蒙山的别称。因在鲁之东,故名。《论语·季氏》:"夫颛臾,昔者先王以为东蒙主。"杨伯峻注:"东蒙,即蒙山。"

③峄阳:峄山之阳。峄山,即邹山,又名邹峄山、邾峄山,在山东省邹县东南。《史记·夏本纪》:"峄阳孤桐。"张守节正义引《括地志》云:"峄山在兖州邹县南二十二里。《邹县志》云:'邹山,古之峄山,言络绎相连属也。'"日观(guān):泰山峰名。为著名的观日出之处。郦道元《水经注·汶水》引应劭《汉官仪》:"泰山东南山顶名曰日观。日观者,鸡一鸣时,见日始欲出,长三丈许,故以名焉。"

④清泠:风神隽秀。《太平御览》卷四四七引郭澄之《郭子》:"简文云:'谢安南清泠如其弟,学艺不如孔严。'"

⑤犹:敦煌选本作"独"。膻腥:荤腥。亦指鱼肉类食物。

⑥无极:无穷尽,无边际。《左传·僖公二十四年》:"女德无极,女怨无终。"

同群公题中山寺①

　　平原十里外,稍稍云岩深②。遂及清净所,都无人世心③。名僧既礼谒,高阁复登临④。石壁倚松径,山田多栗林。超遥尽巘崿,逼侧仍岖嵚⑤。吾欲休世事,于焉聊自任⑥。

【题解】

　　中山寺在山东,诗人于天宝四载(745)自山阳、襄贲等地前往山东东平、曲阜游历,大约于此时经过临沂,故系于天宝四载秋冬。

　　前四句交代行程,自平原而登山,山色越来越深,于深山中见寺院,清净而使人忘俗。"名僧"以下六句写游寺登阁所见之景,巉岩险峻,视野开阔。结尾二句表达登山游寺的感受,望峰息心,窥谷忘反,只想在此清净之所隐居修行。

【校注】

　　①中山寺:位于今山东省蒙阴县坦埠镇中山脚下,始建于隋,兴盛于唐,因坐落在中山之阳的林荫之中,故名。蒙阴中山,因西距泰山、东距浮来,此山居中,故名中山。

　　②稍稍:渐次,逐渐。《战国策·赵策二》:"秦之攻韩魏也,则不然。无有名山大川之限,稍稍蚕食之,傅之国都而止矣。"

　　③清净所:此指寺庙。清净,为佛教语,指远离恶行与烦恼。

　　④礼谒(yè):以礼谒见。

　　⑤超遥:高远,遥远。阮籍《清思赋》:"超遥茫渺,不能究其所在。"巘崿(yǎn è):山崖,峰峦。《文选·谢灵运〈晚出西射堂〉诗》:"连障叠巘崿,青翠杳深沉。"李善注:"巘崿,崖之别名。"逼侧:犹狭窄。岖嵚(qū qīn):形容山势险峻。

　　⑥自任:任性自适。

奉酬北海李太守丈人夏日平阴亭①

天子股肱守，丈人山岳灵②。出身侍丹墀，举翮凌青冥③。
当昔皇运否，人神俱未宁④。谏官莫敢议，酷吏方专刑⑤。谷永
独言事，匡衡多引经⑥。两朝纳深衷，万乘无不听⑦。盛烈播南
史，雄词豁东溟⑧。谁谓整隼旟，翻然忆柴扃⑨？寄书汶阳客，
回首平阴亭⑩。开封见千里，结念存百龄⑪。隐轸江山丽，氛氲
兰茝馨⑫。自怜遇时休，漂泊随流萍⑬。春野变木德，夏天临火
星⑭。一生徒羡鱼，四十犹聚萤⑮。从此日闲放，焉能怀拾青⑯！

【题解】

高适与李邕为旧相识，曾于滑州相聚，且有文字往来。后李邕任北
海太守，其从孙李之芳赴齐州任职，李邕自北海来会，并驰书汶阳，请高
适至临淄郡（天宝五载十月改为济南郡）相会，此诗即作于汶阳至临淄途
中行次平阴之时。考高适行踪及李邕生平，诗当作于天宝五载（746）夏。

此为高适和李邕《夏日平阴亭》之作。前十四句赞颂李邕之才华、德
行与政绩。李邕为天子股肱，出身近侍，志在青宵；当此国运艰难之时，
谏臣缄口，酷吏专刑，而邕独能言事，得上采纳，功绩载于史册，声名播于
海内。"谁谓"以下八句言李邕以太守之尊，不忘柴门穷苦之士，寄书相
招，并附新诗。诗人阅信而感对方千里相思之心，并由此想象对方所在
之地江山富盛，兰茝气馨，不禁神往。"开封"以下八句回顾自己的身世
遭遇，生当盛世却辗转漂泊，春去夏来，时光流转，半生苦读却一事无成，
从此将日益闲放，不复以功名为念。按，此时高适年过四十，犹未出仕，
此虽和诗，亦有希望李邕援引之意。高适一生热衷功名，结尾不过是牢
骚之语。

197

【校注】

①此诗敦煌选本题作《奉酬李太守丈人夏日平阴亭见赠》。北海：郡名，治所在今山东省青州市。《旧唐书·地理志》："天宝元年改青州为北海郡，治益都。"李太守：即李邕，字泰和，广陵江都（今江苏省扬州市）人。历仕武后、中宗、睿宗、玄宗四朝。天宝初，为汲郡、北海二太守，时称李北海。性豪放，有文采，重义爱士，刚直敢言，屡遭贬斥，天宝六载正月为李林甫构罪杖杀，时年七十余岁。事见《旧唐书·文苑传》《新唐书·文艺传》。平阴：《旧唐书·地理志》："郓州东平郡有平阴县。"在今山东省平阴县。

②股肱（gōng）：本意指大腿和胳膊。因二者均为躯体的重要部分，故引申为辅佐君主的大臣。《左传·昭公九年》："君之卿佐，是谓股肱；股肱或亏，何痛如之！"山岳：又高又大的山，比喻藩卫重臣。

③丹墀（chí）：本为宫殿的赤色台阶或赤色地面，后代指朝廷或天子。按，《新唐书·李邕传》："（李）峤为内史，与监察御史张廷珪荐邕文高气方直，才任谏诤，乃召拜左拾遗。"青冥：青苍幽远的天。比喻显要的职位。

④皇运否（pǐ）：指武后朝武氏作乱，中宗朝韦氏擅权。

⑤酷吏：《新唐书·酷吏传》序："武后乘高、中懦庸，盗攘天权，畏下异己，欲胁制群臣……于是索元礼、来俊臣之徒，揣后密旨，纷纷并兴。"

⑥谷永：西汉元帝、成帝时人。建昭中为太常丞，屡上疏言事，累迁光禄大夫。前后所上四十余事，多被采纳。此处以谷永比李邕。匡衡：西汉宣帝、元帝时人，字稚圭，东海郡承县人。著名经学家，以说《诗》称，上书好引经传。汉元帝十分喜好儒术，尤爱《诗经》，曾多次听匡衡讲《诗经》，对匡衡的才学十分赞赏，因此任其为御史大夫。建昭三年（前36）任丞相，封乐安侯，辅佐皇帝，总理全国政务。此处以匡衡比李邕。

⑦两朝：指武后与中宗朝，或中宗与玄宗朝。武后、中宗、玄宗皆非从谏如流之君，此处为粉饰之辞。万乘无不听：《新唐书·李邕传》："御史中丞宋璟劾张昌宗等反状，武后不应，邕立阶下大言曰：'璟所陈社稷

大计,陛下当听。后色解,即可璟奏。……中宗立,郑普思以方技幸,擢秘书监,邕谏……韦氏平,诏拜左台殿中侍御史,弹劾任职,人颇惮之。"

⑧盛烈:盛大的功业。南史:春秋时齐国的史官。《左传·襄公二十五年》:"太史书曰:'崔杼弑其君。'崔子杀之。其弟嗣书而死者二人;其弟又书,乃舍之。南史氏闻太史尽死,执简以往;闻既书矣,乃还。"后因以为直书史实的良史典型。东溟:东海。

⑨隼旟(sǔn yú):画有隼鸟的旗帜。古代为州郡长官所建,因以代指州郡长官。语本《周礼·春官·司常》:"鸟隼为旟,龟蛇为旐……州里建旟,县鄙建旐。"柴扃(jiōng):犹柴门。亦以指贫寒的家园。

⑩汶阳客:高适自指,因时在山东东平,故云。

⑪开封:拆开封口。结念:念念不忘。

⑫兰茝(chǎi):两种香草。屈原《九章·悲回风》:"故荼荠不同亩兮,兰茝幽而独芳。"

⑬遇时休:生逢盛世。

⑭木德:谓上天生育草木之德。亦特指春天之德,谓其能化育万物。语出《礼记·月令》:"(孟春之月)某日立春,盛德在木。"孔颖达疏:"盛德在木者,天以覆盖生民为德,四时各有盛时,春则为生,天之生育盛德,在于木位。"火星:星名。指大火。即心宿二。《左传·昭公四年》:"火出而毕赋。"晋杜预注:"火星昏见东方,谓三月、四月中。"杨伯峻注:"十七年《传》云:'火出,于夏为三月。'……则夏正三月,天蝎座星于黄昏时出现。"

⑮羡鱼:希望得到鱼。《汉书·董仲舒传》:"古人有言曰:'临渊羡鱼,不如退而结网。'"此处比喻有求仕的想法,却无路可施行。聚萤:收聚萤光以照明。喻指刻苦力学。《晋书·车胤传》:"家贫不常得油,夏月则练囊盛数十萤火以照书,以夜继日焉。"

⑯怀:敦煌选本作"俯"。拾青:即"拾青紫",谓获取高官显位。

同李太守北池泛舟宴高平郑太守^①

每揖龚黄事,还陪李郭舟^②。云从四岳起,水向百城流^③。
幽意随登陟,嘉言即献酬。乃知缝掖贵,今日对诸侯^④。

【题解】

此诗与前首同作于天宝五载(746)。初,李邕以书相招,高适欣然前
往临淄相会,此诗写二人与郑太守泛舟同游济南大明湖之事。

首二句写自己对李、郑二太守向来仰慕,今日得与同游,实在惊喜。
次二句写大明湖之景,云起水流,一纵一横,视野开阔,心旷神怡。次二
句写游赏之间,触发隐逸之情,谈笑之余,引出佳句好诗,极言心情之欢
快。结尾二句再致倾慕,隐约之间有希望二位太守援引之意。高适的交
游诗,结尾处往往归结为仕途之望,此诗又是一证。

【校注】

①李太守:即李邕,见前诗《奉酬北海李太守丈人夏日平阴亭》注释
①。北池:即大明湖。《水经注》卷八:"泺水出历(城)县故城西南……其
水,北为大明湖,西即大明寺。寺东、北两面侧湖,此水便成净池也。"高
平:《新唐书·地理志》:"泽州高平郡治晋城。"在今山西省晋城市东北。
郑太守:名未详。

②龚黄:汉代循吏龚遂与黄霸的合称。亦泛指循吏。《宋书·良吏
论传》:"汉世户口殷盛,刑务简阔,郡县治民,无所横扰……龚黄之化,易
以有成。"此处以龚、黄二人比喻李、郑二太守。李郭:东汉李膺与郭泰的
合称。《后汉书·郭泰传》:"(郭泰)就成皋屈伯彦学,三年业毕,博通坟
籍。善谈论,美音制。乃游于洛阳。始见河南尹李膺,膺大奇之,遂相友
善,于是名震京师。后归乡里,衣冠诸儒送至河上,车数千两。林宗唯与
李膺同舟而济,众宾望之,以为神仙焉。"此以李、郭同舟之典比喻李、郑

二太守泛舟同游的情谊。

③四岳：泰山、华山、衡山、恒山的总称。《左传·昭公四年》："四岳、三涂、阳城、大室、荆山、中南，九州之险也。"杜预注："东岳岱，西岳华，南岳衡，北岳恒。"起：明活字本作"去"。

④缝掖(féng yè)：大袖单衣，古儒者所服。亦指儒者。《后汉书·王符传》："徒见二千石，不如一缝掖。"李贤注："《礼记·儒行》：'孔子曰："丘少居鲁，衣逢掖之衣。"'郑玄注曰：'逢犹大也。大掖之衣，大袂单衣也。'"诸侯：古代帝王所分封的各国君主。喻指掌握军政大权的地方长官。《南史·循吏传》序："前史亦云，今之郡守，古之诸侯也。"此指李、郑二人。

同群公出猎海上①

畋猎自古昔，况伊心赏俱②。偶与群公游，旷然出平芜。层阴涨溟海，杀气穷幽都③。鹰隼何翩翩，驰骤相传呼④。豺狼窜榛莽，麋鹿罹艰虞⑤。高鸟下骅弓，困兽斗匹夫⑥。尘惊大泽晦，火燎深林枯。失之有馀恨，获者无全躯⑦。咄彼工拙间，恨非指踪徒⑧。犹怀老氏训，感叹此欢娱⑨。

【题解】

此诗作于天宝五载(746)冬天。当年夏天，高适应李邕之邀，赴临淄郡(天宝五载十月改为济南郡)，与李白、杜甫再次相聚。《旧唐书·李邕传》载，李邕擅长打猎，大约此年秋冬招致李、杜、高等人一同在山东近莱州湾一带打猎。

前四句引出话题，言田猎古已有之，今则群公俱有兴致，实在难得，于是相邀出游平原之野。"层阴"以下十二句多角度铺叙打猎场面和过程:"层阴""杀气"既是写景,又渲染打猎气氛;"鹰隼""驰骤"以细节描写表现打猎场面;"豺狼""麋鹿"皆为猎物,四处逃窜却无所遁形,足见猎手技巧高超;"高鸟""困兽"二句倒装,极言所获猎物之多;"尘惊""火燎"写出打猎方式多样,场面热闹。"咄彼"以下四句为猎后总结与思考,猎者技巧有工拙,恨不能发踪指示兽处以一网打尽,实在意犹未尽;转而想起老子"驰骋畋猎,令人心发狂"之训诫,当此欢悦之时,不胜感慨。此诗可与杜甫《冬狩行》诗相参看。

【校注】

①群公:指李邕、李白、杜甫等人。杜甫《壮游》诗云:"春歌丛台上,冬猎青丘旁。"青丘在北海郡千乘县,即今山东省博兴县、高青县、广饶县一带。海上:田猎之地青丘接近莱州湾,故云。

②畋猎:打猎。《老子》:"五味令人口爽,驰骋畋猎,令人心发狂。"自古昔:指齐景公曾田猎于此。心赏:愉悦,欢喜。

③幽都:北方之地。《尚书·尧典》:"申命和叔宅朔方,曰幽都。"孔传:"北称幽,则南称明,从可知也。都,谓所聚也。"蔡沉集传:"朔方,北荒之地……日行至是,则沦于地中,万象幽暗,故曰幽都。"

④鹰隼(sǔn):鹰和雕两种猛禽。《礼记·月令》:"(季夏之月)行冬令,则风寒不时,鹰隼蚤鸷,四鄙入保。"此处指猎鹰。驰骤:明活字本作"驰聚"。

⑤罹(lí):遭受(苦难或不幸)。艰虞:艰难忧患。

⑥骍(xīng)弓:《诗经·小雅·角弓》:"骍骍角弓。"毛传:"骍骍,调利也。"

⑦无全躯:指猎物被鹰隼、弓矢、火燎等所伤而躯体不完整。

⑧工拙:优劣,巧笨。《吕氏春秋·知度》:"若此则工拙愚智勇惧可得以故易官。"指踪:亦作"指纵"。发踪指示。比喻指挥谋划。语本《史记·萧相国世家》:"夫猎,追杀兽兔者,狗也;而发踪指示兽处者,人也。"

⑨老氏训:老子的训导。指《老子》中"驰骋畋猎,令人心发狂"等语。

途中寄徐录事 比以王书见赠①

落日风雨至，秋天鸿雁初②。离忧不堪比，旅馆复何如③？君又几时去，我知音信疏。空多箧中赠，长见右军书④。

【题解】

此诗为天宝五载（746）秋，诗人前往北海途中寄怀书法家徐氏之作，可与《鲁郡途中遇徐十八录事》互相参看。

起笔二句写景，秋景舒朗，引起秋思。中间四句转入秋思，三、四句言己，途中偶遇徐氏，本属可喜，转眼相别，再次独行，不免忧伤；五、六句言彼，别后不知所在，彼此音信难通。七、八句于思念中有赞美，箧中保存了徐氏曾经寄来的大量书信，虽然见书不见人，但自己却能通过这些书信欣赏朋友的精美书法，也是一种慰藉。

【校注】

①徐录事：即徐十八录事，见《鲁郡途中遇徐十八录事》注释①。

②鸿雁初：大雁开始南飞，即秋季。《礼记·月令》："季秋之月，鸿雁来宾。"

③离忧：离别的忧思。杜甫《长沙送李十一》："李杜齐名真忝窃，朔云寒菊倍离忧。"仇兆鳌注："离忧，离别生忧也。"比：《唐贤三昧集》作"此"。

④箧中赠：指书信。箧，收藏东西的竹箱，此处特指装书信的竹器。右军书：王羲之的书法。王羲之，字逸少，西晋会稽人，官至右军将军。善书法，尤工草隶。张怀瓘《书断》卷中："王羲之，尤善书草隶、八分、飞白、章行，备精诸体，自成一家法。"此指徐氏临摹右军书法。

【汇评】

《增订评注唐诗正声》：郭云：对起清洒，直叙中有婉折，可谓妙于用虚。

《唐诗归》：钟云：清光纷披（首二句下）。若有承接，实为着落，妙妙（"君又"句下）。妙在预知，苦在预知（"我知"句下）。妙在不添一词藻然后逼真。"长见"句亦自写得亲厚（末句下）。

《诗筏》：高、岑五言古律，俱臻化境，而高达夫尤妙于用虚。非用虚也，其筋力精神俱藏于虚字之内，急读之遂以为虚耳。以此作律诗更难。如达夫《途中寄徐录事》……"君又""我知"等虚字，岂非篇中筋力，但觉其运脱轻妙，如骏马走坡，如羚羊挂角耳。且其难处，允在虚字实对，仍不破除律体。太白虽有此不衫不履之致，然颇近古诗矣。

《唐贤三昧集笺注》：流水对法自奇（"君又"一联下）。

和贺兰判官望北海作①

圣代务平典，辀轩推上才②。迢遥溟海际，旷望沧波开③。四牡未遑息，三山安在哉④？巨鳌不可钓，高浪何崔嵬⑤！湛湛朝百谷，茫茫连九垓⑥。挹流纳广大，观异增迟回⑦。日出见鱼目，月圆知蚌胎⑧。迹非想像到，心以精灵猜⑨。远色带孤屿，虚声涵殷雷⑩。风行越裳贡，水遏天吴灾⑪。揽辔隼将击，忘机鸥复来⑫。缘情韵骚雅，独立遗尘埃⑬。吏道竟殊用，翰林仍忝陪⑭。长鸣谢知己，所愧非龙媒⑮。

【题解】

诗中所言，均是渤海景色与典实，当为天宝五载（746）秋随李邕至北海后与贺兰进明同游渤海之作。

首二句发端，言贺兰被天子擢为使臣，任节度判官，既歌颂盛世，又赞美友人。"迢遥"以下十八句，运用与渤海和大水相关的典故反复描绘眺望渤海所见的磅礴气势和大美景色。"揽辔"以下四句，写观海景的感受,慨然有澄清天下、隼击凡鸟的雄心,又有忘却机心、淡然隐居的想法。"吏道"以下四句致意贺兰,感谢其陪游情谊,惭愧自己并非足可匹敌之俊才,隐然有不得志之感。

【校注】

①敦煌集本题无"北"字。贺兰判官,当指贺兰进明。《唐才子传·贺兰进明传》:"进明,开元十六年虞咸榜进士及第,仕为御史大夫。肃宗时,出为河南节度使。时禄山群党未平,帅师屯临淮备贼,竟亦无功。进明好古博雅,经籍满腹。其所著述一百馀篇,颇穷天人之际。又有古乐府等数十篇,大体符于阮公,皆今所传者云。"此时贺兰进明当在范阳、平卢节度使安禄山幕府任判官。北海:即渤海。《孟子·梁惠王上》:"故王之不王,非挟太山以超北海之类也。"焦循正义引阎若璩《四书释地》:"齐南有太山,北有渤海……皆取齐境内之地设譬耳。"

②平典:公平的律令。《后汉书·陈忠传》:"臣忠心常独不安,是故临事战惧,不敢穴见有所兴造,又不敢希意同僚,以谬平典。"辎轩(yóu xuān):古代使臣乘坐的一种轻便的车。扬雄《答刘歆书》:"尝闻先代辎轩之使,奏籍之书皆藏于周秦之室。"此处代指使臣,指贺兰堪称使臣中的高才,充任了判官。

③迢遥:《文苑英华》作"迢停",《全唐诗》"遥"字下注:"一作亭"。

④四牡:《诗经·小雅》中的一篇,描述为王事奔波之人的辛劳,抒发其思家的情绪。第二章曰:"四牡骓骓,啴啴骆马。岂不怀归? 王事靡盬,不遑启处。"三山:传说中的海上三神山。王嘉《拾遗记·高辛》:"三壶,则海中三山也。一曰方壶,则方丈也;二曰蓬壶,则蓬莱也;三曰瀛壶,则瀛洲也。"

⑤巨鳌:比喻抱负远大或举止豪迈。《列子·汤问》:"勃海之东……其中有五山焉……而五山之根,无所连著,常随潮波上下往还,不得暂峙焉。仙圣毒之,诉之于帝。帝恐流于西极,失群圣之居,乃命禺强使巨鳌十五举首而戴之,迭为三番,六万岁一交焉,五山始峙。而龙伯之国有大人,举足不盈数步而暨五山之所,一钓而连六鳌,合负而趣归其国,灼其

骨以数焉。于是岱舆、员峤二山流于北极,沉于大海。"

⑥百谷:即"百谷王",指江海。百谷之水必趋江海,故称。《老子》:"江海所以能为百谷王者,以其善下之,故能为百谷王。"九垓(gāi):九天。《文选·司马相如〈封禅文〉》:"上畅九垓,下泝八埏。"李善注:"垓,重也。……言其德上达于九重之天。"

⑦观异:看到纷纭万象。陆云《失题》:"思乐万物,观异知同。"

⑧鱼目:鱼的眼珠子。刘勰《文心雕龙·杂文》:"杜笃、贾逵之曹,刘珍、潘勖之辈,欲穿明珠,多贯鱼目。"蚌胎:指珍珠。古人以为蚌孕珠如人怀妊,并与月的盈亏有关,故称。语本《文选·扬雄〈羽猎赋〉》:"方椎夜光之流离,剖明月之珠胎。"李善注:"明月珠,蚌子珠,为蚌所怀,故曰胎。"

⑨非:敦煌集本作"唯"。精灵:精灵之气。古人认为是形成万物的本原。《周易·系辞上》:"精气为物,游魂为变。"孔颖达疏:"阴阳精灵之气,氤氲积聚而为万物也。"

⑩殷雷:轰鸣的雷声。亦指大雷。语出《诗经·召南·殷其雷》:"殷其雷,在南山之阳。"

⑪越裳:亦作"越常""越尝"。古南海国名。《后汉书·南蛮传》:"交趾之南,有越裳国。周公居摄六年,制礼作乐,天下和平,越裳以三象重译而献白雉。"天吴:水神名。《山海经·海外东经》:"朝阳之谷,神曰天吴,是为水伯。"

⑫揽辔:即"揽辔澄清",谓在乱世有革新政治,安定天下的抱负。《后汉书·党锢传》:"时冀州饥荒,盗贼群起,乃以滂为清诏使,案察之。滂登车揽辔,慨然有澄清天下之志。"隼(sǔn)将击:比喻志向高远,充满斗志,有如鹰隼与凡鸟战斗。忘机:消除机巧之心。常用以指甘于淡泊,与世无争。鸥复来:《列子·黄帝》:"海上之人有好沤鸟者,每旦之海上,从沤鸟游,沤鸟之至者百住而不止。其父曰:'吾闻沤鸟皆从汝游,汝取来,吾玩之。'明日之海上,沤鸟舞而不下也。"此指人无巧诈之心,异类可以亲近。

⑬缘情:借指作诗。陆机《文赋》:"诗缘情而绮靡,赋体物而浏亮。"殊用:《文苑英华》作"吾用",《全唐诗》"殊"字下注:"一作吾。"

⑭遗:敦煌集本作"贵"。尘埃:《史记·屈原列传》:"浮游尘埃之外,不获世之滋垢,皦然泥而不滓者也。"遗尘埃即出尘不染之意。翰林:文学侍从之官,此指贺兰进明。

⑮长鸣:长声鸣叫。比喻抱负远大。龙媒:本指骏马。《汉书·礼乐志》:"天马徕,龙之媒。"颜师古注引应劭曰:"言天马者乃神龙之类,今天马已来,此龙必至之效也。"后用来比喻俊才。

别崔少府①

知君少得意,汶上掩柴扉②。寒食仍留火,春风未授衣③。皆言黄绶屈,早向青云飞④。借问他乡事,今年归不归?

【题解】

此诗作于天宝六载(747)春旅居东平期间,为送别之作。

首二句言崔少府不得意,"少得意"直言,"掩柴扉"曲言,反复言之,感慨意味浓厚。孟浩然《岁暮归南山》:"只应守寂寞,还掩故园扉。"凄凉落寞,意境与此诗第二句相近。次二句既交代了季节,又写出了崔少府寂寞不得志的情状:寒食应禁火却留火,应着春服出游却枯坐家中,皆为不得意所致。五、六句既有对崔少府怀才不遇的惋惜,又有对其未来前程的期许。结尾二句言别,照应诗题,二人皆为异乡之客,并且都不得志,离情别绪溢于笔端。此诗中间两联出彩,一景一情,春景淡雅,友情真挚,节奏舒缓,意味悠长。

【校注】

①崔少府:名未详。

②汶上:汶水之北,泛指齐地。杜甫《奉寄高常侍》:"汶上相逢年颇

多，飞腾无那故人何。"此指东平。

③留火：相传春秋时晋公子重耳流亡列国期间，介子推曾割股肉供他充饥。重耳归国后继承君位，是为晋文公。晋文公分封功臣，唯独介子推不愿受赏，携老母隐于绵山。文公为求介子推出山相见，下令焚山，介之推抱树焚死。人们同情介之推的遭遇，相约于其忌日禁火冷食，以为悼念，相沿成俗，谓之寒食。自寒食节禁火之后，只有宫中保存火种，直至清明节才将宫中火种传至民间各家，谓之"新火"。授衣：谓制备寒衣，古代以九月为授衣之时。《诗经·豳风·七月》："七月流火，九月授衣。"毛传："九月霜始降，妇功成，可以授冬衣矣。"又，《论语·先进》："莫春者，春服既成，冠者五六人，童子六七人，浴乎沂，风乎舞雩，咏而归。"此处当指春日服装，因诗中所写为东平春日，而《论语》中曾皙所言游春亦在山东。

④黄绶：古代官员系官印的黄色丝带。《汉书·百官公卿表上》："比二百石以上，皆铜印黄绶。"借指官吏或官位。

东平别前卫县李寀少府①

黄鸟翩翩杨柳垂，春风送客使人悲②。怨别自惊千里外，论交却忆十年时③。云开汶水孤帆远，路绕梁山匹马迟④。此地从来可乘兴，留君不住益凄其⑤。

【题解】

高适于天宝四载（745）秋和天宝六载（747）春在东平，则此诗作于天宝六载春。

首句起兴，以景兴情，以优美欢快之春景反衬悲伤凄凉之别情。第二句由景入情，"春风"为景，"送客"为事，"使人悲"直接抒情，引起下文。"怨别"二句，上言今日之别，下言往昔之交，"千里外"为空间，"十年时"

为时间,通过时空来表现二人的深情厚谊。"云开"二句以别景写别情,照应开头二句。"汶水孤帆"表明李少府此去走水路,"梁山匹马"则表明自己返回走陆路,"孤帆""匹马"景中有情,备言离别之苦楚。结尾二句直接抒情,照应首二句,以乐景衬哀情。王夫之《姜斋诗话》曰:"以乐景写哀,以哀景写乐,一倍增其哀、乐。"此诗成功运用此种手法,结构回环照应,十分巧妙;另外,感情真挚,语浅情深,也是一大特点。

【校注】

①此诗敦煌选本题作《别李四少府》,明覆宋刻本《高常侍集》题作《送前卫县李寀少府》,《御选唐诗》题作《送卫县李寀少府》。盖李寀此时已卸任卫县县尉之职,故曰"前"。卫县:《新唐书·地理志》:"卫州汲郡有卫县。"唐时属河北道汲郡,在今河南省淇县。

②黄鸟:一般指黄鹂、黄莺。《尔雅·释鸟》:"皇,黄鸟。"郭璞注:"俗呼黄离留,亦名搏黍。黄离留,即黄莺。"翩翩:飞行轻快貌。《诗经·小雅·四牡》:"翩翩者雒,载飞载下,集于苞栩。"朱熹集传:"翩翩,飞貌。"

③论交:结交朋友。《说苑·建本》:"论交合友,所以相致也。"

④汶水:《清一统志》卷一四二:"汶水……又西流经东平州南境,又西南流入兖州府汶上县,俗呼为大汶河。"大汶河发源于泰莱山区,自东向西流经莱芜、泰安、汶上、东平等县市,又经东平湖流入黄河。梁山:《新唐书·地理志》:"郓州东平郡寿张县有刀梁山。"《清一统志》卷一四二:"梁山在东平州西南五十里。"

⑤从来:敦煌选本作"犹来"。乘兴:趁一时高兴,兴会所至。刘义庆《世说新语·任诞》:"王子猷居山阴,夜大雪……忽忆戴安道。时戴在剡,即便夜乘小船就之,经宿方至,造门不前而返。人问其故,王曰:'吾本乘兴而行,兴尽而返,何必见戴?'"凄其:寒凉貌,引申为悲凉感伤。《诗经·邶风·绿衣》:"绤兮绤兮,凄其以风。"敦煌选本作"悽其"。

【汇评】

《唐诗别裁集》:少府之行("云开汶水"句下)。自己之归("路绕梁山"句下)。情不深而自远,景不丽而自佳,韵使之也。以上(指此诗与《夜别韦司士》)皆近应酬诗；因神韵使人不觉，知近体贵神韵也。

《批点唐音》：此篇托时起兴，接句便见春景，乃以别旧而悲。下面情联切实而清婉，景联切实而典丽，且优柔有馀意。如此制作森整，极可为法，学盛唐，此其门径也。

《唐诗广选》：纯以真语写真情，不假绘丽语为工。

《唐风定》：结构大成，无熔炼之迹，而雄浑悲壮自在其中。

《贯华堂选批唐才子诗集》卷四：只加"翩翩"二字，便知其写出两黄鸟也。杨柳垂之为言，值此良日也。……"云开"，写少府既别而去也；"路远"写自己既送而归也。"远"字，见去者之太疾；"迟"字，见送者之不舍。末又补写东平，言今日设无此别，则此处与君正堪乘兴，而今已不必说也。

《删定唐诗解》："怨别"即指此日，非追忆别家也。五、六一彼一此，不可并入少府。

《唐诗归折衷》：唐云：直而浅，步骤之便浅。

《唐诗摘钞》：因是十年交情，故结处写得万难分手。

《增订唐诗摘钞》：三、四二句一气倒叙，笔劲而醒。

《山满楼笺注唐诗七言律》：春风和煦，黄鸟方相逐于柳阴深处，而人方送别。当此之时，即新知近地且犹不可，况以十年之谊，而为千里之游乎？所以忽然而惊，猛然而忆，而卒至怅然而悲也。此四句（按指前四句）从未分手时言。于是而去者去矣，帆非远，我偏觉其远；归者归矣，马非迟，我偏欲其迟。此二句写一种恋恋不舍情事，逼真如画。

《唐诗笺要》：离愁别怨，转似步步兴会。"论交"句是倒插法。诗家最难于起结，非重复即肤软，予于达夫二诗（按，指此诗与《送李少府贬峡中王少府贬长沙》)得起结之妙。

《昭昧詹言》：先写时景起，二、三句正点，四句挽回，五、六收同前（按指《夜别韦司士》诗后半）。常侍每工于发端，后半平常未奇也。高、岑二家，大概亦是尚兴象，而气势比东川加健拔。

《湘绮楼说诗》：脱手弹丸，明七子专慕此种。

东平旅游奉赠薛太守二十四韵^①

颂美驰千古，钦贤仰大猷^②。晋山标逸气，汾水注长流^③。神与公忠节，天生将相俦^④。青云本自负，赤县独推尤^⑤。御史风逾劲，郎官草屡修^⑥。鹓鸾粉署起，鹰隼柏台秋^⑦。出入交三事，飞鸣揖五侯^⑧。军书陈上策，廷议借前筹^⑨。肃肃趋朝列，雝雝引帝求^⑩。一麾俄出守，千里再分忧。不改任棠水，仍传晏子裘^⑪。歌谣随举扇，旌旆逐鸣驺^⑫。郡国长河绕，川原大野幽。地连尧泰岳，山向禹青州^⑬。汶上春帆渡，秦亭晚日愁^⑭。遗墟当少昊，悬象逼奎娄^⑮。即此逢清鉴，终然喜暗投^⑯。叨承解榻礼，更得问縢游^⑰。高兴陪登陟，嘉言忝献酬。观棋知战胜，探象会冥搜^⑱。眺听情何限，冲融惠勿休^⑲。只应齐语默，宁肯问沉浮^⑳？然诺长怀季，栖遑轭累丘^㉑。平生感知己，方寸岂悠悠。

【题解】

据周勋初《高适年谱》，天宝六载（747）春，高适在东平。高适另有《别崔少府》诗曰"知君少得意，汶上掩柴扉"，《东平别前卫县李寀少府》诗曰"黄鸟翩翩杨柳垂，春风送客使人悲"，此诗曰"汶上春帆渡，秦亭晚日愁"，似在同时。沈德潜《唐诗别裁集》于《东平别前卫县李寀少府》"云开汶水孤帆远"与"路绕梁山匹马迟"二句后分别评曰"少府之行"与"自己之归"，梁山与秦亭均在山东，可见此诗作于天宝六载春自山东归睢阳途中。

此诗颂美东平太守薛自劝，首四句点明薛出自河东薛氏，高才逸气，源远流长。"神与"以下十四句叙其才干与履历，薛氏才华出众，胸怀大志,历任监察御史、郎官等职,多有建树,为朝廷所倚重。"一麾"以下十四句回到眼前,言薛氏出任东平太守,不改其节,郡中得治,以致山川皆丽,赏心悦目。"即此"以下十六句,写诗人与薛太守之交情:对方解榻相待,令人感激;更得拨冗陪游,使人忘忧,自己以栖遑之身,深感薛氏知己之恩。此诗以歌颂薛太守人品、才能为主,结尾仍归于自身失路之悲,可见高适对功名耿耿于怀。

【校注】

①此诗敦煌选本题作《东平寓奉作薛太守》。薛太守:即薛自劝。因其出自河东薛氏,故诗曰:"晋山标逸气,汾水注长流。"《新唐书·宰相世系表三下》载,薛自劝为工部郎中孝廉之子。《唐御史台精舍题名》载,薛自劝曾为监察御史、殿中侍御史并内供奉;《唐郎官石柱题名》又载薛自劝为司勋员外郎。高诗曰:"御史风逾劲,郎官草屡修。鸰鸾粉署起,鹰隼柏台秋。"与史载相合。《资治通鉴》开元二十四年四月乙丑:"泾州刺史薛自劝贬澧州别驾。"后又升为东平太守,故高诗曰:"一麾俄出守,千里再分忧。"

②颂美:颂扬赞美。千古:敦煌选本作"终古"。钦贤:敬贤。大猷(yóu):谓治国大道。《诗经·小雅·巧言》:"秩秩大猷,圣人莫之。"郑玄笺:"猷,道也;大道,治国之礼法。"

③晋公:敦煌选本作"晋山"。逸气:超脱世俗的气概、气度。曹丕《与吴质书》:"公干有逸气,但未遒耳。"汾水:即汾河,贯穿山西。《水经注》载:"汾水出太原、汾阳之北管涔山。"长流:指黄河。按,汾河在今山西省万荣县裴庄乡西陲注入黄河,在唐为宝鼎县地,河东薛氏祖籍即在宝鼎。敦煌选本作"洪流"。

④公忠:公平忠实,尽忠为公。《庄子·天地》:"吾谓鲁君曰:'必服恭俭,拔出公忠之属而无阿私,民孰敢不辑!'"成玄英疏:"拔擢公平忠节之人。"

⑤青云:敦煌选本作"青霄"。赤县:本为赤县神州的省称,在唐代指京都所治的县。李白《赠宣城赵太守悦》:"赤县扬雷声,强项闻至尊。"王

琦注:"《通典》:大唐县有赤、畿、望、紧、上、中、下七等之差。京都所治为赤县,京之旁邑为畿县,其馀则以户口多少、资地美恶为差。"

⑥御史:御史台属官。此指薛氏曾任监察御史。郎官:谓侍郎、郎中等职。秦代置郎中令;东汉以尚书台为行政中枢,其任事者为尚书郎;隋分郎官为侍郎与郎;唐六部郎官,郎中之外,更置员外郎。

⑦鹓鸾(yuān luán):即鹓鸰。《庄子·秋水》:"南方有鸟,其名鹓鸰。"用以比喻朝官。因鹓鸰志向远大,且朝官上朝时进退有序,如鹓鸰飞行有次。粉署:粉省,尚书省的别称。汉代尚书省以胡粉涂壁,故称。鹰隼(sǔn):泛指鹰和雕之类的猛禽。比喻勇猛的人或很有才能的人。柏台:御史台的别称。汉御史府中列植柏树,常有野鸟数千栖其上,故称。

⑧三事:指三公。《汉书·韦贤传》:"天子我监,登我三事。"颜师古注:"三事,三公之位,谓丞相也。"五侯:泛指权贵豪门。

⑨借前筹:意为用眼前的事物来说明自己的主张。《汉书·张良传》:"良谒汉王,汉王方食,曰:'客有为我计挠楚权者。'良曰:'请借前箸以筹之。'"张晏曰:"求借所食之箸用指画也。"

⑩肃肃:严正恭敬貌。《诗经·大雅·思齐》:"雝雝在宫,肃肃在庙。"毛传:"肃肃,敬也。"雝雝:和乐,和洽。《诗经·周颂·雝》:"有来雝雝,至止肃肃。"郑玄笺:"雝雝,和也。"

⑪任棠水:任棠,东汉隐者。其因引导太守庞参清明理政而闻名。《后汉书·庞参传》:"参为汉阳太守。郡人任棠者,有奇节,隐居教授。参到,先候之。棠不与言,但以薤一大本,水一盂,置户屏前,自抱孙儿伏于户下,主簿白以为倨。参思其微意,良久曰:'棠是欲晓太守也。水者,欲吾清也。拔大本薤者,欲吾击强宗也。抱儿当户,欲吾开门恤孤也。'"晏子裘:春秋齐相晏婴,以节俭力行著称,着布衣鹿裘以朝。孔子弟子有若谓其衣一狐裘至三十年。后因以"晏子裘"为称人节俭的典故,亦谓处境困顿。省作"晏裘"。

⑫举扇:仪仗队中掌举障扇之人。鸣驺(zōu):古代随从显贵出行并

传呼喝道的骑卒,借指显贵。

⑬尧泰岳:即泰山。《诗经·大雅·崧高》传:"崧岳,四岳也。东岳岱,南岳衡,西岳华,北岳恒。尧之时,姜氏为四伯,掌四岳之祀。"禹青州:《尚书·禹贡》:"禹别九州,分其圻界。"又云:"海(渤海)、岱(泰山)惟青州。东北据海,西南距岱。"

⑭汶上:汶水之北。泛指春秋战国时齐国之地。春帆渡:敦煌选本作"风帆度"。秦亭:《春秋·庄公三十一年》:"筑台于秦。"杜预注:"东平范县西北有秦亭。"敦煌选本作"春亭",误。

⑮少昊(shào hào):传说中古代东夷集团首领。李吉甫《元和郡县图志》卷十:"春秋时为鲁国。武王即位,封周公于少昊之墟曲阜之地。"悬象:天象,多指日月星辰。班固《典引》:"悬象暗而恒文乖,彝伦致而旧章缺。"奎娄:奎,二十八宿之一,西方白虎七宿的第一宿,有星十六颗;娄,二十八宿之一,西方白虎七宿的第二宿,有星三颗。《汉书·地理志》:"鲁地,奎娄之分野也。"

⑯清鉴:高明的鉴别力。葛洪《抱朴子·至理》:"识变通于常事之外,运清鉴于玄漠之域。"

⑰解榻礼:热情接待宾客或礼贤下士。东汉陈蕃任豫章太守时,不接待宾客,只有南州高士徐稺来时特设一榻,徐稺走后即悬挂起来。又任乐安太守时,亦曾为郡人周璆特置一榻,去则悬之。事见《后汉书·徐稺传》,又《陈蕃传》。问缣(jiān)游:指笃实而又谨慎的交游。《后汉书·王丹传》:"时河南太守同郡陈遵,关西之大侠也。其友人丧亲,遵为护丧事,赙助甚丰。丹乃怀缣一匹,陈之于主人前,曰:'如丹此缣,出自机杼。'遵闻而有惭色。自以知名,欲结交于丹,丹拒而不许。……丹子有同门生丧亲,家在中山,白丹欲往奔慰。结侣将行,丹怒而挞之,令寄缣以祠焉。或问其故,丹曰:'交道之难,未易言也。世称管、鲍,次则王、贡。张、陈凶其终,萧、朱隙其末,故知全之者鲜矣。'时人服其言。"

⑱战胜:指科场获胜。弹棋是一种博戏,古时迷信,认为观博戏可以知时运。冥搜:尽力寻找,搜集。

⑲眺听:犹视听,谓耳目所及。冲融:冲和,恬适。

⑳语默:说话或沉默。语本《周易·系辞上》:"君子之道,或出或处,或默或语。"齐语默,此处指不计较穷通得失。沉浮:本指在水面上出没,比喻盛衰、消长。

㉑季:指孔子的学生子路,又称季路。《论语·颜渊》:"子路无宿诺。"或指季布,《史记·季布列传》:"得黄金百斤,不如得季布一诺。"丘:指孔丘。《论语·宪问》:"微生亩谓孔子曰:'丘何为是栖栖者与?无乃为佞乎?'孔子曰:'非敢为佞也,疾固也。'"

和崔二少府登楚丘城作①

故人亦不遇,异县久栖托②。辛勤失路意,感叹登楼作③。清晨眺原野,独立穷寥廓。云散芒砀山,水还睢阳郭④。绕梁即襟带,封卫多漂泊⑤。事古悲城池,年丰爱墟落⑥。相逢俱未展,携手空萧索。何意千里心,仍求百金诺⑦?公侯皆我辈,动用在谋略。圣心思贤才,朅来刈葵藿⑧。

【题解】

楚丘城在睢阳郡,此诗当为天宝六载(747)春高适自东平归睢阳途中所作。

前四句交代二人在楚丘城相遇,同为漂泊异乡、仕途失意之人,一起登上楚丘城楼,崔氏作登楼诗,自己和诗。"清晨"以下八句为登楼所见,山云水郭,引起思古幽情。"相逢"以下八句又回到失路之悲,照应开头,同时勉励对方和自己坚守理想,重义任侠,方今正当朝廷用人之际,应有葵藿倾太阳之志诚,翘首以待时机。

【校注】

①崔二少府:高适有《效古赠崔二》,似为同一人。楚丘城:春秋时地

名,其地有二:《春秋·隐公七年》:"戎伐凡伯于楚丘以归。"杨伯峻注:"楚丘当为戎州己氏之邑,地界曹国与宋国之间。据《一统志》,楚丘城在今山东省成武县西南、曹县东南三十里。"另,《左传·闵公二年》:"僖之元年,齐桓公迁邢于夷仪,封卫于楚丘。"杨伯峻注:"楚丘,卫地,在今河南省滑县东。"《新唐书·地理志》:"宋州睢阳郡有楚丘县。"此诗中有"封卫"之语,当指滑县。

②栖托:寄托,安身。郦道元《水经注·鲍丘水》:"施主虑阙道业,故崇斯构,是以志道者多栖托焉。"

③失路:不得志。扬雄《解嘲》:"当涂者升青云,失路者委沟渠。"登楼作:指汉末王粲避乱客荆州,思归而作《登楼赋》之事。

④芒砀(dàng)山:芒山、砀山的合称。在今安徽省砀山县东南,与河南省永城市接界。《史记·高祖本纪》:"秦始皇常曰'东南有天子气',于是因东游以厌之。高祖即自疑,亡匿,隐于芒砀山泽岩石之间。"睢阳:《新唐书·地理志》载:"天宝元年改宋州为睢阳郡,属河南道。"

⑤梁:此处指宋州。《晋书·地理志》载:梁国,汉置,下辖睢阳。南朝宋、齐为南梁郡,属南徐州。南朝宋以后,先后为北魏、东魏、北齐所有。隋唐时期,睢阳被改名为宋城,宋州。襟带:谓山川屏障环绕,如襟似带。比喻险要的地理形势。封卫:《左传·僖公二年》:"诸侯城楚丘而封卫焉。"

⑥墟落:村落。

⑦千里心:远大的志向。曹操《龟虽寿》:"老骥伏枥,志在千里。烈士暮年,壮心不已。"百金诺:指信实可靠的诺言。《史记·季布栾布列传》:"楚人谚曰:'得黄金百斤,不如得季布一诺。'"

⑧曷(qiè)来:何不来。葵藿:向日葵与角豆的花叶。因葵与藿皆有向阳特性,故古人用以表示臣下对君主的忠诚。《三国志·魏志·陈思王植传》:"若葵藿之倾叶,太阳虽不为之回光,然向之者诚也。臣窃自比于葵藿,若降天地之施,垂三光之明者,实在陛下。"

别王彻①

　　归客自南楚,怅然思北林②。萧条秋风暮,回首江淮深③。留君终日欢,或为梁甫吟④。时辈想鹏举,他人嗟陆沈⑤。载酒登平台,赠君千里心⑥。浮云暗长路,落日有归禽⑦。离别未足悲,辛勤当自任⑧。吾知十年后,季子多黄金⑨。

【题解】

　　诗云"归客自南楚""回首江淮深",又云"载酒登平台",当为天宝六载(747)秋所作。天宝四载(745)秋,诗人漫游东南,而后由泗水西北行至东平、汶阳,过鲁郡、曲阜;五载(746)又奉李邕之召赴临淄,至北海;直到六载春才北返睢阳。

　　诗前八句回顾东南之游,感慨壮志难酬。"南楚""江淮"即东南之游,"梁甫""平台"即山东之游。"载酒"以下写离别,既有别离的不舍,也有对前途的迷茫,最终还是勉励对方辛勤自任,终有一天能像苏秦一样施展抱负实现理想。对朋友的祝福也是诗人对自己的期许。

【校注】

　　①此诗《文苑英华》题作《送别王彻》。王彻:杜甫有《苦雨寄陇西公兼呈王徵士》诗,仇兆鳌引原注云:"徵士,琅琊王彻。"

　　②南楚:春秋战国时,楚国在中原南面,后以南楚泛指南方。北林:《诗经·秦风·晨风》:"鴥彼晨风,郁彼北林。"毛传:"北林,林名。"《文苑英华》作"北临"。《全唐诗》"林"字下注:"一作临。"

　　③江淮:敦煌集本作"江海"。

　　④留君终日:敦煌集本作"留连终日"。《全唐诗》下注:"一作留连愁作。"梁甫吟:亦作"梁父吟"。乐府楚调曲名。梁甫,即梁父,山名,在泰

山下。《梁甫吟》,盖言人死葬此山,亦为葬歌。《三国志·蜀志·诸葛亮传》:"亮躬耕陇亩,好为《梁父吟》。"诸葛亮所作《梁甫吟》,乃述春秋齐相晏婴二桃杀三士之事。李白有《梁甫吟》,则抒写其抱负不能实现的悲愤。此处谓王彻胸怀远大抱负。

⑤鹏举:语出《庄子·逍遥游》:"鹏之徙于南冥也,水击三千里,抟扶摇而上者九万里。"比喻奋发有为。陆沈:即"陆沉"。陆地无水而沉。语出《庄子·则阳》:"方且与世违而心不屑与之俱,是陆沉者也。"郭象注:"人中隐者,譬无水而沉也。"比喻人才被埋没,不为人知。

⑥平台:《元和郡县志》:"平台,(虞城)县西四十里,《左传》:宋皇国父为宋平公所筑。汉梁孝王大治宫室,为复道,自宫连属于平台三十馀里,与邹、枚、相如之徒并游其上。"

⑦落:敦煌集本作"兹"。

⑧当:敦煌集本作"尝"。

⑨季子多黄金:季子,指苏秦。《战国策》载:苏秦周游列国,宣传自己的连横主张,但没有一个国家接受,只好落魄归家,父母妻嫂皆冷漠待之。后苏秦发奋读书,配六国相印,父母妻嫂一改往日情态,"嫂蛇行匍伏,四拜自跪而谢。苏秦曰:'嫂何前倨而后卑也?'嫂曰:'以季子之位尊而多金。'"

效古赠崔二①

十月河洲时,一看有归思。风飙生惨烈,雨雪暗天地②。我辈今胡为?浩哉迷所至。缅怀当途者,济济居声位③。邈然在云霄,宁肯更沦踬④!周旋多燕乐,门馆列车骑⑤。美人芙蓉姿,狭室兰麝气⑥。金炉陈兽炭,谈笑正得意⑦。岂论草泽中,有此枯槁士⑧?我惭经济策,久欲甘弃置⑨。君负纵横才,如何尚憔悴⑩?长歌增郁快,对酒不能醉。穷达自有时,夫子莫下泪。

【题解】

《别韦五》诗云"明月照河洲",此诗亦云"十月河洲时",不知是否为同一河洲。高适有《和崔二少府登楚丘城作》,另《过崔二有别》诗中有"秋风吹别马"之句,与此诗"十月河洲时"相符,三诗所写崔二当为同一人。则此诗作于天宝六载(747)初冬,此时崔二似已至睢阳,但有归去之意。

诗前六句交代送别的时间、环境和心情;"缅怀"以下十句铺写身居要位的"当途者"骄奢淫逸的生活状态;"岂论"以下十句转而写身居草泽的"枯槁士"穷困潦倒的可悲处境。全诗通篇以铺陈和对比的手法,通过对权贵和寒士不同境遇的描写,揭露政治的腐败和社会的黑暗。结尾以穷达有时来勉励崔二和自己,体现出高适不轻易屈服于命运的刚毅性格。

【校注】

①效古:仿效古体。崔二:名未详。李白有《送崔氏昆季之金陵》,褚光羲有《田家即事答崔二东皋作》,不知是否为同一人。

②风飙(biāo):暴风,狂风。惨烈:气候寒冷。

③当途者:居要路,掌握权力的人。《韩非子·孤愤》:"当途之人擅事要,则外内为之用矣。"济济(jǐ jǐ):众多。《诗经·大雅·旱麓》:"瞻彼旱麓,榛楛济济。"毛传:"济济,众多也。"

④沦踬(zhì):落魄,困顿。

⑤燕乐:古乐名。祭祀燕享之乐。《周礼·春官·钟师》:"凡祭祀飨食,奏燕乐。"贾公彦疏:"飨食,谓与诸侯行飨食之礼,在庙,故与祭祀同乐。"隋唐以后的俗乐也称燕乐,供宫廷宴饮、娱乐时用。

⑥芙蓉姿:《西京杂记》卷二:"卓文君脸际常若芙蓉。"兰麝:指兰与麝香等名贵的香料。

⑦兽炭:做成兽形的炭。亦泛指炭或炭火。《晋书·外戚传》:"琇性

豪侈，费用无复齐限，而屑炭和作兽形以温酒，洛下豪贵咸竞效之。"

⑧枯槁：憔悴，消瘦。《楚辞·渔父》："屈原既放，游于江潭，行吟泽畔；颜色憔悴，形容枯槁。"

⑨经济策：经世济民之策。

⑩纵横才：通晓纵横之术的才干。纵横为合纵连横的节缩语，《淮南子·览冥训》："纵横间之，举兵而相角。"高诱注："苏秦约纵，张仪连横。南与北合为纵，西与东合为横，故曰纵成则楚王，横成则秦帝也。"

【汇评】

《三唐诗品》：宋育仁曰：妙于造语，每以俊取致，有如河洲十月，一看思归；舍下蛩鸣，居然萧索；载酒平台，赠君千里，发端既远，研意弥新。

过崔二有别①

大国多任士，明时遗此人②。颐颔尚丰盈，毛骨未合迍③。逸足望千里，商歌悲四邻④。谁谓多才富，却令家道贫！秋风吹别马，携手更伤神。

【题解】

此为赠别崔二之作，与《效古赠崔二》作于同年，诗曰"秋风吹别马"，可见为天宝六载(747)冬。

诗前八句是为崔二的境遇感到惋惜。崔二富有才华，生逢明时却困顿不遇，其中亦有诗人自己的失路之悲。后二句交代题中"有别"二字，表达惜别之意。

【校注】

①此诗今本《高常侍集》缺，据敦煌集本补。《敦煌古籍叙录》题作《遇崔二有别》。崔二：名未详。高适有《效古赠崔二》诗云"君负纵横才，

如何尚憔悴";另有《和崔二少府登楚丘城作》诗云"相逢俱未展,携手空萧索";此诗又曰"明时遗此人",应为同一人。

②任士:指有能力的贤人。《庄子·秋水》:"仁人之所忧,任士之所劳,尽此矣。"郭庆藩集释引李颐云:"任,能也。"

③颐颔(yí hàn):腮颊。毛骨:谓人的骨相容貌。《晋书·元帝纪》:"琅邪王毛骨非常,殆非人臣之相也。"迍(zhūn):困顿失意。

④逸足:本指骏马。比喻出众的才能或人才。商歌:悲凉的歌。商声凄凉悲切,故称。《淮南子·道应训》:"甯戚饭牛车下,望见桓公而悲,击牛角而疾商歌。桓公闻之,抚其仆之手曰:'异哉,歌者非常人也。'命后车载之。"后以商歌比喻自荐求官。

宋中遇刘书记有别①

何代无秀士,高门生此才。森然睹毛发,若见河山来②。几载困常调,一朝时运催③。白身谒明主,待诏登云台④。相逢梁宋间,与我醉蒿莱⑤。寒楚眇千里,雪天昼不开⑥。末路终离别,不能强悲哀。男儿争富贵,劝尔莫迟回⑦。

【题解】

此诗当为天宝六载(747)冬作于宋中。

开头四句赞美刘氏,既具俊秀高才,复有轩昂相貌,含江山灵秀之气。"几载"四句感慨穷达有命,刘氏长期不得选官,一朝征为书记,令人为之欣喜。"相逢"二句追叙二人友情,两人宋中相遇,虽处草野间,然意气相投,情深谊厚。"寒楚"以下六句,致惜别意,"寒楚""雪天"借景抒情,离别虽伤感,仍勉励朋友志存四海,早取富贵。

【校注】

①书记:"掌书记"之简称。为大都督府、节度使、观察使僚属,位在

判官之下,掌管表奏书檄。刘书记,名未详。

②森然:庄严的样子。毛发:《文苑英华》作"毫发"。河山:《全唐诗》"河"字下注:"一作江。"

③常调:按常规选拔官吏,与破格擢用相对。《新唐书·选举志》:"国子监置大成二十人,取已及第而聪明者为之。试书日诵千言,并日试策,所业十通七,然后补其禄俸,同直官。通四经业成,上于尚书,吏部试之,登第者加一阶放选。其不第则习业如初,三岁而又试,三试而不中第,从常调。"时命:此指皇帝的诏命。明活字本作"时运"。

④白身:即白身人,指无功名、无官职的士人或已仕而未通朝籍的官员。此处指刘氏已有功名但尚未选官。待诏:官名。汉代征士未有正官者,均待诏公车,其特异者待诏金马门,备顾问,后遂以待诏为官名。唐有翰林待诏,负责四方表疏批答、应和文章等事,后改为翰林供奉。云台:汉宫中高台名。汉光武帝时,用作召集群臣议事之所,后用以借指朝廷。

⑤蒿(hāo)莱:草野之间。

⑥寒楚:寒冷的楚州,楚州在今江苏一带。此指刘氏将去之地。眇:明活字本作"渺"。昼:《文苑英华》作"闭",《全唐诗》下注:"一作闭。"

⑦迟回:迟疑徘徊,犹豫不决。《魏书·郭祚传》:"高祖叹谓祚曰:'卿之忠谏,李彪正辞,使朕迟回不能复决。'"

宋中别李八①

岁晏谁不归?君归意可说②。将趋倚门望,还念同人别③。驻马临长亭,飘然事明发④。苍茫眺千里,正值苦寒节。旧国多转蓬,平台下明月⑤。世情薄疵贱,夫子怀贤哲⑥。行矣各勉旃,吾当挹馀烈⑦。

【题解】

从"行矣各勉旃,吾当挹馀烈"来看,高适潦倒失意而牢骚满腹,约为天宝六载(747)冬作于宋中。

前四句交代送别之意,羡慕李八可以归家,而自己有负父母倚闾之望。"驻马"六句写别时景象,凄清苦寒,烘托离情别绪。"世情"四句由送别生发感慨,世风日下而友人有所坚守,可亲可敬。结尾勉励友人与自己一起努力上进。

【校注】

①李八:名未详。

②说:同"悦"。

③倚门望:《战国策·齐策六》:"王孙贾年十五,事闵王。王出走,失王之处。其母曰:'女朝出而晚来,则吾倚门而望;女暮出而不还,则吾倚闾而望。'"后因以"倚门"或"倚闾"谓父母望子归来之心。

④明发:黎明,平明。《诗经·小雅·小宛》:"明发不寐,有怀二人。"朱熹集传:"明发,谓将旦而光明开发也。二人,父母也。"

⑤旧国:指春秋时期宋国。宋中即因古宋国得名,故云。转蓬:随风飘转的蓬草。平台:古台名。在今河南省商丘市梁园区。见《宋中十首》注释③。

⑥疵(cī)贱:卑贱的人。

⑦勉旃(zhān):努力。多于劝勉时用之。《汉书·杨恽传》:"方当盛汉之隆,愿勉旃,毋多谈。"挹:汲引。馀烈:犹馀威。此处意谓发挥剩下的力量,努力不懈。

别董大二首①

十里黄云白日曛,北风吹雁雪纷纷②。莫愁前路无知己,天下谁人不识君?

六翮飘飘私自怜，一离京洛十馀年③。丈夫贫贱应未足，今日相逢无酒钱④。

【题解】

诗曰"一离京洛十馀年"，高适于开元二十六年(738)离京回宋中，至天宝六载(747)整十年；又曰"今日相逢无酒钱"，应尚未为封丘尉。故系于天宝六载冬。

第一首重在写董大。前两句用白描手法写别时景物，开阔悲壮，为抒情蓄势。后两句直抒别情，于慰藉之中充满信心和力量。这首诗之所以卓绝，是因为高适"多胸臆语，兼有气骨"(殷璠《河岳英灵集》)、"以气质自高"(《唐诗纪事》)。第二首主要写自己。前两句回顾十年漂泊生涯，后两句勉励董大，也是自励，结尾的调侃体现出诗人胸襟开阔、乐观向上。二诗均是盛唐之音的生动体现。

【校注】

①此诗敦煌选本题作《别董令望》，且二首次序颠倒。董大：一说为董令望，事迹不详；一说为房琯门下琴师董庭兰，是一位"高才脱略名与利"的音乐圣手。据《旧唐书·房琯传》及《资治通鉴》，房琯于天宝五载(746)正月擢试给事中，天宝六载春被贬宜春太守。朱长文《琴史》卷四："当房公为给事中也，庭兰已出其门。"

②十里：诸本多作"十里"，敦煌选本作"千里"。黄云：北方地区黄沙飞扬，天空常呈黄色，故称。曛：昏暗。《类说》："天地曛黑，仰视又无纤云。"雪纷纷：大雪飘落。《诗经·小雅·信南山》："上天同云，雨雪雱雱。"王先谦《诗三家义集疏》："三家雱作纷。"

③六翮(hé)：鸟翅上的大羽毛，喻指有志之士的非凡才智。《战国策·楚策四》："奋其六翮而凌清风，飘摇乎高翔。"京洛：长安和洛阳。

④足：敦煌选本作"定"。

【汇评】

《唐诗广选》：蒋仲舒曰：适律诗："莫怨他乡暂离别，知君到处有逢迎"，即此意。

《唐诗直解》：慷慨悲壮。落句太直。

《唐诗解》：云有将雪之色，雁起离群之思，于此分别，殆难为情，故以莫愁慰之。言君才易知，所如必有合者。

《唐诗选脉会通评林》：周珽曰：上联具景物凄惨，分别难以为情。下联见美才易知，所如必多契合；至知满天下，何必依依尔我分手！就董君身上想出赠别至情。妙，妙。

《唐风定》：雄快（末句下）。

《而庵说唐诗》：此诗妙在粗豪。

《葵青居七绝诗三百纂释》：身分占得高，眼界放得阔，"早有文章惊海内，何妨车马走天涯？"

宋中遇陈二①

常忝鲍叔义，所期王佐才②。如何守苦节，独此无良媒③？离别十年外，飘飘千里来④。安知罢官后，惟见柴门开⑤。穷巷隐东郭，高堂咏南陔⑥。篱根长花草，井上生莓苔⑦。伊昔望霄汉，于今倦蒿莱⑧。男儿命未达，且尽手中杯⑨。

【题解】

此诗作于天宝七载（748），当时诗人于睢阳偶遇故人陈兼，写诗以赠。

前四句为陈兼抱不平，自己忝为知交，却不能帮助对方，陈兼身负王佐之才，却苦守高节，无人引荐。"离别"以下八句，写别后重逢：十年离别，一朝相逢，岂知陈兼已经罢官隐居，穷巷负郭，事亲至孝，柴门蓬室，居处幽静，可敬可叹。"伊昔"以下四句仍感慨陈兼怀才不遇，昔有青云之志，今日倦处蒿莱，可见命运作弄，让人无可奈何，只得聊进杯中之酒以浇愁。

【校注】

①遇：敦煌集本作"过"。陈二：《河岳英灵集》、敦煌集本、《文苑英华》作"陈兼"。《全唐诗》题下注："一作兼。"《全唐文》卷三七三有陈兼文，小传云："兼，秘书少监京父，官右补阙，翰林学士。"据《新唐书·陈京传》、李华《三贤论》等记载，陈兼，字不器，颍川人。初授封丘丞，后隐耕楚县，游于梁宋，与独孤及、贾至、高适等人交往甚密。天宝十二载应辟，官至右补阙、翰林学士。梁肃《独孤及行状》云："(年)二十馀，以文章游梁宋间，通人颍川陈兼、长乐贾至、渤海高适见公，皆色授心服，约子孙之契。"梁肃二十余岁与陈、高等人游历，约在天宝七载。

②忝：明覆宋刻本《高常侍集》作"参"，《全唐诗》注："一作参。"鲍叔义：《史记·管仲列传》："少时常与鲍叔牙游，鲍叔知其贤。管仲贫困，常欺鲍叔，鲍叔终善遇之，不以为言。已而鲍叔事公子小白，管仲事公子纠，及小白立为桓公，公子纠死，管仲囚焉，鲍叔遂进管仲。管仲既用，任政于齐，齐桓公以霸。"期：诸本作"寄"，敦煌集本作"奇"，《全唐诗》下注："一作寄。"王佐才：辅佐帝王创业治国的才能。

③此：《河岳英灵集》作"自"，《全唐诗》作"此"，下注："一作自，一作归。"良媒：好媒人。《诗经·卫风·氓》："匪我愆期，子无良媒。"此处指好的引荐之人。

④外：《全唐诗》下注："一作内。"飘飘：明活字本、《文苑英华》作"飘蓬"。

⑤知：《文苑英华》作"能"，《全唐诗》下注："一作能。"柴门：用柴木做的门，代指贫寒之家。

⑥穷巷：简陋的小巷。南陔(gāi)：《诗经·小雅》篇名。六笙诗之一，有目无诗。《诗·小雅·南陔》序："《南陔》，孝子相戒以养也。"此谓陈兼居家侍亲极尽孝道。

⑦花草：敦煌集本作"秋草"。井上：敦煌集本作"井口"。《全唐诗》"上"字下注："一作口。"生：《文苑英华》作"垂"，《全唐诗》下注："一

作垂。"

⑧伊昔:敦煌集本作"宁敢",《全唐诗》下注:"一作宁敢。"蒿莱:草野。此句敦煌集本作"终然倦尘埃",《全唐诗》下注:"一作终然俟尘埃。"

⑨此句敦煌集本作"人生各有命",《文苑英华》《河岳英灵集》作"男儿须达命",《全唐诗》"命未"二字下注:"一作须命。""达"字下注:"一作须达命,又作人生各有命。"尽:敦煌集本、《文苑英华》作"醉",《全唐诗》下注:"一作醉。"

宴郭校书因之有别①

彩服趋庭训,分交载酒过②。芸香名早著,蓬转事仍多③。苦战知机息,穷愁奈别何④!云霄莫相待,年鬓已蹉跎。

【题解】

从"彩服""年鬓"等句看,高适此时尚未出仕,依旧穷愁潦倒,当为客居梁宋后期,姑系于天宝七载(748)。

首二句即表明送别之意。自己正在仿效老莱子彩服娱亲、伯鱼趋庭鲤对时,郭氏载酒前来话别,可见二人交情甚笃。三、四句写郭氏,此番出仕固然是好事,但奔走漂泊也甚是辛苦,既为朋友高兴,也为其担心。五、六句是说自己在出仕与隐居之间的两难选择,郭氏出门为官固然辛苦,但自己隐居乡间也难摆脱穷困。七、八句振起,勉励郭氏此去要更加努力,而自己将仍在乡野蹉跎。

【校注】

①郭校书:名未详。校书,为古代掌校理典籍的官员。汉有校书郎中,三国魏始置秘书校书郎,隋、唐都设此官,属秘书省。

②彩服:《艺文类聚》卷二十引《列女传》:"老莱子孝养二亲,行年七十,婴儿自娱,着五色彩衣。尝取浆上堂,因卧地为小儿啼,或弄乌鸟于

亲侧。"后遂以彩衣娱亲为孝养父母之典。趋庭:谓子承父教。《论语·季氏》:"(孔子)尝独立,鲤趋而过庭。曰:'学诗乎?'对曰:'未也。''不学诗,无以言。'鲤退而学诗。他日,又独立,鲤趋而过庭。曰:'学礼乎?'对曰:'未也。''不学礼,无以立。'鲤退而学礼。"鲤,孔子之子伯鱼。分交:志同道合之交。敦煌选本作"贫交"。

③芸香:香草名。此处指校书之职。名:明活字本"香"字下缺一字,敦煌选本作"业",《畿辅丛书》本作"名",《四库》本作"功"。蓬转:蓬草随风飞转。喻人流离转徙,四处漂泊。

④苦战:敦煌选本作"战胜",《全唐诗》下注:"一作战苦。"机息:机心止息。犹忘机。

酬裴秀才①

男儿贵得意,何必相知早。飘荡与物永,蹉跎觉年老②。长卿无产业,季子惭妻嫂③。此事难重陈,未于众人道④。

【题解】

诗中有"蹉跎觉年老"之句,又说"无产业",李颀在《赠别高三十五》诗中也有"五十无产业"之句,此诗当为被举荐为封丘尉之前不久,姑系于天宝七载(748)。

诗为和裴秀才之作,实为咏怀。通篇述自己漂泊无业,蹉跎岁月,以司马相如不治产业、家徒四壁和苏秦大困归家、愧见妻嫂自比。虽然自己潦倒失意,但最后仍然勉励裴氏积极进取,早日得志。

【校注】

①秀才:《新唐书·选举志》:"其科之目,有秀才,有明经,有进士。"《国史补》卷下:"进士通称谓之秀才。"盖秀才科唐初所设,不久即停,合为进士一科。《唐摭言》载,唐代应进士试的人,通称谓之秀才。

②与物永：与岁物一起随着时光漂流。永：《文苑英华》作"华"，《全唐诗》下注："一作华。"年：《文苑英华》作"身"，《全唐诗》下注："一作身。"

③长卿：指西汉的司马相如。《史记·司马相如列传》："相如字长卿……归而家贫，无以自业。"季子：指苏秦。《史记·苏秦列传》："苏秦者，东周雒阳人也。东事师于齐，而习之于鬼谷先生。出游数岁，大困而归。兄弟嫂妹妻妾皆笑之，曰：'周人之俗，治产业，力工商，逐什二以为务。今子释本而事口舌，困，不亦宜乎！'苏秦闻之而惭，自伤。"

④未于众人道：《汉书·司马迁传》："然此可为智者道，难为俗人言也。"于：明活字本、许自昌本、《文苑英华》作"为"，《全唐诗》下注："一作为。"

咏　史

尚有绨袍赠，应怜范叔寒①。不知天下士，犹作布衣看②。

【题解】

刘开扬引《旧唐书·高适传》说："'宋州刺史张九皋荐举有道科，时右相李林甫擅权，薄于风雅，唯以举子待之。'此诗似即其时所作。"若然，则是以须贾比李林甫，以范雎自比，范雎以布衣而为秦相，超越须贾，是太不谦虚，与高适一贯对待权贵的态度并不一致，且高适曾有《留上李右相》诗，极尽赞誉，也与此说不合。

诗借咏史抒发怀才不遇之感，应作于天宝八载（749）出仕之前，但昂藏自信之气势似不是客居宋中早期，姑系于天宝七载（748）。此时高适困窘至极，多年求官未得，不免心中悲愤。诗名为咏史，实则借古讽今，以范雎自况，讽刺当权者不识人才，只以普通布衣看待自己，愤懑与自信兼而有之。

①绨(tí)袍：以厚缯制成的袍子。此处用范雎与须贾之事。战国时，魏人范雎先事须贾，遭其毁谤，笞辱几死。后逃秦，改名张禄，受到秦昭王重用，担任秦相。须贾使秦，范雎敝衣往见。须贾怜其寒而赠一绨袍。后知雎即秦相张禄，乃惶恐请罪。雎以贾尚有赠袍念旧之情，终宽释之。见《史记·范雎蔡泽列传》。后多用为眷念故旧之典。

②天下士：才德非凡之士。《史记·鲁仲连邹阳列传》："始以先生为庸人，吾乃今日知先生为天下之士也。"

【汇评】

《唐诗正声》：吴逸一曰："尚有""应怜""不知""犹作"八字，俱下得有力。

《唐诗直解》：语直意达。

《唐诗训解》："天下士""布衣"指范叔说，见得人不易识耳。

《唐诗解》：达夫少尝落魄，晚年始贵。疑当时必有轻之者，故借古人以咏之。

《唐诗选脉会通评林》：周敬曰：为贫士增多少气色。

《而庵说唐诗》："尚有绨袍赠，应怜范叔寒。"夫以丞相之尊，岂有人敢以绨袍赠他？故用"尚有"二字作惊异之辞。此句毕，复顿住笔而凝思曰：吾知之矣，范叔见须贾时不作丞相服饰，足见其寒，怜而赠之也。怜其实，却又应如是的了，故用"应"字。几个字中作如是大起落，当不在少陵下。

《唐诗笺注》："尚有绨袍赠"句起得突兀，已包《史记》全文。忽起忽落，成此二十字，而大意总言天下士不可轻视，隐然自负。试思如此起法，斩却人间多少拖泥带水话。

《唐人万首绝句选评》：古人咏史，偶着一事，自写己意，不粘皮带骨。以此二十字浑成尤难。

别刘大校书①

昔日京华去,知君才望新②。应犹作赋好,莫叹在官贫。且复伤远别,不然愁此身。清风几万里,江上一归人③。

【题解】

高适于开元二十三年(735)应征入长安,正值刘眘虚声名洋溢之时,二人或在此时相识。从诗意看,此诗为刘由水道归江东故里,途出睢阳,高适为之送行而作,暂系于天宝八载(749)春。

首二句回忆当初京华初见情景,可见相识之久,为以下别情作铺垫。次二句着落在"校书"二字,赞刘大文学功底深厚,才被召为校书,虽俸禄不高,却能安贫乐道。五、六句写别愁,不仅因自身前途渺茫而愁,又复与朋友远别,更添愁苦。七、八句想象别后景象,在辽阔的天地之间,浩荡的江面上只有一叶扁舟载着刘大一人,不胜感伤。结尾二句笔致素雅,气象宏阔,有尺幅千里之势。

【校注】

①刘大:即刘眘虚。《西江志》卷六十六引郭子章《豫章书》:"刘眘虚,字全乙,新吴人。……开元中,举宏辞,累官崇文馆校书郎。与孟浩然、王昌龄相友善。"据陈振孙《直斋书录解题》,王昌龄中博学宏词科在开元二十二年(734),王有《送刘眘虚归取宏辞解》诗,刘眘虚中第当在同年。孟浩然有《九日龙沙作寄刘大眘虚》诗。王士禛《渔洋诗话》说刘眘虚字挺卿,即李华《三贤论》中所称者。实则刘挺卿为刘知几之子,与高适亦有交往,但与此诗中刘大非同一人。校书:《新唐书·百官志》:"弘文馆、集贤殿书院及崇文馆有校书郎、校书等职,掌校理典籍,刊正错误。"

②昔日:指开元二十三年(735)高适应征赴长安之事。才望:才能

声望。

③清风:《全唐诗》下注:"一作青枫。"

睢阳酬别畅大判官①

吾友遇知己,策名逢圣朝②。高才擅白雪,逸翰怀青霄③。承诏选嘉宾,慨然即驰轺④。清昼下公馆,尺书忽相邀⑤。留欢惜别离,毕景驻行镳⑥。言及沙漠事,益令胡马骄⑦。丈夫拔东蕃,声冠霍嫖姚⑧。兜鍪冲矢石,铁甲生风飙⑨。诸将出冷陉,连营济石桥⑩。酋豪尽俘馘,子弟输征徭⑪。边庭绝刁斗,战地成渔樵⑫。榆关夜不扃,塞口长萧萧⑬。降胡满蓟门,一一能射雕⑭。军中多燕乐,马上何轻趫⑮。戎狄本无厌,羁縻非一朝⑯。饥附诚足用,饱飞安可招⑰。李牧制儋蓝,遗风岂寂寥⑱。君还谢幕府,慎勿轻刍荛⑲。

【题解】

睢阳在唐代只于天宝年间称睢阳郡,据周勋初《高适年谱》,高适于天宝六载(747)至天宝八载(749)在睢阳。《旧唐书·畅璀传》载,畅璀于天宝末年为河北海运判官。据此,暂定此诗作于天宝八载。

开头六句赞畅判官有"高才""逸翰"而逢圣朝明君,奉命前往幽州出任节度使幕僚。"清昼"以下四句写相聚,诗人得尺书相邀,因欢聚而留醉,可见二人情谊之深。"言及"以下十六句追述幽州节度使张守珪于开元二十二年(734)至开元二十五年(737)大破奚、契丹,巩固东北边防的战绩,意在说明边塞稍安局面的由来,并与安禄山重用降兵降将、轻启战端的边防政策形成鲜明对比。"军中"以下八句忧心降胡反复无常,以李牧灭胡为劝。结尾两句嘱咐畅判官把自己的担忧转告安禄山,要慎重考虑对奚、契丹的策略。此诗提出"以战止战"的边防策略,表现出高适敏锐的政治直觉和对边塞形势的正确认识。

【校注】

①此诗敦煌选本题作《睢阳酬畅判官》,明活字本、《文苑英华》《全唐诗》"酬"字下有"别"字。睢阳:秦置,以在睢水之阳而得名。治所在今商丘市睢阳区南。西汉高祖五年(前 202)改为梁国治。三国魏文帝黄初元年(220),改为梁郡。隋开皇十六年(596)置宋州,大业三年(607)复置梁郡。唐武德四年(621)又改为宋州,天宝元年(742)置睢阳郡,乾元元年(758)复为宋州。畅判官:一般认为是畅璀。《旧唐书·畅璀传》:"河东人也。乡举进士。天宝末,安禄山奏为河北海运判官。……璀廓落有口才,好谈王霸之略。"

②策名:"策名委质"之省。《左传·僖公二十三年》:"策名委质,贰乃辟也。"杜预注:"名书于所臣之策。"孔颖达疏:"古之仕者于所臣之人书己名于策,以明系属之也。"后用以指因仕宦而献身于朝廷之事。

③白雪:古琴曲名,传为春秋晋师旷所作。喻指高雅的诗词。逸翰:疾飞之鸟。此指畅璀有高才远志。此句敦煌选本作"逸翮凌青霄"。

④嘉宾:《全唐诗》"宾"字下注:"一作兵,一作贤。"敦煌选本作"佳兵"。《诗经·小雅·鹿鸣》:"我有嘉宾,鼓瑟吹笙。"此处为朝廷选官之意。驰轺(yáo):疾速驱车而出。轺,轻便的马车。

⑤公馆:泛指仕宦寓所或公家所造的馆舍。《礼记·曾子问》:"《礼》曰:公馆复,私馆不复。"郑玄注:"公馆,若今县官宫也。"孔颖达疏:"公馆谓公家所造之馆,与公所为者与及也,谓公之所使为命停舍之处。"尺书:古时书函长约一尺,故名尺牍。亦称"尺素""尺翰"。泛指书信。赵晔《吴越春秋·勾践归国外传》:"越王悦兮忘罪除,吴王欢兮飞尺书。"

⑥毕景:日影已尽。指入暮。王嘉《拾遗记·前汉下》:"(昭帝)乃命以文梓为船……随风轻漾,毕景忘归,乃至通夜。"齐治平注:"毕景,日影已尽,谓日暮也。" 行镳(biāo):行进的乘骑。镳,马衔。

⑦沙漠:敦煌选本作"沙塞"。胡马:敦煌选本作"人马"。胡马骄:据

233

《资治通鉴》，安禄山自天宝初任平卢、范阳节度使以来，不断侵扰奚、契丹以邀功请赏，同时又重用奚、契丹的降将降兵，致使边境不宁，后患无穷。

⑧丈夫：诸本多作"丈夫"，敦煌选本作"大夫"，亦通。此处指张守珪。霍嫖姚(piáo yáo)：指西汉名将霍去病。以其受封嫖姚校尉，故名。后亦借指守边立功的武将。

⑨兜鍪(dōu móu)：古代战士戴的头盔。秦汉以前称胄，后叫兜鍪。风飙(biāo)：大风，暴风。

⑩冷陉(xíng)：古山名。一说即今内蒙古巴林右旗西北高原上的坝后；一说即今内蒙古扎鲁特旗南的奎屯山。唐时为契丹、奚、霫三部族的界山。明活字本、明覆宋刻本作"井陉"，《全唐诗》"冷"字下注："一作井。"石桥：赵州有石桥，名为安济桥，在今河北省赵县洨河上，隋大业年间所建，俗称"大石桥"。

⑪俘馘(guó)：生俘的敌人和被杀的敌人的左耳。《左传·僖公二十二年》："丙子晨，郑文夫人芈氏、姜氏劳楚子于柯泽。楚子使师缙示之俘馘。"杜预注："俘，所得囚；馘，所截耳。"孔颖达疏："俘者，生执囚之；馘者，杀其人截取其左耳，欲以计功也。"此指俘虏。

⑫刁斗：古代行军用具。斗形有柄，铜质；白天用作炊具，晚上击以巡更。

⑬榆关：即山海关，在今河北省秦皇岛市。古称渝关、临榆关、临渝关，明改为今名。其地古有渝水，县与关都以水得名。萧萧：风声。《战国策·燕策》："风萧萧兮易水寒。"

⑭蓟门：原指古蓟门关，唐以后置蓟州，泛指河北蓟县一带。见前《蓟门不遇王之涣郭密之因以留赠》注释①。射雕：喻善射。《史记·李将军列传》："中贵人将骑数十纵，见匈奴三人，与战，三人还射，伤中贵人，杀其骑且尽。中贵人走广，广曰：'是必射雕者也。'"裴骃集解引文颖曰："雕，鸟也，故使善射者射也。"

⑮燕乐：宴饮欢乐。轻趫(qiáo)：轻捷矫健。

⑯羁縻(jī mí)：笼络，怀柔。

⑰"饥附"二句：此二句批判当时朝廷优待降胡的做法。《三国志·魏志·张邈传》：陈登告吕布："登见曹公，言待将军譬如养虎，当饱其肉，不饱则将噬人。公曰：'不如卿言也，譬如养鹰，饥则为用，饱则扬去。'"

⑱李牧：战国时赵国良将，常守代、雁门，曾用奇阵大破匈奴，迫使单于远遁。其后十余年，匈奴不敢近赵边城。儋(dān)蓝：即襜褴。战国时北方部族名，为李牧所灭。

⑲幕府：本指将帅在外的营帐。此处借指将帅，指安禄山。刍荛(chú ráo)：割草打柴的人，泛指黎民百姓。

【汇评】

《古诗镜》：言之侃侃。

古乐府飞龙曲留上陈左相①

德以精灵降，时膺梦寐求②。苍生谢安石，天子富平侯③。尊俎资高论，岩廊挹大猷④。相门连户牖，卿族嗣弓裘⑤。豁达云开雾，清明月映秋⑥。能为吉甫颂，善用子房筹⑦。阶砌思攀陟，门阑尚阻修⑧。高山不易仰，大匠本难投⑨。迹与松乔合，心缘启沃留⑩。公才山吏部，书癖杜荆州⑪。幸沐千年圣，何辞一尉休⑫。折腰知宠辱，回首见沉浮⑬。天地庄生马，江湖范蠡舟⑭。逍遥堪自乐，浩荡信无忧⑮。去此从黄绶，归欤任白头⑯。风尘与霄汉，瞻望日悠悠⑰。

【题解】

据《新唐书·宰相表中》，天宝六载(747)起，陈希烈与李林甫分任左右相。诗曰："幸沐千年圣，何辞一尉休……去此从黄绶，归欤任白头。"

则此诗作于天宝八载(749)秋高适赴京被授封丘县尉时。《资治通鉴》卷二一五:"以门下侍郎、崇玄馆大学士陈希烈同平章事。希烈,宋州人,以讲老、庄得进,专用神仙符瑞取媚于上。李林甫以希烈为上所爱,且柔佞易制,故引以为相;凡政事一决于林甫,希烈但给唯诺。故事,宰相午后六刻乃出,林甫奏,今太平无事,巳时即还第,军国机务皆决于私家;主书抱成案诣希烈书名而已。"而此诗对左相陈希烈极尽谀颂,亦可见高适求宦心切,功名心重。

　　此诗总体上是对陈希烈的颂扬之词,空洞浮夸,但其中也穿插有自己不得志的身世之感。前十二句高度赞颂陈氏的才德,德感精灵,才动明君,心怀苍生,身居高位,胸怀开阔如光风霁月,文才武略比吉甫、子房,是以得明君器重,委以左相。"阶砌"以下八句,表达对陈氏的仰慕:自己想要高攀却无路可致,只得敬仰;陈氏本来醉心黄老,欲升仙而去,只缘辅佐君王的一片衷心而留在尘世;公才如山涛,嗜书如杜预。"迹与"四句分言德与才,说明仰慕的原因。"幸沐"以下十二句,写自己得封丘县尉之职的感受,幸逢千年盛世,何辞一尉之恩;折腰知辱而不惊,回首见穷通之道;庄子以天地为一马,范蠡驾一舟游五湖,逍遥自在,广大无忧;而我却将结束这种自由的生活,从黄绶之末职,任白头而归来;已居风尘之下而陈在霄汉之上,瞻望无日,不胜忧思。高适奔走多年,终于进入仕途,但对小小县尉之职,却很不满意,此诗借对陈希烈的仰慕隐约表达失望之意,是对自己心境的真实写照。

【校注】

　　①此诗敦煌选本乙题作《留上陈左相》。飞龙曲:乐府旧题,属杂曲。《乐府诗集·杂曲歌辞·飞龙篇》:"楚辞《离骚》曰:'为余驾飞龙兮,杂瑶象以为车。'"琴曲亦有《飞龙引》。曹植有《飞龙篇》言求仙者乘飞龙而升天;李白有《飞龙引》二首,亦为游仙体。陈左相:即陈希烈,宋州人,博学,深于黄老,工文章。受知于李林甫,天宝六载(747)官至左相兼兵部尚书。天宝十一载(752),杨国忠代李林甫为右相,陈希烈受排挤而罢相。安禄山反,陈希烈投降,受任伪相。两京收复后,被肃宗赐死。事见

《旧唐书》卷九十七、《新唐书》卷二百二十三。

②精灵：神仙，精怪。梦寐求：《尚书·说命》："高宗梦得(傅)说，使百工营求诸野，得诸傅岩。"

③谢安石：《晋书·谢安传》："(安)寓居会稽，与王羲之及高阳许询、桑门支遁游处，出则渔弋山水，入则言咏属文，无处世意。……时安弟万为西中郎将，总藩任之重。安虽处衡门，其名犹出万之右，自然有公辅之望，处家常以仪范训子弟。安妻，刘惔妹也，既见家门富贵，而安独静退，乃谓曰：'丈夫不如此也？'安掩鼻曰：'恐不免耳。'及万黜废，安始有仕进志，时年已四十馀矣。征西大将军桓温请为司马，将发新亭，朝士咸送，中丞高崧戏之曰：'卿累违朝旨，高卧东山，诸人每相与言，安石不肯出，将如苍生何！苍生今亦将如卿何！'"富平侯：汉张汤子张安世封富平侯，传子延寿，延寿传勃，勃传临，临传放，五世袭爵。《汉书·张汤传》："汉兴以来，侯者百数，保国持宠，未有若富平者也。汤虽酷烈，及身蒙咎，其推贤扬善，固宜有后。安世履道，满而不溢。贺之阴德，亦有助云。"后因以誉称朝廷重臣。此处指陈希烈。《文苑英华》作"富人侯"。

④尊俎：古代盛酒之器与置肉之几。常用为宴席的代称。岩廊：高峻的廊庑。《汉书·董仲舒传》："盖闻虞舜时，游于岩郎之上，垂拱无为，而天下太平。"颜师古注引晋灼曰："堂边庑岩郎，谓岩峻之郎也。"挹：《文苑英华》作"揖"，《全唐诗》下注："一作揖。"大猷(yóu)：谓治国大道。《诗经·小雅·巧言》："奕奕寝庙，君子作之；秩秩大猷，圣人莫之。"郑玄笺："猷，道也；大道，治国之礼法。"

⑤户牖(yǒu)：指汉相陈平。《史记·陈丞相世家》："丞相平者，阳武户牖乡人也。……(高帝)于是与平剖符，世世勿绝，为户牖侯。……孝惠帝六年，相国曹参卒，以安国侯王陵为右丞相，陈平为左丞相。"因陈希烈与陈平同姓，又均为左相，是以此处以陈平代指陈希烈。此句《文苑英华》、敦煌选本作"卿才传世业"。弓裘：即"弓冶"，谓父子世代相传的事业。语本《礼记·学记》："良冶之子，必学为裘；良弓之子，必学为箕。"此句《文苑英华》、敦煌选本作"相府盛嘉谋"。《全唐诗》此二句下注："一

237

作卿才传世业,相府盛嘉谋。"

⑥霁:敦煌选本作"景"。

⑦吉甫颂:吉甫,指周宣王时贤臣尹吉甫。他曾作歌赞美周宣王,相传《诗经·大雅》中之《崧高》《烝民》《韩奕》《江汉》等篇皆是。后以指宰辅颂君之作。子房谋:子房,指西汉开国功臣张良。早年行刺秦始皇未遂,逃亡下邳,秦末农民战争中为刘邦重要谋士;汉朝建立,封留侯。《汉书·张良传》:"高帝曰:'运筹策帷帐中,决胜千里外,子房功也。'"

⑧阶砌:敦煌选本作"户牖",《全唐诗》下注:"一作户牖。"门阑:亦作"门栏"。门框或门栅栏。

⑨高山:谓崇敬仰慕。语出《诗经·小雅·车辖》:"高山仰止,景行行止。"孔颖达疏:"于古人有高显之德如山者则慕而仰之。"大匠:本指技艺高超的木工,借以指称学艺上有大成就而为众人所崇敬的人。

⑩松乔:神话传说中仙人赤松子(神农时雨师)与王子乔(周灵王太子)的合称。泛指仙人或隐士。启沃:谓竭诚开导、辅佐君王。语出《尚书·说命上》:"启乃心,沃朕心。"孔颖达疏:"当开汝心所有,以灌沃我心,欲令以彼所见,教己未知故也。"

⑪公才:谓可与三公相当的才能。山吏部:晋山涛为吏部尚书,善于选拔人才。借称善于甄拔人才之官。《晋书·山涛传》:"涛再居选职十有馀年,每一官缺,辄启拟数人,诏旨有所向,然后显奏,随帝意所欲为先……涛所奏甄拔人物,各为题目,时称'山公启事'。"书癖(pǐ):对书籍的特别爱好。杜荆州:指晋杜预,曾官镇南大将军,都督荆州诸军事。《晋书·杜预传》:"既立功之后,从容无事,乃耽思经籍,为《春秋左氏经传集解》。又参考众家谱第,谓之《释例》。又作《盟会图》《春秋长历》,备成一家之学,比老乃成。又撰《女记赞》……时王济解相马,又甚爱之,而和峤颇聚敛,预常称'济有马癖,峤有钱癖'。武帝闻之,谓预曰:'卿有何癖?'对曰:'臣有《左传》癖。'"

⑫千年圣:犹"千载一圣"。千年出一圣人,谓圣人不常有。何:敦煌选本作"宁"。一尉:指汴州封丘县尉。

⑬折腰:鞠躬下拜,引申为屈身事人。《晋书·陶潜传》:"吾不能为五斗米折腰,拳拳事乡里小人耶!"回首:回头看,回想。

⑭天地庄马:《庄子·齐物论》:"天地,一指也;万物,一马也。"指万事万物的本质是一样的。江湖范蠡舟:范蠡,春秋末年的政治家、军事家。在吴越争霸中帮助越国灭掉吴国,后游齐国,至陶,改名陶朱公,经商致富。晚年驾一叶扁舟放情太湖山水。事见《国语·越语下》《史记·货殖列传》。

⑮逍遥:《庄子·逍遥游》注:"夫小大虽殊,而放于自得之场,则物任其性,事称其能,各当其分,逍遥一也,岂容胜负于其间哉?"浩荡:水势壮阔浩大。此处指范蠡泛舟五湖,舟小水大的样子。

⑯黄绶:古代官员系官印的黄色丝带。《汉书·百官公卿表上》:"比二百石以上,皆铜印黄绶。"

⑰风尘:指自己官职卑微。霄汉:指陈希烈身居高位。

【汇评】

《韵语阳秋》:唐明皇时,陈希烈为左相,李林甫为右相,高适各有诗上之,以陈为吉甫、子房,以李为傅说、萧何,其比拟不伦如是!上陈诗云:"天地庄生马,江湖范蠡舟。逍遥堪自乐,浩荡信无忧。"则无意于依陈。上李相诗云:"莫以才难用,终期善易听。未为门下客,徒谢少微星。"则有意于李。按希烈传,林甫颛朝,以希烈柔易,乃荐之共政,则权在林甫,而不在希烈,故适不依陈而干李也。

留上李右相①

风俗登淳古,君臣挹大庭②。深沉谋九德,密勿契千龄③。独立调元气,清心豁窅冥④。本枝连帝系,长策冠生灵⑤。傅说明殷道,萧何律汉刑⑥。钧衡持国柄,柱石总朝经⑦。隐轸江山藻,氤氲鼎鼐铭⑧。兴中皆白雪,身外即丹青⑨。江海呼穷鸟,诗书问聚萤⑩。吹嘘成羽翼，提握动芳馨⑪。倚伏悲还笑，栖迟醉复醒⑫。恩荣初就列，含育忝宵形⑬。有窃丘山惠，无时枕席宁⑭。壮心瞻落景，生事感浮萍⑮。莫以才难用，终期善易听⑯。未为门下客，徒谢少微星⑰。

【题解】

此诗亦为古乐府《飞龙曲》，与前首同时，皆作于天宝八载(749)秋高适被授封丘尉后离京时。全诗三十二句，前十六句谀颂李林甫，每四句为一段：首述身逢圣世，君臣相得，风俗淳朴，国运长久；次述李的胸怀与出身，与皇室同宗，能以天下苍生为己任；再称赞李的治国才能，执政能力有如傅说、萧何，执掌国柄能均衡公正；最后称赞李多才多艺，擅长诗赋、铭文，雅好音乐、绘画。后十六句描述自身处境：自己处境穷困，却刻苦力学，期望李氏吹嘘、提携；祸福悲笑、栖迟醉醒中得一封丘县尉之职，实为明君恩宠，有愧于天地之灵；多蒙李氏丘山之恩，无时或安于枕席，然烈士暮年壮心不已，谋生之事有似流萍；勿言有才难用，尚期终易听善，未为门下之客，徒愧少微星明。其中"江海呼穷鸟"二句一转，从颂李转为述己，颇为自然。

《旧唐书·李林甫传》载："林甫面柔而有狡计，能伺侯人主意，故骤历清列，为时委任。而中官妃家，皆厚结托，伺上动静，皆预知之，故出言进奏，动必称旨。而猜忌阴中人，不见于词色，朝廷受主恩顾，不由其门，则构成其罪；与之善者，虽厮养下士，尽至荣宠。……宰相用事之盛，开元已来，未有其比。然每事过慎，条理众务，增修纲纪，中外迁除，皆有恒度。而耽宠固权，己自封植，朝望稍著，必阴计中伤之。"李林甫不学无术、嫉贤妒能、骄奢淫逸，为一代奸相，高适此诗却极尽谀颂，不过是仕途热望所致。年近五十，只得一尉，既兴奋又失望之复杂心情，均可见于此诗。

【校注】

①此诗敦煌选本题作《上李右相》，《文苑英华》作《奉赠李右相林甫》

《全唐诗》下注:"一作奉赠李右相林甫。"李右相:即李林甫。《旧唐书·李林甫传》:"林甫善音律,初为千牛直长,其舅楚国公姜皎深爱之。开元初,迁太子中允。……十四年,宇文融为御史中丞,引之同列,因拜御史中丞,历刑、吏二侍郎。……二十三年,以黄门侍郎平章事裴耀卿为侍中,中书侍郎平章事张九龄为中书令,林甫为礼部尚书、同中书门下三品,并加银青光禄大夫。寻历户、兵二尚书,知政事如故。"

②挹:《文苑英华》作"揖"。大庭:外朝之廷。《逸周书·大匡》:"王乃召冢卿、三老、三吏、大夫百执事之人,朝于大庭。"朱右曾校释:"庭当作廷。大廷,外朝之廷,在库门内雉门外。"

③九德:古代贤人所具备的九种优良品格。九德内容,说法不一。《尚书·皋陶谟》:"皋陶曰:'都,亦行有九德,亦言其人有德,乃言曰:载采采。'禹曰:'何?'皋陶曰:'宽而栗、柔而立、愿而恭、乱而敬、扰而毅、直而温、简而廉、刚而塞、强而义。彰厥有常,吉哉!'"孔传:"言人性行有九德以考察,真伪则可知。"密勿:勤勉努力。《诗经·小雅·十月之交》:"黾勉从事,不敢告劳。"王先谦《诗三家义集疏》谓:"鲁'黾勉'作'密勿'。"《汉书·刘向传》:"君子独处守正,不挠众枉,勉强以从王事……故其诗曰:'密勿从事,不敢告劳。'"颜师古注:"密勿,犹黾勉从事也。"

④元气:指天地未分前的混沌之气。《汉书·律历志上》:"太极元气,函三为一。"颜师古注引孟康曰:"元气始起于子,未分之时,天地人混合为一。"因古时宰相有调理阴阳之责,故曰。窅冥(yǎo míng):幽暗。敦煌选本作"杳冥"。

⑤帝系:帝王世系。《旧唐书·李林甫传》:"李林甫,高祖从父弟长平王叔良之曾孙。"长策:犹良计。冠:首,第一。

⑥傅说(yuè):商王武丁的贤相。《史记·殷本纪》:"武丁夜梦得圣人,名曰说。以梦所见视群臣百吏,皆非也。于是乃使百工营求之野,得说于傅险中。是时说为胥靡,筑于傅险。见于武丁,武丁曰是也。得而与之语,果圣人,举以为相,殷国大治。故遂以傅险姓之,号曰傅说。"萧何:西汉第一任丞相,汉之典章制度多出其手。《汉书·刑法志》:"其后

四夷未附,兵革未息,三章之法不足以御奸,于是相国萧何攈摭秦法,取其宜于时者,作律九章。"

⑦钧衡:本指权衡重量,比喻平衡公正。敦煌选本作"权衡"。柱石:顶梁的柱子和垫柱的础石,比喻担当重任。《汉书·霍光传》:"将军为国柱石,审此人不可,何不建白太后,更选贤而立之。"朝经:朝廷的典章制度。明活字本作"贤经",《全唐诗》"朝"字下注:"一作贤。"

⑧隐轸(zhěn):众盛,富饶。江山藻:指诗赋。氛氲:盛貌。鼎鼐铭:古代鼎和鼐两种烹饪器具上的铭文。比喻人的文章写得好,可以铭刻流传。另,鼎鼐亦可比喻宰相之类的执政大臣。《旧唐书·李林甫传》载:"自无学术,仅能秉笔",可见此二句不属实,为谀颂之词。

⑨白雪:古琴曲名,相传为春秋晋国师旷所作。代指高雅的音乐。《旧唐书·李林甫传》载:"林甫善音律。"《文苑英华》作"洁白",《全唐诗》下注:"一作洁白"。即:《全唐诗》下注:"一作尽"。丹青:指绘画。张彦远《历代名画记》:"李林甫亦善丹青,高詹事与李林甫诗曰:'兴中唯白雪,身外即丹青。'余曾见其画迹甚佳,山水小类李中舍也。"

⑩穷鸟:无处可栖的鸟。比喻处境困穷的人。聚萤:收聚萤光以照明,喻指刻苦力学。《晋书·车胤传》:"家贫不常得油,夏月则练囊盛数十萤火以照书,以夜继日焉。"

⑪吹嘘:奖掖,汲引。羽翼:指辅佐的人或力量。提握:提拔,提携。芳馨:芳香,比喻美好的名声。

⑫倚伏:依存隐伏。意谓祸福相因,互相依存,互相转化。语本《老子》:"祸兮福之所倚,福兮祸之所伏。"栖迟:漂泊失意。敦煌选本作"栖遑",《文苑英华》作"升沉",《全唐诗》下注:"一作升沉。"

⑬就列:就位,任职。《论语·季氏》:"陈力就列,不能者止。"何晏集解:"言当陈其才力,度己所任,以就其位。"含育:包容化育。宵形:指人的相貌像天地之形。《汉书·刑法志》:"人宵天地之貌。"注引应劭曰:"头圆象天,足方象地。"师古曰:"宵,义与肖同。"

⑭丘山惠:像山丘一样重而多的恩惠。

⑮落景:夕阳。浮萍:稻田、沟渠、池塘中浮生的萍草。因其随水飘荡,故常用以比喻行踪不定、四处漂泊的游子。《全唐诗》"浮"字下注:"一作流。"

⑯才难用:人才难得为用。《论语·泰伯》:"才难,不其然乎?"注:"人才难得,岂不然乎?"善易听:从善如流之意。

⑰门下客:门客,食客。谢:敦煌选本作"羡"。少微星:星座名,共四星,在太微垣西南。《史记·天官书》:"廷藩西有隋星五,曰少微,士大夫。"张守节正义:"少微四星,在太微西,南北列:第一星,处士也;第二星,议士也;第三星,博士也;第四星,士大夫也。占以明大黄润,则贤士举;不明,反是;月、五星犯守,处士忧,宰相易也。"按,五,当从《汉书·天文志》作"四"。此处指关乎文人士大夫命运的星座。

留别郑三韦九兼洛下诸公①

忆昨相逢论久要,顾君哂我轻常调②。羁旅虽同白社游,诗书已作青云料③。蹇质蹉跎竟不成,年过四十尚躬耕④。长歌达者杯中物,大笑前人身后名⑤。幸逢明盛多招隐,高山大泽征求尽⑥。此时亦得辞渔樵,青袍裹身荷圣朝⑦。犁牛钓竿不复见,县人邑吏来相邀⑧。远路鸣蝉秋兴发,华堂美酒离忧销⑨。不知何日更携手,应念兹晨去折腰⑩。

【题解】

晁公武《郡斋读书志》谓:高适"天宝八载举有道科中第"。可知此为诗人于天宝八载(749)初秋经过洛阳,前往封丘任职途中所作。高适向来志存高远,一生执着求仕,年近五十方得封丘县尉之职,此诗即抒入仕赴任之感。

前四句追忆过去与诸公同游之事,当年聚会,诸公笑我不屑于常调之微职,虽然漂泊异乡,有如董京白社之游,但自己仍然怀有青云之志。"蹇质"以下四句表明自己长期怀才不遇,自己已过不惑之年,尚躬耕宋中,只得饮酒放旷,自我消遣。此处故作旷达,实则充满悲愤。"幸逢"以下四句叙被征出仕,盛世招隐士,余亦辞渔樵,反复曰"明盛""圣朝",似乎终于得意,更有反讽意味。"犁牛"二句承上启下,引起话别。"远路"四句言别,面对华堂美酒,想象分离后的景象,既伤相聚无期,又忧逢迎为事,心情复杂。

【校注】

①此诗敦煌选本题作《留别郑三韦九兼呈洛下诸公》,《唐百家诗选》题作《留别洛下诸公兼赠郑三韦九》。郑三、韦九:名未详。刘长卿有《客舍喜郑三见寄》,又有《客舍赠别韦九建赴任河南韦十七造赴任郑县就便觐省》,若高诗与刘诗中的郑三、韦九均为同一人,则韦九名建。韦建为天宝间诗人,与萧颖士最善,《新唐书·萧颖士传》有记载。另,林宝《元和姓纂》卷二:"京兆诸房韦氏:伯阳,仓部郎中,生建、迢、造。"

②久要(yào):旧约。《论语·宪问》:"久要不忘平生之言。"何晏集解引孔安国曰:"久要,旧约也。平生,犹少时。"邢昺疏:"言与人少时有旧约,虽年长贵达,不忘其言。"常调:按常规迁选官吏。

③白社:地名。在今河南省洛阳市东。葛洪《抱朴子·杂应》:"洛阳有道士董威辇常止白社中,了不食,陈子叙共守事之,从学道。"已作:《文苑英华》作"已得",注"诗选作比作"。

④蹇(jiǎn)质:困顿颠仆,不顺利。《全唐诗》"质"字下注:"一作踬。"《文苑英华》、敦煌选本作"蹇步"。

⑤达者:明达之人。《全唐诗》"者"字下注:"一作士。"大笑:《全唐诗》"大"字下注:"一作冷。"身后名:《晋书·张翰传》:"翰任心自适,不求当世。或谓之曰:'卿乃可纵适一时,独不为身后名邪?'答曰:'使我有身后名,不如即时一杯酒。'"

⑥明盛:昌明兴盛。亦指盛世。招隐:征召隐居者出仕。楚辞有《招

隐士》,淮南小山作,王逸以为:"闵伤屈原,故作《招隐士》之赋,以章其志。"《楚辞通释》王夫之谓:"今按此篇,义尽于招隐,为淮南招致山谷潜夫之士,绝无闵屈子而章之之意。"征求尽:《资治通鉴》卷二一五:"天宝六载,上欲广求天下之士,命通一艺以上皆诣京师,李林甫恐草野之士斥言其奸……遂无一人及第者。林甫乃上表贺野无遗贤。"

⑦亦:敦煌选本作"也",《全唐诗》下注:"一作也,一作苟。"青袍:唐贞观三年(629),规定八品、九品服青色;显庆元年(656),规定深青为八品之服,浅青为九品之服。按,高适此时应诏为封丘县尉,应服青袍。

⑧县人:明活字本作"县令"。

⑨鸣蝉:敦煌选本作"鸣蜩"。《礼记·月令》:"孟秋之月,凉风至,白露降,寒蝉鸣。"

⑩何日:明活字本作"何时",从《全唐诗》。兹晨:《文苑英华》、敦煌选本作"兹辰"。去:《全唐诗》下注:"一作尚。"折腰:屈身事人。《晋书·陶潜传》:"吾不能为五斗米折腰,拳拳事乡里小人耶!"《全唐诗》下注:"一作去遥。"

初至封丘作①

可怜薄暮宦游子,独卧虚斋思无已②。去家百里不得归,到官数日秋风起③。

【题解】

此诗作于天宝八载(749)秋。《全唐文》卷三五七录有高适《谢封丘县尉表》,另高适有《答侯少府》诗,李颀有《赠别高三十五》《答高三十五留别便呈于十一》二诗,均作于同时,可与此诗参看。

诗人经过三十年的等待与追寻,终于在知天命之年入仕,但只得一个小小县尉,与素日志向相差甚远,是以内心情绪十分复杂。从诗中内容来看,全无初次任官的喜悦,只是无聊落寞、思家欲归。首句"薄暮"语带双关,既指时令入秋(《答侯少府》所谓"赫赫三伏时,十日到咸秦",此诗曰"到官数日秋风起"),兼言年华老大。"独卧虚斋"写初至任上之窘态,与想象中的为官生活相差甚远,且迟迟难以进入状态。后二句在仕宦不如意之外又增添思家情绪,回应"思无已"。小诗语短情深,含蓄委婉,真实地描绘出初赴任上的诗人复杂的内心情感。

【校注】

①封丘:《旧唐书·高适传》:"解褐汴州封丘尉。"《新唐书·地理志》:"汴州陈留郡有封丘县。"在今河南省封丘县。

②薄暮:兼有到任时为入秋时分与薄暮之年入仕之意。

③去家百里:高适赴封丘上任时,家眷仍在睢阳,离封丘有百里之遥,故云。秋风起:点明到任时节,同时暗用晋代张翰为宦洛阳见秋风而思家之典。

同陈留崔司户早春宴蓬池①

同官载酒出郊圻,晴日东驰雁北飞②。隔岸春云邀翰墨,傍檐垂柳报芳菲。池边转觉虚无尽,台上偏宜酩酊归③。州县徒劳那可度,后时连骑莫相违④。

【题解】

此诗作于天宝九载(750)春,高适时在封丘任上,借酒浇愁,兼赏早春美景。

前半写早春游赏之景,天气晴朗,东风轻拂,大雁北飞,春云氤氲,杨柳青翠,引发诗兴。后半抒情,池边赏景只觉天高地迥,台上畅饮只合大醉而归,然而借酒浇愁却难忘州县劳顿、无法升官之苦,是以结尾嘱意崔司户,他日若飞黄腾达,应不忘提携自己。此诗写景很有气势,由景入情的转折也十分自然,情感的跌宕与文势的起伏妙合无间。

【校注】

①陈留:《新唐书·地理志》:"汴州陈留郡治浚仪。"在今河南省开封市。崔司户:名未详。《新唐书·百官志》:"州郡有司户参军事。"蓬池:泽薮名。即蓬泽。在今河南省开封市东南,战国魏地,本逢忌之薮。《新唐书·地理志》陈留郡开封县注:"有福源池,本蓬池,天宝六载更名,禁渔采。"《元和郡县志》卷七:"蓬泽在(开封)县东北十四里,今号蓬池,左氏所谓蓬泽也。"阮籍《咏怀》之十二:"徘徊蓬池上,还顾望大梁。"

②郊圻(qí):郊野,郊外。王安石《次韵再游城西李园》:"我亦悠悠无事者,约君联骑访郊圻。"东驰:敦煌选本作"东风"。

③虚无:天空,清虚之境。杜甫《白帝楼》:"漠漠虚无里,连连睥睨侵。"仇兆鳌注:"太虚之际,城堞上侵,极言城之高峻。"酩酊(mǐngdǐng):大醉。《晋书·山简传》:"山公出何许? 往至高阳池。日夕倒载归,酩酊无所知。"

④徒劳:敦煌选本作"劳人"。连骑:形容骑从之盛。《战国策·秦策一》:"当秦之隆,黄金万镒为用,转毂连骑,炫熿于道。"

封丘作①

我本渔樵孟诸野,一生自是悠悠者②。乍可狂歌草泽中,宁堪作吏风尘下③。只言小邑无所为,公门百事皆有期④。拜迎官长心欲碎,鞭挞黎庶令人悲⑤! 归来向家问妻子,举家尽笑今如此⑥。生事应须南亩田,世情付与东流水⑦。梦想旧山安在哉? 为衔君命且迟回⑧。乃知梅福徒为尔,转忆陶潜归去来⑨。

【题解】

此诗作于封丘任上。高适于天宝八载(749)秋授封丘尉,天宝十一载(752)秋去职,在封丘整三年,其间曾于天宝九载(750)秋冬送兵青夷军,十载春回封丘。从诗歌内容看,未提及送兵见闻,应为之前作,暂定于天宝九载春夏间,此时下车伊始之新鲜感已过,困于一邑而满目疮痍,故作此诗,表达理想与现实的矛盾和出仕之后希望归隐的衷曲。

开头四句说明不堪风尘作吏的原由,是压抑已久的感情的迸发。对一个抱负不凡的才志之士来说,怎甘堕落风尘,做个卑微的小吏呢!倒是"混迹渔樵"的自由生活更让人向往。"乍可""宁堪"相对,表现了诗人醒悟追悔和愤激不平的心情。"只言"以下四句,交代不堪风尘作吏的现实原因,感情转向深沉。诗人素怀鸿鹄之志:"举头望君门,屈指取公卿"(《别韦参军》),结果到五十岁才出仕,当上任封丘之时,诗人满怀热情,以为施展抱负的机会来了:"此时亦得辞渔樵,青袍裹身荷圣朝。"然而现实很快击碎了他的理想,做官不仅让他失去了自由,还要面对"拜迎官长""鞭挞黎庶"的难堪。"归来"四句,继续写不堪之状,用自己的严肃认真与妻儿的不以为意相对照,衬托出诗人的迂阔真率,不谙世事。"梦想"四句写面对矛盾的选择:想仿效陶渊明弃官归隐,然而一时不能遂意。想起汉代的南昌尉梅福,竭诚效忠依然徒劳,倒不如欣然而赋《归去来》的陶潜自由自在。

殷璠在《河岳英灵集》里评高适的诗"多胸臆语,兼有气骨"。此诗运用质朴自然、毫无矫饰的语言,紧扣出仕后理想与现实的矛盾,铺陈直言,肝胆照人。在句法上,全篇每四句为一段,每段的一、二句为散行,三、四句是对偶,如此交互为用,经纬成文,既流动,又凝重,富有声调的美感。另外,此诗还善用对比表达激荡的感情,"草泽"与"风尘""小邑"与"公门""旧山"与"君命""梅福"与"陶潜",均是通过对比体现理想与现实的绝大反差,形象地表达出诗人内心巨大的痛苦。

【校注】

①此诗《文苑英华》及敦煌集本诸本皆题为《封丘作》,《全唐诗》题注:"一作县。"《唐诗所》"县"下有"作"字,明活字本作《封丘县》。

②孟诸:古泽薮名。在今河南商丘东北、虞城西北。《左传·僖公二

248

十八年》："余赐女孟诸之麋。"杜预注："孟诸,宋泽薮。"高适出仕前长期闲居宋中,以耕田打鱼为生,故云。悠悠:闲适貌。

③乍可:只可。风尘:尘世,纷扰的现实生活。作吏风尘,即风尘作吏,作一个世俗的小官吏。

④有期:规定期限,指公门中事皆限期完成。

⑤碎:敦煌集本、《文苑英华》《才调集》作"破",《全唐诗》下注："一作破。"黎庶:黎民百姓。

⑥归来:敦煌集本、《才调集》《河岳英灵集》作"悲来"。《全唐诗》"归"字下注："一作悲。"尽笑:《文苑英华》作"尽哭"。

⑦南亩:谓农田。南坡向阳,利于农作物生长,古人田土多向南开辟,故称。《诗经·小雅·大田》："俶载南亩,播厥百榖。"

⑧旧山:故乡,故居。衔君命:遵奉您的命令。且:《才调集》作"日",《全唐诗》下注："一作日。"迟回:犹豫,滞留。

⑨乃:《河岳英灵集》作"早"。梅福:汉九江郡寿春人,字子真。官南昌尉。及王莽当政,乃弃家隐居。后世关于其成仙的传说甚多,江南各地以至闽粤,多有其所谓修炼成仙的遗迹。转忆:《文苑英华》作"却忆"。归去来:归隐。《晋书·陶潜传》："执事者闻之,以为彭泽令……郡遣督邮至县,吏白:'应束带见之。'潜叹曰:'吾不能为五斗米折腰,拳拳事乡里小人邪!'义熙二年解印去县,乃赋《归去来》。"

【汇评】

《韵语阳秋》:《封丘》诗云:"我本渔樵孟诸野,一生自是悠悠者。乍可狂歌草泽中,宁堪作吏风尘下?"其末句云:"乃知梅福徒为尔,转忆陶潜归去来。"则不堪作吏之卑辱,而复思孟诸之渔樵也,韩退之云:"居闲食不足,从仕力难任。"其此之谓乎?

《唐诗广选》:胡元瑞曰:起语疏荡。

《唐百家诗选》:赵熙批:浑灏流转,常侍独擅之长(末二句下)。

《唐风定》:朴极,冲口而出,却非仲初(王建)《田家》之比。("归来"句下)

《唐音评注》:二句可办一生。("世情"句下)

封丘作

州县才难适，云山道欲穷①。揣摩惭黠吏，栖隐谢愚公②。

【题解】

此诗与前诗主题一致，皆表达不堪风尘作吏、欲要归隐田园之意，但情绪相对平和，写作时间应比前诗稍晚，在天宝九载（750）春夏间。

首二句言进退两难的处境：才能既难适州县之职，归隐云山又道术难行。后二句分别照应前两句，"惭黠吏"即"才难适"，说明并非自己才能不够，只是不愿仿效狡黠小吏揣摩上意惯于逢迎的姿态，即"拜迎长官"的同时又"鞭挞黎庶"；"谢愚公"即"道欲穷"，表明自己想要学习愚公归隐山中，却又尚存献芹之心，不甘就此退隐，故而深感惭愧。此诗十分简短，却用两次反复来强调诗人进退维谷的尴尬处境，"惭""谢"互文，又在表面的自谦中包含对世俗的针砭。

【校注】

①州县：此指担任封丘县尉后的生活。才难适：谦辞，即"拜迎官长心欲碎，鞭挞黎庶令人悲"的县尉生涯令其不堪忍受。云山：远离尘世的地方。此指隐者或出家人的居处。道欲穷：《史记·孔子世家》："西狩见麟，曰：'吾道穷矣。'"

②黠吏：奸猾之吏。谢：惭愧，不如。与上"惭"为互文。愚公：刘向《说苑·政理》："齐桓公出猎，逐鹿而走入山谷之中，见一老公而问之曰：'是为何谷？'对曰：'为愚公之谷。'桓公曰：'何故？'对曰：'以臣名之……臣故畜牸牛，生子而大，卖之而买驹。少年曰：牛不能生马！遂持驹去。傍邻闻之，以臣为愚，故名此谷为愚公之谷。'"

赠别沈四逸人^①

沈侯未可测,其况信浮沉^②。十载常独坐,几人知此心^③。乘舟蹈沧海,买剑投黄金^④。世务不足烦,有田西山岑。我来遇知己,遂得开清襟^⑤。何意阛阓间,沛然江海深^⑥。疾风扫秋树,濮上多鸣砧^⑦。耿耿尊酒前,联雁飞愁音^⑧。平生重离别,感激对孤琴^⑨。

【题解】

高适于天宝九载(750)秋到濮上拜访沈千运,诗当作于此时。沈千运和高适是好友。天宝九载高适任封丘县尉时,专程造访沈;沈隐居汝北之后,又来看望高适,并有《山中作》诗送给高适:"栖隐非别事,所愿离风尘。不辞城邑游,礼乐拘束人。迩来归山林,庶事皆吾身。何者为形骸,谁是智与仁。寂寞了闲事,而后知天真。咳唾矜崇华,迂俯相屈伸。如何巢与由,天子不知臣。"高适赋《还山吟》赠行,对他的隐居表示理解和支持。

此诗前八句写沈千运与众不同的修养,总括为"不可测",其表现为独坐静居、乘舟蹈海、黄金买剑、耕田西山等,总之是我行我素,孤高自许,"独挺于流俗之中"(元结语)。"我来"以下四句追忆二人交往情景,才一相见便成知己,开怀畅叙,越发亲近,无意之间得一挚友,相处虽短,感情却有如江海之深。"疾风"以下六句叙赠别,疾风、秋树、鸣砧、雁声皆为衰飒秋景,渲染别情,结尾二句直接抒情。沈氏独特的行事作风为高适所欣赏,但自己终究不能如此洒脱,赠别之中有欣赏羡慕对方之意。

【校注】

①此诗明活字本题作《赠别沈四逸士》。《全唐诗》"人"字下注:"一

作士。"沈四逸人：即沈千运。吴兴人，后迁居汝北。家贫，性行端直。《箧中集序》《书史会要》载其"工文，善八分"。元结《箧中集序》："近世作者，更相沿袭，拘限声病，喜尚形似……吴兴沈千运独挺于流俗之中，强攘于已溺之后，穷老不惑，五十馀年，凡所为文，皆与时异，故朋友后生，稍见师效。能侣类者有五六人。呜呼，自沈公及二三子，皆以正直而无禄位，皆以忠信而久贫贱，皆以仁让而至丧亡。"《唐诗汇评》："沈千运，生卒年不详，吴兴（今属浙江）人，居于汝北（约今河南临汝）。家贫，天宝中，屡举进士不第，游襄、邓间。又游濮上，与高适交游。年已五十，尚无寸禄，遂归隐。人称'沈四山人'或'沈四逸士'。肃宗时，备礼征召，辞不应，卒。千运工旧体诗，气格高古。乾元三年，元结编《箧中集》，以千运诗为首，赞其能'独挺于流俗之中'。《全唐诗》存诗五首。"参见《赋得还山吟送沈四山人》注释①。

②侯：古代人对士大夫的尊称。未可测：敦煌集本作"不易测"。浮沉：比喻得意或失意。此指沈氏屡举进士不第，历尽沉浮。

③独坐：《晋中兴书》："陶淡字处静，年十五，便服食绝谷……设小床独坐，不与人共。"此指沈千运不与世俗同流合污，也不得世人理解。

④蹈沧海：隐逸逃世之举。《史记·鲁仲连邹阳列传》："彼秦者，弃礼仪而上首功之国也，权使其士，虏使其民。彼即肆然而为帝，过而为政于天下，则连有蹈东海而死耳，吾不忍为之民也。所为见将军者，欲以助赵也。……（田单）归而言鲁连，欲爵之。鲁连逃隐于海上。"买剑：谓沈千运不惜重金买剑习武。

⑤我来：敦煌集本作"我行"。

⑥阃阈（kǔn yù）：门限，门户。

⑦鸣砧（zhēn）：即捣衣之声。因秋季要备衣御寒，故多捣衣声。

⑧耿耿：心中挂怀，烦躁不安的样子。愁音：敦煌集本作"愁阴"，《全唐诗》"音"字下注："一作阴。"

⑨孤琴：《唐文粹》作"孤吟"，《全唐诗》"琴"字下注："一作吟。"

赋得还山吟送沈四山人①

还山吟,天高日暮寒山深,送君还山识君心。人生老大须恣意,看君解作一生事,山间偃仰无不至②。石泉淙淙若风雨,桂花松子常满地③。卖药囊中应有钱,还山服药又长年④。白云劝尽杯中物,明月相随何处眠⑤。眠时忆问醒时事,梦魂可以相周旋⑥。

【题解】

高适于天宝九载(750)秋到濮上拜访沈千运,结为知交,有《赠别沈四逸人》诗叙其事。据《唐才子传》,沈千运于天宝中因屡试不第而游襄、邓,至濮上,感怀赋诗曰:"圣朝优贤良,草泽无遗族。人生各有命,在余胡不淑?一生但区区,五十无仕禄。衰落当捐弃,贫贱招谤讟。"沈四山人的遭遇与高适十分相似,高适好几首诗歌的情调皆与沈诗相类。高适此诗以知交的情谊,豪宕的胸襟,洒脱的风度,真实地描绘了沈千运自食其力、清贫孤苦的隐居生活,赞美了他高蹈隐逸的志趣和情怀。

诗以时令即景起兴,蕴含深沉复杂的感慨。以秋日黄昏之景烘托分离之情。"人生"三句具体写沈氏洞察世事,远离尘世繁华,归隐山林。"石泉"以下六句想象沈氏归隐山中之后悠闲自适的生活,无限神往。结尾二句照应题中"送"字,致送别之意。"眠时"即上句明月相随而眠的隐居生活,"醒时"应为入世求官的前半生经历,同时兼指高适的求仕;并劝慰对方不要因分别而感伤,老友若相互思念,可随时于梦中相聚。

此诗名为送别,实则旨在赞美沈氏清贫高尚的品行,因此对送别只一笔带过,而主要着力于描写沈的志趣和日常生活情景,突出沈氏的真隐士形象,也表现出高适思想上仕与隐的矛盾。

【校注】

①此诗《唐百家诗选》题下有"杂言"二字。赋得：科举时代的试帖诗，因试题多取成句，故题前均有"赋得"二字。亦用于应制之作及诗人集会分题。后遂将"赋得"视为一种诗体。即景赋诗者也往往以"赋得"为题。沈四山人：当时名士沈千运，吴兴（今属江苏）人，排行第四，时称"沈四山人""沈四逸人"，是一位知世独行的真隐士。天宝年间，屡试不中，曾干谒名公，历尽沉浮，饱尝炎凉，看破人生和仕途，约于五十岁左右隐居濮上（今河南濮阳南濮水边），躬耕田园。《唐才子传》卷二："千运，吴兴人。工旧体诗，气格高古，当时士流皆敬慕之。号为'沈四山人'。天宝中，数应举不第，时年齿已迈，遨游襄、邓间，干谒名公。来濮上，感慨赋诗曰：'圣朝优贤良，草泽无遗族。人生各有命，在余胡不淑？一生但区区，五十无寸禄。衰落当捐弃，贫贱招谤讟。'"工旧体诗，其诗反对华词艳语，气格高古，诗人元结曾编孟云卿、王季友、于逖、张彪、赵微明、元季川等七人诗为《箧中集》，千运为之冠。其诗被称"独挺于流俗之中，强攘于已溺之后"。《全唐诗》收其诗作五首。

②解作：晓悟。《唐才子传》谓：沈千运"天宝中，数应举不第，时年齿已迈，……其时多艰，自知屯蹇，遂浩然有归欤之志……尝曰：'衡门之下，可以栖迟，有薄田园，儿稼女织。偃仰古今，自足此生，谁能作小吏走风尘下乎？'"偃仰：安居，游乐。《诗经·小雅·北山》："或栖迟偃仰，或王事鞅掌。"此处指上引沈千运"偃仰古今，自足此生"之语。

③桂花松子：为隐者所餐之物。此处想象沈四山人归隐后的生活。

④卖药：古代隐士多采药自服，以求延年益寿；亦或卖药为营，接济生计，一举两得。《后汉书·韩康传》："韩康，字伯休……常采药名山，卖于长安市，口不二价，三十馀年。时有女子从康买药，康守价不移，女子怒曰：'公是韩伯休那，乃不二价乎？'康叹曰：'我本欲避名，今小女子皆知有我焉，何用药为？'乃遁入霸陵山中。"长年：长寿，延年益寿。

⑤杯中物：指酒。陶潜《责子》："天运苟如此，且进杯中物。"

⑥事：明活字本作"意"。周旋：交往，交际。此处指与沈四山人梦中

254

相聚。

《唐诗广选》：收语出不意（"眠时忆问"句下）。

《唐诗归》：谭云："梦魂可以相周旋""知君以此忘帝力""我公不以为是非"皆以此一种句法，妙绝千古，当看其用笔老处。又云：观其落笔驻笔。清健高雅处。钟云：幽人语境，相视略领，傍人不知（"送君还山"句下）。

《唐风定》：落落酣歌，快意无比。

《古唐诗合解》：此篇从题起韵，写题二句，转调用叠韵五句，再转韵六句。前紧促，而宽徐。

《唐贤三昧集笺注》：宕逸可爱。

《唐贤清雅集》：起处已尽大意，后节节回应，神气一片。

《唐宋诗举要》：兴象华妙，音韵尤美。

同群公登濮阳圣佛寺阁①

落日登临处，悠然意不穷。佛因初地识，人觉四天空②。来雁清霜后，孤帆远树中。徘徊伤寓目，萧索对寒风③。

【题解】

此诗当作于天宝九载（750）秋高适至濮上拜访沈千运之时。首二句交代登阁时间与心情，日落时分一登览，即引起绵绵思绪。三、四句承"意不穷"，因所登之处为佛阁，故而想到一切因缘皆由佛家初地而起，一切事物也皆由因缘聚合而生，其本质都为空相。五、六句写登临之景，落日余晖下，鸿雁于清霜中飞舞，孤舟在远树前穿行，一仰一俯，动静相对，写出清秋落照时的宁静。七、八句写秋思，徘徊于阁上，心事重重，眼之所见皆足伤情，一任飒飒秋风吹动衣襟。

高适博览群书，对佛教典籍颇有涉猎，集中有登佛塔诗数篇，如《与诸公登慈恩寺塔》《和窦侍御登凉州七级浮图之作》《同吕判官从哥舒大夫破洪济城回登积石军多福七级浮图》等，往往于登高临远之时联系佛教义理，感悟佛理禅趣，生发佛情禅思，或以佛家的空无妙理排解壮志难酬的寂寞，借以忘却眼前的烦恼，但诗人骨子里对功名的渴望却从未因此而改变。

【校注】

①濮阳：《新唐书·地理志》："濮州濮阳郡有濮阳县。"在今河南省濮阳市南。

②初地：佛教语。谓修行过程十个阶位中的第一阶位。三乘共修"十地"中，以"乾慧地"为"初地"；大乘菩萨"十地"中，以"欢喜地"为"初地"。《华严经·十地品》："今明初地义，但以略解说……是初菩萨地，名之为欢喜。"四天空：佛教有三界诸天之说。三界，指欲界、色界、无色界。色界诸天又分为四禅：初禅为大梵天之类；二禅为光音天之类；三禅为遍净天之类；四禅为色究竟天之类。另，无色界的四处，即空无边处、识无边处、无所有处、非想非非想处。又称四空天、四空处。

③寓目：观看。《左传·僖公二十八年》："子玉使斗勃请战，曰：'请与君之士戏，君冯轼而观之，得臣与寓目焉。'"

酬秘书弟兼寄幕下诸公 并序①

乙亥岁，适征诣长安②。时侍御杨公任通事舍人，诗书起予，盖终日矣③。今年适自封丘尉统吏卒于青夷，途经博陵，得太守贾公之政，相见如旧，他日之意存焉④。司业张侯，周旋追兹，仅三十载，将畴昔是好，匪穷达之异乎⑤？族弟秘书，雁序之白眉者，风尘一别，俱东西南北之人，怆然相逢，适与愿契⑥。旅馆之暇，长怀益增，因赋是诗，愧非六义之流也⑦。

亚相膺时杰，群才遇良工⑧。翩翩幕下来，拜赐甘泉宫⑨。信知命世奇，适会非常功⑩。侍御执邦宪，清词焕春丛⑪。末路望绣衣，他时常发蒙⑫。孰云三军壮？惧我弹射雄⑬。谁谓万里遥？在我樽俎中⑭。光禄经济器，精微自深衷⑮。前席屡荣问，长城兼在躬⑯。高纵激颓波，逸翮驰苍穹⑰。将副节制筹，欲令沙漠空⑱。司业志应徐，雅度思冲融⑲。相思三十年，忆昨犹儿童。今来抱青紫，忽若披鹓鸿⑳。说剑增慷慨，论交持始终㉑。秘书即吾门，虚白无不通㉒。多才陆平原，硕学郑司农㉓。献封到关西，独步归山东㉔。永意久知处，嘉言能亢宗㉕。客从梁宋来，行役随转蓬。酬赠欣元弟，忆贤瞻数公㉖。游鳞戏沧浪，鸣凤栖梧桐㉗。并负垂天翼，俱乘破浪风㉘。眈眈天府间，偃仰谁敢同㉙！何意构广厦？翻然顾雕虫㉚。应知阮步兵，惆怅此途穷㉛。

【题解】

此诗作于天宝九载(750)秋冬，当时诗人自封丘任上送兵到蓟北青夷军，途经河间、博陵。

前六句颂美安禄山，既称"亚相""良工"，又以奇才名世，得建非常之功。高适自开元二十年(732)前后出塞幽蓟，之后再未北上，此处多溢美之词，一则对安禄山行事不清楚，二来也是希望对方提携。"侍御"以下八句赞美杨侍御，以绣衣使者执掌国家大法，既有文采，又精骑射，于我多有启发。"光禄"以下八句赞美太守贾循，有经世济民之才，深得帝王信任，如长城之坚固，使边塞得以安宁。"司业"以下八句赞美张司业，志向高远有如应场、徐幹，雅量仁厚好比曹冲、孔融，谈论武事慷慨从容，重视友情始终如一。"秘书"以下八句赞美其族弟，心地纯良，博学多才，虽求仕未果，然进退知节，能为家族增光。"客从"以下十句总言此次相聚的缘由经过，自己从梁宋辗转至此，欣然得元弟赠诗，又得瞻诸公风采：

有如龙游沧浪，风栖梧桐，鹏翔九霄，破浪乘风，居高临下。"何意"以下四句以前面诸公得意作反衬，转而自怜身世：本有构建广厦之志，却耽于雕虫小技，只得效阮籍作穷途之哭！

此诗酬谢之人，多是故交，且身居要津，高适此时很希望得到安禄山等人的提携援引，故诗多溢美之词；而回顾自身，又是满腹不得意，在对比之中含蓄表达心意。语言昂扬有力是此诗最大的特点，体现出高适对仕途充满热望的一贯风格。

【校注】

①秘书：《新唐书·百官志》："秘书省有秘书郎三人，掌四部图籍。"弟：名未详，或以为高耽、高尚，均不可考。幕下：指范阳、平卢节度使安禄山幕府。

②乙亥岁：即开元二十三年（735）。高适于此年赴长安应试。《册府元龟》卷六四五《贡举部》："（开元）二十三年正月诏：'其或才有王霸之略，学究天人之际，智勇堪将帅之选，政能当牧宰之举者，五品以下清官及军将、都督、刺史各举一人。'"征诣：征召前往。

③侍御：指侍御史。据《新唐书·百官志》，唐代御史有三院，一曰台院，侍御史属焉；二曰殿院，殿中侍御史属焉；三曰察院，监察御史属焉。杨公：名未详。通事舍人：中书省属官。《新唐书·百官志》："通事舍人掌朝见引纳殿庭通奏。"起予：启发我。《论语·八佾》："子曰：'起予者，商也，始可与言《诗》已矣。'"何晏集解引包咸曰："孔子言子夏能发明我意，可与共言《诗》。"

④青夷：即清夷，军名。杜佑《通典》卷一七二："范阳节度使统清夷军，妫川郡城内，垂拱中刺史郑崇述置，管兵万人，马三百匹。"妫川郡城在今河北省怀来县。博陵：《旧唐书·地理志》："定州，天宝元年改为博陵郡，治安喜。"在今河北省定县东。贾公：即博陵太守贾循。《新唐书·贾循传》："贾循，京兆华原人。……安禄山兼平卢节度，表为副，迁博陵太守。禄山欲击奚、契丹，复奏循光禄卿自副，使之留后。"他日：曾经，昔日。他日之意，即过去的情谊。

⑤司业:学官名。为国子监的副长官,协助祭酒,掌儒学训导之政。张侯:名未详。仅(jìn):将近。高适于开元七年(719)初游长安,曾与张司业交往;此次送兵清夷军在天宝九载(750),前后近三十载。穷达之异:因穷达之变而有异。

⑥雁序:因大雁之飞有行列,先后之序不相紊乱。故用以比喻兄弟。白眉:比喻兄弟辈中的杰出者。《三国志·蜀志·马良传》:"马良,字季常,襄阳宜城人也。兄弟五人,并有才名,乡里为之谚曰:'马氏五常,白眉最良。'良眉中有白毛,故以称之。"东西南北之人:指四处漂泊,四海为家之人。《礼记·檀弓上》:"今丘也,东西南北之人也。"注:"言居无常处也。"

⑦长怀:遐想,悠思。六义:亦称六诗。《诗大序》:"诗有六义焉:一曰风,二曰赋,三曰比,四曰兴,五曰雅,六曰颂。"孔颖达疏:"风、雅、颂者,诗篇之异体;赋、比、兴者,诗文之异辞耳。大小不同而得并为六义者,赋、比、兴是诗之所用,风、雅、颂是诗之成形,用彼三事,成此三事,是故同称为义,非别有篇卷也。"此处"愧非六义"是说自己此诗既无深厚的内容,亦无高妙的技巧,为谦辞。

⑧亚相:御史大夫的别称。秦汉时,御史大夫为丞相之副,丞相缺人,常以之递升,故唐以后有此别称。此处指安禄山,因安于天宝六载(747)授御史大夫。群才:指序文中杨、贾、张、高诸人。良工:古代泛称技艺高超的人。此指安禄山,赞其善于识才用人。

⑨翩翩:形容风度或文采的优美。《史记·平原君虞卿列论传》:"平原君,翩翩浊世之佳公子也。"甘泉宫:秦宫名,故址在今陕西淳化西北甘泉山。汉武帝增筑扩建,在此朝见诸侯王,接待外国使者,夏日亦作避暑之处。《三辅黄图·甘泉宫》:"一曰云阳宫……始皇二十七年作甘泉宫及前殿,筑甬道自咸阳属之。汉武帝建元中增广之。周回一十九里,中有牛首山,望见长安城。"

⑩命世:著名于当世。多用以称誉有治国之才者。《汉书·楚元王传》赞:"圣人不出,其间必有命世者焉。"非常功:非凡的功勋。此指安

禄山,其于天宝六载授御史大夫,七载授"铁券",九载封东平郡王,十载又在平卢、范阳节度使任上兼河东节度使。

⑪邦宪:本指国家大法。借指执法官,如御史大夫、刑部尚书、刑部侍郎等。韩愈《为裴相公让官表》:"既领台纲,又毗邦宪。"马其昶注:"陈景云曰:元和十年,晋公以中丞兼刑部侍郎,故曰又毗邦宪,非别除也。"春丛:春日丛生的花木。此处比喻杨侍御文字清新,有如春日林花。

⑫绣衣:穿着彩绣衣服的高官。汉武帝天汉年间,民间起事者众,地方官员督捕不力,因派直指使者衣绣衣,持斧仗节,兴兵镇压。绣衣使者本由侍御史充任,故亦称"绣衣御史",见《汉书·百官公卿表上》。此处代指杨侍御。发蒙:启发蒙昧。《周易·蒙卦》:"初六,发蒙,利用刑人。"孔颖达疏:"以能发去其蒙也。"此即序中"诗书起予"之意。

⑬弹射:用弹丸射击,泛指射箭等武艺。

⑭樽俎:古代盛酒食的器皿。樽以盛酒,俎以盛肉。代指宴席。

⑮光禄:银青光禄大夫,此指贾循。经济器:经世济民的才能。精微:精深微妙。

⑯前席:谓欲更接近而移坐向前。《史记·商君列传》:"卫鞅复见孝公。公与语,不自知膝之前于席也。"长城:喻指可资倚重的人或坚不可摧的力量。《宋书·檀道济传》:"道济见收,脱帻投地曰:'乃复坏汝万里之长城。'"

⑰高纵:高远的踪迹。逸翮:本指鸟的翅膀,代指疾飞的鸟。郭璞《游仙诗》之四:"逸翮思拂霄,迅足羡远游。"

⑱将副:指贾循为安禄山节度副使之事。《新唐书·贾循传》:"安禄山兼平卢节度,表为副,迁博陵太守。禄山欲击奚、契丹,复奏循光禄卿自副,使知留后。九姓叛,禄山兼节度河东,而循亦兼雁门副之。"

⑲志:明活字本作"至"。应徐:东汉末年应场、徐幹的并称。二人皆以诗文著名,为曹丕、曹植所礼遇。后用以泛称有才华的宾客。冲融:与上句应徐相对,或指曹冲与孔融,二人均以仁厚名世。《三国志·魏书·武文世王公传》:"邓哀王冲字仓舒。……时军国多事,用刑严重。太祖

马鞍在库，而为鼠所啮，库吏惧必死，议欲面缚首罪，犹惧不免。冲谓曰：'待三日中，然后自归。'冲于是以刀穿单衣，如鼠啮者，谬为失意，貌有愁色。太祖问之，冲对曰：'世俗以为鼠啮衣者，其主不吉。今单衣见啮，是以忧戚。'太祖曰：'此妄言耳，无所苦也。'俄而库吏以啮鞍闻，太祖笑曰：'儿衣在侧，尚啮，况鞍县柱乎？'一无所问。冲仁爱识达，皆此类也。凡应罪戮，而为冲微所辩理，赖以济宥者，前后数十。"孔融有让梨之事，另《后汉书·郑孔荀列传》："(孔)融闻人之善，若出诸己，言有可采，必演而成之，面告其短，而退称所长，荐达贤士，多所奖进，知而未言，以为己过，故海内英俊皆信服之。"

⑳青紫：本为古时公卿绶带之色，因借指高官显爵。鹓(yuān)鸿：鹓雏、鸿雁飞行有序，比喻朝官班行。

㉑说剑：指谈论武事。《庄子》有《说剑篇》，写赵文王好剑，庄子往说之，云："有天子剑，有诸侯剑，有庶人剑。"并劝文王好天子之剑。

㉒秘书：即其在秘书省做官的族弟。虚白：语本《庄子·人间世》："虚室生白，吉祥止止。"谓心中纯净无欲。

㉓陆平原：即陆机。《晋书·陆机传》："(成都王)颖以机参大将军军事，表为平原内史。……机天才秀逸，辞藻宏丽，张华尝谓之曰：'人之为文，常恨才少，而子更患其多。'"郑司农：即东汉经学家郑众。《后汉书·郑众传》："从父受《左氏春秋》，精力于学，明《三统历》，作《春秋难记条例》，兼通《易》《诗》，知名于世。……建初六年，代邓彪为大司农。"司农，掌钱谷之事的官员，为九卿之一。

㉔献封：即上书。此指参加科考。关西：函谷关以西，此指唐都长安。山东：太行山以东。此句意谓族弟落第东归。

㉕永意：长久的意志。处(chǔ)：归隐，与出仕相对。嘉言：善言，美言。亢宗：庇护宗族，光耀门庭。《左传·昭公元年》："吉不能亢身，焉能亢宗？"

㉖客：高适自指。诗人曾长期隐居宋中，故云。转蓬：随风飘转的蓬草。多用以比喻游子。

㉗元弟:诸弟中之最长者。

㉘游鳞:指龙。

㉙垂天翼:挂在天边的翅膀。语本《庄子·逍遥游》:"鹏之背,不知其几千里也;怒而飞,其翼若垂天之云。"常用以比喻凌云壮志。破浪风:劈开波浪的疾风。比喻志向远大。《南史·宗悫传》:"叔父少文高尚不仕,悫年少,问其所志,悫答曰:'愿乘长风破万里浪。'"

㉚眈眈:威视貌,注视貌。偃仰:安居。《诗经·小雅·北山》:"或栖迟偃仰,或王事鞅掌。"

㉛广厦:高大的房屋。比喻远大的理想。雕虫:比喻微不足道的技艺。常指写作诗文辞赋。

㉜阮步兵:指阮籍,曾为步兵校尉。途穷:《晋书·阮籍传》:"率意独驾,不由径路,车迹所穷,辄痛哭而返。"此处以阮籍自比。

【汇评】

《古诗镜》:词气昂昂。

送兵到蓟北①

积雪与天迴,屯军连塞愁②。谁知此行迈,不为觅封侯③。

【题解】

此诗作于天宝九载(750)冬,高适为朝廷送兵至清夷军途中。

首二句写一路所见塞外苦寒之景,积雪连天,使人生愁。后二句直抒胸臆:此次远赴塞外,并非为马上封侯而来。言外之意,此行是为送兵。而诗中的愁苦之情可能缘于高适对边疆形势的担忧,大约此时他已隐约感觉到安禄山控制下的幽蓟边地乱象横生,而自己又不得重用,难以发挥安边才能。

①送兵：即为清夷军（属范阳节度使，在今河北怀来县）送士兵。蓟北：泛指今天津以北的河北北部地区，当时在安禄山的管制之下。此处代指清夷军，是送兵的目的地。

②迥：《说文》："迥，远也。"

③行迈：行走不止，远行。《诗经·王风·黍离》："行迈靡靡，中心如醉。"马瑞辰通释："迈亦为行，对行言，则为远行。行迈连言，犹《古诗》云'行行重行行'也。"觅封侯：从军以寻求封侯的机会。

使青夷军入居庸三首①

匹马行将久，征途去转难②。不知边地别，只讶客衣单。溪冷泉声苦，山空木叶干③。莫言关塞极，云雪尚漫漫。

古镇青山口，寒风落日时④。岩峦鸟不过，冰雪马堪迟⑤。出塞应无策，还家赖有期⑥。东山足松桂，归去结茅茨⑦。

登顿驱征骑，栖迟愧宝刀⑧。远行今若此，微禄果徒劳。绝坂水连下，群峰云共高⑨。自堪成白首，何事一青袍⑩！

【题解】

这一组诗作于天宝九载（750）冬天，高适送兵清夷军回来途经居庸关时。

第一首以"难"领起全篇。"匹马"言孤单，"去转"言天气寒冷且路途艰辛，"客衣单"表明既孤单又寒冷，还写出道路的苦况。五、六句分别从听觉和视觉角度实写途中所见景象，一片萧瑟衰飒，"泉声苦"即"幽咽泉流冰下滩"之谓，泉声鸣咽，行者心苦。七、八句是想象中前路漫漫，道阻且长的景况。第二首前半部分写居庸关之险峻，寒风落日，冰雪塞途，鸟不能过,马更行迟;后半部分因前路渺茫而生归隐之意,欲要效仿谢安作东山之隐,即"君言不得意,归卧南山陲"也。第三首转写理想之破灭。远行虽苦,然更为痛心的是,奔走无果,空耗时日,深愧匣中宝刀。

这组诗紧扣"难"与"冷"来写,把道路的艰难与仕途的艰辛、气候的寒冷和自己内心的凄凉叠加起来,真实地反映了高适内心仕与隐的矛盾。从结构上看,第二首前半承第一首,主要写道路艰险、气候苦寒;后半启第三首,主要写自己思想上的矛盾和归隐想法的萌生。三首诗是一个整体,成功塑造了一个长途跋涉、孤独无依的抒情主人公形象。

【校注】

①此诗敦煌选本题作《使清夷军》。青夷军:应为清夷军。军镇名,唐垂拱二年(686)置,在今河北怀来县。圣历元年(698)突厥入侵,城被攻破。长安二年(702)建防御军城于今延庆城,即新清夷军城。同年徙妫州治所于旧清夷军城,即旧怀来县城。居庸:关名,位于居庸山中,旧称军都关、蓟门关。长城重要关口,在今北京市昌平区。

②匹马:一匹马。指单身一人。久:《唐诗解》一作"夕"。去转:出关与回转。此时已经送兵到达清夷军,在归来的途中,故云。

③木叶:树叶。《楚辞·九歌·湘夫人》:"袅袅兮秋风,洞庭波兮木叶下。"

④古镇:即居庸关。

⑤鸟不过:形容关山险峻,鸟儿也难飞越。

⑥赖有期:言公事已了,此时正在归途中,还家之期指日可待。

⑦东山:为东晋谢安隐居之地,后用以代指隐居。据《晋书·谢安传》载,谢安早年曾辞官隐居会稽之东山,经朝廷屡次征聘,方才复出。又,临安、金陵亦有东山,也曾是谢安的游憩之地。茅茨:茅草盖的屋顶,此指简陋的茅屋。《墨子·三辩》:"昔者尧舜有茅茨者,且以为礼,且以为乐。"

⑧登顿:上下,行止。《文选·谢灵运〈过始宁墅〉》:"山行穷登顿,水涉尽洄沿。"李周翰注:"登顿,谓上下也。"栖迟:游息。《诗经·陈风·

衡门》：“衡门之下，可以栖迟。”朱熹注：“此隐居自乐而无求者之辞，言衡门虽浅陋，然亦可以游息。”

⑨水：敦煌选本作“冰”。云：敦煌选本作“雪”。

⑩青袍：唐贞观三年（629），规定八品、九品服青色；显庆元年，规定深青为八品之服，浅青为九品之服。高适《留别郑三韦九兼洛下诸公》：“此时亦得辞渔樵，青袍裹身荷圣朝。”按，此处指县尉之服。

【汇评】

其一

《唐诗广选》：“不知边地别”二语，讽咏不厌。

《唐诗笺注》：由行役而写到边塞，复由边塞而转入行役，意绪环生，如见当日匹马过关之状。言不知边地与内地之区别也。（“不知边地别”句下）

《汇编唐诗十集》：唐云：高诗主气骨，此是其幽细者。

《唐诗选》：“泉声苦”“木叶干”，曲尽边塞之景。

《唐诗选脉会通评林》：周珽曰：雄浑悲慨，是盛唐人口吻。

《唐诗成法》：此奉使才入居庸，尚未至青夷军。边塞途民，匹马已难，何况日夕？加一倍写法，为下去“转难”作势。不知边地早寒，尚是内地单衣。五、六但写途中景色，而边地之所以“别”，客衣之所以“单”自见。在行者已觉是无尽头，而所使之地尚漫漫未至，将来雨雪更苦。“莫言”二字自慰目前，亦见边塞之行路难也。怨诽之意一毫不露。

《闻鹤轩初盛唐近体读本》：陈德公曰：五、六景联生肃，不同浑便。评：轻省殊似嘉州。三、四非阅历过来者不解。

《唐律消夏录》：从来未到关塞，今忽到来，天气已寒，日又将夕，无数苦况，曲折写出。结言此时人苦，犹不算极处，将来雨雪漫漫，倒加一倍说苦，以慰目前也。

其二

《唐诗训解》：情景俱真。

蓟中作①

策马自沙漠,长驱登塞垣②。边城何萧条,白日黄云昏③。一到征战处,每愁胡虏翻④。岂无安边书,诸将已承恩⑤。惆怅孙吴事,归来独闭门⑥。

【题解】

此诗作于天宝九载(750)冬,高适送兵清夷军后,旋即回蓟北过年。

首四句写诗人送兵归来至蓟北所见,"策马""长驱"是动态描写,刻画了诗人旅途劳顿但不辞辛劳的形象,"沙漠""塞垣""边城"是所经之地,"萧条"引起诗人对边事的思考。"一到"以下四句写诗人因所见而引起的所思,边城萧条是胡虏屡屡反叛的结果,但边患为何长久不息? 难道是没有安定边疆的策略吗? 其实包括高适在内的不少人都有妥善的安边之策,只是无由上书,或者上书后也得不到采纳。为什么会有这种现象? 因为以安禄山为代表的诸将已得到皇帝的信任和重用,其他人的上书进言已经不起作用了;而那些被重用的诸将恃宠而骄、刚愎自用又腐败无能,不仅不能安边,反而使得边疆形势越来越危急。一问一答之中,愤激之情自见。结尾两句是诗人无奈下的愤激之语:既然诸将非孙吴之辈,而我有安边之策、孙吴之才却被弃之不用,只得归隐田园闭门不问世事了。

高适用世之心极强,不会真的归隐,此处只是以反语表达愤懑之情。此诗与诗人第一次出塞所作《自蓟北归》有异曲同工之妙,可互相参看。

【校注】

①此诗《文苑英华》、敦煌选本题作《送兵还作》。《全唐诗》题下注:"一作送兵还"。蓟中:即蓟城,在今北京大兴区西南。

②沙漠:敦煌选本作"沙海",《全唐诗》"漠"字下注:"一作海"。指蓟

北苦寒之地。长：《全唐诗》下注："一作上。"塞垣（yuán）：本指汉代为抵御鲜卑所设的边塞。后亦指长城或边关城墙。

③何：《全唐诗》下注："一作高。"黄云：边塞之云。塞外沙漠地区黄沙飞扬，天空常呈黄色，故称。

④翻：反叛。契丹于唐高祖时与大唐建立和平关系，在神功元年（697）打败王孝杰，屠掠幽州，后归附东突厥。开元二年（714），其酋长李失活率众归唐。开元十八年（730）至二十二年（734）间，契丹与大唐连年征战，其后契丹仍叛乱不已。天宝初年，安禄山出掌大唐东北军政，屡与契丹作战，互有胜负。直到天宝十三载（753），才获得决定性胜利。

⑤安边书：安定边塞的书策。承恩：蒙受皇帝的恩泽。此指安禄山深受唐玄宗信任和重用。

⑥孙吴事：指孙武、吴起用兵之事。春秋时孙武和战国时吴起都是古代著名军事家，孙武著《孙子兵法》十三篇，吴起著《吴子》四十八篇。《荀子·议兵》："孙吴用之，无敌于天下。"杨倞注："孙，谓吴王阖闾将孙武；吴，谓魏武侯将吴起也。"

【汇评】

《唐诗归》："欲言塞下事，天子不召见"，归咎于君；"岂无安边书，诸将已承恩"，归咎于臣。同一忧感，不若此语得体，激切温厚。然"已承恩"三字，偷惰、欺蔽二意俱在其中，可为边事之戒。

《唐诗解》：此志在安边，伤不遇也。言我览观边塞胡虏之未宁，岂安边之书可献乎？特以诸将巧诈以图爵赏，使贤者不能自达于上耳，是以徒抱孙吴之略而不得一试也。

《唐风定》：与陶翰《塞下》同调并工。

《唐诗别裁集》：言诸将不知防边，虽有策无可陈也。乃不云天子僭赏，而云主将承恩，令人言外思之，可悟立言之体。

赠别王十七管记①

故交吾未测,薄宦空年岁②。晚节踪曩贤,雄词冠当世。堂中皆食客,门外多酒债③。产业曾未言,衣裘与人敝④。飘飘戎幕下,出入关山际。转战轻壮心,立谈有边计⑤。云沙自回合,天海空迢递。星高汉将骄,月盛胡兵锐⑥。沙深冷陉断,雪暗辽阳闭⑦。亦谓扫欃枪,旋惊陷蜂虿⑧。归旌告东捷,斗骑传西败。遥飞绝漠书,已筑长安第⑨。画龙俱在叶,宠鹤先居卫⑩。勿辞部曲勋,不藉将军势⑪。相逢季冬月,怅望穷海裔⑫。折剑留赠人,严装遂云迈⑬。我行将悠缅,及此还羁滞⑭。曾非济代谋,且有临深诫⑮。随波混清浊,与物同丑丽⑯。眇忆青岩栖,宁忘褐衣拜⑰。自言爱水石,本欲亲兰蕙⑱。何意薄松筠,翻然重菅蒯⑲。恒深取与分,孰慢平生契。款曲鸡黍期,酸辛别离袂⑳。逢时愧名节,遇坎悲渝替。适赵非解纷,游燕往无说㉒。浩歌方振荡,逸翮思凌厉。倏若异鹏抟,吾当学蝉蜕㉓。

【题解】

此首五言排律作于天宝九载(750),是高适送兵清夷军,在蓟北一带为曾任幽州节度使张守珪管记的王悔送别之作。高适于开元二十年(732)前后在东北时即已结识王悔,故开篇云"故交"。王悔曾于开元二十二年(734)帮助张守珪计斩契丹王屈烈及权臣可突干;后来张守珪得罪,王悔亦受牵连,高适此次送兵到蓟北再次遇到王悔,故有是作。

前八句言王悔广交好施、文名冠世,却不得重用,空为薄宦,奠定全诗悲哀之基调。"飘飘"以下二十句,叙述王悔开元二十二年奇袭契丹立功之事,赞美其长于计谋、深入敌军的胆识谋略,惋惜其立功后不受重用的遭遇。"相逢"以下二十句照应诗题,写诗人与王悔的相交相别,表现了二人的深情厚谊,同时体现自己在出仕与归隐上的矛盾。"逢时"以下八句言己之不得志,勉励友人展翅高飞,声明自己要归隐蝉蜕。

高适有从军边塞建功立业的志向,却长期不得意;王悔有过人才智与高尚品格,却横遭压制,二人遭遇相似,同病相怜,此诗是借他人酒杯浇自己胸中块垒。所谓隐居不过是言不由衷的气愤之语,从中不难体会到诗人内心强烈的矛盾与痛苦。

【校注】

①诗题各本作《赠别王七十管记》。王十七即幽州节度使张守珪幕下掌理文牍的管记王悔。《旧唐书·张守珪传》:"先是,契丹及奚连年为边患,契丹衙官可突干(即可突于)骁勇有谋略,颇为夷人所伏。赵含章、薛楚玉等前后为幽州长史,竟不能拒。及守珪到官,频出击之,每战皆捷。契丹首领屈剌(即屈烈)与可突干恐惧,遣使诈降。守珪察知其伪,遣管记右卫骑曹王悔诣其部落就谋之。悔至屈剌帐,贼徒初无降意,乃移其营帐,渐向西北,密遣使引突厥,将杀悔以叛。会契丹别帅李过折与可突干争权不叶,悔潜诱之,斩屈剌、可突干,尽诛其党,率徐众以降。"事在开元二十二年。

②薄宦:卑微的官职。

③食客:旧时寄食于高官显宦家中,为主人出谋划策、奔走效力的门客。此指宾客。酒债:因赊饮所负的债。孔融《失题》:"归家酒债多,门客粲几行。高谈满四座,一日倾千觞。"此二句意谓王悔乐善好施,宾客盈门。

④产业:私人财产。衣裘:《论语·公冶长》:"子路曰:'愿车马衣裘,与朋友共,敝之而无憾。'"

⑤立谈:比喻时间短暂。边计:安定边塞的计策、谋略。

⑥星高:古人认为帝王将相与天上星宿相应,太白为将星。星高预示大将出征战事有利。《隋书·天文志》:"大将星摇,兵起,大将出。"月盛:犹月满。《左传·成公十六年》疏:"日为阳精,月为阴精,兵尚杀害,

269

阴之道也,行兵贵月盛之时。晦是月终,阴之尽也,故兵家以晦为忌。"一说为古代迷信说法,月主胡族。《史记·天官书》:"其西北,则胡、貉、月氏诸衣旃裘引弓之民,为阴;阴则月、太白、辰星……太白主中国,而胡、貉数侵略。"

⑦冷陉(xíng):古山名。一说即今内蒙古巴林右旗西北高原上的坝后;一说即今内蒙古扎鲁特旗南的奎屯山。唐时为契丹、奚、霫三部族的界山。辽阳:指今辽宁辽阳一带。《汉书·地理志》:"辽东郡有辽阳县。"《新唐书·地理志》载:唐贞观十九年(645),"太宗亲征(高丽),得辽东城,置辽州"。

⑧欃(chán)枪:彗星的别名。古人认为是凶星,主不吉。《尔雅·释天》:"彗星为欃枪。"此处指契丹。蜂虿(chài):蜂和虿,都是有毒的螫虫。比喻恶人或敌人。此二句即写王悔开元二十二年深入契丹之事。

⑨绝漠书:求援之信。《后汉书·西域传》序:"浮河绝漠,穷破虏庭。"李贤注:"沙土曰漠,直度曰绝也。"长安第:《旧唐书·张守珪传》:"(开元)二十三年春,守珪诣东都献捷……廷拜守珪为辅国大将军、右羽林大将军、兼御史大夫。"此句写张守珪在对契丹战争胜利后迅速回京受封赏。

⑩画龙:即叶公好龙。比喻表面上爱好某事物,实际上并不真爱好。刘向《新序·杂事五》:"叶公子高好龙,钩以写龙,凿以写龙,屋室雕文以写龙。于是天龙闻而下之,窥头于牖,施尾于堂。叶公见之,弃而还走,失其魂魄,五色无主。"宠鹤:春秋时,卫懿公喜欢养鹤,外出时连鹤也乘轩车。当要和敌人打仗时,兵士们说,平日待鹤那么好,叫鹤去打吧!卫国终于被灭。事见《左传·闵公二年》。后以"宠鹤"比喻受帝王宠爱滥居禄位者。居:明活字本作"归"。

⑪部曲:古代军队编制单位。大将军营五部,校尉一人;部有曲,曲有军候一人。借指军队。

⑫季冬月:冬季的最后一个月,农历十二月。《礼记·月令》:"季冬之月,日在婺女,昏娄中,旦氐中。"穷海裔:偏远的海边。

⑬折剑:《战国策·赵策》:"马服君(赵奢)曰:'夫吴干(干将)之剑,肉试则断牛马,金试则截盘匜,薄之柱上而击之,则折为三。"严装:装束整齐,整理行装。

⑭悠缅:久远,遥远。

⑮临深诫:告诫别人行事要小心谨慎。

⑯随波混清浊:即随波逐流之意。《楚辞·渔父》载:屈原既放,行吟泽畔,遇渔父,"屈原曰:'举世皆浊我独清,众人皆醉我独醒,是以见放。'渔父曰:'圣人不凝滞于物,而能与世推移。世人皆浊,何不淈其泥而扬其波?众人皆醉,何不餔其糟而啜其醨?何故深思高举,自令放为?'"与物同丑丽:即沉鱼落雁之典,本意指鱼鸟不知分辨美丑。《庄子·齐物论》:"毛嫱、丽姬,人之所美也。鱼见之深入,鸟见之高飞。"

⑰青岩:青山。青岩栖,即隐居之志。褐衣:粗布衣服,古代贫贱者所穿。借指贫贱者。褐衣拜,即贫贱时结交的朋友。

⑱水石:清水白石。爱水石,与"青岩栖"意同,指隐居之志。爱,《全唐诗》下注:"一作偕。"水,明活字本作"冰"。

⑲松筠(yún):松树和竹子,比喻坚贞的节操。此处指代身份高贵的人物,与下"菅蒯"相对。菅蒯(jiān kuǎi):茅草之类,可编绳索。比喻微贱的人或物。

⑳取与分:该取则取、该与则与的本分。平生契:平生的交情。契,契阔,相交。

㉑鸡黍期:即鸡黍约。东汉范式在他乡与至友张劭约定,两年后当赴劭家相会,劭约以鸡黍饭相待。至其日,式果至。二人对饮,尽欢而别。事见《后汉书·独行传》。后以鸡黍约为友谊深长、聚会守信之典。别离袂(mèi):离人的衣袖、衣服。代指离别。

㉒适赵解纷:指战国时齐人鲁仲连善出奇谋,曾为赵国解邯郸之围。据《战国策·赵策》记载,赵孝成王九年(前257),秦军围困赵国国都邯郸。鲁仲连以利害说赵、魏联合抗秦。两国接受其主张,秦军因此撤军。鲁仲连功成不受爵,退而隐居。游燕无说:指战国时苏秦游说燕文侯之

事。《战国策·燕策》载:"苏秦将为从,北说燕文侯曰:'燕东有朝鲜、辽东,北有林胡、楼烦,西有云中、九原,南有呼沱、易水。地方二千馀里,带甲数十万,车七百乘,骑六千匹,粟支十年。南有碣石、雁门之饶,北有枣粟之利,民虽不由田作,枣粟之实,足食于民矣。此所谓天府也。夫安乐无事,不见覆军杀将之忧,无过燕矣。……是故愿大王与赵从亲,天下为一,则国必无患矣。'"此两句反用典故,谓自己不能像鲁仲连、苏秦那样施展才能为国效力。往,《全唐诗》下注:"一作独。"

㉓鹏抟(tuán):大鹏展翅盘旋而上。比喻人之奋发有为。《庄子·逍遥游》:"鹏之徙于南冥也,水击三千里,抟扶摇而上者九万里。"蝉蜕:蝉自幼虫变为成虫时脱下的壳。比喻洁身高蹈,不同流合污。《史记·屈原贾生列传》:"自疏濯淖污泥之中,蝉蜕于浊秽,以浮游尘埃之外。"

除夜作①

旅馆寒灯独不眠,客心何事转凄然。故乡今夜思千里,愁鬓明朝又一年②。

【题解】

高适出仕之前,主要客居于梁宋,足迹不过宋中、幽州,当时尚年轻,还不到"霜鬓"之年;出仕后到陇右、河西、剑南等地,虽有"霜鬓",却已得意,不至于"凄然",是以将此诗系于天宝九载(750)冬送兵清夷军归来途中至蓟北旅馆过年之时。

开头"旅馆"二字,交代除夕之夜独自客居的景况。外面家家灯火通明,欢聚一堂,自己却远离家乡,独居客舍,两相对照,触景生情,连眼前的灯,也变得寒气袭人了。"寒灯"二字,渲染了旅馆的清冷和诗人内心的凄寂。寒灯只影,难以入眠,于是种种思绪涌上心头,不禁有凄凉意味。是什么使得诗人之心"转凄然"呢?后两句似乎要回答了,却又避而不谈,转从对面写来:故乡的亲人在这个除夕之夜定是想念着千里之外的我。其实要表达的还是我的思乡之情,也交代了客心凄然的原因。"今夜"是除夕,明朝入新年,由旧的一年又将"思"到新的一年,这漫漫无边的思乡之苦,又要在霜鬓增添新的白发了。

沈德潜在《唐诗别裁集》中说:"作故乡亲友思千里外人,愈有意味。"之所以"愈有意味",就是诗人巧妙地运用对写法,把深挚的情思表达得更为婉曲含蕴。这在古典诗歌中是一种常见的表现手法,如王维"遥知兄弟登高处,遍插茱萸少一人"、杜甫"今夜鄜州月,闺中只独看"之类,皆是如此。而后两句则通过"千里"和"一年"的空间之远和时间之快间接抒情,其中"又一年"与薛道衡《人日思归》"入春才七日,离家已二年"有同工之妙。

【校注】

①除夜:除夕之夜。高适有《赠别王十七管记》曰"相逢季冬月",又有《答侯少府》诗云"北使经大寒,关山饶苦辛""两河归路遥,二月芳草新",可见此次送兵清夷军归来时在蓟北过除夕,次年春天南返梁宋。

②愁鬓:《全唐诗》"愁"字下注:"一作霜。"明活字本作"霜鬓"。又:《全唐诗》下注:"一作更。"

【汇评】

《唐诗别裁集》:作故乡亲友思千里外人,愈有意味。

《唐诗解》:怀乡心切,衰老继之,客心所以悲。

《注解选唐诗》:"故乡今夜思千里,霜鬓明朝又一年。"客中除夕闻此两句,谁不凄然?

《批点唐音》:此篇音律稍似中唐,但四句中意态圆足自别。

《增订评注唐诗正声》:郭云:婉转在数虚字。

《唐诗绝句类选》:"独"者,他人不然;"转"者,比常尤甚。二字为诗眼。

《唐诗广选》:敖子发曰:首句已自凄然。后二句又说出"转凄然"之情,客边除夜怕诵此诗。胡济鼎曰:"转"字唤起后二句。唐绝谨严,一字不乱下如此。

《唐诗归》：谭云：故乡亲友，思千里外霜鬓，其味无穷。若两句开说，便索然矣。

《唐风定》：以中晚《除夜》二律（按指戴叔伦《除夜宿石头驿》、崔涂《巴山道中除夜书怀》）方之，更见此诗之高。对结意尽（末句下）。

《姜斋诗话》：七言绝句有对偶，如"故乡今夜思千里，霜鬓明朝又一年"，亦流动不羁。

《唐诗笺注》："故乡今夜"承首句，"霜鬓明朝"承次句，意有两层，故用"独"字、"转"字。诗律甚细。

《网师园唐诗笺》：不直说己之思乡，而推到故乡亲友之思我，此与摩诘《九月九日》诗同是勘进一层法。

《唐诗选胜直解》：首二句自问之词，末二句从上生出。

《诗法易简录》：后二句寓流走于整对之中，又恰好结得住，令人读之，几不觉其为整对也。末句醒出"除夜"。

《挑灯诗话》：只眼前景，口边语，一倒转来说，便曲折有馀味。

《诗境浅说续编》：绝句以不说尽为佳，此诗三、四句将第二句"凄然"之意说尽，而亦耐人寻味。以流水对句作收笔，尤为自然。

答侯少府①

常日好读书，晚年学垂纶②。漆园多乔木，睢水清潾潾③。诏书下柴门，天命敢逡巡④。赫赫三伏时，十日到咸秦⑤。褐衣不得见，黄绶翻在身⑥。吏道顿羁束，生涯难重陈。北使经大寒，关山饶苦辛⑦。边兵若刍狗，战骨成埃尘⑧。行矣勿复言，归欤伤我神。如何燕赵陲，忽遇平生亲⑨。开馆纳征骑，弹弦娱远宾。飘飖天地间，一别方兹晨。东道有佳作，南朝无此人⑩。

性灵出万象,风骨超常伦⑪。吾党谢王粲,群贤推郄诜⑫。明时取秀才,落日过蒲津⑬。节苦名已富,禄微家转贫。相逢愧薄游,抚己荷陶钧⑭。心事正堪尽,离居宁太频。两河归路遥,二月芳草新⑯。柳接滹沱暗,莺连渤海春⑰。谁谓行路难,猥当希代珍⑱。提握每终日,相思犹比邻⑲。江海有扁舟,丘园有角巾⑳。君意定何适?我怀知所遵。浮沉各异宜,老大贵全真㉑。莫作云霄计,遑遑随缙绅㉒。

【题解】

此诗周勋初《高适年谱》据前十句定为天宝八载(749)夏高适赴京途中作,然"北使"六句明确说到是北使清夷军归来途中遇侯少府,所以应从刘开扬、孙钦善,定为天宝十载(751)春北使归来,行经燕赵之地而作。

前十八句追叙自身经历:前四句述隐居宋中读书、钓鱼、赏景的悠闲生活;"诏书"以下八句叙天宝八载举有道科应诏入京授封丘县尉的经过,既燃起实现抱负的希望,又为结束自由的隐居生活而惋惜;"北使"以下六句写天宝九载(750)送兵清夷军的见闻感受,对"边兵若刍狗,战骨成埃尘"的边塞军中景象甚为不满,并对士兵的遭遇十分同情。"如何"以下二十句叙述与侯少府相逢之事:前六句写客中相逢的惊喜;"东道"以下六句赞美侯少府的智慧风骨、才学德行;"明时"以下八句写离别,侯氏是名盛家贫,自己则薄禄宦游,短暂重逢,旋即言别。"两河"以下十六句展望自己的归路:前四句想象归途中早春景物,"谁谓"四句写归途艰难之中得侯赠诗,终日挈携,相思比邻;"江海"以下八句写别后二人之选择,我则将欲归隐,君则去意不明,然则无论沉浮仕隐,均应顺遂己心,不损天性。

高适"五十无产业",长期"有志不获骋",经过不断努力,终于在天宝八载五十岁时得到封丘县尉之职。本来小小县尉与自己的期望已经相去甚远,却不料于天宝九载送兵清夷军,在蓟北目睹安禄山倒行逆施,士兵处于水深火热之中,更添愁闷。于是在南返途中,诗人借酬答侯少府之机,一吐不快。此诗语言犀利,写景浑厚博大,抒情豪放激越,表现出高适长期投闲置散的愤懑和忧国忧民的情怀。

【校注】

①此诗《文苑英华》题作《答侯大少府》。侯少府:名未详。

②垂纶:钓鱼。纶,指丝制的钓鱼线。传说吕尚(姜太公)未出仕时曾隐居渭滨垂钓,后以垂纶指隐居或退隐。

③漆园:古地名。战国时庄周为吏之处,在今河南省商丘市北,高适在出仕前曾长期客居此地。睢水:战国时魏所开鸿沟支派之一,故道自今河南开封东鸿沟出,东流经杞县、睢县北、宁陵、商丘市南,又经安徽、江苏注入古代泗水。

④逡巡:徘徊不进,犹豫不前。

⑤赫赫:形容炎热炽盛。《庄子·田子方》:"至阴肃肃,至阳赫赫。"成玄英疏:"赫赫,阳气热也。"三伏:即初伏、中伏、末伏,是一年中最热的时候。咸秦:指秦都城咸阳,唐人多借指长安。

⑥褐衣:粗布衣服,借指贫贱者。黄绶:古代官员系官印的黄色丝带。《汉书·百官公卿表上》:"比二百石以上,皆铜印黄绶。"

⑦北使:指天宝九载冬高适送兵至清夷军之事。经大寒:《文苑英华》作"经天寒"。大寒是二十四节气中最后一个节气,也是最冷之时,因此次送兵经冬历春,故曰。

⑧刍(chú)狗:古代祭祀时用草扎成的狗。《老子》:"天地不仁,以万物为刍狗;圣人不仁,以百姓为刍狗。"魏源本义:"结刍为狗,用之祭祀,既毕事则弃而践之。"

⑨燕赵:战国时燕、赵两国之地,相当于今河北省、山西省北部一带。此指高适送军所至蓟北之地。

⑩东道:即东道主。春秋时,晋秦合兵围郑,郑文公使烛之武说秦穆公,曰:"若舍郑以为东道主,行李之往来,共其乏困,君亦无所害。"事见《左传·僖公三十年》。因郑在秦东,能接待秦国出使东方的使节,故称

东道主。后因以指接待或宴请宾客的主人,此处指侯少府。南朝:据《魏书·温子昇传》,萧衍称赞温子昇的诗文说:"曹植、陆机复生于北土,恨我辞人,数穷百六。"济阴王晖说:"我子昇足以陵颜(延之)轹谢(灵运),含任(昉)吐沈(约)。"此句称赞侯少府的文采无人可比。

⑪性灵:智慧,聪明。风骨:形容诗文有力量有个性。超:《文苑英华》作"遗"。

⑫王粲:三国魏山阳郡高平人,博学多才,擅长诗赋,颇有风骨,为"建安七子"之一。见《三国志·魏志·王粲传》。郗诜(xì shēn):字广基,晋代济阴单父人。他一生为官廉洁,事母至孝,秉公办事,不徇私情;出镇雍州,励精图治,鞠躬尽瘁。且郗诜曾举贤良对策为天下第一,自视为"桂林之一枝,昆山之片玉"。见《晋书·郗诜传》。

⑬明时:指政治清明的时代。常用以称颂本朝。蒲津:《元和郡县志》卷十二:"河东县蒲坂关,一名蒲津关,在县西四里。"在今陕西大荔县朝邑镇东黄河上,是黄河重要的古渡口和秦晋间的重险之地。

⑭薄游:为薄禄而宦游于外。有时用为谦辞。陶钧:本指制作陶器所用的转轮,比喻治国的大道。《史记·鲁仲连邹阳列传》:"是以圣王制世御俗,独化于陶钧之上。"裴骃集解引《汉书音义》:"陶家名模下圆转者为钧,以其能制器为大小,比之于天。"司马贞索隐引张晏曰:"陶,冶;钧,范也。作器,下所转者名钧。"

⑮离居:《全唐诗》下注:"一作忧。"

⑯两河:战国秦汉时,黄河自今河南武陟县以下东北流,经山东省西北隅北折至河北沧县东北入海,略呈南北流向,与上游今晋陕间的北南流向一段东西相对,当时合称"两河"。高适此时在河北,将要回河南,此处可理解为从东北南返之路。

⑰滹沱(hū tuó):即滹沱河,在今河北省西部。

⑱猥:谦辞。犹言辱。

⑲提携:执手,携手。

⑳扁舟:《史记·货殖列传》:"范蠡既雪会稽之耻,乃乘扁舟,浮于江

277

湖。"后遂以乘舟浮江湖或江海泛指归隐。丘园：家园，乡村。借指隐居之处。《周易·贲卦》："六五，贲于丘园，束帛戋戋。"王肃注："失位无应，隐处丘园。"孔颖达疏："丘谓丘墟，园谓园圃。唯草木所生，是质素之所。"角巾：方巾，有棱角的头巾。为古代隐士冠饰。

㉑浮沉：在水中时而浮起，时而沉下，比喻盛衰或仕隐。全真：保全真性。道家认为，人要顺随自然，不受世俗拘束，才能归真返璞，保全人生来固有的本真。

㉒遑遑：奔忙不定的样子。《文苑英华》作"栖遑"。缙绅：插笏于绅带间，旧时官宦的装束。亦借指士大夫。《汉书·郊祀志上》："其语不经见，缙绅者弗道。"颜师古注："李奇曰：'缙，插也，插笏于绅。'……字本作搢，插笏于大带与革带之间。"

同敬八卢五泛河间清河①

清川在城下，沿泛多所宜。同济惬数公，玩物欣良时。飘飘波上兴，燕婉舟中词②。昔陟乃平原，今来忽涟漪③。东流达沧海，西流延潴池④。云树共晦明，井邑相逶迤⑤。稍随归月帆，若与沙鸥期⑥。渔父更留我，前潭水未滋⑦。

【题解】

此诗为天宝十载(751)春自蓟北送兵归来途中，与朋友泛舟长丰渠之作。

前四句叙事，交代清河所在之地，沿途多美景，以及同游之人与泛游之时。中间八句写泛游所见与游兴之浓。结尾四句表达因所见美景而生出留下隐居、与沙鸥相期为友的想法，与自己心中所想相合的是，水边的渔翁也劝我留下，前面潭水尚不深，何不在此盘桓，实则仍是赞叹沿途美景与游兴浓厚。

【校注】

①河间:河间郡治所在地,在今河北省河间市。《新唐书·地理志》:"瀛洲河间郡治河间。"清河:指长丰渠。《新唐书·地理志》:"西南五里有长丰渠,开元二十五年刺史卢晖自束城、平舒引滹沱东入淇通漕,溉田五百馀顷。"

②燕婉:优美柔和,安详温顺。《经·邶风·新台》:"燕婉之求,籧篨不鲜。"毛传:"燕,安;婉,顺也。"

③昔陟:指开元二十年(732)至二十二年(734)高适北游燕赵之时曾渡此河,当时长丰渠尚未修筑,故云"乃平原"。

④滹池:即滹沱河,古称虖池或滹池,北魏曾一度改称清宁河。

⑤井邑:城镇,乡村。语本《周礼·地官·小司徒》:"九夫为井,四井为邑。"

⑥沙鸥期:与沙鸥相期,指隐居。《列子·黄帝》:"海上之人有好沤鸟者,每旦之海上,从沤鸟游,沤鸟之至者百住而不止。其父曰:'吾闻沤鸟皆从汝游,汝取来,吾玩之。'明日之海上,沤鸟舞而不下也。"

⑦渔父(yú fǔ):渔翁,捕鱼的老人。一般指水边隐者。

辟阳城①

荒城在高岸,凌眺俯清淇②。传道汉天子,而封审食其③。奸淫且不戮,茅土孰云宜④。何得英雄主,返令儿女欺。母仪良已失,臣节岂如斯⑤。太息一朝事,乃令人所嗤。

【题解】

高适于天宝十载(751)春自蓟北归梁宋,途经河淇时作此诗。诗人于上年送兵清夷军时,已见安禄山治下边塞形势危急,天宝十载春又听说杨贵妃与安禄山苟且之传闻,遂以汉代唐,隐晦地对朝中乱象表达批判和忧虑。

　　首二句叙事,言归途中经辟阳城,俯视淇水。三、四句即景怀古,引出审食其被封辟阳侯一事。"奸淫"以下八句批评议论,借审食其私通吕后使朝廷蒙羞,却得汉高祖封侯一事,暗讽安禄山与杨贵妃秽乱宫廷却受唐玄宗重用之事,既为玄宗受欺感到惋惜痛心,又谴责杨贵妃位同皇后却不能检点言行而母仪天下,同时斥责安禄山身为臣子却不能恪尽为臣之道,为世人留下笑柄,令人唏嘘叹息。此诗不仅谴责宫闱丑闻,且可看出诗人对山雨欲来的祸乱有强烈的预感和隐忧。

【校注】

　　①辟阳城:《元和郡县志·冀州信都县》:"辟阳故城在(信都)县东南三十五里。审食其为辟阳侯。"在今河北省衡水市冀州区东,离淇水甚远,不可能"凌眺"而见。《水经注·淇水》:"淇水又东北迳并阳城西,世谓之辟阳城,非也。"诗中所谓"辟阳城"当指此。

　　②清淇:指清水和淇水。清水原是黄河北岸的一条支流,建安九年(204),曹操在入黄河处遏淇水东入白沟,此后清水与淇水均脱离黄河成为海河水系卫河的一段,均称白沟。《水经注》卷九:"淇水出河内隆虑县西大号山,东过内黄县为白沟……又东北过广宗县东,为清河,又北过广川县东。"

　　③汉天子:指汉高祖刘邦。此处暗指唐玄宗。审食其(shěn yì jī):西汉沛县人。初以舍人身份照顾刘邦的妻子儿女,与吕后同时为项羽所俘,渐为吕后所亲信。后封辟阳侯。吕后时,任左丞相。因得幸于吕后,汉惠帝欲杀之而未得。吕后死,陈平、周勃诛杀诸吕,被免去相位。淮南王刘长伺机杀之,谥幽侯。事见《史记·陈丞相世家》及《史记·郦生陆贾列传》。

　　④茅土:指王、侯的封爵。古代天子分封王、侯时,用代表方位的五色土筑坛,按封地所在方向取一色土,包以白茅而授之,作为受封者得以有国建社的象征。

　　⑤母仪:人母的仪范。《资治通鉴》卷二一六:"天宝十载春……召禄

山入禁中,贵妃以锦绣为大襁褓,裹禄山,使宫人以彩舆舁之。上闻后宫欢笑,问其故,左右以贵妃三日洗禄儿对。上自往观之,喜,赐贵妃洗儿金银钱,复厚赐禄山,尽欢而罢。自是禄山出入宫掖不禁,或与贵妃对食,或通宵不出,颇有丑声闻于外,上亦不疑也。"按,唐玄宗自废王皇后以来,一直不曾立后,至武惠妃死,杨玉环被封贵妃,位同皇后。

【汇评】

《左盦外集》:讥杨妃之宠,兼刺玄宗之色荒。

同颜少府旅宦秋中之作①

传君昨夜怅然悲,独坐新斋木落时。逸气旧来凌燕雀,高才何得混妍媸②。迹留黄绶人多叹,心在青云世莫知③。不是鬼神无正直,从来州县有瑕疵④。

【题解】

此诗为安慰颜少府之作,也是高适自己的咏怀言志诗。从五、六两句来看,应是出仕之后的体验,又曰"从来州县有瑕疵",充满磊落不平之气,当在封丘县尉任上,故系于天宝十载(751)中秋。

前两句塑造了颜少府仕途失意的形象,秋夜木落,怅然独坐;"逸气"两句盛赞颜少府的志向和才能,有鸿鹄之志,才能超过常人;"迹留"两句感慨其世无知音的寂寞,胸怀青云之志,仅为县尉微职;最后两句安慰对方以平和心态对待仕途挫折,也是勉励自己直面人生的不如意。所谓州县瑕疵,当是《封丘作》所谓"拜迎官长心欲碎,鞭挞黎庶令人悲"的现实遭遇。

【校注】

①此诗明活字本题作《同颜六少府旅宦秋中》,《唐百家诗选》题作《同颜六少府旅居秋中之作》。颜少府:刘开扬《高适诗集编年笺注》认为

即颜杲卿之弟颜春卿。少府,唐代对县尉的称呼,为县令佐史。

②燕雀:比喻庸碌之辈。《史记·陈涉世家》:"燕雀安知鸿鹄之志哉!"妍媸(yán chī):美丑。

③留:《全唐诗》下注:"一作劳。"黄绶:古代官员系官印的黄色丝带,借指官位。此处指颜少府为县尉。青云:比喻高官显爵。

④无正直:《左传·庄公三十二年》:"神,聪明正直而一者也,依人而行。"瑕疵:玉的斑痕,比喻人的过失或事物的缺点。此处指"拜迎官长""鞭挞黎庶"等难堪之事。

九日酬颜少府①

檐前白日应可惜,篱下黄花为谁有②?行子迎霜未授衣,主人得钱始沽酒③。苏秦憔悴人多厌,蔡泽栖迟世看丑④。纵使登高只断肠,不如独坐空搔首⑤。

【题解】

此诗与前首作于同年,系于天宝十载(751)重阳。

前两句点题中"九日"节令,白日之景虽佳,篱下之菊难赏,故曰"可惜""谁有"。"行子"以下六句交代"酬颜少府"之意。三到六句分言自己与颜少府:自己无衣御寒,憔悴孤单;颜氏无钱沽酒,栖迟不遇,同病相怜,感叹世事。七、八句言于此失意时过重阳,与其相约登高,不如独坐搔首。诗中冷落颓废之感甚浓。

【校注】

①此诗明活字本题作《九月九日酬颜少府》,《河岳英灵集》《唐文粹》作《九日酬顾少府》。颜少府,与前首《同颜少府旅宦秋中之作》之颜少府为同一人,两诗约作于同时。

②篱下黄花:陶渊明《饮酒》:"采菊东篱下,悠然见南山。"

③行:《全唐诗》下注:"一作客。"授衣:谓制备寒衣。古代以九月为授衣之时。《诗经·豳风·七月》:"七月流火,九月授衣。"毛传:"九月霜始降,妇功成,可以授冬衣矣。"马瑞辰通释:"凡言授者,皆授使为之也。此诗'授衣',亦授冬衣使为之。盖九月妇功成,丝麻之事已毕,始可为衣。非谓九月冬衣已成,遂以授人也。"一说谓官家分发冬衣。孔颖达疏:"可授冬衣者,谓衣成而授之。"始:《唐文粹》作"肯",《才调集》作"喜",《全唐诗》下注:"一作肯。"

④苏秦憔悴:《战国策·秦策》:"(苏秦)说秦王书十上而说不行.黑貂之裘弊,黄金百斤尽,资用乏绝,去秦而归。羸縢履屩,负书担橐,形容枯槁,面目犁黑,状有愧色。归至家,妻不下纴,嫂不为炊。父母不与言。"人:敦煌集本、《唐百家诗选》《河岳英灵集》《才调集》作"时",《全唐诗》下注:"一作时。"蔡泽栖迟:《史记·蔡泽列传》:"蔡泽者,燕人也。游学干诸侯小大甚众,不遇。而从唐举相,曰:'吾闻先生相李兑,曰百日之内持国秉,有之乎?'曰:'有之。'曰:'若臣者何如?'唐举孰视而笑曰:'先生曷鼻,巨肩,魋颜,蹙齃,膝挛。吾闻圣人不相,殆先生乎?'……去之赵,见逐。之韩、魏,遇夺釜鬲于涂。闻应侯任郑安平、王稽皆负重罪于秦,应侯内惭,蔡泽乃西入秦。……游说诸侯至白首无所遇者。"栖迟,《才调集》作"恓惶",敦煌集本作"栖遑",《全唐诗》下注:"一作栖遑。"

⑤搔首:以手搔头。形容焦急或心有所思的样子。《诗经·邶风·静女》:"爱而不见,搔首踟蹰。"

【汇评】

《唐诗解》卷十六:此客中纪事伤落魄也。景虽可怜,菊不能赏者,正以无衣之客而值乏酒之主也。

奉酬睢阳路太守见赠之作①

盛才膺命代,高价动良时②。帝简登藩翰,人和发咏思③。

283

神仙去华省,鹓鹭忆丹墀④。清净能无事,优游即赋诗⑤。江山纷想像,云物共萋萋⑥。逸气刘公干,玄言向子期⑦。多惭汲引速,翻愧激昂迟⑧。相马知何限,登龙反自疑⑨。风尘吏道迫,行迈旅心悲⑩。拙疾徒为尔,穷愁欲问谁⑪。秋庭一片叶,朝镜数茎丝⑫。州县甘无取,丘园悔莫追⑬。琼瑶生箧笥,光景借茅茨⑭。他日青霄里,犹应访所知⑮。

【题解】

诗曰"风尘吏道迫,行迈旅心悲""州县甘无取,丘园悔莫追",表明是在封丘县尉任上,且离职之意甚坚,当为深思熟虑后之决定,故系于送兵清夷军归来后,在天宝十载(751)秋。

前十二句赞路氏的能力与才情,以命世奇才而身价自高,为皇帝简选而成朝廷重臣,今则离开朝廷到地方出任太守,了却公事之后悠游山水赋诗作文,其诗文书写江山气象、葳蕤万物,既有刘桢的逸气,又有向秀的玄妙。"多惭"以下四句回顾二人交情,我则有愧于对方的援引,只因自己进步太慢;路氏善用人才有如九方皋相马,而我登门拜访却心存疑虑。"风尘"以下十二句自述虽得路氏鼓励,如今只得一小小县尉,且奔波风尘,北使送兵,薄宦穷愁,令人头白,静言思之,不甘为州县之职,归隐田园却又不得,烦恼之时,幸得惠寄赠诗,如琼瑶美玉光照蓬荜,设想异日路氏腾身青云时,再去拜访。

此诗虽为寄赠,却有一半篇幅自伤遭遇,吐露风尘作吏的辛苦与不甘,而归隐田园又难以实现,矛盾重重之后,他终于选择了辞官。从以上几首诗可以看出,高适辞去封丘尉是经过了深思熟虑后的痛苦抉择。

【校注】

①此诗明覆宋刻本《高常侍集》题作《奉酬路太守见赠之作》。《文苑英华》作王昌龄诗,误。路太守:或即路齐晖。诗曰"神仙去华省,鹓鹭忆丹墀",说明路氏是由郎官外放为地方太守。据《唐郎官石柱题名》载,路

齐晖为户部员外郎,《新唐书·宰相世系表五下》"平阳路氏"条内有"(路)齐晖。徐、宋二州刺史",正与高适诗相合。盖《新唐书》宋州刺史为古称,即睢阳太守。

②命代:即命世,名高一世。唐人避李世民讳,改"世"为"代"。高价:谓声价高。

③简:简选,选用。藩翰:捍卫王室的重臣。此指路太守为皇帝亲选的国家重臣。人和:人事和谐,民心和乐。

④神仙:本指神话传说中有超能力的人,此处指高官。华省:指清贵者的官署。此指尚书省。鸑(yuān)鹭:比喻有才德者。丹墀(chí):指宫殿的赤色台阶或赤色地面。代指宫殿,宫中。

⑤优游:悠闲自得。

⑥纷想像:明活字本、明覆宋刻本作"分想像"。共:《全唐诗》下注:"一作动。"萎蕤(wěi ruí):同"葳蕤"。草木茂盛。此处泛指繁盛的样子。

⑦刘公干:即"建安七子"之一的刘桢,字公干,东平人,曹操为相,为其掾属。以五言诗见长,久负盛名,曹丕《与吴质书》:"公干有逸气。"向子期:即"竹林七贤"之一的向秀,字子期。官至黄门侍郎、散骑常侍。曾为《庄子》作注,"发明奇趣,振起玄风",故曰"玄言"。

⑧汲引:引荐,提拔。激昂:奋发昂扬。

⑨相马:谓观察马的优劣。《列子·说符》:"若皋之相马,乃有贵乎马者也。"此指路氏知人善任有如伯乐、九方皋之善于相马。登龙:同"登龙门"。比喻得到有名望者的接待和援引而提高身价。语出《后汉书·李膺传》:"膺独持风裁,以声名自高。士有被其容接者,名为登龙门。"

⑩旅心悲:指以封丘尉北使清夷军之事。

⑪拙疾:仕途不顺。

⑫一片叶:《淮南子·说山训》:"见一叶落而知岁之将暮。"

⑬无取:不取为己有。《孟子·离娄下》:"可以取,可以无取,取伤廉。"丘园:家园,乡村。代指隐居之处。

⑭琼瑶:美玉。此处喻指有才能的人。箧笥(qiè sì):藏物的竹器。

借:明覆宋刻本、明活字本作"满"。茅茨:茅草盖的屋顶。亦指茅屋,代指简陋的居室。《墨子·三辩》:"昔者尧舜有茅茨者,且以为礼,且以为乐。"

⑮青霄里:明覆宋刻本、明活字本作"青霄骑"。所知:明活字本作"所之"。

崔司录宅燕大理李卿①

多雨殊未已,秋云更沉沉。洛阳故人初解印,山东小吏来相寻②。上卿才大名不朽,早朝至尊暮求友③。豁达常推海内贤,殷勤但酌尊中酒。饮醉欲言归剡溪,门前驷马光照衣④。路傍观者徒唧唧,我公不以为是非⑤。

【题解】

此诗写于崔司录宅中,因大理寺卿为京官,诗曰"早朝至尊暮求友",故诗人此时应在长安;诗中自称"山东小吏",则是以之前所任封丘县尉身份赴宴,高适此时应已辞去县尉之职,至长安与朋友相会,时间在天宝十一载(752)秋。

首二句交代聚会的天气,三、四句分言崔司录与自己,崔氏刚罢官在家,自己则辞去县尉入京。以下写李卿,才名已高,豁达称贤,却不自矜身份,白日上朝,晚来相聚,殷勤劝酒,醉言归去,然而贵客盈门,岂能退隐,路人赞叹,我辈却不以为意。高适写此诗时,刚刚辞去封丘尉之职,既有重获自由的欣喜,又有故作旷达的不甘,还不乏对达官贵人如李氏等人的艳美。

【校注】

①崔司录:名未详。司录,晋时置录事参军,为公府官,非州郡职,掌

总录众曹文簿,举弹善恶。北周称司录参军,属相府;同时州之刺史有军而开府者亦置之。唐开元初改为京尹属官,掌府事。参阅《通典·职官十五》。大理李卿:名未详。大理,即大理寺,掌管刑狱的官署。《新唐书·百官志》:"大理寺卿一人,掌折狱详刑。"

②洛阳故人:指崔司录。解印:即解印绶,谓辞去官职。山东小吏:高适自指。因高适曾任职之封丘在太行山以东,故称。

③上卿:指大理寺李卿。

④剡(shàn)溪:水名。曹娥江的上游,在今浙江嵊州市南。相传晋戴安道曾隐居于此,武陵王屡征不就,后以"归剡溪"为归隐之意。驷马:显贵者所乘的驾四匹马的高车。表示地位显赫。

⑤唧唧:叹息声,赞叹声。杨衒之《洛阳伽蓝记·开善寺》:"绿萍浮水,飞梁跨阁,高树出云,咸皆唧唧。"周祖谟校释:"唧唧,嗟叹声。"

同诸公登慈恩寺浮图①

香界泯群有,浮图岂诸相②。登临骇孤高,披拂欣大壮③。言是羽翼生,迥出虚空上④。顿疑身世别,乃觉形神王⑤。宫阙皆户前,山河尽檐向⑥。秋风昨夜至,秦塞多清旷⑦。千里何苍苍,五陵郁相望⑧。盛时惭阮步,末宦知周防⑨。输效独无因,斯焉可游放⑩。

【题解】

此诗作于天宝十一载(752)秋天。《旧唐书·高适传》:"解褐汴州封丘尉,非其好也,乃去位,客游河右。"诗人去河右之前,先至长安,与岑参、杜甫、储光羲、薛据同游,五人皆有诗,唯薛诗亡佚,其余四人之诗所言时令均为秋季。

前八句总写慈恩寺的独特与壮观。泯去万物、异于诸相的佛寺，一经登临，顿觉孤高，秋风吹拂，越发壮观；慈恩寺有如展翅鲲鹏，耸立云霄，使人顿觉飘飘欲仙、形神健旺。"宫阙"以下六句写登塔的见闻，突出视野的开阔。因佛寺高迥，宫阙、山河如在户前檐边；夜来秋风，空气清爽，整个关中地区都历历在目，北眺五陵，林木葱郁。"盛时"以下四句反思自身，生逢盛世却无所作为，年过五十却没有真正入仕，输忠报国却没有门路，只好于此闲游。由结尾四句可见，高适虽然辞去封丘尉，但入仕之望仍很强烈。

【校注】

①诸公：指杜甫、岑参、储光羲、薛据等人。岑参有《与高适薛据登慈恩寺浮图》诗，杜甫、储光羲并有《同诸公登慈恩寺塔》诗，杜诗原注："时高适、薛据先有此作。"可知五人同游且高适先有此诗。慈恩寺：唐代寺院名。旧寺在陕西长安东南曲江北，唐贞观二十二年（648）李治为太子时，就隋无漏寺旧址为母文德皇后追福所建，故名慈恩寺。浮图：梵语音译，指佛塔。

②香界：指佛寺。《维摩诘经·香积佛品》曰："上方界分，过四十二恒河沙佛土，有国名众香，佛号香积……其界一切，皆以香作楼阁，经行香地，苑园皆香，其食香气，周流十方无量世界。"群有：佛教语。众生或万物。诸相：佛教语。指一切事物外现的形态。

③披拂：吹拂，飘动。《庄子·天运》："风起北方，一西一东，有上彷徨，孰嘘吸是？孰居无事而披拂是？"成玄英疏："披拂，犹扇动也。"大壮：《周易·系辞下》："上古穴居而野处，后世圣人易之以宫室，上栋下宇，以待风雨，盖取诸《大壮》。"《大壮》上震下乾。震为雷，乾为天（古人认为天形似圆盖），其卦象为上有雷雨，下有御雨之圆盖。故云创建宫室，以避风雨，取象于《大壮》。此指慈恩寺建立时取象于《大壮》，建成后又高大壮观。

④羽翼：禽鸟的翼翅。此处指慈恩寺高出平地，有凌云欲飞之状。虚空：天空，空中。

⑤身世别：身体与世界相别。形神王：形骸与精神健旺。

⑥向：《诗经·豳风·七月》："塞向墐户。"毛传："向，北出牖也。"此句意谓山河皆在檐窗之前。

⑦秦塞：秦代所建的要塞。

⑧五陵：指西汉高祖、惠帝、景帝、武帝、昭帝的陵园。《文选·班固〈西都赋〉》："南望杜霸，北眺五陵。"刘良注："宣帝杜陵，文帝霸陵在南，高、惠、景、武、昭帝此五陵皆在北。"

⑨阮步：指阮籍。阮籍曾为步兵校尉，世称"阮步兵"。因阮籍生不逢时，尝作穷途恸哭，而高适遭遇盛世却无所作为，是以有惭。周防：《后汉书·儒林列传》："周防，字伟公，汝南汝阳人也。……防年十六，仕郡小吏。世祖巡狩汝南，召掾史试经，防尤能诵读，拜为守丞。防以未冠，谒去。"

⑩输效：犹报效。游放：指纵情游览。

【汇评】

《唐诗广选》：奇情奇语（"言是"句下）。

《唐音癸签》：诗家拈教乘中题，当即用教乘中语义，旁撷外典补凑，便非当行。在古如支公辈亦有杂用老、庄语者，至今时则迥然分途，取材不可混矣。唐诸家教乘中诗合作者多，独老杜殊出入，不可为法。如《慈恩塔》一诗，高、岑终篇皆彼教语，杜则杂以望陵寝、叹稻粱等事，与法门事全不涉。他寺刹及赠僧诗皆然。

《唐贤三昧集笺注》：风格清举，可与诸公作参观。王士禛曰：每思高、岑、杜辈同登慈恩塔，李、杜辈同登吹台，一时大敌，旗鼓相当，恨不厕身其间，为执鞭弭之役。

《杜诗详注》：同时诸公登塔，各有题咏。薛据诗已失传；岑、储两作，风秀熨贴，不愧名家；高达夫出之简净，品格亦自清坚；少陵则格法严整，气象峥嵘，音节悲壮，而俯仰高深之景，盱衡今古之识，感怀身世之怀，莫不曲尽篇中，真足压倒群贤，雄视千古矣。三家结语，未免拘束，致鲜后劲，杜于末幅另开眼界，独辟思议，力量百倍于人。

同薛司直诸公秋霁曲江俯见南山作^①

南山郁初霁,曲江湛不流。若临瑶池前,想望昆仑丘^②。回首见黛色,眇然波上秋^③。深沉俯峥嵘,清浅延阻修^④。连潭万木影,插岸千岩幽。杳霭信难测,渊沦无暗投^⑤。片云对渔父,独鸟随虚舟^⑥。我心寄青霞,世事惭白鸥^⑦。得意在乘兴,忘怀非外求^⑧。良辰自多暇,欣与数子游^⑨。

【题解】

储光羲有《同诸公秋霁曲江俯见南山》诗,与《高常侍集》卷二之《奉和储光羲》(天静终南高)一首相同,大约彼诗为储光羲作,后人误以为高适诗,而此诗确实出自高适之手。由此可知,前诗中同游慈恩寺诸公在登佛塔后,又一同至曲江(在慈恩寺东南)游览。此诗亦作于天宝十一载(752)秋。

前十二句交代题中"秋霁曲江俯见南山"八字,写雨后初晴,终南山倒映在曲江池之中,有如昆仑山倒映于瑶池,实为人间仙境;俯见山色浮波,秋空渺远,山势峥嵘,池水清浅;万木连潭,千山插岸,山色杳冥,池水深幽。"片云"以下八句,写面对美景想到自身理想与现实的矛盾,见渔父虚舟,有心隐居,与青霞、白鸥为伴,然而终为世事所困,只能暂时乘兴游览、忘怀世事,在良辰与诸公畅游以消忧。

此诗写景之笔致工细而大气,"连潭万木影,插岸千岩幽",雄奇峻拔;"片云对渔父,独鸟随虚舟",闲淡自然。情由景生,抒情也极富美感,"我心寄青霞,世事惭白鸥",表达归隐志向,诗意地写出了诗人思想上的矛盾。

【校注】

①薛司直:司直为唐代太子属官,相当于朝廷的侍御史。《新唐书·

百官志》:"太子詹事府有司直,正七品上。掌纠劾宫寮及率府之兵。"此处薛司直或指同游之薛据,薛据做过司仪郎,不知是否曾为司直。《国秀集》录有大理司直薛奇章诗三首,与高适同时,或即此人。曲江:在今陕西省西安市东南。秦为宜春苑,汉为乐游原,因河水水流曲折,故称。隋文帝以曲名不正,更名芙蓉园。唐复名曲江。开元中重新疏凿,为都人中和、上巳等节日游赏胜地。康骈《剧谈录·曲江》:"曲江池,本秦世陀州,开元中疏凿,遂为胜境。其南有紫云楼、芙蓉苑,其南有杏园、慈恩寺。花卉环周,烟水明媚。都人游玩,盛于中和、上巳之节,赐宴臣僚会于山亭。"南山:即终南山,秦岭主峰之一。在陕西省西安市南,即狭义的秦岭。《雍录》:"终南山横亘关中南面,西起秦陇,东彻蓝田。"

②瑶池:古代传说中昆仑山上的池名,西王母所居。昆仑:昆仑山。在今新疆、西藏之间,西接帕米尔高原,东延入青海境内。势极高峻,多雪峰、冰川。传说昆仑山上有瑶池、阆苑、增城、县圃等仙境。《庄子·天地》:"黄帝游乎赤水之北,登乎昆仑之丘。"

③眇(miǎo)然:高远,遥远。

④阻修:亦作"阻脩"。谓路途阻隔遥远。

⑤杳霭:茂盛幽深。明覆宋刻本、明活字本作"杳蔼"。渊沦:潭中微波。

⑥渔父:老渔翁,一般代指隐士。虚舟:无人驾驶的船只。

⑦青霞:喻隐居修道。

⑧乘兴:趁一时高兴,兴会所至。刘义庆《世说新语·任诞》:"王子猷居山阴,夜大雪……忽忆戴安道。时戴在剡,即便夜乘小船就之,经宿方至,造门不前而返。人问其故,王曰:'吾本乘兴而行,兴尽而返,何必见戴?'"外求:求之于外。

⑨欣:诸本作"忻"。

【汇评】

《唐诗广选》:极其摹画("连潭"句下)。

《唐诗选脉会通评林》:周珽曰:此通以江山交互、属对成篇,总状山

291

水林岩之胜,即秋霁俯见之景也。"瑶池""昆仑"二句,作譬喻接上妙。"片云""独鸟"二句,咏物情之闲逸以起下意。"心寄""事惭""在乘兴""非外求"四语,悟己趣之遗忘。结言得与司直诸公同游,志愿已毕。叙景道情,妩媚雅达。

《唐贤三昧集笺注》:比拟工("若临"二句下)。传神("回首"二句下)。刻画("连潭"二句下)。比前首(按指《同诸公登慈恩寺浮图》)亦自有一种景象。

《唐诗选胜直解》:此篇以曲江、南山相对作联。起二句山色秀而水不流,正秋霁之景。三、四句出司直诸公曲江之饮,如宴瑶池而望昆仑者。此一段从南山、曲江、秋霁、诸公倒出题面(首四句下)。

《唐诗解》:此赋初霁之景而以江山交互成篇,盖山初霁则郁然生色,江添雨则满而不流,若临瑶池而望昆丘,其青翠之色浮于波上也。既又状山水林岩之奇秀,渔父虚舟之闲逸,因言我心无着,寄彼云霞,世事未忘,愧兹鸥鸟。然得意亦即在此,乘兴忘怀,岂假外求,今值良辰,而得与诸君同游,其愿毕矣。

《历代诗发》:其写题处,虚活雅贴,自是法家。

《古唐诗合解》:南山翠黛之色若浮波上而生秋。盖江高而山势低,此正写"俯""见"二字也。("回首"二下)渊之深沦无暗投纶钩者。("杳霭"二下)观片云无心,对渔父以为伴,独鸟自适,随虚舟而翻飞。此皆天机活泼,毫无沾滞。("片云"二下)

《古诗镜》:"片云对渔父,独鸟随虚舟",语最不老。

同李九士曹观壁画云作①

始知帝乡客,能画苍梧云②。秋天万里一片色,只疑飞尽犹氛氲③。

【题解】

【题解】

此诗作于天宝十一载(752)秋末。时高适在长安,岑参有《题李士曹厅壁画度雨云歌》曰:"似出栋梁里,如和风雨飞。掾曹有时不敢归,谓言雨过湿人衣。"与此诗作于同时。

由岑参诗题目来看,李士曹厅壁上所挂为度雨云图,"始知"二句赞叹客居京城的画工技艺精湛,所画之云有如苍梧云气变幻无穷;后两句写雨中之云,空气氤氲,万里同色,整个秋空都笼罩在雨云之中了。此题画诗语短境阔,浑灏流转,有尺幅千里之势。

【校注】

①李九士曹:即李矞,曾为单父县尉,时任京兆府士曹参军。

②帝乡:京城,皇帝居住的地方。苍梧:山名,即九疑山,一作九嶷山。位于今湖南省永州市宁远县南。属南岭山脉之萌渚岭,南接罗浮,北连衡岳。相传舜帝南巡,死于此地。

③一片:数量词,唐人喜用。用于弥漫散布的景色、气象。李白《子夜吴歌》之三:"长安一片月,万户捣衣声。"氛氲:盛貌。《文选·谢惠连〈雪赋〉》:"霰淅沥而先集,雪纷糅而遂多,其为状也,散漫交错,氛氲萧索。"李善注引王逸《楚辞注》:"氛氲,盛貌。"

【汇评】

《唐诗归》:钟云:"始知"二字起,用笔便奇。看他比七言绝又少四字,已是一首歌行。

同崔员外綦毋拾遗九日宴京兆府李士曹①

今日好相见,群贤仍废曹②。晚晴催翰墨,秋兴引风骚③。绛叶拥虚砌,黄花随浊醪④。闭门无不可,何事更登高。

293

此与前诗同作于天宝十一载(752)秋末。时高适在长安,与岑参、崔颢、綦毋潜、李嶷等人一同聚会。前两句交代此次相聚是在众人公事之余,轻松欣喜的气氛跃然纸上。"晚晴"四句写宴会的热闹场面,一则白日下雨傍晚天晴,天朗气清风景好;二来秋日游赏的兴致浓,不禁激发群贤写诗作文的兴致;三者又值重阳,红叶盈街砌,菊花满庭院,又有美酒可以助兴。结尾两句翻出一层:重阳本该登高,可宴会如此热闹,又何必登高赏菊思亲友呢?

此诗在高适作品中算是短小的,然而摆脱了高诗一贯的愁苦与不忘功名的格调,难得有完全忘却现实的豪情逸兴,大约是刚从封丘尉任上辞官,有"久在樊笼里,复得返自然"的畅快。在艺术上,中间两联对仗工整,颈联用词明丽;尾联用翻案法,化实为虚,手法巧妙。

【校注】

①崔员外:指崔颢。《旧唐书·崔颢传》:"累官司勋员外郎,天宝十三年卒。"顾况《监察御史储公集序》:"开元十四年,严黄门知考功,以鲁国储公进士高第,与崔国辅员外、綦毋潜著作同时。"三人为同年至交。然高适写此诗时为天宝十一载重阳节,崔国辅因坐王铢事已经被贬出京(参见《旧唐书·王铢传》),是以知此崔员外为崔颢。綦毋拾遗:即綦毋潜。《唐才子传》卷二:"潜……开元十四年严迪榜进士及第,授宜寿尉,迁右拾遗。"京兆府:开元元年(713)改雍州置,治所在长安、万年二县,领二十二县,辖境相当于今陕西省秦岭以北、乾县以东、铜川以南、渭南以西地区。李士曹:即李嶷。参见《同李九士曹观壁画云作》诗注释①。

②废曹:退曹,公事之余。

③翰墨:笔墨,借指文章。曹丕《典论·论文》:"是以古之作者,寄身于翰墨,见意于篇籍。"风骚:《诗经》中的《国风》和《楚辞》中的《离骚》。借指诗文。

④虚砌:空空的台阶。此言人迹罕至,故落叶满阶砌。浊醪:浊酒。

玉真公主歌^①

　　常言龙德本天仙,谁谓仙人每学仙^②。更道玄元指李日,多
于王母种桃年^③。

　　仙宫仙府有真仙,天宝天仙秘莫传^④。为问轩皇三百岁,何
如大道一千年^⑤。

【题解】

　　诗中提到“天宝”年号,诗人曾于天宝十一载(752)秋,离开封丘至长
安,与崔颢、岑参等人唱酬交游,诗约作于此时。

　　第一首赞美玉真公主出身皇家,本有天仙一般令人仰望的尊贵身
份,却能一心学道求仙。第二首赞颂玉真公主获得了道家秘密法门,定
会得道成仙。此二诗大约是想投赠玉真公主以求汲引,故投其所好极力
称颂。

【校注】

　　①各本无此二首,据洪迈《万首唐人绝句》补。玉真公主:玄宗之妹,
喜结交文士,与李白、王维、储光羲等人均有交游唱和。《新唐书·诸公
主列传》:“玉真公主字持盈,始封崇昌县主。俄进号上清玄都大洞三景
师。天宝三载,上言曰:‘先帝许妾舍家,今仍叨王第,食租赋,诚愿去公
主号,罢邑司,归之王府。’玄宗不许。又言:‘妾,高宗之孙,睿宗之女,陛
下之女弟,于天下不为贱,何必名系主号、资汤沐,然后为贵,请入数百家
之产,延十年之命。’帝知至意,乃许之。”《旧唐书·玄宗纪下》天宝三载
十一月:“玉真公主先为女道士,让号及实封,赐名持盈。”卒于唐代宗宝
应元年(762)。

　　②龙德:圣人之德,天子之德。学仙:学习道家的长生不老之术。此

指玉真公主出家为女道士。

③玄元：指老子。《新唐书·高宗纪》："乾封元年，祠老子，追号玄元太上皇帝。"指李：按《神仙传》，老子生而能言，指李树曰："以此为我姓。"王母种桃：《汉武故事》："东郡献短人，呼东方朔至，短人因指朔谓上曰：'西王母种桃三千岁为子，此儿不良，已三过偷之矣。'"据说王母所种蟠桃，有三千年一熟的，食之可成仙得道；六千年一熟的，食之能霞举飞升；九千年一熟的，食之与天地齐寿。《史记·老子列传》正义："葛仙公序云：'老子体于自然，生乎大始之间，起乎无因，经历天地终始，不可称矣。'"故云李耳生之日多于王母种桃之年。

④仙宫仙府：《旧唐书·列传第一百二十八》："睿宗为金仙、玉真二公主造二道宫，辛替否谏曰：'自夏以来，淫雨不解……陛下爱两女而造两观，烧瓦运木，载土填沙。道路流言，皆云用钱百万……'"

⑤轩皇：即黄帝轩辕氏。三百岁：《大戴礼记·五帝德》："宰我问于孔子曰：'昔者予闻诸荣伊，言黄帝三百年。请问黄帝者人邪？抑非人邪？何以至于三百岁乎？'孔子曰：'黄帝……生而民得其利百年，死而民畏其神百年，亡而民用其教百年，故曰三百年。'"大道：指道家所谓道统。一千年：《拾遗记》："丹丘千年一烧，黄河千年一清，至圣之君以为大瑞。"

送李少府贬峡中王少府贬长沙①

嗟君此别意何如？驻马衔杯问谪居②。巫峡啼猿数行泪，衡阳归雁几封书③。青枫江上秋天远，白帝城边古木疏④。圣代即今多雨露，暂时分手莫踟蹰⑤。

【题解】

据长沙地名，推知此诗应作于天宝年间；且两位县尉同时被贬，大约此时高适在长安。天宝十一载(752)秋,高适离开封丘抵达长安,与崔颢、綦毋潜、杜甫等人酬唱,诗约作于此年秋。

此诗是为李少府被贬奉节县尉、王少府被贬长沙县尉送行之作。开头两句用倒装句法,先问二人此行情绪如何,抒发强烈感慨,再驻马衔杯,询问被贬之地,交代送别之意。中间两联写景,点明二人去处,这两联对偶工整,用四地名自然成对,与杜甫"即从巴峡穿巫峡,便下襄阳向洛阳"相似;景物有秋冬肃杀气息,寓送别感伤之情。尾联致安慰之意:此行虽路途遥远,但蒙皇帝恩泽,必将很快起用,离别只是暂时,切莫犹豫伤感。

【校注】

①李少府:高适《途中酬李少府赠别之作》有"终嗟州县劳,官谤复迍邅"之句,或为同一人。峡中:长江三峡。王少府:名未详。长沙:郡名,原称潭州,天宝元年(742)改为长沙郡,肃宗乾元元年(758)复为潭州,治所在今湖南省长沙市。据此,诗当作于天宝年间。

②何如:明覆宋刻本作"如何"。衔杯:口含酒杯。多指饮酒。谪居:谓古代官吏被贬官到边远外地。此指李王二人被贬之地。

③巫峡啼猿:《水经注·江水》:"每至晴初霜旦,林寒涧肃,常有高猿长啸,属引凄异,空谷传响,哀转久绝。故渔者歌曰:巴东三峡巫峡长,猿鸣三声泪沾裳。"此指李少府被贬之巫峡。衡阳归雁:相传衡阳衡山有回雁峰,为七十二峰之首,峰势如雁回旋。相传秋冬之际北雁南飞,至此不过,遇春北返。

④青枫江:青枫浦一带的浏水,在今湖南省浏阳市南。白帝城:位于重庆奉节县瞿塘峡口的长江北岸白帝山上。《元和郡县志》缺卷逸文:"白帝山即夔州城所据也,与赤甲山相接,初公孙述殿前井有白龙出,因号白帝城。"

⑤雨露:比喻皇帝的恩泽。

【汇评】

《唐诗援》:似怨似嘲,大无聊赖。

《批选唐诗》：清宛流畅，不损天真。

《唐诗选》：中联以二人谪地分说，恰好切峡中、长沙事，何等工确，且就中便含别态，末复收拾，以应首起句。

《唐诗选脉会通评林》：周珽曰：脉理针线错落，自不知所自来。周敬曰：造联天然巧制，结撰相慰情真。

《唐诗摘钞》：此虽律诗八句，其实一席老炼人情世故说话也。

《山满楼笺注唐诗七言律》："驻马衔杯"一连五句，俱承"嗟君此别"来，惟其嗟之，是以问之，而巫峡、长沙种种不堪之景况，皆足令人扼腕，是朋友之情所必至也。"圣代""即今"二句紧照"意何如"三字，惟其嗟之，是以宽之慰之，丁宁苦诚之。

《唐三体诗评》："几封书"乃对"暂"字，五、六则言瞻望伫立之情也。中二联工整中仍错综变换。

《唐体肤诠》：中四句景物如何分虚实先后？盖"巫峡"二句于景中寓事，便为实中之虚，且承"谪居"意下，其势宜在前；后联可不烦言而解矣。

《唐诗笺要》：只似送一人，唐人高脱处（首句下）。

《而庵说唐诗》："青枫江上秋天远，白帝城边古木疏"，青枫江在长沙，白帝城在峡中。峡中远，长沙近；王少府先到，李少府后到。计其到时，王少府当在秋尽，故云"秋天远"；李少府当在冬初，故云"古木疏"：真做到极尽头处。

《唐贤三昧集笺注》：唤起法，须知不可滑易。中四句不可全写景，后人便不管。第七句提振得起，到后来老杜"西蜀地形天下险""鱼龙寂寞秋江冷"，则更挥斥沉顿矣。

《诗薮》内编卷五：盛唐王、李、杜外，崔颢《华阴》、李白《送贺监》、贾至《早朝》、岑参《和大明宫》《西掖》、高适《送李少府》、祖咏《望蓟门》，皆可竞爽。……大率唐人诗主神韵，不主气格，故结句率弱者多。……举此诗结句为例。

《唐诗别裁集》：连用四地名，究非律诗所宜，五、六浑言之，斯善矣。

《瀛奎律髓》：中四句指土俗所尚，末句开以早还，亦一体也。

《瀛奎律髓刊误》：方回曰：中四句指土俗所尚。纪昀批：此非土俗，谬甚。平列四地名，究为碍格，前人已议之。

《瀛奎律髓汇评》：冯班：中二联从次句生下。何义门：中四句神往形留，只是与之俱去。结句才非世情常语，乃嗟惜之极致也。纪昀：通体清老，结更和平不遍。

《湘绮楼说诗》："巫峡啼猿数行泪，衡阳归雁几封书"，二联选声配色，开晚唐一派。

《唐宋诗举要》：吴曰：起得丰神（首句下）。分疏有色泽敷佐，便不枯寂（"巫峡啼猿"联下）。意思沉着。一气舒卷，复极高华朗曜，盛唐诗极盛之作。

《东岩草堂评订唐诗鼓吹》卷二朱三锡评：人臣一身惟君所命，今二公被贬，即口无怨辞，或中萌一点怨尤之意，便是不忠。一起曰"嗟君此别意何如"，妙妙。盖"意何如"三字推到至微至隐之地……始终以君臣大义相勉，最为得体。

送张瑶贬五溪尉①

他日维桢干，明时悬镆铘②。江山遥去国，妻子独还家③。离别无嫌远，沉浮勿强嗟④。南登有词赋，知尔吊长沙⑤。

【题解】

诗中有"去国"之句，"国"可指国都，则送别之地应在长安；从"沉浮勿强嗟"句看，诗人于仕途已有比较清醒的认识，似乎既遭受过打击，又对前途有热望与信心，姑系于天宝十一载(752)秋去职封丘赴长安之后。

前两句高度肯定张氏才能，并安慰对方，今日虽然遭贬，有如圣明之时将人才高悬不用，但他日定为国家栋梁。三、四句以"去""还"作对比，写出张氏独赴贬所的凄苦及诗人的关切之情。后四句展望别后，嘱咐其勿因道路遥远、沉浮无定而嗟叹消沉,此去南方五溪之地,应有好的诗作凭吊贾谊等人。

此诗节奏舒缓,音调雄壮,后四句尤为厚重,足见诗人对仕途之看法。结尾二句既以诗作相宽慰,也说明古往今来有才而遭贬之人甚多,萧条异代,不必过于在意。

【校注】

①此诗敦煌集本作"三溪",误。张瑶,事迹未详。五溪:地名。郦道元《水经注·沅水》:"武陵有五溪,谓雄溪、樠溪、无溪、酉溪、辰溪。"一说指雄溪、蒲溪、酉溪、沅溪、辰溪。汉属武陵郡,为少数民族聚居地,在今湖南西部和贵州东部。

②维:敦煌集本作"推"。桢干:筑墙时所用的木柱,竖在两端的叫桢,竖在两旁障土的叫干。用来比喻起决定作用的人或事物。《三国志·吴志·陆凯传》:"姚信、楼玄、贺邵、张悌、郭逴、薛莹……皆社稷之桢干,国家之良辅。"镆铘(mò yé):即莫邪,指利剑。或谓春秋吴国人莫邪善铸剑,故称。

③去国:离开京城或朝廷。

④嫌远:敦煌集本作"辞远"。

⑤长沙:指贾谊。《史记·屈原贾生列传》:"汉有贾生,为长沙王太傅,过湘水,投诗以吊屈原。"此二句意谓张瑶此去五溪途经长沙,应有诗作凭吊贾谊。

赠任华①

丈夫结交须结贫,贫者结交交始亲。世人不解结交者,唯重黄金不重人。黄金虽多有尽时,结交一成无竭期。君不见管仲与鲍叔,至今留名名不移②。

【题解】

杜甫有《贫交行》:"翻手为云覆手雨,纷纷轻薄何须数。君不见管鲍贫时交,此道今人弃如土。"作于天宝十一载(752),高适此诗正与杜诗之意相同,结句均以管鲍之交为例,鄙薄今人,或为同时之作,故系于天宝十一载。

前四句从正反两面议论交友之事,前两句谓:结交朋友应选择贫者,因贫者才能真心实意对待朋友;后两句谓:世人却喜结交富者,只看重富者钱财。五、六句承前四句,依然从正反两方面比较:钱财有尽时,友情无尽期,再次重申交贫之意。七、八句举历史上管鲍之交的例子,既以事实证明结贫的主张,又借古讽今,讽刺时人以利相合,不懂友情之真谛。

高适多次于诗中感慨世态炎凉,人情浇薄,如《邯郸少年行》曰:"君不见今人交态薄,黄金用尽还疏索。"《淇上赠薛三据兼寄郭少府微》曰:"皇情念淳古,时俗何浮薄。"而于真诚的友谊则不惜热烈地歌颂:"世人向我同众人,唯君于我最相亲。且喜百年有交态,未尝一日辞家贫。"(《别韦参军》)可见诗人长期困顿,于世态人情有很深的体悟,故而十分珍视友情,于浮薄的世情交态很是愤慨。

【校注】

①此诗各本失载,据《唐诗纪事》卷二十二补。任华:开元、天宝间诗人,曾任秘书省校书郎及监察御史等职,时人称其诗文"高妙""清新"。详见王定保《唐摭言》。

②管仲:春秋时齐国著名的政治家、思想家,其与鲍叔牙的友情成为千古佳话,世称"管鲍之交"。据《史记·管晏列传》记载,管仲少时贫困,与鲍叔牙相交,鲍叔知其贤,善遇之。后鲍叔牙事齐国公子小白,管仲事公子纠,及小白为齐桓公,公子纠死,管仲被囚,鲍叔牙向桓公推荐管仲,自己甘居其下。桓公任管仲为相,九合诸侯,一匡天下。《列子·力命》引管仲的话说:"生我者父母,知我者鲍叔也。"

《诗伦》：两贫相结，非道义之合，则意气之投（首二句下）。留不朽之名是谓丈夫（末句下）。硬、生、辣，诗家罕有其匹。

送　别

昨夜离心正郁陶，三更白露西风高①。萤飞木落何淅沥，此时梦见西归客②。曙钟寥亮三四声，东邻嘶马使人惊③。揽衣出户一相送，唯见归云纵复横。

【题解】

此诗写作时间不详。孙钦善《高适集校注》："或作于天宝十一载秋客游长安之时。"高适于天宝十一载（752）秋离开封丘，抵达长安，交朋结友，唱酬甚密，并于此年秋冬写了很多送别友人的诗歌，姑系于天宝十一载秋。

诗写别后思念朋友之情，不同于一般的送别诗。前三句写梦前的秋夜景象：白露、西风、流萤、落木，构成一幅凄清的图景；第四句写梦中，只交代梦见已经西归之故人，却没有详写梦中景象；后四句从听觉和视觉两个角度写梦后之景，因闻晓钟、马嘶而惊醒，可见梦之短，醒后唯见天边归云纵横，心绪寥落。

此诗的特色，首先在于送别从别后写起，切入角度很独特；其次在于只有一句记梦，却用大半篇幅写梦前和梦后的秋夜清冷景象，以之烘托自己对朋友的思念之深；其三，情与景之间形成若有若无似隐似现的关系——西风落木正像离人忧思，归云如归客，纵横如心绪，而友情的热烈与秋夜的清冷又形成反差；最后，真幻杂糅的别致构思，在夜半白露萤飞中入梦，仿佛若真；因闻曙钟、听嘶马而惊醒，恍惚中以为归客又将上路，于是急急出户相送，在虚实交错中写出对友人的一片深情。

①郁陶：忧思积聚貌。《尚书·五子之歌》："郁陶乎予心，颜厚有忸怩。"孔传："郁陶，言哀思也。"陆德明释文："郁陶，忧思也。"

②淅沥：象声词。此处形容落叶的声音。

③寥亮：清越响亮。

【汇评】

《唐诗镜》：随手得句，不主故常。末二语甚有情色。

《唐诗解》：此叙不忍别之情。夫念离而忧，思深如梦，候钟而起，闻马而惊，当未别之时已不胜情矣，况既别之后所见为归云，能无惆怅乎？

别王八①

征马嘶长路，离人挹佩刀②。客来东道远，归去北风高③。时候何萧索，乡心正郁陶④。传君遇知己，行日有绨袍⑤。

【题解】

此诗写作时间未详，从诗中情绪来看，大约在长安。天宝十一载(752)秋，高适离开封丘，抵达长安，与储光羲、杜甫、岑参等人酬唱，至十二载(753)秋受田梁丘之荐入幕河西，期间高适的送别之作，如《送蹇秀才赴临洮》《送李侍御赴安西》等，均一扫往日阴霾，豪情壮志，意气风发，与此诗相似，故系于天宝十一载秋。

首二句描绘别离场面，以征马嘶鸣、离人按刀两个细节，烘托离情别绪。此二句以想象中王八来去之路的遥远与天气的恶劣，表达相见不易与别离时的感伤，同时也有对王八的担忧。五、六句继续渲染气氛，秋冬之交萧瑟的景象与离人愁思郁结的心情相呼应。尾二句振起，勉励王八不要为离别过度悲伤，此去有故人相助，应抓住机会积极进取。此诗写景抒情，意境开阔，音调响亮，富有爽朗豪迈之气势。

①王八：名未详。独孤及有《自东都还濠州奉酬王八谏议见赠》，贾至有《巴陵夜别王八员外》《岳阳楼重宴别王八员外贬长沙》，不知是否为同一人。据独孤及诗，天宝末其任华阴、郑县尉时，与王八同官，则高适作此诗时，王八似尚未入仕。

②挹：通"抑"，谦抑。挹佩刀，即在尊敬的人面前用手轻按佩刀，以示慎重、谦退。

③客来：敦煌集本作"客行"。

④时候：季节，节候。正：《全唐诗》下注："一作更。"

⑤绨袍：战国时魏人范雎先事魏中大夫须贾，遭其毁谤，笞辱几死。后逃秦，改名张禄，仕秦为相，权势显赫。须贾使秦，范雎敝衣往见，须贾怜其寒而赠一绨袍。迨后知雎即秦相张禄，乃惶恐请罪。雎以贾尚有赠袍念旧之情，终宽释之。见《史记·范雎蔡泽列传》。后多用为眷念故旧之典。

送蹇秀才赴临洮①

怅望日千里，如何今二毛②。犹思阳谷去，莫厌陇山高③。倚马见雄笔，随身唯宝刀④。料君终自致，勋业在临洮⑤。

【题解】

此诗为蹇秀才送别，实则可见高适立功边塞之心，故系于天宝十一载(752)秋在长安时。

前两句描绘蹇秀才不得志之状：本想建功立业，谁料功业未就却两鬓斑白，是以"怅望"。次二句写蹇秀才失意之下的选择：投笔从戎远赴边塞，阳谷与陇山是前往西北的必经之地，既然选择了去塞，就不要害怕长途跋涉的辛苦，勉励之意明显。五、六句赞美蹇秀才的文才武略：文能倚马千言,武可宝刀安边。自然引出七、八句:对其终会青云直上充满信心,祝愿对方此去临洮能有出色发挥。整首诗洋溢着从军边塞马上封侯的豪情逸兴,诗为勉励塞秀才,实则是高适自我心灵的写照。

【校注】

①塞秀才:名未详。天宝五载(746)杜甫所作《陪李北海宴历下亭》诗中有"海右此亭古,济南名士多"之句,原注:"时邑人塞处士辈在座。"或即此人。临洮:《新唐书·地理志》:"洮州临洮郡治临潭。"在今甘肃省临潭县西南。唐代属陇右节度使。

②千里:高适于天宝五载在济南同李邕等同游,或于此时认识塞某,今则再次于长安相会,故曰"千里"。二毛:斑白的头发。常用以指老年人。《左传·僖公二十二年》:"君子不重伤,不禽二毛。"杜预注:"二毛,头白有二色。"

③阳谷:地名。在今甘肃省淳化县北。陇山:山名。六盘山南段的别称。古时又称陇坂、陇坻。郦道元《水经注·斤江水》:"陇山、终南山、惇物山在扶风武功县西南也。"

④倚马:靠在马身上,形容才思敏捷。刘义庆《世说新语·文学》:"桓宣武北征,袁虎时从,被责免官。会须露布文,唤袁倚马前令作。手不辍笔,俄得七纸,绝可观。"宝刀:珍贵的战刀。此处指塞秀才有武略。

⑤自致:凭自我努力而得到(功名、官职等)。

【汇评】

《删补唐诗选脉笺释会通评林》:周珽评:勉慰肯至,词亦开豁。

送李侍御赴安西①

行子对飞蓬,金鞭指铁骢②。功名万里外,心事一杯中。虏障燕支北,秦城太白东③。离魂莫惆怅,看取宝刀雄。

【题解】

诗曰:"虏障燕支北,秦城太白东。"上句为李侍御将去之地,下句为高适送别之处,可知此时诗人在长安,立功边塞之志甚明,与前二诗应为同时之作,系于天宝十一载(752)秋。

首联雄壮,以"飞蓬"喻"行子",十分形象,既有行人行进迅速之感,又有游子漂泊不定之意;以"金鞭"对"铁骢",自然成对,意气风发,驰骋万里之势已见。颔联对偶工整,以"万里"言志向,用"一杯"抒友情,"功名"显言,"心事"内敛。颈联分言李氏将去之地和诗人送别之处,道路遥远,山岳阻隔,有不舍,有担心。尾联振起,盛世离别,莫效小儿女情态,只须看取宝刀,定要立功边塞。

此诗声调响亮,音节高亢,悲而能壮,有盛唐气象,为盛唐五律中杰作。首联豪气逼人,直指万里功名。颔联在多与少的对比中抒发了立功边塞的豪情壮志。颈联以地域的广阔写忧思的深广。尾联既为李氏壮行,又勉励他及时进取,同时也表明了自己的志向。明人许学夷以此诗为"盛唐五言律第一",则有过誉之嫌;及至以"去从戎"三字易"对飞蓬",殊为不妥,因"飞蓬"形象而富有美感,"从戎"则过于写实。

【校注】

①李侍御:名未详。侍御,唐代称殿中侍御史、监察御史为侍御。后世因沿袭此称。安西:即安西都护府,治所在今新疆库车。

②行子:出行的人。飞蓬:指枯后根断遇风飞旋的蓬草,比喻行踪飘泊不定。铁骢:毛色青白相杂的马。泛指骏马。因东汉桓典任侍御史,常乘骢马,故铁骢亦指侍御史,此处暗指李氏身份为侍御史。

③虏障:御敌堡垒。《汉书·李陵传》:"出遮虏障。"燕支:山名。李白《王昭君》其一:"燕支长寒雪作花,蛾眉憔悴没胡沙。"王琦注引《元和郡县志》:"燕支山,一名删丹山,在丹州删丹县南五十里。东西百馀里,南北二十里,水草茂美,与祁连同。"删丹,即今甘肃省山丹县。此指李氏将去之地。秦城:此指长安。太白:山名。在今陕西省眉县东南。李白《蜀道难》:"西当太白有鸟道,可以横绝峨眉巅。"王琦注引慎蒙《名山

记》:"太白山,在凤翔府郿县东南四十里,钟西方金宿之秀,关中诸山莫高于此。其山巅高寒,不生草木,常有积雪不消,盛夏视之犹烂然。故以太白名。"

【汇评】

《增订评注唐诗正声》:周云:语语陡健,却又浅深,所以为盛唐。

《诗薮》:五言律,高如"行子对飞蓬""逢君说行迈""绝域眇难跻",岑如"闻说轮台路""西边虏方尽""野店临官路"等篇,皆一气浑成,既未可以句摘,亦未可以字求也。

《唐音癸签》:太白"人分千里外,兴在一杯中",达夫"功名万里外,心事一杯中",似皆从庾抱之"悲生万里外,恨起一杯中"来。而达夫较厚,太白较逸,并未易轩轾。

《唐诗解》:此以立功期侍御也。君既为行子矣,所对者飞蓬,所恃者鞍马。万里之志形于一杯,虏障、秦城特咫尺耳,岂以离别为恨哉!请视宝刀以壮行色。

《唐诗选脉会通评林》:周珽曰:不事刻画,精悍奇特。一篇大旨,全在次二语,总以立功期侍御也。五、六顶"功名万里外"言,末联顶"心事一杯中"言,见远赴志气,不可以离别自阻其雄焉。

《石园诗话》:愚谓常侍诗如"归人望独树,匹马随秋蝉""大都秋雁少,只是夜猿多""功名万里外,心事一杯中",俱令人吟讽不厌。

《唐诗笺注》:"功名万里外,心事一杯中",读之令人魂断。"虏障"句是前行,"秦城"句是回首,故接"离魂""惆怅"字。"看取宝刀雄"正收,应上"功名万里外"意也。诗有豪气。

《网师园唐诗笺》:("离魂"二句)故为壮语,倍觉凄然。

《诗源辨体》:尝欲以达夫"行子对飞蓬"为盛唐五言律第一,而"对飞蓬"三字殊气馁不称,欲改作"去从戎",庶为完作。

送裴别将之安西①

绝域眇难跻,悠然信马蹄②。风尘经跋涉,摇落怨暌携③。
地出流沙外,天长甲子西④。少年无不可,行矣莫凄凄。

【题解】

裴氏到安西,送别之地似在长安,姑系于天宝十一载(752)秋。唐人往西北,多在长安送别。另外,此年高适有大量送别诗,既苍凉又雄壮,反映出高适入幕河西之前踌躇满志的心态。

前四句想象裴氏此去路途之艰辛,裴氏在万物凋零的秋季离开,将要到渺远的西北绝域,在风尘中艰难跋涉;后四句想象别后,裴氏将去之地在偏远的西北,此一别天高地远,固然前途渺茫,但对于年轻人而言,也是施展才能的大好机会,切莫因离别而作凄凄儿女之态。整首诗在苍凉悲壮的基调下,刻画了裴氏孤身西行的身影,结尾为朋友壮行之句十分雄壮,是盛唐气象的生动体现。

【校注】

①裴别将:名未详。别将,唐制,军中设有别将一职。《旧唐书·职官志》:"左右亲士府统军各一人,掌率左右别将,侍卫陪从。"在各折冲府也设别将。也用作偏将的代称。安西:唐代在西北边境设置安西都护府,统辖龟兹、焉耆、于阗、疏勒等地,驻地在今新疆库车一带。

②眇:同"渺"。远,高。《楚辞·九章》:"眇不知其所蹠。"

③摇落:凋残,零落。暌携(kuí xié):聚散,离合。

④流沙:沙常因风吹而流动,故称沙漠为流沙。《汉书·地理志》:"居延泽在东北,古文以为流沙。"此处代指西域地区。《新唐书·西域传》:"吐谷浑西北,有流沙数百里。"甲子:古时以十二地支标记十二星次,以十二星次中的二十八宿为古九州诸国的天文分野。甲子西,即远

在九州分野之西,此指西域。

送郑侍御谪闽中①

谪去君无恨,闽中我旧过。大都秋雁少,只是夜猿多②。东路云山合,南天瘴疠和③。自当逢雨露,行矣慎风波④。

【题解】

此诗并载于《岑嘉州集》,然岑参行踪未及闽中,而高适幼年曾随父亲到过韶州,其《秦中送李九赴越》诗中有"莼羹予旧便"之句,则曾有闽中之行无疑,此诗当为高适之作。高适于天宝十一载(752)秋在长安多有送别之作,格调高亢,充满进取精神,姑系于此年。

前二句以自己曾去过闽中来安慰郑侍御:莫以闽中为陌生之地而害怕;中间四句悬想闽中情景,雁少猿多,云天瘴气,条件很是艰苦,提醒郑氏要有充分的思想准备,同时也表达了高适对朋友的担忧之情;结尾二句再次安慰郑氏,又照应开头:静心等待时机,终有被起用之日,此去只管照顾好自己。此诗情感真挚,笔势流转,为高适集中纯熟之五言律作。

【校注】

①郑侍御:名未详。侍御,唐代称殿中侍御史、监察御史为侍御。闽中:《汉书·闽粤王传》:"秦并天下,废为君长,以其地为闽中郡。"颜师古注:"即今之泉州建安也。"

②大都:大概,大抵。

③瘴疠:指瘴气。

④雨露:比喻皇帝的恩泽。此处意谓静待时机,当会遇赦。

【汇评】

《唐诗别裁集》:雁少猿多,正言旅思不堪也("只是夜猿多"句下)。忠厚("行矣慎风波"句下)。

《唐诗广选》:蒋仲舒曰:道得真率自然,势亦流走。

《唐诗直解》:真爱至情,抵多少加餐等语!

《唐诗分类绳尺》:慰勉备至。

《唐风定》:此日有大力熔冶,不以冲口说出为奇。

《近体秋阳》:此诗清老笃挚,当为一代送别五律之冠,不第首推兹集已也。

《网师园唐诗笺》:落落写来,深情自见("大都"句下)。

《闻鹤轩初盛唐近体读本》:陈德公曰:独标高浑,如近射洪。评:前四爽俊。六句压"和"字,粗可对。结亦自安雅,"逢雨露"正以缴应起句"君无恨"意。

送董判官①

逢君说行迈,倚剑别交亲②。幕府为才子,将军作主人③。近关多雨雪,出塞有风尘。长策须当用,男儿莫顾身④。

【题解】

此诗所送董判官很可能前往河西入哥舒翰幕府,诗中有"近关""出塞"之语,当作于长安,姑系于天宝十一载(752)。

前两句叙述别时景象,不舍与担心溢于言表。中间四句想象董氏此行必定被将军重用,但道路艰险,气候恶劣,令人担忧。结尾二句鼓舞对方,勿以塞外气候恶劣为念,应努力施展才华,实现理想。此诗气势雄壮,格调与《送李侍御赴安西》《送浑将军出塞》等诗相类,为诗人入幕河西之前心境之写照。

【校注】

①董判官:名未详。或为《陪窦侍御灵云南亭宴诗》序中所言"幕府董帅"。

②行迈:行走不止,远行。倚剑:宋玉《大言赋》:"长剑耿耿倚天外。"
此指董判官临行前的打扮,佩剑而别。交亲:亲戚朋友。

③为:敦煌集本作"多"。将军:指董判官将要投奔之节度使,或为陇
右节度使哥舒翰。

④长策:效用长久的方策。此指董氏的才能。须当:敦煌集本作"当
须"。莫:敦煌集本作"不"。

送浑将军出塞①

将军族贵兵且强,汉家已是浑邪王②。子孙相承在朝野,至
今部曲燕支下③。控弦尽用阴山儿,登阵常骑大宛马④。银鞍
玉勒绣蝥弧,每逐嫖姚破骨都⑤。李广从来先将士,卫青未肯学
孙吴⑥。传有沙场千万骑,昨日边庭羽书至。城头画角三四声,
匣里宝刀昼夜鸣⑦。意气能甘万里去,辛勤判作一年行⑧。黄
云白草无前后,朝建旌旄夕刁斗⑨。塞下应多侠少年,关西不见
春杨柳⑩。从军借问所从谁,击剑酣歌当此时。远别无轻绕朝
策,平戎早寄仲宣诗⑪。

【题解】

这首七言歌行约为天宝十一载(752)秋高适在长安时,为皋兰州都
督浑惟明领军出塞送行之作。

前十句着眼于过去,铺写浑将军的家世、风度和功劳。浑将军出身
高贵,家族显赫;本人有李广、卫青的大将之风;部曲英勇,屡立战功。起
调高远,开篇雄浑。"传有沙场"以下十句落笔于当下,描绘浑将军毅然
出塞、杀敌报国的英姿,以塞外苦寒的军中生活烘托浑将军勇赴国难的
爱国精神。最后四句表达惜别之意,扣题中"送"字,期望浑将军早奏凯

歌,也隐约表达了自己渴望出塞杀敌、建功立业的愿望,从中亦可见此诗作于入河西幕之前。全诗以高远雄浑的笔调,骈散相间的句式,不停转换的韵律,多角度、多侧面地塑造了浑将军忠勇爱国的名将形象,具有雄壮豪放的鲜明风格。

【校注】

①浑将军:当为皋兰州(今甘肃省兰州市、白银市)都督浑惟明。浑惟明曾为哥舒翰部将,因随哥舒翰大败吐蕃,尽收九曲之地有功,天宝十三载(754),哥舒翰为其论功,表奏加云麾将军。刘开扬《高适诗集编年笺注》认为,浑将军指同样做过皋兰州都督的浑释之,但据《新唐书·回鹘传》:"释之骜勇不凡,从哥舒翰拔石堡城,迁右武卫大将军,封汝南郡公。"时在天宝八载(749),当时高适曾赴长安应试,中有道科后即赴封丘任县尉,与浑释之见面的可能性很小。

②浑邪(yé)王:浑氏族源历史非常悠久,据《全唐文·浑公神道碑》记载,浑氏"其先姜姓之后,汉郡浑邪王之裔。始居于崤北(今三门峡以北),后迁于河南(今宁蒙河套一带)"。秦汉之间尽并大漠各族,属匈奴。据《后汉书》记载,汉武帝元狩三年(前120),汉将霍去病消灭匈奴主力后,浑邪王归附汉朝,其部众被安置在河南(河套地区)。

③燕(yān)支:山名,又名焉支山,在今甘肃省山丹县东南。

④阴山:在今内蒙古自治区境内,西起河套,东至辽东,绵延千里,汉时为匈奴故地。阴山儿,指阴山下擅长骑射的游牧青年。登:《全唐诗》下注:"一作临。"大宛(yuān)马:大宛,汉代西域国名,在今乌兹别克斯坦共和国费尔干纳盆地,以产良马著称。《史记·大宛列传》:"大宛在匈奴西南……多善马,马汗血,其先天马子也。"

⑤蝥(máo)弧:春秋诸侯郑伯旗名,后借指军旗。《左传·隐公十一年》:"颍考叔取郑伯之旗蝥弧以先登,子都自下射之,颠。"嫖姚:指汉代名将霍去病,曾为嫖姚校尉,大破匈奴。此处当指哥舒翰。骨都:指匈奴左右骨都侯。此处代指吐蕃。

⑥李广:汉代名将,称"飞将军",以厚遇将士、身先士卒深受士兵爱

戴。《史记·李将军列传》:"广之将兵,乏绝之处,见水,士卒不尽饮,广不近水;士卒不尽食,广不尝食。宽缓不苛,士以此爱乐为用。"卫青:汉代名将。不肯学孙吴是霍去病事,此处误指卫青。《史记·卫青霍去病列传》:"天子尝欲教之孙吴兵法,(霍去病)对曰:'顾方略何如耳,不至学古兵法。'"这两句以李广、卫青比浑将军之武略。

⑦匣里宝刀:王嘉《拾遗记》卷一:"(颛顼)有曳影之剑,腾空而舒,若四方有兵,此剑则飞起,指其方则克伐。未用之时,常于匣里如龙虎之吟。"古人以刀剑自鸣表达不堪投闲置散、想要杀敌报国的豪情壮志。

⑧判:《全唐诗》下注:"一作勋。"

⑨白草:一种牧草,干熟时呈白色,故名。《汉书·西域传上》:"地沙卤,少田,寄田仰穀旁国。国出玉,多苜蓿、怪柳、胡桐、白草。"颜师古注:"白草似莠而细,无芒,其干熟时正白色,牛马所嗜也。"旌旄(jīng máo):泛指军中的旗帜。旌,古时一种用五色羽毛装饰的旗子;旄,用牦牛尾装饰的大旗。刁斗:古代行军用具,斗形有柄,铜质,白天用作炊具,晚上击以巡更。

⑩关西:玉门关以西。据当代学者考证,唐代玉门关在敦煌以东安西(今甘肃省酒泉市瓜州县)附近。此句即"春风不度玉门关"之意。

⑪绕朝(cháo)策:绕朝,春秋时秦国大夫。据《左传·文公十三年》载,春秋晋大夫士会因事奔秦,为秦所用。晋人患秦之用士会,乃使魏寿馀伪以魏叛而入秦,诱士会返晋。计得逞,士会欲行,秦大夫绕朝赠之以策,曰:"子无谓秦无人,吾谋适不用也。"后以"绕朝策"指有先见之明。此处意谓希望浑将军不要轻视送别时自己所献破敌之策。仲宣诗:汉末文学家王粲,字仲宣,为"建安七子"之一,博学多识,文思敏捷,善诗赋,曾作《从军诗五首》,有"一举灭獯虏,再举服羌夷。西收边地贼,忽若俯拾遗""今我神武师,暂往必速平"之句,雄壮豪迈,即所谓"平戎"诗。此处表达了希望浑将军早传捷报的美好祝愿。

【汇评】

《带经堂诗话》:或问诗工于发端,如何? 应之曰:如谢宣城"大江流

313

日夜,客心悲未央"……高常侍"将军族贵兵且强,汉家已是浑邪王",老杜"将军魏武之子孙,于今为庶为青门"是也。

《唐贤三昧集笺注》:气格增嵘,明人喜模拟这等处,而竟不免为优孟衣冠也。

《历代诗发》:常侍七古,慷慨疏越,气韵沉雄,斧凿之痕一归熔化,才志养优,真承学之典型也。

《批唐贤三昧集》:送人诗品,如此已足擅场,再约之则不足。

《唐百家诗选》赵熙批:浑将军得此一诗,胜于史篇一传。接法天挺("汉家已是"句下)。

《唐诗别裁集》:此番人而为汉将者(题下注)。霍去病事,此误用("卫青未肯"句下)。

送白少府送兵之陇右①

践更登陇首,远别指临洮②。为问关山事,何如州县劳③。军容随赤羽,树色引青袍④。谁断单于臂,今年太白高⑤。

【题解】

诗曰"践更登陇首,远别指临洮",则此时诗人在长安,而白氏将之临洮;从"为问关山事,何如州县劳"来看,当为高适离开封丘抵达长安以后,故系于天宝十一载(752)秋。

首联写白少府清晨即率兵出发,此行途经陇山,目的地为临洮,以"登""指"写出征途渺远、军行疾速之状。颔联二句以送兵登陇与县尉劳顿作对比,虽为疑问,实则意谓关山行役远不如州县小吏劳苦,一则因高适有作吏风尘的惨痛经历,二来诗人久有从军之志,故对边塞十分向往。颈联写行军景象,旌旗招展,旗帜与树叶交相辉映,军容严整,呈现出昂扬奋发的气势。"随"与"引"两个动词连接四个名词,结构巧妙,炼字炼意颇见功夫。尾联想象此去战果,为白少府壮行。以这样一支生力军投入战场,转瞬即可断单于之臂,而太白星高已经预示了这胜利的战果。

此诗为高适摆脱州县劳顿、即将入幕河西时作,慷慨激昂,意气风发,充满年轻人杀敌报国的热情,与杨炯《从军行》气韵相类。

【校注】

①白少府:名未详。少府为唐代对县尉的通称。赵彦卫《云麓漫钞》卷二:"唐人则以明府称县令……既称令为明府,尉遂曰少府。"陇右:本指陇山以西地区,此处指陇右节度使,屯西平郡(鄯州)、宁塞郡(廓州)、临洮郡(洮州)、安昌郡(河州)境内,治所在西平,即今青海省海东市乐都区。

②践更:古代的一种徭役。轮到的可以出钱雇人代替,受钱代人服役叫践更。《史记·吴王濞列传》:"卒践更,辄与平贾。"张守节正义:"践更,若今唱更、行更者也,言民自著卒……贫者欲顾更钱者,次直者出钱顾之,月二千,是为践更。"明活字本作"残更",亦通。陇首:古山名。班固《西都赋》:"右界褒斜、陇首之险,带以洪河、泾、渭之川。"《后汉书·班固传上》引此文,李贤注:"陇首,山名,在今秦州。"临洮:郡名,原称洮州,天宝元年(742)更名为临洮郡,治所在今甘肃省临潭县,属陇右节度使。

③关山事:明活字本作"关中事",《全唐诗》"关"字下注:"一作中。"此指白少府送兵之事,因要经过陇山,故曰。州县劳:任州县劳顿之职。因白氏为县尉,故有此比。

④赤羽:赤色旗帜。《孔子家语·致思》:"由(子路)愿得白羽若月,赤羽若日,钟鼓之音上震于天,旌旗缤纷下蟠于地。"青袍:唐代八、九品官着青色服饰,指县尉的公服。

⑤断单于臂:《史记·大宛列传》载,张骞说武帝曰:"今单于新困于汉,而故浑邪地空无人。蛮夷俗贪汉财物,今诚以此时而厚币赂乌孙,招以益东,居故浑邪之地,与汉结昆弟,其势宜听,听则是断匈奴右臂也。"太白:古星象家以为太白星主杀伐,故多以喻兵戎。太白高则预示战事得利。

登　垄^①

　　垄头远行客,垄上分流水^②。流水无尽期,行人未云已。浅才登一命,孤剑通万里^③。岂不思故乡,从来感知己^④。

【题解】

　　此诗作于唐玄宗天宝十一载(752)秋冬,是高适应哥舒翰的征召,离开长安前往河西节度使治所凉州(今甘肃武威)途中,登陇山有感而作。陇山在今陕西省陇县西北,为当时去西北的必经之地。在长期的文化积淀中,陇头流水成了悲凉、愁苦、思乡的感情象征。

　　诗的头四句以陇上流水来映衬诗人的独身远行。“垄上分流水”既是写实,也衬托了作者只身远游的孤寂悲凉心情。三、四句以流水不尽来比喻人的行程遥远,照应“通万里”。后四句诗人以大丈夫自许,抒发了建功立业的雄心壮志,在陇头流水的苍凉背景下,表达“士为知己者死”的心志,言辞坚决,铿锵有力。高适此次出塞,一为“感知己”,二来也想借此机会入幕从戎,实现自己建功立业、安边定远的宏愿。此诗表达的思想非常丰富,既有游子思乡的情思,又有仗剑戍边的豪情,既有报答知己的侠肝义胆,又有为国效力的雄心壮志,情感波澜起伏,曲折多变,最后以昂扬的调子结束全篇,给人以奋发向上之感。全诗语简情壮,正如胡应麟所言,为“意调高远”“深婉有致”之作。

【校注】

　　①《全唐诗》题下注:“应作陇,诗同。”则诗中“垄头”“垄上”应为“陇头”“陇上”。

　　②垄头:陇山,在今陕西陇县西北,绵亘于陕西与甘肃交界处。《乐府诗集·横吹曲辞一·陇头》郭茂倩题解引杜佑《通典》:“天水郡有大阪,名曰陇坻,亦曰陇山,即汉陇关也。”流水:《乐府诗集》卷二一引《三秦

记》云："其（陇山）坂九回，上者七日乃越，上有清水四注下，所谓陇头水也。"北朝乐府民歌《陇头歌辞》云："陇头流水，流离山下。念吾一身，飘然旷野。朝发欣城，暮宿陇头。寒不能语，舌卷入喉。陇头流水，鸣声呜咽。遥望秦川，心肝断绝。"

③一命：命即官阶，周代官制有九命，一命为最低微之官。《礼记·王制》："小国之卿，与下大夫一命。"此指出任哥舒翰幕府掌书记一职。

④知己：指田梁丘（《旧唐书·哥舒翰传》作"田良丘"）和哥舒翰。天宝十一载秋冬之际，高适辞封丘尉后客游长安，得哥舒翰幕府判官田梁丘之荐，被哥舒翰表为左骁卫兵曹，任掌书记。官职虽低，却遂了高适从军之愿，故称二人为知己。

【汇评】

《增订评注唐诗正声》：郭云："未云已"三字冷眼阅世，一结深厚。

《唐诗解》：首叙陇头之事，而即以流水兴行人之不休，盖赋而兴也。

《唐诗别裁集》：观"浅才登一命"句，应是哥舒翰表为参军掌书记时作。感知忘家，语简意足。

《网师园唐诗笺》：古茂，似汉魏乐府（首四句下）。

登百丈峰二首①

朝登百丈峰，遥望燕支道②。汉垒青冥间，胡天白如扫③。忆昔霍将军，连年此征讨④。匈奴终不灭，寒山徒草草⑤。唯见鸿雁飞，令人伤怀抱⑥。

晋武轻后事，惠皇终已昏⑦。豺狼塞瀍洛，胡羯争乾坤⑧。四海如鼎沸，五原徒自尊⑨。而今白庭路，犹对青阳门⑩。朝市不足问，君臣随草根⑪。

【题解】

这两首诗当作于天宝十一载(752)秋,诗人从长安至河西节度使治所武威拜见哥舒翰之时。当时哥舒翰在临洮有战事,因而未得见。

第一首怀古伤今,以登高见汉垒引起思古之幽情,借汉武帝派霍去病连年征讨匈奴却终于难灭的史实,表达对吐蕃侵扰大唐国土的忧虑,认为对吐蕃的行为要坚决反击,但一味使用武力却不是长久之计。第二首借古鉴今,因远望白亭路而想起西晋由于两代君主的昏庸导致内乱外患的史实,意在提醒本朝统治者要处理好内政和外交,不要步西晋后尘。

两首诗主题一致,写法不同。第一首前四句写边地风景,大笔勾勒,雄浑苍凉,中间四句怀古,忧虑重重,思绪深沉,结尾两句由景入情。第二首前六句怀古,七、八句回到眼前之景,最后两句依然伤古,隐然表达了对现实的忧虑。

【校注】

①此诗敦煌集本题作《武威作二首》。武威,郡名,原称凉州,天宝元年(742)改为武威郡,治所在姑臧县(今甘肃省武威市)。武威郡为唐河西节度使治所。

②百丈峰:敦煌集本作"百尺烽"。彭兰认为百丈峰即河州凤林县石门山中高峰,谓汉武帝元狩二年(前121)霍去病出陇右至皋兰即到此地。若为"百尺烽",则指武威郡的烽火台。燕(yān)支:山名,祁连山支脉,又作"焉支"或"胭脂",在今甘肃省山丹县东南。《太平御览》卷五十引《凉州记》:"焉支山在西郡界,东西百馀里,南北二十里。"汉武帝元狩二年,年轻将领骠骑将军霍去病率兵西进,过焉支山,击败匈奴,夺得河西地区,打通了中原与西域交往的通道,匈奴为此悲歌:"失我祁连山,使我六畜不蕃息;失我焉支山,使我嫁妇无颜色。"自此,焉支山成为胜利的象征而载入史册。

③汉垒:汉代的军事堡垒。青冥:苍天。间:敦煌集本作"冥",亦通。

④霍将军:指霍去病。据《史记·卫青骠骑列传》载,汉武帝元狩二年,霍去病为骠骑将军出陇西击匈奴,过焉支山一千余里,元狩四年(前

318

119)又接连出击。霍:敦煌集本作"卫",误。此:《全唐诗》下注:"一作北。"

⑤不灭:《史记·骠骑列传》:"天子为治第,令骠骑(霍去病)视之,对曰:'匈奴未灭,无以家为也。'"此反用其意,谓武力征讨徒劳无益。寒山:敦煌集本作"塞下"。

⑥见:《全唐诗》下注:"一作有。"飞:敦煌集本作"来"。

⑦晋武:指晋武帝司马炎。据《晋书·武帝纪》,司马炎代魏建晋后,大封宗室,酿成"八王之乱";又除去州郡武备,造成日后"五胡乱华"的局面。因其即位之初尚能作为,后来荒于政事,留下政治危机,故曰"轻后事"。惠皇:指晋惠帝司马衷。晋惠帝是历史上有名的昏君,据《晋书·惠帝纪》,他在位期间,"政出群下,纲纪大坏,货赂公行",权贵横暴,天下荒乱。"八王之乱"和"五胡乱华"都是他在位时发生的事情。

⑧瀍(chán)洛:瀍水和洛水,都在河南。此指西晋京城洛阳一带,洛阳正在两水汇合处。此句指晋惠帝永康元年(300)开始的"八王之乱"。胡羯:指五胡,包括匈奴、羯、鲜卑、氐和羌五族。此句指晋惠帝永兴元年(304)至宋文帝元嘉十六年(439)之间,西部与北部的少数民族先后建立十六个政权,割据混战,侵扰中原,史称"五胡十六国"。

⑨鼎沸:比喻形势纷扰混乱。五原:关塞名,即汉五原郡之榆柳塞,在今内蒙古自治区五原县。《汉书·武帝纪》:"太初三年,遣光禄勋徐自为筑五原塞外列城。"敦煌集本作"五凉","徒"作"更"。五凉,则指十六国时期的前凉、后凉、南凉、西凉、北凉,所据之地在今甘肃武威、张掖、酒泉及青海海东一带。

⑩白庭:匈奴单于之庭。《史记·匈奴列传》:"单于之庭,直代、云中。"索隐:"案谓匈奴所都处为庭。"敦煌集本作"白亭"。白亭在甘肃民勤县北,唐时本白亭守捉,大足元年(701),郭元振为凉州都督,为巩固凉州防务,于北界碛中置白亭军,为大唐拓州境一千五百里。联系此诗写作背景,此处应为"白亭"。青阳门:《太平御览》卷一八三:"晋宫门又有大夏门、长春门、朱明门、青阳门。"《读史方舆纪要》"凉州卫姑臧"条:"宫

门南曰端门，东曰青角门。中城之门，曰广厦门，北曰洪范门，南曰凉风门，东曰青阳门。"

⑪朝市：朝廷，都城。颜之推《颜氏家训·勉学》："及离乱之后，朝市迁革，铨衡选举，非复曩者之亲。"王利器集解："朝市，犹言朝廷。"

【汇评】

《唐诗解》卷九：（其一）此叹苦战之无益也，言登高而望边境，见汉垒而想去病之北征。其时以为必灭匈奴而后已，然终果灭乎？狼居胥之封徒草草耳。既无足称，然睹鸿雁之飞而独伤怀抱者，窃有感于传书之事也。夫去病伪功而取封，子卿守节而薄赏，适盖有慨于当时矣。

入昌松东界山行①

鸟道几登顿，马蹄无暂闲②。崎岖出长坂，合沓犹前山③。石激水流处，天寒松色间。王程应未尽，且莫顾刀环④。

【题解】

此诗当为天宝十一载（752）秋高适出塞入幕河西，先至武威拜见哥舒翰不得，继而从武威至临洮途经昌松时所作。

前两句言征途险而急，"鸟道"形容道路艰险，"无暂闲"写马蹄急。中间四句描绘沿途之景，景中有人，富有动感，烘托征人策马疾行、不畏艰险的形象。"出长坂""犹前山"在写景中渲染征途渺远，"石激水流""天寒松色"是秋冬山间景象，意境与王维"泉声咽危石，日色冷青松"相似。最后两句直抒胸臆，充满豪情，表达了对大好前途的期待。

【校注】

①昌松：《旧唐书·地理志》："凉州武威郡有昌松县，汉苍松县。"唐属陇右道，故城在今甘肃省古浪县西。

②鸟道：只有鸟才能飞越的路，比喻狭窄陡峻的山间小道。登顿：上

下，行止。《文选·谢灵运〈过始宁墅〉》:"山行穷登顿，水涉尽洄沿。"李周翰注:"登顿，谓上下也。"暂:《全唐诗》下注:"一作复。"

③合沓:重叠连绵的样子。

④王程:为王事而奔走。顾刀环:《汉书·李陵传》:"单于置酒赐汉使者，李陵、卫律皆侍坐。立政等见陵，未得私语，即目视陵，而数数自循其刀环，握其足，阴谕之，言可还归汉也。"环、还同音，后因以"刀环"为"还归"的隐语。

自武威赴临洮谒大夫不及
因书即事寄河西陇右幕下诸公①

　　浩荡去乡县，飘飖瞻节旄②。扬鞭发武威，落日至临洮。主人未相识，客子心忉忉③。顾见征战归，始知士马豪。戈鋋耀崖谷，声气如风涛④。隐轸戎旅间，功业竞相襃⑤。献状陈首级，飨军烹太牢⑥。俘囚驱面缚，长幼随颠毛⑦。氎裘何蒙茸，血食本羶臊⑧。汉将乃儿戏，秦人空自劳⑨。立马眺洪河，惊风吹白蒿。云屯寒色苦，雪合群山高。远戍际天末，边烽连贼壕。我本江海游，逝将心利逃⑩。一朝感推荐，万里从英髦。飞鸣盖殊伦，俯仰忝诸曹⑪。燕颔知有待，龙泉惟所操⑫。相士惭入幕，怀贤愿同袍⑬。清论挥麈尾，乘醉持蟹螯⑭。此行岂易酬，深意方郁陶⑮。微效傥不遂，终然辞佩刀⑯。

【题解】

　　此诗为天宝十一载(752)秋高适出塞自武威赴临洮拜见哥舒翰不遇，写给幕府中其他幕僚之作。

　　前六句缴足"自武威赴临洮谒大夫不及"题意，"客子心忉忉"是贯穿全诗的情感主线。"顾见"以下二十句,写在武威和临洮前线所见,一为唐军凯旋之场面,言军威之盛则曰"戈鋋耀崖谷,声气如风涛",言庆功之喜则曰"献状陈首级,飨军烹太牢",将大战胜利之后的场面写得十分生动具体;一为立马远眺所见,有"惊风""白蒿""云屯""雪合""远戍""边烽"等,都是边塞苦寒之景。"我本"以下四句,叙述自己奔赴边塞的原因,是为报答田梁丘和哥舒翰的推荐、知遇之恩。"飞鸣"以下六句,赞美幕下诸公的才华和前途。最后四句再致"客子心切切"之意,言己远赴边塞除了报答知己恩遇之外,主要是想实现建功立业的志向,若负此志,则将退隐山林。全诗浑厚苍劲,气韵沉雄,通过对壮阔苍凉的边塞风景的描写,表达了内心对前途未卜的忧虑。

【校注】

①此诗不见于《全唐诗》,据敦煌选本补。武威,原称凉州,天宝元年(742)更为武威郡,治所在姑臧县(今甘肃武威市凉州区),亦为河西节度使治所。是以高适先至武威,转赴临洮,皆未与哥舒翰谋面,直至陇右节度使驻地鄯州西平郡(今青海省海东市乐都区)方才得见。临洮,原称洮州,天宝元年更为临洮郡,治所在今甘肃临潭,属陇右节度使。大夫:指哥舒翰,时摄御史大夫。哥舒翰,突骑施(西突厥别部)首领哥舒部落人,唐朝名将。天宝六载(747)起,先后为陇右节度副大使知节度事、河西节度使。曾屡破吐蕃,天宝八载(749)收复石堡城,天宝十二载(753)尽收黄河九曲之地,被授予御史大夫、开府仪同三司,封梁国公,进封西平郡王,拜太子太保。安史之乱起,拜兵马副元帅守潼关,后兵败被杀。唐代宗赠太尉,谥曰武愍。详见两《唐书》本传。

②节旄(máo):《史记·秦始皇本纪》:"衣服旄旌节旗皆上黑。"张守节正义:"旄节者,编毛为之,以象竹节。"本使者所持,唐制节度使皆赐节。

③切切(dāo dāo):忧思貌。《诗经·齐风·甫田》:"无思远人,劳心切切。"毛传:"切切,忧劳也。"孔颖达疏:"忧也,以言劳心,故云忧劳也。"

④戈鋋(chán):泛指兵器。《文选·班固〈东都赋〉》:"元戎竟野,戈鋋彗云。"李善注:"《说文》曰:'鋋,小矛也。'"

⑤隐轸(zhěn)：众盛貌。又作"隐赈""殷赈"。《文选·左思〈蜀都赋〉》："邑居隐赈，夹江傍山。"刘逵注："隐，盛也。赈，富也。"此指车马众多。

⑥首级：《后汉书·光武帝记》注："秦法，斩首一，赐爵一级，故因谓斩首为级。"因秦制以斩首多少论功晋级，后称斩下的人头为"首级"。太牢：古代祭祀，牛羊豕三牲皆备谓之太牢。

⑦面缚：双手反绑于背而面向前，古代用以表示投降。巅毛：头发。《国语·齐语》："班序颠毛，以为民纪统。"韦昭注："颠，顶也。毛，发也。"此句意谓根据头上毛发的情况辨别俘虏的年龄，使其排列成队。

⑧蒙茸：杂乱。此指皮毛散乱的样子。《史记·晋世家》："狐裘蒙茸，一国三公，吾谁适从。"裴骃集解引服虔曰："蒙茸以言乱貌。"血食：指北方游牧民族茹毛饮血。

⑨儿戏：儿童嬉戏，比喻处事轻率，不严肃。据《史记·绛侯周勃世家》，汉文帝时匈奴时常南侵，文帝至各地劳军，至灞上驻军将领刘礼、棘门驻军将领徐厉处，皆戒备松弛，可长驱直入。然至细柳驻军将领周亚夫处，戒备森严，不得擅入。于是文帝赞周亚夫治军严谨，曰："嗟乎，此真将军矣！曩者霸上、棘门军，若儿戏耳，其将固可袭而虏也。至于亚夫，可得而犯邪！"此处反用典故称赞哥舒翰治军严谨。空自劳：徒劳无功。《史记·蒙恬列传》："秦已并天下，乃使蒙恬将三十万众北逐戎狄，收河南，筑长城。"秦始皇欲求万世有天下却二世而亡。此处亦反用典故称赞哥舒翰为国守边，功劳至伟。

⑩江海游：远离世俗，浪迹江湖。《论语·公冶长》："子曰：'道不行，乘桴浮于海。从我者，其由与？'"高适此前因对现实不满，辞去封丘县尉，客游长安。心利：机心与名利。《庄子·让王》："故养志者忘形，养形者忘利，致道者忘心矣。"

⑪飞鸣：高飞鸣叫，喻仕途显达。《史记·滑稽列传》："此鸟不飞则已，一飞冲天；不鸣则已，一鸣惊人。"

⑫燕颔(hàn)：因燕口阔大，燕颔用以形容人相貌威武，有封侯之相。

据《后汉书·班超传》，东汉名将班超自幼即有立功异域之志，相士说他燕颔虎颈，有封万里侯之相，后奉命出使西域，陆续平定西域各国的叛乱，官至西域都护，封定远侯。此言幕下诸公皆有贵人之相，封侯可待。龙泉：宝剑名。本作"龙渊"，唐代避李渊讳改为"龙泉"。《越绝书》："（楚王）令风胡子之吴，见欧冶子、干将，使人作铁剑。欧冶子、干将凿茨山，泄其溪，取铁英，作为铁剑三枚，一曰龙渊，二曰泰阿，三曰工布。"此言幕下诸公操持龙泉剑，将建立功业。

⑬相士：鉴别人才。同袍：军中亲密互称。《诗经·秦风·无衣》："岂曰无衣，与子同袍。王于兴师，修我戈矛，与子同仇。"

⑭挥麈(zhǔ)尾：麈尾，是古人闲谈时执以驱虫、掸尘的一种工具，在细长的木条两边及上端插设兽毛，或直接让兽毛垂露外面，类似马尾松。因古代传说麈迁徙时，以前麈之尾为方向标志，故称。后古人清谈时必执麈尾，相沿成习，为名流雅器，不谈时，亦常执在手。《世说新语·容止》："王夷甫容貌整丽，妙于谈玄，恒捉白玉柄麈尾，与手都无分别。"持蟹螯(áo)：形容豪饮之状。《晋书·毕卓传》："右手持酒杯，左手持蟹螯，拍浮酒船中，便足了一生矣。"

⑮郁陶：忧思积聚。《尚书·五子之歌》："郁陶乎予心，颜厚有忸怩。"孔传："郁陶，言哀思也。"陆德明释文："郁陶，忧思也。"

⑯辞佩刀：辞去佩刀之赠。《晋书·王祥传》："吕虔有佩刀，工相之，以为必登三公可服此刀。虔谓祥曰：'苟非其人，刀或为害。卿有公辅之量，故以相与。'祥固辞，强之乃受。"此处指若此次入幕不得意，则将辞去军中职务而归隐。

李云南征蛮诗 并序①

天宝十一载，有诏伐西南夷②。右相杨公兼节制之寄，乃奏前云南守李宓涉海自交趾击之，道路险艰，往复数万里，盖百王所未通也③。十二载四月,至于长安,君子是以知庙堂使能,而李公效节。适忝斯人之旧,因赋是诗④。

圣人赫斯怒,诏伐西南戎⑤。肃穆庙堂上,深沉节制雄。遂令感激士,得建非常功⑥。料死不料敌,顾恩宁顾终⑦。鼓行天海外,转战蛮夷中⑧。梯巘近高鸟,穿林经毒虫⑨。鬼门无归客,北户多南风⑩。蜂虿隔万里,云雷随九攻⑪。长驱大浪破,急击群山空。饷道忽已远,悬军垂欲穷⑫。精诚动白日,愤薄连苍穹⑬。野食掘田鼠,晡餐兼粊僮⑭。收兵列亭堠,拓地弥西东⑮。临事耻苟免,履危能饬躬⑯。将星独照耀,边色何溟濛⑰。泸水夜可涉,交州今始通。归来长安道,召见甘泉宫⑱。廉蔺若未死,孙吴知暗同⑲。相逢论意气,慷慨谢深衷。

【题解】

此诗作于天宝十二载(753)四月。高适于前一年冬天随哥舒翰入朝,此时仍在长安。

据诗序可知,天宝十一载(752),玄宗下诏征伐南诏,杨国忠奏请由李宓出征。此战异常艰苦,转战行程达数万里之遥,几经周折,李宓于天宝十二载四月回到长安,自述其征战之苦,诗人为之感动而作此诗,描述战争的艰苦,歌颂李宓的战功及其与杨国忠将相和之美。南诏自三国以后,一直臣服于中原王朝,相安无事,直到天宝七载(748),云南太守张虔陀首先挑起边境事端,造成连年烽烟。所以唐征南诏是不义之战,给南诏带去灾难,也导致唐军几十万人死亡。史书记载与此诗序文有出入,或许是李宓自述时有所隐瞒,导致高适不明真相,写了这首诗。历来论诗者因此诗对高适多有批评,其实过于苛责。此诗的价值主要在于诗人以极大的热情歌颂唐军将士无所畏惧的战斗精神,读来令人荡气回肠。

诗歌前八句交代战争起因,总括杨国忠和李宓的功劳。中间二十四句描绘战争的经过,突出作战条件的艰苦和战士们为国赴难无所畏惧的气概,笔墨细致真实,是此诗最有价值的部分。最后六句再次赞颂李宓和杨国忠,有如廉颇、蔺相如珠联璧合,李宓精通兵法有如孙武和吴起,今与之相逢,令自己深感惭愧。

【校注】

①李云南:即李宓,曾任侍御史、剑南留后。蛮:指南诏。唐代以乌蛮为主体,包括白蛮在内的少数民族政权,以太和城(今云南大理太和村)为首府,全盛时期辖有今云南全省、四川南部和贵州西部地区。

②西南夷:即南诏。关于天宝年间大唐伐南诏之事,据《旧唐书·南诏传》记载:"(天宝)十二载,剑南节度使杨国忠执国政,仍奏征天下兵,俾留后、侍御史李宓将十馀万,辇饷者在外,涉海瘴死者相属于路,天下始骚然苦之。宓复败于大和城北,死者十八九。"《资治通鉴》记载:"(天宝十载)四月,壬午,剑南节度使鲜于仲通讨南诏蛮,大败于泸南。……进军至西洱河,与阁罗凤战,军大败,士卒死者六万人,仲通仅以身免。杨国忠掩其败状,仍叙其战功。"(天宝十一载)六月,甲子,杨国忠奏吐蕃兵六十万救南诏,剑南兵击破之于云南,克敌隰州等三城,捕虏六千三百,以道远,简壮者千馀人及酋长降者献之。……(冬十月)南诏数寇边,蜀人请杨国忠赴镇;左仆射兼右相李林甫奏遣之。""(天宝十三载六月)侍御史、剑南留后李宓将兵七万击南诏。阁罗凤诱之深入,至太和城,闭壁不战。宓粮尽,士卒罹瘴疫及饿死什七八,乃引还。蛮追击之,宓被擒,全军皆没。杨国忠隐其败,更以捷闻,益发中国兵讨之,前后死者几二十万人,无敢言者。"《容斋随笔》卷四:"按高适集中有《李云南征蛮诗》一篇……宓盖归至长安,未尝败死,其年又非十三载也,味诗中掘鼠餐僮之语,则知粮尽危急,师非胜归,明甚。"据诗序,参照《资治通鉴》和《旧唐书》的记载,则李宓征南蛮应在天宝十一载冬十月南诏与吐蕃结盟后数次骚扰大唐边境之时,而诗序中称杨国忠为"右相",则当在十一月李林甫去世之后。

③杨公:即杨国忠。天宝十一载十一月原右相李林甫死,玄宗以杨国忠为右相。节制:节度使的简称。《旧唐书·玄宗纪》:"天宝十一载十

一月，兵部侍郎兼御史中丞杨国忠兼领剑南节度使。"交趾：古郡名，亦作"交阯"。公元前二世纪初，南越赵佗侵占瓯骆后置交趾郡，公元前11年汉武帝灭南越国，设十三部刺史，其一为交趾，《汉书·武帝纪》："遂定越地，以为南海、苍梧、郁林、合浦、交阯、九真、日南、珠厓、儋耳郡。"唐代交趾郡在今越南北部。百王：历代帝王。

④斯人：与前"李公"同指李宓。

⑤赫斯怒：勃然大怒。《诗经·大雅·皇矣》："王赫斯怒，爰整其旅。"郑笺："赫，怒意；斯，尽也。……文王赫然与其群臣尽怒，曰整其军旅同出。"

⑥建：《全唐诗》下注："一作见。"

⑦料死不料敌：自料必死而不顾敌众之强毅然出征。

⑧天海：当指洱海，在今云南大理市。

⑨梯巘(yǎn)：重叠险峻的山。

⑩鬼门：即鬼门关，又称天门关。在今广西北流、玉林之间，其地有两山对峙，形同关隘，地势险恶，中间通道，为古代通往钦、廉、雷、琼及交趾的要冲。《太平寰宇记》卷一六七："有两石相对，其间阔三十步，俗号鬼门关……晋时趋交趾皆由此关，其南犹多瘴疠，去者罕得生。北户：古国名，亦借指南方边远地区。《尔雅·释地》："觚竹、北户、西王母、日下，谓之四荒。"郭璞注："觚竹在北，北户在南。"邢昺疏："北户者，即日南郡是也。颜师古曰：'言其在日之南，所谓北户以向日者。'"

⑪蜂虿(chài)：虿，一种能蜇人的毒虫。《国语·晋语九》："蛖蚁蜂虿，皆能害人，况君相乎！"蜂虿，常比喻恶人或敌人，此处代指南诏军队。九攻：多次攻击。《墨子·公输》："公输盘九设攻城之机变，子墨子九距之。"

⑫悬军：深入敌方的孤军。

⑬动白日：白虹贯日，一种罕见的日晕天象。古人认为人间有非常之事发生，就会出现这种天象变化。《战国策·魏策四》："夫专诸之刺王僚也，彗星袭月；聂政之刺韩傀也，白虹贯日。"愤薄：怨怒之气愤懑难平

327

的样子。

⑭晡(bū)：申时，下午三时至五时。僰僮(bó tóng)：被掠卖为童仆的僰族人。僰为古西南夷名。《史记·西南夷列传》："巴蜀民或窃出商贾，取其笮马、僰僮、髦牛，以此巴蜀殷富。"

⑮亭堠(hòu)：古代边境上用以瞭望和监视敌情的岗亭、土堡。

⑯苟免：《礼记·曲礼》："临财毋苟得，临难毋苟免。"此言李宓以临难苟免为耻。饬(chì)躬：修身正己。

⑰将(jiàng)星：古人认为帝王将相与天上星宿相应，将星即象征大将的星宿，即太白星，亦即金星。《史记·天官书》："察日行以处位太白。"正义引《天官占》云："太白者，西方金之精，白帝之子，上公大将军之象也。"

⑱甘泉宫：宫名，在今陕西淳化西北甘泉山。《括地志》云："甘泉山有宫，秦始皇所作林光宫，周匝十馀里。汉武帝元封二年于林光宫旁更作甘泉宫。"

⑲廉蔺：战国时赵国的廉颇和蔺相如。《史记·廉颇蔺相如列传》："相如曰：'……强秦之所以不敢加兵于赵者，徒以吾两人在也。今两虎相斗，其势不具生，吾所以为此者，以先国家之急，而后私仇也。'廉颇闻之，肉袒负荆。……卒相与欢，为刎颈之交。"此处以廉、蔺比李、杨。孙吴：春秋时齐国人孙武和战国时卫国人吴起，二人是古代著名的军事家。孙武著《孙子兵法》十三篇，吴起著《吴子》四十八篇。

金城北楼①

北楼西望满晴空，积水连山胜画中②。湍上急流声若箭，城头残月势如弓③。垂竿已羡磻溪老，体道犹思塞上翁④。为问边庭更何事，至今羌笛怨无穷⑤。

【题解】

此七言律诗当作于天宝十二载(753)夏,诗人由长安返回河西途中。高适于前一年入哥舒翰幕府,情绪激昂,诗多豪壮,充满对大好前景的向往。但于当年冬天随哥舒翰入朝,十二载夏天再返河西时,心境已然有了变化,因为仕途渺茫、壮志难酬而产生的惆怅之意在很多作品中都有反映。

前四句切题,从远、近、俯、仰四个角度写登楼所见之景,动静结合,视听相间,气势雄浑,突出了边塞风光的苍凉雄壮。后四句委婉地抒写了诗人饱尝艰辛、前途未卜的心情。诗人因出塞入幕而放弃隐居,却又羡慕太公望磻溪之钓;既已入幕,个人才华却又无所施展,转而体悟老子的祸福相依之道。大约诗人满怀豪情入幕河西,以为能遂平生之志,却发现在边庭只能无所事事,所以结尾有惆怅之意。

【校注】

①金城:唐郡名。原为兰州,属陇右道。天宝元年(742)改为金城郡,治所在五泉县(今甘肃兰州),此处即指郡治所在。

②北楼:张维《兰州古今志》:"兰州铁桥之北有山曰北塔……山之阳为金山寺,凿山崖为兰若,每当重九,都人士挈酒登饮于此。又西为金城阙,南阻大河,北连崇岭。"又曰:"兰州城郭门各有楼,而北门最古。"应为今兰州铁桥西北侧金城关城楼。

③湍(tuān):湍濑。声若箭:《慎子》:"河之下龙门,其流驶如竹箭。"

④磻(pán)溪老:指太公望吕尚。《水经注》卷十七:"渭水之右,磻溪注之……东南隅有一石室,盖太公所居也。水次平石钓处,即太公垂钓之所也。"羡:明活字本作"谢"。塞上翁:《淮南子·人间训》:"近塞上之人,有善术者,马无故而亡入胡。人皆吊之,其父曰:'此何遽不能为福乎?'居数月,其马将胡骏马而归。人皆贺之,其父曰:'此何遽不能为祸乎?'家富良马,其子好骑,堕而折其髀。人皆吊之,其父曰:'此何遽不能为福乎?'居一年,胡人大入塞,丁壮者引弦而战。近塞之人死者十九,此独以跛之故,父子相保。"塞上翁因马失而复得领悟到老子所谓"祸兮福

之所倚，福兮祸之所伏”的深奥玄理，故曰“体道”。

　　⑤羌笛：古代边塞常见的管乐器，因出于羌中，故名。羌笛音色高亢清脆，有悲凉之感，常吹曲目有《折杨柳》《梅花落》等，曲调幽怨，故曰“怨无穷”。

【汇评】

　　《近体秋阳》：八句几渺不相涉，而窅深浑阔，不可名言。文心之妙，一至于此。

　　《诗式》：发句“满晴空”“积水连山”等字写入西望，便切金城北楼。颔联“湍上急流”“城头残月”一句写低处，一句写高处，妙切塞上。颈联以姜尚、李耳分帖，略作开合之势，运用绝妙。落句言边庭有甚事，而令人起羌笛之怨。达夫时在金城，借以寄意。诗有兴比赋三体，如此类犹能兴也，后人作诗但能赋耳，不知诗所以讽，必须含蓄不尽，始能耐人寻味。

同李员外贺哥舒大夫破九曲之作①

　　遥传副丞相，昨日破西蕃②。作气群山动，扬军大旆翻③。奇兵邀转战，连弩绝归奔④。泉喷诸戎血，风驱死虏魂。头飞攒万戟，面缚聚辕门⑤。鬼哭黄埃暮，天愁白日昏。石城与岩险，铁骑皆云屯⑥。长策一言决，高踪百代存⑦。威稜慑沙漠，忠义感乾坤⑧。老将黯无色，儒生安敢论。解围凭庙算，止杀报君恩⑨。唯有关河渺，苍茫空树墩⑩。

【题解】

　　此诗应为天宝十二载（753）五月，高适为奉贺哥舒翰收复黄河九曲之战而作。九曲之地自从景云元年（710）归吐蕃后，一直是吐蕃侵扰大唐的跳板,四十余年后哥舒翰收复此地,对于安定大唐西北边境起到了积极作用。

诗歌前十二句正面描绘战争场面。前两句交代战争起因,下四句渲染唐军军威之盛;"泉喷"以下六句写敌军参拜之状,以环境描写烘托战场气氛,刻画细致。后十二句赞颂主将哥舒翰睿智勇武。"石城"攻坚,"铁骑"如云,哥舒翰胸有长策,一言决胜,功高百代,威震沙漠,忠感乾坤,使得老将失色,儒生结舌;凭庙策以解重围,止杀戮以报君恩;这场胜利,消除了吐蕃对大唐西北边境的威胁,唯见关河渺远,敌城空旷。此诗的可贵之处在于,诗人在大力赞颂战争的同时,表达了"止杀报君恩"的观点,这是进步而正确的。全诗用"赋"的手法铺写战争场面和哥舒翰的忠勇义烈,又用对比手法,通过敌军的惨败衬托唐军的威势,以老将和儒生衬托哥舒翰的勇武,形象鲜明,气势雄壮。

【校注】

①诗题敦煌选本作《同吕员外范司直贺大夫再破黄河九曲之作》。李员外:高适《送窦侍御知河西和籴还京序》中有"军司马员外李公",大约即此人。九曲:在今青海贵德县东河曲一带。《资治通鉴·唐睿宗景云元年》:"安西都护张玄表侵略吐蕃北境,吐蕃虽怨而未绝和亲,乃赂鄯州都督杨矩,请河西九曲之地以为公主汤沐邑,矩奏与之。"胡三省注:"九曲者,去积石军三百里,水甘草良,盖即汉大小榆谷之地,吐蕃置洪济、大漠门等城以守之。"吐蕃得到九曲之地后,因其地肥良,又与唐境相近,于是复叛,率兵入寇。天宝十二载五月,哥舒翰收复九曲之地。

②副丞相:哥舒翰于天宝八载(749)拔石堡城后,加摄御史大夫。

③作气:振作勇气。

④邀:邀击,截击。

⑤面缚:双手反绑而面向前。此处代指俘虏。辕门:领兵将帅的营门、地方官署的外门称辕门。《六韬·分合》:"大将设营而陈,立表辕门。"此处指哥舒翰的军营大门。

⑥石城:即石堡城,亦名铁刃城,在今青海西宁市西南湟源县,唐曾

331

置振武军、神武军、天威军,离九曲很近。唐时地接吐蕃,为唐蕃交通要地。皆:《全唐诗》下注:"一作若。"

⑦长策:效用长久的计策。

⑧威稜(léng):《汉书·李广传》:"威稜憺乎邻国。"注:"李奇曰:'神灵之威曰稜。'"王先谦补注:"稜,俗棱字。木四方为棱,人有威如有棱者然,故曰威棱。"沙漠:敦煌选本作"沙塞"。

⑨庙算:朝廷或帝王对战事进行谋划。《孙子·计》:"夫未战而庙算胜者,得算多也;未战而庙算不胜者,得算少也。"张预注:"古者兴师命将,必致斋于朝,授以成算,然后遣之,故谓之庙算。"

⑩树墩:敦煌选本作"树敦"。即树墩城,吐谷浑旧都,故址在今青海省西宁市西北。天宝九载(750),王难得击吐蕃,拔此城。

塞下曲①

结束浮云骏,翩翩出从戎②。且凭天子怒,复倚将军雄③。万鼓雷殷地,千旗火生风④。日轮驻霜戈,月魄悬雕弓⑤。青海阵云匝,黑山兵气冲⑥。战酣太白高,战罢旄头空⑦。万里不惜死,一朝得成功⑧。画图麒麟阁,入朝明光宫⑨。大笑向文士,一经何足穷⑩。古人昧此道,往往成老翁。

【题解】

此诗应作于天宝十二载(753),大约高适亲身参加了哥舒翰收复九曲之战中的一场战斗,此为战斗胜利之后所作。

前四句交代自己随行从军,雄姿英发,有立马封侯的豪气。中间八句描绘战争场面,用生动的想象与夸张突出唐军的神勇和战斗的惨烈,以青海湖上乌云密布和黑山顶上杀气凌霄的景象,突出战士的英勇顽强和视死如归;"战酣""战罢"两句体现了战斗之快、唐军取胜之速。"万里"以下八句写得胜归来的将士邀功取爵、图画龙阁的场面,而诗人自己在经历了战斗之后豪气纵横地大笑:皓首穷经的书生,不如马上封侯来得痛快。此诗语言明快,形象生动,情感汹涌,余正松认为《塞下曲》是高适"生平第一快诗"(《高适诗文注评》),诚哉斯言。此诗也很好地诠释了"盛唐气象",高适安边定远的远大理想,从军报国的爱国情怀,不畏艰险的乐观精神,以及马上封侯的时代风气,在此诗中都有鲜明的体现。

【校注】

①塞下曲:新乐府杂题,由汉横吹曲《出塞》《入塞》旧题衍化而来,多写边塞风光和军中生活。诗中所写塞下指西北青海、黑山一带。

②结束:整治行装。浮云:骏马名。《西京杂记》:"文帝自代还,有良马九匹,皆天下之骏马也,一名浮云。"翩翩:行动轻快。

③天子怒:明活字本《高常侍集》作"王子怒"。

④雷殷:《诗经·召南·殷其雷》:"殷其雷,在南山之阳。"此指战场上的鼓声像打雷一样。

⑤驻霜戈:即"挥戈反日"之典。《淮南子·览冥训》:"鲁阳公与韩构难,战酣日暮,援戈而挠(挥)之,日为之反三舍。"挥舞兵器,赶回太阳,比喻排除困难,扭转危局。此处指战斗激烈,太阳为之停驻。悬:各本作"丝",《文苑英华》作"勒"。

⑥青海:即青海湖,在今青海省东北部,唐时在吐蕃边境。黑山:一般认为是杀虎山,在今内蒙古呼和浩特东南。黑山与青海相隔甚远,这两句当是虚举两地,泛指整个大唐西北边塞。冲:《文苑英华》作"中"。

⑦太白:按古代迷信说法,太白星高照是用兵吉兆,预示战争胜利。参见《李云南征蛮诗》注释⑰"将星"。旄头:即昴星。参见《同吕判官从哥舒大夫破洪济城回登积石军多福七级浮图》注释⑤"胡星"。旄头空,暗示胡人将败。《全唐诗》此二句下注:"一本无战酣二句。"

⑧朝:《全唐诗》下注:"一作阵。"

⑨麒麟阁:汉代阁名,在未央宫中。汉宣帝将霍光等十一位功臣像

图画于阁上，以表扬其功绩。古代多以画像于麒麟阁表示卓越的功勋和最高的荣誉。明光宫：汉宫名。《三辅黄图·甘泉宫》："武帝求仙起明光宫，发燕赵美女二千人充之。"此处泛指朝廷宫殿。

⑩一经：一种儒学经典。汉代以经学取士，将《诗》《书》《礼》《易》《春秋》定为五经，各设博士传授，解释繁琐，以至于读书人一生难通一经，故当时有"皓首穷经"之说。唐代科举亦有明经科，此处代指读书人。

【汇评】

《乐府诗集》：《晋书·乐志》曰："《出塞》《入塞》曲，李延年造。曹嘉之《晋书》曰：'刘畴尝避乱坞壁，贾胡百数欲害之，畴无惧色，援笳而吹之，为《出塞》《入塞》之声，以动其游客之思，于是群胡皆垂泣而去。'按《西京杂记》曰：'戚夫人善歌《出塞》《入塞》《忘归》之曲。'则高帝时已有之，疑不起于延年也。唐又有《塞上》《塞下》曲，盖出于此。"

无　题①

一队风来一队砂，有人行处没人家②。阴山入夏仍残雪，溪树经春不见花③。

【题解】

从诗中内容和其在敦煌残卷中的位置来看，此诗应作于天宝十二载(753)五月前后哥舒翰收复黄河九曲之时。

诗歌主要描绘了西北边塞苦寒的自然环境和气候条件，干旱少雨，风沙很大，人烟稀少，经春入夏依然寒冷，残雪未化，春花不芳，是边塞苍凉景象的真实写照，同时也暗示了唐军将士作战条件的艰苦。

【校注】

①此诗不见于《全唐诗》，据敦煌残卷伯三六一九补，本无题，在《九曲词》其三之后。

②队:即阵。

③阴山:山脉名,本指今横亘于内蒙古自治区南境,东北接连内兴安岭的阴山山脉。此处应指伊州、西州以北一带的天山,主要在今新疆哈密、吐鲁番一带。

同吕员外酬田著作幕门军西宿盘山秋夜作①

碛路天早秋,边城夜应永②。遥传戎旅作,已报关山冷③。上将顿盘阪,诸军遍泉井④。绸缪阃外书,慷慨幕中请⑤。能使勋业高,动令氛雾屏⑥。远途能自致,短步终难骋。羽翮时一看,穷愁始三省⑦。人生感然诺,何啻若形影⑧。白发知苦心,阳春见佳境⑨。星河连塞络,刁斗兼山静⑩。忆君霜露时,使我空引领⑪。

【题解】

此诗作于天宝十二载(753)秋,吕员外与田著作先有诗,此为高适和作。

前十句赞美田著作的文才武略。大漠早秋,边城夜永之时收到田著作寄来的诗,诗中描述了戎旅生活的艰苦:关山已冷,军队在盘山靠近水源处驻扎。田著作因为文才而被哥舒翰延揽入幕,帮助上将扫除妖氛,建立勋业,算是不虚此生。后十二句由田著作的得志反观自己的不得意,深感失落惆怅。高适本有"远途"之志,希望高举振"羽翮",现实却使他"短步""难骋",陷入"穷愁",这不得不使他反复自省:即蒙吕谞推荐入幕,就信守然诺,立马奔赴边塞,此种苦心,白发可鉴。今见吕君阳春之作,更添忆君之思,当此之时,唯见霜华露重,星河低垂,寂静中刁斗时鸣,徒增万斛愁情。此诗写景之笔,边塞风味浓厚,"碛路""边城",是眼前实景；"关山""盘阪"，是想象之景；"星河""塞络"，一仰一俯；"刁斗"、静山，一动一静，一起构成一幅雄阔苍茫的塞外关山图，既体现了戎旅生活的艰苦，又体现了高适惆怅清冷的心境。

【校注】

①吕员外：即吕谭。参见《同吕判官从哥舒大夫破洪济城回登积石军多福七级浮图》注释①。《旧唐书·吕谭传》："翰益亲之，累兼虞部员外郎、侍御史。"田著作：当即田梁丘，曾引荐高适入哥舒翰幕府。著作，即"著作郎"的简称，为秘书监属官，掌管图书文籍。幕门军：即漠门军、莫门军，属陇右节度使，在临洮郡（治所在今甘肃省临潭县）。《资治通鉴》卷一七二："莫门军，临洮郡城内，仪凤二年置，管兵五千五百人，马二百匹。"幕，《文苑英华》作"莫"，《全唐诗》下注："一作莫。"盘山：《读史方舆纪要》卷六十："临洮府有十八盘山。"注："在府东南百里，山高险，有石级一十八盘。"

②碛(qì)路：多沙石的道路。早秋：明仿宋刻本缺"早"字，明铜活字本作"甲秋"。

③戎旅作：即田著作于征途中所寄之诗《幕门军西宿盘山秋夜作》。

④上将：指哥舒翰，时任陇右、河西节度使。盘阪：即盘山。

⑤绸缪(chóu móu)：紧密缠缚。《诗经·唐风·绸缪》："绸缪束薪，三星在天。"毛传："绸缪，犹缠绵也。"引申为情意殷切。阃(kǔn)外：指京城或朝廷以外，亦指外任将吏驻守管辖的地域，与朝中、朝廷相对。此句与下句意谓出征在外的田梁丘给主将哥舒翰寄来情意殷切的书信，哥舒翰诚意邀请田至自己幕中任职。

⑥氛雾：雾气，比喻世道混乱或战乱。此处指吐蕃的进犯。屏(bǐng)：退，除。

⑦羽翮(hé)：指鸟羽。引申为奋飞的翅膀。三省(xǐng)：省察三事。《论语·学而》："曾子曰：'吾日三省吾身：为人谋而不忠乎？与朋友交而不信乎？传不习乎？'"后泛指认真反省自己的过失。

⑧何啻(chì)：何止，岂止。此两句意谓真正的朋友之间最重要的是

诚信,岂止是表面上形影不离就算朋友呢!

⑨阳春:古曲名,高雅难学,此处借指田梁丘之诗。境:《全唐诗》下注:"一作景。"

⑩塞络:边塞的网络。古时有"天维""地络"之说,《文选·张衡〈西京赋〉》:"尔乃振天维,衍地络。"薛综注:"维,纲也;络,网也。谓其大如天地矣。"络,《文苑英华》作"路"。

⑪引领:伸颈远望。多以形容殷切期望、挂念。《左传·成公十三年》:"及君之嗣也,我君景公引领西望曰:'庶抚我乎!'"

同吕判官从哥舒大夫破洪济城
回登积石军多福七级浮图①

塞口连浊河,辕门对山寺②。宁知鞍马上,独有登临事。七级凌太清,千崖列苍翠③。飘飘方寓目,想像见深意④。高兴殊未平,凉风飒然至。拔城阵云合,转旆胡星坠⑤。大将何英灵,官军动天地⑥。君怀生羽翼,本欲附骐骥⑦。款段苦不前,青冥信难致⑧。一歌阳春后,三叹终自愧⑨。

【题解】

哥舒翰拔洪济城在天宝十二载(753)夏五月,从诗中"高兴殊未平,凉风飒然至"两句来看,此诗应作于当年夏秋之交。吕谭先有诗作咏此事,高诗为和作。从标题看,高适与吕判官跟随哥舒翰从积石军向西,到了当时与吐蕃作战的前线洪济城,在战事结束后又回到积石军,登上当地的多福七级浮图,写了这首诗。

前十句交代登塔的经过和所见的风景。开头两句交代积石军周边的环境，积石军治所所在的浇河城，北边是滔滔的黄河，哥舒翰的行营对面山上就是多福寺。三、四句叙事，写军中登临，忙里偷闲。五、六句写登塔所见，突出塔之高与望之远。七、八句因登佛塔而体悟精深之佛理。九、十两句由登塔想到刚刚过去的战事，转入下半抒情。后十句一则歌颂哥舒翰破洪济城之战，二则称赞吕判官的才能和诗作，三则表达自己才薄迟进，希望尽早建立功业的愿望。

【校注】

①吕判官：即吕谭。《新唐书·吕谭传》："吕谭，河中河东人。少力于学，志行整饬。孤贫不自业……哥舒翰节度河西，表支度判官。历太子通事舍人。性静慎，勤总吏职，诸僚或出游，谭独颓然据案，钩视簿最，翰益亲之。"《资治通鉴》天宝十二载："夏，五月……陇右节度使哥舒翰击吐蕃，拔洪济、大漠门等城，悉收九曲部落。"关于洪济城、积石军所在地，历来众说纷纭，莫衷一是。孙钦善先生认为都在今青海省循化撒拉族自治县附近；刘开扬先生认为洪济桥在今青海省东境河曲之地，积石军在今甘肃省临夏县西。据兰州大学刘满在《敦煌学辑刊》2010 年第 2 期上发表的《唐九曲及其相关军城镇戍考》一文考证：(1)积石军在今青海省贵德县驻地河阴镇。(2)洪济桥在今青海省贵德县龙羊峡水电站拦河大坝西，原查纳寺附近的黄河上，洪济城(洪济镇)也在今龙羊峡水电站拦河大坝西，原查纳寺附近的黄河边南岸(今已没入龙羊峡水库之中)。洪济城在积石军西南一百五十里。据《资治通鉴》卷二一六，哥舒翰攻破吐蕃洪济、大漠门等城在天宝十二载夏。敦煌集本此诗仅存题目，且无"哥舒""多福"四字。《全唐诗》"福"字下注："一本有寺字。"

②浊河：即黄河。辕门：参见《同李员外贺哥舒大夫破九曲之作》注释⑤。此处或指积石军军营的辕门，或指积石军官署的外门。

③七级：即多福七级浮图，七层佛塔。太清：天空。

④飘飘：风吹貌。陶渊明《归去来兮辞》："风飘飘而吹衣。"《全唐诗》下注："一作飖。"

⑤转旆：调转军旗，即回师。胡星：指昴星。古代以天象附会人事，

认为昂星象征胡人。《史记·天官书》:"昂曰髦头,胡星也,为白衣会。"张守节正义:"摇动若跳跃者,胡兵大起。"后常以"胡星"喻指胡兵及其势焰。此处"胡星坠"是指吐蕃在九曲之战中打了败仗。

⑥英灵:英明灵秀。此处指哥舒翰在战争中有勇有谋。

⑦君:《全唐诗》下注:"一作常。"羽翼:指辅佐的人或力量。附骥尾:即附骥尾,蚊蝇附在马的尾巴上,可以远行千里。比喻依附先辈或名人而成名。《史记·伯夷列传》:"颜渊虽笃学,附骥尾而行益显。"司马贞索隐:"按:苍蝇附骥尾而致千里,以譬颜回因孔子而名彰也。"此处高适自谦要向吕谞这样的人才看齐。

⑧款段:马行迟缓的样子。《后汉书·马援传》:"士生一世,但取衣食裁足,乘下泽车,御款段马……斯可矣。"李贤注:"款,犹缓也,言形段迟缓也。"此处以款段马形容自己仕进太慢。青冥:青苍幽远的天空,比喻显要的职位。

⑨阳春:古歌曲名,是一种比较高雅难学的曲子。李固《致黄琼书》:"峣峣者易缺,皦皦者易污。《阳春》之曲,和者必寡。"后用以泛指高雅的艺术。此处指吕判官的诗作。

河西送李十七①

边城多远别,此去莫徒然。问礼知才子,登科及少年②。出门看落日,驱马向秋天。高价人争重,行当早着鞭③。

【题解】

此诗约为天宝十二载(753)秋高适在河西送人入京应试而作。

前两句点题,切"送"字,"莫徒然"表达勉励之意。三、四句称赞李十七的才能,熟礼明经,科场取胜应是手到擒来。五、六句指向征途,景物明朗开阔,预示李十七此去前途无限。结尾两句致以美好的祝愿:希望李能早日登科,名动天下。

【校注】

①河西:河西节度,治所在武威。李十七:名未详。

②问礼:《史记·老子韩非列传》:"孔子适周,将问礼于老子。"此是谦辞,意谓与李十七谈论。登科:科举时代称考中进士为"登科""登第"。王仁裕《开元天宝遗事·泥金帖子》:"新进士才及第,以泥金书帖子,附家书中,用报登科之喜。"

③高价:指器物珍贵,常用以比喻人的声望。早着鞭:早得志。《晋书·刘琨传》:"与范阳祖逖为友,闻逖被用,与亲故书曰:'吾枕戈待旦,志枭逆虏,常恐祖生先吾着鞭。'"犹言着手进行,开始做。后常用以勉人努力进取。

陪窦侍御灵云南亭宴诗得雷字 并序①

凉州近胡,高下其池亭,盖以耀蕃落也②。幕府董帅雄勇,径践戎庭,自阳关而西,犹枕席矣③。军中无事,君子饮食宴乐,宜哉!白简在边,清秋多兴,况水具舟楫,山兼亭台,始临泛而写烦,俄登陟以寄傲④。丝桐徐奏,林木更爽,觞蒲萄以递欢,指兰茝而可掇⑤。胡天一望,云物苍然。雨萧萧而牧马声断,风袅袅而边歌几处,又足悲矣。员外李公曰:"七日者何?牛女之夕也。夫贤者何得谨其时?"⑥请赋南亭诗,列之于后。

人幽宜眺听,目极喜亭台⑦。风景知愁在,关山忆梦回。只言殊语默,何意忝游陪⑧。连唱波澜动,冥搜物象开⑨。新秋归远树,残雨拥轻雷⑩。檐外长天尽,尊前独鸟来。常吟塞下曲,多谢幕中才⑪。河汉徒相望,嘉期安在哉⑫?

【题解】

高适有《送窦侍御知河西和籴还京序》,言及窦侍御还京时在"八月既望”；文中称哥舒翰为“凉公”，哥舒翰封凉国公是在天宝十二载（753）五月收复九曲之后，九月赐爵西平郡王之前；而此诗序中云“七日”“牛女之夕”，可推知此诗为天宝十二载秋七夕作于河西幕府中。

此诗小序非常优美：景物描写十分动人，山水舟台，临泛登陟，丝竹林木，苍然胡天，雨潇风飚，都使人心灵澄澈；登临感怀的心理活动与景物切合无间，登高所见空阔之景，尤其是突然而来的风雨让诗人悲从中来，自身的抱负尚未实现，却军门多暇，终日宴饮；语言上骈散相间，音节疾缓错杂，写景多四字句和对偶句，叙事和抒情多用散句。贺昌群先生称赞此序说：“可与南宋姜白石的《扬州慢》小序并读，是一篇清秀的诗的小品文。”（《贺昌群文集》第三卷《论唐代的边塞诗》）笔者以为，此序宛如一篇清新可人的南朝山水小品，可与吴均的《与朱元思书》相媲美。

诗的内容主要写登灵云池南亭的所见所感，诗人“冥搜物象”，用生动自然的笔墨描写了雨后初晴、风烟俱净的塞外山川之美，尤以“新秋归远树，残雨拥轻雷”两句最见炼字功夫；另外在写景中抒发了淡淡的乡关之思——“关山忆梦回”，结尾四句借幕府人才济济和牛女七夕相会表达君臣难以遇合、壮志难酬的苦闷之情。

【校注】

①明活字本题中无“得雷字”三字，清抄本题下注“得雷字”。窦侍御：名未详。侍御，御史台属官，赵璘《因话录》卷五载，唐人通称殿中御史、监察御史为侍御；按《新唐书·百官志》，御史台“其属有三院：一曰台院，侍御史隶焉；二曰殿院，殿中侍御史隶焉；三曰察院，监察御史隶焉。”灵云：池名。一说为灵渊池，故址大约在今甘肃武威大云寺、海子巷一带（一说在今雷台湖或海藏南湖），是古代凉州王室园林。郦道元《水经注·都野泽注》载：“都野泽在武威县东北。县在姑臧城北三百里，东北即休屠泽也，古文以为猪野也。其水上承姑臧武始泽，泽水二源，东北流为一水，迳姑臧县故城西，东北流，水侧有灵渊池。”一说为灵泉池，亦在凉州古城中，《太平寰宇记》载：“灵泉池，在县南城中，《十六国春秋》云：‘张玄靓五年，有大鸟青白色，舒翼二丈馀，集于灵泉池’。后凉吕光

太安三年宴群臣于灵泉池。"

②凉州:即武威郡,此处用旧称,指郡治姑臧县城。耀:炫耀,显示实力。蕃落:蕃族部落,此处指吐蕃。

③董帅:或即董延光。据《旧唐书·王忠嗣传》和《资治通鉴》玄宗天宝六载(747)的记载,董延光为河西、陇右节度使王忠嗣部将,曾主动请缨攻打吐蕃占领的石堡城。践戎庭:践踏胡兵军帐,此指攻打吐蕃。阳关:古关名。在今甘肃敦煌西南古董滩附近,因位于玉门关以南,故称。枕席:即枕席过师。《汉书·赵充国传》:"治湟狭中道桥,令可至鲜水,以制西域,信威千里,从枕席上过师。"颜师古注引郑氏曰:"桥成军行安易,若于枕席上过也。"后因以"枕席过师"形容行军道路极其平坦安稳。

④白简:古时弹劾官员的奏章。《晋书·傅玄传》:"玄天性峻急,不能有所容;每有奏劾,或值日暮,捧白简,整簪带,竦踊不寐,坐而待旦。"此处以窦侍御所写奏章代指窦侍御其人。写烦:舒泄烦忧,洗涤尘烦。寄傲:寄托旷放高傲的情怀。

⑤蒲萄:亦作"蒲陶""葡萄""蒲桃",常见的一种水果,亦可酿酒。此处指葡萄酒。兰茝(chǎi):兰草和白芷,皆为香草。

⑥员外李公:即李员外,其人不详。员外,员外郎的简称,唐代尚书省左右丞、六曹及曹下各司皆设有员外郎,从六品上。七日:《荆楚岁时记》:"七月七日为牵牛织女聚会之夜"。故又称"牛女之夕"。

⑦眺听:眺望和倾听。指人在亭台高处可以欣赏风景。

⑧语默:说话或沉默。《周易·系辞上》:"君子之道,或出或处,或默或语。"后用以喻指出仕或隐居。此处意谓本以为大家出处行事不同,难以交流,没想到也能一起出游。

⑨冥搜:尽力寻找,搜集。物象:景物,风景。

⑩拥:《全唐诗》下注:"一作应。"

⑪塞下曲:乐府诗题。参见《塞上》注释①。谢:惭愧。此句说哥舒翰幕府中人才济济,自己忝列其中,自愧不如。

⑫河汉:指银河。《古诗十九首·迢迢牵牛星》:"河汉清且浅,相去

复几许。"

【汇评】

《删订唐诗解》：达夫节度西河，疲于戎事，故言己之眺听每宜于人静之时。亭台极目，感风景而愁，望关山如梦，此时但言语默，与侍御殊，何意得忝游陪与侍御合也。于是，连唱而动波澜，冥搜而开物象，当新秋微雨之后，望长天邈归鸟，非复平时之眺听矣。但我虽吟《塞下》之曲，实无为将之才，徒望河汉佳期未可卜也。盖借牛女以寓君臣遇合意。

陪窦侍御泛灵云池

白露时先降，清川思不穷①。江湖仍塞上，舟楫在军中。舞换临津树，歌饶向迥风②。夕阳连积水，边色满秋空。乘兴宜投辖，邀欢莫避骢③。谁怜持弱羽，犹欲伴鹓鸿④。

【题解】

此诗与前首作于同时，在天宝十二载(753)秋，当时高适在武威。

前四句写泛舟灵云池的时间和地点，由见"清川"而"思不穷"，为下文表达希望窦侍御汲引之意埋下伏笔。中间四句写泛舟之乐，与王维山水诗风味相近。"舞换"二句有王维"寒山转苍翠，秋水日潺湲"之妙，树本静物，因人舞动而仿佛变换；歌声悦耳，因有晚风而传得很远，从视觉和听觉上写出歌舞之声，宾主之欢。夕阳映照下，水天一色，整个秋空都充满边塞风物，照应了前面的"白露"和"清川"。后四句抒情，以弱羽凡鸟自喻，比窦氏为鹓雏鸿雁，"欲伴"表达了希望窦侍御汲引之意，同时照应"思不穷"。

【校注】

①白露：二十四节气之一。《礼记·月令》："孟秋之月（农历七

月)……凉风至,白露降,寒蝉鸣。"白露先降,早寒之意。清川:指武威的灵云池。

②迴风:《全唐诗》下注:"一作晚。"

③投辖:《汉书·陈遵传》:"遵耆酒,每大饮,宾客满堂,辄关门,取客车辖投井中,虽有急,终不得去。"辖,车轴两端的键。后以"投辖"指殷勤留客。避骢(cōng):《后汉书·桓典传》:"是时宦官秉权,典执政无所回避。常乘骢马,京师畏惮,为之语曰:'行行且止,避骢马御史。'"后以"避骢"或"避骢马"指回避侍御史。此处点明窦侍御的身份,反用典故渲染主客相欢的气氛。

④弱羽:谦词。才浅力薄。鹓鸿:鹓雏、鸿雁飞行有序,比喻朝官班行。

【汇评】

《唐诗广选》:结语气韵微薄。

《唐诗训解》:歌舞一联,造语奇崛,思入风云。

《汇编唐诗十集》唐云:常侍五言律,健而不甚整,"征马嘶"而外无可采焉。堪与右丞竞爽者,独此两排律耳(指《陪窦侍御泛灵云池》与《送柴司户充刘卿判官之岭外》)。

和窦侍御登凉州七级浮图之作

化塔屹中起,孤高宜上跻①。铁冠雄赏眺,金界宠招携②。空色在轩户,边声连鼓鼙③。天寒万里北,地豁九州西④。清兴揖才彦,峻风和端倪⑤。始知阳春后,具物皆筌蹄⑥。

【题解】

此诗当作于天宝十二载(753)秋,比前首稍后。

头四句交代诗题中"和窦侍御登凉州七级浮图"之意,突出塔势之高。

中间四句写登塔所见之景,前两句实写,后两句虚写,从视觉和听觉角度表现边塞苍凉辽阔之感。后四句称赞窦侍御出色的才华和高洁的品格令人折服,隐约表达希望援引之意。此诗和前两首一以贯之,可互相参看。

【校注】

①化塔:佛塔。佛教称教化之处每冠以"化"字,故佛塔亦称化塔。

②铁冠:古代御史所戴的法冠,以铁为柱卷,故名。《后汉书·方术传上》:"获冠铁冠,带铁锧,诣阙请歆。"也可代指侍御,此处即指窦侍御。金界:即金刚界,佛教密教修行法门之一。《佛学大辞典》:"开示大日如来智德之部门也,如来内证之智德其体坚固,有摧破一切烦恼之胜用,故譬以金刚。"

③空色:《般若经》:"色即是空,空即是色。"此处以佛教术语指代佛塔周围的景色。鼓鼙(pí):即鼙鼓,小鼓和大鼓。古代军中所用,乐队中也用。

④九州:古代分中国为九州,说法不一。《尚书·禹贡》作冀、兖、青、徐、扬、荆、豫、梁、雍,《尔雅·释地》有幽、营而无青、梁。后以"九州"泛指天下。

⑤端倪:头绪,迹象。《庄子·大宗师》:"反覆终始,不知端倪。"和端倪,始终一贯,浑然一体。

⑥阳春:即阳春白雪,泛指高雅的曲调。荃蹄:《庄子·外物》:"荃者所以在鱼,得鱼而忘荃;蹄者所以在兔,得兔而忘蹄。"荃,一本作"筌",捕鱼竹器;蹄,捕兔网。后以"筌蹄"比喻实现目的的手段或工具。此二句意谓窦侍御之诗含意深刻而众物徒具其形。

九曲词三首①

许国从来彻庙堂,连年不为在疆场②。将军天上封侯印,御史台中异姓王③。

万骑争歌杨柳春,千场对舞绣骐驎④。到处尽逢欢洽事,相看总是太平人。

铁骑横行铁岭头,西看逻逤取封侯⑤。青海只今将饮马,黄河不用更防秋⑥。

【题解】

此三首诗为歌颂哥舒翰收复九曲而作。从诗中"御史台中异姓王"来看,当作于哥舒翰封西平郡王后。据《资治通鉴》,哥舒翰进封西平郡王在天宝十二载(753)八月,九曲之战发生在当年五月,则诗作于当年八月或稍后。九曲之战是大唐与吐蕃在争夺西域的斗争中很重要的一次战役,唐王朝在失去九曲之地四十余年后又收复此地,对于巩固边境、安定民心有重要的意义,而作为此战主帅的哥舒翰功不可没。

这组诗第一首直接歌颂哥舒翰的伟大功绩和显赫地位。指出他连年征战并不为个人名利,而是以身许国;能够进封国公,异姓封王,得此殊宠,可见功劳之大。第二首写战争胜利后普天同庆的盛大场面,以歌颂和平表达对吐蕃侵扰唐境的谴责。第三首赞颂哥舒翰部众之壮志和战胜后的和平局面,肯定了战争的功绩和正义性质。全诗节奏明快,激情奔放,洋溢着乐观豪迈的精神。

【校注】

①九曲:参见《同李员外贺哥舒大夫破九曲之作》注释①。郭茂倩《乐府诗集》卷九十一:"哥舒翰破吐蕃,收九曲黄河,置洮阳郡,适为作《九曲词》。"

②彻:通达。此句意谓以身许国之心通达于朝廷。疆场:《全唐诗》"疆"字下注:"一作坛。"亦通。坛场,古代举行祭祀、继位、盟会、拜将等大典的场所。《汉书·高帝纪上》:"于是汉王斋戒设坛场,拜信为大将军。"

③封侯印:指天宝十二载五月收复九曲后,唐王朝进封哥舒翰为凉

国公。御史台：《旧唐书·哥舒翰传》："八载，加摄御史大夫，十二载，进封凉国公……寻进封西平郡王。"异姓王：即异姓封王。《汉书·彭越传》："昔高祖定天下，功臣异姓而封者八国，张耳、吴芮、彭越、黥布、臧荼、卢绾与两韩信。"

④杨柳春：乐府曲名，即《杨柳枝》。本为汉乐府横吹曲辞《折杨柳》，至唐易名《杨柳枝》，开元时已入教坊曲。至白居易依旧曲作辞，翻为新声。其《杨柳枝词》之一云："古歌旧曲君休听，听取新翻《杨柳枝》。"当时诗人相继唱和，均用此曲咏柳抒怀。绣骐驎：庆祝活动中舞龙舞狮之类的表演。骐驎，同"麒麟"。

⑤铁岭头：当为西北关塞名或山名，具体位置不详。逻逤（luó suò）：又作"逻娑"，即逻些，唐时吐蕃的都城。即今西藏自治区拉萨市。

⑥青海：指青海湖，在今青海省东北部，唐时在唐蕃边境。饮（yìn）马：给马喝水，引申为通过战争扩大疆土至某地。防秋：古代西北各游牧民族，往往趁秋高马肥时入侵。为防止外敌入侵，朝廷往往在此时增兵防守，称为"防秋"。

【汇评】

《乐府诗集》：哥舒翰破吐蕃，收九曲黄河，置洮阳郡，适为作《九曲词》。

其三

《唐诗广选》：蒋仲书曰：以纵横为纪律。

《唐诗观澜集》：雄壮不让嘉州。

《删订唐诗解》：言我将窥吐蕃以取封爵，而湖海宴然可着鞭处矣。边境非无虞也，主将蔽之耳。玩诗恐是欲清青海之意。

武威同诸公过杨七山人得藤字①

幕府日多暇，田家岁复登。相知恨不早，乘兴乃无恒②。穷巷在乔木，深斋垂古藤③。边城唯有醉，此外更何能。

从"幕府日多暇，田家岁复登"两句来看，此诗当作于天宝十三载（754）秋，时高适在河西幕府中。

前两句交代访友的时间和悠闲的心境。三、四句扣题中"过杨七山人"之意。五、六句描绘杨七居处清幽的环境。最后两句抒情，写自己抱负未展的失意。

【校注】

①明活字本题作《武威同诸公过杨七山人》，清抄本题下注："得藤字。"武威，原称凉州，天宝元年（742）更为武威郡，治所在姑臧县（今甘肃武威凉州区），亦为河西节度使治所。杨七：名未详。

②乘兴：趁一时高兴。刘义庆《世说新语·任诞》："王子猷居山阴，夜大雪……忽忆戴安道。时戴在剡，即便夜乘小船就之，经宿方至，造门不前而返。人问其故，王曰：'吾本乘兴而行，兴尽而返，何必见戴？'"

③穷巷：冷僻简陋的小巷。乔木：高大的树木。

部落曲①

蕃军傍塞游，代马喷风秋②。老将垂金甲，阏支著锦裘③。雕戈蒙豹尾，红斾插狼头④。日暮天山下，鸣笳汉使愁⑤。

【题解】

《瀛奎律髓刊误》卷三十纪昀评曰："此殊钝置，非常侍之佳作。"《全唐诗》卷二一四有此首。此诗描写西北边塞军中生活场景，当作于任职哥舒翰幕府期间，系于天宝十三载（754）。

前两句"蕃军""代马"是典型的边塞风物，同时点明时节是肃杀的秋天。中间四句具体写"蕃军"即边塞少数民族部落的军中景象，"老将"和"阏支"分别着"金甲"和"锦裘"，一为作战，一为御寒，分别写出塞外战事繁多和环境恶劣的特点;"雕戈""豹尾""红旆""狼头"都是军中旌旗之属,用以表明战争的频繁,表达了对大唐西北边境局势的担忧。结尾两句即景抒情,暮色苍茫中,辽远的天山下,有胡笳的悲鸣,传达出守边将士的思乡之情。

【校注】

①部落曲:大约是从乐府《出塞》《入塞》之类旧题衍化而来,内容写边塞游牧民族的生活。

②代马:北地所产良马。代,古代郡地,在今河北省蔚县东北一带,后泛指北方边塞地区。喷风:当风嘶鸣。

③阏(yān)支:又作"阏氏",汉代匈奴单于、诸王妻的统称。《史记·韩信卢绾列传》:"匈奴骑围上,上乃使人厚遗阏氏。"张守节正义:"阏,于连反,又音燕。氏音支。单于嫡妻号,若皇后。"借指其他少数民族君主之妻妾。

④雕戈:刻有花纹的戈,精美的戈。豹尾:古代将帅旌旗上的饰物。或悬以豹尾,或在旗上画豹文。狼头:指狼头纛,用狼头作标志的大旗。《隋书·北狄传》:"其先国于西之上,为邻国所灭,男女无少长尽杀之。至一儿,不忍杀,刖足断臂,弃于大泽中。有一牝狼,每衔肉至其所,此儿因食之,得以不死。其后遂与狼交……狼生十男,其一姓阿史那氏,最贤,遂为君长,故牙门建狼头纛,示不忘本也。"

⑤天山:山名,唐时称伊州、西州以北一带山脉为天山。也称白山、折罗漫山。伊州,在今新疆哈密市;西州,在今吐鲁番盆地一带。笳:即胡笳,我国古代北方少数民族的乐器,传说是汉张骞通西域后从西域传入,汉魏鼓吹乐中常用之。

奉寄平原颜太守 并序①

初,颜公任兰台郎,与余有周旋之分,而于词赋特为深知②。洎擢在宪司，而仆寓于梁宋③。今南海太守张公之牧梁也，亦谬以仆为才，遂奏所制诗集于明主④。而颜公又作四言诗数百字并序，序张公吹嘘之美，兼述小人狂简之盛，遍呈当代群英⑤。况终不才，无以为用，龙钟蹭蹬，适负知己⑥。夫意所感，乃形于言，凡廿韵。

皇皇平原守，驷马出关东⑦。银印垂腰下，天书在箧中⑧。自承到官后，高枕扬清风⑨。豪富已低首，遁逃还力农⑩。始余梁宋间，甘与麋鹿同。散发对浮云，浩歌追钓翁⑪。如何顾疵贱，遂肯偕穷通⑫。耿介出宪司，慨然见群公⑬。赋诗感知己，独立争愚蒙。金石谁不仰，波澜殊未穷⑭。微躯枉多价，朽木惭良工⑮。上将拓边西，薄才忝从戎⑯。岂论济代心，愿效匹夫雄⑰。骅骝满长皂，弱翮依彤笼⑱。行军动若飞，旋旆信严终⑲。屡陪投醪醉，窃贺铭山功⑳。虽无汗马劳，且喜沙塞空㉑。去去勿复道，所思积深衷。一为天崖客，三见南飞鸿㉒。应念萧关外，飘飘随转蓬㉓。

【题解】

序曰"今南海太守张公之牧梁也"，则此时张九皋任南海太守，张九皋卒于天宝十四载（755）四月；又诗中有"一为天崖客，三见南飞鸿"之句，可见高适写此诗时在河西已历三秋。高适天宝十一载（752）秋赴河西、陇右，入哥舒翰幕府，可推知此诗写于天宝十三载（754）秋。

全诗共四十句，前二十二句（到"朽木惭良工"止）为第一部分，其中前四句写颜真卿携天子诏书出任平原太守的威仪；次四句概括颜公治理平原的政绩；"始于"以下十四句回顾自己与颜公的交情，处处把二人对比起来写，自己寓居梁宋过着隐居生活，是"疵贱""穷""愚蒙""微躯""朽木"，对方是御史大夫，是"通""知己""金石""波澜""良工"，可是颜公丝毫不嫌弃自己，真诚与我交往。这样写，既显谦恭之态，又为后文表达希望汲引之意作铺垫。"上将"以下十四句为第二部分，追忆自己从军河西的心情与过程,高适之所以要入幕河西,是因为哥舒翰有拓边之志,自己虽然才薄识浅,不能与幕中其他济代之才相比,但依然想要为国效力,以建尺寸之功。自己任掌书记之职,不过与同僚欢饮,私下为众人获得战功高兴,实无汗马之功,但喜边塞清平。此种"深衷"大约只有颜公这位知己理解。最后四句总结全诗,抒发从军河西三年的感受,时光荏苒,功业未就,而自己身如转蓬,随风飘摇,隐约致希图援引之意。

这首五言长诗是高适精心创作的,对于我们了解其从军河西的心理状态有很重要的作用。河西三年,高适目睹了哥舒翰拓边之功,亲自参加了一些战斗,对其安定西北边塞的功绩极力肯定;另一方面,个人功业未就却虚度光阴,心情十分焦虑、失望。这两种情绪贯穿高适入幕河西期间,而此诗偏重后者。从艺术上看,此诗融叙事、议论和抒情为一体,感情深沉含蓄,有高古浑厚之风。

【校注】

①此诗不见原集,据敦煌集本补。平原:郡名。《新唐书·地理志》:"德州平原郡治安德。"在今山东省德州市陵城区。颜太守:指颜真卿。琅琊临沂人,世称颜鲁公,开元中举进士,能诗善文,尤工书法,是唐代著名书法家。殷亮《颜鲁公行状》:"天宝十二载,(杨)国忠以前事衔之,谬称精择,乃出公为平原太守。"

②兰台郎:唐代称秘书省为兰台,兰台郎即秘书郎。《新唐书·百官志》:"龙朔二年改秘书省曰兰台。……秘书郎为兰台郎。"又:"秘书郎三人,从六品上,掌四部图籍。"颜真卿任兰台郎在开元二十四年(736),殷亮《颜鲁公行状》:"开元二十二年,进士及第,登甲科。二十四年,吏部擢判入高等,授朝散郎、秘书省著作局校书郎。"周旋:交往。高适开元二十三年曾被征诣长安应试,与颜真卿交往约在次年,时颜任秘书郎。

③泊(jì):到。擢(zhuó):提拔,提升。宪司:指御史台。《汉官仪》:"御史为宪台。"殷亮《颜鲁公行状》:"天宝六载,迁监察御史。……八载八月,迁殿中侍御史。"高适天宝八载(749)已举有道科授封丘尉,未"寓于梁宋",此处应指天宝六载(747)颜任监察御史时。

④张公：指张九皋。时任南海太守。牧梁：为大梁地方长官，指张九皋曾任睢阳太守。天宝八载，张九皋举荐高适为有道科，当时张即为睢阳太守。明主：指唐玄宗。

⑤吹嘘：称赞，奖掖。狂简：志向高远而处事疏阔。《论语·公冶长》："吾党之小子狂简，斐然成章，不知所以裁之。"朱熹集注："狂简，志大而略于事也。"

⑥蹭蹬(cèng dèng)：困顿，失意。

⑦皇皇：堂堂，庄重。《诗经·鲁颂·泮水》："烝烝皇皇，不吴不扬。"毛传："皇皇，美也。"《礼记·曲礼下》："天子穆穆，诸侯皇皇。"孔颖达疏："诸侯皇皇者，自庄盛也。"关东：函谷关以东。

⑧银印：银制的官印，后用作高级阶官名号。天书：天子所下的诏书。

⑨高枕：枕着高枕头。谓无忧无虑。扬清风：宣扬清廉宽厚之风。

⑩逋(bū)逃：逃亡的罪人，流亡者。

⑪散发：指弃官隐居。《后汉书·袁闳传》："延熹末，党事将作，闳遂散发绝世，欲投迹深林。"浩歌：放声高歌，大声歌唱。《楚辞·九歌·少司命》："望美人兮未来，临风怳兮浩歌。"

⑫疵(cī)贱：卑贱的人。此处为自谦之辞。穷通：困厄与显达。此句谓颜、张二公虽与高适有穷通之别，但并不嫌弃他出身山野，而是同等对待，照顾提拔。

⑬此二句意谓，颜真卿为杨国忠所排挤，离开御史台而外放为平原太守，其耿介慷慨之气在同时被外放的群公中显得特别突出。

⑭金石：指心志的坚定、忠贞。波澜：比喻诗文跌宕起伏。这两句分别称赞颜真卿的品行坚若金石，诗文才气纵横。

⑮多价：即高价，谓声价高。此句意谓自己身份微贱，枉被颜、张二公赞扬推荐。朽木：腐烂的木头，比喻不可造就的人。《论语·公冶长》："宰予昼寝，子曰：'朽木不可雕也，粪土之墙不可杇也，于予与何诛。'"良工：本指技艺高超的人，此处以朽木自比，以良工比喻颜、张二人。

⑯上将:指哥舒翰。拓边西:哥舒翰从天宝六载起,屡破吐蕃,先后取得石堡城之战和九曲之战的胜利,为大唐安定西北边塞起了很大作用,因而受到重用,历任陇右节度副使、河西节度使,加摄御史大夫,加开府仪同三司,封凉国公、西平郡王。

⑰匹夫雄:匹夫之勇,微不足道的小勇。

⑱骅骝(huá liú):周穆王八骏之一,泛指骏马。《荀子·性恶》:"骅骝骐骥纤离绿耳,此皆古之良马也。"杨倞注:"皆周穆王八骏名。"皂:通"槽",饲养牛马的料槽。弱翮(hé):同"弱羽",喻才浅力薄、势单力薄之人。

⑲旋旆:调转军旗,班师回朝。信严终:始终保持严整的军阵而没有懈怠、差错。《谷梁传·庄公八年》:"治兵而陈、蔡不至矣,兵事以严终,故曰善阵者不战。"范宁集解:"以严整终事,故敌人不至。"

⑳投醪(láo):指统治者或将领与军民同甘苦。铭山功:即"勒铭燕然",指建立可以刻于山石永久记载的丰功伟业。《后汉书·窦宪传》:"(窦宪)与北单于战于稽落山,大破之……宪、秉随登燕然山,去塞三千馀里,刻石勒功,纪汉威德,令班固作铭。"

㉑汗马劳:功劳,战功。

㉒天崖:同"天涯"。萧关:古关名,故址在今宁夏固原东南,为自关中通向塞北的交通要冲。

㉓转蓬:随风飘转的蓬草,后常用以比喻居无定所的游子。

同马太守听九思法师讲《金刚经》①

吾师晋阳宝,杰出山河最②。途经世谛间,心到空王外③。鸣钟山虎伏,说法天龙会④。了义同建瓴,梵法若吹籁⑤。深知亿劫苦,善喻恒沙大⑥。舍施割肌肤,攀缘去亲爱⑦。招提何清净,良牧驻轻盖⑧。露冕众香中,临人觉苑内⑨。心持佛印久,标割魔军退⑩。愿开初地因，永奉弥天对⑪。

【题解】

诗曰"吾师晋阳宝"，晋阳在山西太原，此诗应作于河东。据芮挺章《国秀集》，高适曾为绛郡长史，大约诗人于安史之乱中以河西节度使幕府属官身份曾短期出河东任此职，姑且系于天宝十四载(755)。

前四句赞美九思法师精通世理，心向佛国。"鸣钟"以下八句从各方面具体写九思法师道行之高、讲经之功：鸣钟则伏虎，说法则降龙；发明佛法真谛能高屋建瓴，演说佛经教义如天籁之鸣；知道世间众生疾苦，善以恒河沙数比喻世间种种；能因布施而割肉舍身，可为修行而离开亲人。"招提"以下四句引出马太守，作为贤能的州郡长官，能够亲临寺中听九思法师讲经，治理地方有功而身处众香国里，选拔人才于僧院之中。"心持"以下四句写听法师讲经的效果，可以让人持守佛性永久不变，还能斥退心魔侵袭，希望自己能早早攻破佛家初地教义，进境神速，早日与九思法师相从参悟佛法。

此诗写听法师讲经，全用佛教用语。可见高适深受佛教影响，并熟悉佛家典故典籍，与《和窦侍御登凉州七级浮图之作》可互相参看。

【校注】

①敦煌集本题作《陪马太守听九思师讲〈金刚经〉》。马太守：名未详。《新唐书·宰相世系表》有马择，为兵部员外郎、河间太守，不知是否其人。九思法师：名未详。《金刚经》：早期大乘佛教经典，属于《大般若经》的第九会，是宣说般若空义的代表作之一。

②晋阳：《新唐书·地理志》："太原府太原郡有晋阳县。"故址在今山西省太原市。宝：佛家有三宝：佛、法、僧。此指九思法师为佛家三宝之一的僧宝。

③世谛：佛教用语。"二谛"之一。谓有关世间种种事相的真理。《大智度论》卷三八："佛法中有二谛，一者世谛，二者第一义谛。为世谛故，说有众生；为第一义谛故，说众生无所有。"空王：佛教用语，佛的尊

称。佛说世界一切皆空,故称"空王"。

④山虎伏:慧皎《高僧传》载,南朝梁武帝时,"于法兰……冬月在山,冰雪甚厉,时有一虎,来入兰房,兰神色无忤,虎亦甚驯,至明旦雪止乃去。山中神祇常来受法。其德被精灵。皆此类也。"敦煌集本作"云鸟下"。天龙会:慧皎《高僧传》卷十:"涉公……能以秘咒下神龙,每旱,(符)坚常请之咒龙。俄而龙下钵中,天辄大雨。"

⑤了义:佛教语。真实之义,最圆满的义谛。对"不了义"而言。建瓴:即"建瓴水"之省,谓倾倒瓶中之水,形容居高临下、难以阻挡的形势。《史记·高祖本纪》:"譬犹居高屋之上建瓴水也。"敦煌集本此句作"了义犹达瓴",误。梵(fàn)法:佛经的教义。敦煌集本作"发蒙"。籁:自然界的声响,此处以天籁比佛法。

⑥亿劫:谓极长久的时间。佛经言天地的形成到毁灭为一劫。王嘉《拾遗记·员峤山》:"人皆双瞳,修眉长耳,飡九天之正气,死而复生,于亿劫之内,见五岳再成尘。"恒沙:佛教语,即"恒河沙数",形容数量多到像恒河里的沙子那样无法计算。《金刚经·无为福胜分》:"以七宝满尔所恒河沙数三千大千世界,以用布施。"

⑦舍施:犹施舍。谓以财物、人力资助寺院或救济贫民。割肌肤:佛家有为布施而割肉弃身者,曰舍身行。敦煌集本作"轻发肤"。攀缘:佛教谓心随外境纷驰而多变。因如猿攀树枝摇曳不定,故云。

⑧招提:梵语,音译为"拓斗提奢",省作"拓提",后误为"招提"。其义为四方。北魏太武帝造伽蓝,创招提之名,后遂为寺院的别称。良牧:贤能的州郡长官。此指马太守。轻盖:车盖,代指车。

⑨露冕:指官员施政有方、皇帝恩宠有加。典出陈寿《益都耆旧传》:"郭贺拜荆州刺史。明帝巡狩到南阳,特见嗟叹,赐以三公之服,黼黻旒冕,敕去幨露冕,使百姓见此衣服,以彰其德。"众香:众香国的省称。《维摩经·香积佛品》:"上方界分过四十二恒河沙佛土有国名众香,佛号香积,今现在。"临人:选拔人才。觉苑:本谓佛所居的净土,借指僧院。

⑩心持:敦煌集本作"住持"。佛印:佛教禅宗认为人之自有的心性

即是佛心,因其永久不变,犹如印契,故名之为"佛心印",省称为"佛印"。《六祖法宝坛经》:"师曰:吾传佛心印,安敢违于佛经?"标割:敦煌集本作"操割",明活字本作"摽割"。魔军:释迦成道时,恶魔波旬来侵害,佛家称其所率之军为魔军。《全唐诗》"军"字下注:"一作鬼。"

⑪开:《全唐诗》下注:"一作闻。"初地因:关于初地的因缘。初地,是佛家用语,为修行过程十个阶位中的第一阶位。三乘共修"十地"中,以"乾慧地"为"初地";大乘菩萨"十地"中,以"欢喜地"为"初地"。《华严经·十地品》:"今明初地义,但以略解说……是初菩萨地,名之为欢喜。"弥天对:《高僧传》卷五:"闻(释道)安至止,(习凿齿)既往修造,称言:'四海习凿齿。'安曰:'弥天释道安。'时人以为名答。"

送萧判官赋得黄花戍^①

君不见黄花曲里黄,戍日萧萧带寒树^②。楼上篇临北斗星,门前宜至西州路^③。每到瓜时更卒来,年年只对黄花□^④。楼中几度哭明月,笛里何人吹落梅^⑤?多君莫不推忠杰,欲奏平戎赴天阙^⑥。辕门杯酒别交亲,去去云霄羽翼新。知君马上貂裘暖,须念黄花久戍人。

【题解】

据孙钦善注,此诗作于任职哥舒翰幕府期间。黄花戍是在名为黄花之地的一个戍所,而黄花曲不知在何处,从诗中"西州路""瓜时""平戎""辕门""久戍"等词语看,地点应在河西一带,时间约在天宝十四载(756),此时高适入幕两年有余,对军中生活的认识日益深刻,故能体恤士兵。系于天宝十四载秋。

诗前八句铺写士兵戍守之苦,以环境的清冷烘托士兵的内心,又声色兼写，富有悲壮的美感。后六句扣题中送别之意，作鼓舞之语，以萧判官为忠贞杰出的人才，望其在国家多难之时为国立功，且以戍守士兵苦难为念。

【校注】

①孙钦善《高适集校注》收录，孙注云："此诗作于任职哥舒翰幕府期间。原集缺佚，据敦煌残卷伯三一九五补。"萧判官：其人未详。

②黄花曲：地名，从诗歌内容看，应在河西一带。

③篇临：同"偏临"，与下句"宜至"相对。西州：唐贞观十四年（640）灭麹氏高昌，以其地置西州，辖境相当于今吐鲁番盆地一带，为东西交通要冲。

④瓜时：瓜熟之时，指秋天。唐武德五年（622）置瓜州，治所在晋昌（今甘肃省瓜州县东南）。瓜时更卒，当指每年秋季瓜熟之时更换戍卒的戍守制度。□：此处原有一字，模糊不清，或为"戍"。

⑤哭明月：指汉乐府横吹曲《关山月》，《乐府古题要解》："《关山月》，伤离别也。"《乐府诗集》收录南北朝以来以此为题的文人诗歌，内容多写边塞士兵久戍不归、伤离怨别。与下"吹落梅"相对。吹落梅：指乐府横吹曲《梅花落》，郭茂倩题解："《梅花落》本笛中曲也。按唐大角曲，亦有《大单于》《小单于》《大梅花》《小梅花》等曲，今其声犹有存者。"

⑥忠杰：忠于朝廷的杰出人才。天阙：天子的宫阙，亦指朝廷或京城。

酬河南节度使贺兰大夫见赠之作①

高阁凭栏槛，中军倚旆旌②。感时常激切，于己即忘情③。河华屯妖气，伊瀍有战声④。愧无戡难策，多谢出师名⑤。秉钺知恩重，临戎觉命轻⑥。股肱瞻列岳，唇齿赖长城⑦。隐隐摧锋势，光光弄印荣⑧。鲁连真义士，陆逊岂书生⑨。直道宁殊智，先鞭忽抗行⑩。楚云随去马,淮月尚连营⑪。抚剑堪投分,悲歌益不平⑫。从来重然诺,况值欲横行⑬。

【题解】

高适有《谢上淮南节度使表》曰:"(臣)以今月二日至广陵,以某日上讫。"(据明刊本《高常侍集》)此表作于至德二载(757)二月。高适此诗四库本题下原注:"时在扬州。"故系于至德二载初。此时高适在扬州淮南节度使任上;张巡、许远正在睢阳保卫战中苦守,高适借酬答河南节度使之机,以此诗劝解贺兰进明迅速进兵解睢阳之围。《旧唐书·高适传》:"其与贺兰进明书,令急救梁宋,以亲诸军;与许叔冀书,绸缪继好,使释他憾,同援梁宋。"然贺兰终不发兵,导致睢阳陷落。《资治通鉴》卷二一九:"睢阳士卒死伤之馀,才六百人,张巡、许远分城而守之……是时,许叔冀在谯郡,尚衡在彭城,贺兰进明在临淮,皆拥兵不救。城中日蹙,巡乃令南霁云将三十骑犯围而出,告急于临淮。……霁云慷慨,泣且语曰:'霁云来时,睢阳之人不食月馀矣!霁云虽欲独食,且不下咽。大夫坐拥强兵,观睢阳陷没,曾无分灾救患之意,岂忠臣义士之所为乎!'因啮落一指以示进明,曰:'霁云既不能达主将之意,请留一指以示信归报。'座中往往为泣下。霁云察进明终无出师意,遂去。"乾元元年(758)高适途经睢阳时,致祭张巡、许远,有"十城相望,百里不救"之语,乃是有感于贺兰辜负自己厚望而发。

前十二句写诗人凭栏远眺忧心国事的情怀。前四句总写,诗人登高望远,见中军旌旗,中原遍地烽火,感慨时局,率军救亡之情激烈迫切,以至于把个人生死都置之度外了;"河华"以下两句补写"感时",关中为安史叛军占领,中原陷入战乱之中,满目疮痍;"愧无"以下四句写自己面对时局的忧心,愧无平难之策,有惭出师之名,受命知皇恩深重,临战方觉人微命轻;"股肱"二句从对自己壮怀激烈的抒写过渡到对贺兰进明的赞颂,称其为国家的股肱重臣,而自己所在的淮南与贺兰制的河南唇齿相依,有赖对方照应。后十二句劝贺兰进明以大局为重,及时平叛建功。

先赞其有摧锋之势,御史之显,说明其有足够的兵力平叛;继而赞其有鲁连之忠义、陆逊之智谋,说明其有足够的忠勇去平叛;再设想其进军的效果,直道而行无须特殊之智,抢先出兵可与叛军抗衡,假如贺兰迅速发兵支援睢阳,则我为坚定后盾,免你后顾之忧;"抚剑"四句再动之以情,你我重视然诺,共赴国难,抚剑悲歌,走向沙场,定当横行灭敌。

此为高适在安史之乱中为数不多的诗作之一。整首诗感情充沛,壮怀激烈,从中可见高适忧国忧民、以天下为己任的情怀和形象。

【校注】

①贺兰大夫:即贺兰进明,时任河南节度使兼御史大夫。《资治通鉴》卷二一九:"至德元载冬十月,以贺兰进明为河南节度使。……十二月,置淮南节度使,领广陵等十二郡,以(高)适为之,置淮南西道节度使,领汝南等五郡,以来瑱为之,使与江东节度使韦陟共图璘。"

②中军:古代行军作战分左、中、右或上、中、下三军,由主将所在的中军发号施令。

③忘情:无喜怒哀乐之情。

④河华:黄河与华山的合称。妖气:因此时关中之地为安史叛军占领,故称。伊瀍(chán):伊水与瀍水。此处泛指洛阳一带。因安禄山于天宝十四载(755)十二月攻陷洛阳,与唐军战事颇多,故云"有战声"。

⑤戡难(kān nàn):消弭祸乱。多谢:犹言多有逊色。

⑥秉钺:持斧。借指掌握兵权。《诗经·商颂·长发》:"武王载旆,有虔秉钺。"临戎:亲临战阵。

⑦股肱:大腿和胳膊,比喻左右辅佐之臣。列岳:高大的山岳。喻位高名重者。唇齿:比喻互相接近且有共同利害的两方。此处指贺兰进明所领河南镇与高适所领淮南镇是唇齿相依的关系。长城:喻指可资倚重的人或坚不可摧的力量。《宋书·檀道济传》:"道济见收,脱帻投地曰:'乃复坏汝万里之长城。'"此指贺兰进明为国家倚重之臣。

⑧隐隐:兴盛。隐,通"殷"。《文选·司马相如〈上林赋〉》:"沉沉隐隐,砰磅訇礚。"李善注:"隐隐,盛貌也。"摧锋:挫败敌军的锐气。光光:

显赫,威武。弄印:此指任命为御史大夫。《史记·张丞相列传》:"高祖持御史大夫印弄之,曰:'谁可以为御史大夫者?'孰视赵尧曰:'无以易尧。'遂拜赵尧为御史大夫。"因贺兰进明此时兼任御史大夫,故云。

⑨鲁连:指鲁仲连,战国时齐国人。常周游各国,排难解纷。秦军围赵都邯郸,鲁连以利害进说赵魏大臣,劝阻尊秦为帝,曾说:"彼(秦昭王)即肆然称帝,连有蹈东海而死耳!"齐国要收复被燕国占据的聊城时,又写信劝说燕将撤守。齐王打算给予官位,他便逃到海上。事见《史记·鲁仲连邹阳列传》。陆逊:三国吴人,字伯言,有治才,善谋略。刘备伐吴,孙权命陆逊统兵御之,"诸将军或是孙策时旧将,或公室贵戚,各自矜持,不相听从,逊案剑曰:'……仆虽书生,受命主上。国家所以屈诸君使相承望者,以仆有尺寸可称,能忍辱负重故也。各任其事,岂复得辞! 军令有常,不可犯也。'及至破备,计多出逊,诸将乃服。"此处以陆逊比贺兰进明,因贺兰能文。

⑩直道:犹正道。指确当的道理、准则。殊智:独特的智谋。先鞭:先行,占先。抗行:并行,抗衡。荀悦《汉纪·高祖纪四》:"欲以区区之越,与天子抗行,为敌国,祸且及身矣。"

⑪楚云:楚地的云。贺兰进明时任河南节度使,驻节汴州,领郡十三,辖境多属古楚地。淮月:指高适任淮南节度使之驻地扬州,也是平定李璘之乱的前线。

⑫投分:定交,意气相合。《东观汉记·王丹传》:"昱道遇丹,拜于车下,丹答之。昱曰:'家君欲与君投分,何以拜子孙也?'"

⑬然诺:然、诺皆应对之词,表示应允。引申为言而有信。横行:犹言纵横驰骋。多指在征战中所向无敌。《史记·季布栾布列传》:"上将军樊哙曰:'臣愿得十万众,横行匈奴中。'"此指征讨安史叛军。

见薛大臂鹰作^①

寒楚十二月，苍鹰八九毛^②。寄言燕雀莫相啅，自有云霄万里高^③。

【题解】

从"寒楚"来看，此诗应作于楚地。高适于天宝三载（744）秋末离开梁宋东征，曾至楚地；另于至德元载（756）十二月出任淮南节度使，直到至德三载（758）春夏间离开扬州。此诗意气风发、感情强烈，且"燕雀"句似是影射李辅国谗害之事（高适在淮南节度任上遭到李辅国谗害，于至德三载左除太子少詹事），故系于至德二载（757）冬十二月。

此诗借咏物以言志，短小精悍，声情激越。起句交代地点和节令，为苍鹰的出场营造肃杀气氛；第二句正面写苍鹰，遭遇摧残，令人痛惜；后二句蔑视嘲笑苍鹰的燕雀，展示其直冲云霄的雄心壮志。前两句画苍鹰之形，后两句刻苍鹰之神，以苍鹰之铁骨铮铮、志向高远寄托诗人自己备受打击而不放弃理想的精神。可与杜甫《画鹰》诗相参看。

【校注】

①此诗明活字本题作《见人臂苍鹰》。《全唐诗》题下注："一作李白诗。"薛大：名未详。臂鹰：架鹰于臂。古时多指外出狩猎或嬉游。

②八九毛：《李太白全集》卷二十四《观放白鹰二首》王琦注："八九毛者，是始获之鹰，剪其劲翮，令不能远举飏去。"

③燕雀：燕和雀，泛指小鸟，比喻品质卑劣的人。《楚辞·九章·涉江》："燕雀乌鹊，巢堂坛兮。"王逸注："燕雀乌鹊，多口妄鸣，以喻谗佞。"啅（zhào）：聒噪。明活字本作"忌"，《全唐诗》下注："一作忌。"

登广陵栖灵寺塔①

　　淮南富登临,兹塔信奇最②。直上造云族,凭虚纳天籁③。迥然碧海西,独立飞鸟外④。始知高兴尽,适与赏心会。连山黯吴门,乔木吞楚塞⑤。城池满窗下,物象归掌内⑥。远思驻江帆,暮时结春霭⑦。轩车疑蠢动,造化资大块⑧。何必了无身,然后知所退⑨。

【题解】

　　诗曰"暮时结春霭",则是春季。高适于至德二载(757)春至广陵,到淮南节度使任上,但当年事情繁多,于次年春方得闲暇,故系于至德三载(758)春。

　　首二句总言栖灵寺塔堪登临,淮南之地多登临之处,唯此塔最为奇特。"直上"四句从纵向写,赞其高迥,凌空而上,迥立海边。"始知"二句抒发登高感慨,心与景会,飘飘欲仙。"连山"以下八句从横向写,登塔视野开阔,可远见吴门烟水,古楚边界。开轩面城池,万物寓耳目,引发思乡情绪,而江上风帆缓行,岸上车马蠢动,归家无路。结尾二句抒发远眺感慨,观自然造化之神奇,欣然作功成身退之想。

　　刘禹锡《登扬州栖灵寺塔》诗曰:"北塔凌空虚,雄观压川泽。亭亭楚云外,千里看不隔。遥对黄金台,浮辉乱相射。盘梯接元气,半壁栖夜魄。稍登诸劫尽,若骋排霄翻。向是沧州人,已为青云客。雨飞千栱霁,日在万家夕。鸟处高却低,天涯远如迫。江流入空翠,海峤现微碧。向暮期下来,谁复堪行役。"李白亦有《秋日登扬州西灵塔》诗:"宝塔凌苍苍,登攀览四荒。顶高元气合,标出海云长。万象分空界,三天接画梁。水摇金刹影,日动火珠光。鸟拂琼帘度,霞连绣栱张。目随征路断,心逐去帆扬。露浴梧楸白,霜催橘柚黄。玉毫如可见,于此照迷方。"可与高适此诗互相参看。

【校注】

①广陵:即今江苏省扬州市。《新唐书·地理志》:"扬州广陵郡治江都。"唐代广陵属淮南道,为淮南节度使治所,此时高适任淮南节度使。栖灵寺塔:李白有《秋日登扬州西灵塔》诗,刘长卿有《登扬州栖灵寺塔》诗,白居易和刘禹锡分别有《与梦得同登栖灵塔》和《同乐天登栖灵寺塔》诗。《扬州府志》:"敕赐法净寺,县西北五里,即大明寺,古之栖灵寺也。又曰西寺,以其在隋宫西,故名。寺枕蜀冈,旧有塔。《大观图经》云:隋文帝仁寿元年,以诞辰诏海内清净处立塔三十所,此其一也。……寺右为平山堂,左建平远楼。"今扬州城西法净寺石坊有"栖灵遗址"四字。《独异志》:"扬州西灵塔,中国之尤峻峙者。唐武宗末拆寺之前一年……天火焚塔俱尽。"

②富:多。此指淮南登临之处甚多。

③云族:云层。凭虚:凌空。天籁:自然界的声响。

④迥然:明覆宋刻本作"迥向"。碧海西:扬州近海,在黄海以西,故称海西。

⑤吴门:本指春秋吴都阊门,代指苏州一带。楚塞:古楚国的边界。

⑥物象:景物,风景。《全唐诗》"象"字下注:"一作华。"

⑦暮时:《文苑英华》作"暮晴",明活字本作"暮情"。《全唐诗》"时"字下注:"一作情,一作晴。"

⑧蠢动:蠕蠕而动。此指远眺所见,轩车如小虫蠢动。造化:自然界的创造者,亦指自然。《庄子·大宗师》:"今一以天地为大炉,以造化为大冶,恶乎往而不可哉?"大块:大自然。《庄子·齐物论》:"夫大块噫气,其名为风。"成玄英疏:"大块者,造物之名,亦自然之称也。"

⑨无身:道家语。谓没有自我的存在。《老子》:"吾所以有大患者,为吾有身;及吾无身,吾有何患?"河上公注:"使吾无有身体,得道,自然轻举升云,出入无间,与道通神,当有何患?"所退:即功成身退。《道德

经》："功成，名遂，身退，天之道。"

【汇评】

《唐诗归》：钟云："轩车"着"蠢动"二字奇甚，一时所见真境，写出不觉，形容高远，如画笔端，好笑。谭云："轩车疑蠢动"，《考工·轮人》中妙语（"轩车"句下）。钟云："知所退"三字深而朴。

广陵别郑处士①

落日知分手，春风莫断肠。兴来无不惬，才在亦何伤。溪水堪垂钓，江田耐插秧。人生只为此，亦足傲羲皇②。

【题解】

李白至德二载（757）有《送张秀才谒高中丞》诗，序云"将之广陵谒高中丞"，诗云"高公镇淮海，谈笑却妖氛"，时高适在广陵，盖兼任御史中丞。高适于至德三载（758，二月改元为乾元）四月离开扬州，过宋州、汴州至洛阳，诗当作于此时。

此为离别之作，整篇均是劝慰之词，并无忧伤，因此时的高适仕途正顺，踌躇满志。首二句直言分别无须感伤，下六句皆言无须感伤的缘由，一则相聚尽兴无有遗憾；二来此去隐居山野，渔樵耕读自给自足，足以傲视羲皇上人，帝力于我何有哉？高适渔樵孟诸几十年，终于平步青云，此言"人生只为此，亦足傲羲皇"并非真心所向，不过是劝慰郑氏之语。

【校注】

①郑处士：名未详。

②亦：敦煌选本作"犹"。羲皇：即伏羲氏。陶潜《与子俨等疏》："五六月中，北窗下卧，遇凉风暂至，自谓是羲皇上人。"古人认为上古伏羲氏时百姓淳厚质朴、心无俗念，生活自由自在。

同群公宿开善寺赠陈十六所居^①

驾车出人境,避暑投僧家^②。徘徊龙象侧,始见香林花^③。
读书不及经,饮酒不胜茶^④。知君悟此道,所未搜袈裟^⑤。谈空
忘外物,持戒破诸邪^⑥。则是无心地,相看唯月华^⑦。

【题解】

李颀有《赠陈章甫》诗写于洛阳(参见注释①),此诗的写作地点也应
在洛阳。高适有《罢职还京次睢阳祭张巡许远文》,称"乾元元年五月太
子(少)詹事御史中丞高适……我辞淮楚,将赴伊洛,途出兹邦,悲缠旧
郭。"彭兰以诗云"避暑投僧家"非应有道科及任职封丘时事,而为任太子
少詹事时;另由"驾车出人境"句可知,高适此时定居洛阳,且出入有车,
应在太子少詹事任上。故系于乾元元年(758)夏。

首二句点明处境、季节,"人境"用陶潜"结庐在人境"语,此时诗人定
居洛阳,因暑热而投开善寺借居。"徘徊"四句写群公于开善寺赏景、读
经、饮茶之乐。"知君"以下六句致意陈十六,住处邻近佛寺,了悟佛道,
虽然未披袈裟,实则通晓佛理、遵循戒律,有如出家。

【校注】

①开善寺:杨衒之《洛阳伽蓝记》卷四:"(洛阳)城西准财里内有开善
寺。……尚书右仆射元慎闻里内颇有怪异,遂改准财里为齐谐里。"元慎
有《和友封题开善寺十韵》,或即此寺。李颀有《宴陈十六楼》曰:"西楼对
金谷,此地古人心。"金谷园在洛阳西北,与开善寺相近。陈十六:即陈章
甫。按《元和姓纂》卷三:"太常博士陈章甫,江陵人。"李颀有《赠陈章甫》
诗云:"郑国游人未及家,洛阳行子空叹息。"

②人境:尘世,人世。

③龙象:龙与象。水行中龙力大,陆行中象力大,故佛教用来比喻诸

阿罗汉中修行勇猛有最大能力者。《大般涅槃经》卷二："世尊,我今已与诸大龙象菩萨磨诃萨断诸结漏。"始:《全唐诗》下注:"一作如。"香林:禅林,佛寺。

④不胜:《文苑英华》作"还胜"。

⑤此道:《文苑英华》作"此理",《全唐诗》"道"字下注:"一作理。"搜:《全唐诗》下注:"一作披。"袈裟(jiā shā):梵文音译。原意为不正色,佛教僧尼的法衣,由许多长方形布片拼缀而成。佛教规定,僧人必须避免用青、黄、赤、白、黑五种正色,而用似黑之色,故称。

⑥谈空:谈论佛教义理。空,佛教以诸法无实性谓空,与"有"相对。此泛指佛理。外物:身外之物。多指利欲功名之类。持戒:遵行戒律。

⑦心地:佛教语。指心,即思想、意念等。佛教认为三界唯心,心如滋生万物的大地,能随缘生一切诸法,故称。《心地观经》卷八:"众生之心,犹如大地,五谷五果从大地生……以是因缘,三界唯心,心名为地。"看:《全唐诗》下注:"一作知。"

【汇评】

《唐诗归》:二语名士清课。("饮酒"句下)接处用"所未""则是"字,甚奇。("则是"句下)如别入万壑矣。("相看"句下)

同观陈十六《史兴碑》并序①

楚人陈章甫,继《毛诗》而作《史兴碑》,远自周末,迨乎隋季,善恶不隐,盖《国风》之流②。未藏名山,刊在乐石,仆美其事,而赋是诗焉③。

荆衡气偏秀,江汉流不歇④。此地多精灵,有时生才杰⑤。伊人今独步,逸思能间发⑥。永怀掩风骚,千载常矻矻⑦。新碑亦崔嵬,佳句悬日月⑧。则是刊石经,终然继梼杌⑨。我来观雅制,慷慨变毛发⑩。季主尽荒淫,前王徒贻厥⑪。东周既削弱,两汉更沦没。西晋何披猖,五胡相唐突⑫。作歌乃彰善,比物仍恶讦⑬。感叹将谓谁,对之空咄咄⑭。

【题解】

此诗与前首同作于乾元元年(758)。

前四句感慨陈章甫的家乡人杰地灵,楚地秀气,江汉长流,地多精灵,时生才俊如陈章甫者。"伊人"四句赞陈章甫写《史兴碑》的才思,独步一时,逸思时发,超越风骚。"新碑"四句赞碑之美,新碑高耸,文字可与日月争光,好比可刊于石的经典,比得上楚国的史书《梼杌》。"我来"以下十二句,写诗人观碑文的感受,一读之下,情绪激昂,白发为之变黑;只觉末世之主均荒淫无道,已故先王徒然以典则遗训子孙;故东周衰弱,两汉沦亡,西晋内乱,五胡犯华,凡此种种,令人深思;推想陈章甫作《史兴碑》是为彰善惩恶,并不以发人隐私以成自己直道之名,不由得对此碑而空自感喟。

【校注】

①《史兴碑》:碑文已亡佚,据序言及诗文看,此碑铭所记为自周至隋历代王朝兴亡之事。

②《毛诗》:即今本《诗经》,相传为汉初学者毛亨和毛苌所传。《国风》:《诗经》的一部分,大抵是周初至春秋间各诸侯国的民间诗歌。包括十五国风,共一百六十篇。作品大多体现了人民的思想感情,对统治阶级的罪恶有所揭露,广阔地反映了当时的社会生活。

③藏名山:《汉书·司马迁传》:"仆诚已著此书,藏之名山,传之其人。"乐石:《古文苑·李斯〈峄山刻石文〉》:"乃今皇帝,一家天下,兵不复起……群臣颂略,刻此乐石,以著经纪。"章樵注:"石之精坚堪为乐器者,如泗滨浮磬之类。"原指可制乐器的石料,因《峄山刻石文》用此石镌刻,后以之泛指碑石或碑碣。

④荆衡:指荆山与衡山,分别在今湖北省南漳县西和湖南省衡山县西北,荆衡之间为古荆州地域。《尚书·禹贡》:"荆及衡阳惟荆州。"此指

陈章甫籍贯为江陵。江汉：长江和汉水。

⑤精灵：精灵之气。古人认为是形成万物的本原。《周易·系辞上》："精气为物，游魂为变。"孔颖达疏："阴阳精灵之气，氤氲积聚而为万物也。"

⑥独步：谓独一无二，无与伦比。《慎子·外篇》："（蔺相如）谓慎子曰：'人谓秦王如虎，不可触也，仆已摩其顶，拍其肩矣。'慎子曰：'善哉，先生天下之独步也。'"

⑦矻矻（kū kū）：勤劳不懈。《汉书·王褒传》："器用利，则用力少而就效众。故工人之用钝器也，劳筋苦骨，终日矻矻。"颜师古注："应劭曰：'劳极貌。'如淳曰：'健作貌。'如说是也。"

⑧悬日月：与日月同光。

⑨石经：刻在石上的儒家经典。汉平帝元始元年（公元1年）王莽命甄丰摹古文《易》《书》《诗》《左传》于石，此为石经之始。汉代至唐代文字至今尚可考见的石经有熹平石经、正始石经、唐开成石经等。梼杌（táo wù）：楚国史书名。《孟子·离娄下》："晋之《乘》，楚之《梼杌》，鲁之《春秋》，一也。"明代张萱《疑耀·梼杌》："梼杌，恶兽，楚以名史，主于惩恶。又云，梼杌能逆知未来，故人有掩捕者，必先知之。史以示往知来者也，故取名焉。亦一说也。"因陈章甫为楚人，故以楚国史书比喻《史兴碑》。

⑩变毛发：头发因情绪激昂而转黑。

⑪季主：王朝末代的君主。贻厥：留传，遗留。

⑫披猖：猖獗，猖狂。此指西晋"八王之乱"。西晋自晋武帝司马炎建国，传至二世晋惠帝时，国势已衰，自永康元年（300）便开始了诸王混战的局面。五胡：晋武帝死后，晋室内乱，北方少数民族匈奴族的刘渊及沮渠氏、赫连氏，羯族石氏，鲜卑族慕容氏及秃发氏、乞伏氏，氐族苻氏、吕氏，羌族姚氏，相继在中原称帝，史称"五胡"。《晋书·元帝纪论》："晋氏不虞，自中流外，五胡扛鼎，七庙隳尊。"

⑬恶讦（jié）：故意揭发别人的隐私或攻击别人的短处。

⑭咄咄：感叹声。表示感慨。《后汉书·严光传》："咄咄子陵，不可相助为理邪？"

送崔功曹赴越①

传有东南别,题诗报客居。江山知不厌,州县复何如②。莫恨吴歈曲,尝看《越绝书》③。今朝欲乘兴,随尔食鲈鱼④。

【题解】

诗曰"随尔食鲈鱼",用晋代张翰在洛阳见秋风起思吴中之典,又曰"莫恨吴歈曲,尝看《越绝书》",甚闲散,故系于乾元元年(758)秋。时高适在洛阳,任太子少詹事,因太子不在东都,故此时诗人多有闲暇。

首二句交代送别缘由。次四句劝慰崔氏,东南有江山之胜可以娱情遣兴,即使任职州县也无须悲伤;闲暇之时还可听曲看书,自在逍遥。末二句表示自己今日要陪对方尽情饮酒食鱼,反用莼鲈之典,表示羡慕崔氏此去东南能尽情享受鲈鱼美味,进一步消除对方的忧思。

【校注】

①崔功曹:名未详。功曹,官名。汉代郡守有功曹史,简称功曹,除掌人事外,得以参预一郡的政务。唐时,在府的称为功曹参军,在州的称为司功。越:古越国之地。疆域包括今浙江、江苏、安徽南部和江西东部等地。

②州县:崔氏本为府功曹参军,今到东南吴地任州县之职,此去实为贬谪。

③吴歈(yú)曲:春秋吴国的歌。后泛指吴地的歌。《楚辞·招魂》:"吴歈蔡讴,奏大吕些。"王逸注:"吴、蔡,国名也。歈、讴,皆歌也。"《越绝书》:汉朝袁康和吴平所作的一部杂史,共十五卷。以春秋末年至战国初期吴越争霸的历史事实为主干,上溯夏禹,下迄两汉,旁及诸侯列国,对这一历史时期吴越地区的政治、经济、军事、天文、地理、历法、语言等多有涉及,被誉为"地方志鼻祖"。

④乘兴:趁一时高兴。刘义庆《世说新语·任诞》:"王子猷居山阴,夜大雪……忽忆戴安道。时戴在剡,即便夜乘小船就之,经宿方至,造门不前而返。人问其故,王曰:'吾本乘兴而行,兴尽而返,何必见戴?'"食鲈鱼:《晋书·张翰传》:"翰因见秋风起,乃思吴中菰菜、莼羹、鲈鱼脍。"

赠别褚山人①

携手赠将行,山人道姓名。光阴蓟子训,才术褚先生②。墙上梨花白,尊中桂酒清。洛阳无二价,犹是慕风声③。

【题解】

从"洛阳无二价"可知,此时高适在东都,诗作于乾元元年(758)。

前二句叙事,别时方知山人姓名,可见褚氏世外风神。次二句赞山人不老仙术和隐居之志。五、六句写其淡泊风骨。七、八句用汉代隐士韩康事迹,来表明褚山人虽隐居不求名,依然声名卓著,为世人倾慕。

【校注】

①褚山人:名未详。

②蓟子训:东汉末年方士。《后汉书·蓟子训传》:"子训不知所由来,建安中客济阴苑句。有神异之道流名京师,士大夫皆乘风向慕之。后乃驾驴车,与诸生共诣许下。公卿以下,坐上恒数百人,皆为致酒脯,终日不匮。后遁去,不知所止,去之日惟见白云腾起,从旦至暮,如是数十处。时有百岁翁自说童儿时见子训卖药会稽市,颜色不异于今。后人复于长安东霸城见之,与一老翁共摩挲铜人,曰:'适见铸此,已近五百岁矣。'顾视此人而去,犹驾昔所乘驴车也。"褚先生:指褚伯玉。《南齐书·高逸列传》载,褚伯玉居瀑布山,从白云游,以松石为朋,介于孤峰绝领者数十载。"宁朔将军丘珍孙与(王)僧达曰:'闻褚先生出居贵馆,此子灭景云栖,不事王侯,抗高木食,有年载矣。'"

③无二价：《后汉书·韩康传》：“韩康，字伯休，京兆霸陵人，家世著姓。常采药名山，卖于长安市，口不二价，三十馀年。时有女子从康买药，康守价不移。女子怒曰：‘公是韩伯休那？乃不二价乎？’康叹曰：‘我本欲避名，今小女子皆知有我焉，何用药为？’乃遁入霸陵山中。”

秦中送李九赴越①

携手望千里，于今将十年。如何每离别，心事复迢遭②。适越虽有以，出关终耿然③。愁霖不可向，长路或难前④。吴会独行客，山阴秋夜船⑤。谢家征故事，禹穴访遗编⑥。镜水君所忆，莼羹余旧便⑦。归来莫忘此，兼示济江篇⑧。

【题解】

诗曰“携手望千里，于今将十年”，高适曾于天宝十一载（752）在长安与崔颢、岑参、李蒷等人酬唱，写下《同崔员外綦毋拾遗九日宴京兆府李士曹》《同李九士曹观壁画云作》等诗；又曰“镜水君所忆，莼羹余旧便”，明确说自己曾至越地，高适曾于至德元载（756）十二月出任扬州大都督府长史，兼淮南节度使，至德三载四月离开扬州赴洛阳；诗题表明送别地在秦中，而高适于乾元二年（759）拜彭州刺史时先回京朝见肃宗，离天宝十一载有八年之久。综合各方面因素，暂系此诗为乾元二年作。

前四句从过去相聚写到今日离别，抒发“相见时难别亦难”的愁情。“适越”以下四句写眼前离别场面，既有不忍远别之愁，又为对方前路茫茫而担心。“吴会”四句想象李九此去越地，至会稽、游山阴、访谢家、探禹穴，这都是诗人很熟悉的生活和景点，以此冲淡别愁。“镜水”以下四句把李九与自己合起来写，再致别意：希望对方很快回来，给自己讲解越地见闻，并以佳作相示。同样以积极之语鼓舞对方，减少别绪。

【校注】

①秦中:古称,指今陕西中部平原地区,因春秋、战国时地属秦国而得名。也称关中。李九:即李九士曹。高适有《同李九士曹观壁画云作》《同崔员外綦毋拾遗九日宴京兆府李士曹》《观李九少府翥树宓子贱神祠碑》诗,此李九为同一人,即京兆府士曹李翥。常建有《三日寻李九庄》诗曰:"雨歇杨林东渡头,永和三日荡轻舟。故人家在桃花岸,直到门前溪水流。"或即作于李九赴越后。另岑参有《送李翥游江外》诗曰:"帆前见禹庙,枕底闻严滩。"可与此诗"谢家征故事,禹穴访遗编"相参阅。

②迍邅(zhūn zhān):同"屯邅"。指处境险厄,前进困难。《周易·屯卦·六二》:"屯如邅如,乘马班如。"亦用以比喻人之困顿不得志。

③有以:犹有因。《诗经·邶风·旄丘》:"何其久也?必有以也。"出关:出潼关。因李九自秦中往东南至越地,经过此关。

④愁霖:明活字本作"愁临",《全唐诗》下注:"一作秋林。"前:《全唐诗》下注:"一作联。"

⑤吴会:赵翼《陔馀丛考·吴会》:"西汉时会稽郡治本在吴县,时俗以郡县连称,故云吴会。"山阴:《新唐书·地理志》:"越州会稽郡有会稽、山阴等七县。"秦时置县,因在会稽山之阴而得名,治所在今浙江省绍兴市。隋时改名会稽,唐分会稽置山阴。

⑥谢家:指东晋名臣谢安,曾隐居会稽东山,不应征辟。故事:过去的事情。《史记·太史公自序》:"余所谓述故事,整齐其世传,非所谓作也。"禹穴:指会稽宛委山,相传禹于此得黄帝之书而复藏之。详见《吴越春秋·越王无余外传》。

⑦镜水:即镜湖,或称鉴湖,在今浙江省绍兴市南。唐时跨越山阴、会稽二县之界。《会稽记》:"汉顺帝永和五年,会稽郡守马臻创立镜湖。"莼羹:用莼菜烹制的羹。《晋书·陆机传》:"尝诣侍中王济,济指羊酪谓机曰:'卿吴中何以敌此?'答云:'千里莼羹,未下盐豉。'时人以为名对。"

⑧济江篇:谢灵运《酬从弟惠连》:"倾想迟佳音,果枉济江篇。"指谢惠连所作《西陵遇风献康乐》诗,诗中有"昨发蒲阳汭,今宿浙江湄""临津

不得济,伫楫阻风波"之句。此处代指李九之诗。

赴彭州山行之作①

峭壁连嵰峒,攒峰叠翠微②。鸟声堪驻马,林色可忘机③。
怪石时侵径,轻萝乍拂衣。路长愁作客,年老更思归。且悦岩
峦胜,宁嗟意绪违。山行应未尽,谁与玩芳菲④。

【题解】

《新唐书》本传载:"未几,蜀乱,出为蜀、彭二州刺史。"高适有《谢上
彭州刺史表》,知其先任彭州刺史,再转蜀州刺史。另,高适有《同河南李
少尹毕员外宅夜饮时洛阳告捷遂作春酒歌》诗曰:"前年持节将楚兵,去
年留司在东京。今年复拜二千石,盛夏五月西南行。"明确交代诗人于至
德二载(757)任扬州大都督府长史兼淮南节度使,乾元元年(758)左迁东
京太子府少詹事,复于乾元二年(759)授彭州刺史,于五月动身赴任。故
知此诗作于乾元二年五六月间,从诗中所写山中景象看,约为途经剑阁
栈道时作。

此诗格调与李白《下终南山过斛斯山人宿置酒》颇为相似,李诗曰:
"却顾所来径,苍苍横翠微""绿竹入幽径,青萝拂行衣""我醉君复乐,陶
然共忘机",高适很可能受李诗影响。前六句写山行之景:峭壁连山,群
峰叠翠,鸟语花香,令人忘机,反映出西南山景雄奇秀丽的特点。后六句
抒发山行之情:路途遥远,年纪老迈,却仕宦边地,不合心意,虽则有岩峦
胜景,却无人共赏,不免寂寞愁苦。

【校注】

①彭州:《元和郡县志》:"彭州以岷山导江,江出山处,两山相对,古
谓之天彭门,因取以名。"唐武后垂拱二年(686),置彭州,历唐、宋、元三
代,均以天彭镇西北故繁城为州治,先后领九陇、导江(今都江堰市)、唐

昌(今成都市郫都区)、蒙阳等县。

②崆峒：山名。在今甘肃平凉市西，相传是黄帝问道于广成子之所。也称空同。《庄子·在宥》："黄帝立为天子，十九年，令行天下，闻广成子在于空同之上，故往见之。"攒峰：密集的山峰。

③忘机：消除机巧之心。常用以指甘于淡泊，与世无争。

④芳菲：花草。

酬裴员外以诗代书①

少时方浩荡，遇物犹尘埃②。脱略身外事，交游天下才③。单车入燕赵，独立心悠哉④。宁知戎马间，忽展平生怀？且欣清论高，岂顾夕阳颓⑤！题诗碣石馆，纵酒燕王台⑥。北望沙漠垂，漫天雪皑皑。临边无策略，览古空徘徊⑦！乐毅吾所怜，拔齐翻见猜⑧。荆卿吾所悲，适秦不复回⑨。然诺多死地，公忠成祸胎⑩！与君从此辞，每恐流年催。如何俱老大，始复忘形骸⑪。兄弟真二陆，声名连八裴⑫。乙未将星变，贼臣候天灾⑬。胡骑犯龙山，乘舆经马嵬⑭。千官无倚着，万姓徒悲哀⑮。诛吕鬼神动，安刘天地开⑯。奔波走风尘，倏忽值云雷⑰。拥旄出淮甸，入幕征楚材⑱。誓当剪鲸鲵，永以竭驽骀⑲。小人胡不仁，谗我成死灰⑳！赖得日月明，照耀无不该㉑。留司洛阳宫，詹府唯蒿莱㉒。是时扫氛祲，尚未歼渠魁㉓。背河列长围，师老将亦乖㉔。归军剧风火，散卒争椎埋㉕。一夕瀍洛空，生灵悲曝腮㉖。衣冠投草莽，予欲驰江淮。登顿宛叶下，栖遑襄邓隈㉗。城池何萧条，邑屋更崩摧。纵横荆棘丛，但见瓦砾堆。行人无血色，战骨多青苔。遂除彭门守，因得朝玉阶㉘。激昂仰鹓鹭，献替欣盐梅㉙。驱传及远蕃，忧思郁难排㉚。罢人纷争讼，赋税如山崖㉛。

374

所思在畿甸，曾是鲁宓俦㉜。自从拜郎官，列宿焕天街㉝。那能访遐僻，还复寄琼瑰㉞。金玉本高价，埙篪终易谐㉟。朗咏临清秋，凉风下庭槐。何意寇盗间，独称名义偕㊱。辛酸陈侯诔，叹息季鹰杯㊲。白日屡分手，青春不再来。卧看中散论，愁忆太常斋㊳。酬赠徒为尔，长歌还自咍㊴。

【题解】

此为高适诗集中第一长篇，九十四句，四百七十字。诗中历叙自身仕宦经历，直至上任彭州，"驱传及远蕃"，"朗咏临清秋"，可知此诗作于乾元二年(759)秋于彭州刺史任上。

前二十八句为第一层，追述自己早年经历。年轻时放荡不羁，笃好交游，于开元十八年(730)远赴幽蓟，得遇裴霸，"且欣"四句写二人清谈同游，题诗纵酒，逸兴遄飞；"北望"四句感慨身在塞外却定边无策，低徊失落；"乐毅"以下六句怀古，想起古来发生在幽燕之地乐毅、荆轲忠君报国却下场悲惨的历史，不由得感慨"然诺多死地，公忠成祸胎"，充满抑郁不平之气；"与君"以下六句回顾与裴氏之别离，盛赞裴氏兄弟之文采与声名。"乙未将星变"以下三十八句为第二层，追述安史之乱中自身经历及百姓苦难，充满悲天悯人情怀。"乙未"八句概述安史之乱爆发后的情况，叛军逼近长安，玄宗仓皇奔蜀，六军在马嵬驿兵变，生灵涂炭；"奔走"四句写自己在国家危亡之际随哥舒翰守潼关，后受命出镇淮南，平定李璘之乱的往事；"誓当"以下八句表明自己虽有平定安史之乱的决心，无奈遭到李辅国等小人谗害，被迫留司东都任太子府少詹事，被变相地投闲置散；"是时"以下八句写诗人虽被闲置，仍密切关注战争动向，得知郭子仪等九节度使由于军心不齐而在邺城大败，十分痛心百姓遭遇；"衣冠"以下十句写诗人在流亡中的经历，自宛县、叶县到襄阳、邓州，一路所见，唯有城市残破，农村凋敝，尸横遍野，让人痛心疾首。"遂除彭门守"以下十句为第三层，追述自己出任彭州刺史的经历，诗人于困顿中除授彭州刺史,颇为振奋激昂,然入蜀道路艰险,彭州地方治安混乱,赋税沉重,惟愿仿效宓子贱鸣琴而治故事,治理好彭州,为朝廷效力。"自从拜郎官"以下十八句为第四层,表达对裴氏的思念之情和推许之意,裴氏为吏部员外郎,誉满京城,却不忘偏僻之地的老友,寄书相问,情深意重;裴氏兄弟有金玉之贵、埙篪之谐,大才高义,襟怀淡泊,有这样的好友本是乐事,却屡屡相别甚难相逢,使人思念之余,直欲仿效嵇康、周泽吃斋养生,不问世事。

　　此诗以杜甫式的"诗史"之笔回顾了诗人自己沧桑坎坷的人生经历,始终将自身的遭际和国家的命运紧密结合,在诗人戎马倥偬的后半生是难得的鸿篇巨制,对于我们研究高适的生平与思想有很重要的意义。纵览全篇,气势磅礴,境界高远,风格沉郁,气韵流畅;既有典型事件,又有壮阔场面;夹叙夹议,情感充沛,忧国忧民的浓烈情感贯穿全诗,读之令人感慨。

【校注】

①裴员外:《新唐书·宰相世系表一上》载,裴宽之兄岐州刺史裴卓有二子,裴腾为户部郎中,裴霸为吏部员外郎。《唐郎官石柱题名》记,裴霸先后任吏部员外郎和金部员外郎。李华《三贤论》曰:"河东裴腾士举,朗迈真直;弟霸士会,峻清不杂。"高适此诗"辛酸陈侯诔"句下原注:"陈二补阙铭诔即裴所为。"陈二补阙即陈兼。此裴员外当即裴霸。

②浩荡:无思无虑,胸怀广大。

③脱略:轻慢不拘。《晋书·谢尚传》:"脱略细行,不为流俗之事。"

④入燕赵:此指高适于开元十八年(730)至开元二十一年(733)第一次出塞,远赴蓟北之事。

⑤颓:坠,落。

⑥碣石馆:即碣石宫,战国时燕昭王为齐邹衍所建之宫。因地近碣石,故名。《史记·孟子荀卿列传》:"(邹衍)如燕,昭王拥彗先驱,请列弟子之座而受业,筑碣石宫,身亲往师之。"燕王台:即黄金台。故址在今河北省易县境内。相传战国燕昭王筑此台,置千金于台上,延请天下贤士,

故名。任昉《述异记》:"燕昭王为郭隗筑台,今在幽州燕王故城中,士人呼为贤士台,亦谓之招贤台。"

⑦无策略:无由施展安边策略。

⑧拔齐:指乐毅为燕昭王攻打齐国,终被燕惠王疑忌之事。《史记·乐毅列传》:"乐毅于是为魏昭王使于燕,燕王以客礼待之。乐毅辞让,遂委质为臣,燕昭王以为亚卿……诸侯害齐湣王之骄暴,皆争合从与燕伐齐。乐毅还报,燕昭王悉起兵,使乐毅为上将军,赵惠文王以相国印授乐毅。乐毅于是并护赵、楚、韩、魏、燕之兵以伐齐,破之济西。诸侯兵罢归,而燕军乐毅独追,至于临菑。齐湣王之败济西,亡走,保于莒。乐毅独留徇齐,齐皆城守。乐毅攻入临菑,尽取齐宝财物祭器输之燕。燕昭王大说,亲至济上劳军,行赏飨士,封乐毅于昌国,号为昌国君。……乐毅留徇齐五岁,下齐七十馀城,皆为郡县以属燕,唯独莒、即墨未服。会燕昭王死,子立为燕惠王。惠王自为太子时尝不快于乐毅,及即位,齐之田单闻之,乃纵反间于燕,曰:'齐城不下者两城耳。然所以不早拔者,闻乐毅与燕新王有隙,欲连兵且留齐,南面而王齐。齐之所患,唯恐他将之来。'于是燕惠王固已疑乐毅,得齐反间,乃使骑劫代将,而召乐毅。乐毅知燕惠王之不善代之,畏诛,遂西降赵。"

⑨适秦:指荆轲刺秦王不成而死于秦国之事。《史记·刺客列传》:"荆轲者,卫人也。其先乃齐人,徙于卫,卫人谓之庆卿。而之燕,燕人谓之荆卿。……太子及宾客知其事者,皆白衣冠以送之。至易水之上,既祖,取道,高渐离击筑,荆轲和而歌,为变徵之声,士皆垂泪涕泣。又前而为歌曰:'风萧萧兮易水寒,壮士一去兮不复还!'复为羽声慷慨,士皆瞋目,发尽上指冠。于是荆轲就车而去,终已不顾。遂至秦……秦王闻之,大喜,乃朝服,设九宾,见燕使者咸阳宫。……荆轲逐秦王,秦王环柱而走。……荆轲废,乃引其匕首以擿秦王,不中,中桐柱。秦王复击轲,轲被八创。轲自知事不就,倚柱而笑,箕踞以骂曰:'事所以不成者,以欲生劫之,必得约契以报太子也。'于是左右既前杀轲,秦王不怡者良久。"

⑩然诺:然、诺皆应对之词,表示应允。引申为言而有信。《史记·

游侠列传》序:"而布衣之徒,设取予然诺,千里诵义,为死不顾世,此亦有所长,非苟而已也。"公忠:公平忠实,尽忠为公。《庄子·天地》:"吾谓鲁君曰:'必服恭俭,拔出公忠之属而无阿私,民孰敢不辑!'"成玄英疏:"拔擢公平忠节之人。"

⑪忘形骸:朋友相交不拘形迹。

⑫二陆:指晋陆机、陆云兄弟。《晋书·陆云传》:"(陆云)少与兄机齐名,虽文章不及机,而持论过之,号曰二陆。"此处以陆氏兄弟代指裴腾、裴霸兄弟,称赞其有才学。八裴:《旧唐书·裴宽传》:"宽性友爱,弟兄多宦达,子侄亦有名称。于东京立第同居,八院相对,甥侄皆有休憩所,击鼓而食,当世荣之。……兄弟八人,皆明经及第,入台省、典郡者五人。"裴霸乃裴宽之侄。

⑬乙未:指唐玄宗天宝十四载(755)。将星变:古人认为帝王将相与天上星宿相应,将星即象征大将的星宿,将星发生变化则预示将有战争。《隋书·天文志》:"天将军十二星,在娄北,主武兵。中央大星,天之大将也。……大将星摇,兵起,大将出。"贼臣:指安禄山。天宝十四载十一月,安禄山于范阳起兵造反。

⑭胡骑:指安禄山叛军,因安禄山本人及其部将多为胡人,故称。龙山:即龙首山,在长安,长六十里,头高二十丈;尾渐下,高六七丈。马嵬(wéi):在今陕西省兴平市。天宝十五载(756)六月初九,安禄山攻破潼关,玄宗奔蜀,途次马嵬驿,随行将士杀杨国忠,玄宗被迫赐死杨贵妃,葬于马嵬坡。

⑮无倚着:天宝十五载六月十三日,玄宗出逃,百官不知,朝门即开,不见皇帝,王公大臣四处逃窜。

⑯安刘:指西汉初刘邦去世后,吕雉掌权,大肆培植吕氏势力,吕后死后,外戚上将军吕禄、相国吕产等人作乱,阴谋篡刘,丞相陈平、太尉周勃等人共诛之,立代王刘恒为帝,使刘氏政权转危为安。详见《史记·吕太后本纪》。此处以汉代唐,以吕氏比杨氏,以陈平等人比陈玄礼等,影射安史之乱中陈玄礼等人诛杀杨国忠保卫大唐江山之事。

⑰走风尘:据《旧唐书》本传,安史之乱爆发后,高适佐哥舒翰守潼关,天宝十五载六月,潼关失守,高适逃归长安,得知玄宗逃离后,又自骆谷小道西驰,于河池(今陕西凤县一带)追上玄宗,并随行入蜀。云雷:《周易·屯卦》:"《象》曰:云雷,《屯》,君子以经纶。"孔颖达疏:"经为经纬,纶为纲纪,言君子法此屯象,有为之时,以经纶天下,约束于物。"《屯》之卦象是为云雷聚,云行于上,雷动于下。按,《象传》以雨比恩泽,以雷比刑。谓君子观此卦象和卦名,则善于兼用恩泽与刑罚,以经纬国家。《南史·张弘策乐蔼等传》:"蔼虽异帷幄之勋,亦赞云雷之业,其当官任事,宠秩不亦宜乎。"按,高适长期有志不获骋,在安史之乱中终于崭露头角,一跃而被提拔为淮南节度使,获得了经纶国家的机会。

⑱出淮甸:指淮南节度使辖地。据《旧唐书·高适传》:"及是永王叛,肃宗闻其论谏有素,召而谋之。适因陈江东利害,永王必败。上奇其对,以适兼御史大夫、扬州大都督府长史、淮南节度使。"楚材:楚地的人才。按,《旧唐书·高适传》:"诏与江东节度来瑱率本部兵平江淮之乱,会于安州。师将渡而永王败,乃招季广琛于历阳。"

⑲鲸鲵:即鲸鱼。雄曰鲸,雌曰鲵。比喻凶恶的敌人。《左传·宣公十二年》:"古者明王伐不敬,取其鲸鲵而封之,以为大戮。"杜预注:"鲸鲵,大鱼名,以喻不义之人吞食小国。"此处指永王李璘。驽骀(nú tái):本指劣马,喻才能低劣者。此为高适自谦之辞。

⑳谗我成死灰:指高适被宦官李辅国谗害,被贬为太子少詹事之事。《新唐书·高适传》:"李辅国恶其才,数短毁之,下除太子少詹事。"

㉑日月明:比喻皇帝圣明。

㉒留司:高适《同河南李少尹夜饮遂作春酒歌》:"前年持节将楚兵,去年留司在东京。今年复拜二千石,盛夏五月西南行。"刘开扬笺注:"唐人谓分司东都者为留司。"詹府:即太子詹事府。据《新唐书·百官志》,太子詹事府掌管东宫三寺、十率府之政,正职称詹事,副职称少詹事。蒿莱:野草,杂草。此指洛阳经历安史叛军破坏,一片荒凉景象。

㉓氛祲(fēn jìn):雾气。比喻战乱,叛乱。此指安史之乱。渠魁:头

目,首领。《尚书·胤征》:"歼厥渠魁,胁从罔治。"孔传:"渠,大。魁,帅也。"孔颖达疏:"'歼厥渠魁',谓灭其元首,故以渠为大,魁为帅,史传因此谓贼之首领为渠帅,本原出于此。"此指安庆绪。至德二载(757)安庆绪杀其父安禄山,继帝位,自称大燕皇帝,改元顺天;以史思明为范阳节度使,封妫川王。

㉔长围:环绕一城一地的较长工事,用于围攻或防守。以下四句写乾元元年(758)十月郭子仪等九节度使邺城(今河南安阳)兵败之事。

㉕归军:溃退的官军。椎埋:劫杀人而埋之。亦泛指杀人。据《资治通鉴》肃宗乾元二年,"(二月)郭子仪等九节度使围邺城,筑垒再重,穿堑三重,壅漳水灌之。城中井泉皆溢,构栈而居,自冬涉春,安庆绪坚守以待史思明,食尽,一鼠直钱四千,淘墙及马矢以食马。人皆以为克在朝夕,而诸军既无统帅,进退无所禀;城中人欲降者,碍水深,不得出。城久不下,上下解体。……三月,壬申,官军步骑六十万陈于安阳河北,思明自将精兵五万敌之,诸军望之,以为游军,未介意。思明直前奋击,李光弼、王思礼、许叔冀、鲁炅先与之战,杀伤相半;鲁炅中流矢。郭子仪承其后,未及布陈,大风忽起,吹沙拔木,天地昼晦,咫尺不相辨,两军大惊,官军溃而南,贼溃而北,弃甲仗辎重委积于路。子仪以朔方军断河阳桥保东京。战马万匹,惟存三千;甲仗十万,遗弃殆尽。东京士民惊骇,散奔山谷;留守崔圆、河南尹苏震等官吏南奔襄、邓;诸节度各溃归本镇。士卒所过剽掠,吏不能止,旬日方定。惟李光弼、王思礼整勒部伍,全军以归。"

㉖瀍(chán)洛:瀍水和洛水的并称。洛阳地处瀍水两岸、洛水之北,故多以二水连称指洛阳。曝(pù)腮:亦作"曝鳃"。比喻挫折、困顿。《后汉书·郡国志五》:"(交趾郡)封谿建武十九年置。"刘昭注引刘欣期《交州记》:"有堤防龙门,水深百寻,大鱼登此门化成龙,不得过,曝鳃点额,血流此水,恒如丹池。"

㉗宛叶:二古邑的合称。宛,即今南阳;叶,在今河南叶县南。襄邓:襄州和邓州,在今湖北襄阳和河南邓州。

㉘彭门守:即彭州刺史。唐时郡太守与州刺史地位相同。彭门,山

名,在彭州治所西北。朝玉阶:朝见皇帝。玉阶,玉石砌成或装饰的台阶,代指皇帝。

㉙鹓(yuān)鹭:鹓和鹭飞行有序,比喻班行有序的朝官。献替:即"献可替否"。进献可行者,废去不可行者。谓向君主进谏,劝善规过。亦泛指议论国事兴革。语出《左传·昭公二十年》:"君所谓可而有否焉,臣献其否以成其可。君所谓否而有可焉,臣献其可以去其否。"盐梅:盐和梅子。盐味咸,梅味酸,均为调味所需。亦喻指国家所需的贤才。《尚书·说命下》:"若作和羹,尔惟盐梅。"孔传:"盐咸梅醋,羹须咸醋以和之。"

㉚远蕃:边远番外之地。此指彭州。

㉛罢(pí)人:即罢民。不从教化、不事劳作之民。《周礼·秋官·司圜》:"掌收教罢民。"郑玄注引郑司农曰:"罢民谓恶人不从化、为百姓所患苦而未入五刑者也。"

㉜畿甸:泛指京城郊外的地方。鲁宓(fú):即春秋时鲁国人宓不齐,字子贱,孔子的学生,曾为单父宰,鸣琴而治。此指裴员外曾为县令。

㉝郎官:唐代朝廷郎中、员外郎等职统称郎官。此指裴霸曾任吏部员外郎。列宿:众星宿。特指二十八宿。天街:星名。《史记·天官书》:"昂毕间为天街。"张守节正义:"天街二星,在毕昂间,主国界也。街南为华夏之国,街北为夷狄之国。"

㉞遐僻:边远偏僻之地。此指彭州。琼瑰:次于玉的美石,比喻美好的诗文。

㉟金玉:黄金和珠玉,比喻珍贵美好的质地和人品。此指裴氏。埙篪(xūn chí):埙为古代陶制乐器,篪为古代竹制乐器,二者合奏时声音相应和。因常用以比喻兄弟亲密和睦。《诗经·小雅·何人斯》:"伯氏吹埙,仲氏吹篪。"郑笺:"伯、仲,喻兄弟也。"此处谓裴氏兄弟和睦。

㊱名义:名声与道义。此指裴氏在安史之乱中能坚守节操,名实俱保。

㊲陈侯谏:陈侯,指陈兼,天宝末为右补阙。《全唐诗》下注:"陈二补

阙铭谍。即裴所为"。高适有《宋中遇陈二》诗,《文苑英华》题作《宋中遇陈兼》。季鹰杯:指晋代张翰嗜酒之事。《晋书·张翰传》:"(张翰)任心自适,不求当世,或谓之曰:'卿可纵适一时,独不为身后名邪?'答曰:'使我有身后名,不如即时一杯酒。'"

㊳中散论:嵇康的论著。据《晋书·嵇康传》,嵇康,三国魏人,曾任中散大夫,好老庄养生之术,著有《养生论》。太常斋:指东汉周泽清心洁身之事。《后汉书·周泽传》:"数月复为太常,清洁循行,尽敬宗庙。常卧病斋宫,其妻哀泽老病,窥问所苦。泽大怒,以妻干犯斋禁,遂收送诏狱谢罪。当世疑其诡激。时人为之语曰:'生世不谐,作太常妻,一岁三百六十日,三百五十九日斋,一日不斋醉如泥。'"

㊴为尔:犹言如此。自咍(hāi):欢笑。《吴都赋》:"东吴王孙辗然而咍。"刘渊林注:"楚人谓相笑曰咍。"

同河南李少尹毕员外宅夜饮时洛阳告捷遂作春酒歌①

故人美酒胜浊醪,故人清词合风骚②。长歌满酌惟吾曹,高谈正可挥麈毛③,半醉忽然持蟹螯④。洛阳告捷倾前后,武侯腰间印如斗⑤。郎官无事时饮酒,杯中绿蚁吹转来⑥。瓮上飞花拂还有⑦。前年持节将楚兵,去年留司在东京⑧。今年复拜二千石,盛夏五月西南行⑨。彭门剑门蜀山里,昨逢军人劫夺我⑩,到家但见妻与子。赖得饮君春酒数十杯,不然令我愁欲死。

【题解】

李峴于乾元二年(759)五月因言事激切触怒肃宗,出为蜀州刺史;高适于此时出任彭州刺史;同年十月李光弼大破史思明,洛阳告捷,是以此诗作于乾元二年十月彭州刺史任上。

诗题名为《春酒歌》,通篇以酒贯串。首二句叙事,连用两"故人"分指好客主人毕员外与风雅客人李少尹,正因有此主客,方有饮酒之兴。"长歌"以下八句写席间饮酒逸兴遄飞,豪饮长歌,高谈阔论,忽闻前线捷报,更要痛饮庆功,李、毕二人兴致也高,觥筹交错,酒酣耳热。"前年"以下九句回顾自己近来遭遇,历经宦海风波,如今赴彭州途中遭遇抢劫,只堪以酒浇愁。结尾二句巧妙地从自身经历转回到酒上,可见诗人笔力。整首诗充满豪荡之气,直率之情,绘声绘色,仿佛可见诗人仕途顺利后踌躇满志、意气风发之形象。

【校注】

①李少尹:或指李岘。《旧唐书·李岘传》载,岘曾任河南少尹,累官至相位,乾元二年五月以言事激切触怒肃宗,出为蜀州刺史。《新唐书·宰相世系表》中有李则,曾任河南府少尹。四库本题作"李七少尹"。毕员外:据刘开扬笺注考证:《郎官石柱题名》有毕炕,曾为广平太守,曾拒安禄山,后赠户部尚书;又有毕抗,曾任兵部员外郎、吴郡太守、江南采访使。洛阳告捷:据《资治通鉴》卷二二一,乾元二年三月,郭子仪等九节度使与史思明战于邺城,大败,七月罢郭子仪,以李光弼为朔方节度使、兵马元帅,光弼力辞后改任副元帅,"光弼遂移牒留守韦陟使率东京官署西入关,牒河南尹李若幽使帅吏民出城避贼,空其城。……十月,史思明引兵攻河阳……光弼诸将齐进致死,呼声动天地,贼众大溃,斩首千馀级,捕房五百人,溺死者千馀人,周挚以数骑遁去,擒其大将徐璜玉、李秦授。其河南节度使安太清走保怀州。思明不知挚败,尚攻南城,光弼驱俘囚临河示之,乃遁。"春酒:冬酿春熟之酒,亦称春酿秋冬始熟之酒。《诗经·豳风·七月》:"为此春酒,以介眉寿。"毛传:"春酒,冻醪也。"孔颖达疏:"此酒冻时酿之,故称冻醪。"

②浊醪(láo):浊酒。风骚:指《诗经》中的《国风》和《楚辞》中的《离骚》。此指正统的文学宗旨与风格。

③麈(zhǔ)毛:即麈尾。古人闲谈时执以驱虫、掸尘的一种工具。在细长的木条两边及上端插设兽毛,或直接让兽毛垂露外面,类似马尾松。因古代传说麈迁徙时,以前麈之尾为方向标志,故称。后古人清谈时必执麈尾,相沿成习,为名流雅器,不谈时,亦常执在手。

④持蟹螯:指如魏晋名士一般潇洒的风度。《世说新语·任诞》:"毕茂世云:'一手持蟹螯,一手持酒杯,拍浮酒池中,便足了一生。'"

⑤武侯:即诸葛亮。因死后谥为忠武侯,后世称之为武侯。此处代指李少尹。郎官:谓侍郎、郎中等职。秦代置郎中令,为皇帝左右亲近的高级官员。属官执掌护卫陪从、随时建议等。唐六部郎官,郎中之外,更置员外郎。此处代指毕员外。

⑥绿蚁:新酿的酒还未滤清时,酒面浮起酒渣,色微绿,细如蚁,故以绿蚁称新酒。白居易《问刘十九》:"绿蚁新醅酒,红泥小火炉。"

⑦飞花:飞溅而出的酒花。

⑧持节将楚兵:此指至德二载(757)高适出任扬州大都督府长史和淮南节度使之事。留司在东京:此指高适乾元元年(758)在洛阳任东宫太子府少詹事之事。

⑨拜二千石:此指乾元二年五月高适任彭州刺史之事。二千石,汉制,郡守、刺史俸禄为二千石。

⑩彭门:《水经注》卷三十三:"东南下百馀里,至白马岭而历天彭阙,亦谓之为天彭谷也。秦昭王以李冰为蜀守。冰见氏道县有天彭山,两山相对,其形如阙,谓之天彭门,亦曰天彭阙。"《元和郡县志》卷三十一:"垂拱二年,于此置彭州,以岷山导江,江出山处,两山相对,古谓之天彭门,因取以名州。"剑门:即剑门山,在今四川省剑阁县东北。《元和郡县志》卷三十三:"剑州剑门县,圣历二年置,因剑门山为名也。梁山在县西南二十四里,即剑门山也。"

【汇评】

《诗源辨体》:高《行路难》《春酒歌》《画马歌》《还山吟》四篇,亦能自骋,而《还山吟》则结语为累。

同鲜于洛阳于毕员外宅观画马歌①

知君爱鸣琴,仍好千里马②。永日恒思单父中,有时心到宛城下③。遇客丹青天下才,白生胡雏控龙媒④。主人娱宾画障开,只言骐骥西极来⑤。半壁趁趋势不住,满堂风飘飒然度⑥。家僮愕视欲先鞭,枥马惊嘶还屡顾⑦。始知物妙皆可怜,燕昭市骏岂徒然⑧。纵令剪拂无所用,犹胜驽骀在眼前⑨。

【题解】

此诗与前首均写在毕员外宅中之事,为乾元二年(759)十月高适在彭州时作。

这首题画诗可分四层。前四句颂扬鲜于叔明善弹琴又好名马,行仁政且爱惜人才,于是相约至毕员外家中观赏画马。次四句写毕员外于宅中打开画障,出示名画供客人欣赏。"半壁"四句集中描摹画上之马的精神动态,似于壁上腾跃、有收束不住之势,使满堂生风,惟妙惟肖,令童仆直欲挥鞭,仿佛在槽枥间嘶鸣,还屡屡欲回首。此四句用侧面传神手法,将静态的画写出动态的美,有以假乱真的效果,逼真地刻画出了画中之马的昂藏气概。"始知"四句感慨世间神奇之物皆有可爱可贵之处,遥想当年燕昭王千金买马骨并非徒劳。虽然画中之马无实用,但终胜驽马之可厌。

此诗虽为题画,却处处以骏马喻人才,以观画马喻求贤,托物言志,寄托鲜明。

【校注】

①鲜于洛阳:即鲜于叔明。《新唐书·李叔明传》:"李叔明,字晋,阆州新政人。本鲜于氏,世为右族。……叔明擢明经,为杨国忠剑南判官。

乾元中，除司勋员外郎……东都平，拜洛阳令，招徕遗民，号能吏。擢商州刺史、上津转运使。迁京兆尹，长安歌曰：'前尹赫赫，具瞻允若；后尹熙熙，具瞻允斯。'久之，以疾辞，除太子右庶子。崔旰扰成都，出为昂州刺史。旰入朝，即拜东川节度使、遂州刺史，徙治梓州。大历末，或言叔明本严氏，少孤，养外家，冒鲜于姓，请还宗。诏可。叔明初不知，意丑之，表乞宗姓，列属籍，代宗从之。"时任洛阳令，故称。毕员外：名未详。

②鸣琴：《吕氏春秋·察贤》："宓子贱治单父，弹鸣琴，身不下堂而单父治。"此处既指鲜于氏善弹琴，也有称颂其作为洛阳令简政清刑、无为而治之意。千里马：既指鲜于氏喜欢看马，引出观画马主题，也比喻其善于物色人才。

③单父：即单父宰宓子贱鸣琴而治的佳话。参见注释②。宛（yuān）城：指大宛都城贵山城。大宛为汉代西域小国，以产汗血宝马著称。

④丹青：本指丹砂和青䨼，可作颜料。代指图画、绘画。《晋书·顾恺之传》："尤善丹青，图写特妙。" 白生胡雏：白种胡族小儿。龙媒：《汉书·礼乐志》："天马徕，龙之媒。"颜师古注引应劭曰："言天马者乃神龙之类，今天马已来，此龙必至之效也。"后因称骏马为"龙媒"。

⑤骐骥：骏马。西极：西边的尽头。谓西方极远之处。

⑥趁趚（cān tán）：《玉篇》："趁趚，驱走。"此指壁画上众马奔腾之状。

⑦枥马：拴在马槽上的马。多喻受束缚，不自由。

⑧可怜：可爱，可贵。燕昭市骏：战国时，燕昭王即位后急于招揽人才，郭隗以马为喻，说古代有一个君王悬赏千金买千里马，三年后得一死马，用五百金买下马骨，于是不到一年，得到三匹千里马。郭隗以此勉励燕昭王真心求贤，贤士才会闻风而至。见《战国策·燕策一》。

⑨剪拂：修整擦拭。比喻推崇，赞誉。《文选·刘孝标〈广绝交论〉》："顾盼增其倍价，剪拂使其长鸣。"李善注："湔拔、剪拂，音义同也。"驽骀（nú tái）：指劣马。

【汇评】

《古诗镜》：善作解语。

386

《诗源辨体》:高《行路难》《春酒歌》《画马歌》《还山吟》四篇,亦能自骋,而《还山》则结语为累。

赠杜二拾遗①

　　传道招提客,诗书自讨论②。佛香时入院,僧饭屡过门。听法还应难,寻经剩欲翻③。草玄今已毕,此外复何言④?

【题解】

　　此诗作于乾元二年(759)冬十二月。高适时任彭州刺史,闻说杜甫至成都,立刻寄诗问候。得知杜甫初到成都,借居城西七里沙门复空所居之草堂寺,研磨诗书,与僧人同吃同住,高适料想老友平日里听僧人说法、敷衍佛经,如今大约草玄已毕,当有新作。

　　此诗语言平实,感情真挚,从中可见高适与杜甫情谊之深,亦可知杜甫初到蜀中景况。杜甫接到此信后,旋作《酬高使君相赠》以答谢:“古寺僧牢落,空房客寓居。故人供禄米,邻舍与园蔬。双树容听法,三车肯载书。草玄吾岂敢,赋或似相如。”

【校注】

　　①杜二拾遗:即杜甫。杜甫曾于至德二载(757)五月授左拾遗(门下省属官),乾元二年(759)七月弃官,经秦陇于年底辗转至成都,寓居城西浣花溪旁草堂寺,高适闻知,寄诗以慰。

　　②招提客:寺僧。招提,梵文音译,为四方之义。北魏太武帝造伽蓝,创招提之名,后遂为寺院的别称。杜甫刚到成都时,借住在寺庙中,故称。

　　③听法:听寺僧宣讲佛法。应难(nàn):应答辩难。《高僧传》:“支遁讲《维摩经》,遁通一义,众人咸谓询无以厝难;询每设一难,亦谓遁不能复通。”《文苑英华》作“应说”,《全唐诗》“难”字下注:“一作说。”翻:仇兆

鳌注此诗引《庐山记》曰:"谢灵运即远公寺翻《涅槃经》,名其台曰翻经台。翻者,委曲敷衍之意,非翻译也。"

④草玄:指汉代扬雄作《太玄》。此谓淡于势利,潜心著述。《汉书·扬雄传》:"哀帝时,丁、傅、董贤用事,诸附离之者或起家至二千石。时雄方草《太玄》,有以自守,泊如也。"复何言:杜诗仇兆鳌注:"草玄之外,更有何言,谓别有著作也。"《全唐诗》"复"字下注:"一作更。"此句《文苑英华》作"此后更何言"。

【汇评】

《唐音癸签》:盛唐人和诗不和韵,晚唐人至有次韵者。洪迈曰:古人酬和诗必答其来意,非如今人为次韵所局也,如高适寄杜云"草玄今已毕,此外更何求",杜和云"草玄吾岂敢,赋或似相如";韦迢寄杜云"相忆无南雁,何时有报章",杜和云"虽无南去雁,看取北来鱼"。只以其来意往复,趣味自深,何尝和韵。至大历中李端、卢纶野寺病居酬答始有次韵。

人日寄杜二拾遗①

人日题诗寄草堂,遥怜故人思故乡②。柳条弄色不忍见,梅花满枝空断肠③。身在远藩无所预,心怀百忧复千虑④。今年人日空相忆,明年人日知何处⑤?一卧东山三十春,岂知书剑老风尘⑥。龙钟还忝二千石,愧尔东西南北人⑦。

【题解】

杜甫有《追酬故高蜀州人日见寄》诗序云:"开文书帙中,检所遗忘,因得故高常侍适……往居在成都时,高任蜀州刺史……人日相忆见寄诗,泪洒行间,读终篇末!自枉诗,已十馀年;莫记存殁,又六七年矣!老病怀旧,生意可知。今海内忘形故人,独汉中王瑀与昭州敬使君超先在。

爱而不见,情见乎辞。大历五年正月二十一日,却追酬高公比作,因寄王及敬弟。"杜甫此诗作于大历五年(770),上推十年,为760年,序中明言高适当时为蜀州刺史。考年谱,高适转蜀州刺史在上元元年(760)九月。又,高适卒于永泰元年(765),距离杜甫此诗六年,亦与序中所言相合。故系此诗为上元二年(761)正月初七作。

高适与杜甫于开元二十七年(739)在山东汶上初遇,当时二人皆落魄不偶,一见之下即成为意气相投的朋友。安史乱起,高适颇受朝廷赏识,境遇比杜甫好得多。乾元二年(759),高适出为彭州刺史;同年年底,杜甫流离辗转至成都。次年高适改任蜀州刺史,杜甫曾从成都前去探望。作于上元二年人日的这首诗表达了高适对杜甫的怀念和担忧之情。

全诗每四句为一层。第一层起句点题,"怜"字为诗眼;"思故乡",兼指自己与杜甫;"柳条""梅花"则是思乡情绪的触发点,以蜀地春景抒思乡哀情。中间四句为第二层。"身在远藩""心怀百忧"亦兼言杜甫与自己,当时国家多难,干戈未息,以二人的文才与公心,本应参预朝廷大政,建功立业,可是偏偏远离京国,身在四川。此二句是时局艰难的反映,表明二人忧心国事。杜甫《追酬故高蜀州人日见寄》诗曰"叹我凄凄求友篇,感君郁郁匡时略",正可与此二句相参看。"今年"二句承百忧千虑而来,身当乱世,作客他乡,今年已是相思不见,明年此日又在何处?结尾四句为第三层。诗人早年曾客居梁宋,隐迹渔樵,虽然困顿,却也闲散,哪知今日竟辜负了随身的书剑,老于宦途风尘之中呢!如今以老迈之身,忝居刺史之位,国家多事而无所作为,心中有愧于到处飘泊流离的友人。这"愧",既是对自己匡时无计的孤愤,也有对友人处境深挚的关切。

这首诗在内容上始终把个人遭际与国家命运紧密结合,用浑朴自然的语言和真实深挚的情感打动人,沉郁顿挫,颇有老杜风味。

【校注】

①人日:旧俗以农历正月初七为人日。《太平御览》卷九七六引宗懔《荆楚岁时记》:"正月七日为人日。以七种菜为羹,剪彩为人或镂金箔为人,以贴屏风,亦戴之头鬓。又造华胜以相遗,登高赋诗。"杜二拾遗:即

杜甫。

②草堂:指杜甫在成都西郭浣花溪畔的寓所。杜甫《堂成》诗曰:"背郭堂成荫白茅,缘江路熟俯青郊。"

③空断肠:杜甫有《和裴迪登蜀州东亭送客逢早梅相忆》诗曰:"幸不折来伤岁暮,若为看去乱乡愁。江边一树垂垂发,朝夕催人自白头。"《全唐诗》"空"字下注:"一作堪。"

④远藩:明活字本作"南蕃",《全唐诗》下注:"一作南蕃。"此处指蜀中。百忧:杜甫于上元二年(761)作《百忧集行》,当时正栖居成都草堂,生活极其穷困,时遭冷遇,感慨良多。

⑤人日:《文苑英华》作"此日",《全唐诗》"人"字下注:"一作此。"

⑥卧东山:指隐居。《晋书·谢安传》载,谢安早年曾辞官隐居会稽之东山,朝廷屡次征聘,方从东山复出,官至司徒要职,成为东晋重臣。又,临安、金陵亦有东山,也曾是谢安的游憩之地。此以谢安高卧东山之典指代自己长期栖居梁宋之经历。高适自开元七年(719)"二十解书剑,西游长安城",至天宝八载(749)被张九皋荐举有道科授封丘尉,刚好三十年,其间大部分时间均客居梁宋,书剑耕读。老:《文苑英华》作"与"。

⑦二千石(dàn):汉制,郡守俸禄为二千石,即月俸百二十斛。世因称郡守为"二千石"。此指高适任蜀州刺史。东西南北人:漂泊四方之人。《礼记·檀弓》:"今丘也,东西南北之人也。"杜甫《谒文公上方》诗曰:"甫也南北人。"

【汇评】

《唐诗广选》:洪影庐曰:高适寄杜云"愧尔东西南北人",杜则云"东西南北正堪论",如钟磬在簴,叩之则应,非若今人酬和为次韵所局也。

《唐诗直解》:直率不厌其浅。

《唐诗训解》:情真意恳,词亦是达。

《唐诗镜》:语多合拍,虽无他奇,故是可咏。

《杜诗详注》:首二,总提。次四,思故乡。下六,怜故人。梅柳,人日之景。南蕃,蜀在西南。忧虑,长安经乱。卧东山,以谢安比杜。二千石,高时为刺史也。七、八意转而韵不转,九、十韵转而意不转,杜集亦时用此法。

《此木轩论诗汇编》:高、杜二诗,虽是各臻至极,毕竟先高后杜,乃为明于诗之正变源流者。高诗只如此,杜答诗乃淋漓尽致,二者孰优?"今年人日空相忆"云云,只是不说出来。

《古唐诗合解》:此篇三韵是古风正调,与《江上吟》同。

《而庵说唐诗》:太守禄秩二千石,适时刺蜀州,忝者,无刺史之才能,而居刺史之爵位,言不能荐引;愧尔东西南北人,言子美依止无定,心甚愧之。("龙钟"二句下)法老气苍,学者须细心效之。

《唐诗别裁集》:言羁绊一官,萍踪断梗,远不如遨游四方之为乐也。

《唐贤三昧集笺注》:收摄沉顿。此一字一顿,老杜和作乃分诠四段以应之,宜取参看。

《唐贤清雅集》:达夫歌行以骨健胜,最难学,此唯取其平易近人者,然亦恐费手。淡语不堪多读(末四句下)。

《唐宋诗举要》:沉痛("明年人日"句下)。

《唐诗解》:苟龙钟而守此二千石,孰若遨游四方哉?以此不能无愧于君耳。

逢谢偃①

红颜怆为别,白发始相逢②。唯馀昔时泪,无复旧时容③。

【题解】

此诗写作时间未详。

前两句以时间和颜色的对比写出重逢之喜,"红颜"对"白发",颜色鲜明,触目惊心,多少感慨蕴含其中。后二句依然从过去说到眼前,以今昔的对比表达重逢后喜中有悲、悲喜交集的复杂心情。

①谢偃:事迹未详。《新唐书》《旧唐书》皆有谢偃传,然为太宗时人,卒于贞观十七年(643),非此诗中人。

②怆:《文苑英华》作"创",意为"初"。

③泪:明活字本作"虑"。旧时:《文苑英华》作"昔时"。

同郭十题杨主簿新厅①

华馆曙沈沈,惟良正在今②。用材兼柱石,闻物象高深③。更得芝兰地,兼营枳棘林④。向风局戟户,当署近棠阴⑤。勿改安卑节,聊闲理剧心⑥。多君有知己,一和郢中吟⑦。

【题解】

此诗写作时间不可考。若杨氏为御史台主簿,则此时高适在长安。

首四句赞美杨氏新厅气象庄严,主人贤能博学,堪为朝廷柱石。中间四句写新厅环境之美,借以赞美主人情趣高雅。后四句称赞主人能坚守清高的节操,有处理繁杂事务的能力,并交代此为和郭氏之作,点明题意。

【校注】

①杨主簿:名未详。《旧唐书·职官志》:"御史台有主簿。掌印及受事发辰,勾检稽失。兼知官厨及黄卷。"

②沈沈:通"沉沉"。宫室深邃的样子。《史记·陈涉世家》:"入宫,见殿屋帷帐,客曰:'夥颐!涉之为王沉沉者!'"裴骃集解引应劭曰:"沉沉,宫室深邃之貌也。"惟良:贤良,贤能的官吏。《尚书·君陈》:"呜呼,臣人咸若时,惟良显哉!"

③柱石:支撑建筑物的立柱和石基,比喻担负国家重任的大臣。《汉

书·霍光传》:"将军为国柱石,何不建白太后,更选贤而立之。"

④芝兰:芝草和兰草。《孔子家语》:"芝兰生于深林,不以无人而不芳。君子修道立德,不谓穷困而改节。"此处用以比喻环境的美好。枳棘(zhǐ jí):枳,橘类树木,果实似橘而小;棘,酸枣树。皆有刺,称恶木。

⑤扃(jiōng):关门。戟户:显贵之家。张继《会稽秋晚奉呈于太守》:"寂寂讼庭幽,森森戟户秋。"棠阴:棠棣树之阴。誉称去职官吏的政绩。《史记·燕召公世家》载,周时召伯巡行南国,曾在棠树下听讼理事,召公死后,人们爱其树而不忍伐。

⑥安卑:安于卑下的地位和贫贱的生活。理剧:治理繁难的事务。

⑦多:赞许,推崇。郢中吟:指宋玉对楚王问时提到的《阳春》《白雪》。比喻高雅的诗文,此处比喻郭氏的题诗。

误收之诗

铜雀妓①

　　日暮铜雀迥,秋深玉座清②。萧森松柏望,委郁绮罗情③。君恩不再得,妾舞为谁轻④?

【题解】

　　此诗作者有二说:《乐府诗集》作王适诗,《文苑英华》署名高适,《全唐诗》则分别载入高适诗集与王适诗集中。刘开扬认为:"《全唐诗》二函王适诗、三函高适诗并收之。视其风格当属王适,以名相同而误收,或始于《文苑英华》也。"王适为武后时人,年代略早于高适。若为高诗,则作于开元二十八年(740)旅游相州时。前三句描绘铜雀台日暮景象,萧条悲凉,烘托气氛;后三句抒情,想象曹操逝后铜雀妓寂寞无依之情状。

　　郭茂倩《乐府诗集》卷三十一《相和歌辞六·平调曲二》收《铜雀妓》诗近三十首,多为齐梁至唐代文人的题咏,诗意多与此诗相似,重在感慨魏武死后铜雀妓孤苦无依、歌舞寂寞之情状,有浓重的感伤情绪。

【校注】

　　①铜雀:台名,为曹操所建,故址在今河北省临漳县西南邺城内。《三国志·魏志·武帝纪》:"建安十五年冬,作铜雀台。"其台甚高,上有屋一百二十间,连接缭栋,侵彻云汉。铸大铜雀置于楼颠,舒翼奋尾,势若飞动,因名为铜雀台。《铜雀妓》,乐府旧题,一作《铜雀台》,属相和歌辞平调曲。《乐府古题要解》卷下:"后人悲其意,而为之咏也。"晋宋以来,文人多以此为题作诗。《乐府诗集》卷三十一引"邺都故事":"魏武帝遗命诸子曰:'吾死之后,葬于邺之西岗上,与西门豹祠相近,无藏金玉珠宝。馀香可分诸夫人,不命祭吾。妾与伎人皆著铜雀台,台上施六尺床,下缭帐,朝晡上洒脯粮糒之属,每月朝十五,辄向帐前作伎。汝等时登台,望吾西陵墓田。'"

②迥:各本作"迴",误,从《全唐诗》校改。秋深:《乐府诗集》作"幽声",下注:"一作深。"玉座:铜雀台上所设魏武帝之座。即"六尺床"。谢朓《铜雀台》:"玉座犹寂寞,况乃妾身轻。"郑愔《铜雀妓》:"玉座平生晚,金樽妓吹阑。"

③松柏:丘迟《与陈伯之书》:"将军松柏不翦。"李善注:"仲长子《昌言》云:'古之葬,松柏梧桐以识其坟。'"王无竞《铜雀台》:"北登铜雀上,西望青松郭。"

④君恩:魏武对铜雀妓之恩情,因曹操之死而中途断绝。妾舞:指铜雀妓当年为魏武歌舞取乐,如今魏武已死,歌舞无人可赏,即欧阳詹"妆容徒自丽,舞态阅谁目"之意。沈佺期《铜雀妓》:"绮罗君不见,歌舞妾空来。"

塞下曲①

　　君不见芳树枝,春花落尽蜂不窥。君不见梁上泥,秋风始高燕不栖②。荡子从军事征战,蛾眉婵娟守空闺③。独宿自然堪下泪,况复时闻乌夜啼④。

【题解】

　　此诗当为贺兰进明之作而羼入高适集中。前四句渲染秋季肃杀凄清的环境:春花落尽,芳枝凋零,秋风阵阵,燕子南飞,为下文抒情作铺垫。后四句抒发闺中思妇的相思离别之情,因夫婿至边塞从军久不归家,思妇独守空闺,闻乌鸦失伴夜啼而伤心。

　　此诗写景很有韵味,前半部分寥寥几笔勾画出秋日景象,疏朗高远,渲染氛围;结尾又以乌鸦夜啼烘托思妇内心悲伤之情,朦胧而自然。整首诗有南北朝乐府风味。

【校注】

①此篇《文苑英华》作高适诗,题为《塞下曲二首》,列于另一《塞下曲》之后。《全唐诗》题下注:"贺兰作。"《河岳英灵集》收入贺兰进明《行路难五首》之中。

②梁上泥:指花落于泥地,被燕子衔于梁上做巢。

③荡子:本指辞家远游、羁旅忘返之男子。《古诗十九首》:"荡子行不归,空床难独守。"此处指到边塞从军作战之征夫。蛾眉:本指美人的秀眉,代指美女。《诗经·卫风·硕人》:"螓首蛾眉,巧笑倩兮。"婵娟:姿态美好的样子。

④乌夜啼:《全唐诗》"乌"字下注:"一作乌。"《乌夜啼》本为乐府清商曲辞《西曲歌》之名,内容多反映男女恋情。《旧唐书·音乐志二》:"《乌夜啼》,宋临川王义庆所作也。元嘉十七年,徙彭城王义康于豫章。义庆时为江州,至镇,相见而哭,为帝所怪,征还宅,大惧。妓妾夜闻乌啼声,扣斋阁云:'明日应有赦。'其年更为南兖州刺史,作此歌。……"张华《禽经注》:"乌之失雄雌,则夜啼。"

重　阳①

节物惊心两鬓华,东篱空绕未开花②。百年将半仕三已,五亩就荒天一涯③。岂有白衣来剥啄,一从乌帽自欹斜④。真成独坐空搔首,门柳萧萧噪暮鸦⑤。

【题解】

此诗写重阳独坐无聊之状,为宋人程俱之作,误收入高适集中。叶梦得谓程俱"诗章兼得唐中叶以前名家众体",从风格来看,此诗亦与程俱集中作品相类。

①此诗见于宋代程俱《北山小集》,原注引高适《九日酬颜少府》诗云:"纵使登高只断肠,不如独坐空搔首。"后人误收入高适集中。《四库全书总目提要》卷一百四十九称,此诗"毛奇龄选唐人七律,亦误题适作。"

②节物:每一节令中的景物或事物。

③仕三已:多次罢官。语出《论语·公冶长》:"令尹子文三仕为令尹,无喜色;三已,无愠色。"五亩就荒:指隐居生活。天一涯:本指遥远的地方,此处指偏僻之处。《古诗十九首》:"相去万馀里,各在天一涯。"

④白衣:古时未做官之人着白衣,后用以指称没有功名之人或平民。《史记·儒林传》:"公孙弘以《春秋》白衣为天子三公,封以平津侯。"剥啄(bō zhuó):象声词。敲门声。韩愈《剥啄行》:"剥剥啄啄,有客至门。我不出应,客去而嗔。"乌帽:此处用孟嘉落帽之典,表现士人风流儒雅的气度,应重阳节日。《晋书·桓温列传》:"九月九日,(桓)温燕龙山,僚佐毕集。时佐吏并著戎服,有风至,吹嘉帽堕落,嘉不之觉。温使左右勿言,欲观其举止。嘉良久如厕,温令取还之,命孙盛作文嘲嘉,著嘉坐处。嘉还见,即答之,其文甚美,四坐嗟叹。"

⑤搔首:以手搔头,焦虑或有所思之状。《诗经·邶风·静女》:"爱而不见,搔首踟蹰。"

听张立本女吟①

危冠广袖楚宫妆,独步闲庭逐夜凉②。自把玉钗敲砌竹,清歌一曲月如霜③。

【题解】

郑振铎以此为高诗成就之最高者,但一般认为非高适所作。

此诗风格清丽,营造出一种清雅空灵的意境,不类高适诗风。其特色在于情与景的融合,景色全由人物情态写出,而人物形象又借极疏朗的景物点缀得以凸显,情景相生,形成意境。"危冠广袖"的典雅妆束勾勒出歌者的风姿,"独步闲庭"写出其悠闲自得的心境,"玉钗敲竹"可见其清高脱俗的雅趣,"清歌一曲"又见其引吭高歌的自信,一曲吟罢,又以"月如霜"三字开拓了诗的幽远意境,也渲染了歌者吟诗的效果,韵味无穷。

【校注】

①《会昌解颐录》引《太平广记》卷四五四:"张立本有一女,为妖物所魅。其妖来时,女即浓妆盛服于闺中,如与人语笑。其去,即狂呼号泣不已。久每自称高侍郎,一日忽吟一首云:'危冠广袖楚宫妆,独步闲庭逐夜凉。自把玉簪敲砌竹,清歌一曲月如霜。'立本乃随口抄之。立本与僧法舟为友,至其宅,遂示其诗云:'某女少不曾读书,不知因何而能。'舟乃与立本两粒丹,令其女服之,不旬日而疾自愈。某女说云:'宅后有竹丛,与高锴侍郎墓近,其中有野狐窟穴,因被其魅。'服丹之后,不闻其疾再发矣。"洪迈《万首唐人绝句》题作《凭张立本女吟》,作者为高侍郎狐,盖本于此说。明活字本《高常侍集》收入,误以高侍郎为高适;《全唐诗》亦收。《四库全书总目提要》卷一百四十九称:"考明人所刻适集,以《太平广记》高锴侍郎墓中之狐妖绝句……并载之,芜杂殊甚。"

②危冠广袖:南方楚国的装束。《后汉书·马廖传》:"长安语曰:'城中好高髻,四方高一尺;城中好广眉,四方且半额;城中好大袖,四方全匹帛。'"

③清歌:不用乐器伴奏的歌唱。

奉和储光羲

天静终南高,俯映江水明①。有若蓬莱下,浅深见澄瀛②。群峰悬中流,石壁如瑶琼。鱼龙隐苍翠,鸟兽游清泠③。菰蒲林下秋,薜荔波中轻④。山蓂浴兰汜,水若居云屏⑤。岚气浮渚宫,孤光随曜灵⑥。阴阴豫章馆,宛宛百花亭⑦。大君及群臣,燕乐方嘤鸣⑧。吾党二三子,兹辰怡性情⑨。逍遥沧洲时,乃在长安城⑩。

【题解】

此篇《全唐诗》题作《同诸公秋霁曲江俯见南山》,作者为储光羲。高适集中有《同薛司直诸公秋霁曲江俯见南山作》,文字相似,则此诗当为储光羲之作而舛入高适集中者。

前十二句写曲江池与终南山相依相映的关系,"鱼龙隐苍翠"以下六句写山中有水水中映山的美景,最为传神;后十句引出宴饮诸公,写游兴之乐。

【校注】

①终南:即终南山。起自今甘肃省天水市,绵亘于陕西省南部,终于河南省三门峡市陕州区。江水:即曲江池。曲江位于今西安城区东南部,为唐代著名的皇家园林,有曲江池、大雁塔等风景名胜。

②蓬莱:神话中渤海里仙人居住的三座神山之一。

③清泠:清静凉爽。

④菰蒲(gū pú):菰和蒲。两种水草。薜荔(bì lì):常绿攀缘性灌木藤本植物。别名"木莲""凉粉果"等,常攀附于墙壁、岩石或树干部。

⑤蓂:大约指一种草。兰汜:长着兰草的小洲渚。水若:传说中的水神名。云屏:层叠的峰峦。或指云霭。

⑥渚宫:春秋时楚宫名,故址在今湖北省江陵县。《左传·文公十年》:"(子西)沿汉泝江,将入郢。王在渚宫,下,见之。"此处代指曲江池附近的建筑。曜灵(yào líng):太阳。屈原《天问》:"角宿未旦,曜灵安藏?"

⑦豫章馆:《三辅黄图》:"豫章观,武帝造,在昆明池中。"百花亭:

《松窗杂记》：“曲江池……花卉环周，烟水明媚……赐宴臣僚，会于山亭。”

⑧嘤鸣：鸟相和鸣，比喻寻求志同道合的朋友。《诗经·小雅·伐木》：“嘤其鸣矣，求其友声。”

⑨吾党：《论语·公冶长》：“吾党之小子狂简。”二三子：《论语·述而》：“二三子以我为隐乎？”

⑩沧洲：水边，借指隐者所居之地。

感五溪荠菜①

两京作斤卖，五溪无人采②。夷夏虽有殊，气味终不改③。

【题解】

此诗《全唐诗》不载，为高力士诗，误收入高适集中。《旧唐书·高力士传》：“（高力士）为李辅国所构，流配黔中道，力士至巫州，地多荠而不食，因感伤而咏之曰：‘两京作芹卖，五溪无人采。夷夏虽不同，气味终不改。’”郑处诲《明皇杂录》补遗、郭湜《高力士传》、计有功《唐诗纪事》皆录此诗，为高力士作。诗以两京与五溪的荠菜作比，感慨被贬的遭遇。

【校注】

①五溪：郦道元《水经注》：“武陵有五溪，谓雄溪、满溪、沅溪、酉溪、辰溪。”指今湖南一带。

②两京：即长安与洛阳。《新唐书·地理志》：“上都初曰京城，天宝元年曰西京，东都天宝元年曰东京。”

③夷夏：夷狄与华夏的合称。《左传·定公十年》疏云：“中国有礼仪之大，故称夏；有章服之美，谓之华。”古人将中原以外称为四夷。此指两京与五溪。

在哥舒大夫幕下请辞托兴奉诗^①

　　自从嫁与君，不省一日乐^②。遣妾作歌舞，好时不道恶。不是妾无堪，君家妇难作^③。下堂辞君去，去后君莫错。

【题解】

　　此诗录于王重民《补全唐诗》，标题上有"高适"二字。诗以夫妻关系比上下级，通篇用比兴手法，构思巧妙。然语言俚俗，与高适风格不符，且思想消极，与高适任职哥舒翰幕府期间的其他诗作不类，一般认为是伪作。

　　据秦丙坤与王文岚发表于《文学史话》上的《敦煌女诗人宋家娘子及其诗篇》一文考证，此诗与下《闺情》五首皆为唐代敦煌女诗人宋家娘子之作；宋家娘子跟随丈夫陷入吐蕃沦陷区，并流落于敦煌，留下了八首诗歌，另有《秦筝怨》《春寻花柳得情》二首。

【校注】

　　①此诗高适原集不见，王重民《补全唐诗》录此首，标题上有"高适"二字。

　　②不省(xǐng)：未见过。

　　③无堪：不堪，不能胜任。

闺　情　为落殊蕃陈上相知人^①

　　自从沦落到天涯，一片真心恋着查^②。憔悴不缘思旧国，行啼只是为冤家。

404

【题解】

此五首《闺情》诗(包括下四首)与上《在哥舒大夫幕下请辞托兴奉诗》均见于王重民《补全唐诗》,王对这五首诗有如下说明:"右两首(指《托兴奉诗》与《闺情为落殊蕃陈上相知人》),同写在一卷上。第一首标题作《高适在哥舒大夫幕下请辞退托兴奉诗》,疑是后人依托或拟作,细玩修辞与用意,也不像高适的作品;因为是使用高适的故事,故附于此。《闺情》原卷不题撰人,'憔悴不缘思旧国',也一定不是高适的话,盖与前一首同为一个沦落在敦煌的文人所作,也连类附及。为落殊蕃陈上相知人的《闺情》以后,还有四首《闺情》,好像是妓女的歌辞。也不著撰人,不知是否佚诗,姑附于后。"则秦丙坤与王文岚《敦煌女诗人宋家娘子及其诗篇》一文推测为唐代敦煌女诗人宋家娘子之作的说法,与王重民的推测不谋而合。

【校注】

①落殊蕃:流落到偏远之地。

②查:原缺一字,检原卷似应为一"查"字。

闺　情

相随万里泣胡风,疋偶将期一世终①。早知中路生离别,悔不深怜沙碛中②。

不须推道委人猜,只是君心自不开。今夜闺门凭莫闭,孤魂拟向梦中来。

祇今桃李正堪攀,所恨枝高引手难③。愿君垂下方便叶,袖卷将归看复看。

自处长信宫,每向孤灯泣④。闺门镇不开,梦从何处入⑤。

此四首诗录于王重民《补全唐诗》中,作者不详。从内容上看,应为一流落他乡女子失去丈夫后的伤怀之作,总之非高适风格。

【校注】

①疋(pǐ):同"匹"。《小尔雅》:"倍两谓之疋。二丈为两,倍两四丈也。"

②沙碛(qì):沙漠。不生草木的沙石地。

③祇(zhǐ):通"只",只是。

④长信宫:汉代宫殿名。后成为冷宫的代称。王昌龄有《长信秋词》,崔国辅有《长信草诗》曰:"长信宫中草,年年愁处生。"

⑤镇:整天,整日。

附录

文赋疏表

罢职还京次睢阳祭张巡许远文

维乾元元年五月日，太子詹事、御史中丞高适，谨以清酌之奠，敬祭于故御史中丞张、许二公之灵：

中丞体质贞正，才掩贤豪，诗书自负，州县徒劳。惆怅雄笔，辛勤宝刀，时平位下，世乱节高。贼臣通逆，国步惊搔，两河震恐，千里嗷嗷。投袂洒泣，据鞍郁陶，全谯入宋，收梓捍曹。心系魏阙，志清武牢。帝曰："嗟尔！龙光豹韬，宪章戎幕，持斧拥旄。"

呜呼！予亦忝窃，统兹介胄，俄奉短书，至夔狂寇。裹粮训卒，达曙通昼，军乃促程，书亦封奏。遂发骄勇，俾驱鸟兽，将无还心，兵亦死斗。贼党频蹙，我师旋漏，十城相望，百里不救。胡羯啸聚，犬羊蚁凑，积薪为梁，决岸成窦。

呜呼！当此虎敌，岂无强邻？当时肝胆，今日胡秦！坚守半岁，绝粮数旬，栋橡秣马，煮纸均人。病不暇拯，殁无全身，煎熬甲胄，啄啮胶筋。慷慨艰险，凄凉苦辛。

呜呼！我辞淮楚，将赴伊洛，途出兹邦，悲缠旧郭。邑里灰烬，城池墟落，何九拒之峥嵘，皆二贤之制作！声盖天壤，气横辽廓，让死争先，临危靡却。

呜呼！□□□□，天亦难论，万夫开壁，一旅才存。衰羸既竭，力弱相吞，陷阱织路，梯冲栈门。土壕水合，木栅云屯，居即其弊，突无其奔。烟云剑戟，逼侧纷昏，与求生而害义，宁抗节以埋魂。

呜呼！悖逆歼溃，干戈将止，海岳澄清，朝廷至理。封功列爵，怀黄拖紫，伤哉二贤，不预于此！呜呼孀妇，伶俜爱子，追赠方荣，赏延兹始。寂寂梁苑，悠悠睢水，黄蒿连接，白骨填委。思壮志于冥寞，问遗形于荆杞。列祭空城，一悲永矣！

双六头赋送李参军

有物兮四方故城，六面砥平，白质黑文，花攒星明。主张尔手谈，决断尔心争。推得失似关乎天命，而消息乃用乎人情。若行之尤，思之精，虽邂逅而小比，必指掌而大亨。李侯李侯保令名，无怨矧于垂成。朝影入平川，川长复垂柳。明年有一掷分，君不先鸣谁先鸣？

奉和鹘赋 并序

天宝初，有自滑台奉太守李公《鹘赋》以垂示。适越在草野，才无能为，尚怀知音，遂作《鹘赋》。其词曰：

夫何鹘之为用？置之则已，纵之无匹。怀果断之沉潜，任性情之敏疾。头小而锐，气雄而逸；貌耿介以凌霜，目精明而点漆。想像辽远，孤贞深密；将必取而乃回，若授词而勿失。当白帝之用事，入青云而委质；乃徇节以勃然，因指踪而挺出。

严冬欲雪，蔓草初焚；野漭荡而风紧，天峥嵘而日曛。怂顾兔之狡伏，耻高鸟之成群。始灭没以略地，忽升腾而参云；翻决烈以电掣，皆披靡而星分。奔走者折胁而绝脰，鸣噪者血洒而

410

毛纷。虽百中之自我，终一呼而在君。

夫其左右更进，纵横发迹；扫窟穴之凌兢，振荆榛之淅沥。翕六翮以直上，交双指以迅击；合连弩之应机，类鸣髇之破的。豁尔胸臆，伊何凌厉以爽朗？曾莫虿芥，岂虞险艰而怵惕？

观其所获多有，得用非媒；历闉阇以肃穆，翊钩陈而环回。幸辉光于蒐狩，承篝拂于楼台。望凤沼而轻举，纷羽族之惊猜。路杳杳而何向？云茫茫而不开。莺出谷兮徒尔，鹤乘轩而何哉？彼怀毅勇辙轲而弃置，胡不效其间关而徘徊？

尔乃顾恩有地，恋主多情；念层空而不起，托虚室以无惊。雅节表于能让，义心激于效诚。势逾高而下急，体弥重而飞轻。戢羽翼以受命，若肝胆之必呈。嗟日月之云迈，犹羁縻而见婴。

别有横大海而遥度，顺长风而一写；投足眇于岩巅，脱身逸于弋者。冰落落以凝闭，雪皑皑而飘洒；谅坚锐之特然，宁苦寒以求舍。匪聚食以祈满，聊击鲜而自假。比玄豹之潜形，同幽人之在野。

矧其升巢绝壁，独立危条；心倏忽于万里，思超遥于九霄。岂外物之能慕，曷凡禽之见邀？则未知鸳鹭之所适，孰与夫鹏鹦兮逍遥云尔哉！

苍鹰赋

坤灵繁毓，万象周流；综群物之众夥，懿羽族之齐侔。俱含识与哺啄，终愧容于爽鸠。散以瑶光之彩，来自钟岩之丘。周官以司寇比德，汉氏以将军作俦。钩成利嘴，电转奇眸；苍姿叠色，玄距联韝。至于长杨大猎，云梦时蒐；寒光送晓，霜气横秋。

顿平原而亘弋,截洞壑以张罘。野雾初霁,朝阳尚早。于是排空汉,飞绝岛;奋之鼓之,载击载讨。凌紫气而蔽日,下平皋而覆草。归鸿失四飞之路,狡兔亡三穴之道。

夫品汇之功,用之非器;至于表德,颇亦千致。仙莫过龙,骏莫过骥;鹏垂天以图远,剑断甲以称利。夫其庶类之呈能,未若兹禽之为鸷。固得缃牒再演,史臣攸记。逐彼鸟雀,然明之对国侨;击于殿上,要离之雠庆忌。且般乐之游,君子未适;禽荒是戒,哲王盛绩。太康洛汭之表,已惊不还;李斯上蔡之门,情何更溺!览二君之丧道,每观事其如惕。幸免射于高墉,愿抟风而上击。

东征赋

岁在甲申,秋穷季月,高子游梁既久,方适楚以超忽。望君门之悠哉,微先容以效拙;始不隐而不仕,宜漂沦而播越。

出东苑而遂行,沿浊河而兹始;感隋皇之败德,划平原而为此。西驰洛汭,东并淮涘;地豁山开,川流波委。六宫景从,千官逦迤;龙舟锦帆,照耀乎数千里。大驾将去,群盗日起。尸禄者卷舌而偷生,直谏者解颐而后死。寄腹心于枭獍,任手足于蛇虺。既垂弑于匹夫,尚兴疑于爱子。岂不为穷力役于征战,务淫逸于奢侈?六军悲牧野之师,万姓哭辽阳之鬼。嗟颠覆于曩日,指年代于流水。唯见长亭之烟火,悲旷野之荆杞。

至鄪县之旧邑,怀萧相之高风。既屈节于主吏,每归诚于沛公;始俱起于天下,乃从定于关中。推金帛于他人,挹图籍于我躬;按山川之险阻,救天地于屯蒙。嘉盈俸以增邑,方指踪而建功；纳邵平以防患，举曹参而告终。

经洛城而永望，想谯郡而销忧。慨魏武之雄图，终大济于横流。用兵戈以威四海，挟天子而令诸侯。乃擅命以诛伏，徒矫迹以安刘。吾始未知夫逆顺，胡宁比德于殷周？

下符离之西偏，临彭城之高岸。连山郁其滂荡，大泽平乎渺漫。昔天未厌祸，项氏叛涣。解齐归楚，自萧击汉。天地无色，风尘溃乱。悯君王之辚轲，混士卒以奔散。苟炎运之克昌，岂生人之涂炭？次灵璧之逆旅，面垓下之遗墟。嗟鲁公之慷慨，闻楚声而悒于。歌拔山以涕洟，窃霸图而莫居。摈亚父之何甚，悲虞姬之有馀。出重围而狼狈，至阴陵以踌躇。顾天亡以自负，虽身死兮焉如？

登夏丘以寓目，对蒲隧而愁予。闻取虑之斯在，微长直而舍诸。宿徐县之回津，惟偃王之旧域。方以小而事大，岂无位而有德？彼皆昏暴以丧邦，伊何仁义而亡国？高延陵之挂剑，慕班彪之述职。缅沛水之悠悠，俯娄林之纡直。

即日河浒，依然泗上；山川土田，耳目清旷。眺睢源之呀豁，倚楚关之雄壮。挂轻席于中流，顺长风以破浪。过盱眙之邑屋，伤义帝之波荡。虽三户之亡秦，知万人以离项。

越龟山而访泊，入渔浦而待潮。鸿雁飞兮木叶下，楚歌悲兮雨潇潇。霜封野树，冰冻寒苗；岸草无色，芦花自飘。幸息肩于人事，愿投迹于渔樵。思魏阙而天远，向秦川而路遥。

候鸣鸡以进帆，趋乱流以争迅。纵孤舟于浩大，抚垂堂以诚慎。遵枉渚于淮阴，征昔贤于韩信。哀王孙以寄食，嘉漂母之无愠。鄙亭长之不仁，乃晨炊而蓐食。忽从龙以获骋，遂擒豹以自奋。破全赵而用奇，称假齐以益振。幸辞通以感惠，俄结豨而谋衅。当处约而心亨，曷持盈而不顺？

凌赤岸之迢递,棹白波之纤馀。历山阳之村野,投襄贲之邑居。人多嗜艾,俗喜观渔。连葭苇于郊甸,杂汀洲于里闾。感百川之朝宗,弥结念于归欤。日杲杲以丽天,云飘飘以卷舒。鲁放情而蹈海,丘永叹于乘桴。遇坎则止,吾今不知其所如者哉!

陈潼关败亡形势疏

仆射哥舒翰忠义感激,臣颇知之。然疾病沈顿,智力将竭。监军李大宜与将士约为香火,使倡妇弹箜篌、琵琶,以相娱乐,樗蒲饮酒,不恤军务。蕃浑及秦、陇武士,盛夏五六月于赤日之中,食仓米饭且犹不足,欲其勇战,安可得乎?故有望敌散亡,临阵翻动,万全之地,一朝而失。南阳之军,鲁炅、何履光、赵国珍各皆持节,监军等数人更相用事,宁有是,战而能必胜哉?臣与杨国忠争,终不见纳。陛下因此履巴山、剑阁之险,西幸蜀中,避其蚕毒,未足为耻也。

西山三城置戍疏

剑南虽名东西两川,其实一道。自邛关、黎、雅,界于南蛮也;茂州而西,经羌中至平戎数城,界于吐蕃也。临边小郡,各举军戎,并取给于剑南。其运粮戍,以全蜀之力,兼山南佐之,而犹不举。今梓、遂、果、阆等八州,分为东川节度,岁月之计,西川不可得而参也。而嘉、陵比为夷獠所陷,今虽小定,疮痍未平。又一年已来,耕织都废,而衣食之业,皆贸易于成都,则其

414

人不可得而役，明矣。今可税赋者，成都、彭、蜀、汉州，又以四州残敝，当他十州之重役，其于终久，不亦至艰？又言利者穿凿万端，皆取之百姓；应差科者自朝至暮，案牍千重。官吏相承，惧于罪谴，或责之于邻保，或威之以仗罚。督促不已，逋逃益滋，欲无流亡，理不可得。比日关中米贵，而衣冠士庶，颇亦出城。山南、剑南，道路相望，村坊市肆，与蜀人杂居，其升合斗储，皆求于蜀人矣。且田土疆界，盖亦有涯；赋税差科，乃无涯矣。为蜀人之计，不亦难哉！

今所界吐蕃城堡，而疲于蜀人，不过平戎已西数城矣。邈在穷山之巅，垂于险绝之末，运粮于束马之路，坐甲于无人之乡。以戎狄言之，不足以利戎狄；以国家言之，不足以广土宇。奈何以险阻弹丸之地，而困于全蜀太平之人哉？恐非今日之急务也。国家若将已戍之地不可废，已镇之兵不可收，当宜即停东川，并力从事，犹恐狼狈，安可仰于成都、彭、汉、蜀四州哉！虑乖圣朝洗荡关东扫清逆乱之意也。倘蜀人复扰，岂不贻陛下之忧？昔公孙弘愿罢西南夷、临海，专事朔方；贾捐之请弃珠崖，以宁中土，谠言政本，匪一朝一夕 。臣愚望罢东川节度，以一剑南，西山不急之城，稍以减削，则事无穷顿，庶免倒悬。陛下若以微臣所陈有裨万一，下宰相廷议，降公忠大臣，定其损益，与剑南节度终始处置。

为东平薛太守进王氏瑞诗表

臣某言：

符瑞之兴，实由王化；歌诗之作，有自《国风》。伏见范阳卢某母琅琊王氏，性合希夷，体于静默，精微道本，驰骛元关，旁通天地之心，预纪休征之盛。去景龙二载，撰《天宝回文诗》，凡八百一十二字。循环有数，若寒暑之递迁；应变无穷，谓阴阳之莫测。诚其子曰："吾殁之后，尔密记之。当逢大道之朝，必遇非常之主，则真图之制，便可上言。君亲之义不违，犬马之诚斯在。"

臣早识其子，常与臣言，星霜屡移，书奏仍阙。盖以岁月滋久，旨趣幽微，沈吟取耳目之前，倏忽应祯祥之后。伏惟皇帝陛下，乘道御极，乃圣兴化，三日月之并明，一乾坤而同德。梯航万里，争饮淳和之风；臣妾四夷，尽归仁寿之域。今陛下务于道，道可尽乎？法于天，天实长久。是知与道齐运，比天同休，无疆之休，乃在兹矣！则王氏之美，其可替乎？章句粲然，所谓没而不朽者也。臣某诚惶诚恐，顿首顿首。

昔汉幸甘泉，且昧神君之语；周穷辙迹，徒称王母之谣。岂若迥出名言，高悬响像，赞皇王之丕命，运宫商于景福？且夫灵芝嘉禾，草木之瑞者；黄龙丹雀，禽兽之瑞者，犹能光扬帝载，标榜颂声，方之真图，彼未为得。特望编之史策，列在乐章，则陛下先于天而听于人也。

臣才术浅劣，谬忝藩条，曾微涓尘，以答万一。但驰北极，每切子牟之恋；遥奉南山，愿效封人之祝。

谢封丘县尉表

臣适言：

臣田野贱品，生逢圣时，得与昆虫俱沾雨露。常谓老死林薮，不识阙庭；岂其岩穴久空，弓旌未已，贤才毕用，搜访仍勤。

见尧舜之为心,荷乾坤之善贷。

　　臣艺业无取,谬当推荐,自天有命,追赴上京,曾未浃旬,又拜臣职。顾惭虚受,实惧旷官,捧日无阶,戴天何报?臣已于正衙辞讫,即以今日赴官。无任犬马之志,谨奉表陈谢以闻。臣适诚惶诚恐,顿首顿首。

谢上淮南节度使表

臣适言:

　　以今月二日至广陵,以某日上讫。流布圣泽,江淮益深,扇扬皇风,草木增色。臣诚惶诚恐,顿首顿首。

　　伏惟皇帝陛下,大明照临,纯孝抚御。汉主事亲之日,爰总六师;轩后垂衣之辰,再清四海。犹以京华尚阻,国步暂艰,运黄石之神谋,推赤心于人腹。臣器非管、乐,殊孔明之自比;识谢孙、吴,异山涛之暗合。岂意圣私超等,荣宠荐臻;拔自周行,寄重方面。以时危而注意,窃愧非才;因国难以捐躯,顾为定分。即当训练将卒,缉绥黎甿,外以平贼为心,内以安人为务。庶使殄灭凶丑,舞咏时邕,报明主知臣之恩,成微臣许国之节。无任戴荷攀恋之至。谨遣某官陈谢以闻。

贺安禄山死表

臣适言:

　　臣得河南道及诸州牒,皆言逆贼安禄山苦痛而死,手足俱落,眼鼻残坏。臣闻负天者天诛,负神者神怒,其道甚著,今乃克彰。臣适诚欢诚喜,顿首顿首。

逆贼孤负圣朝,造作氛祲,啸聚吠尧之犬,倚赖射天之矢,残酷生灵,斯亦至矣!臣恨不得血贼于万载,肉贼于三军,空随率土之欢,远奉九霄之庆。即当总统将士,凭恃威灵,驱未尽之犬羊,覆已亡之巢穴。无任踊跃庆快之至,谨遣摄判官李翥奉表陈贺以闻。

谢上彭州刺史表

臣适言:

伏奉圣恩,授臣彭州刺史。宠光自天,喜惧交集。臣某诚惶诚恐,顿首顿首,死罪死罪。

臣本野人,匪求名达,始自一尉,曾未十年,北使河湟,南出江汉。奉上皇非常之遇,蒙陛下特达之恩,累登谏司,频历宪府。比逆乱侵轶,淮楚震惊,遂兼节制之权,空忝腹心之寄。衔命感激,思效驽骀,敢竭公忠,动无回避。而智不周物,才难适时,俄尘圣听,果速官谤。实谓死亡可待,流窜在兹。陛下弘覆载之恩,明日月之鉴,始拜宫尹,今列藩条。雨露之恩,更沾枯朽;阳和之气,忽曜沉埋。天高听卑,臣独何幸!臣某诚惶诚恐,顿首顿首,死罪死罪。

臣闻忠臣事君,虽死无贰,臣今未死,敢忘至公!伏惟陛下哀臣愚蒙,矜臣方直,臣虽在远,若近天颜。臣以今月七日到所部上讫,宣布德音,草木增气,敷陈睿泽,黎庶昭苏。无任悃款屏营之至,谨附驿奉表陈谢以闻。臣某诚惶诚恐,死罪死罪,谨言。

请入奏表

右自徐知道作乱，军府略空，救弊扶伤，事资安辑。臣夙夜陈力，启处不遑。伏以二陵攀号，臣未修壤奠；万方有主，臣未睹天颜。犬马之诚，不胜恳款。候士卒稍练，蕃夷渐宁，特望圣恩，许臣入奏。谨录奏闻，伏听敕旨。谨奏。

贺斩逆贼徐知道表

臣某言：

臣闻人臣无将，将必诛之。逆贼前成都少尹兼侍御史、伪称成都尹兼侍御史中丞、剑南节度使徐知道，中官携养，莫知姓族，荧惑主司，叨窃宪台。不能输沥肝胆，以答休明，而怀挟奸邪，啸聚同恶，倾竭府库，涂炭黎甿。遂为欃枪，恣行蛊毒，杜塞剑道，拥遏朝经，部署凶残，统领州县。曾未数日，荡坏一隅，郊原已空，市井如扫。臣与邛南邻境，左右叶心，积聚军粮，应接师旅。以今月二十三日大破贼众，同恶翻然，共杀知道。大军庆快，云物改容，百姓欣欢，景色相贺。此皆社稷昭应，神灵保持。

伏惟皇帝陛下，一德动天，无远不届，兵戈向戢，华夏克宁。布萧王之赤心，竭臣子之丹款，妖氛聚而皆尽，郡国危而更安。高视百王，能事斯毕。臣忝守藩翰，罹此艰虞，睹天地之廓清，与飞动之咸若，无任踊跃之至，谨奉表陈贺以闻。

贺收城表

臣适言:

闰正月十六日,中使郭罗至,伏奉敕书,示臣圣略,收复瀍洛,扫殄凶徒。臣适手之足之,载欣载跃。

臣闻天不假易,将而必诛,守在四夷,难逃一面。顷者逆胡稔恶,窃据中都,欲驱犬羊,敢肆蜂虿。碎首于雷霆之下,窜迹于城社之中,犹贮残魂,拟收馀烬。陛下泽深覆载,功济艰难,神武必止于干戈,寰区大拯于涂炭。好生恶杀,诚屡发于宸心;走兽奔禽,尽已罹于网目。使风云一变,日月增辉,巨海绝其扬波,祆氛化为和气。臣忝司戎律,累奉德音,昭宣睿谋,底宁县道。天下幸甚,岂独方隅!无任庆快之至,谨遣洋州司马、员外同正员摄参谋、臣路球奉表陈贺以闻。

谢上剑南节度使表

臣适言:

受脤登坛,必先礼乐,剖符揽辔,是委腹心。方将总领诸侯,整训戎旅,分二《南》之名器,创七德之筹谋。君无虚授,臣无虚受,授受之际,任用匪轻。况全蜀奥区,非贤勿守,方面重寄,择善而从。顾臣庸愚,岂合祗拜?远奉恩制,不敢逡巡,即以二月二日上讫。

天威在颜,风俗思变,饮冰食蘗,策朽磨铅。臣往在淮阳,已无展效，出临彭蜀，又乏循良，虽圣恩不移，而微臣益惧。谨当宣扬皇化，镇抚蕃蛮，训率吏兵，翦除夷獠。庶冀毫发，增益山丘。陛下慎择任人，朝廷多士，伏愿更征英彦，俾付西南，许臣暮年，归侍丹阙。臣子之恳，君父之慈，天高听卑，下情上达。

军府多事，税赋方殷，臣今逐便指挥，乘间式遏。救苍生之疲弊，宽陛下之忧勤。乃臣丹诚懔懔于夙夜，无任悾款之至。谨遣洋州司马摄参谋臣路球，谨奉表陈谢以闻。

陈留郡上源新驿记

《周官》行夫，掌邦国传遽之事，施于政者，盖有章焉。皇唐之兴，盛于古制。自京师四极，经启十道，道列于亭，亭实以驲。而亭惟三十里，驲有上中下。丰屋美食，供亿是为，人迹所穷，帝命流洽。用之远者，莫若于斯矣。

伊陈留雄称山东，声殷海内，昌大嚣庶，有梁魏之遗迹，风烟两河之眇，襟带九州之半。洎皇华轺传，夷使骏奔，出关而驰，南向北户，山川水陆之役，兆于是矣。故上源所置，与其难哉！居里之冲，濒河之阳，地形湫隘，馆次卑狭，巽在堤下，面于剧旁，走庭以隅，建步终坎，车靡方驾，骑无并鞭，其郁闭有如此者！

壬辰岁，太守元公连率河南之三载也，尧咨四岳而神人理，汉诏八使而风俗清。举德推贤，事高典策，革已成之弊，持独断之明。迨兹邮亭，俯视颓杇，何逼侧蹇浅，不称其声；将图鼎新，岂曰仍旧？顾谓长史李公曰："夫开释故实，发挥制度，不有攸居者，谁其允协？今奏计阙前，先甲而往，小大之务，公其领之"。申命录事参军冯元掌曰："维操绳墨者，盖用于正；蕴廉慎者,俾临于财。公以正身,用财均力,纪纲相佐,善莫大焉"。复命浚仪令裴胜曰:"公之为县也,简易于理,训迪其源,秉清白之一门,据忠信之馀地。夫忠以创物,清而守官,立言有程,指使而可"。于是北吞里室,人以利迁也;南豁路旅,事无苟免也。合土以峻墉,攻木以高户,栋宇相翼,群材如生。兹所谓动乃有经,徐而不费。于戏!久于否者,宜以改作;本于功者,终乎永贞,则亭之成焉,我方访王公澄清之初也。

公时膺迈德,天与大才,属梁宋不登,朝廷旰食,求瘼之重,不其然欤?用能官,去秕政,人无菜色,百城偃于迅风,万象纳于明镜。乃因寮吏,慨然于兹亭曰:"且夫木石之新者,而犹可观;况人而自新,孰不观者?"又曰:"《传》不云乎:'启塞从时。'用之善者。而今而后,吾以无事为事焉。"君子是以知邮亭之可嘉,而我公之清净无穷也。末吏不敏,纪于贞石云。

送窦侍御知河西和籴还京序

天子务西州之实,岁籴亿计,何始于贵取,而终以耗称,俾边兵受寒,战马多瘦。挽域中之税,铸海上之山,江淮之人,盖奔命矣。岂财用之地,抑以从来;将利害之乡,犹有所阙?庙堂精思其故,表窦公自宪闱而董之,开释丛脞之病,发挥卤莽之极,政之大者,不其然欤?今农夫力于必登,廉贾知夫踊贱,於戏!若惟斯之义,以见天下之兵,我幕府凉公,勤劳王家,常用此道,干戈所适,戎狄相吊,宜哉!

八月既望,公于是领钱谷之要,归奏朝廷。副节制郎中裴公、军司马员外李公,追台阁之旧游,惜轩车之远别,席楼船于池上，泛云物于城下。胡笳羌笛，缭绕隈隩；舞罗眩装，映带洲渚。醉后欢甚，东林日高，语歧路于樽前，指京华于天眇。有若司直崔公之逸韵，嘉其廷评数贤之间作，适忝斯人之后，敢拜首而叙云。

后汉贼臣董卓庙议

　　昔汉祚陵夷，桓、灵弃德，宦官用事，国步多艰，宗社有缀旒之危，宰臣非补衮之具。董卓地兼形胜，手握兵钤，颠而不扶，祸则先唱。兴晋阳之甲，君侧未除；入洛阳之宫，臣节如扫。至乃发掘园寝，逼辱妃嫔。太后之崩，岂称天命？弘农之废，孰谓人心！敢讽朝廷，以自尊贵；大肆剽虏，以极诛求；焚烧都邑，驰突放横。衣冠冻馁，倚死墙壁之间；兆庶困穷，生涂草莽之上。于是天地愤怒，鬼神号哭。而山东义旗，攘袂争起，连州跨郡，皆以诛卓为名。故兵挫于孙坚，气夺于袁绍。僭拟舆服，党助奸邪，驱蹙东人，胁帝西幸。淫刑以逞，有汤镬之甚，要之糜烂，刳剔异端。乃谓汉鼎可移，郿坞方盛，殊不知祸盈恶稔，未或不亡。故神赞允诚，天假布手，母妻屠戮，种族无留。悬首燃脐，遗臭万代，骨肉灰烬，不其快哉！

　　今狄道之人，不惭卓之不臣，而务其为鬼。苟斯鬼足尚，则汉莽可得而神，晋敦可得而庙，桓元父子可享于江乡，尔朱弟兄可祀于朔上。嗟乎！仁贤之魄，寂寞于丘陵；义烈之魂，沈埋于泉壤。何馨香之气而用于暴悖之鬼哉？适窃奉吹嘘，庇身戎幕。每承馀论，饱识公忠之言；不远下风，尽知仁义之本。昨忝高会，敬受德音，今具贼臣之事，悉以条上。谨按《尚书》，王者望秩天地之神祇，诸侯祭境内之山川，乱臣不言，淫祀无取。则董卓之庙，义当焚毁。

樊少府厅狮猛赞

百兽至猛，莫若狮子。绀眼星悬，赤毛焰起。铜爪铁甲，锯牙凿齿。顾犀象则百队山跧，看熊罴则千群野死。以此言威，威可知矣。仙尉樊公，写其象于中厅。昆仑却粹，而屋壁欲动；虎豹胆慑，而讼庭已空。稜稜兮隔帘飞霜，飒飒兮满院生风。于是乎狮子为百兽之长，遂识樊公为百夫之雄。

绣阿育王像赞 并序

阿育王绣像，窦氏女奉为亡姊太夫人苏氏所建也。呜呼！有以蓬首操行，柴立孝思，仰昊天之茫茫，对高堂而泣血。女子孝矣，将感于神明；妇之义矣，可施于王化。故能尘垢明镜，住持青莲，永明宿因，独见诸净。以为霜雪风雨之思，胡宁以报亲？功德庄严之深，冀以益吾亲矣。乃自方丈之室，沛然广大之愿。彩翠鲜秀，光华可掬。运夫心眼之灵，尽如相好之美。瞻仰围绕，涕泪是悲，俾像教之勿坠，如佛身之有在。夫莫大者孝也，不泯者善也；惟孝与善，可以导达幽冥。则我太夫人宜归净土矣！呜呼！孝之至也，感人无穷，乃为赞曰：

佛不可见兮，法亦难知。惟我庄严兮，本乎孝思。儳幽冥兮，昭乎景福。彼净土者，可得而归之。

高适年谱

高适,字达夫。渤海蓨(tiáo)人。

李华《三贤论》、《新唐书·高适传》、陈振孙《直斋书录解题》、计有功《唐诗纪事》均曰:"高适,字达夫。"晁公武《郡斋读书志》、辛文房《唐才子传》则曰:"高适,字达夫,一字仲武。"此说出于《中兴间气集》,作者自序云:"仲武不揆菲陋,辄罄谀闻,博访词林,采察谣俗,起自至德元首,终于大历暮年,述者数千,选者二十六人,诗总一百三十二首。"大历年间为公元766年至779年,高适卒于永泰元年(765),则高仲武为另一人。《旧唐书·地理志》:"冀州蓨县,汉县,属渤海郡,隋旧隶观州,州废,属德州。……永泰后属冀州。"则应称"德州蓨县人","渤海"是旧称。

行三十五。曾祖高佑,官至宕州别驾。祖父高偘(kǎn),官至左卫大将军。父亲高崇文,官至韶州刺史。

《旧唐书·高适传》曰:"父从文,位终韶州刺史。"周勋初据《千唐志斋藏石》之《高氏墓志》《高琛墓志》《高琛夫人杜兰墓志》及《芒洛冢墓遗文四编》之《高岑墓志》推知其家世。

武后久视元年(700),高适出生。

关于高适生年,有696年、700年、701年、702年、704年、706年等说法。据高适诗歌,《留别郑三韦九兼洛下诸公》(749)曰"年过四十尚躬耕",《答侯少府》(751)曰"晚年学垂纶",另有李颀《赠别高三十五》(749)曰"五十无产业",综合三诗所言,以"五十无产业"为实数最合理,推知其为700年出生。

长安元年(701,大足元年十月改元),二岁。

长安二年(702),三岁。

长安三年(703),四岁。

长安四年(704),五岁。

中宗神龙元年(705),六岁。

神龙二年(706),七岁。

景龙元年(707,神龙三年九月改元),八岁。

景龙二年(708),九岁。

景龙三年(709),十岁。

睿宗景云元年(710,景龙四年七月改元),十一岁。

景云二年(711),十二岁。

玄宗先天元年(712),十三岁。

开元元年(713,先天二年十一月改元),十四岁。

开元二年(714),十五岁。

开元三年(715),十六岁。

开元四年(716),十七岁。

开元五年(717),十八岁。

开元六年(718),十九岁。

开元七年(719),二十岁。初游长安,不遇。

《送桂阳孝廉》写桂阳少年入长安落第而归,有高适自己的影子,"他日云霄万里人"充满少年人的乐观情绪。

《古歌行》"天子垂衣方晏如,庙堂拱手无馀议",以汉文帝垂拱而治比唐玄宗开元之治,反映了诗人满怀报国之志却无人援引的复杂心情,似也是初入长安之作。

《双六头赋送李参军》,写作时间不详,但全篇洋溢着积极向上的情调,是青年时代的高适乐观心态的写照。

开元八年(720),二十一岁。滞留长安。

《行路难二首》"安知憔悴读书者,暮宿灵台私自怜",灵台在长安西。高适于上年入京,寓居灵台,过着"席门穷巷出无车"的贫困生活,看到一朝发迹的贫贱老翁,深有感慨。二诗把遭遇现实残酷打击的不平之气抒发得淋漓尽致。

开元九年(721),二十二岁。自长安失意而归,客游梁宋,定居宋州宋城(今河南商丘),耕读自养。

《别韦参军》"归来洛阳无负郭,东过梁宋非吾土",表明高适已从长安回到宋州,处境十分艰难。"二十解书剑,西游长安城",是回到宋州后回顾开元七年游长安的经历和境遇。

开元十年(722),二十三岁。在宋中。

从《酬庞十兵曹》"许国不成名,还家有惭色"来看,当为由长安归梁宋初期。《别韦参军》曰"兔苑为农岁不登",此诗则云"雨泽感天时",可见高适已逐渐适应农耕生活,故在《别韦参军》后。

《过卢明府有赠》,写作时间不详,但反映了高适重视农业生产、关心人民疾苦的思想,充满了理想主义的色彩,应为客居梁宋前期之作。

《酬马八效古见赠》,写作时间不详,但"时代种桃李,无人顾此君",正是诗人从长安失落而归的心情写照。

《秋日作》表达了高适长期闲居寂寞之愁,当为在宋中时作,具体时间在开元十年至十七年之间。

《闲居》"方知一杯酒,犹胜百家书",格调与《秋日作》相似,当为客居宋中前期所作,在开元十年至十七年之间。

开元十一年(723),二十四岁。在宋中。

开元十二年(724),二十五岁。在宋中。

开元十三年(725),二十六岁。在宋中。

开元十四年(726),二十七岁。在宋中。

开元十五年(727),二十八岁。在宋中。

开元十六年(728),二十九岁。在宋中。

开元十七年(729),三十岁。在宋中。

《苦雪四首》中有"穷巷独无成"之句,"穷巷"屡见于客居宋中时的诗作;"孰云久闲旷",可见寓居宋已久,应在客居宋中后期、北上游相州之前,姑系于开元十七年。

开元十八年(730),三十一岁。北上燕赵,过魏州,至钜鹿。

《苦雨寄房四昆季》云"故人平台侧""宁能访穷巷",必为客居宋中时作；又曰"十年思上书"，开元九年至十八年刚好十年，应为客居宋中后期、北上燕赵之前。

《赠别晋三处士》云"卢门十年见秋草"，卢门，春秋时期宋国城门，在唐宋城县，知为开元十八年在宋州作。

《三君咏》序云："开元中，适游于魏。"高适平生只开元十八年入燕赵，至二十二年南返宋中。故系于此年。

《钜鹿赠李少府》曰"纵酒凉风夕"，此诗为开元十八年秋北游过钜鹿时作。

《酬司空璲》曰"燕赵何苍茫，鸿雁来翩翩"，此诗为北上途中所作。或在钜鹿之北，时在秋季。

开元十九年(731)，**三十二岁。往来东北边陲。**

是年有《塞上》诗，卢龙塞为古代东北边防要塞，在今河北省迁安市西喜峰口。开元二十年前后，唐与奚、契丹战火连年。此时的高适"常怀感激心，愿效纵横谟"，却眼见国家边患重重，军中种种黑暗，人微言轻，有志难骋，因而郁郁不平。

是年有《营州歌》，营州在今辽宁省朝阳县，诗中反映的异族色彩、少年意气，正是高适北上燕赵时的见闻和志向。

是年有《别冯判官》诗，因东北于开元二十年前后战火不息，故冯判官北上参军，高适在送别中表达了对边塞军中生活的向往。

开元二十年(732)，**三十三岁。献诗李祎幕下诸人，求援引而无果。**

是年有《信安王幕府诗》，《新唐书·玄宗纪》："(开元)二十年正月乙卯，信安王祎为河东、河北道行军副元帅，以伐奚、契丹。……三月己巳，信安郡王祎及奚、契丹战于蓟州，败之。"高适诗曰"落梅横吹后，春色凯歌前"，即咏此事，诗作于开元二十年春夏之交。高适以极大的热情赞美了信安王李祎此次东征的重大意义，并以赵壹、王粲自比，致希图援引之意。

是年有《蓟门五首》，蓟门在今北京近郊，五首小诗从不同侧面再现了东北边塞生活，对广大士卒的悲惨遭遇寄寓深沉的同情，对他们的英勇献身精神予以热情的礼赞,对统治者和边将轻启战端、优待俘虏、不恤士卒等做法深表不满。诗人对东北边塞军中生活的了解如此真切,周勋初据此认为高适此年在东北从军。

开元二十一年(733),**三十四岁。在蓟门与王之涣、郭密之等老友往来酬赠。冬,失望南归。**

是年有《酬李少府》诗,写登上蓟丘所见苍茫景色,抒发了对李少府的相思,同时感慨知音太少,表达了"君若登青云,余当投魏阙"的志向。

是年有《送李少府时在客舍作》诗,上首写知音不得见的相思,此首写短暂相聚旋送别的感伤,二诗中李少府应为同一人。

是年有《蓟门不遇王之涣郭密之因以留赠》诗,王、郭二人均为盛唐著名诗人,据岑仲勉《续贞石证史》所引墓志铭,王之涣卒于天宝元年二月,则高适与之相逢应在首次北上时。高适此次出塞,亲见边患严重,却请缨无路,此种心情唯有与知己贤交一叙,本欲蓟北一晤,却失之交臂,其愁可知。

是年有《自蓟北归》诗,诗人自蓟北失望而归,从"苍茫远山口,豁达胡天开"可知,诗作于归途中。

开元二十二年(734),**三十五岁。自蓟北南返宋中,一路漫游,拜访地方官吏韦济、薛据等人。冬,哭梁洽。**

是年有《同朱五题卢使君义井》诗,卢使君应为易州刺史卢晖,高适从燕赵南返宋中途经易州。

是年有《真定即事奉赠韦使君二十八韵》诗,真定为恒州治所,在今河北省正定县;韦使君即韦济,此时在恒州刺史任上。高适自蓟北南返宋中途经恒州,拜访韦济。

是年有《邯郸少年行》诗,高适有《淇上酬薛三据兼寄郭少府微》诗回顾早年经历,其中有"拂衣去燕赵,驱马怅不乐。天长沧洲路,日暮邯郸郭"之句,可证此诗作于开元二十二年南返途经邯郸时,抒发了自己忧心时局、志向落空的忧虑。

《别韦五》曰"相识仍远别,欲归翻旅游",正是诗人南返途中心情的写照；"夏云满郊甸""东看漳水流"，漳水流经河北、河南，此诗当为开元二十二年夏天，高适自蓟门南返宋州途经漳水时作。

《酬别薛三蔡大留简韩十四主簿》曰"同人久离别，失路还相见"，则是诗人自蓟北归来，途经涉县时与薛据等人重逢。"终嗟客游倦，归心无昼夜"，是归途语；"复值凉风时，苍茫夏云变"，在夏秋之交。

是年有《寄宿田家》诗，高适《淇上酬薛三据兼寄郭少府微》诗回顾早年自蓟北南返宋中的旅程，有"酒肆或淹留，渔潭屡栖泊"之句，与此诗景况相符，故系于开元二十二年。

是年有《哭单父梁九少府》，梁洽曾任单父县尉，单父在今山东省单县南，唐时属宋州；高适于开元二十二年秋返回宋中，次年春又赴长安；"旗亭画壁"时，梨园已传唱此诗，故知梁洽之死，在开元二十二年冬。

开元二十三年(735)，**三十六岁。赴长安应试，无成。**

是年有《题李别驾壁》诗，祖咏有《酬汴州李别驾赠》诗云"自洛非才子，游梁得主人"，则李别驾在汴州；"去乡不远"则是以宋州为乡，宋州离大梁很近，故此诗应作于诗人赴京途经大梁时，在开元二十三年春。

是年有《送刘评事充朔方判官赋得征马嘶》诗，岑参有《函谷关歌送刘评事使关西》诗，则送别自长安直至函谷关。此时朔方节度使为牛仙客。高适一生四次入京，首次年纪尚轻，后两次仓促繁忙，故系于第二次入京时，在开元二十三年。

开元二十四年(736)，**三十七岁。在长安结交名流，与张旭等人同游。**

是年有《醉后赠张九旭》诗，张旭为唐代著名书法家，杜甫《饮中八仙歌》曰："张旭三杯草圣传，脱帽露顶王公前，挥毫落纸如云烟。"与高适"兴来书自圣，醉后语尤颠"之语相符合。张旭于开元后期至天宝前期在长安，其时高适亦在长安。姑系于开元二十四年。

是年有《宴韦司户山亭院》诗，据王维《洛阳郑少府与两省遗补宴韦司户南亭序》："灞陵南望，曲江左转，登一级而樗、杜如近，尽三休而天地始大。"则韦司户亭院在长安。此诗当作于开元后期高适在长安应试不第滞留期间,系于开元二十四年,时王维为右拾遗。

《送韩九》诗曰"许君兄弟贤",则韩九很可能是韩四、韩十四之兄弟。《同韩四薛三东亭玩月》作于天宝二年,《酬别薛三蔡大留简韩十四主簿》作于开元二十二年,则此诗很可能作于开元后期天宝初期。从诗中高昂的进取精神来看,当时诗人比较年轻,姑系于此年。

开元二十五年(737),三十八岁。与王之涣、王昌龄宴游。梨园已传唱高适诗。

薛用弱《集异记》记载有"旗亭画壁"的故事,辛文房《唐才子传·王之涣》亦记载此事,并增加畅当一人。但据史载,畅当于贞元(785—805)初为太常博士,则不可能参与此会。此事或盛传于唐时,但具体时间不知。据谭优学《王昌龄行年考》考证,开元二十四年、二十五年,三人均有可能在长安,其时王昌龄任校书郎,王之涣、高适均无官职,故有"风尘未偶"之说。

是年有《和王七玉门关听吹笛》诗,《国秀集》中有王之涣《凉州词》,与高适此诗韵脚相同,高诗当为和作,大约在"旗亭画壁"后不久。

是年有《独孤判官部送兵》诗,《旧唐书·封常清传》载,开元末年安西四镇节度使夫蒙灵詧幕下有判官独孤峻。据诗中"钱君嗟远别,为客念周旋"句,可知高适也作客他乡,而送客赴任多在长安。又"出关逢汉壁,登陇望胡天",则是从长安至安西。开元末高适在长安,故系于开元二十五年诗人滞留长安时。

开元二十六年(738),三十九岁。有感于张守珪隐瞒败绩、军中腐败之事,结合此前北上幽蓟之见闻,作《燕歌行》。秋,离长安回宋中,中途暂住洛阳。

《燕歌行》序曰:"开元二十六年,客有从元戎出塞而还者,作《燕歌行》以示,适感征戍之事,因而和焉。"高适的一个曾经跟随张守珪征讨奚、契丹的朋友,以边塞战争为题材,写了一首《燕歌行》,高适有感于边防之事,结合此前北上燕赵、往来东北边陲的见闻,写下了他生平的"第一大篇",也是盛唐边塞诗的杰出代表作——《燕歌行》。《河岳英灵集》

评曰:"适诗多胸臆语,兼有气骨,故朝野通赏其文。至于《燕歌行》等篇,甚有奇句。"可见此诗一出,即为世人所重。

是年有《同熊少府题卢主簿茅斋》诗,李颀有《望鸣皋山白云寄洛阳卢主簿》诗云"饮马伊水中",又有《送卢逸人》诗云"洛阳为此别,携手更何时",则可推断此诗作于开元二十六年秋天诗人离开长安返回梁宋途经洛阳时。

是年有《送崔录事赴宣城》诗,从"欲行宣城印,住饮洛阳杯"一联看,送别之地在洛阳。诗云"羡尔兼乘兴",似是未入仕时作,姑系于此年秋于长安回梁宋途中暂住洛阳时。

《酬岑二十主簿秋夜见赠之作》诗云:"箕山别来久,魏阙谁不恋",为长安归宋中后的心情写照,当为此年秋返梁宋途中作。

开元二十七年(739),四十岁。回宋中后,寂寞寡欢。与房琯同游。送别族侄高式颜。秋至汶上,与杜甫同游。

是年有《遇冲和先生》诗,唐代著名术士姜抚,号冲和,宋州人,开元二十五年曾至东都,旋即因骗术败露而出逃。高适当于其出逃途中与之相遇,时间在开元二十六、二十七年之间。

是年有《别孙诉》诗,此诗清抄本题下注:"时俱客宋中。"从"年年睢水流"亦可断定此诗作于高适客居梁宋时,姑系于此年,当时诗人从长安失意而归,寂寞寡欢。

是年有《同房侍御山园新亭与邢判官同游》诗,房侍御即房琯,在开元后期曾任宋城令。高适开元末只于二十七年在宋中,故系于此年。诗中感慨房琯久历州县,以灌坛令太公望、单父宰宓子贱称赞其德政。

是年有《送萧十八与房侍御回还》诗,与前首同作于开元二十七年。时房琯任宋城令,"故交在梁宋"写萧十八来宋城过访之事。

是年有《寄孟五少府》诗,有田园隐居风味和浓重失意之感,当为客居宋中后期,诗应作于开元末年。

是年有《宋中别司功叔各赋一物得商丘》诗,从"墟落对穷年"来看,则在宋中后期。开元二十八、二十九年,诗人旅游相州、寓居淇上,故系于此年秋。

是年有《宋中送族侄式颜时张大夫贬括州使人召式颜遂有此作》诗，据《旧唐书·张守珪传》，张守珪被贬括州刺史在开元二十七年六月，次年五月卒于括州官舍，诗中所写为秋天景象，可推断此诗作于开元二十七年秋，当时张守珪招高适族侄高式颜赴括州，遂有此作。

是年有《又送族侄式颜》诗，与前首作于同时而稍后，在开元二十七年秋。

是年有《东平路作三首》，杜甫晚年有诗回忆当年与高适初次相逢的情景"汶上相逢年颇多"（《奉寄高常侍》），考杜甫于开元二十七年漫游齐鲁，高适亦明言此年至山东、赴汶阳，故知诗作于是年秋。

开元二十八年(740)，四十一岁。旅游相州。

《别耿都尉》，写作时间未详，从诗中对耿氏豪气的描绘来看，也寄寓着诗人自己的理想，应在开元后期，在短暂失意之后重新鼓起功名热望，姑系于此年春。

是年有《题尉迟将军新庙》诗，尉迟迥新庙于开元二十六年正月立于相州，诗人于开元二十八年至相州，诗当作于是年。

开元二十九年(741)，四十二岁。寓居淇上，与朋友诗酒赠答。

《淇上酬薛三据兼寄郭少府微》诗云"十年守章句"，则是开元九年与薛据长安相别之后，直到开元十八年北上燕赵，诗人一直在宋中耕读自给；"拂衣去燕赵"，是开元二十二年自蓟北归宋中；又云"淇水徒自流""一身与耕凿"，则是寓居淇上之言。

《淇上别业》用白描的手法、平淡自然的语言写出优美恬静的村居风光和诗人恬淡闲适的心境，此时诗人已在淇上乡间定居。

《淇上别刘少府子英》，是高适寓居淇上时与县尉刘子英赠别之作。

《送蔡十二之海上》，《全唐诗》题下注："时在卫中。"卫中，在淇上，故系是年。

《送魏八》诗云"更沽淇上酒"，则是寓居淇上时送别之作，系于此年秋。

《淇上送韦司仓往滑台》诗云"滑台门外见,淇水眼前流",则是在淇上送别,且淇上别业离滑台不远。系于是年秋。

是年有《同卫八题陆少府书斋》诗,卫八与陆少府皆诗人寓居淇上结交之友。诗云:"深房腊酒熟,高院梅花新。"可知作于是年冬。

《酬卫八雪中见寄》,与前诗写于同年冬。

是年有《哭裴少府》诗,写诗悼念素不相识的下层官员裴少府,也借此抒发内心苦闷之意,应为开元末年之作。

《别韦兵曹》与前诗心境相似,当在开元末年。

《别从甥万盈》诗云"莫以山田薄,今春又不耕",则是躬耕已有丰富的经验,当在开元末年。

天宝元年(742),四十三岁。秋,离淇上,至滑台。

是年有《田家春望》诗,高适一生除闲居宋中耕读垂钓外,还曾于开元二十九年至天宝元年寓居淇上农村。从心境来看,当为寓居淇上时,姑系于天宝元年春。

是年有《别张少府》诗,从诗的内容和情绪看,此时高适尚未入仕;"嗟我久离别",则不在宋中,很可能为寓居淇上期间。此前三年高适曾离开宋中至汶上,又旅游相州,然后寓居淇上,至此已是第四个年头,可谓"久离别"。姑系于天宝元年。

是年有《酬陆少府》诗,为天宝元年秋高适离淇上至滑台时所作,因淇上距滑台很近,故曰"固应不远别"。

是年有《自淇涉黄河途中作十三首》,高适于天宝元年秋离淇上,登滑台,且于滑台过冬,这组诗当作于此时。因黄河古道在唐代流经滑州,高适是在天宝元年夏秋之交自淇上前往滑台途中经过黄河,这组诗写的是沿途见闻感受。其九曰"朝从北岸来,泊船南河浒",则是此行由北至南;其四曰"南登滑台上,却望河淇间",点明是离河淇前往滑台;其六曰"秋日登滑台,台高秋已暮",其十一曰"孟夏桑叶肥,穮阴夹长津",则非一时写就,应是夏秋之交启程,秋末至滑台。

是年有《渔父歌》诗,诗中所写渔翁隐者与前《自淇涉黄河途中作十三首》之三、九、十三之渔翁相似,故系于天宝元年。

《同群公题郑少府田家》,《全唐诗》题下注:"此公昔任白马尉,今寄住滑台。"滑台,即今河南省滑县;诗又云"昔为南昌尉,今作东郡客",东郡即滑州。此为天宝元年秋诗人离淇上至滑台时所作,当时同游群公均有同题诗。

天宝二年(743),四十四岁。春天在滑台,夏季回睢阳,先后与地方名流李邕、李少康等往来。

《夜别韦司士》诗曰"黄河曲里沙为岸,白马津边柳向城",白马津即黎阳渡,在滑台之北,高适于此为友人送行;又曰"只言啼鸟堪求侣,无那春风欲送行",则是在春天。

《奉和鹘赋》序曰:"天宝初,有自滑台奉太守李公《鹘赋》以垂示。适越在草野,才无能为,尚怀知音,遂作《鹘赋》。"李公即灵昌太守李邕(天宝元年改滑州为灵昌郡)。高适至滑台时,李邕正在灵昌太守任上,二人结交甚欢。后高适回睢阳,李邕作《鹘赋》差人送与高适,遂有和作。李邕赋见于《文苑英华》卷一百三十六。

《苍鹰赋》,收录于《文苑英华》,不题作者,次于高适《鹘突赋》(即《奉和鹘赋》)之后;亦见于《全唐文》,题为高适撰。风格与《奉和鹘赋》相类,姑系于此时。

是年有《酬鸿胪裴主簿雨后睢阳北楼见赠之作》诗,《新唐书·地理志》:"天宝元年改宋州为睢阳郡。"高适于天宝二年在睢阳。

是年有《送柴司户充刘卿判官之岭外》诗,刘卿即刘巨鳞。据《旧唐书·玄宗纪下》,天宝三载夏四月,"南海太守刘巨鳞击破海贼吴令光,永嘉郡平"。天宝六载三月戊戌,"南海太守彭果坐赃,决杖,长流溱溪郡,死于路"。天宝八载五月,"南海太守刘巨鳞坐赃,决死之"。可推知,刘巨鳞曾两次出任南海太守充岭南五府经略采访处置等使,柴司户赴岭南,大约在前一次。姑系于此年秋。

是年有《同韩四薛三东亭玩月》诗,此诗题中"东亭"很可能是《同李司仓早春宴睢阳东亭》之"东亭",此诗于天宝二年秋作于睢阳。

是年有《同群公十月朝宴李太守宅》诗,李太守或为太祖李虎之五代孙李少康,时任睢阳太守,卒于天宝三载冬。天宝二年夏,高适自滑台回睢阳后,与李少康有往来,诗应作于此年秋冬。

是年有《宋中遇林虑杨十七山人因而有别》诗,《新唐书·地理志》:"相州邺郡林虑县,有林虑山。"诗云"昔余涉漳水,驱车行邺西",为开元二十二年自蓟北归宋中之事,故称"昔"。此时诗人与杨山人于宋中相遇,在天宝二年秋冬之交。

是年有《奉酬睢阳李太守》诗,李太守即李少康,为唐宗室,故诗曰:"公族称王佐,朝经允帝求。本枝强我李,盘石冠诸刘。"李少康任睢阳太守在天宝元年至天宝三载春天之间,高适于天宝二载自滑台至睢阳,与李少康交往;诗曰"冬至招摇转",可判定此诗作于天宝二年冬。

《画马篇》题下注:"同诸公宴睢阳李太守,各赋一物。"则与前首作于同年。

是年有《咏马鞭》诗,周勋初曰:"高适作古诗,或五言,或七言,变化不大,唯此二诗(指此篇与《画马篇》)之中均杂有三字句,此亦同时所作之一证。"姑系于天宝二年。

天宝三载(744),四十五岁。春,往来于睢阳、陈留间。夏,与李白、杜甫登吹台,漫游梁宋。夏秋之间,至单父,与李白、杜甫同登琴台,且纵猎孟诸泽。秋末,离梁宋东征。

是年有《同李司仓早春宴睢阳东亭》诗,高适春天在睢阳的时候不多,且此时因交游之故,心情好转,故系于天宝三载春。

是年有《送田少府贬苍梧》诗,诗曰"惆怅西南天""远树应怜北地春",则送客之地应在梁宋。睢阳、陈留均为交通要冲,距离苍梧有万里之遥。

是年有《送杨山人归嵩阳》诗,陈留在今河南省开封市陈留镇,战国时魏惠王迁都大梁,即其地。诗云"夷门二月柳条色",夷门即在大梁。高适曾于开元二十三年春自宋州赴长安应考,或曾道经嵩阳,与此诗"不到嵩阳动十年"吻合,故系此诗于天宝三载春。

是年有《送蔡山人》诗,李白亦有《送蔡山人》诗,高适与李白同游时间不长,当为天宝三载夏同游梁宋时作。

是年有《送虞城刘明府谒魏郡苗太守》诗,据李白《虞城令李公去思颂碑》和《旧唐书·苗晋卿传》的相关记载,李锡拜虞城令在天宝四载,刘氏拜虞城令应在此之前;而苗晋卿任魏郡太守在天宝三载至五载之间;又诗中有"炎天昼如火"之句,故可推知此诗当作于天宝三载夏。

是年有《古大梁行》诗,杜甫《遣怀》诗曰"昔我游宋中,惟梁孝王都",又曰"忆与高李辈,论交入酒垆"。李白《侠客行》:"闲过信陵饮,脱剑膝前横。将炙啖朱亥,持觞劝侯嬴。"李白诗作于天宝三载夏,高诗当作于同时。

《单父逢邓司仓覆仓库因而有赠》诗曰"炎炎伏热时""载酒登琴堂",知为天宝三载秋高适在单父赠邓司仓之作。

《登子贱琴堂赋诗三首》序曰:"甲申岁,适登子贱琴堂,赋诗三首。"甲申岁即天宝三载。

是年有《观李九少府翥树宓子贱神祠碑》诗,李九少府可能是梁宋地方县尉,是高适的好友。据《金石录》卷七:"唐宓子贱碑,李少康撰,李景参正书,天宝三载七月。"此诗与前首作于同时,为天宝三载秋。

是年有《同群公秋登琴台》诗,天宝三载四月,杜甫在洛阳与李白相遇,两人相约同游梁宋,当年秋天与高适在单父相遇,同游琴台。杜甫《昔游》诗曰:"昔者与高李,晚登单父台。寒芜际碣石,万里风云来。桑柘叶如雨,飞藿去徘徊。清霜大泽冻,禽兽有馀哀。"单父台即宓子贱琴台;大泽即孟诸泽,界于睢阳与单父之间。

《同群公题张处士菜园》诗中,"群公"或与前诗所指相同,为李白、杜甫等人,姑系于天宝三载。

是年有《平台夜遇李景参有别》诗,平台,在睢阳。诗曰"孟诸薄暮凉风起,归客相逢渡睢水",是征途中景象。孟诸,在宋中,今商丘东北;睢水,在高适所居宋城之南。杜甫《昔游》诗曰:"清霜大泽冻,禽兽有馀哀。"大泽即孟诸泽。此时诗人漫游梁宋,纵猎于孟诸,在天宝三载秋。

是年有《宋中十首》，十首诗分咏梁宋古人古事，写作时间相同。其四曰"九月桑叶尽，寒风鸣树枝"，其五曰"登高临旧国，怀古对穷秋""昔贤不复有，行矣莫淹留"，可知是天宝三载秋末远征东南前作。

《宋中别周梁李三子》题中周、梁二人名未详；闻一多《少陵先生年谱会笺》认为李是李白。诗曰"李侯怀英雄"，杜甫《与李十二白同寻范十隐居》诗云"李侯有佳句，往往似阴铿"，亦称李白为"李侯"；另诗中"骯髒乃天资""方寸且无间"二句与李白天宝元年至天宝三载在长安的遭遇亦相符。此诗当作于李白从长安被赐金放还漫游梁宋之时，即天宝三载暮秋。

《途中酬李少府赠别之作》诗曰"西上逢节换，东征私自怜"，梁宋在睢阳西北，高适北上梁宋正值夏秋换季之时；秋末，从大梁出发独自东征，所以"私自怜"。高适《东征赋》曰："岁在甲申，秋穷季月，高子游梁既久，方适楚以超忽。"时在天宝三载九月。

是年有《东征赋》，天宝三载夏，高适与李白、杜甫登吹台赋诗，并漫游梁宋；秋季从大梁出发东征，经鄽县、符离、灵璧、彭城、泗水、盱眙、淮阴，直至襄贲，寓樊家。此次东南行，既是受到李杜漫游的感发，更是诗人长期托身草野却不甘隐居、心系君门却无路可进的矛盾心态的反映。

天宝四载(745)，四十六岁。高适于上年秋末离梁宋东征，自宋中梁园出发，沿通济渠往东南，至鄽县，经洛城，下符离，临彭城，登夏丘，经泗上，遭淮阴，历山阳，至襄贲，寓居樊家。秋季，由泗水西北行，至东平。赴汶阳，过鲁郡、曲阜等地。

是年有《涟上题樊氏水亭》诗，襄贲即江苏涟水县，高适上年秋末离梁宋东征，至次年夏秋之际至襄贲。诗曰"亭上酒初熟""菱芋藩篱下"，应在天宝四载秋。

《涟上别王秀才》诗，与前诗作于同时，此时高适逗留于楚州涟上一带，时在天宝四载秋。

《樊少府厅狮猛赞》，此文写作时间不详。若樊少府为《涟上题樊氏水亭》诗中之樊氏，则应作于天宝四载。

是年有《鲁西至东平》诗,《旧唐书·地理志》:"天宝元年改郓州为东平郡。"诗作于天宝四载秋自泗水西北行至东平途中。从"沙岸泊不定,石桥水横流"两句可知,此行经由水路至东平。

是年有《东平留赠狄司马》诗,狄氏曾任安西都护田仁琬幕府判官,后为司马。据徐安贞《易州田公德政碑》,田仁琬于开元二十八年春摄御史中丞,迁安西都护;《旧唐书·王忠嗣传》载,田仁琬于开元二十九年充河东节度使;《册府元龟》卷四百五十"将帅部"所载《贬田仁琬刺史制》,天宝元年,田仁琬被贬为舒州刺史。狄司马充田仁琬判官在开元二十八年至天宝元年之间,后迁司马。田仁琬于天宝元年去职后,狄氏亦随之东归,落魄不得志,高适赠诗以劝。此诗作于诗人旅居东平之时,在天宝四载秋冬之际。

《饯宋八充彭中丞判官之岭外》诗中之彭中丞,即彭果。据《资治通鉴》,彭果于天宝四载三月出任岭南五府经略采访使、光禄少卿兼南海郡太守摄御史中丞,天宝五载秋岭南经略使为张九章。诗曰:"举鞭趋岭峤,屈指冒炎蒸。北雁送驰驿,南人思饮冰。"北雁南飞,岭南依然炎热,则为秋季。系于天宝四载秋。

《东平路中遇大水》诗曰:"指涂适汶阳,挂席经芦洲。永望齐鲁郊,白云何悠悠。"为天宝四载秋自东平至汶阳途中,因沿途亲见水灾造成百姓疾苦而作。《旧唐书·玄宗纪》载天宝四载秋八月,"河南睢阳、淮阳、谯等八郡大水。"东平洪水大约也在此时。

《鲁郡途中遇徐十八录事》诗曰"谁谓嵩颍客,遂经邹鲁乡""日出见阙里,川平知汶阳",邹鲁、阙里、汶阳,点明行程,在天宝四载秋,诗人前往鲁郡途中偶遇书法家徐氏,为之赠别。

是年有《秋胡行》诗,刘向《列女传》卷五《节义传·鲁秋洁妇》载有秋胡戏妻故事,发生在鲁地。《古今图书集成·神异典·神庙部》引《山东通志》:"秋胡庙,在嘉祥县南五十里平山上,其来已久。"嘉祥在唐代属鲁郡任城县。高适于天宝四载秋冬之际经由东平至鲁郡、曲阜等地,诗或作于此时。

《送蔡少府赴登州推事》诗中有胶东、即墨、大岘口、汶阳亭及登州等地名,均在东平、汶阳以东,当为天宝四载秋过鲁郡、曲阜等地时作。

《送郭处士往莱芜兼寄苟山人》诗中有东蒙、峄阳、日观、莱芜等地,则当作于漫游东鲁期间,姑系于天宝四载秋冬。

是年有《同群公题中山寺》诗,中山寺位于今山东省临沂市蒙阴县,始建于隋,兴盛于唐。因中山寺在山东,考高适行踪,诗人于天宝四载秋冬曾前往山东东平、曲阜游历,大约于此时经过临沂。

天宝五载(746),四十七岁。夏,奉李邕召,赴临淄郡,再次与李白、杜甫相聚。后随李邕至北海郡。

是年有《奉酬北海李太守丈人夏日平阴亭》诗,高适与李邕为旧相识,曾于滑州相聚。后李邕任北海太守,其从孙李之芳赴齐州任职,李邕自北海来会,并驰书汶阳,请高适至临淄郡(天宝五载十月改为济南郡)聚首,此诗即作于汶阳至临淄途中行次平阴之时。诗曰"一生徒羡鱼,四十犹聚萤",此时高适已四十七岁,仍未出仕,希望李邕援引。

是年有《同李太守北池泛舟宴高平郑太守》诗,高适受李邕之召,于天宝五载夏前往临淄相会,此诗写二人与郑太守泛舟同游济南大明湖之事。此时李白、杜甫均在济南,李白有《上李邕》诗,杜甫亦有《陪李北海宴历下亭》《同李太守登历下古城员外新亭》诗,均作于是年夏天。

是年有《同群公出猎海上》诗,高适于天宝五载夏赴临淄郡,与李白、杜甫再次相聚。《旧唐书·李邕传》载,李邕擅长打猎,大约此年秋冬招致李、杜、高等人一同在山东近莱州湾一带打猎。

《途中寄徐录事》诗中徐录事即去秋在前往鲁郡途中所遇书法家徐氏,诗作于天宝五载秋赴北海途中。

《和贺兰判官望北海作》诗曰"吏道竟殊用,翰林仍忝陪",翰林指题中所言贺兰判官贺兰进明。高适于天宝五载秋随李邕至北海后,曾与贺兰进明同游渤海。

天宝六载(747),四十八岁。春,在东平。旋即归睢阳,与故交崔二等人往来。冬,与董令望等人相聚。

《为东平薛太守进王氏瑞诗表》序曰:"去景龙二载,撰《天宝回文诗》。"景龙二载为公元 708 年,因王氏诗名为《天宝回文诗》,"天宝"二字恰与李隆基年号相合,故作为瑞诗进呈。高适于天宝六载春在东平,另有《东平别前卫县李寀少府》《东平旅游奉赠薛太守二十四韵》等诗。

《别崔少府》诗曰:"知君久得意,汶上掩柴扉。寒食仍留火,春风未授衣。"汶上,指东平。天宝六载春,高适在东平,寒食节后仍在汶水一带。

《东平别前卫县李寀少府》诗曰:"云开汶水孤帆远,路绕梁山匹马迟。"汶水流经东平,梁山在今山东省梁山县,此时高适应在自东平回睢阳途中,在天宝六载春。

《东平旅游奉赠薛太守二十四韵》诗中之薛太守即薛自劝,曾任东平太守。诗云"汶上春帆渡,秦亭晚日愁",秦亭在今河南省范县,此诗作于天宝六载春自山东归睢阳途中。

是年有《和崔二少府登楚丘城作》诗,楚丘城在睢阳郡,此诗当作于天宝六载春高适自东平归睢阳途中。

是年有《别王彻》诗,天宝四载秋,高适漫游东南,而后由泗水西北行至东平、汶阳,过鲁郡、曲阜;五载又奉李邕之召赴临淄,至北海;直到六载春天才北返睢阳。诗云"归客自南楚""回首江淮深",又云"载酒登平台",当作于天宝六载秋。

是年有《效古赠崔二》诗,高适有《和崔二少府登楚丘城作》,另《过崔二有别》诗中有"秋风吹别马"之句,与此诗"十月河洲时"相符,三诗所写崔二当为同一人。诗为天宝六载初冬作,此时崔二似已至睢阳,但有归去之意。

《过崔二有别》,与《效古赠崔二》同年而稍后,诗曰"秋风吹别马",为天宝六载冬,此时崔二离开睢阳,高适前来送别。

《宋中遇刘书记有别》诗曰:"相逢梁宋间,与我醉蒿莱。寒楚眇千里,雪天昼不开。"时在天宝六载冬。

是年有《宋中别李八》诗,从"行矣各勉旃,吾当挹馀烈"来看,高适潦倒失意而牢骚满腹,应为天宝六载冬作于宋中。

《别董大》诗曰"一离京洛十馀年",高适于开元二十六年(738)离京回宋中,至天宝六载整十年;又曰"今日相逢无酒钱",应尚未为封丘尉。故系于天宝六载冬。

天宝七载(748),四十九岁。居睢阳,穷困潦倒。

《宋中遇陈二》诗中之陈二即陈兼。据《新唐书·陈京传》、李华《三贤论》等记载,陈兼,字不器,颍川人。初授封丘丞,后隐耕楚县,游于梁宋,与独孤及、贾至、高适等人交往甚密。天宝十二载应辟,官至右补阙、翰林学士。天宝七载,诗人于睢阳偶遇故人陈兼,写诗以赠。

是年有《宴郭校书因之有别》诗,从"彩服""年鬓"等句看,高适此时年龄老大而尚未出仕,穷愁潦倒,当为客居梁宋后期,姑系于天宝七载。

《酬裴秀才》诗曰"蹉跎觉年老",又说"长卿无产业",李颀在《赠别高三十五》诗中也有"五十无产业"之句,应在封丘为尉之前不久,姑系于天宝七载。

《咏史》诗借咏史抒发怀才不遇之感,应作于天宝八载出仕之前,此时高适困窘至极,多年求官未得,不免心中悲愤,姑系于天宝七载。诗名为咏古人古事,实则借古讽今。

天宝八载(749),五十岁。春,与刘眘虚、畅璀往来。睢阳太守张九皋举荐高适为有道科,三伏至长安,授封丘尉。初秋,至封丘上任。

《别刘大校书》诗中之刘大即刘眘虚。《西江志》卷六十六引郭子章《豫章书》:"刘眘虚,字全乙,新吴人。……开元中,举宏辞,累官崇文馆校书郎。与孟浩然、王昌龄相友善。"高适于开元二十三年应征入长安,正直刘眘虚声名洋溢之时,二人或在此时相识。从诗意看,此时刘眘虚由水道归江东故里,途出睢阳,高适为之送行,暂系于天宝八载春。

《睢阳酬别畅大判官》诗中之畅判官即畅璀。《旧唐书·畅璀传》:"河东人也。乡举进士。天宝末,安禄山奏为河北海运判官。……璀廓落有口才,好谈王霸之略。"睢阳在唐代只于天宝年间称睢阳郡,高适于天宝六载至天宝八载在睢阳,《旧唐书·畅璀传》载,畅璀于天宝末年为河北海运判官,因此暂系此诗于天宝八载。

《谢封丘县尉表》曰:"臣艺业无取,谬当推荐,自天有命,追赴上京,曾未浃旬,又拜臣职。……臣已于正衙辞讫,即以今日赴官。"则是天宝八载夏入京受职时上玄宗谢表。

《古乐府飞龙曲留上陈左相》诗中之陈左相即陈希烈。陈希烈为宋州人,博学,深于黄老,工文章。受知于李林甫,天宝五载官至左相兼兵部尚书。天宝十一载,杨国忠代李林甫为右相,陈希烈受排挤而罢相。据《新唐书·宰相表中》载,天宝六载起,陈希烈与李林甫始分任左右相。诗曰"幸沐千年圣,何辞一尉休",作于天宝八载秋高适被授封丘县尉时。

《留上李右相》与前首同时,皆作于天宝八载秋,此时高适赴京接受封丘尉之职,离开京城时作此二诗分呈左右相。

是年有《留别郑三韦九兼洛下诸公》诗,高适于天宝八载初秋过洛阳,前往封丘任职途中,与郑三、韦九等人相别。

《初至封丘作》诗作于天宝八载秋初至封丘时。《全唐文》卷三五七录有高适《谢封丘县尉表》,另有《答侯少府》诗,李颀有《赠别高三十五》《答高三十五留别便呈于十一》,均作于同时。

天宝九载(750),五十一岁。上半年,在封丘县尉任上,内心苦闷,对趋奉长官与压迫百姓的县尉日常生活感到痛苦。秋,送兵清夷军,途出濮阳,与沈千运相逢。又经河间、博陵北上,于是年冬抵达蓟北。完成送兵任务后,回蓟门过年。

是年有《同陈留崔司户早春宴蓬池》诗,《新唐书·地理志》:"汴州陈留郡治浚仪。"在今河南省开封市。蓬池,即蓬泽,在今河南省开封市东南。《元和郡县志》卷七:"蓬泽在(开封)县东北十四里,今号蓬池,左氏所谓蓬泽也。"此时高适在封丘任上,借酒浇愁,兼赏早春美景。

《封丘县》诗作于封丘任上,从内容看,应已上任一段时间,约在天宝九载春夏间。此时困于一邑而满目疮痍,以诗表达理想与现实的矛盾和出仕之后又强烈希望归隐的衷曲。

《封丘作》主题与《封丘县》一致,皆表达不堪风尘作吏、欲要归隐之意,但情绪相对平和,写作时间比《封丘县》稍后,在天宝九载春夏间。

《赠别沈四逸人》诗中之沈四逸人即名士沈千运。沈千运为吴兴(今属江苏)人,是一位知世独行的真隐士。天宝年间,屡试不中,曾干谒名公,历尽沉浮,饱尝炎凉,看破人生和仕途,约五十岁左右隐居濮上(今河南濮阳南濮水边),躬耕田园。沈千运和高适是好朋友,常有诗相酬答。高适于天宝九载秋到濮上访问沈千运,诗当作于此时。

是年有《赋得还山吟送沈四山人》诗,据《唐才子传》载,沈千运于天宝中因屡试不第而游襄、邓,至濮上。天宝九载高适任封丘县尉时,专程造访沈;沈隐居汝北之后,又来看望高适,并有《山中作》诗相赠,高适赋《还山吟》为之送行,对他的隐居表示理解和支持。

《同群公登濮阳圣佛寺阁》诗当作于天宝九载秋高适至濮上拜访沈千运之时。

《酬秘书弟兼寄幕下诸公》诗中幕下诸公,指范阳、平卢节度使安禄山幕府中的幕僚。序曰"今年适自封丘尉统吏卒于青夷,途经博陵",则是在天宝九载秋,送兵清夷军途中。

是年有《送兵到蓟北》诗。送兵,即为清夷军(属范阳节度使,在今河北省怀来县。高适诗中作"青夷军")送士兵。此诗作于天宝九载冬。高适在送兵途中见到安禄山控制下的幽蓟边地乱象横生,深表忧虑。

是年有《使青夷军入居庸三首》,居庸,长城重要关口,位于居庸山中,旧称军都关、蓟门关,在今北京市昌平区。这一组诗作于天宝九载冬天,送兵清夷回来途经居庸关时,真实地反映了高适在本不得意,送兵边塞又看到种种乱象的情况下,于归途中深思仕与隐矛盾的心情。

《蓟中作》诗作于天宝九载冬,高适送兵清夷军后,旋即回蓟北过年。

《赠别王十七管记》诗中之王十七即幽州节度使张守珪幕下掌理文牍的管记王悔。高适于开元二十年前后在东北时即已结识王悔,故开篇云"故交"。王悔曾于开元二十二年帮助张守珪计斩契丹王屈烈及权臣可突于;后来张守珪得罪,王悔亦沉沦不起,高适此次送兵到蓟北再次遇到王悔,故有是作。

是年有《除夜作》诗,高适出仕之前,主要客居于梁宋,当时年纪尚轻,还不到"霜鬓"之年;出仕后到陇右、河西、剑南等地,虽有"霜鬓",却已得意,不至于"凄然",是以将此诗系于天宝九载冬送兵清夷归来途中在蓟北旅馆过年之时。

　　天宝十载(751),**五十二岁。春,离开蓟北,经河淇回封丘。**

　　《答侯少府》诗曰:"北使经大寒,关山饶苦辛。边兵若刍狗,战骨成埃尘。"高适北使清夷军,目睹安禄山辖境内乱象横生,极为失望;诗曰:"两河归路遥,二月芳草新。柳接滹沱暗,莺连渤海春。"滹沱、渤海,均在河北一带,则是春二月自蓟北返回封丘途中。

　　是年有《同敬八卢五泛河间清河》诗,河间,河间郡治所在地,在今河北省河间市。此诗为天宝十载春诗人自蓟北送兵归来途中与朋友泛舟长丰渠而作。

　　是年有《辟阳城》诗,《元和郡县志·冀州信都县》:"辟阳故城在(信都)县东南三十五里。审食其为辟阳侯。"即今河北省衡水市冀州区东。高适于天宝十载春自蓟北归梁宋,途经河淇时作此诗。诗以审食其私通吕后却被封辟阳侯一事,暗讽杨贵妃与安禄山秽乱宫廷却受唐玄宗重用之时事,对山雨欲来的祸乱有强烈的预感和隐忧。

　　《同颜少府旅宦秋中》诗曰"不是鬼神无正直,从来州县有瑕疵",诗中充满磊落不平之气,当在封丘县尉任上作,系于天宝十载秋。

　　《九月九日酬颜少府》诗与前首作于同年,系于天宝十载重阳。

　　《奉酬睢阳路太守见赠之作》诗中之路太守即路齐晖。《新唐书·宰相世系表五下》"平阳路氏"条内有"(路)齐晖,徐、宋二州刺史"。《新唐书》宋州刺史为古称,即睢阳太守。诗曰"风尘吏道迫,行迈旅心悲""州县甘无取,丘园悔莫追",表明是在封丘县尉任上,且离职之意甚坚,当为深思熟虑后之决定,故系于天宝十载秋。

　　天宝十一载(752),**五十三岁。上半年仍在封丘尉任上。秋,辞职至长安,与崔颢、储光羲、綦毋潜、岑参、杜甫、薛据等人唱和应酬。秋末,受田梁丘推荐,赴河西幕府,登陇山,先至武威,经昌松,至临洮,皆不遇哥**

舒翰；转至陇右节度使驻地鄯州西平郡，始得见，入哥舒翰幕府。冬，随哥舒翰入朝。

是年有《陈留郡上源新驿记》，此文为陈留郡新建成的上源驿作记，从"我方访王公澄清之初"和"末吏不敏"等语来看，作于高适任封丘尉之时，因唐代封丘县属河南道汴州陈留郡。文中明确指出写作时间为"壬辰岁"，即天宝十一载，当时元彦冲任陈留郡太守。

《崔司录宅燕大理李卿》诗写于崔司录宅中，因大理寺卿为京官，诗曰"早朝至尊暮求友"，故诗人此时在长安；诗中自称"山东小吏"，则是以之前所任封丘县尉身份入席，高适此时应已辞去县尉之职，至长安与朋友相会，时间在天宝十一载秋。

《同诸公登慈恩寺浮图》诗中之诸公，指杜甫、岑参、储光曦、薛据等人。岑参有《与高适薛据登慈恩寺浮图》诗，杜甫、储光羲并有《同诸公登慈恩寺塔》诗，杜诗原注："时高适、薛据先有此作。"可知五人同游且高适先有此诗。慈恩寺，旧寺在长安东南曲江北，贞观二十二年李治为太子时，就隋无漏寺旧址为母文德皇后追福所建，故名慈恩寺。《旧唐书·高适传》："解褐汴州封丘尉，非其好也，乃去位，客游河右。"诗人去河右之前，先至长安，与岑参等人同游，五人皆有诗，唯薛诗亡佚，其余四人之诗所言时令均为秋季。

是年有《同薛司直诸公秋霁曲江俯见南山作》诗，储光羲有《同诸公秋霁曲江俯见南山》诗，与《高常侍集》卷二之《奉和储光羲》诗相同，大约为储光羲作，后人误以为高适诗。然由此可知，前诗中同游慈恩寺诸公在登佛塔后，又一同至曲江（在慈恩寺东南）游览。此诗亦作于天宝十一载秋。

《同李九士曹观壁画云作》诗中之李九士曹即李翥，曾为单父县尉，此时任京兆府士曹参军。天宝十一载秋末，高适在长安，岑参有《题李士曹厅壁画度雨云歌》，与此诗作于同时。

《同崔员外綦毋拾遗九日宴京兆府李士曹》诗中之崔员外即崔颢。《旧唐书·崔颢传》："累官司勋员外郎，天宝十三年卒。"綦毋拾遗，即綦毋潜。李士曹，即李鷺。京兆府，开元元年改雍州置，治所在长安、万年二县。此与前诗同作于天宝十一载秋末，时高适在长安，与岑参、崔颢、綦毋潜、李鷺等人一同聚会。

是年有《玉真公主歌》诗，玉真公主乃玄宗之妹，喜结交文士，与李白、王维、储光羲等人均有交游唱和。《旧唐书·玄宗纪下》天宝三载十一月："玉真公主先为女道士，让号及实封，赐名持盈。"高适于天宝十一载秋离开封丘至长安，与崔颢、岑参等人唱酬交游，大约于此时结识了玉真公主。

《送李少府贬峡中王少府贬长沙》诗中之李少府、王少府，名未详。峡中，指长江三峡；长沙，郡名，原称潭州，天宝元年改为长沙郡。可见此诗作于天宝年间。同时为两个被贬之人送别，很可能在长安，据此推知在天宝十一载秋。

是年有《送张瑶贬五溪尉》诗，五溪，郦道元《水经注·沅水》："武陵有五溪，谓雄溪、樠溪、无溪、酉溪、辰溪。"在今湖南西部和贵州东部。诗中有"去国"之句，送别之地应在长安。从"沉浮勿强嗟"句看，诗人于仕途已有比较成熟的认识，似乎既遭受过打击，又对前途有热望与信心，姑系于天宝十一载秋，时高适在长安。

《赠任华》诗中之任华，乃开元、天宝间诗人，曾任秘书省校书郎及监察御史等职。高适送别之作多在长安，姑系于此年秋。

《送别》诗写作时间不详，孙钦善《高适集校注》："或作于天宝十一载秋客游长安之时。"高适于天宝十一载秋离任封丘，抵达长安，结朋交友，酬唱甚密，并于此年秋冬写了很多送别友人的诗歌，姑系于此时。

《别王八》，从诗中意气来看，诗人约在长安。天宝十一载秋，高适在长安，与储光羲、杜甫、岑参等人酬唱，有诸多送别之作，均一扫往日阴霾，豪情壮志，意气风发，此诗格调相似，故系于此时。

是年有《送蹇秀才赴临洮》诗，此诗为蹇秀才送别，实则可见高适立功边塞之心，故系于此年秋。

《送李侍御赴安西》诗曰"虏障燕支北，秦城太白东"，上句为李侍御将去之地,下句为高适送别之处,可见此时诗人在长安,立功边塞之志甚明,与前二诗应为同时之作。

是年有《送裴别将之安西》诗,此诗送裴氏到安西,似是在长安时作,姑系于天宝十一载秋。

《送郑侍御谪闽中》,此诗似作于长安,姑系于天宝十一载秋。

《送董判官》,此诗所送董判官很可能前往河西入哥舒翰幕府,诗中有"近关""出塞"之语,当作于长安,姑系于天宝十一载秋。

《送浑将军出塞》诗中之浑将军,当为皋兰州都督浑惟明。浑惟明曾为哥舒翰部将,因随哥舒翰大败吐蕃、尽收九曲之地有功,天宝十三载,哥舒翰为其论功,表奏加云麾将军。诗应作于天宝十一载秋高适在长安时。

《送白少府送兵之陇右》诗曰"践更登陇首,远别指临洮",此时高适在长安,而白氏将之临洮,从"为问关山事,何如州县劳"来看,当为高适离开封丘抵达长安以后,故系于天宝十一载秋。

《登垄》,此诗是高适应哥舒翰征召,离长安前去河西节度使治所凉州途中,登陇山有感而作。关于高适入幕河西的时间,据《奉寄平原颜太守》诗序"今南海太守张公之牧梁也",张公即张九皋,曾为南海太守、睢阳太守,卒于天宝十四载四月;诗曰"一为天崖客,三见南飞鸿",则入幕时间只能是天宝十一载。

《登百丈峰二首》,百丈峰在河西节度使治所武威郡,这两首诗当作于天宝十一载从长安至河西节度使治所武威拜见哥舒翰之时,当时哥舒翰应在临洮有战事,因而未得见。

是年有《入昌松东界山行》诗。昌松,《旧唐书·地理志》:"凉州武威郡有昌松县,汉苍松县。"唐属陇右道,故城在今甘肃省武威市西。天宝十一载秋高适出塞入幕河西,先至武威拜见哥舒翰不得,继而从武威途经昌松县至临洮。

是年有《自武威赴临洮谒大夫不及因书即事寄河西陇右幕下诸公》诗,武威,原称凉州,天宝元年更为武威郡,治所在姑臧县(今甘肃武威市凉州区),亦为河西节度使治所。临洮,原称洮州,天宝元年更为临洮郡,治所在今甘肃临潭,属陇右节度使。大夫,指哥舒翰,时摄御史大夫。天宝十一载秋,高适出塞自武威赴临洮拜见哥舒翰不遇,有诗赠陇右节度使幕府诸幕僚。

《后汉贼臣董卓庙议》文曰:"今狄道之人,不惭卓之不臣,而务其为鬼。"汉狄道县即陇西临洮,在唐代属陇右节度使管辖,为董卓老巢,故有董卓祠庙传至唐代。诗人自述作文缘由,有"窃奉吹嘘,庇身戎幕。每承馀论"之语,是指受田梁丘推荐入幕河西之事。高适于天宝十一载秋至河西,同年冬随哥舒翰入朝,哥舒翰"盛称于上前",文当作于此时。

天宝十二载(753),**五十四岁。四月,仍在长安,旋即返河西,随哥舒翰进击吐蕃,五月,拔洪济、大漠门等城,悉收九曲部落,战事结束后,回积石军。秋,回河西,与窦侍御同游。**

是年有《李云南征蛮诗》,李云南,即李宓,曾任侍御史、剑南留后。蛮,指南诏。序曰:"天宝十一载,有诏伐西南夷,右相杨公兼节制,乃奏前云南太守李宓涉海自交趾击之。……十二载四月,至于长安,君子是以知庙堂使能,李公效节。适忝斯人,因赋是诗。"高适于天宝十一载冬随哥舒翰入朝,至次年四月仍在长安。

是年有《金城北楼》诗,金城,属陇右道,天宝元年改为金城郡,治所在五泉县(今甘肃兰州)。此七言律诗当写于天宝十二载夏由长安返回河西途中。

是年有《同李员外贺哥舒大夫破九曲之作》诗,九曲,在今青海贵德东河曲一带。《资治通鉴·唐睿宗景云元年》:"安西都护张玄表侵略吐蕃北境,吐蕃虽怨而未绝和亲,乃赂鄯州都督杨矩,请河西九曲之地以为公主汤沐邑,矩奏与之。"吐蕃得到九曲之地后,因其地肥良,又与唐境相近,于是复叛,率兵入寇。天宝十二载五月,哥舒翰收复九曲之地。

是年有《塞下曲》诗,高适大约在天宝十二载亲自参加了哥舒翰收复九曲之战中的一场战斗,此为战斗胜利之后的意气风发之作。

《无题》,此诗不见于《全唐诗》,据敦煌残卷补,本无题,在《九曲词》

其三之后。阴山,此处指伊州、西州以北一带的天山。诗应作于天宝十二载夏哥舒翰收复黄河九曲前后。

《同吕员外酬田著作幕门军西宿盘山秋夜作》诗中之吕员外,即吕湮。田著作,当即田梁丘,曾引荐高适入哥舒翰幕府。幕门军,即漠门军、莫门军,属陇右节度使,在临洮郡(治所在今甘肃省临潭县)。此诗作于天宝十二载夏秋之交,吕员外与田著作先有诗,此为高适和作。

《同吕判官从哥舒大夫破洪济城回登积石军多福七级浮图》诗中之吕判官,即吕湮,河中河东人,曾任哥舒翰河西节度幕府支度判官。《资治通鉴》天宝十二载:"夏,五月……陇右节度使哥舒翰击吐蕃,拔洪济、大漠门等城,悉收九曲部落。"从标题看,高适与吕判官跟随哥舒翰从积石军向西,到了当时与吐蕃作战的前线洪济城,在战事结束后又回到积石军,登上当地的多福七级佛塔,写了这首诗。诗曰"高兴殊未平,凉风飒然至",时当是年夏秋之际,吕湮先有诗作咏此事,高诗为和作。

《河西送李十七》,天宝十二载秋高适在河西送人入京应试而作。

《陪窦侍御灵云南亭宴诗》中之灵云池,在古凉州城内。高适有《送窦侍御知河西和籴还京序》云,窦侍御还京时在"八月既望",而此诗序中云"七日""牛女之夕",可推知作于天宝十二载秋七夕。

《陪窦侍御泛灵云池》诗与前首同时,在天宝十二载秋七月。

《和窦侍御登凉州七级浮图之作》诗,比前首稍后,在天宝十二载秋。

《送窦侍御知河西和籴还京序》,文中称哥舒翰为"凉公",哥舒翰封凉国公是在天宝十二载五月收复九曲之后、九月赐爵西平郡王之前。高适另有《陪窦侍御灵云南亭宴诗》,作于此年七月,文中点明窦侍御还京在"八月既望",则此文作于天宝十二载八月。

《九曲词三首》,郭茂倩《乐府诗集》卷九十一:"哥舒翰破吐蕃,收九曲黄河,置洮阳郡,适为作《九曲词》。"诗曰"御史台上异姓王",应在哥舒翰封西平郡王后不久。据《资治通鉴》,哥舒翰进封西平郡王在天宝十二载八月。

天宝十三载(754),**五十五岁。在河西幕府,清闲多暇。**

是年有《武威同诸公过杨七山人》诗,从"幕府日多暇,田家岁复登"两句来看,此诗当于天宝十三载秋作于河西幕府中。

《部落曲》诗当作于任职哥舒翰幕府期间,故系于天宝十三载。

《奉寄平原颜太守》诗序曰"今南海太守张公之牧梁也",则此时张九皋任南海太守,张九皋卒于天宝十四载四月;又诗中有"一为天崖客,三见南飞鸿"之句,可见高适写此诗时在河西已历三秋。高适天宝十一载秋赴河西、陇右,入哥舒翰幕府,可推知此诗写于天宝十三载秋。

《绣阿育王像赞》,周勋初《高适年谱》认为,高适于天宝十三载在河西皈依密宗,高适与佛教有关的诗歌也多作于安史之乱前后,则此文很可能作于高适入幕河西期间,姑系于此时。

天宝十四载(755),**五十六岁。在河西幕府。年末转至河东,任绛郡长史。**

《同马太守听九思法师讲金刚经》诗曰"吾师晋阳宝",晋阳在山西太原,此诗应作于河东。据芮挺章《国秀集》载,高适曾为绛郡长史,大约于安史之乱中以河西节度使幕府属官身份曾短期出河东任此职,姑且系于天宝十四载。据周勋初《高适年谱》,高适在河西幕府曾"皈依密宗。哥舒翰率河西节度幕下大小官员,请不空和尚行灌顶仪式。高适亦在其内"。并引赵迁《大唐故大德赠司空大辨正广智不空三藏行状》曰:"(天宝)十二载,敕令赴河、陇节度,御史大夫哥舒翰所请。十三载,到武威,住开元寺。节度已下,至于一命,皆受灌顶。士庶之类,数千人众,咸登道场。"

《送萧判官赋得黄花戍》诗中之黄花戍不知在何地,从诗中"门前宜至西州路""每到瓜时更卒来"等句看,应在河西。系于天宝十四载秋。

肃宗至德元载(756,天宝十五载七月改元),**五十七岁。上半年,佐哥舒翰守潼关。六月潼关失守,高适奔长安,向玄宗献策,建议竭库藏召募勇士以御贼,不纳。玄宗西逃,高适自骆谷西驰,间道追至河池郡,谒见玄宗,上《陈潼关败亡形势疏》,极言朝廷军政腐败。至成都,八月,擢谏议大夫。十二月,出任淮南节度使,奉命讨伐永王李璘。年底,与韦**

陟、来瑱誓师于安陆,结盟讨伐李璘。

《陈潼关败亡形势疏》作于是年,潼关于天宝十五载六月九日失守,十三日玄宗奔蜀。《旧唐书·高适传》曰:"及翰兵败,适自骆谷西驰,奔赴行在,及河池郡,谒见玄宗,因陈潼关败亡之势曰……"《新唐书·玄宗纪》载,天宝十五载六月"丙午,次河池郡",河池属山南道,在今陕西凤县。

至德二载(757),五十八岁。年初,至淮南节度使任上,在广陵。正月,闻安禄山死,上表称贺。二月,李璘败死。与贺兰进明诗文投赠,调解贺兰进明与许叔冀之间关系,并劝贺兰进兵解睢阳之围。

《贺安禄山死表》,据《资治通鉴》,安禄山卒于至德二载正月,则表作于此年春。

《谢上淮南节度使表》曰:"以今月二日至广陵,以某日上讫。"朝廷置淮南节度使在至德元载十二月,高适上任当在次年正月初二或二月初二。

《酬河南节度使贺兰大夫见赠之作》诗中之贺兰大夫,即贺兰进明,时任河南节度使兼御史大夫。《资治通鉴》卷二一九:"至德元载冬十月,以贺兰进明为河南节度使。……十二月,置淮南节度使,领广陵等十二郡,以(高)适为之。"高适此诗《四库全书》本题下原注:"时在扬州。"故系于至德二载初。此时高适在扬州淮南节度使任上,张巡、许远正在睢阳保卫战中苦守,高适借酬答河南节度使之机,以此诗劝解贺兰进明迅速进兵解睢阳之围。

《见薛大臂鹰作》诗曰"寒楚十二月",则是在楚地。高适于至德元载冬十二月出任淮南节度使,直到至德三载春夏间离开扬州。此诗意气风发、感情强烈,且"寄言燕雀莫相啅"句有影射李辅国谗害之意,故系于至德二载冬十二月。

乾元元年(758,至德三载二月改元),五十九岁。春,仍在广陵。受李辅国之谗,左除太子少詹事。四月离开广陵,过宋州、汴州至洛阳。留司东都。

是年有《登广陵栖灵寺塔》诗,栖灵寺塔,《扬州府志》:"敕赐法净寺,县西北五里,即大明寺,古之栖灵寺也。"此诗作于至德三载春,时高适任淮南节度使。

是年有《广陵别郑处士》诗，高适于至德三载四月离开扬州，诗当作于此时。

是年有《同群公宿开善寺赠陈十六所居》诗，开善寺，在洛阳；陈十六，即陈章甫。李颀有《赠陈章甫》诗写于洛阳，则此诗的写作地点也应在洛阳。高适有《罢职还京次睢阳祭张巡许远文》，称"乾元元年五月太子(少)詹事御史中丞高适……我辞淮楚，将赴伊洛，途出兹邦，悲缠旧郭。"诗曰"驾车出人境"，出入有车，应在太子少詹事任上。故系于乾元元年夏。

《同观陈十六史兴碑》诗，与前首作于同时。

《还京次睢阳祭张巡许远文》曰："维乾元元年五月日，太子詹事、御史中丞高适，谨以清酌之奠，敬祭于故御史中丞张、许二公之灵。"则是此年五月前往洛阳途经睢阳时。睢阳保卫战是安史之乱中极度惨烈的一场战役，从至德二载正月至十月，持续十个月之久，期间高适曾发兵救援，并写信给贺兰进明劝其急救睢阳，但均未奏效。

《送崔功曹赴越》诗曰"随尔食鲈鱼"，用晋代张翰在洛阳见秋风起思吴中之典，又曰"莫恨吴歈曲，尝看越绝书"，甚闲散，故系于乾元元年秋。时高适在洛阳，任太子少詹事，因太子不在东都，故此时诗人多有闲暇。

有《赠别褚山人》诗，从"洛阳无二价"可知，此时高适在东都，诗作于乾元元年。

乾元二年(759)，六十岁。三月，相州兵败，高适随东京留守诸官南奔襄、邓。五月，拜彭州刺史。先自襄州经上津，入武关，至长安朝见肃宗，然后赴彭州任上。六月初，抵达彭州任所。秋，与裴霸、杜甫诗文往来。冬，与李岘、杜甫赋诗酬答。

《秦中送李九赴越》诗曰"携手望千里，于今将十年"，高适曾于天宝十一载在长安与崔颢、岑参、李嚣等人酬唱；诗题表明送别地在秦中，高适曾于乾元二年拜彭州刺史时先回京朝见肃宗，离天宝十一载有八年之久，差近十年之数。

是年有《赴彭州山行之作》诗,《新唐书》本传载:"未几蜀乱,出为蜀、彭二州刺史。"高适有《同河南李少尹毕员外宅夜饮时洛阳告捷遂作春酒歌》诗曰:"前年持节将楚兵,去年留司在东京,今年复拜二千石,盛夏五月西南行。"则是乾元二年授彭州刺史,于五月动身,诗作于五六月间,约在途经剑阁栈道时。

《谢上彭州刺史表》,唐肃宗乾元二年五月,高适拜彭州刺史,六月初七到达任所,然后有此表。

《酬裴员外以诗代书》,裴员外即裴霸。诗中历叙自身仕宦经历,直至上任彭州。从"驱传及远蕃""朗咏临清秋"等句来看,可知此诗于乾元二年秋作于彭州刺史任上。

《同河南李少尹毕员外宅夜饮时洛阳告捷遂作春酒歌》诗中之李少尹,或指李岘。李岘以乾元二年五月因言事激切触怒肃宗,出为蜀州刺史;高适于同年出任彭州刺史;同年十月李光弼大破史思明,洛阳告捷,是以此诗作于乾元二年。

《同鲜于洛阳于毕员外宅观画马歌》诗与前首均写在毕员外宅中之事,为乾元二年十月高适在彭州时作。

《赠杜二拾遗》诗中之杜二拾遗,即杜甫。杜甫曾于至德二载五月授左拾遗,于乾元二年七月弃官,经秦陇于年底辗转至成都,寓居城西浣花溪旁草堂寺,高适闻知,寄诗以慰。

上元元年(760,乾元三年闰四月改元),六十一岁。上《西山三城置戍疏》,主张合东西川为一道,罢西山三城之戍。秋,杜甫寄诗求助。九月,转蜀州刺史。

是年上《西山三城置戍疏》,《旧唐书·高适传》:"剑南自玄宗还京后,于梓、益二州各置一节度,百姓劳敝,适因出西山三城置戍,论之曰剑南……"此疏作于乾元三年,此时高适在彭州刺史任上。

上元二年(761,九月去年号,但称元年),六十二岁。人日,题诗赠杜甫。夏,率兵助崔光远讨平段子璋。冬,与王抡同至杜甫草堂做客。期间杜甫屡次赴蜀州依托高适。

是年有《人日寄杜二拾遗》诗，杜甫有《追酬故高蜀州人日见寄》诗序云："开文书帙中，检所遗忘，因得故高常侍适……往居在成都时，高任蜀州刺史……人日相忆见寄诗，泪洒行间。"杜甫此诗作于大历五年，上推十年，为上元二年，高适于前一年九月转蜀州刺史，此诗写于上元二年正月初七。

代宗宝应元年(762)，六十三岁。七月，剑南兵马使徐知道乘严武离蜀之际，联合邛州羌人造反，并阻止严武回京。高适于蜀州出兵，击徐知道。

是年有《请入奏表》，宝应元年四月，玄宗、肃宗相继去世；七月，徐知道反，八月被杀兵败。表曰"伏以二陵攀号，臣未修壤奠""候士卒稍练，蕃夷渐宁"，则在徐知道反叛之后、兵败之前，即七八月之间，时高适在蜀州刺史任上。

又上《贺斩逆贼徐知道表》，唐代宗宝应元年八月，徐知道为部将所杀，高适乃有此贺表。

广德元年(763，宝应二年七月改元)，六十四岁。二月，就任剑南西川节度使，摄东川节度使。夏，西川局势紧急，高适专驻剑南西川节度辖区，东川置留后，由梓州刺史张彝充任。秋冬，练兵备战。冬，进攻吐蕃，旋战败，西山松、维、保三州及云山新筑二城陷落。

《贺收城表》序曰："闰正月十六日，中使郭罗至，伏奉敕书，示臣圣略，收复瀍洛，扫殄凶徒。"洛阳的收复是在宝应元年十月，次年闰正月十六高适方得知消息。

是年上《谢上剑南节度使表》，唐开元年间置剑南节度使，治所在成都府。乾元元年分为剑南西川节度使和剑南东川节度使。宝应二年二月，高适正式就任剑南西川节度使，摄东川节度使，代严武之职。

广德二年(764)，六十五岁。正月，应召回京，任刑部侍郎、散骑常侍，加银青光禄大夫，进封渤海县侯，食邑七百户。

永泰元年(765)，六十六岁。正月，卒。

高适传记资料

旧唐书·高适传

高适者,渤海蓚人也。父从文,位终韶州长史。适少濩落,不事生业,家贫,客于梁、宋,以求丐取给。天宝中,海内事干进者注意文词。适年过五十,始留意诗什,数年之间,体格渐变,以气质自高,每吟一篇已,为好事者称诵。宋州刺史张九皋深奇之,荐举有道科。时右相李林甫擅权,薄于文雅,唯以举子待之。解褐汴州封丘尉,非其好也。乃去位,客游河右。河西节度哥舒翰见而异之,表为左骁卫兵曹,充翰府掌书记。从翰入朝,盛称之于上前。

禄山之乱,征翰讨贼,拜适左拾遗,转监察御史,仍佐翰守潼关。及翰兵败,适自骆谷西驰,奔赴行在,及河池郡,谒见玄宗,因陈潼关败亡之势曰:"仆射哥舒翰忠义感激,臣颇知之,然疾病沉顿,智力将竭。监军李大宜与将士约为香火,使倡妇弹箜篌琵琶以相娱乐,樗蒱饮酒,不恤军务。蕃浑及秦、陇武士,盛夏五六月于赤日之中,食仓米饭且犹不足,欲其勇战,安可得乎? 故有望敌散亡,临阵翻动,万全之地,一朝而失。南阳之军,鲁炅、何履光、赵国珍各皆持节,监军等数人更相用事,宁有是战而能必胜哉? 臣与杨国忠争,终不见纳。陛下因此履巴山、剑阁之险,西幸蜀中,避其蚕毒,未足为耻也。"玄宗嘉之,寻迁侍御史。至成都,八月,制曰:"侍御史高适,立节贞峻,植躬高朗,感激怀经济之略,纷纶赡文雅之才。长策远图,可云大体;谠言义色,实谓忠臣。宜回纠逖之任,俾超讽谕之职,可谏议大夫,赐绯鱼袋。"适负气敢言,权幸惮之。

二年,永王璘起兵于江东,欲据扬州。初,上皇以诸王分镇,适切谏不可。及是永王叛,肃宗闻其论谏有素,召而谋之。适因陈江东利害,永王必败。上奇其对,以适兼御史大夫、扬州大都督府长史、淮南节度使。诏与江东节度来瑱率本部兵平江淮之乱,会于安州。师将渡而永王败,乃招季广琛于历阳。兵罢,李辅国恶适敢言,短于上前,乃左授太子少詹事。未几,蜀中乱,出为蜀州刺史,迁彭州。剑南自玄宗还京后,于梓、益二州各置一节度,百姓劳敝,适因出西山三城置戍,论之曰:

剑南虽名东西两川,其实一道。自邛关、黎、雅,界于南蛮也;茂州而西,经羌中至平戎数城,界于吐蕃也。临边小郡,各举军戎,并取给于剑南。其运粮戍,以全蜀之力,兼山南佐之,而犹不举。今梓、遂、果、阆等八州分为东川节度,岁月之计,西川不可得而参也。而嘉、陵比为夷獠所陷,今虽小定,疮痍未平。又一年已来,耕织都废,而衣食之业,皆贸易于成都,则其人不可得而役明矣。今可税赋者,成都、彭、蜀、汉州。又以四州残敝,当他十州之重役,其于终久,不亦至艰?又言利者穿凿万端,皆取之百姓;应差科者,自朝至暮,案牍千重。官吏相承,惧于罪谴,或责之于邻保,或威之以杖罚。督促不已,逋逃益滋,欲无流亡,理不可得。比日关中米贵,而衣冠士庶,颇亦出城,山南、剑南,道路相望,村坊市肆,与蜀人杂居,其升合斗储,皆求于蜀人矣。且田土疆界,盖亦有涯;赋税差科,乃无涯矣。为蜀人之计,不亦难哉!

今所界吐蕃城堡而疲于蜀人,不过平戎以西数城矣。邈在穷山之巅,垂于险绝之末,运粮于束马之路,坐甲于无人之乡。以戎狄言之,不足以利戎狄;以国家言之,不足以广土宇。奈何以险阻弹丸之地,而困于全蜀太平之人哉?恐非今日之急务也。国家若将已戍之地不可废,已镇之兵不可收,当宜即停东川,并力从事,犹恐狼狈,安可仰于成都、彭、汉、蜀四州哉!虑乖圣朝洗荡关东扫清逆乱之意也。倘蜀人复扰,岂不贻陛下之忧?昔公孙弘愿罢西南夷、临海,专事朔方;贾捐之请弃珠崖,以宁中土,谠言政本,匪一朝一夕。臣愚望罢东川节度,以一剑南,西山不急之城,稍以减削,则事无穷顿,庶免倒悬。陛下若以微臣所陈有裨万一,下宰相廷议,降公忠大臣定其损益,与剑南节度终始处置。

疏奏不纳。

后梓州副使段子璋反,以兵攻东川节度使李奂,适率州兵从西川节度使崔光远攻子璋,斩之。西川牙将花惊定者,恃勇,既诛子璋,大掠东蜀。天子怒光远不能戢军,乃罢之,以适代光远为成都尹、剑南西川节度使。代宗即位,吐蕃陷陇右,渐逼京畿。适练兵于蜀,临吐蕃南境以牵制之,师出无功,而松、维等州寻为蕃兵所陷。代宗以黄门侍郎严武代还,用为刑部侍郎,转散骑常侍,加银青光禄大夫,进封渤海县侯,食邑七百户。永泰元年正月卒,赠礼部尚书,谥曰忠。

适喜言王霸大略,务功名,尚节义。逢时多难,以安危为己任,然言过其术,为大臣所轻。累为藩牧,政存宽简,吏民便之。有文集二十卷。其与贺兰进明书,令疾救梁、宋,以亲诸军;与许叔冀书,绸缪继好,使释他憾,同援梁、宋;未过淮,先与将校书,使绝永王,各求自白,君子以为义而知变。而有唐已来,诗人之达者,唯适而已。

刘昫《旧唐书·列传第六十一》

新唐书·高适传

高适,字达夫,沧州渤海人。少落魄,不治生事。客梁、宋间,宋州刺史张九皋奇之,举有道科。中第,调封丘尉。不得志,去。客河西,河西节度使哥舒翰表为左骁卫兵曹参军,掌书记。禄山乱,召翰讨贼,即拜适左拾遗,转监察御史,佐翰守潼关。翰败,帝问群臣策安出,适请竭禁藏,募死士抗贼,未为晚,不省。天子西幸,适走间道,及帝于河池,因言:"翰忠义有素,而病夺其明,乃至荒踏。监军诸将,不恤军务,以倡优蒲簺相娱乐;浑、陇武士,饭粝米日不厌,而责死战,其败固宜。又鲁炅、何履光、赵国珍屯南阳,而一二中人监军更用事,是能取胜哉?臣数为杨国忠言之,不肯听。故陛下有今日行,未足深耻。"帝领之。俄迁侍御史,擢谏议大夫,负气敢言,权近侧目。帝以诸王分镇,适盛言不可。俄而永王叛,肃宗雅闻之,召与计事,因判言王且败,不足忧。帝奇之,除扬州大都督府长史、淮南节度使。诏与江东韦陟、淮西来瑱率师会安陆,方济师,而王败。李辅国恶其才，数短毁之，下除太子少詹事。

未几蜀乱，出为蜀、彭二州刺史。始，上皇东还，分剑南为两节度，百姓弊于调度，而西山三城列戍。适上疏曰："剑南虽名东、西川，其实一道。自邛关、黎、雅以抵南蛮，由茂而西，经羌中、平戎等城，界吐蕃。濒边诸城，皆仰给剑南。异时以全蜀之饶，而山南佐之，犹不能举，今裂梓、遂等八州专为一节度，岁月之计，西川不得参也。嘉、陵比困夷獠，日虽小定，而痍痏未平，耕纺亡业，衣食贸易皆资成都，是不可得役亦明矣。可税赋者，独成都、彭、蜀、汉四州而已，以四州耗残，当十州之役，其弊可见。而言利者，枘凿万端，穷朝抵夕，千案百牍，皆取之民，官吏惧谴，责及邻保，威以罚抶，而逋逃益滋。又关中比饥，士人流入蜀者，道路相系。地入有讫，而科敛无涯。为蜀计者，不亦难哉！又平戎以西数城，皆穷山之颠，蹊隧险绝，运粮束马之路，坐甲无人之乡。为戎狄言，不足利戎狄；为国家言，不足广土宇。奈何以弹丸地，而困全蜀太平之人哉？若谓已成之城不可废，已屯之兵不可收，愿罢东川，以一剑南，并力从事。不尔，非陛下洗荡关东、清逆乱之意也。蜀人又扰，则贻朝廷忧。"帝不纳。

梓屯将段子璋反，适从崔光远讨斩之。而光远兵不戢，遂大掠，天子怒，罢光远，以适代为西川节度使。广德元年，吐蕃取陇右，适率兵出南鄙，欲牵制其力，既无功，遂亡松、维二州及云山城。召还，为刑部侍郎、左散骑常侍，封渤海县侯。永泰元年卒，赠礼部尚书，谥曰忠。

适尚节义，语王霸衮衮不厌。遭时多难，以功名自许，而言浮其术，不为搢绅所推。然政宽简，所莅，人便之。年五十始为诗，即工，以气质自高。每一篇已，好事者辄传布。其谕书贺兰进明，使救梁、宋，以亲诸军；与许叔冀书，令释憾；未度淮，移檄将校，绝永王，俾各自白，君子以为义而知变。

欧阳修、宋祁《新唐书·列传第六十八》

诸家评论

唐·殷璠《河岳英灵集》：评事性拓落，不拘小节，耻预常科，隐迹博徒，才名自远。然适诗多胸臆语，兼有气骨，故朝野通赏其文。至如《燕歌行》等篇，甚有奇句。且余所最深爱者："未知肝胆向谁是？令人却忆平原君。"吟讽不厌矣。

元·辛文房《唐才子传》卷二《高适传》：适字达夫，一字仲武，沧州人。少性拓落，不拘小节，耻预常科，隐迹博徒，才名便远。后举有道，授封丘尉，未几，哥舒翰表掌书记。后擢谏议大夫。负气敢言，权近侧目。李辅国忌其才。蜀乱，出为蜀、彭二州刺史，迁西川节度使，还为左散骑常侍。永泰初卒。适尚气节，语王霸，衮衮不厌。遭时多难，以功名自许。年五十始学为诗，即工，以气质自高，多胸臆间语。每一篇已，好事者辄传播吟玩。尝过汴州，与李白、杜甫会，酒酣登吹台，慷慨悲歌，临风怀古，人莫测也。中间唱和颇多。今有诗文等二十卷及所选至德迄大历述作者二十六人诗为《中兴间气集》二卷，并传。

宋·严羽《沧浪诗话》：高、岑之诗悲壮，读之使人感慨。

宋·葛立方《韵语阳秋》：意在退处者，虽饥寒而不辞，意在进为者，虽沓贪而不顾，皆一曲之士也。高适尝云："吾谋适可用，天路岂寥廓。不然买山田，一身与耕凿。"可仕则仕，可止则止，何常之有哉？适有《赠别李少府》云："余亦慻所从，渔樵十二年。种瓜漆园里，凿井卢门边。"《赠韦参军》云："布衣不得干明主，东过梁宋无寸土。兔苑为农岁不登，雁池垂钓心长苦。"其生理可谓窄矣。及宋州刺史张九皋奇其人，举有道科中第，调封丘尉，则曰："此时也得辞渔樵，青袍裹身荷圣朝。牛犁钓竿不复见,县人邑吏来相邀。"则是不堪渔樵之艰窘,而喜末官之微禄也。一不得志,则舍之而去,何邪?《封丘诗》云:"我本渔樵孟诸野,一生自是悠悠者。乍可狂歌草泽中,宁堪作吏风尘下?"其末句云:"乃知梅福徒为尔,转忆陶潜归去来。"则不堪作吏之卑辱,而复思孟诸之渔樵也。韩退之云:"居闲食不足,从仕力难任。"其此之谓乎!

元·吴师道《吴礼部诗话》:引时天彝评:高适才高,颇有雄气。其诗不习而能,虽乏小巧,终是大才。

明·高棅《唐诗品汇》:开元、天宝间,则有李翰林之飘逸,杜工部之沉郁,孟襄阳之清雅,王右丞之精致,储光羲之真率,王昌龄之声俊,高适、岑参之悲壮,李颀、常建之超凡,此盛唐之盛者也。

明·徐献忠《唐诗品》:左散骑常侍高适,朔气纵横,壮心落落,抱瑜握瑾,浮沉闾巷之间,殆侠徒也。故其为诗,直举胸臆,摹画景象,气骨琅然,而词锋华润,感赏之情,殆出常表。视诸苏卿之悲愤,陆平原之惆怅,辞节虽离,而音调不促,无以过之矣。夫诗本人情,囿风气,河洛之间,其气浑然远矣,其殆庶乎!

明·陆时雍《诗镜总论》:七言古,盛于开元以后,高适当属名手。调响气佚,颇得纵横;勾角廉折,立见涯涘。以是知李、杜之气局深矣。

明·王世贞《艺苑卮言》:高、岑一时不易上下,岑气骨不如达夫遒上,而婉缛过之。选体时时入古,岑尤陗健。歌行磊落奇俊,高一起一伏,取是而已,尤为正宗。五言近体,高、岑俱不能佳,七言,岑稍浓厚。

明·胡应麟《诗薮》:高适、岑参、王昌龄、李颀、孟云卿,本子昂之古雅,而加以气骨者也。

古诗自有音节。陆、谢体极俳偶，然音节与唐律迥不同。唐人李、杜外，惟嘉州最合。襄阳、常侍虽音调高远，至音节时入近体矣。

常侍五言古，深婉有致，而格调音节，时有参差。嘉州清新奇逸，大是俊才，质力造诣，皆出高上。然高黯淡之内，古意犹存；岑英发之中，唐体大著。

高、岑并工起语，岑尤奇峭，然拟之宣城，格愈下矣。

高气骨不逮嘉州，孟才具远输摩诘，然并驱者，高、岑悲壮为宗，王、孟闲澹自得，其格调一也。

唐七言歌行，垂拱四子，词极藻艳，然未脱梁、陈也。张、李、沈、宋，稍汰浮华，渐趋平实，唐体肇矣，然而未畅也。高、岑、王、李，音节鲜明，情致委折，浓纤修短，得衷合度，畅乎，然而未大也。太白、少陵，大而化矣，能事毕矣。

盛唐排律，杜外，右丞为冠，太白次之。常侍篇什空澹，不及王、李之秀丽豪爽，而信安王幕府三十韵，典重整齐，精工赡逸，特为高作，王、李所无也。

王、岑、高、李，世称正鹄。嘉州词胜意，句格壮丽而神韵未扬；常侍意胜词，情致缠绵而筋骨不逮。王、李二家和平而不累气，深厚而不伤格，浓丽而不乏情，几于色相俱空，风雅备极，然制作不多，未足以尽其变。

达夫歌行、五言律，极有气骨。至七言律，虽和平婉厚，然已失盛唐雄赡，渐入中唐矣。

高、岑明净整齐，所乏远韵。王、李精华秀朗，时觉小疵。学者步高、岑之格调，含王、李之风神，加以工部之雄深变幻，七言能事极矣。

七言绝以太白、江宁为主，参以王维之俊雅，岑参之秾丽，高适之浑雄，韩翃之高华，李益之神秀，益以弘、正之骨力，嘉、隆之气运，集长舍短，足为大家。

诗最可贵者清，然有格清，有调清，有思清，有才清。……王、杨之流丽，沈、宋之丰蔚，高、岑之悲壮，李、杜之雄大，其才不可概以清言，其格与调与思，则无不清者。

王、杨、卢、骆以词胜,沈、宋、陈、杜以格胜,高、岑、王、孟以韵胜。词胜而后有格,格胜而后有韵,自然之理也。

高常侍诗有雄气,虽乏小巧,终是大才。

明·钟惺、谭元春《唐诗归》:钟云:唐人如沈宋、王孟、李杜、钱刘之类,虽两人并称,皆有不能强同处。惟高、岑心手如出一人,其森秀之骨,淡远之气,既皆相敌。古诗似张九龄、宋之问一派;五言律只如说话,其极炼、极厚、极润、极活往往从欹侧历落中出,人不得以整求之,又不得学其不整。

明·周珽《唐诗选脉会通评林》:史称达夫五十始为诗,而能以气质自高,每一篇出,好事者辄传布之。且言其性磊落,不拘小节,耻预常科,隐于博奕,才情自远。今读其七言古诸篇,感慨悲壮,气骨风度绝然建一代旗鼓者,盛唐佳品,岂能多得?

明·许学夷《诗源辨体》:唐人五七言古,高、岑为正宗。然析而论之,高五言未得为正宗,七言乃为正宗耳。岑五言为正宗,七言始能自骋矣。五言古,高、岑俱豪荡,而高语多粗率,未尽调达;岑语虽调达,而意多显直。高平韵者多杂用律体,仄韵者多忌"鹤膝"。……七言歌行,高调合准绳,岑体多轶荡。

五言律,高语多苍莽,岑语多藻丽,然高入录者气格似胜,岑则句意多同。

高、岑五言不拘律法者,犹子美七言以歌行入律,沧浪所谓"古律"是也。虽是变风,然豪旷磊落,乃才大而失之于放,盖过而非不及也。

清·胡震亨《唐音癸签》:陈绎曾曰:高适诗尚质主理,岑参诗尚巧主景,王、孟闲澹自得,高、岑悲壮为宗。

岑词胜意,句格壮丽,而神韵未扬;高意胜词,情致缠绵,而筋骨不

463

逮。岑之败句，犹不失盛唐；高之合调，时隐逗中唐。

高适，诗人之达者也，其人故不同。甫善房琯，适议独与琯左。白误受永王璘辟，适独察璘反萌，豫为备。二子穷而适达，又何疑也。

清·刘邦彦《唐诗归折衷》：元美乃谓高、岑五言律俱不能佳，陈正字时入古体，亦是矫枉之过，八股遂不可学秦汉耶？此公素善论体裁，不能不失此一言。唐云：君五律本整，钟但采其不整者耳。吴敬夫云：尚气骨者竟祖高、岑，然使作意矜张，而神思未闲，体气不厚，实伤雅道，所云"米元章之字，虽笔力劲健，终有子路事夫子气象"也。故读王、孟者，当于幽闲之中察其骨韵；读高、岑者，当于豪迈之外赏其风神。

清·贺裳《载酒园诗话又编》：钟氏曰："……高、岑心手如出一人，其森秀之骨，澹远之气，既皆相敌。"余意亦终有别。高五言古劲浑朴厚耳；岑稍点染，遂饶秋色。高七言古最有气力，李、杜之下，即当首推；岑自肤立，然如崔季珪代魏王，虽雅望非常，真英雄尚属捉刀人也。唯短律相匹，长律亦岑不如高。

清·郎廷槐《师友诗传续录》：问：高、岑似微不同，或高优于岑乎？（王士禛）答：唐人齐名，如沈宋、王孟、钱刘、元白、皮陆，皆约略相似，唯李杜、高岑迥别。高悲壮而厚，岑奇逸而峭。钟伯敬谓高、岑诗如出一手，大谬矣。

清·叶燮《原诗》：盛唐大家，称高、岑、工、孟。高、岑相似，而高为稍优，孟则大不如王矣。高七古为胜，时见沉雄，时见冲澹，不一色，其沉雄直不减杜甫。岑七古间有杰句，苦无全篇，且起结意调往往相同，不见手笔。高、岑五七律相似，遂为后人应酬活套作俑。如高七律一首中叠用"巫峡啼猿""衡阳归雁""青枫江""白帝城"，岑一首中叠用"云随冯""雨洗兵""花迎盖""柳拂旌"，四语一意；高、岑五律如此尤多。后人行笈中携《广舆记》一部,遂可吟咏遍九州,实高、岑培之也。

清·黄子云《野鸿诗的》:高、岑、王三家均能刻意炼句,又不伤大雅,可谓文质柍彬。

清·李重华《贞一斋诗话》:初学入手,求其笔势稳称,则王摩诘、高达夫二家乃正善学初唐者。少陵如《洗兵马》《古柏行》亦然,但更加雄浑耳。

清·薛雪《一瓢诗话》:前辈论诗,往往有作践古人处,如以高达夫、岑嘉州五七律相似,遂为后人应酬活套,是作践高、岑语也。后人苟能师法高、岑,其应酬活套必不致如近日之恶矣。

清·沈德潜《唐诗别裁集》:李、杜外,高、岑、王、李,七言古中最矫健者。

清·沈德潜《说诗晬语》:高、岑、王、李四家,每段顿挫处,略作对偶,于局势散漫中,求整饬也。

清·宋育仁《三唐诗品》:其源出于左太冲,才力纵横,意态雄杰,妙于造语,每以俊言取致。有如河洲十月,一看思归;舍下蜩鸣,居然萧索;载酒平台,赠君千里:发端既远,研意弥新,在小谢之间居然一席。七古与岑一骨,苍放音多,排夏骋妍,自然沉郁。骈语之中,独能顿宕,启后人无限法门,当为七言不祧之祖。

清·方南堂《辍锻录》:高适、李颀不独七古见长,大段气体高厚,即今体亦复见骨格坚老,气韵沉雄。

高适集版本

1. 敦煌写本残卷伯三八六二《高适诗集》……………… 敦煌集本
2. 敦煌写本残卷伯二五五二《诗选》……………………… 敦煌选本
3. 《四部丛刊》影印明铜活字本《高常侍集》八卷
　　………………………… 明活字本（《四部丛刊》本）
4. 明抄本《高常侍集》十卷 ……………………………… 明抄本
5. 明刻本《高常侍集》十卷 ……………………… 明覆宋刊本
6. 明覆宋刻本《高常侍集》十卷 ………………… 明覆宋刻本
7. 明仿宋刻本《高常侍集》十卷 ………………… 明仿宋刻本
8. 明抄《唐十八家诗》本《高常侍集》一卷 …… 明抄十八家诗本
9. 明刊《唐十二家诗》本《高常侍集》八卷 ………… 唐十二家诗本
10. 明张逊业辑校、黄墡刊《十二家唐诗》本《高常侍集》上下二卷
　　………………………………………………… 张黄本
11. 明杨一统刊《十二家唐诗》本《高适集》一卷 ……… 杨一统本
12. 明郑能刊《唐十二家诗》本《高常侍集》上下二卷 ……… 郑能本
13. 明许自昌辑校《前唐十二家诗》本《高常侍集》上下二卷
　　………………………………………………… 许自昌本
14. 清初影印宋抄本《高常侍集》十卷 …………… 清抄本（四库本）
15. 《全唐诗》本《高适诗》四卷 ………………………… 全唐诗本
16. 刘开扬《高适诗集编年笺注》（中华书局 1981 年）………… 刘本
17. 孙钦善《高适集校注》（上海古籍出版社 1984 年）………… 孙本

后 记

　　2014年3月,我回母校华中师范大学参加一个学术会议。会议结束后,我去华师南门剑桥名邸拜访导师戴建业教授和师母何小平老师。在聊天中,戴老师问我有没有兴趣参加一套古代文学丛书的编写工作。2004年从母校毕业后,我到广东江门职业技术学院任教,在戴老师口中"漂亮的南方小城"过着十分闲散的生活,所以很想借此机会激励自己做点事情,于是就答应了这个邀请。回到江门后,湖北崇文书局的王重阳先生给我发了邮件,详细说明了丛书的编写要求和进展情况。

　　原来崇文书局打算对中国古典文学诗词作家作品进行一次规模较大的系统整理,出版"中国古典诗词校注评丛书"。经过短暂的考虑后,我在书局拟定的十六部作品中选定了《高适诗全集》。高适的诗歌有二百余首,数量比较多,不少作品的年代背景很难考证,整理起来耗时费力;但是选择这个项目也有优势,那就是唐诗相对于其他时代的诗歌来说比较好懂,高适的相关研究资料也比较丰富。从研究价值方面讲,高适诗歌全集的校笺,离我们最近的本子出现在上世纪八十年代,离现在已有三十年之久。三十年之中,对于高适的研究已经有了很大的进展,出现了很多有价值的成果,为了方便读者们了解和研究高适的诗歌,出版一部新的《高适诗全集》很有必要。这样看来,此项工作有重要的意义。

　　在写作过程中,虽然有无数前人的研究成果——尤其是刘开扬先生的《高适诗集编年笺注》(中华书局1981年版)和孙钦善先生的《高适集校注》（上海古籍出版社 1984 年版）以及周勋初先生的《高适年谱》（上海古籍出版社 1980 年版）——可供参考，但由于新研究资料的发现、行政区划的变迁、写作年份的考证以及各种版本之间差异的考辨，使得这项工作的难度比想象中大了很多，而且十分耗时，是以本书的初稿在两年后才完成。之后的一年多时间，我又对初稿进行了反复校对和修改。所谓"慢工出细活"，三年多才向出版社交稿，我只有用这句话来安慰自己了。

在这个项目完成之际，我要真诚地感谢我的导师戴建业教授。在华师读书期间，他对我的要求非常严格，使我受到了严肃规范的学术训练，同时培养了诚实做人、踏实做事的品格；毕业以后，他依然对我关照有加，鼓励我在工作上多出成绩。对于这样一位学术水平和道德人品都堪为世范的恩师，我不知如何表达内心的感激之情。同时也要感谢崇文书局的王重阳先生和薛绪勒、郑小华老师，谢谢他们给了我参加丛书编写的机会，并且为我这本书的出版做了大量的工作。感谢我所在的江门职业技术学院领导的帮助和支持，使我有时间和精力完成这本书的写作。

李丹

2017 年 8 月 8 日

于江门职业技术学院

图书在版编目（CIP）数据

高适诗全集 / 李丹编著 .
—武汉：崇文书局，2020.1
（中国古典诗词校注评丛书）
ISBN 978-7-5403-5301-8

Ⅰ . ①高…
Ⅱ . ①李…
Ⅲ . ①唐诗—诗集
Ⅳ . ① I222.742

中国版本图书馆 CIP 数据核字（2019）第 271548 号

高适诗全集【汇校汇注汇评】

责任编辑　薛绪勒　郑小华
责任校对　董　颖
封面设计　甘淑媛
责任印制　田伟根
出版发行　长江出版传媒　崇文书局
地　　址　武汉市雄楚大街 268 号 C 座 11 层
电　　话　(027)87680797　邮政编码　430070
印　　刷　中印南方印刷有限公司
开　　本　880mm×1230mm　1/32
印　　张　16
字　　数　450 千
版　　次　2020 年 1 月第 1 版
印　　次　2020 年 1 月第 1 次印刷
定　　价　56.00 元

（如发现印装质量问题，影响阅读，请与承印厂调换）